ARCHE

1924

Friedrich Tausch
Goldmacher
Der General / Dr. Willinger
August Lowicki

BLUHM
Johann und Katharina

Geburt Anton   Ruth Martha Elisabeth Judith
1924   1914 1916   1919   1921

1934
Erste Begegnung Anton/Franz
am Starnberger See

1938
Zweite Begegnung Anton/Franz
in der HJ

1946
Begegnung mit Officer Simon
Hans-Ulrich Hacker
Leni

1950
Umzug nach Hamburg

1952
Johann Bluhm †

1952
Begegnung mit Paula

1957
Dritte Begegnung Anton/Franz
in Rom

1963
Heirat Anton/Sissi

1968
Katharina Bluhm †

1971
Hubert Münzer †

1967
Geburt der Zwillinge
Simon und Moritz

1976
Treffen bei Paula in Berlin

1983
Tod von Sissi †

1996
Alexandra Münzer †

1990
Begegnung Anton/Luzie
Verabschiedung Hans-Ulrich

1999
letzte Begegnung Anton/Franz

2000
Tod von Franz †

1991
Moritz und Simon/Stunde Null

2001

2001
Kommentar von Anton

Gisela Stelly

Goldmacher

Ein Familienroman

ARCHE

Inhalt

Kapitel I

Der Goldmacher

1924 – 1945

I.

»Der junge Mann scheint ja einiges vorzuhaben, so eilig, wie er es hatte«, stellte der Hausarzt mit einem zufriedenen Lächeln fest und gratulierte Katharina, sagte etwas über das Vaterland, das in diesen schweren Zeiten entschlossene und tatkräftige junge Männer brauche, dann beeilte er sich, die Zeit der Geburt, fünfzehn Minuten nach zwölf, und das Datum, den 29. Juli 1924, in den Arztbericht einzutragen.

»Nun lassen Sie das Kindchen doch bloß erst mal Kind sein«, murmelte die Hebamme, während sie es in einer kleinen Wanne in handwarmem Wasser wusch. Dabei zählte sie die Hautfalten an seinem winzigen Körper, ihre Anzahl unmittelbar nach der Geburt galt ihr als Hinweis auf Lebensdauer und Charakter. Das Ergebnis behielt sie in der Regel für sich.

»Was für eine Pracht!«, entfuhr es ihr jetzt jedoch unwillkürlich, »entweder wird unser Kindchen ein biblisches Alter erreichen, oder es ist bereits als weiser Mann auf die Welt gekommen«, prophezeite sie und betrachtete den neugeborenen Knaben, der auch sie wie forschend anzusehen schien.

»Wie soll das Prachtkerlchen denn heißen?«, fragte sie neugierig, als sie es der Mutter an die Brust legte.

Katharina, von der Geburt geschwächt, schaute auf ihren ersten Sohn, und es schien ihr, als ginge ein Strahlen von ihm aus.

»Es ist dein eigenes«, meinte Johann Bluhm, als er das Zimmer seiner Frau betreten durfte und Katharina ihn darauf hinwies.

»Wie soll der Junge denn heißen?«, fragte nun auch der Hausarzt, er wollte den Namen gleich in den Bericht eintragen.

Katharina tauschte einen Blick mit Johann, er nickte ihr zu.

»Anton«, sagte sie nach kurzem Zögern, »er heißt Anton Johann Karl Bluhm.«

»Anton?«, wiederholte die Hebamme und runzelte die Stirn, bis sich langsam ein Schmunzeln auf ihrem Gesicht ausbreitete, und nun wiederholte sie mehrmals mit zustimmendem Kopfnicken: »Das ist richtig, Frau Bluhm, das stimmt schon, der gibt hier bald den Ton an, der Anton, darauf können Sie sich verlassen, Herr Bluhm!«

»Darauf will ich mich nur allzu gern verlassen«, antwortete der Vater stolz und betrachtete den winzigen Knaben. Er hatte, nachdem ihm Katharina zuvor vier Töchter geboren hatte, lange auf diesen Sohn gewartet, und auch wenn das Strahlen auf seinem Gesicht nicht sichtbar war wie auf dem von Katharina, er empfand große Freude. Aber auch große Erleichterung, würde doch dieser Sohn eines Tages die Last mittragen, die die Papierfabrik für ihn bedeutete, seitdem sie ihm nicht nur unvermutet, sondern auch völlig unvorbereitet zugefallen war. Denn als Johann Katharina ein Jahr vor dem Krieg geheiratet hatte, da war er noch der jüngste von drei Brüdern gewesen.

Im Krieg waren dann die beiden Älteren in kurzem Abstand an der französischen Front gefallen. Wohl aus Kummer über den doppelten Verlust hatte sich der Vater ins Sterbebett gelegt. Johann, jetzt einziger Sohn, war von der Front in die Heimat beurlaubt worden, wo er, nun Alleinerbe, die Leitung der väterlichen Papierfabrik im Niedersächsischen bei Hannover übernommen hatte.

Es war kein einfaches Erbe gewesen, niemand hatte zuvor von ihm erwartet, dass er wirtschaftliche Zusammenhänge erkennen könne oder gar Entwicklungen voraussehen. Er hatte sich bisher weit mehr für das interessiert, was auf dem Bluhm'schen Papier gedruckt wurde als für die Herstellung und den Verkauf des Papiers selber. Und so hatte er zunächst einmal ihm bisher gänzlich unbekannte Bücher, die Geschäftsbücher und die Buchhaltung, studieren müssen.

Nach dem Ende des Krieges war er von Zeit zu Zeit seiner früheren Vorliebe gefolgt und zu den Druckereien nach Frankfurt oder nach München oder nach Leipzig aufgebrochen, die mit dem Bluhm'schen Papier beliefert wurden. Kundenbesuche hatte er diese Reisen genannt, von denen er dann mit einer Vielzahl von neuesten Druckerzeugnissen im Gepäck zurückgekehrt war. Darunter Romane unterschiedlichster literarischer Qualität, Monats- oder Quartalshefte verschiedenster Berufsgruppen und Verbände, aber auch Fachliteratur, etwa für das Studium der Rechte oder der Medizin. Alles interessierte ihn. Besondere

Neugier jedoch, ja, eine geradezu schwärmerische Leidenschaft weckten bei Johann Veröffentlichungen über naturwissenschaftliche Forschungen, über neueste Erkenntnisse auf den Gebieten der Chemie und der Physik, und ihre Anwendung in Technik und Industrie. Mochten diese Veröffentlichungen auch noch so nüchtern und für ihn eigentlich unverständlich sein, ihre Lektüre rief die Vision eines zukünftigen modernen Garten Eden in ihm hervor, in den er sich dann gern selbst schon mal hineinträumte, auch, um hin und wieder, wenn auch nur für kurze Zeit, aus der oft bedrohlichen Gegenwart mit ihren unüberschaubaren Entwicklungen zu fliehen.

Obwohl also eher ein Schwärmer, war es Johann dennoch gelungen, die Auftragslage trotz aller Zerrüttung durch den Krieg und die Geldentwertung stabil zu halten. Allerdings wurde infolge der schwindelerregenden Inflation auch eine unglaubliche Menge Papier zum Druck der Millionen, Milliarden und zum Schluss Billionen Reichsmark ausweisenden Papiergeldscheine gebraucht.

Doch ausgerechnet jetzt, im Jahr der Geburt von Anton, dem lange erhofften Erben, gingen die Aufträge zurück, und Johann entschloss sich zu einer Kundenreise außer Plan. Nicht, um Gedrucktes, sondern um neue Aufträge und ausstehende Forderungen mit nach Hause zu bringen.

Nach Druckereibesuchen im Raum Hamburg, Frankfurt und Leipzig traf er Ende Oktober in München ein. Obwohl er einen Termin mit der Geschäftsführung vereinbart hatte, wurde er von Dr. Willinger persönlich empfangen.

Kein gutes Zeichen, dachte Johann und erwartete, dass auch dieser Druckereibesitzer, wie all die anderen, die ihn auf seiner Rundreise persönlich empfangen hatten, die eigene, sich täglich verschlechternde Auftragslage beklagen würde, um dann eine Kreditverlängerung oder gar einen Preisnachlass zu erbitten. Er hatte bisher, um überhaupt Aufträge zu schreiben, manchem Kunden gegenüber bereits Zugeständnisse gemacht. Dieses Mal würde er unnachgiebig sein müssen, er konnte und wollte, er durfte das eigene Unternehmen nicht durch weitere Zugeständnisse gefährden. Unwillkürlich straffte Johann Rücken und Schultern, bevor er das Büro von Dr. Willinger betrat.

Zu seinem Erstaunen war Dr. Willinger nicht allein, sondern in eine Unterhaltung mit einem stattlichen älteren Herrn in dunkler Kleidung vertieft, die er jedoch sogleich unterbrach, um Johann zu begrüßen.

»Erlauben Sie mir, lieber Herr Bluhm, Sie mit dem General bekannt machen zu dürfen«, sagte er, nannte dann in ehrfürchtigem Ton den Namen, der Johann bekannt war, und stellte ihm dann diesen bekannten General stolz als Initiator einer unlängst gegründeten Produktionsgesellschaft zur industriellen Herstellung von Gold vor.

»Von Gold?«, fragte Johann überaus erstaunt und sah den General ungläubig an. Der verbeugte sich leicht, ohne auch nur eine Miene zu verziehen.

Die erste Anlage, die sich allerdings in einer Art Entwicklungsphase befände, sei tatsächlich in Betrieb und produziere bereits das erste industriell gewonnene Gold, beeilte sich Dr. Willinger zu erklären.

Johann lächelte verlegen, die Gegenwart des bekannten Generals, der nun industriell Gold produzieren ließ, verwirrte ihn.

Dr. Willinger ging zu seinem Schreibtisch, entnahm einem Schubfach einen bereits ausgefüllten und unterzeichneten Wechsel, überreichte ihn Johann und meinte mit deutlicher Genugtuung, dass er dank seiner Anteilsscheine an der Goldmine, wie er die Gesellschaft des Generals kurz und bündig nannte, die noch ausstehenden Forderungen seitens der Bluhm'schen Papierfabrik problemlos begleichen könne.

Johann schaute noch überrascht auf den Wechsel, den er unvermutet in seiner Hand hielt, da ließ Willinger von zwei Mitarbeitern schon eine große Karte aufhängen. Sie zeigte eine beeindruckende Anordnung von mehreren größeren und kleineren Kesseln, die durch Rohre und ein Geflecht von Schläuchen miteinander verbunden waren.

Die Abbildung weckte sofort Johanns schwärmerisches Interesse für alles Naturwissenschaftliche und seine Anwendung in Technik und Industrie, und so folgte er aufmerksam Dr. Willingers Erklärungen, der es zum Schluss dem General überließ, das Endprodukt dieser Produktionsanlage zu benennen.

»Gold«, sagte der General ohne jede Erregung in der Stimme, während sich die von Dr. Willinger, als er das Wort wiederholte, fast überschlug.

Der General entnahm einem schwarzen Lederköfferchen daraufhin eine schwarze Ledermappe und gab sie dem bewegten Druckereibesitzer, der sie behutsam auf seinen Schreibtisch legte und andachtsvoll öffnete.

Nach Aufforderung von Dr. Willinger, auf seinem Schreibtischstuhl Platz zu nehmen, beugte sich Johann über die vor ihm liegende aufgeklappte Doppelseite und begann, sie zu studieren. Sie enthielt Auskünfte über die rechtliche Form der Produktionsgesellschaft, über die Höhe der bisher geleisteten und noch benötigten Investitionen und den Hinweis auf die einmalige Gelegenheit, sich an der Gesellschaft mittels Anteilsscheinen beteiligen zu können. Tabellen ließen erkennen, in welchem Zeitraum welche Gewinne erwartet wurden, und die kletterten nach der Ausbauphase von einem, maximal zwei Jahren in eine außerordentliche Höhe.

Johann wurde von einem kurzen Schwindel erfasst, der abrupt endete, als er die beigefügte Liste der bisherigen Anteilseigner überflog. Sie verbürgte die prognostizierten Gewinne sozusagen auf gesellschaftlicher Ebene, enthielt sie doch bekannte Namen aus der bayerischen Großindustrie. Und auch der bayerische Adel hatte gezeichnet.

Über alle Maßen beeindruckt stand er auf, trat vom Schreibtisch zurück, schaute fragend vom Druckereibesitzer zum General und dann auf die Karte mit der Darstellung der Anlage.

»Kaum zu glauben, nicht wahr?«, sagte Dr. Willinger, lächelte nachsichtig und schlug ihm nun vor, an einer Besichtigung der Goldmine, die sich eine knappe Autostunde entfernt in der Nähe von Starnberg am Starnberger See befände, teilzunehmen. Johann willigte, so verblüfft wie neugierig, nach kurzem Zögern ein. Daraufhin verabschiedete sich der General, man würde sich ja gleich wiedersehen, murmelte er.

Wenig später saß Johann neben Dr. Willinger im Fond eines Automobils, das von einem Fahrer chauffiert wurde. Sie fuhren eine Uferstraße am Starnberger See entlang. Links und rechts präsentierten sich ihnen italienisch anmutende Villen in parkähnlichen Gärten oder reihten sich mehrgeschossige Häuser im Alpenstil aneinander, dazwischen sah er hin und wieder das Blau des Sees oder in der Ferne, wie Dr. Willinger erklärte, die Schneekuppen des Karwendelgebirges aufscheinen.

Schließlich lehnte sich Johann in seinen Sitz zurück und schloss die

Augen. Getragen von seinem schwärmerischen, ja leidenschaftlichen Glauben an den technischen Fortschritt, bestätigt durch die illustren Namen von Vertretern der bayerischen Industrie, der Finanz- und Adelswelt, geriet Johann nun ins Visionieren: Mithilfe der Gewinne durch den Besitz von Anteilsscheinen an der Goldmine würde er expandieren und sich seinen Lieblingswunsch, der Papierfabrik eine Druckerei anzugliedern, erfüllen können. Die Geburt seines ersten Sohnes nach vier Töchtern erschien ihm nun als verheißungsvolles Omen für eine solche unternehmerische Entscheidung, denn mit ihr würde er eine solidere Basis für die Zukunft schaffen. Auch würde Anton schon früh das gedruckte Wort lieben lernen, es vielleicht sogar eingehender studieren können als sein Vater.

Johann war auf dem Höhepunkt seiner Vision, als der Fahrer das Automobil von der Uferstraße in eine Einfahrt lenkte und, an einer Madonnenstele vorbei, in einen Kiesweg abbog. Unwillkürlich drehte er sich zu der Stele mit der Jungfrau Maria und dem Kind um und fasste sogleich Vertrauen zu diesem Ort, wurde er doch von der Muttergottes, Katharinas Schutzpatronin, bewacht.

»Ein herrliches Anwesen, nicht wahr?«, hörte er Dr. Willinger sagen, wandte sich wieder in Fahrtrichtung und sah ein bäuerlich anmutendes, zweistöckiges Giebelhaus, das in einer hügelig ansteigenden Parklandschaft mit altem Baumbestand lag.

Er habe sich die Industrieanlage als Fabrik vorgestellt, meinte Johann, und Dr. Willinger hörte deutlich die Enttäuschung in seiner Stimme.

Der Amselhof, so der Name des Anwesens, erklärte er schnell, gehöre dem Münchner Bankier Münzer. Die Anlage befände sich hinter dem Landhaus, in jenem Hügel mit den kleinen Entlüftungsschornsteinen, Dr. Willinger wies in die Ferne, und Johann suchte nach Schornsteinen, fand jedoch keine. In früheren Zeiten, fuhr Dr. Willinger fort, sei das Gewölbe im Hügel Lagerraum des ehemaligen Nonnenklosters gewesen, zu dem der Amselhof gehöre und von dem er seinen Namen erhalten habe, hießen doch in Bayern Nonnen im Volksmund auch *Amseln*. Und diesen Lagerraum der Amseln habe der Bankier dem General für die erste Anlage zum Zwecke der industriellen Herstellung von Gold zur Verfügung gestellt.

»Sie werden überrascht sein!«, versprach der Druckereibesitzer enthusiastisch.

Johann nickte nur, er war enttäuscht, ganz selbstverständlich hatte er sich das auf der Schaukarte so beeindruckende Kesselsystem in der Halle eines Fabrikgebäudes vorgestellt und nicht in einem Gewölbe unter einem grasbewachsenen Hügel.

Der helle Kies knirschte unter den Reifen und das Automobil rutschte beim Bremsen ein wenig aus der Spur, dann öffnete ihnen der Fahrer auch schon die Wagentür. Kurz darauf passierten Dr. Willinger und Johann die schwere Eisentür zu dem durch eine große Anzahl von Lichtröhren gleißend hell erleuchteten, fensterlosen Gewölbe im Hügel.

Obwohl auch die Produktionsanlage nicht die beeindruckende Größe aufwies, wie sie die Darstellung auf der Karte hatte erwarten lassen, sah sich Johann nun doch an einem Ort offensichtlich hochmoderner industrieller Fertigung. Seine Enttäuschung gab sich im gleißend hellen Licht langsam wieder, und er folgte Dr. Willinger mit neu erwachter Wissbegier in den Kreis der bereits anwesenden Herren. Auch sie wollten die Herstellung von industriell gewonnenem Gold kennenlernen, wie Dr. Willinger erklärte, bevor er Johann mit den einzelnen Interessenten bekannt machte. Und auch jetzt glaubte Johann wieder, bekannte Namen zu hören.

Unversehens trat ein unscheinbarer Mann in einem weißen Kittel in die Mitte der kleinen Gesellschaft. Er stellte sich als Diplomingenieur August Lowicki vor, bat um Aufmerksamkeit und begann, die Funktion und Anordnung der Kessel und der kleineren und größeren Rohre sowie das unüberschaubare Gewirr der Schläuche zu erklären.

Alle Anwesenden hörten gespannt zu. Als der Ingenieur jedoch immer mehr Formeln auf eine große Tafel schrieb und sie bald wieder löschte, um neue Formeln hinzuschreiben, verloren einige unter den Anwesenden die Geduld. Unruhe machte sich bemerkbar, unwilliges Gemurmel wurde laut, bis endlich ein gewichtig aussehender Mann aus der kleinen Gesellschaft heraus und vor den Ingenieur trat.

»Man hat uns gesagt, wir würden hier im Hügel der Gewinnung von Gold beiwohnen und es am Ende in der Hand halten«, trug er dem Ingenieur mit vibrierender Ungeduld in der Stimme vor, »von Formeln verstehen wir nichts, uns ist echtes Gold versprochen worden, davon verstehen wir etwas!«

Der Ingenieur entschuldigte sich höflich, aber Dr. Tausch verlange, dass er den Interessenten die Formel zur industriellen Herstellung von Gold, die dieser über Jahre experimentell entwickelt habe, zumindest im Ansatz zur Kenntnis bringe, gebe es doch genug Scharlatane auf diesem Gebiet.

»Durchaus!«, pflichtete ihm nun einer der Interessenten bei.

Allerdings, schränkte daraufhin der Ingenieur ein, müsse der entscheidende letzte Schritt der Transformation geheim bleiben, könnte doch sonst jedes beliebige Unternehmen die Erfindung des Dr. Tausch nutzen.

In diesem Moment wurde die schwere Eisentür geöffnet und der General trat ein.

»Dem General geht es wie Ihnen, meine Herren«, erklärte der Ingenieur, während er sich kurz in dessen Richtung verbeugte, »er kommt stets erst dann, wenn ich geendet habe, auch ihn langweilen die Formeln, er will Taten und Tatsachen sehen!«

Einige der Anwesenden klatschten Beifall.

Der Diplomingenieur ging nun zu einem Pult mit unterschiedlichen Armaturen, mittels eines Hebels setzte er die Anlage in Betrieb, zumindest waren jetzt Geräusche wie beim Einströmen von Gas oder Wasser zu hören. Ein Mann trat aus einer der mit Milchglas verkleideten hinteren Kabinen und ging zum Pult. Wie der Diplomingenieur, der ihm sofort Platz machte, jedoch weiter assistierte, trug auch er einen weißen Kittel.

Dr. Willinger stieß Johann mit dem Ellenbogen an: »Das ist er«, flüsterte er, »Dr. Dr. Friedrich Tausch, Doktor der Physik und Doktor der Chemie!«

Zur großen Überraschung von Johann war der doppelte Doktor noch recht jung, schlank, hochgewachsen und hatte dunkles volles Haar. Johann hatte einen eher fülligen, älteren, leicht gebeugten Mann mit ergrautem Haarschopf und einem grauen Bart erwartet, einen Mann der Wissenschaft, der in ihrem Dienste grau geworden war. Stattdessen stand hier ein junger Spund! Was sollte der schon wissen, was konnte der erforscht haben?! Johann spürte, wie ihm unbehaglich wurde, wie er zu zweifeln begann, ja, wie es ihn sogar drängte, umgehend das Gewölbe zu verlassen. Doch er stand vorn in der ersten Reihe neben Dr. Willinger, der mit großer Aufmerksamkeit beobachtete, wie dieser noch junge Naturwissenschaftler von Kessel zu Kessel ging, wie er auf die beginnenden Geräusche lauschte, an verschiedenen Rädchen drehte und Hebel verschob, während der Diplomingenieur auf den Anzeigegeräten am Pult den Herstellungsprozess überwachte.

Unmerklich zunächst, jedoch unüberhörbar schwoll das leise Summen und Brummen bald zu einem immer lauter werdenden Ächzen und Stöhnen an, das nach einiger Zeit in heftiges Hämmern und Klopfen überging, was dann ein Zittern und Beben der Kessel auslöste, je öfter der junge Wissenschaftler die Hebel und Rädchen manipulierte, bis irgendwann im ganzen Gewölbe ein geradezu höllischer Lärm ausgebrochen war, sodass Johann dem Beispiel von Dr. Willinger und einigen anderen Herren folgte und sich die Ohren zuhielt.

Mit einem lauten dumpfen Knall endete das ohrenbetäubende Getöse dann ganz plötzlich, und aus dem in der Anordnung letzten Kessel strömte dichter weißer Dampf. Er wuchs schnell zu einer Wolke an, die drohte, sich im ganzen Gewölbe auszubreiten, was den einen oder anderen Beobachter nun doch zum Ausgang schielen ließ.

Doch nun trat der General, der sich bisher im Hintergrund gehalten hatte, entschlossenen Schrittes nach vorn neben den noch immer bebenden und weißen Dampf ausstoßenden Kessel, gab den Anwesenden ein Zeichen der Beruhigung, wartete, bis das Ausströmen von Dampf nachließ, dann streifte er den Asbesthandschuh über, der ihm von dem jungen Wissenschaftler gereicht worden war.

Bevor der General mit der durch Asbest geschützten Hand eine kleine Klappe am Kessel, unter der ein Auffangkörbchen aus Draht montiert war, zurückschob, bat er um volle Aufmerksamkeit. Was nicht nötig gewesen wäre. Alle Interessenten und auch Dr. Willinger, der, wie er Johann mitgeteilt hatte, dem Herstellungsprozess bereits schon öfter beiwohnen durfte, und sogar der Diplomingenieur selber starrten erwartungsvoll auf die Klappe mit dem Drahtkörbchen darunter. Nur der junge Wissenschaftler hielt seine Augen gesenkt, er schien wie in sich versunken. Mit einem Ruck ließ der General nun die Klappe zurückfliegen und etwas fiel in das Auffangkörbchen. Der General nahm dieses Etwas, es war ein kleiner glänzender Klumpen, aus dem Körbchen und Johann meinte, als der General den Klumpen in ein mit kaltem Wasser gefülltes Gefäß, das ihm der Diplomingenieur gereicht hatte, legte, einen kurzen leisen Zischlaut zu hören, so still war es geworden.

»Gold«, sagte der General, »überzeugen Sie sich, meine Herren!« Er nahm das Gefäß und reichte es weiter.

Es ging von Hand zu Hand, und auch Johann betrachtete den glänzenden Klumpen, der dort im Wasser lag.

Nun forderte der Diplomingenieur die Anwesenden auf, jeder von ihnen möge diesen Klumpen einmal in die Hand nehmen. Und Johann folgte wie die anderen seiner Aufforderung und meinte, er sei noch warm, als er ihn auf der Handfläche wog. Er rollte ihn hin und her und versuchte, sich an das spezifische Gewicht von Gold zu erinnern. War es nicht ein schweres Metall? Dieses Klümpchen wog verhältnismäßig schwer. Und es glänzte wie Gold. Johann spürte, wie seine Zweifel und Vorbehalte gegen den jungen Wissenschaftler verflogen. Er reichte das Gold weiter und schaute ihm mit wachsendem Staunen hinterher wie alle anderen auch.

Um den Nachweis echten Goldes zu demonstrieren, bat der Diplomingenieur die Herren nun in eine der Kabinen im hinteren Teil des Gewölbes. Dort legte er den Klumpen auf eine Waage, deren Eichung er zuvor demonstrierte, und wog ihn. Dann wurde er von ihm vermessen. Nun rechnete der Ingenieur den Anwesenden das spezifische Gewicht vor. Und danach gab es für alle keinen Grund mehr zu zweifeln, es war bewiesen: Das Klümpchen war reines Gold. Da klatschten die Interessenten und auch alle anderen begeistert, ja, überwältigt in die Hände, und Johann, dem Schwärmer, schossen Tränen in die Augen angesichts dieses Wunders, das ja kein Wunder war, sondern reine Naturwissenschaft.

Der Diplomingenieur begleitete die kleine Gesellschaft zurück in den Eingangsbereich, dort stand Dr. Tausch in angeregtem Gespräch mit dem General, in das die Besucher gleich einbezogen wurden, erörterten der General und der junge Wissenschaftler doch die Bedingungen für die nächste Entwicklungsstufe. Mit der jetzigen Anlage sei gegenwärtig eine Tagesproduktion von maximal zwanzig Gramm Gold möglich, sagte der junge Wissenschaftler, er könne sie aber auf fünfzig Gramm steigern. Eine Tagesproduktion von hundert und erst recht von fünfhundert Gramm wäre nur mit einer größeren Anlage zu erreichen.

»Schaffen Sie uns mit dieser fünfzig Gramm, dann sind wir für den Anfang zufrieden«, meinte der General gut gelaunt und rechnete den Anwesenden das Monatsvolumen der Anlage bei einer Fünfzig-Gramm-Tagesproduktion vor.

»Das macht uns so leicht keine Goldmine nach! Sie müssen sich beeilen, meine Herren, wenn Sie dabei sein wollen«, rief der General am Ende seiner Rechnung enthusiastisch, »allerdings sind für Stufe 1 bereits alle Anteilsscheine gezeichnet«, schränkte er ein, »ebenso für Stufe 2, unsere Hundert-Gramm-Produktion. Für Stufe 3, bei der wir fünfhundert Gramm produzieren wollen, sind aber noch Volumen frei.« Damit wies er auf den Diplomingenieur und auf Dr. Willinger: »Diese beiden Herren werden Ihre Fragen bei einem kleinen Imbiss beantworten«, sagte er und verabschiedete sich mit einer knappen Verbeugung für dringende Geschäfte. Dr. Tausch zog sich in seine Kabine zurück, und Diplomingenieur Lowicki führte die kleine Gruppe der Besucher den Hügel hinunter zum alten Landhaus.

Dr. Willinger, der vorausgeeilt war, empfing die Interessenten im modernen Anbau, einem großzügig gestalteten Wintergarten. Dort erwartete sie eine opulente Brotzeit mit aufgeschnittenem Braten und verschiedenen Sorten Käse. Es standen auch Bierkrüge bereit und ein Korb mit salzbestreuten Brezen. Bewegt davon, Zeuge des Menschheitstraums der Goldherstellung geworden zu sein, griff jeder erst einmal zum Bierkrug, man prostete sich zu. Dann setzte man sich und speiste, während Dr. Willinger geduldig die aufgeregten Fragen zur Höhe der geplanten Investitionen und dem Erwerb von Anteilsscheinen beantwortete, erklärte Diplomingenieur Lowicki die geplante technische und zeitliche Umsetzung der Produktionsstufe 3. Und während man aß und trank und sich informierte, versicherte man sich immer wieder überschwänglich, Zeuge eines Wunders geworden zu sein, das jedoch eben auf keinem Wunder beruhte, sondern auf reiner Naturwissenschaft.

Wie die meisten der Interessenten entschloss sich auch Johann Bluhm, Anteilsscheine der Stufe 3 zu zeichnen. Allerdings entschied er sich, angesichts seines Vorhabens, an die Bluhm'sche Papierfabrik eine Druckerei anzugliedern, im Gegensatz zur Mehrzahl der Interessenten für eine größere Summe.

Auf dem Weg zurück in die niedersächsische Heimat konnte er es kaum erwarten, Katharina in ihre unmittelbar bevorstehende glänzende gemeinsame Zukunft einzuweihen. Doch wie enttäuschte es ihn, als er sie, während er von der Goldproduktion berichtete, die Stirn runzeln sah und bei der Nennung des Namens des doppelten Doktors auflachen hörte. Schließlich unterbrach sie ihn mit einem furiosen Blitzen in den Augen und fragte, ob denn der Willinger den Verstand verloren hätte. Erst als er den General als Begründer des Unternehmens und bedeutende Namen bisheriger Anteilseigner nannte, beruhigte sie sich etwas, wollte nun aber von ihm bestätigt wissen, dass er auf keinen Fall selbst die Absicht hege, Anteile zu erwerben.

Johann wagte nicht, ihr die volle Investitionssumme für die von ihm bereits gekauften Anteilsscheine zu gestehen. Er nannte nach einigem Zögern einen wesentlich geringeren Betrag. Den allerdings habe er gezeichnet.

Katharina wurde blass, murmelte Heilige-Mutter-Gottes, bekreuzigte sich und flüsterte, einer, der Gold mache, ob nun Doktor der Chemie und Doktor der Physik, müsse mit dem Teufel im Bunde stehen. Von Johann ließ sie sich versprechen, die Beteiligung sofort wieder zu verkaufen, notfalls das ganze Teufelswerk, selbst bei Verlust, zu vernichten. Sich mit dem Teufel einzulassen bringe Unglück. Johann schwieg. Er war Protestant und glaubte nicht an den Teufel, ganz im Gegensatz zu seiner streng katholischen Frau.

Drei Jahre wartete Johann vergebens auf die versprochene Gewinnausschüttung, dann konnte er den Konkurs nicht länger verhindern. Die Finanzierung der Anteilsscheine über einen Bankkredit war eine zu hohe Belastung für die Papierfabrik geworden, das Unternehmen war, obwohl sich die allgemeine Wirtschaftslage weiterhin stabilisierte, unaufhaltsam in rote Zahlen geraten. Johann musste seiner Frau die volle Wahrheit gestehen.

Zuerst glaubte Katharina seinen Worten nicht. Doch mit dem Konkurs der Fabrik konfrontiert, kreisten ihre Gedanken dann nur noch darum, wie sie, um ihre Familie vor dem Absturz in die Armut zu bewahren, dem Teufel in der Person des Goldmachers, so ihr Name für den Dr. Tausch, das Geld für die Anteilsscheine wieder entwenden könnte. Auch wenn Anton noch immer ihr ganzes Entzücken war, über ihr Vorhaben, dem Teufel ein Schnippchen zu schlagen, versank sie in ein grübelndes Schweigen, und ihr Blick verdüsterte sich.

Und für Anton, dessen lichtes helles Wesen sonst ihren Blick stets hatte aufleuchten lassen, verdüsterte sich mit einem Schlag die Welt.

Eines Tages erfuhr Katharina durch einen früheren Geschäftsfreund ihres Mannes vom Aufschwung der Druckerei des Dr. Willinger. Die Partei, so der Geschäftsfreund, der auch der Willinger angehöre, die Nationalsozialistische Deutsche Arbeiterpartei, ließe sowohl ihre Parteizeitung als auch alle ihre anderen Parteipublikationen bei ihm drucken. Man erzähle sich, so der Geschäftsfreund weiter, die Gelder dafür würde ein naturwissenschaftliches Genie, ein Doktor der Chemie, der Mathematik und der Physik verdienen, der ein Verfahren zur industriellen Herstellung von Gold entwickelt habe.

Sofort beschloss Katharina, ohne Wissen ihres Mannes, Dr. Willinger in seiner Druckerei aufzusuchen. Sie legte alles, was sie ersparen konnte, für die Reisekasse beiseite, erwog jedoch bald, sich zusätzlich Geld zu leihen, da es andernfalls monatelang dauern würde, bis sie den Betrag für ihre Reise beisammenhätte. Mit dem Verlust der Papierfabrik waren sie arm geworden. Die komfortable Villa hatte verkauft und gegen eine bescheidene Wohnung getauscht werden müssen, Johann arbeitete als Außendienstler für den neuen Besitzer der Bluhm'schen Fabrik.

Anton begann zu kränkeln. Es war, als würden die Sorgen der Mutter, die das Leuchten aus ihren Augen verdrängt hatten, nicht nur an ihrer, sondern auch an seiner Lebensenergie zehren. Er saß nun oft mit unkindlich ernster Miene mal auf dem Schoß der einen, mal auf dem der anderen Schwester, und jede versuchte, ihn zu erheitern. Darüber gerieten die Schwestern in heftigen Wettbewerb und strapazierten den kleinen Anton mehr mit ihren sich überbietenden Aufmerksamkeiten, als ihn damit zu erfreuen.

Schließlich wurde Anton ernsthaft krank, er bekam eine Lungenentzündung. Katharina, besessen von dem Willen, diesem Teufel, dem Leibhaftigen, dem ihr Mann da auf den Leim gegangen war, das Familienvermögen wieder zu entreißen, und seit Monaten mit den Vorbereitungen zu ihrer Reise nach München beschäftigt, erschrak zutiefst. Wollte er, der ihnen Hab und Gut genommen hatte, ihnen jetzt auch noch das Liebste, das jüngste Kind, den einzigen Sohn nehmen?

Sie gab nicht nur ihre Reise, sie gab ihr Vorhaben insgesamt auf, wich nicht von Antons Bett und betete zur Muttergottes. Als sich Antons Zustand dramatisch verschlechterte, gelobte sie, er würde Priester werden, sofern er die Krankheit überleben sollte.

Und Anton genas. Zum Dank sprach Katharina noch mehr fromme Gebete und lehrte sie auch Anton. Er sprach sie, ihr zuliebe, alle nach, aber sie hinterließen keine so tiefe Wirkung wie ihre Erzählungen vom Goldmacher, diesem Teufel und seinem Teufelswerk. Gegen ihn konnte der liebste Gott der Welt keinen Stich machen. Und den schien er gegenüber diesem Teufel ja auch gar nicht machen zu wollen, nachdem die Wirkung, die der Leibhaftige auf die Mutter ausübte, nicht aufzuheben war: Das Aufleuchten und Strahlen in ihren Augen, das Licht der ersten Jahre, es kehrte nicht wieder zurück. Und irgendwann formte sich in Anton der Wille, es selber zurückzubringen. Das Licht.

2.

Anders als Anton, der mit seinem Einzug in die Welt alle beglückt hatte, schwächte Franz die noch jugendliche Alexandra bei seiner Geburt bis zur Ohnmacht: Er legte sich quer. Nur dem Geschick der Hebamme war es zu verdanken, dass er auf natürlichem Wege und nicht durch einen Kaiserschnitt zur Welt kam, zwei Monate nach Anton, am 29. September 1924 in München als Erstgeborener von Hubert und Alexandra Münzer.

»Mei, was für ein schwerer Bub!«, rief die Hebamme erstaunt und erleichtert aus, als sie den Franz endlich in den Händen hielt.

Alexandra erholte sich in den kommenden Wochen nur langsam von der anstrengenden Geburt und Hubert Münzer schlug seiner jungen Frau schließlich vor, sich zur Genesung auf den Amselhof zurückzuziehen.

In das Landhaus fuhr er sie dann selbst hinaus und blieb noch zum Tee, der im Wintergarten serviert wurde, dort, wo wenige Tage zuvor Johann Bluhm den verhängnisvollen Kauf von Anteilsscheinen an der Gesellschaft zur industriellen Produktion von Gold gezeichnet hatte. Anschließend fuhr der junge Vater wegen dringender Geschäfte zurück nach München.

Hubert Münzer war dreißig Jahre alt. Knapp ein Jahr zuvor hatte er die neunzehnjährige Alexandra, die bereits schwanger gewesen war, gegen den Willen ihrer großbürgerlichen Eltern geheiratet. Er selber war in einem bürgerlichen Elternhaus aufgewachsen, wo man traditionell die Arzt- oder Anwaltslaufbahn einschlug. Für beide Berufe empfand Hubert allerdings keinerlei Neigung, er fühlte sich zu Höherem berufen, schon als Kind hatte er Wappen deutscher Adelshäuser gesammelt, im Krieg dann Auszeichnungen.

Das Ende des Kaiserreichs hatte ihn tief erschüttert. Er nahm dem Kaiser den verlorenen Krieg ganz persönlich übel und weinte ihm deshalb keine Träne nach, sondern folgte seinem ausgeprägten Gefühl, dass dieser große Zusammenbruch durchaus auch große Gelegenheiten bieten würde. Und tatsächlich machte er innerhalb kurzer Zeit mit illegalen Transaktionen erhebliche Gewinne, was seinen Ehrgeiz erst richtig anspornte und ihn alle seine Talente einsetzen ließ, um das schnell erworbene Vermögen weiter zu vermehren. Was ihm auch gelang. Hubert besaß einen ausgeprägten Instinkt für Geschäfte, der ihm schließlich auch die Türen zu den gesellschaftlichen Kreisen von Alexandra öffnete.

Als er sie das erste Mal auf einem Empfang sah, durchzuckte ihn so etwas wie ein elektrischer Schlag. Sie hingegen, hochgewachsen und auf eine Weise kräftig, die Hubert an Frauen liebte, hatte ihn nicht bemerkt. Vielleicht weil er eher als etwas klein geraten gelten musste. Sie trug ein weißes Sommerkleid, das ihren Oberkörper eng umschloss und dessen fließender Rock die geschwungenen Linien ihrer Hüften und Beine nachzeichnete. Ihr hübsches Gesicht war von schwarzem Haar umrahmt.

Immer wieder hatte Hubert seinen Blick an ihre Gestalt geheftet und versucht, magnetisierende Kräfte zu entwickeln und sie so zu zwingen, ihn anzusehen.

Einmal hatte sie sich tatsächlich in seine Richtung gedreht, doch ein junger Mann war auf sie zugegangen, hatte ihre Hand genommen, sie lange in seiner gehalten und sie dann an seinen Mund geführt und geküsst. Das löste in Hubert den Entschluss aus, Alexandra für sich zu erobern. Doch er wollte vorbereitet sein und ihr mehr bieten als nur die Aussicht auf Reichtum und Vermögen, die sie von Haus aus sowieso hatte, wie er schnell herausfand. Aber was konnte dieses *Mehr* sein?

Kurz darauf hielt sich Hubert in Wien auf und lernte dort den General kennen, der am Abend einen Vortrag besuchen wollte und Hubert einlud, ihn zu begleiten. Aus Höflichkeit nahm er an. An diesem Abend nun fand Hubert jenes *Mehr*, das er suchte. Mit ihm, das wusste er gleich, würde er nicht nur Alexandra erobern, mit diesem *Mehr* würde er, und mit ihm viele andere, zu Eroberungszügen ganz anderer, ganz neuer Art aufbrechen, das hatte er gleich gespürt, nein, gewusst.

Der Vortrag hatte in der Technischen Universität stattgefunden. Der Hörsaal füllte sich schnell und war schon bald überfüllt, und als der Vortragende auf das Podium stieg, begrüßten ihn die Zuhörer mit großem Beifall, allerdings unüberhörbar laut von schrillen Pfiffen unterbrochen. Sofort waren selbsternannte Ordnungshüter aufgesprungen und hatten die Pfeifenden, es waren fünf junge Männer, nach einem kurzen Gerangel überwältigt. Von einer bereits nun schon größeren Anzahl selbst ernannter Ordnungshüter wurden sie umgehend aus dem Saal hinausgedrängt, gestoßen, ja, geprügelt.

Hubert hatte neben dem General in der ersten Reihe gesessen und gehört, wie er etwas über das bolschewistische Gesindel gemurmelt hatte.

Der Mann im grauen Anzug, der hinter das Stehpult getreten war, konnte endlich mit seinem angekündigten Vortrag über das Planetensystem der Erde beginnen. Hubert hatte vor, die veranschlagten anderthalb Stunden des Vortrags für seine strategischen Planspiele zur Eroberung von Alexandra zu nutzen. Doch irgendwann drang das Wort *Welteislehre* zu ihm durch und ergriff ihn, ja, mit einem Schlag war seine ganze Aufmerksamkeit bei dem Mann im grauen Anzug hinter dem Stehpult.

Von nun an war er ihm nicht nur gefolgt, er hatte die Worte in sich hineingesogen, und sie schienen ihm zunehmend Teil einer Offenbarung. Am Ende war er wie die meisten der Zuhörer aufgesprungen und klatschte nicht enden wollenden Beifall, berauscht vom Offenbarten.

Was ihm am Anfang des Vortrags entgangen war, holte er anschließend in kleinem Kreis und im Gespräch mit dem General nach, sodass ihm die *Welteislehre* in allen ihren Einzelheiten bekannt wurde. Erst in den frühen Morgenstunden hatte man sich wie heimliche Verbündete voneinander verabschiedet.

»Lachen Sie nicht, hören Sie gut zu!«, hatte Hubert einige Tage darauf gesagt, Alexandras Arm genommen und sie aus der kleinen Gesellschaft hinaus in den Park des Landhauses am Starnberger See geführt, um sie in die jüngst offenbarte Welteislehre einzuweihen und ihr von den Giganten, den Übermenschen zu berichten, die einst in der Vorzeit die Erde bewohnt hatten.

»Sie waren Halbgötter und verfügten über einen direkten Zugang zu den Kräften des Universums«, hatte er erklärt und versucht, die Frau, die er erobern wollte, mit einem bezwingenden Ausdruck in Augen und Mimik zu fixieren. Alexandra hob erstaunt, aber auch interessiert die Augenbrauen.

»Sie beherrschten die Welt«, fuhr er fort, »im Vergleich zu diesen

Übermenschen und ihrer fortgeschrittenen Zivilisation sind wir mit unseren technischen und zivilisatorischen Errungenschaften Zwerge!«

Hubert hatte einen Augenblick innegehalten und das Gefühl des Triumphs ausgekostet, das ihn seit dem Abend in Wien wie auf Flügeln einer glanzvollen Zukunft entgegentrug: der glorreichen Zukunft mit Alexandra, der eigenen und der in einem zukünftig glorreichen Deutschland.

»Und was ist mit diesen Übermenschen geschehen?«, hatte Alexandra gefragt, »was ist aus ihnen geworden?«

»Sie schlummern in uns!«, war es aus Hubert herausgeplatzt.

Alexandra hatte ihn überrascht angesehen und dann gelacht. Die Vorstellung, dass in diesem nicht übermäßig großen und in seinem Äußeren eher durchschnittlich wirkenden Mann ein Gigant, ein Übermensch schlummern sollte, amüsierte sie.

»Lachen Sie nicht, hören Sie gut zu!«, hatte Hubert noch einmal gesagt. Und während er mit ihr an duftenden Rosenbüschen und blühenden Stauden vorbei über die mit Buchsbaum gesäumten Kieswege des Parks schlenderte, entführte er sie in eine Zeit, die nicht nur Millionen, sondern Milliarden Jahre zurücklag, in jenen kosmischen Zeitraum, als ein gigantischer Eismeteorit auf die Sonne fiel und eine Explosion auslöste, die einen Teil des glühenden Planeten ins All schleuderte. Dieser Teil zerfiel in Stücke und brachte ein Planetensystem von Eismonden hervor, die um die Erde kreisten, schließlich nacheinander auf sie herunterfielen und jene Bedingungen schafften, die alles Leben, das sich entwickelte, riesige Ausmaße annehmen ließ. Zunächst sei die Erde von gigantischen Pflanzen und monströsen Insekten bevölkert gewesen, hatte Hubert weiter erzählt, dann, nach dem ersten Eismondfall, von Dinosauriern. Nach dem zweiten Eismondfall hätten Giganten, wahre Übermenschen, auf der Erde gelebt. Parallel jedoch habe sich eine andere Spezies entwickelt, die Arier. Sie seien noch keine Übermenschen gewesen, hätten jedoch die Erbanlagen zum Übermenschen bereits in sich getragen.

»Trotz aller Weltbeherrschung«, war Hubert fortgefahren, »erlebten auch die Giganten ihre Götterdämmerung, als der dritte Eismond fiel. Nicht so die Menschen, die Arier. Sie überlebten und kämpften mutig und mit Erfolg gegen den einen oder anderen infolge des Eismondfalls entarteten Giganten, davon haben bereits die alten Griechen berichtet.«

Alexandra hatte kurz innegehalten und nachgedacht, dann langsam genickt, ja, die Geschichte von Odysseus und wie er den Zyklopen besiegte, sei ihr bekannt, hatte sie gesagt, und nun diesem fast sachlich und dennoch leidenschaftlich referierenden Mann an ihrer Seite gern zugehört.

»Irgendwann wird der letzte, der vierte, unser Mond auf die Erde fallen und uns vernichten«, erklärte Hubert und Alexandra war stehen geblieben und hatte die Stirn gerunzelt.

»Das ist das Gesetz des Kosmos«, hatte Hubert aufgetrumpft, »ein immerwährender Kampf!«

Er hatte erneut Alexandras Arm ergriffen und sie tiefer in den Park hineingeführt und, jetzt erregt, weitergesprochen: »In uns Ariern hat die Erbanlage des Übermenschen überlebt, wir Arier können die Auslöschung der Menschheit verhindern, indem wir die Herrschaft auf dieser Erde übernehmen und unsere Erbanlage bis zur Reife, bis zum Übermenschen weiterentwickeln! Wir müssen den Kosmos beherrschen, bevor er uns vernichtet! Machen wir uns an die Arbeit!«, hatte Hubert voller Enthusiasmus ausgerufen und Alexandra an sich gezogen und sie geküsst.

So überraschend es dazu gekommen war, Alexandra ließ sich bereitwillig küssen, ja, auch wenn es noch nicht richtig in ihr Bewusstsein vorgedrungen war, sie war bereit für diesen Mann, hatte er doch einen heimlichen Wunsch in ihr berührt, den sie seit Langem in sich trug, und sie wartete immer ungeduldiger darauf, dass er sich erfüllen möge: endlich den Platz einzunehmen, der ihr verwehrt wurde. Sie war die Erstgeborene, hatte sich prächtig entwickelt, doch das machte das Missgeschick, als Tochter auf die Welt gekommen zu sein, nicht wett. Das ganze Ausmaß dieses Missgeschicks offenbarte sich ihr, als der Zweitgeborene, der Bruder, designierter Alleinerbe wurde, während sie mit einem Bruchteil des Erbes abgefunden werden würde. Alexandra war tief gekränkt gewesen, hatte sich nicht nur in die zweite, sie hatte sich in die hinterste Reihe der Familie zurückgesetzt gefühlt. Hubert Münzer schien ihr nun für diese Kränkung Genugtuung zu bieten, sie würde sich durch ihn und mit ihm zu wahrhaft Höherem aufschwingen, an dessen Horizont die Beherrschung des Kosmos aufdämmerte, und so erwiderte sie seinen Kuss leidenschaftlich.

In die Heirat mit Hubert hatten ihre Eltern erst eingewilligt, als sie bereits ein Kind von ihm erwartete. Als Mitgift bekam die Tochter den Amselhof, das Landhaus, in dem sie Hubert kennengelernt hatte.

Zu den Hochzeitsgästen hatte auch der General gezählt. Er fand in Alexandra eine schnell entflammte Zuhörerin der unglaublichen Geschichte, dass ein junger Wissenschaftler der Technischen Universität München die Formel zur industriellen Herstellung von Gold entdeckt hatte. Sie unterstützte sofort das Vorhaben des Generals, eine Produktionsgesellschaft zu gründen, und überredete Hubert, das seit Langem nicht mehr genutzte Gewölbe im Hügel für den Bau einer ersten Anlage zur Verfügung zu stellen.

Seitdem hatte nicht nur das von Hubert an den nahen Horizont gerückte Zeitalter der Arier, der künftigen, unbesiegbaren Übermenschen, sondern auch noch eine schon bald in Aussicht gestellte Goldproduktion Alexandras Traum von einer macht- und glanzvollen Zukunft genährt.

Doch die Versprechungen erfüllten sich nicht, wie sie es sich erträumte. Und als Hubert immer häufiger in geheimer Mission unterwegs war und sie mit dem kleinen Franz auf dem Amselhof zurückließ, erhoffte Alexandra sich die Erfüllung ihrer Wünsche mehr und mehr in der Person des Goldmachers. Zunächst nahm sie, den kleinen Franz auf dem Arm, an den Vorführungen für Interessenten an Anteilsscheinen teil, um in dem kleinen Klumpen Gold nicht nur die eigene glorreiche Zukunft, sondern auch die von ganz Deutschland wenigstens schon einmal aufscheinen zu sehen.

Aber schon bald zog es sie auch sonst immer öfter den Hügel hinauf und ins Gewölbe. Sie verstand kein Wort von dem, was der Goldmacher ihr, wenn sie ihn fragte, erklärte, aber sie hing geradezu an seinen Lippen. Bald häuften sich ihre Besuche unter dem Vorwand, der kleine Franz wünsche es sich.

Tatsächlich zog das geheimnisvolle Gewölbe mit seinen schnurrenden, sirrenden und Dampf ausströmenden Kesseln, dem Geflecht von großen und kleinen Rohren und dem Gewirr von Schläuchen den kleinen Franz magisch an. Vielleicht übertrug sich aber auch nur die Neugier, die Wissbegier seiner Mutter auf ihn, denn der sonst überaus lebhafte Junge folgte, wann immer Alexandra mit ihm die Anlage im Hügel aufsuchte, still dem dunkelhaarigen Mann mit dem leidenschaftlichen Blick, folgte jeder seiner Bewegungen und den Worten, die er sagte, auch wenn er sie ganz gewiss nicht verstand.

Obwohl viel abwesend, so entging Hubert das wachsende Interesse seiner Frau für den Goldmacher nicht, denn Diplomingenieur August Lowicki informierte ihn über Alexandras nun fast tägliche Anwesenheit im Hügel. Unter dem Vorwand, die Dämpfe könnten für den kleinen Franz schädlich sein, verbot Hubert seiner Frau schließlich den Zutritt zur Produktionsanlage.

Alexandra erschrak, stimmte ihrem Mann schuldbewusst zu und hielt sich nun mit dem kleinen Franz viel an der gesunden frischen Luft auf, doch sie litt, ohne es sich einzugestehen, unter der Leere, die das Verbot hinterließ. Bald begann sie, das Landhaus zu meiden, und suchte Ablenkung in der Stadt. Sie fand jedoch ohne ihren Mann, der nach wie vor oft auf Reisen war, keinen richtigen Zeitvertreib und ihre innere Unruhe wuchs.

Eines Tages besuchte Alexandra in Begleitung einer ihrer ehemaligen Schulfreundinnen, zu der sie wieder Kontakt aufgenommen hatte, eine Versammlung der Theosophischen Gesellschaft und entdeckte nun die Welt des Übersinnlichen, und ihre schnell entflammbare Seele fand ein neues Zuhause. Sie beschäftigte sich jetzt mit Buddhismus, Seelenwanderung und Wiedergeburt.

Der kleine Franz musste sich bald an die Gegenwart wenn auch unsichtbarer, so doch fast täglicher Wunder gewöhnen. Als jedoch einmal eine Dame zu Besuch kam, von der die Mutter behauptete, sie könne Gedanken lesen, lief er aus dem Haus und durch die Gartenpforte zu dem Freund nebenan. Auch erschreckte ihn ein Hypnotiseur, der ihm zum Spaß hypnotisierende Bewegungen vormachte. Er rannte schreiend in die Küche, versteckte sich unter dem Herd und war selbst mit Bonbons nicht darunter hervorzulocken. Auch die Köchin und das Hausmädchen waren verschreckt, und sie weigerten sich, der kleinen

Gesellschaft, die der Hypnose eines Mediums beiwohnen wollte, Kaffee zu servieren.

Hubert, dem von der Köchin darüber berichtet wurde, lachte nur, diese harmlosen Vergnügungen wollte er Alexandra nicht verbieten. Er war froh, sie beschäftigt zu wissen, während er sich, wieder angeregt von dem General, nun für Politik interessierte. Auch gegen den Kreis der Freunde Tibets, deren Mitglieder sich einmal im Monat bei Alexandra einfanden, hatte er keine Einwände.

Eines Tages nun, während eines Vortrags der Freunde Tibets vor größerem Publikum über die Arier und ihre Aufgabe, die Welt zu erlösen, dachte Alexandra voller Sehnsucht an ihre erste Begegnung mit Hubert und wie er sie damals mit seinen Visionen vom Aufbruch in eine neue, eine außerordentliche Zeit gewonnen hatte. Nichts deutete seitdem jedoch darauf hin, dass die schlummernden Übermenschen erwachen und Übermenschliches vollbringen würden. Wieder wurde Alexandra von heftiger Unruhe erfasst, gegen die keines der Mittel, die ihr der Hausarzt verschrieb, half. Und so überwand sie schließlich ihre innere Scheu, suchte eine bekannte Hellseherin auf und stellte ihr zwei Fragen. Ob der *Führer,* von dem Hubert jetzt immer öfter sprach, das deutsche Volk und auch sie in jene ersehnte Zukunft der Übermenschen führen würde, wollte sie zuerst wissen, und danach, ob ihr ein weiteres Kind versagt bleiben sollte.

Ohne es zu ahnen, war Alexandra bereits schwanger, und so sagte ihr die bekannte Hellseherin sowohl die Geburt eines zweiten Kindes voraus als auch den Aufstieg eines Führers in einem Zeitalter großer Ereignisse. Beschwingt kehrte Alexandra nach Hause zurück und kündigte gleich ihrem Franzerl ein Geschwisterchen an.

»Ich will aber kein Geschwisterchen«, meinte Franz zuerst nur trotzig und trat dann zornig einen Ball weg, mit dem er gerade gespielt hatte und der nun prompt in die Scheibe des Vitrinenschranks mit dem Hochzeitsgeschirr flog, einem Geschenk von Alexandras Eltern. Nicht nur das Glas, auch zwei Teetassen zerbrachen. Alexandra schaute sorgenvoll auf ihren Sohn.

Franz war längst kein schwerer Bub mehr, sondern ein kräftiger Junge mit einem lebhaften Temperament. Von ihr hatte er die dunklen

Locken und die blauen Augen geerbt und von Hubert das jetzt schon deutlich geformte energische Kinn. Seine Wut- und Zornesausbrüche betrachtete sie mit wachsender Sorge. Wenig später dann auch sein unkindliches Interesse am Geschäftemachen, als er mithilfe seines gesparten Taschengelds am nahe gelegenen Kiosk neben der Schule die bei den Schülern beliebten neuen Wundertüten aufkaufte, um sie für das Doppelte wieder zu verkaufen, zumindest war das sein Plan gewesen. Der Kioskbesitzer verständigte sie und sprach sein Missfallen über Franzens unkindliche Geschäftemacherei aus. Hubert indes, mittlerweile Bankdirektor, betrachtete seinen Sohn daraufhin wohlgefällig und zwinkerte ihm anerkennend zu. Er war sichtlich stolz auf ihn: Trotz all der Wunder, in die ihn seine Mutter einweihte, trotz Alexandras Schwärmerei für den Goldmacher, die sie auf Franz übertragen hatte, verfügte sein Sohn doch ganz offensichtlich über einen Sinn für Geschäfte, wenn auch erst einmal nur für ein Geschäft mit Wundertüten.

3.

Obgleich die Produktionsgesellschaft des Generals erfolgreiche Geschäfte mit ihm, dem Goldmacher, abschloss, ahnte Friedrich Tausch lange Zeit nichts davon. Er war Naturwissenschaftler. Ein romantischer Naturwissenschaftler, denn er hatte sich den Naturwissenschaften über die Natur genähert.

Er war auf dem Land aufgewachsen. Beide Eltern unterrichteten als Lehrer an der Kreisschule einer Kleinstadt in der Nachbarschaft von Augsburg.

Der Schularzt vermutete bereits in der Grundschule bei Friedrich eine Tuberkulose und stellte ihn unter Beobachtung. Als sich der Verdacht später dann bestätigte, konnte Friedrich die Schule vorerst nicht mehr besuchen und seine Eltern unterrichteten ihn zu Hause. Von seinen Spielgefährten getrennt, entwickelte sich Friedrich notgedrungen zum Einzelgänger. Ersatz für die fehlenden Gefährten fand er in der Beschäftigung mit der Natur in seiner unmittelbaren Umgebung, im Garten und auf den angrenzenden Wiesen und Feldern.

Der Vater führte seinem Sohn zu Lernzwecken, aber auch zu seinem Zeitvertreib physikalische und chemische Experimente mit allem vor, was sich ums Haus herum finden ließ, und veranschaulichte Friedrich auf diese Weise die in der Natur schlummernden Kräfte, wenn auch nur in bescheidenem Maße. Aber gerade das hatte Friedrichs Vorstellung von dem, was sich tatsächlich in der Natur verbarg, heftig angefacht. Der Vater sprach von diesen Kräften auch als vom Wesen der Dinge.

Die Mutter wies ihn im Biologieunterricht auf die Ordnung und die Harmonie in Blüten und Gräsern hin, die wie dort in jeder Pflanze herrschen würden, wie groß oder klein sie auch sei, und sie nannte diese Ordnung und Harmonie die Seele der Pflanzen. In Religion und Kunst erfuhr er vom Schöpfer des allumfassenden Gesamtkunstwerks und von den schöpferischen Menschen, die danach strebten, es in ihren Werken abzubilden.

Dazu fühlte sich Friedrich nicht berufen, aber dafür begabt, wie die Naturwissenschaftler die Bestandteile von Gottes Schöpfung zu verstehen, um sie neu oder anders zusammenzusetzen.

Als die Tuberkulose geheilt war und er wieder die Schule besuchen durfte, glänzte er in allen Fächern, in denen ihn seine Eltern unterrichtet hatten. Im ersten regulären Zeugnis, das er erhielt, lagen seine Noten so weit über dem Durchschnitt, dass ihn sein Klassenlehrer für ein Begabtenstipendium vorschlug. Das Gremium, bestehend aus dem Schuldirektor und dem Pfarrer, gewährte es ihm und empfahl ihn für das Gymnasium in Augsburg.

Ein paar Jahre darauf gelang ihm das Abitur insgesamt gut, herausragend wurden jedoch die naturwissenschaftlichen Fächer benotet. Neben der Note sehr gut in Chemie, Physik und Mathematik stand im Zeugnis der Vermerk, diese Benotung wäre seinen Leistungen nicht angemessen, sie würden weit darüberliegen und mit summa cum laude zu bewerten sein, was auf einem Gymnasium jedoch nicht üblich wäre. Bei der Wahl des Studiums nun mochte Friedrich sich für keins der naturwissenschaftlichen Fächer, in denen er brilliert hatte, allein entscheiden, und so studierte er an der Münchner Universität sowohl Mathematik als auch Physik und Chemie.

Schnell wurde dort unter seinen Kommilitonen seine herausragende Begabung bekannt. Sie bewunderten ihn, beneideten ihn vielleicht auch heimlich, schien er doch mühelos alle Prüfungen zu bestehen, ja, er stellte hin und wieder den Professoren oder Dozenten Fragen, die diese nicht zu beantworten wussten. Dann lächelte er freundlich, lachte manchmal sogar kurz auf vor Vergnügen über die erstaunten Gesichter, wenn er seine Fragen selber beantwortete.

Obwohl er sich nie überlegen gezeigt hatte und immer hilfsbereit, so war er doch nicht wirklich beliebt und blieb als Student wie schon als Kind und später als auswärtiger Gymnasiast in Augsburg ein Einzelgänger. Er trat keiner der schlagenden Verbindungen bei, und auch das Biertrinken gehörte nicht zu seiner Lieblingsbeschäftigung.

Allein diese beiden Enthaltungen hatten auf seine Kommilitonen gewirkt wie früher die Tuberkulose auf seine Freunde und Mitschüler, sie mieden ihn, waren misstrauisch, beobachteten ihn, wurden schließlich ob seiner schnellen Fortschritte bald neidisch und missgünstig, dann offen feindlich. Ob der Friedrich Tausch vielleicht ein Täuscher sei, hatte er einmal jemanden fragen gehört. Ja, wahrscheinlich ist er nur ein Täuscher, hörte er einen anderen antworten, und er hörte, wie mehrere seinen Nachnamen Tausch in Täuscher verwandelten. »Ja mei, ja so was!« Er hatte sich umgedreht und in ein verächtlich blickendes Gesicht gesehen.

Friedrich hatte promoviert, als von den Siegern des Krieges die unerhörte Summe von 269 Milliarden Goldmark Reparation gefordert wurde. Sie sollten in zweiundvierzig Jahresraten gezahlt werden.

»Ein Berg aus purem Gold von knapp hunderttausend Tonnen Gewicht lastet auf unserem Land«, rechnete der Vater bei einem seiner Besuche aus und schloss daraus, dass der Goldberg das Land endgültig und für immer und ewig niederdrücken müsse.

Friedrich hatte lange darüber nachgedacht, dann Bücher gewälzt und sich schließlich an die Arbeit gemacht. Seine außergewöhnliche Begabung hatte ihren Sinn und ihr Ziel gefunden, er würde einen Weg finden, industriell Gold zu produzieren, um den Goldberg und mit ihm diese erdrückende Last schneller abzubauen.

Zunächst hatte er einen seiner Professoren mit einem ausgeklügelten Formelwerk, das er über Monate austüftelte, überzeugen können, dass es tatsächlich möglich wäre, mittels Kombinationen von chemischen und physikalischen Prozessen Gold herzustellen. Der Professor gestattete ihm daraufhin, erste Versuche in einem Labor der Universität durchzuführen. Zunächst waren sie recht entmutigend verlaufen. Dann begannen die Prozesse jedoch, sich tatsächlich in der Weise zu entwickeln, wie es das theoretische Formelwerk vorgegeben hatte. Daraufhin machte ihn der Professor mit dem General bekannt, der ihm erst skeptisch begegnete, dann jedoch großes Interesse zeigte.

Als Friedrich dem General im Universitätslabor mithilfe der geringen Mittel, die ihm zur Verfügung standen, ein zwar misslungenes, sonst jedoch beeindruckendes Experiment vorführen konnte, mit viel Gezische und Dampf und einem richtigen Knall, dessen außerordentliche Wirkung Friedrich von den eigens vom Vater für ihn veranstalteten Experimenten kannte, biss der General an.

Friedrich hatte das Spektakel nicht ganz absichtslos und keineswegs nur inszeniert, um den General zu beeindrucken, vielmehr glaubte er, nachdem er ja noch kein künstlich hergestelltes Gold bieten konnte, die Fantasie des Generals anregen zu müssen, damit ihm am Ende der Vorführung das Gold wenigstens als mögliches Produkt von Gezische, Dampf und Knall erscheinen würde. Und er überzeugt wäre. So wie er, Friedrich Tausch, überzeugt war, es tatsächlich herstellen zu können.

Einige Monate darauf hatte der General im Anschluss an einen der ersten Versuche mit der ausgeklügelten Produktionsanlage im Hügelgewölbe des Münzer'schen Landhauses, zu dem bereits Interessenten geladen worden waren, dann tatsächlich behauptet, nach dem Knall und dem Dampf wäre ein kleiner Klumpen Gold in das Auffangnetz gefallen, und er hätte ihn sogleich herausgefischt. Tatsächlich lag ein kleiner Goldklumpen in der Handfläche des Generals, den er dann zwischen zwei Fingern in die Höhe hielt.

Friedrich schlug das Herz bis zum Hals, blitzartig hatte er den General und sein Motiv durchschaut: Mochte er nun an seine Erfindung glauben oder nicht, für ihn war in diesem Moment entscheidender, dass die Interessenten, die Anteilsscheine kaufen sollten, an sie glaubten, und dafür brauchte er einen Beweis, einen kleinen Klumpen Gold. Er musste ihn, als er das Hügelgewölbe betreten hatte, in irgendeiner Tasche seines Anzugs mitgebracht haben. Unterstützt durch all den Dampf und das im Gewölbe des Hügels nicht unbeträchtlich verstärkte Getöse, das die Interessenten abgelenkt haben mochte, war es ihm gelungen, das bereits in der Hand befindliche Gold scheinbar aus dem Körbchen herauszunehmen.

Friedrich wurde von einem leichten Schwindel erfasst. Gewiss, er war ehrgeizig, aber kein Betrüger. Er war Naturwissenschaftler durch und durch, der keine Wunder vorführte, sondern Naturgesetze veranschaulichte, auch wenn er sich auf unbekanntem Gebiet bewegte und neue Schritte wagte, auch wenn er sein Ziel noch nicht erreicht hatte. Dennoch war er überzeugt, auf dem richtigen Weg zu sein. Der Eingriff des Generals jedoch war Betrug.

Anstatt nun entschlossen nach vorn zu treten und die Anwesenden darüber aufzuklären, dass der kleine Klumpen Gold zwischen den Fingern des Generals ein vorweggenommenes Ergebnis sei, eine Veranschaulichung sozusagen, war Friedrich einige Schritte zurückgewichen.

Und so würde er es auch in Zukunft halten, wenn das Gold durch die Hand des Generals ins Körbchen fiele. Der Ehrgeiz, die eigene Erfindung zu vollenden, hatte ihn gelähmt. Und die Angst, ja, der Schrecken, ein gewissenloser Scharlatan könnte seinen Platz einnehmen, würde er dieses Spiel nicht mitspielen. Und so ließ er den Betrug fortan geschehen. Jedes Mal. Er beschwichtigte sich stets damit, es sei letztendlich kein Betrug, denn über kurz oder lang würde die Anlage tatsächlich Gold produzieren und den Anteilseignern Gewinne einbringen, dann würde seine Erfindung dazu dienen, den großen Goldberg, der als Schuld auf dem Land lastete, abzutragen.

Der General vermied während seines Vorgriffs auf das Endergebnis, Friedrich anzusehen, aus den Augenwinkeln hatte er jedoch gesehen, wie Friedrich leicht zurückgewichen war. Der General hatte die Klugheit des jungen Mannes richtig eingeschätzt, er würde sich die Chance seines Lebens nicht wegen eines kleinen Kunstgriffs entgehen lassen.

Es war ja nicht so, dass der General und seine Freunde nicht an Friedrich glaubten. Aber sie mussten auch Interessenten überzeugen, Anteilsscheine zu kaufen. Und sie hatten viele überzeugt und überzeugten weitere. In einer größeren Anzahl, als sie es sich je erträumt hatten.

Über die Einnahmen und Ausgaben wurde Friedrich nicht informiert. Er bemühte sich auch nicht, sie zu erfahren. Nach Friedrichs Kostenrechnung hatte der Bau der ersten, noch in der Experimentierphase befindlichen Produktionsanlage eine nicht geringe Summe verschlungen. Angesichts der Menge Goldes, die er als Basisproduktion bestimmt hatte, hielt er sie für durchaus angemessen.

Die laufenden Kosten für das benötigte Versuchsmaterial machten einen vergleichsweise geringen Posten aus, die für den Diplomingenieur hingegen einen vergleichsweise großen. Bei Konstruktion und Aufbau der Anlage war Friedrich auf seine Hilfe angewiesen gewesen, jetzt benötigte er ihn eigentlich kaum noch. Aber Diplomingenieur August Lowicki erschien jeden Morgen pünktlich um acht Uhr und blieb, unterbrochen von einer Mittagspause zwischen zwölf und dreizehn Uhr, bis um fünf Uhr am Nachmittag. Einmal die Woche war er mit dem General in der Druckerei Willinger verabredet, einmal in der Woche assistierte er bei den Vorführungen, sonst saß er in einer der nicht einsehbaren Kabinen und zeichnete oder schrieb.

Erkundigte sich Friedrich, ob er bereits an der neuen, um ein Vielfaches erweiterten Konstruktion der Anlage für die Produktionsstufe 2 arbeite, antwortete der Diplomingenieur, er würde einen Auftrag von der Partei ausführen. Als er nachfragte, nannte Lowicki ihm den Namen der Partei, aber Friedrich vergaß ihn wieder, er hatte ihn noch nie zuvor gehört, für Politik interessierte er sich ebenso wenig wie für die Geschäfte, beides überließ er Lowicki und dem General. Er konzentrierte sich ganz und gar auf sein Ziel und ließ sich davon auch durch die Frau des Bankiers nicht ablenken. Als einzige Frau war sie ihm inmitten einer der ersten Interessentengruppen gleich aufgefallen. Sie beobachtete ihn mit großen leuchtenden Augen, was ihn irritierte. Später suchte sie das Hügelgewölbe auch unabhängig von den Vorführungen auf, immer mit ihrem Jungen. Anfänglich zaghaft und scheu, ließ sie sich von ihm die Fortschritte erklären. Bald wollte sie aber die einzelnen Vorgänge verstehen. Sie nahm sehr schnell auf, begann Fragen zu stellen, verstand immer besser den Produktionsablauf und begeisterte sich immer mehr, sodass er sich zu ausführlicheren Erklärungen hinreißen ließ, auf die sie mit Gefühlsausbrüchen von Freude, ja, von Enthusiasmus reagierte, die ihn durchaus anspornten, ja, beflügelten, ihm sogar einmal eine Verbesserung eingaben.

Zu Beginn hatte sie den Jungen noch auf dem Arm getragen. Eines Tages bemerkte er, wie sie ihn an der Hand führte. Jetzt war er ein kleiner Bub, der laufen konnte und gewiss bereits drei Jahre alt war. Er erschrak. Die Zeit war wie im Fluge vergangen, und er hatte sein Ziel noch immer nicht erreicht.

Dass Alexandra kurze Zeit darauf nicht mehr im Hügelgewölbe erschien, nahm Friedrich nur am Rande wahr, viel mehr als ihr Fernbleiben beschäftigte ihn die Frage: Würde der General nicht bald ungeduldig werden? Ungeduldig werden müssen?

Friedrich schien nicht zu bemerken, dass der General keinen Grund hatte, ungeduldig zu werden, wuchs doch der kleine Klumpen zwischen seinen Fingern wenn auch nur langsam, so doch stetig zu einem immer größeren Klumpen heran.

Friedrich hätte sich auch fragen können, weshalb Lowicki ohne Aufgabe im Hügelgewölbe verblieb. Die Erklärung, Lowicki sei angewiesen, ihn zu überwachen, wäre ihm nicht im Traum eingefallen.

Tatsächlich sollte Lowicki alles notieren, was Friedrich tat und sagte. Und vor allem sollte er das, was Friedrich notierte, sichern. Selbst für einen Diplomingenieur war es ein schwieriges Unterfangen, das kaum durchschaubare Geflecht von Formeln und Gleichungen und ihre ungewöhnlichen neuartigen Verbindungen, die Friedrich nicht müde wurde weiterzuentwickeln, aufzuzeichnen. Lowicki jedoch gelang es, alles sicherzustellen, wie der General es nannte.

Friedrich blieben diese Sicherungsmaßnahmen verborgen. Selbst als Lowicki eines Tages behauptete, er, Friedrich Tausch, sei ein Jude, obschon die Eltern und Großeltern und sogar die Urgroßeltern katholisch getauft worden waren, und ihn anwies, er dürfe, solange er beim General im Dienst sei, zu niemandem über seine rassische Zugehörigkeit reden, dachte Friedrich nicht weiter darüber nach, er hatte Lowicki von Anfang an als kauzig wahrgenommen.

Er würde die Rassenzugehörigkeit des Friedrich Tausch von Weitem riechen können, auch wenn es immer noch hieß, der Tausch sei ein Katholischer, hatte Lowicki, nachdem er Friedrichs Stammbaum durchforscht hatte, zum General gesagt. Der General erklärte daraufhin, die Partei brauche eine Zeitung und mithilfe von Friedrich Tausch würde der Partei das Kapital dafür zufließen, weshalb in diesem besonderen Fall der Zweck die Mittel heilige, was auch immer bei den Nachforschungen über Tausch herauskäme. Lowicki verstand: Solange sich mit dem Goldmacher erfolgreich Mittel einwerben ließen, würde er unter dem Schutz des Generals stehen, überwacht von Diplomingenieur August Lowicki, Mitglied der Nationalsozialistischen Deutschen Arbeiterpartei.

Doch es waren Jahre vergangen, ohne dass die Goldproduktion entscheidende Fortschritte machte. Die Anteilseigner drängten nun auf Ausschüttung der versprochenen Gewinne. Als sie immer wieder vertröstet wurden, forderten schließlich einige von ihnen ihr Geld zurück.

Um dem Vorwurf des Betrugs, der hinter vorgehaltener Hand bereits im Raum stand, zu begegnen, behauptete jetzt der General, die Entwicklung des Produktionsverfahrens habe die Stufe 2 erreicht, damit habe die Anlage im Hügelgewölbe des Münzer'schen Anwesens ausgedient und ein Umzug ins Ruhrgebiet stehe bevor.

Auch Hubert drängte auf den Aus- und Umzug, er wollte weder mit einem erfolglosen und noch weniger mit einem in den Ruch des Betrugs geratenen Unternehmen in Verbindung gebracht werden. Mochte Alexandra noch immer an die Goldproduktion glauben, er selber hielt sie, und das von allem Anfang an, für Hokuspokus, wie er dem General unter vier Augen mitteilte.

Als Alexandra vom Abbau der Anlage im Hügel und dem Umzug ins Ruhrgebiet erfuhr, wurde sie erneut von innerer Unruhe erfasst. Als ihr jedoch der General die frohe Botschaft überbrachte, die Produktion habe die Stufe 2 erreicht und aus diesem Grund müsse die Anlage an einem bedeutenden Standort erheblich vergrößert aufgebaut werden, suchte sie mit Franz an der Hand und dem kleinen Josef auf dem Arm den Goldmacher ein letztes Mal im Hügelgewölbe auf. Sie beglückwünschte ihn überschwänglich. Noch immer war er für sie der einzige Hoffnungsschimmer am Horizont einer glanzvollen Zukunft, die weder in ihrem täglichen Leben noch irgendwo sonst draußen im Land bisher aufscheinen wollte.

Dann erlosch ganz unbemerkt auch dieser Hoffnungsschimmer, denn im Ruhrgebiet gewann Friedrich im Laufe des folgenden Jahres als Ergebnis einer immensen Formelschlacht, die er unter Einsatz seines gesamten Wissens um die Elemente führte, nunmehr eindeutig Gewissheit über die Unmöglichkeit, auf industriellem Wege Gold herstellen zu können.

Wie unauflösbar er bereits in für ihn bis dahin undurchschaubare Geschäfte verstrickt war, erkannte Friedrich erst, als er Lowicki im Anschluss an den endgültigen Zusammenbruch seines gesamten Formelwerks mit seinem Scheitern konfrontierte. Er hörte ihm wenn auch aufmerksam, so doch wie lauernd zu.

Der General kolportierte zwar, dass Lowicki den Goldmacher in seinem Auftrag ins Ruhrgebiet begleitet habe, in Wahrheit war der Umzug dorthin aber Lowickis Idee gewesen. In Dortmund als Sohn eines Berg-assessors geboren, hatte er dort beste Verbindungen. Und tatsächlich hatte man ihm nicht nur geholfen, einen geeigneten Ort zu finden, son-dern auch, die Liste der honorigen bayerischen Anteilseigner um einige Namen von Rhein und Ruhr zu bereichern.

»Ich gebe auf«, erklärte Friedrich am Ende seiner Ausführungen und es fiel ihm schwer, seine Fassung zu bewahren, ihm war, als würde er sein Leben aufgeben.

Als hätte er diesen letzten Satz von Friedrich längst erwartet, kam auch schon Lowickis Befehl: »Sie geben keineswegs auf, Sie machen wei-ter wie bisher, schließlich verdienen wir mehr denn je mit Ihnen!«

Zum ersten Mal bemerkte Friedrich diese kalte Wut in Lowickis Augen, ja, seine ganze Haltung wirkte bedrohlich und gewaltbereit.

»Aber ich bin doch kein Scharlatan!«, empörte sich Friedrich und erkannte, dass Lowicki und alle, die sonst mit der Goldmacherei zu tun hatten, ihn womöglich genau dafür hielten. Vielleicht sogar sein ehema-liger Professor. Und dass sie alle es für nicht so bedeutungsvoll erach-teten, ob er nun ein Scharlatan war oder nicht, solange sie nur Geld durch ihn akquirieren konnten.

»Ich werde doch nicht einfach weitermachen wie bisher!«, schrie Friedrich. Er schrie, weil er wusste, sie würden ihn dazu bringen. Sie wür-den ihn nicht zu einem weiteren Versuch überreden wie sonst, nein, sie würden ihn zwingen. Und noch mehr hatte er in Lowickis Augen gelesen: Wenn er die industrielle Herstellung von Gold nicht auf die Weise weiter-betreiben würde wie bisher, mit den Versuchen, mit den Vorführungen, was für ihn ja kein Weitermachen war wie bisher, sondern der Beginn von Betrug, dann würde Lowicki ihn umbringen. Umbringen lassen.

4.

Es war Sommer und zur Ferienzeit durfte Anton, weil sich sein Geburtstag zum zehnten Mal jährte, den Vater auf einer seiner Dienstreisen begleiten.

Seit mehreren Jahren besuchte Johann Bluhm nun schon als Außendienstler Kunden. In Antons Vorstellung war er auf diesen Reisen überwiegend nachts auf dunklen Landstraßen unterwegs, um am Tage ernste Gespräche mit Verlagsleitern zu führen. Beide, der Vater und die Verlagsleiter, so stellte es sich Anton vor, würden sich dabei mit so düsteren Mienen begegnen, wie die Mutter düster schaute, wenn sie vom Vater sprach und darüber, wie er auf mühsame und armselige Weise den Unterhalt für die Familie verdienen müsse, weil der hinterhältige Dr. Willinger den Vater zu dem Goldmacher gelockt habe. Im Zug auf der Fahrt nach München erlebte Anton seinen Vater nun in bester Laune, und je näher sie ihrem Ziel kamen, umso vergnügter schien er zu werden.

Tatsächlich liebte Johann seine Außendiensttätigkeit. Auch wenn der Verlust der Bluhm'schen Papierfabrik sehr schmerzvoll gewesen war, er hatte ihn, seitdem er zu einer Druckerei gewechselt war, seiner eigentlichen Leidenschaft so nahe gebracht, wie er es sich nur wünschen konnte.

Diese seine Leidenschaft für das gedruckte Wort ließ ihn schnell zum erfolgreichsten Akquisiteur im Unternehmen aufsteigen. Bereiste er am Anfang nur Niedersachsen, bot ihm die Geschäftsleitung schon bald Gebietserweiterungen an, zuerst um Sachsen, danach kam Hessen dazu. Die Reise nach München galt einem großen Verlag, den die Geschäftsleitung als Kunden gewinnen wollte, deshalb schickte sie ihren besten Mann.

Am frühen Abend vor Antons zehntem Geburtstag am 29. Juli 1934 trafen Vater und Sohn in München ein.

Anton hatte zu Hause, aber auch in der Schule bereits öfter von Ereignissen in der Stadt München gehört, die ihm geheimnisvoll und bedrohlich zugleich erschienen. Vor ein paar Tagen erst erzählten sich die Leute auf der Straße von einem Putsch gegen den Führer unweit von

München, und überhaupt wurde im Zusammenhang mit der Stadt München, der *Hauptstadt der Bewegung*, viel über den Führer gesprochen. Bei ihm zu Hause in Hannover hatte seine Mutter Katharina den Führer mit dem gleichen Bannfluch belegt wie den Goldmacher. Vor der Abreise erzählte sie ihrem Sohn dann auch lieber Geschichten vom bayerischen Märchenkönig, der prächtige Schlösser erbaut habe, die Johann an Antons Geburtstag mit ihm besichtigen solle. Und so schwankten Antons Überlegungen über das, was ihn in der Stadt München wohl erwarte, zwischen der Vorstellung von einem gefährlichen und der von einem prächtigen Ort.

Nach einem nur kurzen Aufenthalt im Hotel Blaues Haus, wo sich der Vater und auch er im Hotelzimmer über dem Waschbecken Gesicht und Hände wuschen und er dem Vater half, die Garderobe aus dem Koffer in den Schrank zu legen, traten sie wieder aus dem Hotel und auf die Straße hinaus. Eine ungewohnt laue Luft umwehte sie.

»Das ist Föhn«, meinte Johann zu seinem Sohn und atmete die Luft tief ein, »der kommt direkt aus den Bergen.«

Anton tat es dem Vater gleich und atmete die Luft aus den Bergen auch tief ein, griff nach seiner Hand und zog ihn die Straße hinunter.

Bald kamen sie an einen großen Platz mit farbig angemalten hohen Häusern, wie sie Anton noch nicht kannte, und er fragte, ob das die Märchenschlösser des Königs wären. Der Vater schüttelte lachend den Kopf und zeigte auf ein Schild: »Hier wohnt eine Bank«, sagte er, »ein Geldinstitut«, erklärte er, ging nun auf eine der wartenden Droschken zu und bat den Fahrer um eine Empfehlung für ein Gasthaus. Der Fahrer nannte einen Namen, der Vater stimmte sogleich zu, und sie setzten sich in die Droschke.

Nach einer etwas kurvenreichen Fahrt, bei der Anton ein wenig schwindelig geworden war, hielten sie vor einem wuchtigen hellen Haus mit buckeligen Fensterscheiben, *Weißes Bräuhaus* stand in großen weißen Buchstaben darüber. Johann zahlte, nahm seinen Sohn an die Hand und ging mit ihm auf den Eingang zu, öffnete die schwere Tür und ließ Anton vorangehen, der sich unversehens, obwohl er keine einzige Stufe hinabgestiegen war, am Eingang zu einer unterirdisch gelegenen riesigen Höhle wiederfand.

Er blieb wie angewurzelt stehen und schaute zu den heuwagenrad-
großen Lichterkränzen hinauf, die von der Decke des unfassbar mächtigen Gewölbes hinabhingen und sich weit in die Tiefe hinein verdoppel-
ten. Ebenso wie die vielen Bänke und Tische unter diesen Lichterkränzen,
an denen dicht gedrängt Männer und Frauen saßen, Teller mit zu Bergen
aufgehäuften Speisen vor sich. Neben diesen großen Tellern standen große Gläser mit Bier.

Anton rieb sich verlegen die Augen, feuchtwarmer Dunst schlug ihm
entgegen, der sich in die Tiefe des Gewölbes hinein zu einem Nebel-
schleier verdichtete. Dort sah er alles nur noch verschwommen.

»Das ist das berühmte Weiße Bräuhaus«, sagte der Vater nahe an seinem Ohr mit lauter Stimme, denn so riesig wie diese Höhle war, so viel
Lärm war auch in ihr.

Der Vater nahm ihn wieder an die Hand. Auf der Suche nach einem
freien Platz schob er sich mit Anton langsam an den Tischen mit den
Schmausenden vorbei und tiefer in den Saal hinein, vorbei an Gästen, die
auch auf einen Platz warteten oder auf jemanden einredeten, und an den
Serviererinnen und Kellnern, die Stapel von gefüllten oder leeren Tellern
oder ein halbes Dutzend der großen, frisch gezapften oder bereits geleer-
ten Bierkrüge durch die Menge jonglierten.

Immer tiefer drang Anton an der Hand des Vaters in den Gewölbe-
saal vor, immer lauter redeten die Männer und die Frauen in einer für
ihn unverständlichen Sprache. Oder riefen sich etwas zu und brachen
dann in Lachen aus, und Anton sah, wie sich ihre großen Gesichter dann
mächtig verzogen, wie manche rot und sogar blau wurden vor lauter Lachen, wie sich die breiten Schultern der Männer dehnten und noch breiter wurden und wie die großen Busen der Frauen im Kleiderausschnitt
vibrierten, ja, wie es ihm schien, dampften, und da wurde ihm richtig
angst und bange.

Am liebsten wäre er jetzt zurück und wieder hinaus auf die Straße gelaufen, in die Stille der schmalen Gassen hinein, in denen es ihm
so heimelig geworden war. Aber er wagte es nicht, seine Ängstlichkeit
beschämte ihn, und so drückte er sich stattdessen noch enger an den
Vater.

Der Vater lächelte seinem Sohn aufmunternd zu: »Weiter hinten gibt es noch einen Saal, und dahinter dann noch eine Stube, dort werden wir vielleicht einen Platz finden, meint der Kellner.«

Anton fühlte, wie sich seine Beine versteiften und keinen Schritt weiter vorwärts gehen wollten, die Vorstellung von weiteren Sälen und Stuben weit hinten erschreckte ihn. Doch Johann schob es allein auf das Gedränge, dass er seinen Sohn hinter sich herziehen musste.

Endlich erreichten sie die von dem Kellner empfohlene Stube. Auch sie ein Gewölbe, eine Schlucht. Aber dort gab es tatsächlich noch freie Plätze und Johann ließ sich erleichtert auf der Eckbank in einer Nische nieder.

Anton war überzeugt davon, dass er mit dem Vater nun tief unter der Stadt das Ende einer riesigen Höhle erreicht haben musste. Er hielt den Kopf gesenkt und heftete seine Augen an den gestreiften Bezugsstoff des Polsters, auf dem er saß, er wollte keinesfalls in die Gesichter der fremdartig sprechenden, wild gestikulierenden Höhlenbewohner blicken.

Eine Kellnerin trat an den Tisch und fragte sie mit einer wie singenden Stimme, was die Herrschaften zu essen wünschten, und er konnte plötzlich verstehen, was sie sagte, auch wenn sich die Wörter fremd anhörten. Auf Nachfrage des Vaters empfahl sie Schweinebraten mit Rotkraut und Knödeln und für den Bub einen Kaiserschmarren. Als die Sprache auf ihn kam, schaute Anton dann doch auf und begegnete nicht wie befürchtet dem Blick einer unheimlichen Höhlenbewohnerin, zwei dunkle Augen strahlten ihn an.

Plötzlich verlegen, blickte er zum Vater, aber der sah noch in die Speisekarte. Jetzt traute sich Anton, die Kellnerin richtig anzuschauen, und da verschwand schlagartig die Steifheit aus seinen Gliedern und das Blut kehrte in sie zurück, es begann allerdings, auf eine ihm bisher unbekannte Weise zu pulsieren.

Als die Kellnerin ihn fragte, was der junge Herr denn zu trinken wünsche, vielleicht auch ein Bier? Ein kleines?, konnte er nicht antworten, so heftig klopfte sein Herz. Er blickte wieder zum Vater.

»Anton hat morgen Geburtstag, er wird zehn Jahre alt, ich glaube, ein Malzbier wird in Ordnung sein«, sagte der Vater und schaute zwischen ihm und der Kellnerin hin und her.

»Das passt schon«, meinte die Kellnerin lachend, und plötzlich verzog sich auch Antons Mund zu einem Lachen.

Daraufhin drehte sich die Kellnerin schnell um und nahm die kleine Vase mit Margeriten, Mohn und Kornblumen, die auf einem der Serviertischchen stand, und stellte sie vor Anton hin und sagte, nun müsse er schon bis Mitternacht bleiben, damit sie mit ihm auch noch auf seinen zehnten Geburtstag anstoßen könne.

Sie fuhr ihm blitzschnell mit der Hand durchs Haar: »Ich bin die Mizzi«, stellte sie sich ihm vor, sammelte dann mit Schwung die leeren Bierkrüge vom Nebentisch ein und ging, die Bestellung aufzugeben.

Anton schaute hinter ihr her, er sah nur noch sie und wie bei jedem Schritt alles an ihr hin und her schwang, der blaue Rock mit den Unterröcken darunter, das schwarze gewellte Haar, die weißen Bänder ihrer Schürze. Die anderen Höhlenbewohner rundherum verblassten. Und mit ihnen auch seine Angst. Die Einzige, die hier wohnte und in deren Stube er nun saß, war sie, das Fräulein Mizzi. Flugs verwandelte sich nun die Höhle von einem Ort des überall lauernden Schreckens in einen, den er nie mehr verlassen wollte, so wohlig und aufgehoben fühlte er sich. Er streckte sich auf seinem Sitz aus, erwartete sehnlichst die Rückkehr der Röcke schwingenden Gestalt und fühlte sich ganz unversehens erwachsen.

Tatsächlich war Anton mit seinen zehn Jahren ein frühreifer Junge. Die häufige Abwesenheit von Johann hatte ihn ein Stellvertreterleben entwickeln lassen. Befand sich das Familienoberhaupt auf Außendienstreise, ging die unumstrittene Autorität des Vaters, zumindest in Antons Vorstellung, auf ihn über, und er saß dann zu Hause auf dem Stuhl des Vaters am Kopfende des Tisches.

Seine Schwestern Ruth, Martha, Elisabeth und Judith, die alle weitaus älter waren als er, lachten oder protestierten, aber die Mutter ließ ihn gewähren. Manchmal streifte ihn dann sogar ein Blick von ihr, in dem ganz verborgen jenes Strahlen aufschien, das in den ersten noch sorgenfreien Jahren ihr Gesicht aufleuchten ließ.

Sie hatte es in den vergangenen Jahren vermieden, in Antons Gegenwart das Goldmacher-Unglück weiter zu beklagen oder ausgiebig über das Teufelswerk zu schimpfen. Trotzdem war Anton der Kummer, der an Katharina nagte, nicht verborgen geblieben. In seiner aufrechten Kinderseele hatte sich der Plan eingenistet, der Familie eines Tages alles, was der Goldmacher ihr genommen hatte, wieder zurückzuholen und seinen gutgläubigen Vater zu rächen. Aus diesem Plan war dem in frühen Jahren häufig Kränkelnden eine innere Kraft erwachsen, die ihn später gesund bleiben ließ und zudem beizeiten immun machte gegen den sich ausbreitenden Wunderglauben, gegen das gesamte Teufelswerk, wie die Mutter die Sache mit Dr. Willinger, der Partei und dem Goldmacher in einem Aufwasch nur noch kurz und bündig nannte. Und sein Plan immunisierte ihn nicht nur, er spornte ihn an: Eines Tages würde er nicht nur den Vater rächen, er würde das gesamte Teufelswerk vernichten, hatte er sich in einer Art kindlicher Allmachtsfantasie geschworen.

Nach einer für Anton unendlich langen Abwesenheit kehrte endlich Fräulein Mizzi in die Stube zurück, kreiselte mit schwingenden Röcken an den Tischen und Stühlen vorbei und um sie herum und auf ihn zu, in der einen Hand einen großen Teller mit dem würzig duftenden Schweinebraten, in der anderen eine ovale Platte, aus der sich eine goldgelbe Hügellandschaft erhob, die Kuppen mit schmelzendem Puderzuckerschnee bedeckt: der Kaiserschmarren.

Sie ließ den großen Teller vor dem Vater und die ovale Platte vor dem Sohn niederschweben, wünschte »An Guat'n!« und fuhr Anton wieder kurz mit der Hand durchs Haar.

»So fein, so blond!«, sagte sie bewundernd, während sie Anton anstrahlte, dem es noch ein bisschen wärmer wurde und der sich deshalb wünschte, seine Jacke ausziehen zu dürfen, was er dann auch einfach tat, ohne wie sonst den Vater zu fragen, schließlich war er jetzt, selbst in dessen Gegenwart, richtig erwachsen. Mit einem Mal.

Fräulein Mizzi nahm ihm die Jacke ab, hängte sie neben ihn über die Lehne eines freien Stuhls und strich ihm daraufhin erneut übers Haar: »So blond«, schwärmte sie, trennte dann ein Stück vom Kaiserschmarren und servierte es ihm auf einem Teller.

»Na dann, einen Guten!«, wiederholte der Vater und nickte seinem Sohn zu.

Anton bemerkte, wie ihm der Duft der süßen Speise das Wasser im

Mund zusammenlaufen ließ. Er musste erst einmal schlucken, bevor er mit der Gabel den ersten Bissen aus dem Stück Kaiserschmarren auf seinem Teller lösen konnte.

Fräulein Mizzi war vor ihm stehen geblieben und sah ihn nun erwartungsvoll an, ihr Lächeln war wie der Duft des Bissens auf seiner Gabel. Er schob ihn in den Mund. Was war das? Noch nie hatte etwas so unvergleichlich Weiches und Süßes seinen Gaumen berührt, und augenblicklich verschmolzen das Fräulein Mizzi und der Kaiserschmarren miteinander. Er schaute mit einem schmelzenden Blick zu ihr auf.

Sie antwortete mit einem beglückten Auflachen und kreiselte dann wieder von Tisch zu Tisch, dass ihre Röcke ins Schwingen gerieten, und auch ihr gewelltes schwarzes Haar und die Bänder ihrer Schürze.

So wie Anton das Fräulein Mizzi mit den Augen verschlang, wann immer sie in sein Blickfeld geriet, verputzte er nun trotz der Warnung des Vaters, dass es ihm nicht gut bekommen könnte, Bissen um Bissen der ganzen, großen Portion des Kaiserschmarrens. Als der Vater ein zweites Bier für sich bestellte, verlangte Anton auch nach einem zweiten Bier und trank zur süßen Speise das süße dunkle Malz, das ihm eigentlich nicht schmeckte. Nur um jedes Mal Fräulein Mizzi, wenn er auch nur einen schwingenden Rockzipfel von ihr erblickte, zuzuprosten, worüber sie sich jedes Mal, so weit entfernt sie sich in der Stube auch von ihm befand, sehr zu freuen schien. Er war stolz, dass ihm das mit dem Zuprosten eingefallen war.

Als der Vater bezahlen und aufbrechen wollte, wünschte sich Anton ein drittes Bier, weil er ja bald Geburtstag habe, setzte er schnell hinzu, nachdem der Vater sofort protestierte. Tatsächlich brachte Fräulein Mizzi ein drittes Malz und fuhr ihm ein weiteres Mal mit der Hand durchs Haar. Dieses Mal hielt er sie sogar kurz fest, die Hand, eigentlich entschlossen, sie nie wieder loszulassen. Am liebsten wäre er jetzt eingeschlafen. Hier unten in der Höhle fühlte er sich mittlerweile zu Hause wie sonst nirgendwo.

Schließlich verlangte der Vater dann doch die Rechnung und Fräulein Mizzi stellte sich, einen Rechnungsblock in der einen und einen Stift in der anderen Hand, zu ihnen an den Tisch. Während sie die verzehrten Speisen und Getränke aufzählte und die Preise aufschrieb, die Summe unter dem Strich zusammenzog, zweimal unterstrich, den Zettel vom Block riss und ihn vor dem Vater auf den Tisch legte, folgte Anton jeder ihrer Bewegungen, vor allem den Bewegungen ihrer Lippen, die sich beim Zählen lautlos öffneten und schlossen und wieder öffneten. Ohne dass Anton es bemerkte, öffneten und schlossen sich parallel zu ihren auch seine Lippen. Und dann blieben seine Augen an dem Herz hängen. Es hing an einer goldenen Kette und lag im Ausschnitt ihres Kleides, der ebenfalls eine Herzform hatte.

Johann griff nach seiner Brieftasche, die er in der Innenseite seines Jacketts trug, da wurde es durch den ohnehin nicht geringen Lärm hindurch plötzlich sehr laut. Ein andauerndes Gepolter und das Grölen einer Männerstimme drangen aus dem angrenzenden Saal in die Intimität der Stube.

Der Vater blickte fragend das Fräulein Mizzi an, doch sie fixierte mit plötzlich erstarrter Miene seine Brieftasche, die er noch ungeöffnet in Händen hielt. Er klappte sie nun schnell auf, aber da erfüllte auch schon das Gegröle die Stubenschlucht.

Vater und Sohn schauten aufgeschreckt am nun gänzlich erstarrten Fräulein Mizzi vorbei und erblickten im Gang einen Mann, der unweit von ihnen leicht schwankend und laut grölend stehen geblieben war. Er hatte bereits die Aufmerksamkeit aller auf sich gezogen und erschien Anton groß wie ein Riese.

Er trug eine Art Uniform, die Anton noch nie gesehen hatte und an der ihm vor allem die hohen, schwarz glänzenden Schaftstiefel und der ebenso schwarz glänzende Gürtel mit dem Koppelschloss auffielen. Der Riese schwankte nun leicht nach allen Seiten, während er etwas in ihre Richtung grölte. Anton verstand nur ein einziges Wort: Mizzi.

Fräulein Mizzi aber rührte sich nicht, sie fixierte nach wie vor die Brieftasche in der Hand des Vaters. Zwischen ihren Augenbrauen hatte sich eine steile Falte gebildet, die sich immer tiefer in ihre Stirn grub.

Johann rechnete nicht, wie es sonst seine Art war, die Endsumme nach, er entnahm seiner Brieftasche hastig einen Schein und gab ihn dem Fräulein Mizzi: »Der Rest ist für Sie«, sagte er, aber das ging bereits im Gegröle des Riesen unter, der auf ihren Tisch zustürzte. Noch bevor Fräulein Mizzi den Geldschein in die Börse unter ihrer Schürze stecken konnte, packte sie der Uniformierte und stemmte sie mit einem Ruck vom Boden in die Höhe. Eine schwungvolle Drehung, und das Fräulein Mizzi lag über seiner Schulter. Unter dem Gejohle einiger Gäste wurde sie so den Gang hinuntergetragen.

Anton, bleich vor Schrecken, beobachtete, wie Fräulein Mizzi, den Geldschein hielt sie fest in der einen Faust, mit beiden Fäusten auf den Rücken ihres Entführers eintrommelte. Nun wurde Anton rot vor Zorn. Wie konnte der Riese es wagen, das Fräulein Mizzi, sein Fräulein Mizzi zu entführen!

Johann versuchte, seinen Sohn aufzuhalten, erwischte ihn jedoch nur noch am Hemdzipfel, den Anton ihm dann ungestüm entriss. Bevor es dem Vater gelungen war, sich aus der Eckbank herauszuzwängen, hatte Anton den Räuber bereits eingeholt, wischte, schnell wie ein Wiesel, an ihm vorbei und stand nun mitten im großen Saal, um dem riesenhaften Räuber mit der geraubten Mizzi über der Schulter den Weg zu versperren. Um sich herum hörte er einen unerhörten Lärm toben, aus dem Nebeldunst lösten sich einzelne Gesichter und wandten sich ihm zu, dann schienen sich plötzlich alle zu ihm umzudrehen und ihn anzuschauen.

Anton wich zurück, ging Schritt um Schritt rückwärts, immer weiter, und hielt erst inne, als ihm der Riese weit genug entfernt schien. Dann senkte er seinen Kopf und raste los. Er raste und raste, raste immer schneller, die Strecke schien sich zu dehnen, dehnte sich immer länger, bis endlich sein Kopf mit voller Wucht gegen den Bauch des Räubers prallte. Sofort spürte Anton den Widerstand des Koppelschlosses als heftigen Schmerz an der Stirn, seine Hände griffen nach dem schwarz glänzenden Leder des Gürtels, an dem er sich festhielt, nur um seinen Kopf noch tiefer in den Bauch des Riesen zu pressen.

Der war vom Aufprall ins Wanken geraten und kippte jetzt ein wenig nach hinten, während er sich mit den Armen rudernd im Gleichgewicht hielt und dabei das Fräulein Mizzi loslassen musste, die sofort von seiner Schulter rutschte und sich schleunigst in Sicherheit brachte.

Nun beugte sich der Riese nach vorn und packte sich den Angreifer, er stemmte ihn hoch, grölte für Anton unverständliche Worte, wollte ihn sich auf seine Schultern setzen, doch Anton presste die Beine fest zusammen. Da setzte er ihn sich einfach auf den Schädel und begann, sich mit

Anton auf dem Kopf nach allen Seiten zu drehen, und alle im großen Saal lachten und klatschten in die Hände.

Anton fühlte sich als Sieger, er hatte das Fräulein Mizzi befreit, er sah sie hinter dem Tresen in Sicherheit, sie lachte ihm zu. Da lachte auch er und klatschte in die Hände.

Doch der Welle von Glück folgte ganz plötzlich eine Woge von Übelkeit und sein ganzer Mageninhalt, die weiche Teigmasse des Kaiserschmarrns, durchmischt mit dem Malzbier, ergoss sich wie ein Sturzbach aus seinem Mund und über Gesicht und Schultern bis hinunter auf den vorspringenden Bauch des Riesen.

Der schimpfte, tobte und fluchte, während alle im Saal vor Lachen so laut brüllten und schrien, dass Anton langsam die Sinne schwanden: Es wurde immer leiser um ihn herum, und immer dunkler, er rutschte vom Kopf des Riesen, rutschte tiefer und tiefer und noch tiefer. Er wachte erst am nächsten Morgen in seinem Bett im Hotel Blaues Haus wieder auf.

Zunächst wusste er nicht, wo er war. Er blickte auf eine gestreifte Tapete. Sie war ähnlich gestreift wie der Bezugsstoff des Polsters auf der Eckbank in der Stube. Und als er das erinnerte, kehrten mit Wucht die Ereignisse in der Höhle, kehrten der Riese und das Fräulein Mizzi zurück und ließen ihn unter dem Federbett hochschnellen. Doch schwer wie ein großer weißer Berg lag es auf ihm, sodass er gleich wieder zurücksank. Auch das Bett entpuppte sich als eine Art Höhle, und so blieb ihm später sein erster Besuch in München als eine Art Höhlenbesuch in Erinnerung, beängstigend und anheimelnd zugleich.

»Bist du etwa schon wach?«, hörte er den Vater aus der Tiefe des zweiten Bettes mit einem gleich hoch getürmten Federberg fragen.

»Es ist viel zu früh, um schon aufzustehen«, murmelte die Stimme dann müde über den Berg hinweg, »schlaf noch etwas weiter!«, befahl sie ihm leise.

»Ich habe heute Geburtstag«, sagte Anton laut, kroch seitlich aus seiner Betthöhle heraus und kletterte auf den Federberg über dem Vater.

»Das weiß ich«, antwortete der Vater leicht gereizt, er war, aufgewühlt von den Ereignissen, erst spät eingeschlafen. Schließlich setzte er sich aber dann doch auf, rieb sich die Augen, fuhr sich, es ordnend, durch sein zerzaustes Haar und musterte seinen Sohn.

»Das war ja eine großartige Geburtstagsvorstellung, die du da gestern Abend im Weißen Bräuhaus gegeben hast«, sagte er, »meinen allerherzlichsten Glückwunsch!«

Vorsichtig strich er seinem Sohn über die Stirn, und Anton zuckte sofort zusammen. Die Stelle unterhalb des Haaransatzes, dort, wo sich das Koppelschloss des Gürtels dieses räuberischen Riesen in seine Stirn eingedrückt hatte, war zwar über Nacht verkrustet, aber auch angeschwollen.

Blut sei ihm übers Gesicht gelaufen, begann der Vater zu erzählen, zudem wären Hemd und Hose auch noch mit seinem Mageninhalt besudelt gewesen, die gesamte Kleidung habe er dem Nachtportier für das Zimmermädchen zum Waschen geben müssen. Und bis zum Droschkenstand habe er ihn getragen, schwer wie ein Sack Kartoffeln sei er gewesen, und wie er gerochen habe! Gott sei Dank habe die neue Jacke über der Stuhllehne gehangen!

Anton lächelte verlegen, keinesfalls wollte er mit dem Vater über das Fräulein Mizzi sprechen. Auch nicht über den räuberischen Riesen und weshalb er das Fräulein Mizzi befreien musste.

»Kriege ich kein Geschenk?«, fragte er stattdessen schnell.

Der Vater griff unter sein Kopfkissen, zog ein Päckchen hervor und gab es Anton. Es war recht schwer. Anton löste das bunte Band und vorsichtig das bunte Papier, mit dem es eingeschlagen war, und hielt nun ein Buch in der Hand, groß und schwer wie keins, das er sonst besaß.

Er betrachtete die Abbildung auf dem Schutzumschlag, eine Zeichnung in Farbe, auf der im Vordergrund ein altertümlich gekleideter Mann zu sehen war, die eine Hand auf die Reling eines großen Segelschiffs gestützt. Eines seiner Beine war zur Hälfte durch eine Art Krückstock ersetzt. Sein Blick richtete sich auf den Horizont, wo ein riesiges Fischwesen aus dem Meer auftauchte.

»Das ist Moby Dick, der weiße Wal«, erklärte der Vater, dann wies er auf den Einbeinigen, »und das ist Kapitän Ahab. Er ist von der Idee besessen, den weißen Wal zu töten, weil … – nein, ich werde dir die Geschichte nicht erzählen, du wirst sie selber lesen, vielleicht auch erst später, wenn du etwas älter bist, ›Moby Dick‹ ist ein Buch für das ganze Leben, du kannst es auch erst lesen, wenn du so alt bist wie ich, oder es immer wieder lesen, wie ich, es ist ein Buch voller Rätsel. Bekomme ich keinen Kuss?«

Johann drückte seinen Sohn in einer aufwallenden heftigen inneren Bewegung kurz an sich. Am gestrigen Abend war er trotz des großen Schrecks, den er bekommen hatte, sehr stolz auf ihn gewesen. Anton war aus einer kurzen Ohnmacht erwacht und schnell in tiefen Schlaf gefallen und nicht aufzuwecken gewesen. Während der Fahrt mit der Droschke vom Weißen Bräuhaus durch die dunklen leeren Straßen bis ins Hotel Blaues Haus hatte er einen Vergleich für die todesmutige Kampfansage Antons an den rüpelhaften SA-Mann gefunden: Es sei wie der Kampf Davids gegen Goliath gewesen, würde er zu Katharina sagen. Er, Johann Bluhm, hätte keineswegs gewagt, sich mit dem SA-Mann anzulegen, obgleich auch ihn das grobe Benehmen gegenüber dem Fräulein Mizzi empört hatte. Gewiss, Anton wusste nicht, dass es ein SA-Mann war, dem er seinen Kopf in den Bauch rammte, er hatte wahrscheinlich überhaupt noch nie etwas von der Sturmabteilung der Nationalsozialisten gehört. Doch ganz abgesehen von der offensichtlich überlegenen Stärke dieses hünenhaften Mannes würde er, Johann Bluhm, sich niemals mit einem von der SA anlegen, er würde so unauffällig wie möglich den Ort schnell verlassen.

Anton beugte sich zum Vater hinunter und küsste ihn zum Dank für das Geburtstagsgeschenk auf die Wange, kurz darauf schlug eine nahe Kirchturmuhr sieben Mal.

»Jetzt beeilen wir uns und haben dann viel Zeit für ein ausführliches Frühstück«, rief Johann und sprang aus dem Bett.

»Darf ich ›Moby Dick‹ mitnehmen?«, fragte Anton und betrachtete noch einmal die Abbildung, folgte dem Blick des einbeinigen Kapitän Ahab, sah den weißen Wal am Horizont, folgte mit den Augen der Horizontlinie und eine erwartungsvolle Neugier keimte in ihm auf.

Wenig später saßen Vater und Sohn beim Frühstück im Morgenzimmer des Hotels, und um Punkt neun Uhr bei der Sekretärin im Vorraum zum Büro des Verlagsleiters eines großen Münchner Verlages. Die Sekretärin hatte auf eine Sitzgruppe gewiesen, sie müssten noch etwas warten. Sie schenkte Anton, weil er Geburtstag hatte, wie Johann seine Begleitung entschuldigte, eine Katzenzunge aus Schokolade.

Nach einer Weile öffnete sich die Tür zum Büro und zwei Männer, ein älterer und ein recht junger, traten heraus: Der Ältere verabschiedete sich mit etlichen angedeuteten Verbeugungen, der viel Jüngere nickte, etwas schmallippig lächelnd, er war der Verlagsleiter. Johann stand auf, und auf Weisung des Vaters auch Anton. Der Verlagsleiter gab auch ihm die Hand, beugte sich dann zu ihm hinunter.

»Na, was liest denn der junge Mann?«, wollte er wissen und schaute prüfend auf das Buch und nahm es Anton aus der Hand. Er las laut »Moby Dick« vor, sagte dann »aha«, schlug das Buch auf und blätterte darin.

»Herausgegeben von Thomas Mann, so, so«, stellte er nun fest, und an Johann gewandt meinte er: »Thomas Mann wollen wir doch nicht mehr lesen«, und fügte mit einem nur angedeuteten Lächeln hinzu: »Auch nicht als Herausgeber.«

Er gab Anton das Buch zurück, wies Johann mit der Hand den Weg in sein Büro und ging voraus, Anton blieb in der Obhut der Sekretärin zurück und schlug die erste Seite von »Moby Dick« auf.

»Sie scheinen nicht ausreichend über die Liste informiert zu sein«, meinte der Verlagsleiter.

Johann saß ihm an einem großflächigen Schreibtisch gegenüber. Er überlegte. Natürlich verfolgte er durchaus das politische Geschehen. Doch er vermied es, sich für die eine oder die andere Richtung zu entscheiden oder gar für eine Partei. Folglich entschied er sich auch jetzt dafür, seinem Gegenüber erst einmal zuzuhören, und fragte, über welche Liste er denn nicht genügend informiert sei. Während er den Erklärungen zuhörte, wunderte er sich, wie jung der Verlagsleiter war. Über viel Berufserfahrung, gar in leitender Funktion, konnte er nicht verfügen. Johann wunderte sich ebenfalls darüber, wie geschickt dieser junge Verlagsleiter ihn in ein Gespräch verwickeln wollte, das immer mehr zu einer Prüfung geriet, nicht etwa über die Konditionen, die er für den Druck von Büchern anzubieten hatte, nein, der junge Mann prüfte ihn. Er hatte die Liste der unerwünschten, der verbotenen Schriftsteller aus einer Schublade seines Schreibtisches gezogen, und ganz offensichtlich sollte mit ihrer Hilfe nur einer abgehakt werden, nämlich er.

Unwillkürlich rückte Johann auf seinem Stuhl in Position. Natürlich hatte er von der Liste nicht nur gehört, er kannte sie. Aber sie betraf nicht eigentlich ihn. Sie betraf die Verlage, nicht die Druckereien und ihre Außendienstler. Zumindest hatte er das bisher angenommen. Nach dem Willen seines Gegenübers sollte diese Liste jetzt auch ihn betreffen. Johann merkte, dass er bereit war, die Prüfung anzunehmen. Aber er würde sich nicht blauäugig für oder gegen einen Schriftsteller entscheiden, so wie er sich blauäugig für die Anteilsscheine der Goldproduktion entschieden hatte. Und so schob er die Liste innerlich beiseite und begann zu reden. Er redete und redete und ließ den Herrn Oberprüfer von der Partei, wie er sein Gegenüber hinter dem Schreibtisch nun insgeheim nannte, nicht zu Wort kommen. Der rutschte bald ungeduldig auf seinem Stuhl hin und her, setzte mehrfach an, ihn zu unterbrechen, bis er schließlich explodierte und ihn, unterstützt durch einen kräftigen Schlag mit der geballten Faust auf die Tischplatte, anfuhr: »Können Sie denn nicht mal den Mund halten!«

Nein, das könne er nicht, antwortete Johann schnell, das sei nun einmal sein Kapital, dass er so viel reden könne, sein Verkaufstalent sozusagen. Nun habe er wohl etwas zu viel geredet, was ihm selten passiere, entschuldigte er sich, und deshalb wolle er sich jetzt auch verabschieden, er würde seine Angebotsliste bei der Sekretärin im Vorzimmer hinterlassen. Er stand auf, verbeugte sich und ging zur Tür.

»Herr Bluhm!«, hörte er die Stimme des Verlagsleiters im Befehlston hinter sich. Er hätte sie gern überhört und das Büro schnurstracks verlassen, er hielt es jedoch für ratsamer, sich zu stellen, und drehte sich um: »Sie wünschen, Herr Verlagsleiter?«

»Eine gute Reise, Herr Bluhm, kommen Sie gut nach Hause, und bedenken Sie einmal, was unser großer Schiller uns lehrt: Das Gesetz ist der Freund der Schwachen.« Das sollte wohl drohend klingen, klang aber vor allem verärgert, ja wütend.

Johann bedankte sich, verbeugte sich noch einmal leicht und öffnete die gepolsterte Tür zum Vorzimmer, wo Anton saß, das aufgeschlagene Buch auf seinen Knien. Und so darin vertieft, dass Johann ihn zweimal ansprechen musste, bevor er aufblickte.

Während sie kurz darauf mit der Trambahn auf dem Weg zum Hauptbahnhof die Innenstadt durchquerten, redete Johann weiter. Er beschrieb Anton in immer neuen Variationen, wie er den Verlagsleiter ins Aus geredet hatte, so nannte er seine Strategie, sich der Prüfung durch diesen Oberprüfer zu entziehen. Anton solle sich das merken: Durch andauerndes Reden könne man sich gut aus einer brenzligen Situation befreien, vielleicht sogar seinen Kopf aus der Schlinge ziehen.

Anton hörte dem Vater ungeduldig zu, sein Blick kehrte immer wieder schnell zu dem Buch zurück, das auf seinen Knien lag und das er mit beiden Händen umfassen musste, so groß und schwer, wie es war. Er wollte weiterlesen, auch wenn er bisher wenig verstand. Es war der allererste Satz, der ihn in die Geschichte hineingezogen hatte. *Nennt mich Ismael,* hatte ihn dieser erste Satz aufgefordert, und dieser fremdartige Name hatte ihn Seite um Seite weiterblättern lassen. Aber nicht zuletzt wohl auch, weil Ismael ihn von seinen Gedanken ablenkte, die um das Fräulein Mizzi kreisten. Er würde sie nicht mehr wiedersehen, und dieser Gedanke verursachte ein seltsames, ungewohntes und beunruhigendes Ziehen in seiner Brust.

Der Schaffner rief schon bald die Station Hauptbahnhof aus, und sie verließen die Trambahn. Ein strahlend blauer Himmel und steigende Temperaturen versprachen einen heißen Sommertag, und als Johann die Fahrpläne der Regionalzüge studierte, schien ihm der Ausflug an einen See naheliegender als die vergleichsweise weite Anreise zu einem der Schlösser des bayerischen Märchenkönigs. Er löste zwei Fahrkarten nach Starnberg an den Starnberger See.

Anton war enttäuscht, nachdem ihm Katharina zum Geburtstag ein Märchenschloss versprochen hatte.

Als er jedoch mit dem Vater dann am Ausflugsziel den Zug verließ und schon gleich vom Bahnsteig aus auf das nahe Wasser des im Sonnenlicht glitzernden weiten Sees blicken konnte, die hohen Berge dahinter sah, lief er aufgeregt die Treppen vom Bahnsteig hinunter und zum Anlegesteg, der vom Ufer bis weit in den See hinaus reichte, lief bis zur äußersten Spitze, hielt dann atemlos inne und schaute über das blau glänzende Wasser. Scheinbar unbeweglich lagen Segelboote darin, kein Wind, noch nicht einmal ein Lüftchen wehte.

Anton blinzelte, die glatte Wasseroberfläche spiegelte ihm das Sonnenlicht heiß ins Gesicht. Er legte die Hand über die Augen und ein leichter Schwindel befiel ihn, er dachte wieder an das Fräulein Mizzi und an den Riesen und ihm wurden die Knie weich wie jedes Mal, wenn ihn unversehens die Erinnerung an die Ereignisse in der Höhle einholten. Am liebsten hätte er sich jetzt auf die warmen Holzbohlen des Anlegestegs gelegt, dem leisen Schwappen und Gurgeln der kleinen Wellen darunter zugehört und von Fräulein Mizzi geträumt. Ohne den Riesen. Aber der Vater würde das wegen der Sonntagshose, die er an seinem Geburtstag anhatte, sowieso nicht erlauben, und wahrscheinlich war es ohnehin verboten. Er schlenderte zurück. Johann stand am Ufer und studierte die Fahrpläne der Schifffahrtsgesellschaft, die in einem Schaukasten aushingen.

»Wie heißt der See denn?«, wollte Anton jetzt wissen, er hatte nicht mehr zugehört, als der Vater, nachdem er das Märchenschloss verworfen hatte, das neue Ausflugsziel nannte, er war zu enttäuscht gewesen.

»Das ist der Starnberger See«, antwortete der Vater.

»Der Starnberger See?!«, rief Anton wie elektrisiert aus, senkte den Kopf, seine Augenbrauen schoben sich zusammen, und sein Blick wurde düster.

Der Vater bemerkte Antons Veränderung nicht, er verglich die Abfahrts- und Ankunftszeiten zu den unterschiedlichen Ausflugszielen.

»Darf ich mir zum Geburtstag etwas wünschen?«, unterbrach ihn Anton, und es klang nicht wie eine Frage, sondern bereits wie eine Forderung.

»Du hast dein Geburtstagsgeschenk doch schon bekommen«, erinnerte ihn der Vater erstaunt.

»Aber nun gut«, meinte er dann nach einem Blick auf seinen Sohn, der noch immer mit gesenktem Kopf dastand, »du darfst dir wünschen, ob wir mit dem Dampfer zur Roseninsel des bayerischen Königs oder mit einem Tretboot zu dem Strandbad dort drüben fahren«, er wies mit der Hand auf die unweit entfernt liegende Badeanstalt.

»Ich will zum Goldmacher«, sagte Anton, hob den Kopf und schaute dem Vater direkt in die Augen.

Johann erschrak. Nicht nur über den Wunsch von Anton, nicht

nur über seinen Blick, mit dem er ihn bereits als kleiner Junge ansehen konnte, so fest und schmelzend zugleich, dass jeder Widerstand dahinschwand, nein, er erschrak vor allem über sich selbst.

»Zum Goldmacher?«, wiederholte Johann, immer noch ungläubig über sein Vergessen, und versuchte eine ausweichende Geste, stemmte stirnrunzelnd beide Hände in die Hüften und ließ dann die Arme wie resigniert wieder fallen, schüttelte den Kopf, er schaute über den See und fasste sich an die Stirn.

»Gott weiß, warum«, murmelte er schließlich vor sich hin und wandte sich seinem auf Antwort wartenden Sohn zu.

»Ich will dich wirklich nicht damit belasten, Anton«, begann er, »aber damals, als ich mich auf die Sache mit dem Goldmacher eingelassen habe, ging es mir auch um deine Zukunft, ich wollte für uns alle nur das Beste. Wie du weißt, ist das Gegenteil dann passiert. Und jetzt habe ich an deinem zehnten Geburtstag auch noch einen Ausflug mit dir an diesen schicksalhaften Ort unternommen, ohne mir dessen bewusst zu sein. Gott allein weiß, warum!«, wiederholte Johann und ging dann erregt auf dem Steg auf und ab, um endlich abrupt vor Anton stehen zu bleiben und ganz entschieden zu verkünden: »Dann gehen wir doch mal nachschauen, was aus dem Goldmacher geworden ist.«

Vorher kehrte er mit Anton allerdings in ein Wirtshaus ein, unweit vom Anlegesteg entfernt gelegen. Sie stärkten sich mit einer Leberknödelsuppe und einem Paar Weißwürste für den Weg. Beide waren in gespannter Stimmung. Johann, weil er an den verhängnisvollen Ort seiner wenig ruhmreichen Tat zurückkehren würde, und Anton, vor dem Teufelswerk des Goldmachers seit jeher durch seine Mutter gewarnt, wähnte sich, zumal er ja bereits Ministrant war und dazu berufen, Gott zu dienen, der ruhmreichen Aufgabe nahe, den Teufel zu bekämpfen.

Bislang hatte er ihm nur durchs Beten Beute abzujagen vermocht: Jeden Sonntag rettete er mit jeweils drei Ave-Maria pro Seele und Kirchenumrundung bei zehn Umrundungen immerhin zehn Seelen aus dem Fegefeuer. Jetzt und auf dem Weg zum Goldmacher murmelte er leise ein Ave-Maria nach dem anderen, als müsse er selber seine Seele vor dem Teufel retten, dem er gleich in Gestalt des Goldmachers begegnen würde.

Doch der Weg wurde lang, der Vater vertröstete seinen Sohn bald an jeder Biegung der Straße. Anton jedoch war insgeheim froh darum, weiter beten zu können, denn zumindest im Augenblick verfügte er zur Abwehr des Teufels nur über das Ave-Maria als Waffe, und je mehr er davon ansammelte, je mehr Zeit er hatte aufzurüsten, umso besser.

Dann blieb der Vater stehen und Anton hob den gesenkten Kopf, und da stand sie, deren Namen er den gesamten Weg über auf den Lippen geführt hatte, vor ihm, wie er sie von zu Hause aus der Kirche und von Abbildungen her kannte: Den blauen Mantel über dem roten Kleid und das Jesuskind auf dem Arm, beide lächelten ihm hold zu. Er lächelte unwillkürlich zurück.

»Hier ist es«, sagte der Vater entschieden, »ich erinnere mich an die Madonna, sie stand an der Einfahrt zum Landhaus. Ja, hier ist es.« Er blickte den Kiesweg hinunter.

»Hier?! Hier soll dieser Goldmacher wohnen, dieser Teufel?!«, platzte es aus Anton heraus.

Ungläubig blickte er zwischen der Madonna, dem Vater und dem Landhaus, das am Ende des Kieswegs zu sehen war, hin und her.

»Das kann nicht sein!«, behauptete er nicht minder entschieden wie der Vater zuvor das Gegenteil, blitzte ihn zornig an, »wo die Madonna ist, kann nicht der Teufel sein!«, rief er aufgebracht und bekreuzigte sich gleich danach vor der Jungfrau, die unverändert lieblich aus ihrer Behausung auf der steinernen Stele zu ihm hinunterlächelte.

Johann jedoch war viel zu erregt, um den Zorn seines Sohnes zu bemerken. Der geschwungene Kiesweg, die alten hohen Buchen, die Wiesen, das ockergelb leuchtende Landhaus mit den grün-weiß gestreiften Fensterläden und in einiger Entfernung dahinter der ansteigende Hügel, der die Produktionsanlage mit den Kesseln und dem Gewirr von Schläuchen und glänzenden Rohren beherbergte: Alles lag genau so vor ihm wie vor zehn Jahren, als das Automobil mit Dr. Willinger und ihm hier in die Einfahrt eingebogen war. Die Madonna hatte er vorbeifahrend gesehen und sich sogleich an einem Ort gewähnt, zu dem man Vertrauen fassen durfte. Jetzt stieg auch in Johann Zorn auf.

»Lass dich nie täuschen«, brach es aus ihm heraus, »glaub niemals an Wunder! Wunderglaube ist Sünde!«, verkündete er seinem Sohn.

»Aber Jesus hat viele Wunder vollbracht, das steht doch in der Bibel!«, protestierte Anton, noch immer in höchstem Maße irritiert und verwirrt über die Anwesenheit der Jungfrau Maria an diesem teuflischen Ort.

»Das sind Wunder, die Gott und sein Sohn vollbracht haben!«, donnerte Johann und wandte sich von der Madonnenstele, diesem steinernem Standbild, ab.

»Gott kann Wunder vollbringen, Menschen nicht, vergiss das nie, mein Sohn«, rief er aufgebracht, »wann immer dir jemand ein Wunder verspricht, glaube ihm nicht, Menschen vollbringen keine Wunder, das ist alles … alles … das ist nichts als Brimbamborium!«

Jetzt sah Anton seinen Vater Zornesblicke in Richtung des friedlich und wie unbewohnt daliegenden Landhauses schleudern. Dabei lief sein Gesicht rot an und die Adern am Hals traten hervor. Nun hob er auch noch beide Arme, schüttelte die geballten Fäuste und rief mit lauter Stimme: »Das ist alles Brimbamborium! Nichts als Brimbamborium!«, und wiederholte es immer wieder.

Noch nie hatte Anton seinen Vater so aufgebracht gesehen! Er beobachtete ihn mit wachsendem Staunen und vergaß darüber seinen eigenen Zorn, und ganz plötzlich wurde er von der mächtigen Präsenz des Vaters aus den geheimnisvoll diffusen Fantasien über den Goldmacher in eine kraftvolle Wirklichkeit gerissen.

»Brimbamborium?!«, wiederholte er mit hoher, fast singender Stimme, »Brimbamborium?«, lachte es aus ihm heraus, und der Ernst, der sonst auf seinem Gesicht lag und selbst wenn er lachte noch im Grau seiner Augen hängen blieb, löste sich wie ein Schleier, und ein Strahlen, wie Johann es nur von Katharina kannte, es aber schon fast vergessen hatte, seit so langer Zeit war es bereits verloschen, entflammte das ganze Gesicht seines Sohnes.

Und nun breitete Anton mit einer von seinem Vater noch nie gesehenen Gebärde seine Arme aus, warf sich ungestüm gegen seinen Körper und umarmte ihn, während er immer wieder unter Gelächter »Brimbamborium« herausprustete. Selbst auf der Rückfahrt im Zug nach München wurde Anton unversehens von Lachen geschüttelt, kam ihm der Vater mit seiner Brimbamborium-Beschwörung in den Sinn.

Den Goldmacher jedoch hatten sie nicht gesehen. Als ein Bauer mit seinem Fuhrwerk vorbeigezottelt kam, fragte der Vater ihn nach dem Goldmacher, und der Bauer rief ihm von seinem Bock auf bayerisch zu: »Der scheißt jetzt Gold in Berlin.«

Johann verstand nicht. Da wiederholte es der Bauer, lachte laut auf und rief noch: »Der Teufel scheißt eben immer auf den noch größeren Haufen!«

5.

Der dunkelrote Horch von Hubert glitt über die Uferstraße, die am See entlangführte. Hinter dem Steuer saß der Chauffeur, der Franz vom Segeln abgeholt hatte, Hubert selbst war in dringenden Angelegenheiten nach Wien gereist.

»Er marschiert«, behauptete Franz, der vom Chauffeur mehr über die dringenden Angelegenheiten des Vaters wissen wollte, die als streng geheim galten. Unlängst hatte Franz gehört, wie die Mutter zum Vater sagte, er schneide sie vom Atem der Geschichte ab, obwohl er ihr doch versprochen habe, dieser Atem würde auch sie beflügeln. Seitdem versuchte Franz, mehr über die geheimen Angelegenheiten des Vaters zu erfahren, er wollte unbedingt vom Atem der Geschichte beflügelt werden, der Ausdruck hatte ihn kolossal beeindruckt.

Der Chauffeur murmelte allerdings nur irgendetwas von einer Vorstandssitzung.

Franz schüttelte energisch den Kopf, er hatte gestern beobachtet, wie die glänzenden schwarzen Schaftstiefel der Uniform, die der Vater zu Parteiveranstaltungen und ähnlichen Feierlichkeiten trug, im Koffer verstaut worden waren.

»Er marschiert, glaub es mir«, widerholte Franz und rüttelte vom Rücksitz aus an der Schulter des Chauffeurs.

Der schwieg, drosselte aber in Erwartung einer S-Kurve das Tempo. Das gefiel Franz überhaupt nicht. Er rüttelte wieder an seiner Schulter, dieses Mal heftiger, und forderte ihn auf, doch nicht zu bremsen, sondern Gas zu geben, denn er liebte es, in den Kurven auf dem Sitz von der einen zur anderen Seite gezogen zu werden, so wie bei seinem Vater, der in den Kurven wie ein Rennfahrer zu beschleunigen pflegte.

»Ja, soll ich denn die beiden da umfahren?«, fragte der Chauffeur und zeigte auf zwei Fußgänger mitten in der S-Kurve.

Franz schaute aus dem Fenster und sah im Vorübergleiten Antons gesenkten Kopf mit dem lichten blonden Haarschopf. Er kletterte geschwind auf den Rücksitz, um durchs Heckfenster vielleicht noch den Gegenstand zu erkennen, den der blonde Junge in der Hand hielt, der seine ganze Aufmerksamkeit so zu fesseln schien, dass er das schöne große Automobil, in dem er, Franz, saß und das sonst allen ein Staunen ins Gesicht schrieb, gar nicht bemerkte. Franz musste sich einigermaßen verrenken, um diesen Gegenstand gerade noch erkennen zu können: Es war ein Buch.

»Ein Buch!«, stöhnte er auf und rutschte enttäuscht auf den Sitz zurück, wischte aber gleich mit dem Ärmel über das helle Leder, der Vater konnte sehr wütend werden, wenn er Schuhabdrücke auf dem Polster entdeckte, das Automobil gehörte zu seinen Heiligtümern.

Nun bog der Chauffeur in die Einfahrt ein, fuhr an der Madonnenstele vorüber und im Schritttempo den Kiesweg hinunter.

»Ein Buch!«, murmelte Franz noch einmal vor sich hin, nicht zuletzt auch deshalb, weil es ihn an die Schularbeiten erinnerte, die für diesen Tag noch ausstanden, denn selbst in den Sommerferien verlangte die Mutter von ihm, für die Schule zu üben, damit seine Zensuren besser würden. Er war dagegen fest entschlossen, weiterhin schlechte Zensuren zu schreiben, denn nur schlechte Noten würden die Mutter davon überzeugen, in den Ferien nicht mehr mit ihm zu üben, weil es einfach völlig sinnlos war.

Noch bevor der Chauffeur die Handbremse anzog und damit den Horch zum endgültigen Stillstand brachte, öffnete Franz die Wagentür, sprang hinaus und lief auf der Flucht vor Büchern und Schulaufgaben zur Gartenpforte, die nach nebenan zu seinem Freund führte. Er kam nicht sehr weit, die Stimme der Mutter rief ihn zurück, im Wohnzimmer warte Besuch auf ihn.

Er drehte um, nahm den Kücheneingang, lief den mit dunklem Holz getäfelten Flur hinunter und blieb ruckartig an der Türschwelle zum Wohnzimmer stehen, denn dort wartete nicht der Freund von nebenan, am großen runden Couchtisch, der mit Teegeschirr gedeckt war, saß in einem der Polstersessel ein fremder Mann. Vor ihm stand eine Schale mit Gebäck, daneben brannte eine Kerze. Ein unbekannter Duft wehte Franz entgegen. Er erinnerte ihn an den Weihrauchgeruch in der Kirche.

Ohne den Fremden zu begrüßen, kehrte Franz um und wollte gera-

de zurück zur Gartenpforte laufen, doch da hörte er hinter sich das ra-
schelnde Geräusch von Alexandras weißem, gestärktem Sommerkleid,
und er hielt inne, er musste einen günstigeren Zeitpunkt für seine Flucht
abwarten.

Alexandra sah, wie ihr Sohn unschlüssig an der Türschwelle verharrte, und legte nun einen Arm um seine Schulter: »Wir haben Besuch«,
sagte sie und führte ihn ins Zimmer.

Der fremde Mann stand auf, streckte Franz die Hand entgegen und
stellte sich ihm als sein neuer Lehrer vor.

Zögernd, ja widerwillig gab Franz diesem Fremden die Hand und
sah fragend seine Mutter an. Sie nickte: »Herr Heyn ist ab sofort dein
Nachhilfelehrer. Du wirst bei ihm nicht nur für die Schule lernen, sondern fürs Leben«, sagte sie feierlich.

Davon hatte sich Alexandra mehrfach bei den Vorträgen von Erhard Heyn vor dem Tibet-Kreis überzeugt, als sie überlegte, wie einerseits Franzens schulische Leistungen zu verbessern und andererseits sein
stürmisches, nach Dominanz strebendes Temperament zu zügeln und in
geistige Bahnen zu lenken wäre. Heyn, er unterrichtete an einem Münchner Gymnasium, erschien ihr als der geeignete Nachhilfelehrer für diese
Doppelfunktion. Sie hatte mit Hubert über ihre Wahl gesprochen, der
sich jedoch weit weniger um seinen Sohn zu sorgen schien.

»Unser Franz muss sich physisch ausdrücken«, erklärte er Alexandra den täglichen sportlichen Einsatz von Franz, hinter dem seine schulischen Leistungen weit zurückblieben, »Bücherwissen lernt man später
von allein, die Hauptsache ist doch, dass er sich durchsetzt.«

Tatsächlich langweilte sich Franz im Gegensatz zu Anton, der wie
sein Vater alles Gedruckte verschlang, recht schnell bei jeder Beschäftigung, die Körper und Geist trennte. Auf einem Stuhl still zu sitzen und
zu lernen, gefiel ihm einfach nicht, und so gehörte er dann auch zu den
eher schlechteren bis mittelmäßigen Schülern. Trotzdem war er beliebt.
Wo immer sich ein paar Jungen in den Pausen auf dem Schulhof zusam-
menfanden, stand Franz in ihrer Mitte. Er schwang sich gern zum Ideen-
geber und Anführer für das in der Regel recht kämpferische Spiel auf,
mit dem er und seine Freunde schnell größere Geländeflächen zu erobern pflegten.

Alexandra jedoch meinte, in Franzens körperlichem Ausdruckswillen die rastlose Unruhe ihres Mannes wiederzuerkennen, unter der sie litt. Hubert dagegen hatte auch dafür einen passenden Spruch: *Wer rastet, der rostet* oder *Morgenstund hat Gold im Mund*. Diesen Spruch ließ er sogar auf die Metallknöpfe der Arbeitskleidung seiner Hausangestellten prägen, selbst auf die Knöpfe der Livree des Chauffeurs. Alexandra hatte sich zunächst gegen die Marotte ihres Mannes gewehrt, aber Hubert setzte die Knopfbeschriftung ganz entschieden durch. Wie sonst eben auch alles. Franz neigte ebenfalls dazu, seinen Kopf durchzusetzen. Und bekam einen Wutanfall, wenn es ihm nicht gelang.

Hubert hatte schließlich auf Alexandras Drängen in die Nachhilfe für Franz eingewilligt, aber auf einer Probezeit bestanden, er beobachtete Alexandras Interesse für den tibetischen Buddhismus mit einiger Skepsis und somit auch den Lehrer Heyn, während er an den Fähigkeiten seines ältesten Sohnes keinerlei Zweifel hegte.

Wie sein Vater, so beobachtete nun auch Franz diesen Fremden, der sein Nachhilfelehrer werden sollte, mit Skepsis, ja, mehr noch mit Misstrauen. Die brennende Kerze auf dem Tisch und der aromatische Duft, den sie verströmte, hatten ihm gleich signalisiert, dass es sich bei diesem Lehrer nicht um einen gewöhnlichen Pauker handeln konnte. Aber nicht nur die Kerze und ihr aromatischer Duft verbreiteten eine so weihevolle Stimmung wie in der Kirche, auch Lehrer Heyn selber tat es, sogar mehr als der Pfarrer, wenn er zu Besuch kam.

Franz erfuhr nun auch von Alexandra, dass dieser Lehrer ihn nicht nur in die Gesetze der Mathematik, der Physik und in das System der Grammatik einweihen werde, sondern ebenso in weit aufregendere Phänomene wie Seelenwanderung, Wiedergeburt und Vorsehung. Nicht nur für die Schule, auch für das Leben werde er unterrichtet, wiederholte sie.

Franz hätte am liebsten heftig widersprochen: Das Leben fand doch nicht hier in der Stube statt, es spielte sich draußen auf dem See beim Segeln und im Wettstreit mit den Elementen ab oder im Strandbad mit seinen Freunden!

Mit der Zeit werde es gewiss gelingen, bei Franz den Kanal zu öffnen, sagte Lehrer Heyn jetzt zu Alexandra, er würde nicht nur für Botschaften empfänglich werden, er würde auch den Zugang zu den Energien finden. Wie jene Eingeweihten, die einst voraussagten, dass von den fünf Rassen auf dieser Erde die arische dazu ausersehen sei, Licht in das Dunkel der Welt zu bringen.

Alexandra nickte. Franz verschränkte trotzig die Arme, er würde von diesem Lehrer nichts lernen, weder für die Schule noch fürs Leben.

Doch schon während der ersten Nachhilfestunde am darauf folgenden Tag ließ er sich von ihm beeindrucken. Bevor Lehrer Heyn mit ihm die Arbeiten für die Schule einpaukte, zündete er zunächst wieder die Kerze an.

»Es ist Sandel«, erklärte er, als Franz ihn nach dem seltsamen Duft fragte, »Sandel verstärkt die männlichen Energien hier im Raum.«

Franz konnte sich nichts unter männlichen Energien im Raum vorstellen, aber dass es *männliche* Energien waren, das gefiel ihm schon.

Nun wartete Lehrer Heyn, bis die Flamme der Kerze ruhig brannte, dann entnahm er seiner Aktentasche zwei durch ein Lederband miteinander verbundene, handtellergroße Metallscheiben, die sich leicht nach innen wölbten. Er hielt das Lederband zwischen den Händen und ließ die beiden Metallscheiben aneinander klicken. Augenblicklich sirrte ein heller, feiner und doch durchdringender Ton durch den Raum. Er schien an den Wänden entlang und von ihnen zurück zu schwingen und verebbte nur langsam.

Dieser Ton habe eine außerordentlich hohe Schwingungsfrequenz, erklärte nun der Lehrer seinem Schüler, und die erfasse das menschliche Gehirn, also auch seins. Unter dem Einfluss dieser Frequenz würde es bei regelmäßiger Wiederholung Informationen direkt aus dem Kosmos empfangen können. Er klickte mehrmals die Metallscheiben aneinander, der Ton sirrte durch den Raum, dann legte er sie in seine Aktentasche zurück, blickte Franz in die Augen und sagte mit Inbrunst: »Wir Arier werden dieses Wissen empfangen, und mit diesem Wissen bauen wir eine neue Welt, die alle bisherigen Welten überragen wird. Deutschland erwacht – und du erwachst mit Deutschland!« Er legte beide Hände mit Nachdruck kurz auf Franzens Schultern.

Schon bald fühlte sich Franz nach den Stunden mit Lehrer Heyn seltsam über alle und alles gestellt. Auch seine Siege bei sportlichen Wettkämpfen hatten immer Hochgefühle in ihm ausgelöst, manchmal sogar ein Glücksgefühl, aber nie erfuhr er diese besondere Ergriffenheit, die ihn seinen Körper vergessen ließ und ihn emporhob, fast so, als würde er über allem schweben. Und dann sah sich Franz nach nur wenigen Wochen, die er mit Lehrer Heyn verbracht hatte, morgens im Halbschlaf tatsächlich einmal oben am Himmel schweben und auf die vielen Menschen der Stadt München hinabschauen, wie sie ziellos in den Straßen umherliefen und wie sie dann, als hätten sie von ihm dort oben einen Wink bekommen, plötzlich zielstrebig zusammenströmten und anfingen, etwas zu bauen, das wuchs und immer größer wurde. Er konnte von dort oben, wo er schwebte, nicht genau erkennen, was es war, woran dort unten so munter gewerkelt wurde, doch als er ganz wach wurde, glaubte er es sicher zu wissen: Es war Deutschland.

Lehrer Heyn beobachtete eine Zeit lang die Wirkung von Kerze, Sandelduft, Tibet-Zimbeln und seiner behutsamen Einführung in das geheime Wissen der Freunde des Tibet-Kreises auf Franz, bis er eines Tages zufrieden war: Beim immer gleichbleibenden Ritual zu Beginn der Nachhilfestunden wanderten Franzens Augen hinauf zur Zimmerdecke, aber nicht, weil er sich langweilte wie noch hin und wieder in den ersten Stunden, der Ausdruck auf seinem Gesicht zeigte jetzt deutlich, dass er in die Zukunft schaute, sie erschaute.

»Wir setzen uns«, unterbrach Lehrer Heyn im Flüsterton die Schau und überließ es nun Franz, die Stunde zu gestalten und die Reihenfolge der zu lernenden Schulaufgaben zu bestimmen. Er wusste, jetzt, nach der Einweihung, würde Franz ihm nicht nur zuhören, er würde ihm folgen. Und Franz folgte ihm. Er lernte jetzt eifrig Mathematik, Physik und Grammatik. Besonders gern allerdings folgte er seinem Lehrer in die geheimen Wunderwelten, in die ihm am Ende der Nachhilfestunden zur Belohnung nun Einblick gewährt wurde.

Seit frühester Kindheit hatte ihn seine Mutter als Zaungast in diese Welten hineinblicken lassen, zuerst in die des Goldmachers. Durch seinen Lehrer entwickelte Franz nun den Ehrgeiz, nicht länger nur Zuschauer zu sein. Sein wettkämpferisches Temperament drängte ihn schon bald dazu, seinen Lehrer überflügeln zu wollen. Er würde, wenn die Zeit käme, für höhere, wenn nicht sogar für höchste Aufgaben bereit sein.

Nun folgte Franz nicht mehr nur seinem Lehrer Heyn, er hatte ein Ziel gefunden.

Dennoch entwickelte sich Franz nicht zum Bücherwurm, auch seine schulischen Leistungen verbesserten sich nur allmählich, sein ungestümes Temperament jedoch drückte sich jetzt nicht mehr ausschließlich in körperlichem Aktionismus aus, es hatte stattdessen einen Weg ins Reich der Fantasie gefunden. Dem Freund von nebenan malte er, während sie zusammen segelten, nun glorreiche Zukunftswelten aus. Am meisten gefiel es ihm aber, wenn sich eine größere Schar von Zuhörern um ihn versammelte und seinen Schilderungen von der wundersamen Vermehrung aller irdischen Dinge lauschte und seinen Beschreibungen der Wundermaschinen, mit deren Hilfe die wundersame Vermehrung vonstattengehen würde. Er entwarf gigantische Bauwerke, eindrucksvoller als alles, was sich je auf dieser Erde in den Himmel erhoben hatte, inklusive der Pyramiden. Am liebsten beschrieb er die Waffen, die Wunderwaffen, mit denen all das Große erkämpft werden würde. Und natürlich erzählte er von den großen, starken, den heldenhaften Menschen, den Übermenschen, die aus der arischen Rasse hervorgehen und die die Weltherrschaft übernehmen würden.

Drei Jahre lang wurde Franz von dem Tibeter, wie Hubert Münzer gern spöttisch, wenn auch mittlerweile durchaus mit ihm einverstanden, den Nachhilfelehrer seines Sohnes nannte, unterrichtet, dann erreichten Franzens Noten endlich ein gehobenes Niveau.

Alexandra war sehr erleichtert. Hubert hingegen meinte nur, Bücherwissen könne mit einiger Mühe vom Dümmsten erlernt werden, im Gegensatz zum Willen zur Macht, der nicht zu erlernen sei, der einem Mann entweder in den Knochen stecke oder nicht. Bei seinem Sohn, dem Franz, hatte er keinerlei Zweifel darüber, denn selbst die Transformationsversuche des Tibeters hätten seinen wettkämpfenden Impuls nicht schwächen können. Und so kommentierte Hubert die verbesserten Noten im Zeugnis seines Ältesten eher beiläufig mit dem Spruch: »Schaden kann's nicht.«

6.

Kurz vor dem Erntedankfest trafen bei Bauer Buck sechs Hitler-Jungen zum Ernteeinsatz ein. Sie waren dreizehn, vierzehn und fünfzehn Jahre alt. Drei von ihnen reisten aus Niedersachsen in die Holsteinische Schweiz, drei kamen aus Bayern. Tagsüber halfen sie auf verschiedenen Höfen, nachts schliefen sie gemeinsam auf dem Heuboden der Scheune von Bauer Buck. Einer von ihnen war Anton Bluhm aus Hannover, ein anderer Franz Münzer aus München.

Bis zur Abreise hatte Anton versucht, dem Einsatz durch Kränkeln zu entgehen, doch es gelang ihm einfach nicht, richtig krank zu werden. Franz hingegen hatte sich durch zusätzlichen Sport auf die ungewohnte Erntearbeit vorbereitet. Er übernahm dann auch unmittelbar nach der Ankunft der HJler die Führung der kleinen Truppe und ernannte den Jüngsten, den dreizehnjährigen Hans Müller, zu seinem *Adjutanten*.

Anton erweckte sofort sein Missfallen, weil er den Morgen- und Abendlauf ausfallen lassen wollte, um in einem Buch zu lesen. In diesem blonden HJler, der Franzens Vorstellung von einem Arier, wäre er nur trainierter gewesen, entsprach, erkannte er den Jungen, dem er vor vier Jahren in der S-Kurve an der Uferstraße am See aus dem Heckfenster des väterlichen Horch hinterhergesehen hatte, nicht wieder. Schon damals war er über den Gegenstand, ein Buch, das Antons Aufmerksamkeit gefesselt hatte und ihn das alle Welt beeindruckende Automobil nicht bemerken ließ, enttäuscht gewesen, wie auch jetzt wieder, wenn Anton sich in »Moby Dick« vertiefte.

An den ersten Abenden fielen die HJler, kehrten sie von dem von Franz durchgesetzten halbstündigen Geländelauf im Anschluss an die ungewohnte Arbeit auf dem Feld in die Scheune zurück, bleischwer ins Heu, selbst der athletische Gruppenführer Münzer.

Anton jedoch, der Untrainierteste, schien der Zäheste zu sein. Die anderen beobachteten, bevor sie einschliefen, wie er noch in seinem Buch las und sich schon wieder der Lektüre widmete, wenn sie aufwachten.

Franz begann, die Tage bis zum Sonntag zu zählen, wenn nicht auf den Feldern gearbeitet werden musste. Er wollte endlich einmal ausschlafen und danach mit seinem Adjutanten ein Geländespiel als Wettkampf organisieren, ihm fehlte die sportliche Herausforderung, die Feldarbeit langweilte ihn außerordentlich.

Anton hingegen wollte an diesem ersten freien Tag endlich einmal ungestört in »Moby Dick« lesen. Nachdem er das Buch vom Vater zu seinem zehnten Geburtstag geschenkt bekommen hatte, verschlang er die ersten Kapitel. Doch dann wurde es ihm mühsam, der Geschichte zu folgen, und er legte das Buch beiseite. Vor einigen Wochen hielt er es plötzlich wieder in den Händen, blätterte darin, las die ersten Seiten und wieder packte ihn, wie schon beim ersten Lesen, ein Sog, der ihn dieses Mal weiter in das Geschehen hineinzog. Obwohl der Vater davon abriet, weil das Buch, sollte es verloren gehen, schwer wiederzubeschaffen wäre, verstaute Anton es noch kurz vor der Abreise heimlich in seinem Gepäck. An diesem ersten freien Sonntag nun, den Anton herbeisehnte, weil sich aus der Sicht des Kapitäns Ahab das Schicksal des weißen Wals entscheiden sollte, aus der von Anton das des Kapitäns, feierte das Dorf das Erntedankfest.

Traditionell wurde das Fest in der größten Scheune des Dorfes begangen, und das war die Scheune von Bauer Buck. Und so konnte Franz auch an diesem Morgen nicht ausschlafen, sondern wurde früh durch lautes Rumoren und die Gespräche von Männern geweckt, die unten auf der Tenne Tische und Bänke aufstellten und Birkenzweige an die Scheunenwände hämmerten. Wenig später begannen Frauen, Girlanden aus Eichenlaub und Ähren zu flechten und mit ihnen die Holzpfeiler zu ummanteln und die Tische zu schmücken.

Noch verschlafen kroch Franz schließlich an den Rand des Heubodens und beobachtete mit einiger Neugier das rege Treiben unten auf der Tenne. Doch schon bald begann er, sich zu langweilen. Assistiert von dem dicklichen kleinen Hans Müller, den sich Franz mit ein bisschen angeberischem Getue zum Adjutanten erzogen hatte, begann er, den anderen HJlern seine fantastischen Wunderwaffengeschichten zu erzählen. Sie lauschten ihm voll Spannung.

Anton hingegen hörte nicht zu, er saß etwas entfernt im Heu und las in »Moby Dick«.

Das missfiel Franz prinzipiell, heute jedoch umso entschiedener, je mehr Geschichten er zum Besten gab. Seit seiner Bekehrung durch Erhard Heyn fühlte sich Franz als Eingeweihter. Er zelebrierte seine Mitteilungen über die bevorstehenden großen Ereignisse ähnlich weihevoll wie sein ehemaliger Lehrer, und er wollte, er durfte es einfach nicht dulden, dass Anton sich dieser Weihe entzog.

Von seinem immer noch leicht aufbrausenden Temperament überwältigt, rief Franz, auch wenn er das Bücherlesen inzwischen nicht mehr verachtete, weil er in den letzten Jahren, angeregt durch Heyn, Bücher über Geheimwissen und Geheimbünde geradezu verschlungen hatte, in die um ihn versammelte HJler-Runde: »Dünn und blass, wer ist das?«, und gab gleich die Antwort: »Der Bücherwurm!«

Mit einem großen Sprung hechtete er zu Anton hinüber, riss ihm das Buch aus der Hand, gab laut den Titel bekannt und fragte dann voll demonstrativer Verachtung: »Wer soll denn das sein, Moby Dick, wer hat denn so einen komischen Namen?!«

»Moby Dick? Moby Dick?«, machten die anderen Franz nach und schauten wie er verächtlich.

»Moby Dick ist ein weißer Wal«, sagte Anton mit unterdrücktem Zorn in der Stimme, es fiel ihm schwer, Franz das Buch nicht sofort wieder aus der Hand zu reißen, doch zweifellos könnte es dabei beschädigt werden, und das wollte er keinesfalls riskieren, also beherrschte er sich lieber.

»Hahaha!«, lachte Adjutant Hans Müller, »dick und weiß, das macht uns heiß!«, assistierte er Franz.

»Dick und weiß, das macht uns heiß!«, wiederholten die anderen HJler nun mehrmals hintereinander im Chor, bis Franz sie mit einer Handbewegung unterbrach.

»Und was könnte uns an einem weißen Wal interessieren?«, fragte er und blätterte mit einer bemüht überlegenen Miene in den Seiten, ohne eine Zeile zu lesen.

»Dass er siegen wird«, sagte Anton. Er wollte Franz keineswegs provozieren, die Unversehrtheit des Buches war ihm das Wichtigste in diesem Moment.

»Bist du verrückt?!«, schrie Adjutant Hans Müller empört und sah von ihm zu Franz. Die anderen taten es dem Adjutanten gleich. Franz war der Anführer, er würde wissen, wie man mit einem Bücherwurm, der Blödsinn redete, umging. Ein Held siegt, würde siegen können, aber doch kein Tier. Und sowieso kein Wal, auch wenn es ein weißer Wal gewesen wäre. Den es ja noch nicht einmal gab. Kein Zweifel, dieser Anton Bluhm wollte den Franz Münzer provozieren.

»Herman Melville«, las nun Franz laut den Namen des Verfassers, er wollte Zeit gewinnen, »da fehlt ein N, Hermann wird mit zwei N geschrieben.«

»Melville ist Amerikaner«, sagte Anton und lächelte, er wollte besänftigen, »der schreibt sich nur mit einem N.«

»Ein Amerikaner auch noch!«, rief Franz, nun tatsächlich empört: »Wie kann man nur ein Buch von einem Amerikaner lesen! Die schreiben doch alle nichts als Unsinn.«

»Moby Dick ist ein Rätsel«, kürzte Anton, immer noch freundlich, ab und streckte Franz dabei seine Hand nach dem Buch entgegen, der sie einfach übersah.

»Ein Rätsel?«, gab Adjutant Hans Müller wieder Franz das Stichwort.

»Was soll das denn heißen, ein Rätsel? Das ist doch nichts anderes als amerikanischer Unsinn«, entschied Franz, jetzt verärgert über Antons freundliche Gelassenheit.

Um seinem Ärger über den Bücherwurm und seinen amerikanischen Unsinn angemessen Ausdruck zu verleihen und um die anderen HJler, die ihn beobachteten, zu beeindrucken, warf er, heftiger als eigentlich beabsichtigt, das schwere Buch mit Wucht hoch über Antons Kopf hinweg in die Tiefe des Heubodens. Dort krachte es noch im Flug gegen einen der Holzpfeiler und fiel zu Boden.

Anton schossen Tränen in die Augen. Tränen des Zorns. Des heiligen Zorns. Für ihn besaßen Bücher eine fast sakrale Aura. Erst recht dieses. Das Rätselbuch, ein Buch für das ganze Leben, wie der Vater gesagt hatte. Es zu misshandeln, dieses Buch mit all seinem Versprechen, es gar zu zerstören, das war nicht nur eine grobe Verletzung, es war eine Schändung und eine Schande zugleich, und die würde Franz sühnen müssen.

Wie schon einmal, als Anton für eine Schändung Sühne forderte, stürzte er sich mit gesenktem Kopf auf seinen Gegner. Und wie damals war er nicht nur mutig, er war angesichts seiner wenn auch zähen, so doch im Vergleich zu der von Franz eher zarten Konstitution todesmutig. Nicht anders als die anderen HJler hatte Anton morgens und abends dabei zusehen können, wie Franz bei fünfzig Klimmzügen und fünfzig Liegestützen seine Muskeln spielen ließ. Das beeindruckte kolossal, auch Anton. Keiner von ihrer Truppe wäre je auf die Idee gekommen, sich mit Franz messen zu wollen oder gar ihn anzugreifen, unangefochten hielt er den Platz des Anführers.

Umso überraschender, ja, gänzlich unerwartet kam dieser Angriff, Franz hatte noch nicht einmal seine Bauchmuskeln angespannt, als Antons Kopf ihn traf, er kippte einfach nach hinten ins Heu und sein Angreifer mit ihm.

Aufprallend spürte Anton einen harten Widerstand, der sich schmerzvoll in seine Stirn grub, es war das Koppelschloss der HJler von Franzens Gürtel. Und durch die vielen Blitze, die jetzt hinter seinen geschlossenen Lidern das Dunkel durchzuckten, sah er das Koppelschloss am Gürtel des SA-Mannes, das er längst vergessen hatte.

Wie ein Maikäfer auf dem Rücken lag Franz ungewohnt hilflos im Heu und versuchte vergebens, sich von Anton zu befreien. Die anderen HJler und vor allem Adjutant Hans Müller, nicht anders als Franz von Antons todesmutigem Kopfangriff überrumpelt, starrten wie gebannt auf den Kampf. Sie rechneten jeden Moment damit, dass Franz unter fürchterlichem Gebrüll Anton packen, ihn hochstemmen und dann in die Tiefe des Heubodens schleudern oder gar gegen den Holzpfeiler schmettern würde, dorthin, wo das zerfledderte Buch lag. Aber nichts dergleichen geschah. Statt eines Brüllens hörte man nur ein Keuchen, dann drang plötzlich ein Röcheln aus Franzens Mund und sein Kopf fiel zur Seite, und nichts war mehr von ihm zu hören, noch nicht einmal sein Atem.

Erschrocken sprang der dickliche kleine Hans Müller auf, um Anton zurückzureißen. Es gelang ihm nicht. Nun halfen die anderen mit, den vom Todesmut durchpulsten, noch immer verbissen kämpfenden Anton von dem wie tot daliegenden Franz wegzuzerren, was ihnen schließlich gelang. Erst dann sahen sie all das Blut und wie es Anton über die Stirn und die geschlossenen Augen lief, über das Gesicht und an den Ohren entlang den Hals hinunter. Auch Anton gab nun alle Gegenwehr auf, regungslos lag er neben Franz.

Augenblicklich und in panischem Schrecken kletterten die anderen vom Heuboden hinunter, übersprangen die letzten Sprossen zur Tenne, blieben neben der Leiter stehen und riefen laut: »Der Franz, der Franz!« und »Der Anton, der Anton!« Mit ausgestreckten Armen wiesen sie beschwörend nach oben.

Die Männer und Frauen, noch immer damit beschäftigt, das Erntedankfest vorzubereiten, kümmerten sich nicht groß um die aufgebrachten Jungen, nur Bauer Buck fragte, was denn sei mit dem Franz und mit dem Anton.

»Tot!«, riefen die vier wie aus einem Munde und sahen ängstlich hinauf zum Heuboden.

Jetzt wurde es plötzlich still auf der Tenne. Alle blickten verwundert zu den HJlern und schauten dann stirnrunzelnd hinauf zum Heuboden, wo sich nichts rührte. Nun rief der Bauer mehrmals laut die Namen der beiden, aber weder Franz noch Anton antworteten, und so erklomm er schließlich beherzt die Leiter.

Als der schwere Mann, ein wenig keuchend, über den Heuboden auf die beiden zukroch, murmelte er erschrocken: »Leck mi am Mors!«

Der wachsbleiche Franz und der blutende Anton lagen tatsächlich regungslos hingestreckt im Heu.

Bald darauf saßen die Totgeglaubten dann schon wieder an einem der Tische auf der Tenne, einen Becher heißer Milch mit Honig vor sich, Anton mit gewaschenem und Franz mit nicht mehr ganz so wachsbleichem Gesicht.

»Sitzen geblieben und nicht vom Fleck gerührt!«, hatte ihnen der Bauer befohlen. Er warf ihnen immer wieder einen kurzen Drohblick zu, während er mithilfe der anderen HJler den aus gelbem Stroh geflochtenen und mit Feld- und Gartenfrüchten geschmückten Erntedankkranz, der groß wie ein Wagenrad war, in der Mitte der Tenne am Balken befestigte.

Aber auch ohne Bauer Bucks Befehl hätten sich Anton und Franz nicht vom Fleck gerührt, der Schreck saß ihnen noch gehörig in den Gliedern, dem einen über die eigene, dem anderen über die Ohnmacht des anderen. Der eine stellte sich zum ersten Mal seinen Tod vor, der andere zum ersten Mal, getötet zu haben.

Während Anton mit beiden Händen das gerettete Buch umklammerte, als müsste er sich daran festhalten, wärmte Franz seine Hände am heißen Steingut, denn hin und wieder überfielen ihn kalte Schauer wie Schüttelfrost.

Von Zeit zu Zeit tranken sie kleine Schlucke von der heißen, süßen, belebenden Milch, wagten jedoch nicht, den Kopf zu drehen und einander anzusehen.

Die Wunde mitten auf seiner Stirn pochte bis tief in den Schädel hinein und Anton meinte, dort ein Loch zu haben, während Franz eins bei sich im Bauch vermutete, noch nie hatte er sich so hohl und leer gefühlt.

Die Zeit dehnte sich immer mehr, das gemeinsame Schweigen lastete immer stärker auf ihnen, bis sich Franz endlich mit einem Ruck zu Anton herumdrehte.

Wie er das gemacht habe, wollte er ihn eigentlich fragen, brachte aber kein Wort heraus und starrte stattdessen die Wunde auf Antons Stirn an. Sie war rund. Kreisrund. Und sie leuchtete rot. Er starrte sie an und sie blinkte ihm wie ein Zeichen entgegen. Je länger er sie anstarrte, desto deutlicher erinnerte er, was er in seinen Büchern über dieses Zeichen gelesen hatte. Erleuchtete trugen es auf der Stirn. In der Mitte der Stirn. Ganz genauso wie Anton.

Für Franz reimte sich da plötzlich das bisher Ungereimte zusammen, erklärte sich, dass nämlich er, der durchtrainierte, sportliche, unbesiegbare Franz Münzer, schnell wie ein Windhund und hart wie Kruppstahl, von einem Fliegengewicht, einem Jungen ohne Muskeln an Armen und Beinen und schon gar nicht an Rücken und Bauch, einem Bücherwurm mit solch einer Wucht umgestoßen werden konnte, dass er einfach wie ein Sack Kartoffeln ins Heu gefallen war und das Bewusstsein verloren hatte.

»Passt«, murmelte Franz. Er senkte erleichtert und erregt zugleich seinen Kopf, dann hob er ihn wieder und sah Anton scheu in die Augen.

»Was passt?« Anton war froh, dass Franz endlich etwas zu ihm sagte.

Franz tippte sich gegen die Stirn, dorthin, wo auf Antons Stirn die Wunde rot leuchtete.

»Du hast magische Kräfte«, sagte er leise.

»Magische Kräfte?« Anton runzelte unwillkürlich die Stirn und zuckte dann kurz zusammen, so heftig brüllte der Schmerz in ihm auf.

»Du hast das Zeichen. Du bist ein Erleuchteter. Und Erleuchtete haben magische Kräfte«, erklärte Franz wiederum leise, fast flüsternd.

Anton berührte mit seinem Finger ganz vorsichtig die Wunde, sie fühlte sich feucht an. Er zog seinen Finger schnell wieder zurück, sie sollte auf keinen Fall erneut zu bluten beginnen, er schmeckte noch immer den Blutgeschmack im Mund.

»Das war nur dein Koppelschloss, es hat sich in meine Stirn gedrückt«, erklärte er trocken. »Da, die Prägung«, er zeigte auf das stählerne Koppelschloss mit dem Adler und dem Hakenkreuz.

Franz begutachtete prüfend die Prägung, die plastisch heraustrat. Sie war eine Rangauszeichnung, die ihn mit Stolz erfüllte. Sein Blick glitt nun vom Adler mit dem Hakenkreuz wieder zum Zeichen auf Antons Stirn. Nein, es sah nicht aus wie ein Abdruck, es blinkte wie ein Zeichen. Vielleicht ist es durch den Aufprall erst sichtbar geworden, wie es in den Büchern häufig beschrieben wurde. Franz erinnerte eine Geschichte, in der ein Stein auf der Stirn des Gestürzten das Mal hervorbrachte, durch das die anderen in ihm endlich ihren Führer erkannten.

Franz betrachtete erneut aufmerksam den Adler mit dem Hakenkreuz. Da brach eine Erkenntnis in ihm durch und er erkannte die Bedeutung des Mals auf Antons Stirn, verursacht von Adler und Hakenkreuz, und nun erkannte er in Anton den rechtmäßigen, den wahren Führer ihrer kleinen Schar.

In heftiger Erregung sprang Franz auf, stellte sich vor Anton hin, sah ihm nicht mehr scheu, sondern freudig in die Augen, schlug die Hacken zusammen, hob die Hand zum Führergruß und rief: »Du befiehlst, wir folgen!«

Dann machte er vor dem verblüfften Anton eine Kehrtwendung und schritt in militärischer Manier vor die vier HJler, die jetzt auf Anweisung von Bauer Buck in geschlossener Formation von hinten nach vorn die Tenne fegten, nahm Haltung an und verkündete in pathetischem Befehlston: »Anton ist ab sofort unser Gruppenführer. Er wird die Feier organisieren, folgt mir!« Er machte wieder kehrt.

Die vier HJler hielten inne, sahen sich verwundert und unentschlossen an. Hans Müller, der Adjutant, war der Erste, der den Besen beiseitestellte und Franz folgte. Die anderen, neugierig geworden, kamen ihm schließlich nach.

Franz nahm vor Anton wieder Haltung an, wozu weder Franzens Adjutant noch die drei anderen HJler bereit waren, sie stemmten die Fäuste in die Hüften oder steckten die Hände in die Hosentaschen.

»Anton ist ab sofort Gruppenführer und wird die Feier organisieren«, wiederholte Franz.

Anton versuchte noch immer, Franz zu verstehen, das Spiel zu entschlüsseln, das er spielte.

»Was für eine Feier?«, fragte der Adjutant. Auch einer von den anderen HJlern wollte wissen, wieso denn der Bluhm plötzlich Gruppenführer sein solle.

»Franz Münzer ist unser Gruppenführer!«, rief Adjutant Hans Müller und drückte damit den Wunsch aller aus, und schlug die Hacken dabei zusammen.

Franz antwortete nicht, er fixierte Anton.

Einigermaßen verlegen strich sich der Adjutant das Haar glatt und schielte nun ebenfalls zu Anton, der betreten auf das Buch in seinen Händen starrte, während die anderen drei HJler von einem Bein aufs andere traten, immer ungeduldiger Franzens Erklärung erwartend und bereit, umgehend in schallendes Gelächter auszubrechen. Denn bestimmt hatte sich der Münzer nur einen Scherz ausgedacht, um sich am Bluhm zu rächen und den Müller zu foppen oder ihn sogar zu prüfen. Zum Schluss wäre der Münzer dann doch ihr Anführer und der Bluhm wie immer das Schlusslicht, der blasse Bücherwurm, den sie im Laufe des Erntedankfestes betrunken machen wollten, um ihm sein Buch wegzunehmen und es zur Erntedankfestfeier in den Schweinetrog zu werfen. So hatte Franz es ihnen vorgeschlagen.

»Es gilt, Anton ist neuer Gruppenführer, ich folge ihm und ihr folgt mir«, wiederholte Franz entschieden.

»Und unsere Erntedankfestfeier?«, erinnerten sie Franz an seinen ursprünglichen Plan.

Franz ließ sich nicht beirren: »Anton organisiert die Feier, wir warten auf seinen Befehl«, sagte er nun in einem Ton, wie er ihn einem Auserwählten gegenüber für angemessen hielt.

Die HJler schauten jetzt ungläubig und deutlich verwirrt zwischen Franz und Anton hin und her.

»Aber das ist doch alles nichts als ein großes Brimbamborium!«, hätte Anton nun am liebsten ausgerufen und sich mit »Moby Dick« ins Heu verkrochen. Die Wunde auf seiner Stirn pochte, sein Nacken tat weh, in seinem Kopf wurzelte noch immer ein dumpfer Schmerz. Aber dann sah er Franz an, und in Franzens Augen las er die Bitte, er möge doch dieser Auserwählte mit dem Zeichen auf der Stirn sein. Und da meinte Anton, das Spiel zu verstehen: Einer wie dieser Franz Münzer, ein Wunderwaffengläubiger, der kann, nein, der darf, wenn überhaupt, nur von magischen Kräften besiegt werden.

Einen Augenblick noch schwankte Anton, dann gewann sein Spieltrieb die Oberhand und die Neugier, ob Franz tatsächlich bereit wäre, ihm zu folgen. Er schaute nun in die HJler-Runde und jedem entschlossen in die Augen, dem Müller etwas länger, legte »Moby Dick« vor sich hin, stützte die gefalteten Hände darauf wie ein Pfarrer in der Kirche auf die Bibel, schloss die Augen und ließ erst einmal angemessen lange Zeit verstreichen. Mit noch immer geschlossenen Augen sagte er dann zögernd, als spreche er eine Eingebung aus: »Eine Stunde vor Mitternacht brechen wir auf«, und schwieg wieder.

»Wohin brechen wir eine Stunde vor Mitternacht auf?«, fragte Franz, Erregung schwang in seiner Stimme mit.

Anton hätte ihn am liebsten angeschaut, aus Neugier und weil es begann, ihm Spaß zu machen, sich dieses ganze Brimbamborium auszudenken, doch er hielt weiterhin die Augen geschlossen, sich daran erinnernd, wie ihm vor ein paar Tagen jemand aus dem Dorf von einer tausendjährigen Eiche oben im Wald erzählt hatte.

Er antwortete schließlich: »Zur tausendjährigen Eiche brechen wir auf.«

»Und was«, Franz zögerte, seine Stimme klang jetzt vor Aufregung rau, »was machen wir bei der tausendjährigen Eiche?«

»Wir stellen Fackeln auf und sprechen unter der tausendjährigen Eiche ein Gedicht.«

»Was für ein Gedicht?«, wollte nicht nur Franz, das wollten nun auch die anderen HJler wissen.

»Ein Gedicht über das Tausendjährige Reich«, sagte Anton, damit öffnete er wieder die Augen und sah jeden kurz, aber bestimmt an, etwas länger den Adjutanten und am längsten Franz.

Franz wäre am liebsten vor Anton niedergekniet: Das war der Beweis! Für alle, für die ganze Truppe! Nicht der schmächtige Anton Bluhm hatte ihn besiegt, nein, der mit dem Zeichen auf der Stirn zwang ihn nieder, ein Auserwählter, ein Erleuchteter, denn nur so einer konnte die Eingebung haben, zum Erntedankfest dem Tausendjährigen Reich unter einer tausendjährigen Eiche zu huldigen. Er trommelte mit den Fäusten auf den Tisch und alle vier HJler taten es ihm gleich.

Tatsächlich brachen die sechs Jungen eine Stunde vor Mitternacht auf, angeführt vom neuen Gruppenführer Anton Bluhm. Und mit ihnen kam auch der Bauer, die Bäuerin und die große Mehrzahl der Festgesellschaft. Sie alle hatten beschlossen, zum Ausklang des Erntedankfestes unter der mächtigen tausendjährigen Eiche mit den HJlern das anbrechende Tausendjährige Reich zu feiern, dessen versprochene Früchte sie schon heute, spätestens jedoch morgen ernten würden.

Nur Anton, der Initiator, fühlte sich von diesem Geist nicht beflügelt, ihn plagte, trotz großem Stolz auf seine Eingebung, dann doch ein wenig das Gefühl, ungute Geister zu beschwören. So folgte er mit eher gemischten Gefühlen dem Bauer Buck, der, ausgerüstet mit einer Stalllaterne, den Zug anführte. Langsam entfernte er sich von der erleuchteten Tenne und tauchte hinter dem Dorf in eine weder vom Mond noch von Sternen erhellte Dunkelheit ein.

Die Dorfbewohner waren ausnahmslos in ausgelassener Stimmung. Sie hatten nach dem Festessen, das wie in jedem Jahr aus geschmortem Schweinebauch mit Pellkartoffeln, Birnen, Bohnen und Speck bestand, ihre Gemüter mit selbst gebrannten Schnäpsen erhitzt. Die Männer begannen nun, deftige Witze zu erzählen, die bei den Frauen Gekicher und vereinzelt hohes Kreischen hervorriefen. Zudem versetzte die Dunkelheit, durch die als einzige Lichtquelle die Stalllaterne von Bauer Buck schaukelte, die Festgesellschaft in große Aufregung. Was die jüngeren

Männer und Frauen dazu brachte, einander zu zwicken und zu schubsen. Woraufhin die Hunde, die ihre Herrschaften begleiteten, von Zeit zu Zeit heftig bellten. Und das brachte wiederum das eine oder andere ängstliche Kind zum Weinen, sodass Bauer Buck seiner Gefolgschaft irgendwann zurief, sie wäre ein zentnerschwerer Sack voller Flöhe, den er auf seinem Buckel den Berg hinaufschleppen müsse.

Daraufhin beruhigte sich die Festtagsgesellschaft etwas, verfiel aber bald in ein Kichern und Wispern, das noch mehr Unruhe hervorrief. Bis dann einer von den älteren Männern ein Marschlied zu singen begann, in das die anderen Männer einstimmten, was schließlich zu Ruhe und Ordnung führte.

Als der Zug den Wald erreicht hatte und unter das mäandernde Gewölbe hoher Bäume trat, verstummte, je tiefer er in den Wald vordrang, nach und nach der schmetternde Gesang der Männer. Und obwohl jeder aus dem Dorf den Weg hinauf zur tausendjährigen Eiche seit frühester Jugend kannte, gab es wegen der großen Finsternis und dem ansteigenden Gelände ein ständiges Stolpern und Fluchen. Schließlich hielt Bauer Buck mit hochgehaltener Stalllaterne den Zug an und forderte die HJler auf, die mitgeführten Fackeln, die eigentlich erst unter der Eiche zum Einsatz kommen sollten, jetzt anzuzünden und im Zug zu verteilen.

Franz, der abwechselnd mit Anton die Fahne trug, während die anderen vier HJler die Fackeln schleppten, trat einen Schritt vor Anton und fragte in militärisch knappem Ton an, ob Gruppenführer Bluhm dem Vorschlag von Bauer Buck, wegen der Dunkelheit jetzt die Fackeln anzuzünden und im Zug zu verteilen, zustimme.

Anton hatte mittlerweile seinen Spaß am Spiel zurückgewonnen, schienen doch alle anderen auch ihren Spaß zu haben.

»Sollen verteilt werden!«, schnarrte er militärisch knapp und erschrak, in seiner wiedergefundenen Spiellaune hatte er die Stimme des Führers imitiert. Er hatte sein Talent zur Nachahmung schon häufiger ausprobiert, aber stets nur im Kreis der Familie, niemals öffentlich. Zum Glück schien es niemandem außer Franz, der ihn erstaunt ansah, aufgefallen zu sein.

Nun loderten überall im Zug Fackeln auf und ihr Flackern schien

Büsche und Bäume zu bewegen, sie aus der Tiefe des Waldes heraustreten oder in eine schwindelerregende Höhe wachsen zu lassen. Dieses Licht-und-Schatten-Spektakel beeindruckte alle sehr und das Gerede verstummte. Aber auch, weil sich der Weg die letzten paar hundert Meter recht steil den Hügel hinaufschlängelte, was manchen, nicht zuletzt Bauer Buck, hatte außer Atem geraten lassen.

Dann endlich erreichte der Zug das Plateau, auf dem die Eiche, wie jeder, nicht nur im Dorf, sondern in ganz Schleswig-Holstein zu erzählen wusste, seit tausend Jahren wuchs. Aber erst als es den Männern mit einiger Mühe gelungen war, die lodernden Fackeln in den vom Wurzelwerk durchwucherten Waldboden zu verankern, wurden ihre Umrisse, wurde ihr ganzes erhabenes Ausmaß sichtbar, und es erschien Anton gewaltig: Würden er und die anderen fünf HJler mit ausgestreckten Armen, sich an den Händen fassend, den mächtigen Stamm überhaupt umspannen können?

Er trat unter die Eiche und sah in die Höhe, die Äste streckten sich in den Nachthimmel wie ein Bündel mäandernder Flussarme. Er hatte sich unter der Tausendjährigen ein greisenhaftes, uraltes, ja, versteinertes Wesen vorgestellt, nicht einen lebendigen Baum in solch titanenhaften Ausmaßen. Er berührte mit den Fingern die Furchen der Rinde, spähte wieder nach oben ins wuchernde Toben der Zweige. Sie schienen im Feuerschein der Fackeln einen wilden Tanz zu zelebrieren, der Anton mächtig ansteckte und, obwohl Initiator der Feier, seinen Widerspruchsgeist wachrief.

Als sich alle im Schein der lodernden Fackeln im Halbkreis um die mit Mühe im Waldboden verankerte Fahne versammelt hatten und Franz in seinem Gedicht das Tausendjährige Reich beschwor, stimmte Anton, kaum hatte Franz geendet, ein kirchliches Erntedanklied an: »Wir pflügen und wir streuen den Samen auf das Land, / doch Wachstum und Gedeihen steht in des Himmels Hand: / Der tut mit leisem Wehen sich mild und heimlich auf / und träuft, wenn heim wir gehen, Wuchs und Gedeihen drauf ...«

Franz kannte weder Text noch Melodie, doch einige von den Bauern und Bäuerinnen sangen mit. Franz hätte jetzt gern ein richtiges HJler-Lied angestimmt, aber er hatte wenig musikalisches Talent, weshalb er es nur wagte, in der Gruppe mitzusingen, und so fiel ihm jetzt, am Ende von Antons Lied, nichts anderes ein, als *Heil Hitler!* zu rufen.

Die Versammelten antworteten ihm geschlossen mit *Heil Hitler!*. Gleich rief er es noch einmal, und wieder wurde ihm geantwortet, wie es ihm schien, dieses Mal mit einem Echo aus dem Wald. Er setzte zu einer dritten Wiederholung an, doch plötzlich breitete sich Unruhe unter den Versammelten aus, mehrere Frauen hatten zur Rückkehr ins Dorf gemahnt und auf die bereits weit hinuntergebrannten Fackeln gezeigt. Kurz entschlossen zerrten die Männer sie jetzt aus dem Boden, und ein ziemlich ungeordneter Zug eilte ihnen hinterher den Hügel hinunter.

Die Erntehelfer folgten ihnen mit eingerollter Fahne und einem echten HJler-Lied auf den Lippen. Nur Anton sang nicht mit.

Schnell verlor der bereits ohnehin schwache Feuerschein der Fackeln an Kraft, dann verloschen sie und die Finsternis war groß. Ein heftiges Stolpern und Rutschen begann. Die Männer riefen nach den Hunden, die immer wieder einer Fährte folgten und im Dickicht verschwanden, und die Frauen mussten die Kinder beruhigen.

Die HJler hörten auf, ihr Lied zu singen, und fielen stattdessen ins allgemeine Fluchen mit ein. Sie riefen immer wieder: »Leck mi am Mors!«, wie sie es am Vormittag von Bauer Buck gehört hatten.

Anton jedoch fühlte sich vom Titanen oben im Wald gestärkt und dachte daran, sich Franz zu entdecken: dass er sich den Fackelkreis um die tausendjährige Eiche zur Feier des Tausendjährigen Reichs nur für ihn ausgedacht habe, weil er, Franz, seine Schlappe nicht ertragen konnte und sie durch magische Kräfte wettmachen musste. Aber glauben dürfe man nicht an solch ein Brimbamborium, das sei Wunderglaube und der sei Teufelswerk. Wie die Sache mit dem Goldmacher. Ja, er würde Franz die Geschichte vom Goldmacher erzählen, als Beweis sozusagen.

Doch Anton fand keine Gelegenheit dazu, sich Franz zu erkennen zu geben, in Gedanken mit seiner Beweisführung beschäftigt und seinem Kronzeugen, dem Goldmacher, stolperte er und fiel, und die Stirnwunde begann wieder zu bluten. Anton hatte alle Hände voll damit zu tun, die Blutung zu stillen.

7.

Wenige Tage nach Erntedank traf der Güterzug mit einigen Hundert Männern und Frauen, unter ihnen Friedrich Tausch, aus dem Konzentrationslager Dachau auf dem Bahnhof Sachsenhausen ein.

Sachsenhausen sei eine Zwischenstation auf dem Weg nach Auschwitz, hörte Friedrich einen Mann auf dem Fußmarsch vom Bahnhof ins Konzentrationslager Sachsenhausen flüstern.

Friedrich vergaß gleich wieder, was er gehört hatte. Er hatte sich in den vergangenen Jahren angewöhnt, alles, was um ihn herum geschah, möglichst gleich wieder zu vergessen. Manchmal hatte er sogar gehofft, es könnte ihm gelingen, auch sich selber zu vergessen. Seinen Namen zumindest erinnerte er kaum noch, er bestand jetzt aus einer Nummer.

Nach der Ankunft im Lager wurde allen Neueingetroffenen von SS-Männern befohlen, sich getrennt in Reihen aufzustellen. Dann befahlen die SS-Männer ihnen, Haltung anzunehmen, und daraufhin hatten sie zu warten.

Nach zwei Stunden erschien ein Vertreter des Lagerkommandanten in Begleitung mehrerer ranghöherer SS-Männer zur Inspektion. Einer von den Begleitern rief nach der Inspektion der Reihen Friedrichs Nummer auf und befahl ihm, aus der Reihe herauszutreten.

Das ist das Ende, dachte Friedrich. Und obwohl er seit Langem auf das Ende hoffte, bäumte sich etwas in ihm auf. Da ist er wieder, dieser Wille, dachte Friedrich, der Lebenswille. Den hatte er die letzten Jahre beobachtet wie einen Feind, den es zu besiegen galt, und wenn er nicht zu besiegen war, zu überlisten. Wegen ihm, wegen diesem Feind lebte er noch immer, er hatte ihn immer wieder dazu gebracht weiterzumachen.

Das erste Mal war er ihm begegnet, als er sich in vollem Bewusstsein des Betrugs schuldig gemacht hatte. Auch wenn dieser Betrug im Vergleich zu all dem anderen, dessen er sich, wenn auch ohne sein Wissen, zuvor schuldig gemacht hatte, harmlos war. Vom Ausmaß dieser Schuld hatte Friedrich erstmals erfahren, als Lowicki ihn nach dem Zusammenbruch des gesamten Formelwerks ausführlich informierte, wofür das Geld der Anteilseigner, und es war eine sehr große Summe, eine viel größere, als sie Friedrich jemals für möglich gehalten hatte, verwendet worden wäre: für die Partei und ihre Ziele.

Das Geld würde helfen, Deutschland groß zu machen, hatte Lowicki gesagt, und in diesem großen Großdeutschland wäre für ihn und seinesgleichen, die Juden, kein Platz mehr.

Lowicki behauptete, einer seiner Urahnen habe mit dem Umzug von Frankfurt nach Augsburg seinen Glauben gewechselt. Aber nicht seine Rasse, fügte Lowicki mit tückischem Blick hinzu. Für ihn hatte er nicht nur einen, sondern gleich zwei todbringende Makel: Er war ein Goldmacher, der kein Gold machte, und ein Jude, der sich als Katholik ausgab.

In diesem Gespräch hatte Friedrich seinen Feind, den Lebenswillen, kennengelernt und mit ihm gekämpft, und er wurde besiegt: Er hatte sich zum ersten Mal bewusst für den Betrug entschieden.

Erst wollte Lowicki nicht glauben, dass es ihm doch noch gelungen sein sollte, Gold herzustellen. Doch dann hatte ein unabhängiger Prüfer in Berlin in der Probe, die Lowicki auf sein Drängen überprüfen ließ, tatsächlich Gold nachgewiesen. Nun hatte Lowicki ihn, der, wenn auch nicht offiziell, so doch faktisch sein Gefangener war, auf höheren Befehl hin nach Berlin begleitet, wo ihm ein Labor zur Verfügung gestellt wurde.

Tatsächlich konnten jetzt in seinen Proben immer wieder Goldspuren nachgewiesen werden. Nach einigen Wochen allerdings blieben sie dann wieder aus. Lowicki geduldete sich zwar noch ein paar weitere Wochen, aber Friedrichs Goldvorrat, die beiden goldenen Schreibfedern seines Füllfederhalters, war schnell aufgebraucht gewesen und mehr Gold hatte er einfach nicht besessen.

Eines Morgens wurde er ohne Vorankündigung von der Gestapo im Labor abgeholt. Die Gestapo brachte ihn zum Bahnhof Berlin-Heerstraße, wo er mit Männern, Frauen und Kindern jeden Alters in einen überfüllten Güterwaggon gezwungen wurde.

Friedrich wusste, was ihn am Ende dieser Reise erwarten würde, Lowicki hatte es ihm oft genug beschrieben, und er hatte auch aus diesem Wissen heraus während des unmenschlichen Transports beschlossen, dass er, wenn er seinen Bestimmungsort erreichen würde, krank sein musste, ansteckend krank, tuberkulosekrank. Er wusste ja aus Erfahrung, wie er als Tuberkulosekranker husten, wie er sich halten, wie er gehen musste.

Nach der Ankunft im Konzentrationslager wollte er bei der Selektion, wie Lowicki das Aufstellen in Reihen genannt hatte, husten, sich krümmen, sich dahinschleppen, um gleich als arbeitsuntauglich aussortiert und ermordet zu werden, so hatte Lowicki es ihm vorausgesagt. Aber der Feind, der Lebenswille, hatte sich aufgebäumt und ihn wieder besiegt, und er stand gerade und kräftig da wie ein Mann, der arbeiten konnte und wollte. So wurde er eine Nummer und arbeitete. Er vergaß über der Nummer seinen Namen und über der Arbeit im Lager und das Unvorstellbare, was er sah und was ihm selber widerfuhr, sein bisheriges Leben.

Im Konzentrationslager Sachsenhausen, seinem dritten Lager, trat Friedrich, trat die Nummer, die er geworden war, auf Befehl des SS-Mannes als Einziger aus der Reihe heraus. Statt des Genickschusses, den er erwartete und den sein Feind nicht mehr hätte verhindern können, wurde er abgeführt und zum Lagerkommandanten gebracht. Der sprach ihn zwar mit seiner Nummer an, fragte aber ganz konkret, ob er wirklich davon überzeugt gewesen wäre, auf naturwissenschaftlich technischem Wege industriell Gold herstellen zu können.

Friedrich versuchte, sich zu erinnern, und nickte schließlich nur.

»Das haben wir uns gedacht. Wir geben dir noch einmal eine Gelegenheit«, sagte der Lagerkommandant.

Auf einen Wink hin trat sein Bewacher neben ihn und befahl: »Umdrehen!« Friedrich wurden die Augen verbunden. Also doch, dachte er und erwartete wieder den Schuss ins Genick. Als er dann stolperte, half man ihm. Er wäre fast in Tränen ausgebrochen, wenn er noch hätte weinen können, so sehr erschütterte es ihn, dass ihm jemand half.

Er wurde mit verbundenen Augen aus der Baracke herausgeschubst und auf den Sitz eines Autos gestoßen. Wie lange die Fahrt dauerte, hätte er nicht sagen können. Jetzt, nach der gerade durchstandenen unbeschreibbaren Enge im Güterwaggon beim Transport von Dachau nach Sachsenhausen, dehnte sich die Zeit wie der ungewohnte Raum im Auto.

Er wurde wieder aus dem Auto gezerrt und von einem neuen Bewacher am Arm in eine Baracke geführt und wieder hätte er in Tränen ausbrechen können, weil ihn jemand am Arm führte.

Noch bevor man ihm den Stofffetzen von den Augen nahm, wusste er, dass er sich in einem Labor oder in einer Werkstatt befinden musste, denn es roch nach Maschinen und nach Chemikalien. Diese einst so vertrauten Gerüche hatte er nicht vergessen.

Als man ihm dann den Stofffetzen von den Augen nahm, erkannte er einen Ort, der Labor und Werkstatt zugleich war. In dem künstlich beleuchteten fensterlosen, lang gestreckten Bau arbeiteten Männer in Häftlingskleidung sowohl an Maschinen als auch an Tischen, an denen sie mit Gerät hantierten, das Friedrich aus chemischen Labors gut bekannt war.

Trotz der Geschäftigkeit war es sehr ruhig in dem großen Raum. Und sehr geordnet und sauber. Selbst die Männer in Häftlingskleidung wirkten geordnet und sauber. Und nicht so abgemagert wie er, sie schienen sogar recht gut genährt.

Es dauerte eine endlose Weile, bis Friedrich benennen konnte, was ihm am meisten auffiel: Es fehlte die Angst, die sonst herrschte, wenn auch nur ein einziger SS-Mann auftauchte. Hier hielten sich unübersehbar gleich mehrere auf. Trotzdem zeigte keiner von den Männern in Häftlingskleidung Angst. Nicht jene Angst, die sonst in Anwesenheit bewaffneter SS den Körper eines jeden unweigerlich zusammendrückte, ihn tatsächlich schrumpfen ließ.

»Mitkommen!«, befahl der SS-Mann, an den Friedrich jetzt übergeben wurde. Er führte ihn einen Gang hinunter und in ein komplett mit Büromöbeln eingerichtetes Büro, wie Friedrich es in den Lagern nie gesehen hatte. Es war auch fensterlos. Und nun erfuhr er von dem SS-Mann hinter dem Schreibtisch, dass er nicht Gold machen sollte, wie er zwischen all dem Nichtdenken, das er sich angewöhnt hatte, dann doch einmal gedacht hatte, sondern Geld.

Völlig abgeschirmt vom Lager würde hier eine Geldfälscherwerkstatt entstehen, erklärte der SS-Mann. Mit seinen herausragenden Kenntnissen in Chemie würde er unter der Aufsicht von Spezialisten an der Entwicklung und dem Aufbau mitarbeiten. Er würde gute Verpflegung, saubere Kleidung und einen Schlafplatz innerhalb des abgeschlossenen Barackenkomplexes erhalten wie die anderen auch. Und er könne sich, wenn er seine Arbeit gut machen und der Feind die gefälschten Scheine als echte erkennen würde, in ein paar Jahren die Freiheit erkaufen.

»Für zehn oder zwanzig oder dreißig Millionen englische Pfund kann man sich alles kaufen, auch die Feiheit«, sagte der SS-Mann hinter dem Schreibtisch und gab dem anderen einen Wink. Friedrich wurde wieder abgeführt.

Kaum war er draußen auf dem Gang, hörte er den SS-Mann im Büro laut auflachen und ausrufen: »Für zehn Millionen englische Pfund!«, hörte eine Faust oder vielleicht auch einen Gegenstand auf die Tischplatte aufknallen, »für zehn oder zwanzig oder dreißig Millionen Pfund!«, steigerte sich der SS-Mann noch und lachte und lachte.

Friedrich hätte ihm auch ohne dieses Lachen nicht geglaubt. Nicht wegen der Millionen, sondern weil er wusste, dass diese SS-Männer wirklich glaubten, was sie glaubten. Diese Ungeheuerlichkeiten, die ihm Lowicki immer wieder eingeimpft hatte. Er selber hatte es damals nicht glauben wollen, weil kein Mensch so etwas glauben konnte: Die Juden wären das Böse, das diese Welt vergifte, und die Zeit sei gekommen, mit den Juden das Böse auszurotten.

»Ihr müsst sterben und ihr werdet sterben, wir werden euch alle umbringen, das ist der Plan«, hatte Lowicki ihm dann noch einmal, bevor er von der Gestapo abgeholt worden war, eingeschärft, »wir Arier sind auserwählt, diesen Plan, den totalen Krieg gegen die Juden, zu erfüllen«, hatte er noch gesagt, und das schien seinen Hass zu beruhigen, er hatte ihn mit seinem letzten Blick ohne jeden Ausdruck angesehen.

Seitdem war Friedrich vielen Lowickis begegnet und hatte erfahren, dass sie, diese Lowickis, von denen es Tausende gab, nicht nur jeden Juden umbrachten, sondern jeden, der nicht in ihr System passte.

Keine Arbeit und auch nicht das Fälschen von zehn oder zwanzig oder dreißig Millionen englische Pfund würden ihn, der von Natur aus das Böse war, freikaufen können.

Friedrich machte sich im Labor an die Arbeit und bereit für den Kampf mit seinem Feind, dem Lebenswillen. In einem lange vorbereiteten Moment kurzer Entschlossenheit mischte er zwei Säuren und stürzte das Gemisch hinunter, bevor ihn der SS-Mann, unter dessen Bewachung er stand, zu Boden warf. Er fiel so unglücklich, dass er sich das Genick brach. Und so starb er nicht langsam und qualvoll, worauf er sich vorbereitet hatte, er war sogleich tot.

8.

»Besser, ich bewahre deinen Roman hier bei mir im Schreibtisch auf.«
Johann legte Antons Notizheft in das abschließbare Schubfach und dachte darüber nach, wie er seinem Sohn zu seinem Talent beglückwünschen könne. Doch dann zögerte er, nein, es wäre besser, wenn er seinen Sohn nicht lobte, entschied er sich, das Lob könnte ihn übermütig machen und ihn gefährden.

Anton erklärte unterdessen, dass er doch keinen Roman geschrieben habe, sondern einen Bericht. Er erwartete gespannt die Meinung seines Vaters.

Johann drehte den Schlüssel mehrfach umständlich im Schloss herum, zog ihn ab und steckte ihn in seine Hosentasche. Später würde er Antons Aufzeichnungen in einem Geheimfach hinter dem Rollladen verschließen, es ihm jedoch verschweigen.

»Das mit dem Brimbamborium bleibt aber unter uns«, meinte Johann schließlich und schaute seinen Sohn nun streng an. »Sprich nicht darüber, schreib lieber alles auf und gib es mir, nein, besser noch, du schreibst nichts auf, behältst alles im Kopf und legst dir dort ein kleines Archiv an, auf das du später zurückgreifen kannst. Sammle Material, bis der Spuk vorbei ist. Wir müssen vorsichtig sein, auch du musst aufpassen, was du sagst. Oder schreibst.«

Anton sah den Vater enttäuscht an. Er wollte nicht irgendwann einmal mit ihm über alles reden, er wollte jetzt vom Vater wissen, ob sein Bericht mit den Tatsachen übereinstimmte. Hatte er sie richtig wiedergegeben und nur sie, oder hatte er etwas hinzuerfunden? Das wäre ein wichtiger Hinweis für ihn, ein entscheidender: War es ihm gelungen, seinem Vorbild aus dem Griechischunterricht, dem großen Thukydides, nachzueifern?

»Thukydides«, begann Anton, dann verstummte er wieder. Wie sollte er dem Vater den großen Thukydides erklären? Erschien er ihm denn nicht selber als einer jener fernen, auf die Erde hinabgestiegenen griechischen Götter? Aber trotz aller Ferne fühlte er sich ihm verbunden. Sein Werk, der gewaltige Bericht über den Peloponnesischen Krieg, beflügelte ihn, wozu es ihn schon seit Langem drängte, nämlich die Wege zur Wahrheit aufzuzeigen.

Das wenige, was die Klasse im Griechischunterricht von diesem gewaltigen Bericht übersetzt hatte, beruhte auf Tatsachenmaterial, zusammengetragen und aufgeschrieben hatte es der große Thukydides vor weit über zweitausend Jahren, was Anton außerordentlich beeindruckte. Er hatte daraufhin seinen Lehrer gedrängt, den Bericht ausleihen zu dürfen, und in jeder freien Stunde im Lesesaal der kleinen Schulbibliothek studiert, wie aus Zeit- und Augenzeugenberichten, aus den Reden der Politiker und Heerführer und aus authentischen Dokumenten die Wahrheit über den verheerenden, das alte Griechenland vernichtenden Krieg entstand, und er hatte beschlossen, diesem Chronisten nachzueifern.

Er war den Spuren, die zum Goldmacher und zur Goldmacherei führten, gefolgt, hatte als Zeugen Vater und Mutter und die Schwestern befragt, Kontakt zur Druckerei Willinger aufgenommen und schließlich die wenn auch noch unfertige kleine Chronik verfasst, die nun verschlossen im Schreibtisch des Vaters lag.

Anton fixierte das Schubfach und fand, der Vater übertreibe mit seiner Vorsicht. Er würde seine Recherchen weiter vorantreiben und sie nicht nur im Kopf archivieren, sondern in seinen eigens für die Recherchen angelegten kleinen Notizheften.

»Wer ist dieser Thukydides, mit dem du dich so viel beschäftigst?«, unterbrach ihn der Vater in seinen Gedanken.

»Ein griechischer Geschichtsschreiber«, sagte Anton und schwieg, mehr wollte er jetzt nicht über sein großes Vorbild preisgeben, er würde den Vater mit dessen Methode der Wahrheitsfindung nur beunruhigen.

Ein paar Wochen darauf, es war eine wichtige Meldung angekündigt worden, saß er mit den Schwestern vor dem neu erworbenen Volksempfänger, und sie hörten den Führer, wie er im Zorn mit sich überschlagender Stimme schrie, dass ab heute zurückgeschossen werde. Anton meinte, im Hintergrund tatsächlich Schüsse und Kampflärm zu hören.

»Jetzt ist er da, der große Krieg«, sagte der Vater am Abend und wechselte mit der Mutter einen ernsten tiefen Blick, wie ihn Anton zwischen den Eltern noch nie beobachtet hatte.

Anton bat seinen Lehrer, die Chronik des Griechen noch einmal ausleihen zu dürfen, er wolle dessen Methoden studieren, gab er als Grund an. Auf eine weitere Nachfrage des Lehrers erklärte er, er wolle nach seinem Vorbild gleich von Beginn an den Krieg dokumentieren, den Deutschland jetzt führe, auch wenn es nur ein Blitzkrieg und kein langer großer Krieg wie der Peloponnesische Krieg sei. Da bemerkte er, wie der ihm sonst freundlich gesonnene Lehrer versteinerte und ihn mit strenger Miene zurechtwies: Athen wäre durch den Peloponnesischen Krieg untergegangen, Deutschland jedoch würde jetzt auferstehen. Den vorbeigehenden Mathematiklehrer grüßte er eilfertig mit *Heil Hitler!*, was Anton verwunderte, bisher hatte dieser Lehrer den Hitler-Gruß in der Regel überhört oder ihn nur recht ungenau erwidert.

Nun dachte Anton doch noch einmal über den Rat des Vaters nach, seine detektivische Leidenschaft für die Wahrheit geheim zu halten. Und als kurz darauf alle Schüler über ihr Berufsziel befragt wurden und begeistert als Ingenieure oder als Architekten oder als soldatische Kämpfer am Bau des Tausendjährigen Reichs mitwirken wollten, verschwieg er den Chronisten nach dem Vorbild des großen Thukydides, der das Gewesene klar erkennen wollte, und damit auch das Künftige.

»Ich werde Polizeipräsident«, sagte er stattdessen ganz entschieden.

Alle in der Klasse lachten und machten sich lustig über ihn, er machte mit. So wurde aus der Not eine Tugend und Anton suchte vorerst die Wege zur Wahrheit nicht nach der Methode des Thukydides, sondern begann, den Komiker zu spielen.

Sein ausgeprägtes Talent, Stimmen, vor allem auch Singstimmen, zu imitieren, half ihm dabei. Bisher hatte er damit vor allem seine Schwestern unterhalten und zu ihrem Vergnügen berühmte Interpreten von Opernarien nachgeahmt. Am besten gefiel es den Schwestern, wenn er die Lieder der Filmdiva Zarah Leander sang. Er übertrieb dann jede Eigenart der Sängerin, rollte das R noch mächtiger als die Leander und senkte seinen Tenor deutlich tiefer als die Diva ihre Altstimme.

»Wir kamen von Süden und Norden mit Herzen so fremd und so stumm«, imitierte er die Diva dann das erste Mal auf einem bunten

Abend eines HJler-Treffens der Ortsgruppe, den er mitgestalten sollte. Er löste damit großes Gelächter, aber auch Beifallsstürme aus. Sein Talent sprach sich herum, und er wurde öfter zu bunten Abenden eingeladen und aufgefordert, seine Imitationskünste darzubieten.

Nur ein einziges Mal war sein Publikum nicht wie sonst begeistert: Als einfallsreicher Possenschreiber im Kasperletheaterstil wurde Anton in der Spielgruppe des Marionettentheaters der Schule sehr geschätzt, doch zu seinem Leidwesen bastelte die Gruppe die meiste Zeit an den Marionetten herum, die bei jedem Spieleinsatz kleinere und größere Beschädigungen erlitten, denn keiner der Spieler beherrschte die komplizierte Spieltechnik wirklich. Die Marionetten knickten häufig hässlich zusammen, ihre Fäden verfingen und verwirrten sich, rissen dann beim Entwirren oder gar beim Spiel.

Während einer dieser Reparaturarbeiten fiel Anton aus purer Langeweile und Spiellaune die Sache mit dem großen Imitator ein. Ein bisschen schwarzer Filz als Oberlippenschnauzer und als Haarsträhne über der Stirn veränderte eine der männlichen Marionetten, einen Volkstanztänzer, so markant, dass Anton auf die Idee kam, ihn als *Der große Imitator* auftreten zu lassen. Er beschränkte sich dabei auf eine einzige Bewegung: Der Arm der Marionette flog wie beim Hitler-Gruß mit ausgestreckter Hand nach oben, fiel nach unten und flog sofort wieder nach oben. Diese Bewegung wiederholte er mehrfach und sang dazu mit der imitierten Altstimme der Filmdiva: »Ich weiß, es wird einmal ein Wunder geschehn, und dann werden tausend Märchen wahr.«

Seine Mitspieler in der Marionettenspielgruppe lachten nicht wie sonst während seiner Zarah-Leander-Nachahmungen, keiner klatschte Beifall, im Gegenteil, sie sahen ihn mit versteinerten Mienen an.

Anton beendete flugs seine Vorstellung und verwandelte die Marionette geschwind vom großen Imitator zurück in den Volkstanztänzer, der er zuvor gewesen war, er musste ja nur die winzigen Stückchen aus schwarzem Filz entfernen. Dennoch sollte das Ganze ein Nachspiel haben, einer aus der Gruppe hatte die Vorstellung gepetzt, und Anton wurde zum Schuldirektor zitiert, der eine Erklärung verlangte.

Anton erinnerte sich an den Rat des Vaters, den der ihm an seinem zehnten Geburtstag in München nach dem Besuch beim Verlagsleiter gegeben hatte: Wenn er einmal in eine schwierige, vielleicht sogar gefährliche Lage gerate, solle er ununterbrochen reden, und das so lange, bis er sich herausgeredet hätte.

Also sagte Anton, die Marionette sei immer wieder eingeknickt, Arm und Hand wären durch die Beschädigungen der Marionette in Disharmonie zueinander und zum Körper insgesamt geraten, eine Ähnlichkeit zu unserem Führer könne es allein aus diesem Grund nicht gegeben haben. Zudem sei ein Volkstanztänzer, den diese Marionette darstellen solle, mit dem Führer keinesfalls zu verwechseln, jede Ähnlichkeit des Volkstanztänzers könne ganz ausgeschlossen werden, zumal niemand, und gewiss auch nicht der Herr Direktor, behaupten wolle, der Führer sei ein Volkstanztänzer. Zum Beweis nahm Anton, der jetzt pausenlos davon erzählte, mit wie viel Arbeit die ständige Reparatur der Marionetten verbunden sei, den Volkstanztänzer, den er mitgebracht hatte, aus der Schachtel und führte alle seine Fertigkeiten vor, die eben recht eingeschränkt waren, was Anton ausgiebig kommentierte. Dabei kam es wieder zu besagter Armbewegung, die dem Deutschen Gruß glich, sodass ihn der Direktor schließlich äußerst verärgert unterbrach. Dank des Notabiturs, sagte er, würde Anton schon sehr bald Gelegenheit erhalten zu zeigen, ob er ein ausgemachter Schlingel sei oder ein anständiger deutscher Junge.

Von da an wusste Anton, dass er sich vorbereiten und eine Strategie entwickeln musste, wenn er diesen Krieg überleben wollte. Er war schon längst kein Blitzkrieg mehr, war von Tag zu Tag ein immer größerer Krieg geworden, ein Weltkrieg, mit Bomben, die mitten in die Wohnviertel der Städte fielen, einmal schon ganz in die Nähe des eigenen Viertels.

Tatsächlich ging dann alles noch schneller, als es auch der Schuldirektor vermuten konnte: Die Reifeprüfung wurde vorverlegt und Anton unmittelbar danach zum Wehrdienst eingezogen. Seine Ausbilder versuchten, den Geist bedingungsloser Unterwerfung an ihm auszubilden, er wurde gezwungen, mit einem Hocker auf dem Rücken über schlammigen Boden zu kriechen und danach so lange auf dem Hocker still zu stehen, bis er vor Erschöpfung in Ohnmacht fiel.

Dann kam der Tag, an dem die Eltern ihren Sohn in der Uniform eines einfachen Soldaten zum Bahnhof brachten. Von Hannover aus sollte er mit Zwischenaufenthalt in München nach Italien reisen, dort dann von La Spezia aus übers Mittelmeer nach Nordafrika.

Beim Abschied sah Anton, wie dem Vater eine Träne über die Wange lief. Das Gesicht der Mutter schien noch etwas grauer zu sein als sonst.

»Du darfst nicht vom Glauben abfallen, sonst kehrst du nicht zurück«, gab sie ihrem Sohn mit auf den Weg.

Anton umarmte sie: Nein, versicherte er ihr, er würde niemals vom Glauben abfallen, nicht von seinem Glauben. Er, Anton Bluhm, würde die Werke des Teufels zerstören, daran glaubte er fest.

»Das ist doch alles nichts als ein großes Brimbamborium«, sagte er, um Vater und Mutter aufzumuntern, und zum ersten Mal huschte ein schalkhaft ironisches Lächeln über sein Gesicht.

In München angekommen, erfuhr Anton an der Sammelstelle, dass für ihn der Transport nicht nach Italien, sondern an die russische Front weitergehen würde. Wieder erschien jenes Lächeln auf seinem Gesicht, mit dem er in Zukunft bei den damit Beschenkten noch oft Erstaunen hervorrufen würde. Jetzt verblüffte es den Leutnant, der ihm seine Papiere aushändigte.

Mit dem Marschbefehl im Gepäck, der ihn um sieben Uhr am Morgen des nächsten Tages, dem 12. November 1943, zur Sammelstelle am Ostbahnhof befahl, suchte Anton nicht etwa die Unterkunft in der Kaserne in einem Münchner Vorort auf, er machte sich auf die Suche nach dem Weißen Bräuhaus.

Es hatte gerade erst geschneit in München, in frischem Weiß lag der Schnee auf den Dächern der Häuser, auf den Straßen, in den vielen Ruinen zerbombter Gebäude und ließ die Stadt, trotz der angeordneten Verdunkelung für die Abende und Nächte, licht und hell erscheinen.

Anton beschleunigte seinen Schritt, er hoffte, das Weiße Bräuhaus unbeschadet vorzufinden und dort das Fräulein Mizzi wiederzusehen. Auch wenn er im Laufe der Jahre nur noch selten an sie gedacht hatte, nahm sie doch einen Platz in seinem bisherigen Leben ein, er nannte sie insgeheim seine erste große Liebe. Und so war er, als er nach einigem Umherirren und Nachfragen endlich das tatsächlich unbeschädigte Weiße Bräuhaus betrat, fest entschlossen, es nicht ohne das Fräulein Mizzi wieder zu verlassen.

Obwohl mitten im Krieg, herrschte an diesem noch frühen Abend, ähnlich wie vor nunmehr neun Jahren, großer Andrang im Weißen Bräuhaus. Aber anders als damals blickte er jetzt, er war inzwischen um mindestens zwei Köpfe gewachsen, über die vielen Gäste hinweg. Wie bei seinem ersten Besuch blinzelte er unwillkürlich, auch jetzt wieder hing eine dicke Dunstglocke über dem Geschehen. Klopfenden Herzens ließ Anton seinen Blick umherschweifen und heftete ihn mal kürzer, mal länger an jede Kellnerin und an jede Serviererin, die näher oder auch weiter entfernt an ihm vorbeieilte, keine sah Fräulein Mizzi auch nur ähnlich.

Hatte sie sich in den vergangenen Jahren so stark verändert, dass er sie nicht wiedererkannte? Sie würde ihn ganz gewiss nicht wiedererkennen, sich vielleicht aber an den blonden Jungen aus dem Norden erinnern, der sie damals vor neun Jahren aus den Pranken des Riesen befreit hatte.

»Suchen S' einen Platz?«

Anton drehte sich nach der Stimme um, die ihn aus seinen Überlegungen gerissen hatte, und blickte in das Gesicht einer Kellnerin. Sie sah ihn fragend an, mit einem halben Dutzend leerer Bierkrüge in den Händen.

Er suche das Fräulein Mizzi, erklärte Anton und bemühte sich, die Kellnerin nicht allzu aufdringlich anzustarren, denn auch sie war dunkelhaarig, hatte braune Haselnussaugen wie Fräulein Mizzi und trug ein Dirndl mit einem herzförmigen Ausschnitt.

Die Mizzi, die sei schon lange nicht mehr da, die habe geheiratet und einen Haufen Kinder bekommen, sagte die Kellnerin. »Suchen S' trotzdem noch einen Platz?«

Nein, eigentlich suche er jetzt keinen Platz mehr, wollte Anton antworten, blieb aber vor Enttäuschung stumm.

»Kommen S' mit!«, forderte ihn die Kellnerin auf, »nun kommen S' schon!« Mit einer Kopfbewegung deutete sie die Richtung an und Anton folgte ihr, erkannte dabei nach und nach jede Einzelheit wieder, nur schien alles geschrumpft zu sein, wirkte viel kleiner, als er es erinnerte.

Die Portionen auf den Tellern aber waren tatsächlich kleiner geworden, die Lebensmittel hatten sich seit damals deutlich verknappt.

Anton kämpfte mit dem Zweifel, ob es überhaupt richtig gewesen war, an diesen Ort zurückgekehrt zu sein, denn die unterirdisch labyrinthische Höhle, in die er im Schutz des Vaters, wenn auch zögernd und voller Furcht, eingedrungen war, die ihm dann im Verlauf des Vorabends zu seinem zehnten Geburtstag nicht nur Ort heimeligen Geborgenseins und ersten Begehrens wurde, sondern auch Schauplatz seiner bis dahin größten Mutprobe, diese Höhle suchte er ganz offensichtlich vergebens, nachdem er zum Erwachsenen geworden war.

»Hier haben S' einen schönen Platz.«

Die Kellnerin blieb an der Schwelle zur Stube stehen und wies auf eine kleine Nische mit zwei leeren Plätzen, wo sie den neuen Gast einem älteren Kollegen überließ, der für den Gastraum zuständig war.

Die kleine Nische befand sich in einiger Entfernung zu der großen Nische, in der er sich damals eng an den Vater gedrängt hatte, bevor er sich so wohl fühlte, dass er sie nie mehr verlassen wollte. Zumindest glaubte er jetzt, die Eckbank an den gestreiften Polstern wiederzuerkennen und dann auch den schmalen Beistelltisch, von dem das Fräulein Mizzi die Vase mit dem Blumenschmuck genommen hatte, um sie vor sein Gedeck hinzustellen, weil er um Mitternacht Geburtstag hatte. Die Enttäuschung, dass es das Fräulein Mizzi nicht mehr gab, wurde noch größer.

Anton setzte sich. Gleich darauf trat der alte Kellner mit einer sehr schmalen Speisekarte in der Hand an seinen Tisch. Anton bestellte, ohne einen Blick in die Karte geworfen zu haben, Schweinebraten, dazu Kartoffelknödel und Rotkraut, ein Gericht, das sein Vater hier vor Jahren schon einmal genossen hatte, wie er dem Kellner verriet. Und ein Bier bestellte er dazu. Der Kellner schüttelte jedoch bedauernd den Kopf, er bot falschen Hasen, Kartoffeln und Krautsalat an. Auch das Bier sei gewiss nicht mehr mit dem von damals zu vergleichen, sagte er, »es gibt nur noch Dünnbier, neuerdings«.

»Ja, nichts ist mehr so wie früher«, pflichtete Anton ihm bei und wartete dann in gedämpfter Stimmung auf die Serviererin. Vielleicht könnte diese Serviererin seinen an Fräulein Mizzi gerichteten Liebeshunger wenn auch gewiss nicht stillen, so doch wenigstens durch ein bisschen Zuwendung mildern und damit die Leere in der Magengegend verschwinden lassen, die er bei der Vorstellung verspürte, morgen früh ohne ein Liebeserlebnis, an das er sich erinnern könnte, an die Front nach Russland aufbrechen zu müssen.

Mit sechs Maß Bier, drei in jeder Hand, kreiselte die Serviererin schließlich an allen Hindernissen vorbei vom großen Saal in die Stube, setzte drei Maß am ersten, zwei am zweiten und das letzte an seinem Tisch ab, verteilte erst danach die bedruckten viereckigen Bierdeckel und stellte die Krüge darauf, zuletzt seinen.

»Wohl bekomm's«, sagte die Serviererin und lächelte Anton zu, es entging ihr nicht, wie er sie anstarrte. Zudem hatte ihr die Kollegin am Tresen längst gesteckt, dass der Soldat nach Fräulein Mizzi gefragt hatte.

»Ich kenne die Mizzi«, begann die Serviererin. Seit nunmehr sechs Jahren serviere sie hier Speisen und Getränke, mal im Saal, mal in der Stube, und im ersten Jahr immer zusammen mit der Mizzi. Vor fünf Jahren habe sie dann geheiratet, die Mizzi, fuhr sie fort, beim ersten Kind habe sie noch normal weitergearbeitet, beim zweiten Kind dann nur noch zwei, manchmal, wenn sehr viel zu tun gewesen sei, auch drei Tage. Mit dem dritten Kind habe die Mizzi einfach keine Zeit mehr gehabt.

»Bei mir hieß sie nie Mizzi, ich habe sie Pupperl genannt. Sie sah aus wie ein Käthe-Kruse-Pupperl, immer hübsch und immer lieb und hat immer gelächelt. Der falsche Hase kommt sofort«, sagte die Serviererin unvermittelt und eilte davon.

»Also mein Pupperl«, setzte sie ihre Geschichte fort, als sie mit dem falschen Hasen zurückkehrte und ihn vor Anton hinstellte und den Teller erst ein wenig in die eine, dann in die andere Richtung drehte, bis sie mit der Präsentation zufrieden war.

»Pupperl?«, wiederholte Anton fragend, »dein Pupperl?«, und trank den Rest des dünnen, kaum noch nach Bier schmeckenden Getränks, das er in der Zwischenzeit aus Enttäuschung über die blonde Serviererin, die in nichts ihrer schwarzhaarigen Vorgängerin glich, geleert hatte, um gleich ein neues zu bestellen. Dann griff er nach dem Besteck, schnitt hastig das rechteckige Stück des falschen Hasen in Quadrate und stopfte sich einen viel zu groß geratenen Bissen in den Mund.

Die Serviererin, die neben ihm stehen geblieben war, beobachtete ihn aufmerksam und fragte nun, ob es ihm schmecke. Erst als er nickte, er hatte den Mund noch voll, verschwand sie mit der leeren Maß.

»Mein Pupperl!«, sagte Anton leise vor sich hin, nachdem er den Bissen endlich hinuntergeschluckt hatte, wiederholte den Kosenamen mehrmals in Gedanken und sah schließlich tatsächlich das Fräulein Mizzi vor sich, und nun fühlte er sich trotz des falschen Hasen und seiner undefinierbaren Bestandteile, trotz des dünnen Biers und vor allem trotz der Abwesenheit von Fräulein Mizzi langsam heimelig werden in der Stube, ja, jetzt erwartete er die Rückkehr der blonden Serviererin, er wollte mehr von ihr über sein Pupperl erfahren.

Sie kehrte mit dem frisch gezapften, fast schaumlosen Dünnbier zurück, wünschte »an Guat'n«, fragte Anton nach seinem Namen und in welche Richtung sein Transport gehen würde, und schaute ihm dabei auf eine gewisse Weise in die Augen.

Die Serviererin hatte in den letzten Wochen vielen Soldaten falschen Hasen mit Kartoffeln und Krautsalat serviert und dazu ein paar Maß Dünnbier. Sie waren alle jung gewesen wie dieser, halbe Kinder, wie sie immer sagte. Ihre Transporte gingen in der Regel vom Hauptbahnhof oder vom Ostbahnhof ab, entweder Richtung Süden nach Italien oder Richtung Osten nach Russland. Viele von diesen jungen Soldaten hatten nach ihrem Namen gefragt, und auch nach mehr, aber keiner nach Mizzi, nach ihrem Pupperl, die jetzt noch mehr Kinder hatte und einen Mann, wenn auch irgendwo an der Front, und keine Zeit mehr für sie, die keinen Mann und kein einziges Kind hatte und eigentlich nicht wusste, wem sie die Zeit, die sie zu verschenken hatte, schenken sollte. Nicht, dass sie Zeit hatte, nein, aber Zeit zu verschenken, Liebe, davon besaß sie genug. Schon gar für einen, der nach ihrem Pupperl gefragt hatte.

Sein Name sei Anton und sein Transport ginge nach Russland, antwortete Anton der blonden Serviererin mit belegter Stimme. Nicht wegen Russland war sie belegt, in diesem Moment war Russland in weiter Ferne, unendlich weit, fast außerhalb der Zeit. Das verstand die Serviererin auf sehr einfache Weise, so, wie Anton es sich wünschte. Sie beugte sich leicht zu ihm hin und beschrieb ihm leise, wo und um wie viel Uhr er auf sie warten solle, sie habe dann Feierabend. Er werde dort sein, antwortete Anton ebenso leise. Er beendete seine Mahlzeit, trank das Bier, beglich seine Rechnung und gab der Serviererin ein großes Trinkgeld, was sie, errötend, zurückwies, es auf Antons Drängen dann annahm. Er verließ die Stube und setzte sich bis zum verabredeten Zeitpunkt nach vorn in die Schwemme.

Als er später der blonden Serviererin leise in ihr Zimmer folgte, das sie, eine halbe Stunde Fußweg vom Weißen Bräuhaus entfernt, zur Untermiete bewohnte, bemerkte er, bevor er überhaupt etwas anderes von der Umgebung wahrnahm, und danach nahm er dann auch nichts anderes mehr wahr, das gerahmte Foto von Mizzi.

Es hing zwischen einer kleinen Sammlung von gerahmten Fotografien über dem Sofa, doch alle anderen Fotografien übersah er, er sah nur sie. Und Mizzi sah ihn. Sie sah ihn an. So wie sie ihn damals angesehen hatte, als er ihre Hand, mit der sie durch sein Haar fuhr, festhalten musste, sie eigentlich auch nicht wieder loslassen wollte. So wie jetzt die Serviererin. Er umfasste sie. Sie sträubte sich. Sie wollte ihn zu ihrem Bett hinüberziehen, ihn dort empfangen. Aber er wich keinen Zentimeter vom Sofa, er wollte sie ansehen, die Mizzi, über den Körper der Serviererin hinweg. Er wollte mit Mizzi verbunden bleiben, während die Weichheit der Serviererin ihn aufnehmen würde. Mein Pupperl, hatte die Serviererin seine Mizzi genannt. Und er sprach es ihr vor, damit sie seine Mizzi so nennen würde. Aber sie sprach es ihm nicht nach, sie selber wünschte nun von ihm so genannt zu werden, und sie war glücklich darüber. Sie blühte auf unter ihm und Zorn stieg in ihm hoch. Nicht sie war sein Pupperl, es war das Fräulein Mizzi, das er begehrte, das er liebte. Er umfasste die Serviererin und warf sich mit ihr auf den Rücken. Sie lag jetzt auf ihm und er auf dem Sofa, und er blickte der Mizzi jetzt direkt ins Gesicht. Und während die Serviererin sich immer heftiger auf ihm bewegte, konnte er seiner Mizzi tief in die Augen sehen und zum ersten Mal gelang es ihm, seine Lust hinauszuzögern, sie zu verlängern, ja, fast wie ein Jongleur mit ihr zu spielen, schaute er der Mizzi nur tief genug in die Augen. Doch dann warf sich die Serviererin über ihn und bedeckte sein Gesicht mit nassen Küssen und durchbrach sein Jongleurspiel.

Kurz darauf löste sich Anton, wenn auch dankbar, so doch eher hastig aus den Armen der fremden Frau. Sie wollte ihn bei sich behalten, die

Abfahrt sei doch erst in einigen Stunden, sagte sie. Trotzdem verließ er nach einem letzten Blick auf Mizzi leise das Zimmer.

Draußen auf der Straße atmete er die klare Luft tief ein und versuchte, sich zu orientieren. Er lauschte auf das Knirschen des Schnees unter seinen Stiefeln, und Russland, das kalte, das eiskalte, rückte näher.

Nach einem langen Fußmarsch, unterwegs war er auf eine Streife getroffen, die seine Papiere kontrollierte und ihm dann den Weg beschrieb, stand er am Ostbahnhof. Plötzlich war Russland, war die Front, obwohl noch weit entfernt, doch schon näher als die Stadt München.

Seine einzige Aufgabe in diesem Krieg würde es sein, ihn zu überleben, um danach mit der Methode des großen Thukydides von ihm zu berichten, denn nichts, davon war Anton überzeugt, entriss dem Teufel entschiedener und nachhaltiger seine Macht als die Wahrheit. Jetzt, an der Sammelstelle am Ostbahnhof, nahm er die Brille aus seinem Marschgepäck und setzte sie auf. Er hatte einen angeborenen Augenfehler und sich daran gewöhnt, manches nicht immer ganz deutlich zu sehen, weil es ihm missfallen hatte, eine Brille zu tragen. Doch seit der Musterung bestand er darauf, eine Brille tragen zu müssen, denn sie sollte ihm noch gute Dienste leisten.

Tatsächlich setzte sich gleich, als Anton mit seiner Truppe nach einem mehrere Tage dauernden Marsch im Zwischenlager unweit der russischen Front eingetroffen war, ein Kamerad dummerweise auf seine Brille. Es war das erste Mal, dass die Gläser zerbrachen. Anton benötigte also eine neue Brille, denn ohne Brille sah er ja nichts, zumindest nicht den Feind. Bis sie eintraf, rückte die Truppe ohne ihn an die Front vor. Endlich mit einer neuen Brille ausgestattet, schloss sich Anton dann jedoch, weil er in Gedanken und mit dem Herzen bei Fräulein Mizzi war, der falschen Truppe an, die sich erst noch auf ihren Fronteinsatz vorbereiten musste, und so blieb er vorläufig in den hinteren Linien und wurde dort als Funker eingesetzt. Um nicht als Drückeberger oder gar als Deserteur zu gelten, meldete er sich anlässlich eines besonders heiklen Einsatzes freiwillig. Kurz vor Abmarsch, Anton hatte sie, um die Stiefel zu schnüren, in der Eile auf den Boden gelegt, trat unglücklicherweise der vorgesetzte Unteroffizier auf die Brille.

9.

Im Gegensatz zu Anton, der vor seinem Kriegseinsatz Überlebensstrategien entwickelt hatte, fieberte Franz bereits vor seinem Schulabschluss der Bewährung an der Front entgegen und meldete sich freiwillig zur Luftwaffe, was ihm zu seiner großen Zufriedenheit die Prüfungen beim Notabitur ersparte. Wegen seiner herausragend guten körperlichen Verfassung wurde er zum Fallschirmspringer ausgebildet und noch vor seinem ersten Einsatz von seinen Ausbildern in höchsten Tönen gelobt.

Franzens Transport an die Front ging im Spätherbst 1943 ebenfalls von München ab, aber nicht wie für Anton vom Ostbahnhof nach Russland, er fuhr vom Hauptbahnhof ab in Richtung Italien.

Den Befehl zu seinem ersten Einsatz hatte der Fallschirmjäger Franz Münzer auf Drängen von Alexandra durch Huberts Vermittlung erhalten: In einer geheimen Sonderaktion sollte die Bibliothek des Benediktinerklosters Monte Cassino unter Franzens Beteiligung nach Rom ausgelagert werden.

Beim Abschiedstee im Münzer'schen Landhaus und nachdem Alexandra ihn in den streng geheimen Auftrag eingeweiht hatte, vermutete Lehrer Heyn sofort, dass sich unter den Werken der jahrhundertealten Bibliothek der Benediktiner jene Geheimschrift befände, die die seit Langem fieberhaft gesuchte Formel für den Zugang zur mächtigsten aller Energien, zum sagenhaften *Vril* enthielte.

»Im Besitz dieser Formel wird der Führer, werden wir den Krieg gewinnen, und nicht nur den Krieg, sondern die Weltmacht«, raunte Heyn.

Franz wusste, was nun zu tun war: Er, der Fallschirmjäger Franz Münzer, würde diese Geheimschrift mit der Formel sichern, und damit nicht nur den Sieg, sondern die Weltherrschaft.

Endlich in Rom eingetroffen, besuchte Franz am Tag vor seinem Einsatz die Messe im Petersdom. Auf dem Weg zurück zu seiner Unterkunft verirrte er sich jedoch in das Gewirr der Straßen und Gassen von Trastevere, einem Viertel hinter dem Vatikan.

Seit seiner Ankunft in der Ewigen Stadt hatte Franz bei jedem Schritt außerhalb der Kaserne misstrauische Blicke bemerkt und in verschlossene Gesichter gesehen. Nur selten hatte einer die Hand zum faschistischen Gruß gehoben, und wenn überhaupt, dann eher versteckt, fast heimlich.

Feige Italiener, dachte Franz auch jetzt wieder, als er durch die schmalen Straßen irrte und sah, wie die Passanten, kaum bemerkten sie ihn, ihre Blicke senkten, sogar die Seite wechselten. Dabei brauchte er ihre Hilfe, ohne eine Wegbeschreibung würde er nicht wieder zum Petersdom zurückfinden. Er blickte sich um.

In geringer Entfernung vor ihm trat eine junge Frau aus einem der schmalen Häuser auf die enge Straße, einen Korb in der Hand. Sie schien noch fast ein Mädchen zu sein, mit ihrem gewellten dunkelblonden Haar, das ihr bis weit über die Schultern fiel. Franz beschleunigte seinen Schritt und ging auf sie zu, er dachte, er könne sich bei ihr nach dem Weg erkundigen. Und dabei wollte er sie sich dann auch näher ansehen, so hübsch, wie sie zu sein schien.

Sie hörte seine Schritte und drehte sich zu ihm. Ihre Augen trafen sich und Franz blieb stehen, er starrte sie an, sah, wie ein belustigtes Lächeln über sein Erstaunen, er war von ihrer ungewöhnlichen Schönheit berührt, über ihre Lippen huschte, doch schon schlüpfte sie schnell wieder zurück durch die Tür und war im Haus verschwunden.

Franz hätte sie gern länger angesehen, so hübsch, wie sie war, vielleicht auch noch ein paar italienische Worte, die er auswendig gelernt hatte, mit ihr gewechselt, um sie dann nach dem Weg zu fragen. Enttäuscht breitete sich Unwillen in ihm aus gegen die Italiener. Kleingläubige schimpfte er sie innerlich. Wegen ein paar Feindtruppen, die auf einer weit entfernten Insel zwischen Sizilien und Afrika gelandet waren, hatten sie gleich ihren Glauben an die Sache selbst und an den Sieg verloren.

Die würden sich noch wundern, diese kleingläubigen Italiener, zürnte Franz jetzt stumm weiter, alle würden sich noch wundern, frohlockte er schließlich, am meisten aber der Feind!

Während des Abschiedstees hatte er den Vater belauscht, der sich mit einem seiner ranghohen Parteifreunde in die Bibliothek zurückgezogen hatte, um über die Lage an der Front, über die an allen Fronten zu sprechen. Er hatte gehört, wie der ranghohe Parteifreund ungewohnt drohend ausrief, bald würden sich alle wundern, vor allem der Feind, denn sie stünde kurz vor dem Einsatz und mit ihr würde der Führer den Feind binnen Kurzem an allen Fronten vernichtend schlagen.

Habt ihr es gehört?!, würde Franz jetzt am liebsten allen diesen Kleingläubigen zurufen, auch wenn sich hier auf der Straße nur Frauen aufhielten, mit *ihr* werden wir den Feind an allen Fronten besiegen!

Doch er durfte es nicht, er durfte mit keinem Sterbenswörtchen etwas über die Wunderwaffe verraten. Das wäre Hochverrat gewesen. Nicht einmal ihn, seinen Sohn, hatte der Vater eingeweiht.

»Allerhöchste Geheimstufe!«, hatte er geknurrt, als er ihn, nachdem der ranghohe Parteifreund gegangen war, auf die Wunderwaffe ansprach.

Plötzlich stolperte er, strauchelte, dann fing er sich wieder. Nur sein Geschick hatte verhindert, dass er der Länge nach auf das Pflaster hinschlug.

Franz drehte sich um, suchte, worüber er gestolpert war, fand nichts. Er ging zurück und suchte das Pflaster ab.

Zunächst sah er ihn nicht, den Draht, der über die enge Straße, einen Gehweg gab es nicht, gespannt war. Ein sehr stabiler, ohne Spiel gespannter Draht. Eher schon ein Seil. Ein Drahtseil wie bei einer Drahtseilbahn, nur sehr fein. Und kaum zu erkennen, so flach, wie dieses Seil über dem Pflaster lag.

Er folgte nun dem Verlauf und fand einen aufrecht stehenden Haken an der Hauswand und einen an der gegenüberliegenden. Und dazwischen das feine Drahtseil. Einen Augenblick sann Franz über den Sinn und Nutzen dieses Drahtseils nach. Dann verstand er: Es war eine Falle. Vielleicht eine Stolperfalle von Kindern. Vielleicht aber auch mehr.

Er sah sich um. Unweit entfernt auf der anderen Straßenseite unterhielten sich zwei Frauen miteinander. Sie nahmen nicht die geringste Notiz von ihm. Sonst hielt sich niemand in seiner unmittelbaren Nähe auf. Überhaupt schien ihm die enge Gasse plötzlich wie verlassen. Dann waren auch die beiden Frauen verschwunden. Er war allein auf der Straße. Und im ganzen Viertel vermutlich auch der einzige Deutsche. Und dies war eine Falle. Eine Falle, in die der Fallschirmjäger Franz Münzer tappen sollte.

Wut stieg in ihm hoch. Nicht nur feige, auch noch hinterhältig waren sie, diese Verbündeten. Ehemaligen Verbündeten! Franz machte kehrt, er würde nicht so dumm sein und in die Falle tappen! Er ging mit entschiedenen Schritten den Weg zurück. Er würde die nächste Person nach dem Petersdom fragen, nein, er würde von dieser Person verlangen, ihn dorthin zu führen. Vom Petersdom aus würde er dann zurück in die Kaserne finden.

Doch Franz begegnete niemandem, die Straße schien wie ausgestorben, und da stand es ganz plötzlich für ihn fest: Er war nicht nur in eine Falle getappt, er war in einen Hinterhalt geraten, und gleich würde einer von denen, die sich versteckt hatten, sich schon die ganze Zeit versteckt hielten, ihn aus dem Hinterhalt hinterhältig erschießen. Unwillkürlich duckte er sich und drückte sich, Deckung suchend, in eine Türnische, doch die Tür gab nach, er stolperte ins Dunkel dahinter und fiel gegen ein menschliches Wesen, das leise aufschrie, es war eine Frau, das wusste Franz gleich.

In seiner jetzt ausbrechenden Angst griff er nach ihr, umfasste sie, so fest er konnte, verschloss ihren Mund mit seiner Hand und wartete auf den Angriff. Diese Frau, die er jetzt an sich presste, würde seine Geisel sein, dachte Franz in seiner Panik.

Die Frau war ganz still, ihr Körper ganz steif. Er spürte nur ihren Atem, der flach und schnell ging und sich feuchtwarm an seiner Hand niederschlug. Er selber hielt die meiste Zeit den Atem an und lauschte. Seine Augen gewöhnten sich an das Dunkel. Von irgendwoher fiel schwaches Licht in den Hausflur, und das Gesicht seiner Geisel zeichnete sich deutlicher ab. Seine Hand verdeckte es noch immer zur Hälfte. Er erkannte es trotzdem, das Mädchen mit den hellen Augen, die Italienerin mit dem blonden Haar, die er ansprechen wollte, die ihm aber ausgewichen und ins Haus gesprungen war.

Vielleicht sollte sie, diese junge Frau, ihn in den Hinterhalt locken? Unwillkürlich presste er sie noch ein wenig fester an seinen Körper.

Die junge Frau stöhnte leise auf, ihre kaum geöffneten Augen fielen zu, ihr Körper entspannte sich und wurde schwer. Sie war aus Angst, halb erstickt von Franzens schwerer Hand über Mund und Nase und von dem Druck, mit dem sein Arm ihren Brustkorb zusammenpresste, ohnmächtig geworden.

Franz bemerkte es nicht. Er spürte nur, wie der Körper des Mädchens weich wurde, wie er nachgab, wie sein eigener Körper oder irgendetwas in ihm auf diese Weichheit und Schwere, auf dieses Nachgeben antwortete und ihm folgen wollte.

Nach einer ihm unendlich lang erscheinenden Zeit, in der nichts zu hören war als der Atem der Italienerin und sein eigener Atem, gab er dem Gefühl schließlich nach und löste vorsichtig seine Hand von ihrem Mund.

Ihr befreiter Kopf bog sich zur Seite, und er schaute in ihr Gesicht, schaute es sich an, wie er es sich bei ihrer ersten Begegnung gewünscht hatte. Schnell wurde er von seinem Zauber gefangen, und dann wollte er es einfach nur küssen und tat das auch. Die Lippen waren weich, weich und schwer, so wie ihr Körper, der ihm nachgab, er musste ihm folgen, es war stärker als alles, sogar stärker als seine Angst, ja, er vergaß alles um sich herum, auch seine Angst, er umarmte die Ohnmächtige, entblößte sie und sich und drang in die Weichheit ihres Körpers ein.

Einen Moment lang verschmolz die widerstandslose Hingabe des Mädchens mit seiner naiven Vision von der glücklichen Eroberung der Welt. In den folgenden Monaten würde er diesen Moment dann auch als den glücklichsten, bald als den einzig glücklichen in diesem Krieg erinnern.

Danach bedeckte er seine Blöße wieder und wartete, bis es aus seiner Ohnmacht, die für ihn, wann immer sie ihm in den Sinn kommen würde, Hingabe bleiben sollte, erwachte, und bat es nun mithilfe der wenigen ihm bisher zur Verfügung stehenden italienischen Worte, ihm den Weg zum Petersdom zu zeigen.

Einen Moment lang sah ihn das Mädchen verwirrt an, dann sprang es von ihm weg und starrte auf ihn wie auf eine Erscheinung, ging einige Schritte rückwärts und in einen seitlichen Durchgang, er hörte es die Treppe hinauflaufen. Franz überlegte kurz, ihm zu folgen, öffnete dann jedoch die Haustür. Sie war schwer und aus massivem Holz, er betrachtete sie einen Augenblick, verblüfft darüber, keine Angst mehr zu verspüren. Auch nicht auf dem Weg zurück zum Petersdom, den er sich erfragte. Denn anders als zuvor waren jetzt viele Passanten auf der Straße, und anders als vorher erschienen sie ihm nun nicht mehr abweisend, sie waren freundlich, ja, sie verhielten sich fast wie Verbündete.

Am nächsten Tag würde er auch für sie, für diese Verbündeten, zu seinem kriegsentscheidenden Einsatz nach Monte Cassino fliegen, war er jetzt überzeugt. Die glückhafte Begegnung mit dem Mädchen erschien ihm nun wie ein deutlicher Hinweis auf die bevorstehende Erfüllung seines geheimen Auftrags.

10.

Seit dem Einmarsch deutscher Soldaten in Rom hatte ihr die Mutter immer wieder eingeschärft, sie solle sich im Schrank hinter der Kleidung verstecken, sollten Soldaten auftauchen und sie wäre allein. Bisher hatte sich aber noch nie ein deutscher Soldat im Viertel blicken lassen, und als dieser nun plötzlich vor ihr stand, war ihr gar nicht in den Sinn gekommen, sich im Schrank zu verstecken. Er war ja allein, dieser deutsche Soldat, und er sah noch nicht einmal aus wie ein Soldat. Sie hatte keinerlei Angst vor ihm und sogar gelächelt, so sehr amüsierte sie das Staunen auf seinem Gesicht. Er war nicht viel älter als sie, vielleicht zwei oder drei Jahre, er hatte sie angestarrt wie ein großer Junge, nicht wie ein Soldat.

Sie war ins Haus und hinter die Eingangstür gesprungen, dort wollte sie warten, bis er sich mindestens hundert Schritte weit entfernt hatte. Im dunklen Flur hatte sie die Schritte des Soldaten gezählt, immer weiter, auch als sie keinen Widerhall mehr auf dem Pflaster hörte, sie wollte auf jeden Fall bis hundert zählen. Sie hatte dann aber auch noch weitergezählt, als sich schnelle Schritte näherten, hatte sogar noch weitergezählt, als schon eine Hand auf ihrem Mund lag.

Sie wusste, dass es die Hand des deutschen Soldaten war, trotzdem zählte sie weiter, denn jetzt entfernte sie sich selber, unaufhaltsam wurde sie fortgetragen, weiter und weiter fort.

Und plötzlich hatte sie sein Gesicht ganz nah vor sich gesehen, er lächelte ihr zu, und sie wollte nun auch ihm zulächeln. Doch dann hatte sie die Stimme der Mutter gehört, laut und deutlich, als stünde sie neben ihr, und da war sie von ihm, der sie nicht mehr festhielt, weggesprungen und hinauf in die Wohnung gelaufen.

Als Laura nun im Schrank hinter der Kleidung hockte, spürte sie die klebrige Feuchtigkeit von Blut an ihren Schenkeln und war verwundert, es war mehr als zehn Tage zu früh gekommen. Sie wechselte ihre Unterwäsche, kehrte daraufhin in ihr Versteck zurück und harrte, weil sie nicht gleich auf die Mutter gehört hatte und nun das Versäumte wiedergutmachen wollte, bis zu ihrer Rückkehr darin aus. Den Schreck, den sie bekommen hatte, gestand sie sich nicht ein. Auch nicht das Gefühl, das sie für diesen jungen Soldaten empfunden hatte.

Es war bereits Abend, als Laura endlich die Mutter unten im Flur ihren Namen rufen hörte. Schnell kroch sie aus dem Schrank, lief ihr und den Brüdern die Treppe hinunter entgegen und half ihnen, die schweren Säcke hinauf in die Wohnung zu schleppen. Es war Holz für den Ofen, das sie von Verwandten auf dem Land mitgebracht hatten. Auch Flaschen mit Olivenöl für den Tausch gegen Lebensmittel half sie hinauftragen.

Die jüngeren Brüder lachten und machten Scherze, als Laura auf Nachfrage der Mutter erzählte, sie habe den Nachmittag im Schrank verbracht.

Die Mutter aber lachte nicht, sie hatte gleich den Blutfleck auf dem Kleid ihrer Tochter bemerkt. Doch erst als ihre Söhne schliefen, wollte sie von Laura wissen, was geschehen war, sie ließ sich jede Einzelheit erzählen und erfuhr, dass Laura, weil sie keine Luft mehr bekommen hatte, ohnmächtig geworden war.

Nachts stieg ein Seufzen in der Mutter auf, aber sie unterdrückte es, Laura schlief neben ihr, sie sollte ihre heimliche Sorge nicht bemerken.

Eines Morgens musste sich Laura nach dem Aufstehen übergeben. Die Mutter suchte umgehend einen Arzt mit ihr auf, der bestätigte, was die Mutter seit Lauras Nachmittag im Schrank befürchtet hatte, was Laura aber lange nicht glauben wollte: Sie würde ein Kind bekommen.

Laura war nur wenige Monate älter als siebzehn. Sie war im Kreis ihrer Familie und der befreundeten Nachbarn im Viertel Trastevere aufgewachsen, hatte die Schule bis zur achten Klasse besucht, danach half sie der Mutter im Haushalt und in dem kleinen Geschäft, einem Kurzwarenladen. Die Leones waren keine wirklich armen Leute, doch durch den frühen Tod des Vaters, der im Krieg in Abessinien gefallen war, hatte die Familie ihren Ernährer verloren. Jetzt zehrte der Krieg im eigenen Land an ihrem kleinen Wohlstand, und so lernte Laura, Kleidung auszubessern und zu nähen, und auch ihre beiden jüngeren Brüder gingen der Mutter bei allerlei Tauschgeschäften zur Hand, um die Familie durch die immer härter werdenden Jahre zu bringen.

Wie nur sollte sie ein weiteres Kind ernähren, überlegte nun die Mutter auf dem Nachhauseweg vom Arzt, dann verbot sie Laura, darüber zu sprechen, dass in ihr ein Kind wuchs. Auch ihre beiden Brüder sollten es nicht erfahren, selbst ihrem Beichtvater dürfe sie es nicht sagen, bis sie, die Mutter, eine Lösung gefunden hätte.

Laura nickte nur, sie verstand ohnehin nicht, was mit ihr geschehen war. Weder in der Schule noch zu Hause und auch nicht im Kurzwarenladen oder durch ihre Freundinnen hatte sie jemals etwas anderes über das Kinderkriegen erfahren, als dass der Herrgott dem Vater und der Mutter gemeinsam ein Kind schenkte.

Aber wie konnte Gott dann ihr allein, die eigentlich noch ein Mädchen war, ein Kind schenken? Immer wieder sah Laura die Mutter auf dem Nachhauseweg fragend an, bedrängte sie, ihr doch zu erklären, was mit ihr geschehen war, doch die Mutter schwieg.

So wurde es ihr zur Gewohnheit, wann immer es ihre Zeit erlaubte, in die nahe gelegene Kirche zu gehen, vor der Jungfrau Maria zu knien und stumm zu fragen, weshalb Gott ihr, der Kindlichen, die sich der Kindheit nahe und dem Erwachsensein noch fern fühlte, ein Kind schenkte, ihr ganz allein.

Je öfter sie nun zur Jungfrau sprach, desto vertrauter wurde sie mit ihr. Gab es da nicht eine Ähnlichkeit, fragte sie sich eines Tages, hatte die Jungfrau nicht auch blondes Haar, war sie nicht auch noch fast ein Mädchen? Hatte nicht auch Gott ihr, ihr ganz allein, ein Kind geschenkt?

Nun redete Laura nicht mehr nur stumm zur Jungfrau, sie begann, leise mit ihr zu sprechen.

Niemand hatte Laura erklärt, dass sie keine Jungfrau mehr war, weder der Arzt noch die Mutter. Und so wuchs in ihrer Vorstellung das Kind in ihr, wie es in der Jungfrau Maria gewachsen war, und je größer es wurde, umso vertraulicher sprach Laura nun mit der Jungfrau, so im Vertrauen wie mit niemandem sonst.

Wenige Wochen darauf entschied die Mutter, Laura müsse wegen der Brüder und der Nachbarn und nicht zuletzt auch wegen der Kriegsfronten, die sich langsam, jedoch scheinbar unaufhaltsam vom Süden Richtung Rom verschoben, die Stadt verlassen und mit dem Boot nach Sardinien zu ihrer Schwägerin fahren. Der Schwager und die

Schwägerin wohnten in Olbia, wo die Familie der Schwägerin eine Bäckerei betrieb.

Laura nahm schweren Herzens Abschied, lebte sich dann aber schnell in ihrer neuen Umgebung ein, half der Tante im Bäckerladen, die Backwaren zu verkaufen, die vom Onkel und seinen beiden Gesellen in der angrenzenden familieneigenen Bäckerei hergestellt wurden, und setzte ihre vertrauten und vertraulichen Gespräche mit der Jungfrau ohne Unterbrechung in Olbia fort. Früh am Morgen, bevor der Laden öffnete, lief sie als Erstes in die Kirche und berichtete von den nächtlichen Ereignissen, etwa wenn sie durch kleine Sprünge in ihrem Bauch geweckt worden war.

Eines Nachts sah sie die Jungfrau Maria leibhaftig in ihrem Zimmer stehen, bis sie aufwachte und merkte, dass es nur ein Traum gewesen war. In diesem Traum war die Jungfrau durch die Wand in ihre Kammer getreten und vor ihrem Bett stehen geblieben und hatte nur ein einziges Wort gesagt: Francesco.

Francesco, flüsterte sie, nun hellwach, und wusste gleich, es war der Name ihres Sohnes. Ihr Herz machte einen Freudensprung. Francesco, murmelte Laura und strich über die bereits unübersehbare Wölbung ihres Leibes.

Am Morgen lief sie in die Kirche und dankte der Jungfrau überschwänglich, und sie wünschte sich, ja, sie gelobte es, Jungfrau zu bleiben wie sie.

Kurz darauf kam aber die Familie überein, Laura, bevor ihr gesegneter Umstand für alle noch deutlicher sichtbar sein würde, mit einem ihrer Vettern zu verheiraten. Dieser Vetter kämpfte mit den Partisanen in den Bergen, Laura würde ihn nur kurz während der Hochzeitszeremonie sehen. Unter dem Druck der Familie willigte Laura, nach Rücksprache mit der Jungfrau, wenn auch schweren Herzens ein.

Im September 1944 brachte sie dann ihren Sohn zur Welt. Sie nannte ihn Francesco. Ihr Mann war da bereits im Kampf gefallen. Sie würde ihrem Gelübde treu bleiben und wie die Jungfrau Maria eine jungfräuliche Mutter sein.

II.

Wegen der immer heftigeren Bombenangriffe auf München beschwor Alexandra ihren Mann Hubert, doch die Stadt zu verlassen und auf den Amselhof zu ziehen. Doch Hubert verließ sich auf die deutsche Flak-Abwehr. Seine Wohn- und Arbeitsstätte in München aufzugeben erschien ihm wie Flucht vor dem Feind, und das käme einer Desertion gleich, behauptete er.

»Wir werden siegen, weil wir siegen müssen«, stellte er fest, und Alexandra widersprach nicht, obwohl sie allein das tägliche Sirenengeheul in schreckliche Angst versetzte und der Anblick der zerstörten Häuser, das Wissen um die vielen getöteten Menschen, um die Verschütteten, die Verletzten, die Ausgebombten in ihr Hilflosigkeit und Panik auslösten. Sie nutzte jedes Wochenende, um auf den Amselhof zu fliehen, verlängerte es auch oft um einen oder um zwei Tage, erlaubte sich ihrem Mann zuliebe jedoch keine weitere Schwäche vor dem Feind anzuzeigen und kehrte immer wieder in die Stadt zurück.

Ihre beiden jüngeren Söhne, der Sepp und der Flori, leisteten dort Hilfsdienste, sie transportierten Verletzte. Sepp, der Ältere, hatte sich wie Franz freiwillig zur Luftwaffe gemeldet und wurde kurzfristig zum Flugabwehrhelfer ausgebildet.

Trotz der Eskalation des Krieges im eigenen Land reiste der Bankier Hubert Münzer immer wieder in geheimer Mission nach Berlin oder nach Wien. Alexandra erfuhr selten, wo genau sich ihr Mann aufhielt. Auch an jenem Wochenende wusste sie es nicht. Sie hatte sich entschlossen, den Montag, vielleicht auch noch den Dienstag draußen am See zu verbringen, es waren erste schöne Frühlingstage.

Sepp und Flori, die sie begleitet hatten, waren in einem der völlig überfüllten Züge bereits am Sonntagabend nach München zurückgekehrt. Der Krieg mache, hatte Sepp gesagt, keine Pause, auch nicht am Wochenende.

Am Morgen darauf hatte sie länger als sonst geschlafen und kleidete sich gerade erst an, als ein Geräusch sie dazu brachte, sich umzudrehen. Sie erschrak, als sie Hubert auf der Türschwelle zum Schlafzimmer stehen sah. Er schwankte leicht und hielt sich am Türrahmen fest.

Erschrocken ging sie auf ihn zu, und da schwankte plötzlich nicht nur er, auch der Türrahmen schien sich zu verschieben, und die Wände schienen sich zu bewegen, und dann schien das ganze Haus zu beben und auch der Boden sich zu heben und zu senken. Sie blieb stehen und griff nach einem Halt, fand die Lehne eines Stuhls und wartete auf die Explosion und darauf, dass die Decke, dass das ganze Haus einstürzte.

»Sie sind beide tot«, sagte Hubert, »beide.«

Irgendetwas in Alexandra beschloss, noch bevor sie überhaupt wirklich verstand, was geschehen war, den Schmerz nicht zu empfinden, er war so unfassbar groß und sie als Gefäß so unfassbar klein.

Da hörte schlagartig das Schwanken und Beben auf und auch Hubert schwankte nicht mehr, im Gegenteil, er stand da wie versteinert. Und auch Alexandra fühlte sich nun wie versteinert.

In der Nacht waren Bomben auf das Haus in München gefallen. Alle hatten überlebt, Sepp und Flori aber lagen unter den Trümmern begraben.

Zur selben Zeit lag Franz in der Nähe des Stadtzentrums von Florenz in der Aula einer Schule, die man als Lazarett eingerichtet hatte, auf einem Feldbett. Er litt unter schweren Verwundungen, ein Streifschuss hatte ihn am Kopf verletzt, ein Granatsplitter im rechten Oberschenkel eine stark eiternde Wunde verursacht, er hatte sich mehrere Rippen und das linke Bein gebrochen.

Seit Tagen schützte ihn hohes Fieber vor den lauten Schreien anderer Verwundeter, vor ihrem Stöhnen und ihren Flüchen. Sie kamen von weit her aus einer Unterwelt, in der er sich nicht aufhielt. Er dagegen war in einer Oberwelt aufgehoben, in der sich die Schreie, die Flüche und das Stöhnen um ihn herum in Lachen oder in Zurufe aus dem Strandbad am See verwandelten, an dem er in seiner Fieberfantasie gerade vorbeisegelte. Dort tummelten sich Freunde aus der Schule. Sie sprangen vom Sprungbrett ins Wasser oder liefen auf dem Steg auf und ab, neckten sich und schubsten die Mädchen, die darauf warteten, vom Steg. Eins der

Mädchen winkte ihm zu. Es hatte dunkles krauses Haar und trug einen grün-weiß gestreiften Badeanzug. Er kannte das Mädchen, es war die Rosemarie Schmiedinger, das Mädchen aus dem Dorf oberhalb des Sees, das er im Strandbad geküsst hatte. Das sah er jetzt ganz deutlich, auch wenn er es noch nie in einem grün-weiß gestreiften Badeanzug gesehen hatte. Grün-weiß gestreift wie die Fensterläden des Amselhofs.

Dann war er mit der Rosi plötzlich in der Badehütte unten am See, und sie trug keinen Badeanzug und ließ sich von ihm umarmen und küssen, und er durfte ihre Brüste berühren, die so groß und rund waren, wie er sie sich immer vorgestellt hatte, wenn sie im Strandbad vom Steg ins Wasser gesprungen war. Er roch jetzt sogar ihren würzigen Geruch. Und da erfasste ihn ein enormer Sog, und er drängte sich an sie, der Sog war so stark, er würde mit ihr verschmelzen, seine Haut mit ihrer Haut, sein Körper mit ihrem Körper.

Aber dann packte ihn eine noch größere Kraft, und er war wieder auf dem Segelboot mitten auf dem See, und die Rosemarie stand wieder in dem grün-weiß gestreiften Badeanzug im Strandbad auf dem Steg und winkte. Er winkte zurück. Gleich würde er wieder bei ihr sein, er musste nur das Boot wenden. Unversehens fegte jedoch eine Sturmbö in die Segel und riss das Boot fort, hinaus und über den See hinweg. Er hatte jetzt alle Hände voll damit zu tun, es wieder unter Kontrolle zu bekommen.

Während Franz die Segel raffte, es zumindest versuchte, und sich gleichzeitig duckte, um dem hin- und herschleudernden Großbaum auszuweichen, gaben es die beiden völlig erschöpften Lazaretthelfer auf, den im Fieberdelirium wild um sich Schlagenden vom Feldbett auf die Bahre zu rollen, sie nahmen einen anderen mit, der sich nicht wehrte. Franz blieb mit den Kameraden, die im Gegensatz zu ihm mehr tot als lebendig auf den Pritschen lagen, zurück, während die Lazaretttruppe in großer Eile aufbrach, der Feind stand unmittelbar vor der Stadt.

Schon am nächsten Tag erreichten dann auch die ersten Soldaten der Alliierten Florenz und drangen in die Innenstadt vor. Jetzt nahm die Turnhalle die Verwundeten der Alliierten auf und Franz, noch immer im Fieberwahn, wurde als amerikanischer Kriegsgefangener registriert.

12.

Anton gelang es, die russische Front und auch die russische Kriegsgefan-
genschaft im wahrsten Sinne des Wortes zu umgehen. Immer wieder
zerbrach bei Aufbruchkommandos in Richtung Front seine Brille, weil
einer der Kameraden, häufig sogar ein Vorgesetzter, sie in der allgemeinen Hektik übersehen und vom Tisch oder von wo auch immer hinun-
tergefegt oder sich auf sie gesetzt hatte oder auf sie getreten war. Einmal
geriet sie in einer plötzlichen großen Hast sogar unter die Räder eines
Fahrzeugs. Wie schwierig es für Anton dann war, mit dem Brillenersatz
wieder Anschluss an seine Truppe zu finden, fiel in den Kriegswirren
niemandem auf.

Im Februar 1945 stieß er schließlich zu einer Einheit, die sich auf dem
Rückzug befand. Antons Brille blieb von da an heil.

Doch dann explodierte während des Rückzugs in seiner unmittelbaren Nähe eine Handgranate, und ein Splitter zerfetzte seinen Unter-
arm. Der Sanitäter im provisorischen Lazarett machte Anton wenig Hoffnung, der Arm müsse amputiert werden. Anton weigerte sich. Als die
Rote Armee so weit vorgerückt war, dass das Lazarett geräumt werden
musste, hing sein rechter Arm in einer Schlinge und schien gerettet.

Mit der Aussicht auf Rettung seines Arms und auf das Kriegsende
verfolgte Anton nun mehr denn je sein Ziel, wie sein Vorbild, der große
Thukydides, von diesem Krieg, groß im Grauen, das er gesehen und von
dem er noch weit Grauenvolleres, Unsagbareres gehört hatte, zu berichten. Er hatte während seines Kriegseinsatzes Beweise und Zeugenaussagen gesammelt. Notgedrungen hatte er alles auf die Weise, die ihm
einst der Vater riet, aufgezeichnet: im Kopf. Es war zu gefährlich, das, was
er sammelte, zu notieren. Zu Hause würde er es schriftlich zusammen-
fassen müssen, und es würde ein Bild entstehen, durch das dieses ganze
Teufelswerk sichtbar entlarvt würde. Die Zeit war nahe.

Als der Sanitätskonvoi auf dem Rückzug in der Scheune eines ver-
lassenen Gehöfts übernachtete, kletterte Anton als Einziger auf den Heu-

boden und fand am Morgen, unter Stroh versteckt, ein heiles Fahrrad. Dieses Fahrrad erschien ihm als ein deutliches Zeichen, den Weg zurück in die Heimat allein zu wagen, und er ließ den Konvoi am nächsten Tag weiterziehen.

Er fand noch Kleidung unter dem Stroh und wechselte seine sich bereits in Lumpen auflösende Uniform gegen eine Hose, eine Jacke und einen Wintermantel, alles viel zu groß. Da hörte er von vorbeiziehenden Flüchtlingen vom Ende des Krieges und seilte vorsichtig das Fahrrad an einem Strick vom Heuboden auf die Tenne ab, band danach den Strick um seine Hose und schloss sich dem Flüchtlingszug an.

Über Wochen war er von der Lausitz aus mit dem Fahrrad unterwegs nach Hannover. Dabei sammelte er weiter Zeugenaussagen, beseelt von seiner Aufgabe, Bericht zu erstatten. Das listenreiche Überlebensspiel hatte einen Schalk in ihm ausgebildet, der selbst Abgestumpfteste aufmunterte und ihnen die Zunge löste.

Manchem erschien Anton wie ein Kind, das Fragen stellte, die hin und wieder das Herz berührten. Im Schutz dieser Herzen, die er berührte, gelangte Anton seiner Heimatstadt Hannover langsam näher.

Kapitel II

Die Geldmacher

1946–1967

I.

Wie ein Monolith ragte der einzige unversehrte Wohnblock aus der Steinhaufenwüste einer völlig von Bomben zerstörten Nachbarschaft. Stille umgab ihn inmitten der Schutthalden und Ruinen. Sie wurde nur selten von einem klapprigen Auto durchbrochen oder von einem altertümlichen Fuhrwerk, das geräuschvoll den vielen großen und kleinen Schlaglöchern im Pflaster der Straße auswich. Auf den weitgehend schuttfreien Gehwegen durchquerten Fußgänger in unförmigen Mänteln und dicken Jacken, bepackt mit Taschen und Rucksäcken, einige schleppten auch Koffer, hastig die Trümmerlandschaft. Sie hatten es eilig, die Dämmerung setzte ein. In der Dunkelheit würden wegen der spärlichen Beleuchtung nur noch diejenigen den Weg durch die Steinhaufenwüste wagen, die in dem unzerstörten Wohnblock zu Hause waren. Oder aber heute dort zu Gast: Die Familie Bluhm, die im dritten Stock wohnte, feierte an diesem bitterkalten Maiabend die Verlobung ihrer Tochter Elisabeth.

Schon seit geraumer Zeit spähte Anton von seinem Zimmer auf die Straße hinunter und beobachtete, wie die eingeladenen Freunde und Verwandten sich mühten, den im Zwielicht schwer einschätzbaren Gehweg zu bewältigen, ohne zu stolpern oder gar zu stürzen. Dabei pressten sie die in Wolldecken eingewickelten Geschenke fest an sich. Kamen sie in Hörweite, rief Anton ihnen warnende Hinweise zu oder scherzte, der Sekt sei bereits kalt gestellt, der Glühwein heiß.

Als er endlich in der Dämmerung Judiths Freundin erspähte, nach der er insgeheim Ausschau hielt, dann aber neben ihr einen Vetter bemerkte, der ihr offensichtlich unter dem Vorwand, ihr behilflich zu sein, viel zu nahe gekommen war, stieg heftiger Unmut in ihm auf. Er schloss das winzige Fenster, kehrte an den kleinen Tisch zurück und las, um sich von seiner Eifersucht abzulenken, ein weiteres Mal seinen Prolog. Er würde ihn auf Wunsch des Vaters nach dem Festessen vortragen. Und er würde ihn nur für sie, für die heimlich Angeschwärmte vortragen, beschloss er in einer plötzlichen Eingebung, wie er den Vetter ausstechen könnte.

Sofort sprang er auf und begann, den Text laut sprechend einzuüben. Niemand konnte ihn bei dieser Vortragsübung belauschen, der winzige schmale Raum, der vor dem Krieg als Vorratskammer gedient hatte und nun sein Zimmer war, lag abgelegen am Ende des Flurs.

Während sich Anton für den Wettkampf mit dem Vetter um die Gunst der Angeschwärmten rüstete, tasteten sich die Verlobungsgäste jetzt durch das Treppenhaus in den dritten Stock zur Bluhm'schen Wohnung hinauf. Nur eine einzige kahle Glühbirne im ersten Stock beleuchtete den Aufgang.

Oben an der Wohnungstür angekommen, nahmen entweder Katharina oder Ruth und Martha den Gästen die in Wolldecken verpackten Geschenke ab, befreiten sie von ihrer Verpackung und platzierten sie im ehemaligen Wohnzimmer auf dem mithilfe von Bettlaken und kleinen Aufbauten zum Buffet umdekorierten Esstisch. Denn unter den Wolldecken verbargen sich mit Küchentüchern abgedeckte Schüsseln, Schalen und Platten, Teller, Töpfe und Terrinen, gefüllt mit seit Jahren entbehrten Leckereien, mit seit Jahren ins Reich der Fantasie verbannten Köstlichkeiten.

Für ihre Zubereitung hatte sich unter den eingeladenen Verwandten und Freunden über Tage, ja, Wochen ein reger Austausch von Ersatzrezepturen entwickelt. Denn für fast jedes Gericht hatte es an der einen oder anderen Zutat gefehlt, die entweder, weil sie trotz vereinter Anstrengungen selbst auf dem Schwarzmarkt nicht aufzutreiben gewesen war, ganz weggelassen oder durch eine andere ersetzt werden musste, was häufig ein virtuos abgewandeltes Rezept verlangte. Viel Feingefühl hatten auch die sogenannten Ersatzmittel wie Ersatzmargarine oder Ersatzmilch oder Ersatzzucker von den Köchinnen gefordert. Diese Ersatzmittel veränderten nicht nur den Geschmack, sondern auch die Konsistenz, und so mussten sie neu gewichtet oder mit anderen Zutaten kombiniert werden, damit ein Auflauf oder eine Soße nicht etwa wieder in die einzelnen Bestandteile zerfiele. Kein Wunder also, dass sich nach all diesen Mühen und in Erwartung der tatsächlich unvorstellbaren Genüsse eine fast feierliche Stimmung, eine gedämpfte Erregung ausbreitete.

Die Mehrzahl der Gäste gruppierte sich um das Buffet und verfolgte mit wachsender Spannung, wie mit jedem neuen Gast weitere Schüsseln, Schalen und Platten, Töpfe, Teller und Terrinen hinzukamen. Ihr Inhalt jedoch blieb vorerst unter den Küchentüchern verborgen, was die bereits überspannten Erwartungen noch weiter steigerte.

Im Nebenzimmer begann Judith auf dem Klavier zur Festeinstimmung die von der Mutter so geliebten Rheinlieder zu spielen. Auch wenn sie Katharina heute ein wenig mit Wehmut erfüllten, ihre rheinische Verwandtschaft hatte den Wechsel von der französischen in die englische Zone, in der Hannover lag, gescheut. So blieb der Hannover'sche Teil der väterlichen Familie mit den Hannover'schen Freunden unter sich. Jetzt gesellte sich Anton zu Judith und sang »Warum ist es am Rhein so schön«, Katharinas Lieblingslied. Spontan hakten sich einige der Anwesenden unter und fingen an, nach der Melodie zu schunkeln. Nicht zuletzt, um warm zu werden. Aus Mangel an Briketts und Kohle war die Wohnung nur äußerst spärlich geheizt. Keiner hatte bisher gewagt, seinen Mantel oder seine Jacke auszuziehen. Und so schlossen sich immer mehr Fröstelnde den Schunkelnden an, auch Antons heimlicher Schwarm.

Sogleich stimmte Anton daraufhin ein Liebeslied aus seinem früheren Repertoire an, bis Judith abrupt die Melodie wechselte und amerikanische Negermusik spielte, wie Onkel Alfred murmelte, der sofort den Kreis verließ. Amerikanische Negermusik war ganz neu, sie war verboten gewesen. Einige versuchten auf engem Raum bisher unbekannte Tanzschritte.

Als keiner der eingeladenen Gäste mehr fehlte, gab Johann ein Zeichen an Judith und Anton, ihre musikalische Unterhaltung zu beenden, und eröffnete mit einer kurzen Begrüßung das Buffet. Schnell entstand ein großes Gedränge. Begleitet von einem anschwellenden Chor aus Ahs und Ohs, falteten Ruth und Martha die Küchentücher zusammen, lüfteten die Deckel und gaben dann Elisabeth und ihrem Verlobten Begleitschutz, damit sie sich als Erste ihre Teller füllen konnten. Was sie, wie alle anderen nach ihnen auch, ausgiebig taten. Gleichwohl verharrten sie, wie auch alle anderen, in der Nähe des Buffets, die ungewohnte Menge und Vielfalt hielt jeden im Bann.

Mit dem Verzehr der Speisen begann sich die Raumtemperatur

merklich zu erwärmen, die Anwesenden heizten sie mittels ihrer Körper auf, die an diesem Verlobungsabend mit einer in den letzten Jahren unvorstellbaren Energiemenge in Form von Lebensmitteln versorgt wurden und nun Wärme abgaben. Zuerst zogen die Männer ihre dicken Mäntel oder Jacken aus, danach die Frauen. Die Frauen wurden deutlich lebhafter, endlich konnten sie ihre festlich herausgeputzten Garderoben und ihre erfinderische Nähkunst vorführen und gegenseitig bewundern. Oder auch beneiden. Einige zupften demonstrativ immer wieder den Stoff zurecht, andere strichen sich selbstverliebt über die Hüften, was die Männer aus den Augenwinkeln verfolgten und sie ermunterte, sich am Buffet an sie zu drängen.

Anton legte als Einziger kein zweites oder gar ein drittes Mal nach wie die meisten. Er war wegen seiner Lesung im Anschluss an den Festschmaus viel zu aufgeregt, der Kartoffelsalat lag ihm bereits schwer im Magen. Zudem musste er mit seiner anhaltenden Eifersucht kämpfen. Der Vetter schien bei Judiths Freundin Erfolg zu haben, sie war mit ihm entweder im Gespräch oder hörte ihm aufmerksam zu. Ihn hingegen übersah sie. Das würde ihr gleich nicht mehr gelingen, trumpfte Anton innerlich auf. Er versuchte, sich auf seinen Auftritt zu konzentrieren, und vermied es, sich wie der Vetter an den Gesprächen über »die Engländer« zu beteiligen.

Die Engländer waren gerade das Lieblingsthema aller kleineren oder größeren Zusammenkünfte in Familien- oder Freundeskreisen, denn das Thema erfüllte die wesentlichste Grundbedingung in dieser Zeit: Es betraf jeden, und keiner war davon wirklich betroffen. Alle anderen Themen, selbst die harmlosesten, konnten unvermutet ein zu großes Betroffenheitspotenzial bergen und unter den Anwesenden eine angespannte Stimmung oder aber eine plötzliche abgrundtiefe Trauer auslösen, was keiner Abendgesellschaft und auch nicht dieser zuträglich war.

Wie die Engländer, so enthielten auch die Rheinlieder vergleichsweise wenig Betroffenheitspotenzial, im Gegenteil, sie förderten eine insgesamt eher heitere Stimmung, und so setzte sich Judith während des Festschmausens immer mal wieder ans Klavier und half, keines jener Trauerlöcher, in das hineinzufallen strikt vermieden werden sollte, überhaupt erst entstehen zu lassen.

»Bisher ist nichts schiefgegangen«, meinte dann auch nach einiger Zeit Johann leise zu Katharina. Er hoffte insgeheim, auch Anton würde nicht auf die jüngste Vergangenheit eingehen, sondern in seinem Prolog mit überzeugender Geste eine Zukunft ankündigen, die von einem durch die fürchterlichen Schrecknisse der letzten Jahre kathartisch gereinigten freien Geist geprägt wäre. Johann klatschte in die Hände.

»Werte Gäste, darf ich nun um eure Aufmerksamkeit bitten.«

Er musste seine Bitte mehrfach wiederholen, die werten Gäste schienen noch nicht bereit zu sein, sich vom Buffet abzuwenden, obwohl sich dort fast nur noch benutzte Teller samt Besteck stapelten.

»Unser Sohn Anton wird eine Kostprobe seines schriftstellerischen Talents geben und seinen Prolog nach der Methode des großen Thukydides zu Gehör bringen«, verkündete Johann mit einigem Pathos und klatschte wieder mehrfach in die Hände.

»Ruhe bitte!«, rief er und schob aus einer Nische den bereitgestellten Küchenschemel in den offenen Durchgang zwischen den beiden großen Zimmern, von denen das eine das Buffet beherbergte, das andere die aus allen Räumen zusammengetragenen und von den Nachbarn ausgeliehenen Stühle und Sessel. Die werten Gäste beeilten sich nun und nahmen auf ihnen Platz. Viele allerdings fanden keinen und bildeten um den Schemel herum einen offenen Zuhörerring. Anton, vom Flur kommend, musste sich hindurchdrängen, dann stieg er mit Schwung, seinen Text in der Hand, auf den Schemel. Die Gespräche verstummten, alle sahen zu ihm hinauf.

Einen Augenblick lang hielt Anton seinen Kopf gesenkt. Johann, der kein Auge von ihm ließ, sah ihn plötzlich vor sich, seinen vor zwölf Jahren zehnjährigen Sohn, wie er mit gesenktem Kopf dastand, mitten im überfüllten Weißen Bräuhaus, und wie er losraste, und etwas in Johann rief jetzt wie damals: *Halt!*

Anton hob den Kopf und sah den Vater an, als hätte er ihn gehört, und über sein Gesicht huschte das schalkhaft ironische Lächeln. Wie damals wird er ihn als Waffe einsetzen, seinen Kopf, doch anders als damals wird er jetzt mit den Mitteln der Vernunft kämpfen. Er nickte dem Vater zu und schaute dann in die Runde. Und bemerkte, wie ihm ganz unvernünftig das Herz bis zum Halse zu klopfen begann und wie sein Mund trocken wurde, während er die Angeschwärmte unter den vielen suchte und nicht fand.

Köstliches wie das Buffet habe er nicht zu bieten, sagte er schnell, und er wolle auch nicht etwa eine Kostprobe seines schriftstellerischen Talents geben, da müsse er dem Vater widersprechen, denn er sei kein Schriftsteller, sondern Chronist. Und dann vergaß er alles: dass er auf einem Schemel stand, dass er nur für sie, die Angeschwärmte, seinen Text vortragen wollte, und vergaß auch die vielen kunstvollen Sprechweisen, die er eingeübt hatte. Noch scheu und mit belegter Stimme las er die ersten Worte und Sätze. Doch dann, im Schutz seiner Gedanken, trug er sie mit jenem inneren Drängen vor, mit dem er selber den Spuren gefolgt war, als er den Weg zu finden suchte, auf dem er ans Ziel kommen wollte, an dieses schon so lange abgesteckte und nun mit der Leidenschaft seiner zweiundzwanzig Jahre verfolgte Ziel, »Vom Untergang des Volkes der Dichter und Denker«, so der Titel seiner Chronik, zu berichten.

Nun war er im Fluss, umkreiste im Prolog jenes Grundübel, das er schon früh als den Beginn dieses Untergangs ausgemacht hatte, das er mit Täuschung, Verrat, Lüge und Betrug in Parallelaktion mit einer unersättlicher Gier nach Macht und einem tyrannischen Willen zur Grausamkeit verband: die Hitler'sche Variante des deutschen Wunderglaubens.

Mehrere protestierten, unter ihnen Onkel Alfred. Er aber belegte seine Behauptung mit dem Kauf von Anteilsscheinen an der industriellen Produktion von Gold, an die kluge und klügste Männer geglaubt hatten, die mit ihren Investitionen die Gründung der ersten Parteizeitung der Nazis ermöglicht hatten.

»Einige sind einfach nur dumm gewesen!«, rief Johann erregt dazwischen und tippte mit dem Finger gegen die eigene Brust. Anton aber wollte nicht unterbrochen werden und setzte seine Beweisführung fort.

Unglücklicherweise traten bei einigen Gästen recht bald schon Verdauungsbeschwerden auf. Möglichst unauffällig verließen sie ihre Plätze und tappten leise zur Toilette. Die ungewohnt reichhaltigen Speisen und ihre ungewohnte Menge verursachten bei den meisten kleinere oder auch größere Beschwerden, was dazu führte, dass die Toilette immer besetzt war. Und dann war sie verstopft. Die Kanalisation, ähnlich wie die Elektrizität und die Wasserversorgung, war bei Mehrbelastung des insgesamt fragilen Systems bereits öfter zusammengebrochen.

Auch die Feiernden schienen ähnlich fragile Systeme geworden zu sein, sie vertrugen die lang entbehrten Leckereien einfach nicht mehr. Zudem hatte der ungewohnte Genuss von Wein und Kaffee, echtem Bohnenkaffee, den Onkel Alfred auf dem Schwarzmarkt getauscht hatte, nicht minder ungewohnt wie die Speisen, ihre Unverträglichkeit auch noch gesteigert.

»Schluss! Ende! Aus!«, rief Anton schließlich zornig, für ihn war die Rennerei zur Toilette Ausdruck einer allgemeinen Ablehnung, eines immer heftigeren Unwillens, der jede weitere Beweisführung über den Wunderglauben mit allen Mitteln verhindern wollte.

»Ihr wollt die Wahrheit einfach nicht hören!« Er schwenkte seine Manuskriptseiten über dem Kopf und sprang vom Schemel, drängte sich durch die irritierte Zuhörerschaft und ging in die Küche, wo er sich Wasser aus dem Hahn direkt in seinen Mund fließen ließ, er musste sich abkühlen, er hatte sich heißgeredet.

»Was für ein Jammer, dass der Anton nicht mehr weiter vorlesen will!«, klagten einige Zuhörer, doch die meisten stürzten zum Buffet, auf dem nun der Nachtisch aufgetragen war, große Schüsseln mit einer Art Rote Grütze aus eingemachten Waldbeeren und Gartenfrüchten, dazu eine improvisierte Vanillesoße.

»Du musst weiter schreiben«, hörte Anton die beschwörende Stimme von Judith hinter sich. Er stand in der Küche, die Zorneswellen ebbten gerade erst ab und wichen nun einer tiefen Enttäuschung.

»Ich tippe alles für dich, wenn du willst, ich kann dir auch Papier besorgen!« Verschwörerisch strahlte ihn Judith aus glänzenden Augen an.

»Findest du es denn gelungen?«

»O Anton, ich finde es nicht nur gelungen, ich begreife gar nicht, wie du etwas so ... so ... so ausdrücken kannst! Wie du aus unserer kleinen Familiengeschichte mit dem Goldmacher das ganze Tausendjährige ...« Judith hielt inne, nein, sie wollte es mit keinem seiner Namen mehr benennen, das untergegangene Deutschland, und einen neuen Namen für ein neues Deutschland gab es noch nicht, es gab bisher vier Zonen, Besatzungszonen, eine englische, eine französische, eine amerikanische und eine russische.

»Wie du dieses Ganze«, fuhr sie fort und beschrieb mit beiden Händen etwas, das riesengroß und allumfassend war, »wie du das eigentlich Unerklärliche erfassen kannst! Du musst mir alles geben, alles, was du bisher geschrieben hast, ich muss es sofort lesen, sofort und auf der Stelle, bitte!«

»Du willst es wirklich lesen?« Anton wünschte, Judith würde das Gesagte noch einmal wiederholen, würde ihn immer so anschauen, voller Begeisterung, Bewunderung und Liebe, ihn, den kleinen Bruder. Er begann leise in sich hineinzulachen und lehnte seine Stirn gegen ihre Schulter, er war glücklich. Die kränkende Ablehnung, der beleidigende Unwille der anderen zählten plötzlich nicht mehr.

»Du hast das Unaussprechliche in Worte gefasst«, sagte Judith leise.

»Ich wollte einfach nur sagen, was war.« Anton lachte befreit auf.

»Dein Text ist außerordentlich«, erklärte Johann, der mit zwei Weingläsern in den Händen in die Küche kam und eins davon Anton überreichte.

»Ein außerordentliches Kunstwerk! Ich stoße mit dir auf deine glänzende Zukunft als Schriftsteller an!«

Johann schwankte leicht, er hatte bereits einige Gläser Spätlese getrunken. Anton stieß mit dem Vater an und nahm einen Schluck. Der Wein schmeckte noch immer so süß und war noch immer so schwer, wie er ihn von der Verlobung von Ruth, der ältesten Schwester, erinnerte. Die rheinische Verwandtschaft hatte damals etliche Kisten davon mitgebracht, sodass der Vorrat sowohl für die Hochzeit von Ruth vor dem Krieg, für die Verlobung und Hochzeit von Martha während des Krieges und jetzt auch noch für die Verlobung seiner drittältesten Schwester Elisabeth nach dem Krieg ausreichte.

Anton stieß noch einmal mit dem Vater an und trank nun in einem Zug das Glas leer und schaute sich gleich nach Nachschub um, er wollte jetzt feiern. Von den vorangegangenen Verlobungen und Hochzeiten wusste er, dass ein zweites Glas dieser süßen, schweren Spätlese ihn in eine verwegene Laune versetzen würde. Genau das wünschte er sich jetzt. Ein drittes Glas würde ihn enthemmen, er würde Dinge tun, die er in nüchternem Zustand ganz gewiss nicht anzetteln würde. Auch das wünschte er sich jetzt. Mit jedem weiteren Glas würde er sich dann weniger an das erinnern, was er tat.

Aber am nächsten Tag wusste er dieses Mal deutlich, was er zumindest bis zum vierten Glas Wein angezettelt hatte, bevor ihm dann nach weiterem fortgesetztem Genuss der Spätlese irgendwann die Lider wie bleischwere Jalousien heruntergefallen sein mussten.

Alles hatte damit begonnen, dass er sich in der verwegenen Laune, in die ihn das erste Glas Verlobungswein versetzt hatte, auf die Suche nach Judiths Freundin gemacht hatte, er wollte sie einfach nur anschwärmen. Er fand sie im Verlobungszimmer, wo sie neben Judith und mit vielen anderen die Verlobungszeremonie, den Tausch der Ringe, verfolgte. Er drängte sich in ihre Nähe und schwärmte sie an.

Nach Beendigung der Zeremonie, begleitet vom Gesang der Chilenischen Nachtigall, Onkel Alfred hatte ein Grammophon installiert und eine Schallplatte von Rosita Serrano aufgelegt, folgte er ihr beharrlich als Schatten. Als anschwärmender Schatten.

Das war dem Vetter nicht entgangen, und er begann, Anton zu provozieren, nannte ihn schließlich mit einem herausfordernden Lächeln einen dümmlichen Wunderprediger. Aber anstatt ihn daraufhin zu ohrfeigen, was der Vetter offensichtlich erwartet hatte, denn er gefiel sich schon in der Abwehrstellung eines Boxers, drehte sich Anton zur Angeschwärmten um und, unter dem Einfluss eines dritten oder vierten Glases der enthemmenden Spätlese, während Rosita Serrano gerade »Roter Mohn« sang, umarmte und küsste er sie. Er wollte, weil er sich wiedergeküsst fand, dann gar nicht mehr von ihr lassen, was den Vetter wohl aus seiner Abwehrhaltung zu einem furiosen Angriff trieb. Es kam zu einer handfesten Rauferei.

Anton setzte sich auf und blieb auf der Bettkante sitzen und schmeckte dem faden Geschmack im Mund nach. Hatte er sich übergeben? Er stellte sich auf seine Beine, er schwankte noch immer ein wenig und musste sich auf dem kurzen Weg vom Bett zum Fenster abstützen. Er öffnete es, beugte sich hinaus und sog gierig die frische Luft ein.

Draußen schien die Sonne. Die aufragenden Restmauern der Nachbarruinen warfen lange Schatten auf die sie umgebenden Trümmerhaufen. Ein trostloser Anblick. Anton strich sein Haar zurück, schloss das Fenster wieder und bereitete sich auf den Spießrutenlauf bis zum Bad vor.

Er hatte sie bereits im Halbschlaf vor der Tür rumoren gehört, die Schwestern und die Eltern, die die Wohnung aufräumten, das Geschirr wuschen, den Boden fegten und aufwischten. Die Männer der Schwestern halfen ebenfalls mit, auch der Verlobte, der gestern in die bereits völlig überbelegte Wohnung aufgenommen worden war wie zuvor die beiden anderen Schwäger. Anders als die Verheirateten durfte der Verlobte nicht das Bett mit seiner Zukünftigen teilen, das verbot die Mutter. Sie hielt unbeirrt an den Geboten und Verboten ihrer Kirche fest und verlangte von den Schwestern Keuschheit vor der Ehe. Auch über Anton wachte sie mit Luchsaugen.

Gewiss wird Katharina wegen seines Rausches heute von ihm die Beichte verlangen, überlegte Anton. Er wird sich weigern, er will und kann nicht wieder zu einem unmündigen Kind schrumpfen. Vor einem Jahr noch sollte er Manns genug sein zu töten, wird er zu ihr sagen, während jetzt ein harmloser Kuss eine Sünde sein soll. Damit wird der Streit beginnen.

Anton schaute auf den Wecker, es war neun Uhr. Um halb zehn war allgemeiner Aufbruch zur Kirche. Er zögerte, er könnte zurück ins Bett kriechen und sich krank stellen, Magenkrämpfe, Übelkeit vortäuschen. Sie würden es ihm als Folge seiner Trunkenheit bestimmt glauben. Doch der Andrang in seiner Blase hatte ihn schon im Schlaf gequält, ihn schließlich wach werden lassen, und jetzt war der Druck unerträglich. Aus dem Fenster pinkeln wie schon öfter aus Not, wenn das Bad blockiert war, und das war es durch die vielen Mitbewohner ständig, wagte er jetzt nicht. Die Nachbarn hatten ihn schon mehrfach beobachtet und sich beschwert. Er hatte es bisher geleugnet, aber nach dem gestrigen Abend würde ihm die Mutter nicht glauben, es würde Streit geben, also drückte er lieber die Klinke der Tür hinunter und trat auf den Flur hinaus.

Schon stand Katharina vor ihm, mahnte ihn, sich zu beeilen, erklärte ihm auch gleich, dass er schwer gesündigt habe und sein Seelenheil eine Beichte erfordere. Da sei er ganz anderer Meinung, sagte er, verschwand im Badezimmer, verriegelte die Tür und schwor, sich eine Arbeit zu suchen und die Wohnung der Eltern zu verlassen, um sich Katharinas Aufsicht zu entziehen.

Tatsächlich verließ Anton kurz darauf eines Morgens in einem hellgrauen Sommeranzug, der ihm zu groß war, darunter ein weißes Hemd, ebenfalls zu groß, aber mit Schuhen, die passten, die Wohnung und trat ins Treppenhaus, um sich für eine Stelle zu bewerben. Er löste das Schloss und schulterte sein zuvor am Geländer angekettetes Fahrrad, mit dem er von der Lausitz aus bis nach Hannover geradelt war, und balancierte es vorsichtig auf dem Rücken die blitzblank geputzten Stufen hinunter. Er musste höllisch aufpassen, um nicht auszurutschen, die Hausbewohner überboten sich im Saubermachen, als könnten sie damit die Schuttberge vor der Haustür wegputzen. Auch auf der Straße mit ihren vielen Schlaglöchern musste er höllisch aufpassen, um nicht zu stürzen und sich damit die Aussicht auf bezahlte Arbeit zu nehmen.

Im Aushang der englischen Kommandantur war eine Stelle als Hilfskraft für Schreibarbeiten in Deutsch annonciert, auf die Anton sich beworben hatte. Größere Kenntnisse in Englisch wurden nicht verlangt. Zu einem Vorstellungsgespräch und einer Einstellungsprüfung war er vor allem wohl deshalb eingeladen worden, weil er mit seinen zweiundzwanzig Jahren für einen eingefleischten Parteigänger einfach zu jung war und sich auf der Entnazifizierungsliste kein Familienmitglied befand. Mehr hatte er allerdings auch nicht zu bieten. Denn die von einer Hilfskraft für Schreibarbeiten verlangten Voraussetzungen erfüllte er keineswegs. Schreibmaschine schrieb er mit zwei Fingern, Stenografie beherrschte er überhaupt nicht. Er benutzte ein System selbst erfundener Kürzel, das ihm dann beim Entschlüsseln einiges Kopfzerbrechen bereitete. In der Bewerbung hatte er trotzdem angegeben, in beidem geübt zu sein. Er war einfach unter Druck. Er musste raus aus der Enge der elterlichen Wohnung, er wollte am *Untergang* schreiben, wie er sein Vorhaben nur noch abgekürzt nannte, und sich endlich auch von Katharinas Liebesverbot und ihrem Sündenfluch befreien.

Zu Beginn hoffte Anton noch, er würde sich einhören, und verwickelte den angeblich Deutsch sprechenden Lieutenant in ein Gespräch über sein Fahrrad. Er hatte es gerade gegen erheblichen Widerstand durch die halbe Kommandantur getragen und sicherheitshalber auf dem Flur vor dem Zimmer, in dem er dem Lieutenant gegenübersaß, angekettet. Doch hätte er nicht selber den Gesprächsgegenstand gewählt, er hätte ihn erraten müssen, denn selbst das Wort Fahrrad blieb aus dem Mund des Lieutenants unverständlich. Wollte er die Prüfung bestehen, und er wollte sie unbedingt bestehen, musste er den Lieutenant, der ihn prüfen sollte, verstehen. Also korrigierte er ihn. Zumindest korrigierte er erst einmal das Wort Fahrrad, er sprach es ihm langsam vor.

Der Lieutenant stutzte und sah ihn irritiert an, um sich dann erneut auf ganz unverständliche Weise auszudrücken.

Einen Moment kämpfte Anton gegen die Versuchung an, dem Lieutenant das Wort Fahrrad noch langsamer vorzusprechen, vielleicht sogar so oft, bis der es auf unverrätselte Weise nachsprechen konnte, aber dann gewann sein Realitätssinn die Oberhand, er wollte schließlich diese Stelle bekommen und nicht den Unwillen des Lieutenants riskieren. Aber wie nur sollte er Worte und Sätze in die Maschine tippen, die er nicht verstand?

Sein Prüfer nahm nun ein bedrucktes Blatt Papier in die Hand, nickte ihm zu und diktierte einen Text, den er von dem Papier ablas. Anton tippte, so schnell es ging. Da er kein Wort verstand, es nur hin und wieder erriet, tippte er eben alles, was er erriet. Am Ende des Schreibmaschinendiktats trat der Lieutenant hinter ihn, zog den Papierbogen aus der Maschine und legte ihn, ohne einen Blick darauf zu werfen, in eine schwarze Pappmappe, der er später das Stenografiediktat hinzufügte, bei dem Anton nicht anders verfuhr als bei dem Schreibmaschinendiktat.

Der Lieutenant sagte etwas, was Anton als Aufforderung zu warten begriff, dann klopfte er an die Tür zu einem Nebenzimmer, verschwand darin, um kurz darauf zurückzukehren und sich schweigend über andere schwarze Pappmappen, die sich auf seinem Schreibtisch stapelten, zu beugen.

Es war sehr still im Raum und Anton stellte sich vor, wie in diesem stillen Moment der Offizier oder der Oberst oder der Major, oder wer auch immer es sein mochte, in dessen Vorzimmer er wartete, seine beiden unlesbaren Probediktate in Händen hielt. So etwas wie ein Gefühl von Scham überfiel ihn. Wieso hatte er sich nur auf dieses würdelose Spiel eingelassen? Anton sprang auf, wollte es beenden, seine Bewerbung zurückziehen, diese ganze Prüfung, die er bestehen wollte, weil er sie bestehen musste, sausen lassen, da öffnete sich die Tür und ein noch junger Officer erschien im Türrahmen.

»Herr Bluhm? Dann kommen Sie mal mit«, forderte er Anton auf. In deutscher Sprache und ohne jeden englischen Akzent. Anton war so aufgeregt, dass er es nicht bemerkte.

»Kommen Sie«, forderte ihn der Officer noch einmal auf, wartete nicht länger, und Anton folgte ihm in einen spärlich möblierten Raum.

Der Officer wies auf den Stuhl vor dem Schreibtisch und forderte Anton auf, sich zu setzen. Antons Blick fiel auf die schwarze Pappmappe mit den Angaben zu seiner Person und den beiden Diktatseiten, die eine unleserlich in Schreibmaschinenschrift geschrieben, die andere genauso unleserlich in Stenogrammschrift, die in Wahrheit keine war. Die Mappe lag geschlossen auf dem dunkelgrünen, mit Kratzern, Rillen und Tintenflecken bedeckten Linoleum der Schreibtischplatte.

Er gab sich einen Ruck, er wollte jetzt dem Officer gerade in die Augen sehen und ihm alles erklären: dass er weder in Schreibmaschine noch in Stenografie geübt sei, aber vor allem kein Wort des Lieutenants verstanden habe. Er hob den Kopf, doch der Officer schien nachzudenken, er schaute mit gerunzelter Stirn auf die Mappe.

»Schade«, sagte der Officer schließlich, ohne ihn anzusehen und öffnete die Mappe, »ich hätte beide Diktate gern behalten, nur um mich hin und wieder einmal zu amüsieren, schade«, sagte er noch einmal und entnahm der Mappe die beiden Seiten, zerriss sie und warf sie in den Papierkorb.

»Sie sprechen ja Deutsch«, bemerkte Anton nun erstaunt, »dann kann ich Ihnen ja in Deutsch erklären, dass ...«

»Nicht nötig«, unterbrach ihn der Officer, nahm aus einem Fach seines Schreibtisches eine englischsprachige Zeitung heraus und faltete sie auseinander. *The Times*, las Anton. Der Officer begann, darin zu blättern. Das Blättern war für Anton ein Geräusch aus einer weit entfernten Vergangenheit, seit Langem schon hatte er in keiner Zeitung geblättert.

»Schreiben Sie das hier auf Deutsch für deutsche Leser«, sagte der Officer, nachdem er gefunden hatte, was er suchte, faltete die Zeitung zusammen, nahm einen Stift und machte ein Kreuz, »übertragen Sie diesen Artikel möglichst wortgetreu«, er schob Anton die Zeitung über den Schreibtisch hinüber, »der Lieutenant wird Ihnen einen Platz zuweisen. Was ist? Trauen Sie sich das nicht zu?«, fragte er.

Zum ersten Mal begegneten sich ihre Augen, und Anton sah für einen kurzen Moment ein schalkhaft ironisches Lächeln aufblitzen, das ihm vertraut schien.

Während Anton nun im Vorzimmer versuchte, den Artikel aus der *Times* über die infolge des Krieges miserable Versorgung der englischen Bevölkerung mit Lebensmitteln möglichst wortgetreu für deutsche Leser zu übertragen, trat Officer Simon im Nebenzimmer an das Fenster seines Büros. Und versuchte zu ergründen, weshalb er, Thomas Simon, der in Berlin als Simon Friedländer zur Welt gekommen war, glaubte, ja, sicher war, hier, inmitten dieses Trümmerfelds, das noch menschlich erschien im Vergleich zu dem menschlichen Trümmerfeld, in das sich für ihn dieses Deutschland seit seiner Emigration verwandelt hatte, in Anton Bluhm einer verwandten Seele begegnet zu sein.

Nur eine Woche darauf betrat Anton pünktlich um acht Uhr morgens die englische Kommandantur und setzte sich an seinen Platz in einem Nebenzimmer des Büros von Presseoffizier Thomas Simon. Er sollte nun Artikel aus englischen Zeitungen in Artikel für deutsche Leser übertragen, die dann in einer von den Engländern in deutscher Sprache herausgegebenen Zeitung erscheinen würden.

»Nicht nur übersetzen, wir wollen, dass die Artikel übertragen werden«, ließ ihm Officer Simon durch den Lieutenant, der ihm die englischen Zeitungen mit den angekreuzten Artikeln übergab, ausrichten.

Einen Monat darauf, er hatte die Probezeit bestanden und war eingestellt worden, ließ Officer Simon Anton zu sich kommen. Er erklärte ihm, die Deutschen müssten unter englischer Aufsicht erst einmal lernen, was Pressefreiheit sei. Und sie müssten lernen zu verstehen, was Demokratie sei. Und sie müssten verlernen, Nazis zu sein. Damit am Tag X, wenn alle Nazis verlernt hätten, Nazis zu sein, demokratische Deutsche für demokratische deutsche Leser eine demokratische Zeitung herausbringen könnten. Anton solle die Artikel aus der *Times* und die aus den anderen englischen Blättern ab sofort nur noch sinngemäß übertragen.

In den nächsten Tagen dachte Anton intensiv über seine neue Aufgabe und über die Ziele von Officer Simon nach, er bemerkte gar nicht, wie ihm an einem dieser Tage auf dem Weg in die Kantine von einem der deutschen Hilfskräfte ein Zettel zugesteckt worden war, er fand ihn erst auf dem Nachhauseweg in der Tasche seines Jacketts. Es stand ein Name darauf, den er nicht kannte, und eine Adresse, die ihm auch nicht geläufig war, aber ein Gruß immerhin, der vertraulich klang: Dein alter Kamerad Hans-Ulrich Hacker.

Die Vertraulichkeit machte Anton neugierig, kurze Zeit darauf setzte er sich nach der Arbeit auf sein Fahrrad, prägte sich zuvor die Strecke anhand eines alten Stadtplans ein, den er immer bei sich trug. Mühsam blieb die Tour trotzdem, so wie jede Ausfahrt, wenn er die vertrauten Wege verließ. Viele Straßenschilder lagen noch unter Schuttbergen begraben, andere waren unleserlich. Doch es war Mitte Juni und die Tage warm und lang, er würde vor Einbruch der Dunkelheit wieder zu Hause sein.

Er radelte durch das fast vollständig zerstörte Zentrum der Stadt, bis er in einen Stadtteil kam, in dem die Zerstörung nicht ganz so groß war. Von dort aus fand er mithilfe des alten Stadtplans schnell die auf dem Zettel angegebene Straße und auch das gesuchte Haus. Es war Teil einer altdeutsch anmutenden Siedlung, wie sie im Nationalsozialismus für Werksangehörige oder Beamte im öffentlichen Dienst gebaut worden war. An der Haustür fand er auf einem blank polierten Messingschild den Namen Hacker eingraviert, darüber stand auf einem Pappschild und mit Bleistift geschrieben *Hans-Ulrich*.

Anton drückte den Klingelknopf. Nichts regte sich. Er drückte ihn noch einmal, dieses Mal gleich zweimal hintereinander. Daraufhin hörte er Schritte, die Tür wurde geöffnet, und er stand einem großen, rötlich blonden, etwa gleichaltrigen schlaksigen jungen Mann mit Sommersprossen gegenüber. Anton schaute neugierig, während sich im Gesicht seines Gegenübers ein amüsiert spöttischer Zug um den Mund bildete.

»Erkennst mich nicht«, stellte der Rotblonde schließlich fest und lehnte sich an den Türrahmen, zog an einer Kippe, die er zwischen zwei Fingern hielt, und blies genüsslich den Rauch in die Luft.

»Nein.«

Es entstand eine Pause und beide schauten einen Augenblick lang hinauf in den blauen Himmel.

»Stell's in den Flur«, sagte der Rotblonde, zeigte auf Antons Fahrrad und ging voraus.

Das Zimmer lag am Ende des dunklen Flurs. Es war klein, auch eher dunkel und wurde von einem schmalbrüstigen Schrank und einer Art Matratzenlager fast vollständig ausgefüllt. Das Lager schien Bett, Tisch und Sitzplatz in einem zu sein, denn es lag Bettzeug darauf herum, und am Rand stand ein Karton mit Lebensmitteln und Geschirr, auch einer mit Heften und Büchern.

Der Rotblonde ließ sich auf dem Lager nieder, Anton bot er ein Stück freier Fläche ihm gegenüber an.

»Nimm doch Platz«, sagte er und versuchte mit einem amüsiert spöttischen Zug um den Mund eine einladende Geste.

Anton setzte sich auf das Matratzenlager und beobachtete sein Gegenüber, er forschte nach Bekanntem in seinen Bewegungen, in seinem Verhalten.

»Mein Name hat sich 'n bisschen verändert«, sagte der Rotblonde und zündete sich einen neuen Zigarettenstummel an. Nach drei gierig und tief inhalierten Zügen hielt er ihn Anton hin.

»Mal ziehen?«

»Ich rauche nicht«, sagte Anton.

»Ich war ein echter«, sagte der Rotblonde, beugte sich vor und sah Anton prüfend ins Gesicht.

»Hast dich nicht wirklich verändert«, er lehnte sich wieder zurück und schwieg. Anton wartete.

»War natürlich ein Scherz«, meinte er nach einer Weile und lachte, es hörte sich an wie das Meckern eines Ziegenbocks, was Anton daran erinnerte, dass er dieses Gemeckere schon mal gehört hatte. Er suchte in seiner Erinnerung, es wollte ihm jedoch kein Gesicht dazu einfallen.

»Trotzdem«, begann der Rotblonde, »es ist eine Oberschande und eine wirkliche Sauerei, dass sie uns total zerbombt haben. Schon entlaust?«, fragte er dann und sah Anton erwartungsvoll an.

»Entlaust?«

»Ent-na-zi-fi-ziert«, buchstabierte sein Gegenüber.

Anton schüttelte den Kopf.

»War nicht nötig.«

»Dachte ich mir. Du warst kein echter, aber auch kein falscher Fuffziger, das hat mir damals imponiert. Bist also zwischenzeitlich auch kein echter geworden. Aber auch kein Widerständler. Sonst wärst du nicht hier. Hab damals gedacht, du könntest einer sein. Oder werden. Bist aber wahrscheinlich zu schlau gewesen.«

Der Rotblonde tippte sich an die Stirn.

»Insgeheim haben wir dich bewundert«, fuhr er nach einer Pause fort, »ist dir der Münzer noch mal über 'n Weg gelaufen? Der erinnert sich bestimmt an dich. Wenn er die ganze Sauerei überlebt hat. Weißt du jetzt, wer ich bin? Mensch, ich bin einer von den ehemaligen HJlern vom Ernteeinsatz beim Bauer Buck. Ich war der kleine Dicke, damals Hans Müller, jetzt Hans-Ulrich Hacker!«

Er streckte Anton spontan die Hand hin und Anton schlug einigermaßen verdutzt ein.

»Hans Müller?«, rief er ungläubig.

Der nickte grinsend.

»Du hast uns alle schwer beeindruckt, wie du dem Münzer den Kopf in den Bauch gerammt hast! Vergessen?«, wollte er dann wissen.

Anton hatte den Kampf um »Moby Dick« keineswegs vergessen, doch im hageren sommersprossigen Gesicht seines Gegenübers mit dem etwas schiefen Mund, in dieser großen schlaksigen Erscheinung mit den leicht hochgezogenen Schultern konnte er einfach nicht Hans Müller, den kleinen dicklichen HJler von damals, den Adjutanten von Franz Münzer erkennen.

»Du hast dich ja total verändert«, platzte es aus Anton heraus.

Hans-Ulrich zuckte mit den Schultern und zog an dem Zigarettenstummel.

»Bist du«, Anton zögerte einen Moment, »bist du entlaust worden?«

»Nee«, Hans-Ulrich stieß verächtlich den Rauch aus und schaute ihm hinterher.

»Das war auch wirklich nicht mehr nötig, nach all dem Schweinkram, verstehst du?«

Er sah Anton wieder prüfend an, ein spöttischer Zug bildete sich um seinen Mund.

»Glaubst mir nicht, was? Wegen dem Namen? Der ist ganz legal, Mutter hat den Hacker geheiratet. Hat ihr nichts genützt. Sie ist tot. Sie sind beide tot. Umgekommen beim Bombenangriff. Der Hacker hatte mich adoptiert. Hans-Ulrich Hacker klingt einfach besser als Hans Hacker, moderner, finde ich. Und wir haben doch jetzt die große Gelegenheit, modern zu werden, oder? Wenn nicht wir, wer dann?«

Anton sah Hans-Ulrich Hacker, ehemals Hans Müller, immer noch ungläubig an.

»Ich hab keinen Dreck am Stecken, das kannste mir glauben«, versicherte ihm Hans-Ulrich, »aber über den Krieg rede ich trotzdem nicht«, seine Miene wurde düster und hellte sich dann schlagartig wieder auf: »Was machst 'n beim Tommy?«, fragte er neugierig. Anton erklärte es etwas umständlich.

»Wie ist der Zettel in meine Jackentasche gekommen?«, wollte er dann wissen, er hielt ihn noch immer in der Hand.

»Hab ich da reingesteckt, haste nicht bemerkt, warst ziemlich weggetreten. Hab dich schon öfter gesehen. Du mich nicht. Dachte schon, du willst nichts mit mir zu tun haben, deshalb der Zettel«, Hans-Ulrich drückte die Zigarettenkippe aufmerksam in einem Aschenbecher aus, jeder unverkohlte Tabakkrümel war kostbar und musste gerettet werden.

»Ich weiß nicht, wie du das siehst«, fuhr er fort, »aber man muss doch zusammenhalten, irgendwie.«

Er beugte sich vor: »Könnte dir was vom Tommy besorgen, ich arbeite als Tellerwäscher in der Kantine. Könnte dir langfristig bestimmt 'ne Menge aus der Kantine besorgen.«

»Gegenleistung?«

Hans-Ulrich grinste. »Was schlägst du denn vor?« Er lehnte sich wieder zurück und musterte Anton. »Ein Schiebertyp bist du nicht. Wirst aber trotzdem bald was haben. Wirst einer der Ersten sein, das riech ich von Weitem. Und dann komm ich angelaufen wie 'n Hund und leg mich vor deine Füße und krieg einen schönen großen Knochen von dir.« Hans-Ulrich kratzte mit der Hand wie ein Hund mit der Pfote über die Matratze. »Also, was brauchst du denn so aus der Kantine?«

»Im Moment noch nichts«, Anton begegnete Hans-Ulrichs gespieltem Hundeblick.

»Keine Marmelade, kein Corned Beef, keinen Toast, keine Karamellbonbons? Oder was das Herz sonst noch so begehrt?« Hans-Ulrich setzte sich in die Hocke, als wäre er auf dem Sprung, bereit, sofort für Anton die Kantinenbestände zu plündern, wenn er es nur wollte.

Anton konnte nicht verhindern, sich von Hans-Ulrich Hacker geschmeichelt zu fühlen und auch beeindruckt von ihm zu sein, er dachte auf dem Rückweg über sein verführerisches Angebot nach, über Toast, Corned Beef und Karamellbonbons und passte dabei für einen Augenblick nicht auf, was dazu führte, dass er an einer durch Trümmerhalden unübersichtlichen Straßenkreuzung fast mit einem Mädchen zusammenstieß. Es kreuzte seinen Weg mit dem Fahrrad, bremste heftig, doch die Fahrradkette hielt der plötzlichen Belastung nicht stand und riss. Anton gelang es auszuweichen, aber das Mädchen stürzte trotzdem.

Einigermaßen erschrocken half er ihm aufzustehen. Eine Schürfwunde unterhalb seines Knies begann sofort heftig zu bluten, es schien sich aber nichts gebrochen zu haben.

Nachdem es sein Knie mit einem Taschentuch verbunden hatte, half er ihm, das Fahrrad wieder aufzurichten, den Lenker und alles, was sonst noch verbogen war, wieder gerade zu biegen. Kaputt war nur die Kette. Er bot ihm an, sie zu reparieren. Doch wie sich schnell zeigte, war es geschickter und wohl auch geübter als er, die Kette würde alle naselang reißen, erklärte es.

Am Ende tauschten sie ihre Adressen aus. Das Mädchen wohnte mit seinen Eltern und seinem Bruder bei den Großeltern, Anton dagegen war bereits aus der ehemaligen Vorratskammer ausgezogen und hatte trotz Proteststürmen von Katharina bei Onkel Alfred, den sie wegen illegaler Schwarzmarktgeschäfte beargwöhnte, ein Zimmer gemietet, das separat gleich neben der Eingangstür zu seiner Wohnung lag.

Sie verabredeten, gemeinsam schwimmen zu gehen, und am darauffolgenden Sonntag klingelte das Mädchen an der Tür, um Anton abzuholen.

»Die hat ja rotes Haar!«, flüsterte der Onkel mit vielsagendem Blick der Tante ins Ohr, dann verstaute er drei Zigarettenpackungen in seiner alten Aktentasche und verließ die Wohnung, nicht ohne zuvor noch an der Tür zu Antons Zimmer gelauscht zu haben, zu hören gab es jedoch überhaupt nichts.

Tatsächlich war das Mädchen in Antons Zimmer stehen geblieben, hatte sich an die Wand gelehnt, stumm auf den Karton gestarrt und sagte kein Wort. Es war ein großer neuer Pappkarton mit einer Aufschrift in englischer Sprache. Er stand auf dem Tisch mitten im Raum. Die Neugier darauf, was der Karton wohl enthalten würde, hatte im Kopf des Mädchens schlagartig alles verdrängt, sogar die Verabredung, zum Schwimmen zu gehen.

»Geklaut?«, fragte das Mädchen endlich.

Anton zuckte nur mit den Schultern.

»Bist du ein Dieb, oder bist du ein Schieber?«

Anton zuckte wieder mit den Schultern.

»Wahrscheinlich bist du beides«, gab es sich schließlich selbst die Antwort, »dabei siehst du so harmlos aus.«

»Weder noch, ich habe es nur faustdick hinter den Ohren«, widersprach Anton und merkte, wie er verlegen wurde. Das Mädchen sah ihn jetzt zweifelnd an und legte die Hand auf den Türgriff. Wie konnte er bloß verhindern, dass es das Zimmer verließ?

»Der Karton ist für dich, und alles, was drin ist, auch«, sagte er schnell.

Anton hatte Hans-Ulrich aufgesucht und ihn gefragt, was er ihm, um ein Mädchen zu gewinnen, aus der Kantine besorgen könne, woraufhin der ihm einen Karton mit Vorräten vorbeigebracht hatte.

»Nein, nicht alles«, verbesserte sich Anton nun, »der Earl Grey und die Cookies sind für mich, damit ich dich zu Tee und Keksen einladen kann, der Kaffee ist für meine Mutter, aber«, und nun nahm er jedes Beuteteil einzeln aus dem Karton und hielt es kurz hoch, um es ihm zu zeigen: »Schokolade, Marmelade, Zucker, eine Dose Mushroomsoup, eine Dose Tomatoesoup, Rosinen, Mehl, Milchpulver, auch die Toffees, diese Bonbons, mit denen man sich die Zähne ziehen kann, alles ist für dich, wenn du es haben willst?«

Das Mädchen klebte noch immer an der Wand, die Hand lag aber nicht mehr auf dem Türgriff. Es musste mehrmals schlucken, bevor es antworten konnte, das Wasser war ihm im Mund zusammengelaufen.

»Will ich natürlich«, antwortete es schließlich und stellte die Tasche mit den Badesachen neben sich auf den Fußboden, »aber dich will ich auch«, sagte es ganz entschieden.

Und so wie Anton ihm eine Kostbarkeit nach der anderen entdeckt hatte, begann es, ein Kleidungsstück nach dem anderen auszuziehen, zuerst die Schuhe, danach die Socken, dann löste es den in der Taille geschlungenen Stoffgürtel und knöpfte das durchgeknöpfte gepunktete Kleid auf. Es trug eine Art Leibchen, auch das zog es aus, mit der gleichen Bewegung die Unterhose, und lehnte sich wie zuvor, nun jedoch splitternackt, wieder an die Wand neben der Tür.

Anton glaubte, mitten in einem seiner verwegensten Träume zu sein, einem jener Tagträume, in denen er sich schon so oft aufgehalten hatte und immer überzeugt gewesen war, sie würden nie Wirklichkeit werden. Was sollte er tun? Dasselbe wie in seinen Tagträumen? Er war aufgeregt und erregt und verlegen zugleich. Er suchte nach dem Namen des Mädchens.

»Magdalena«, sagte er leise.

»Genannt Leni«, flüsterte sie. Dann sah, fühlte, roch, spürte er nur noch ihre nackte Haut. Er musste sie gar nicht berühren, und als er es dann doch tat, begann sie zu glühen.

Sie kleideten sich nicht wieder an, sie blieben nackt. Leni streifte nackt durch das Zimmer wie eine schnurrende Katze und ließ immer wieder mal ihren Kopf mit dem roten zerzausten Haar über den Karton mit dem Schatz darin baumeln, während Anton auf der einzigen elektrischen Kochplatte, die sich in der provisorischen Kochnische befand, in einem Topf das Wasser aus dem Kanister, der unter dem Tischchen mit der Kochplatte stand, für den Tee zum Sieden brachte.

Den ungewohnt starken Geschmack von Earl Grey milderten sie mit Zucker und Milch, angerührt aus dem Milchpulver, schlürften ihn dann genüsslich und langsam und knabberten dazu die Kekse.

Leni erzählte von der Handelsschule, die sie besuchte und die in den Räumen eines teilweise nicht zerstörten Gymnasiums auch Kurse in Schreibmaschine, Stenografie und sogar in Englisch anbot. Sie wünschte sich sehr, eines Tages nach Amerika auszuwandern.

»Die werden niemanden von uns haben wollen«, meinte Anton düster, dann hellte sich seine Miene auf »Besser, du besorgst dir hier eine Anstellung, am besten gleich bei mir«, schlug er vor und schaute sie erwartungsvoll an.

»Bei dir? Meinst du das ernst?«, fragte Leni und lachte ein gurrendes, schnurrendes Lachen, in das sich Anton noch mehr verliebte, als er in Leni ohnehin schon verliebt war, er musste sie einfach küssen, immer wieder und noch einmal.

Zwar arbeite er tagsüber für die Engländer, erklärte er ihr später, aber abends, auch nachts und vor allem an den Wochenenden schreibe er an seiner Chronik über den Untergang. Leni runzelte die Stirn, mit dem Untergang wolle sie nichts mehr zu tun haben, sagte sie, sah Antons enttäuschtes Gesicht und lachte wieder ihr gurrendes, schnurrendes Lachen.

In diesem Sommer trafen sie sich fast täglich. Es war eine Art Obsession, die sie befallen hatte: Kaum war Leni bei Anton im Zimmer, rissen sich beide die Kleider vom Leib und zogen sie erst wieder an, wenn sie das Zimmer verließen.

Sie dachten nicht darüber nach, beide schienen sich jedoch mit der Kleidung alle unsichtbaren Maskierungen vom Leib reißen zu wollen, die jahrelang zur täglichen Tarnung und Anpassung gehört hatten. Sie empfanden ihr oft stundenlanges Nacktsein als Akt der Befreiung, den sie jedes Mal, wenn sie zusammen waren, wiederholen mussten. Er befreite sie wohl von den Täuschungen, den falschen Bildern, den manipulierten Scheinwelten, in denen sie gelebt hatten, die ihnen vorgegaukelt oder aufgezwungen worden waren. Die alle zusammengebrochen waren angesichts einer Wirklichkeit, die unfassbar war. Ihre Nacktheit, die war wirklich. Fassbar. Eine lebendige Wirklichkeit, die ihnen gehörte. Jahrelang hatten ihre Körper nicht ihnen gehört, waren Verfügungsmasse gewesen, jetzt konnten sie gar nicht genug davon bekommen, über sich selbst zu bestimmen. Sie liebten sich und blieben nackt, ob sie nun etwas aßen oder Earl Grey mit Zucker und Milchpulver tranken, Anton an seiner neu erworbenen alten Schreibmaschine tippte oder Leni Hausaufgaben machte.

In all den Wochen dieses Sommers wurden sie ihrer Nacktheit niemals überdrüssig. Im Gegenteil, sie fühlten sich immer lebendiger, es war, als hätte das Leben in ihren Körpern lange Zeit den Atem angehalten. Denn die Nacktheit, die sie bisher am häufigsten gesehen hatten, war die von Toten.

In diesem Sommer mit Leni verschob Anton die Arbeit an seiner Chronik häufig auf die Nacht. Tagsüber konnte er dann oft kaum die Augen offen halten. Wie bisher übertrug er für Officer Simon englische Zeitungsartikel für deutsche Leser ins Deutsche und Officer Simon kritisierte nach wie vor in Abständen persönlich seine Übertragungen. Selbst während dieser eher kurzen Besprechungen konnte Anton häufig nur mit Mühe ein Gähnen unterdrücken. Eines Tages gestand er dem Officer die nächtliche Arbeit an seiner Chronik, der er den Titel »Vom Untergang des Volkes der Dichter und Denker« geben würde.

Der Officer hob nur die Augenbrauen. Anton rätselte, ob erstaunt, verwundert, überrascht oder interessiert. Kurz darauf jedoch sprach er zum ersten Mal über sich selber und erzählte Anton, wie er seinen Vater, der im Berliner Theaterleben zu Hause gewesen war, manchmal hatte begleiten dürfen und wie er dann im Kreise all dieser Theaterleute, wenn es spät wurde, eingeschlafen war, und dass diese Ausflüge in das Theaterleben die schönsten Erinnerungen an seine Kindheit wären. Dann sah ihn der Officer mit nachdenklichem Blick an und wünschte ihm Gelingen bei seinem Vorhaben.

»Schade«, sagte er zum Schluss wie schon einmal vor ein paar Monaten, als er die beiden Seiten von Antons Prüfung in Schreibmaschine und Stenografie zerriss, »sehr schade«, wiederholte er, »Sie wären wahrscheinlich ein recht guter Journalist geworden.«

2.

In jener Zeit, in der die Bluhm'sche Familie im zerbombten Hannover auf engstem Raum zusammengerückt war, lebte Alexandra ganz allein auf dem Amselhof. Im Dachgeschoss war ihr eine winzige Wohnung, die frühere Unterkunft von Berta, der Haushälterin, von den Besatzern zugewiesen worden. Zuvor hatten hohe amerikanische Militärs Hubert verhaftet. Sein Vermögen wurde beschlagnahmt, alle seine Konten gesperrt, der Amselhof requiriert.

Seitdem hatte Alexandra aus dem Internierungslager in der Nähe von Landshut, wo Hubert auf seine Verurteilung wartete, nur wenige kurze Briefe von ihm erhalten. Ihre regelmäßigen Anträge, ihren Mann dort besuchen zu dürfen, wurden von den Amerikanern stets abgelehnt, doch auf der Kommandantur in Feldafing teilte ihr ein junger Leutnant mit, Franz sei amerikanischer Kriegsgefangener und habe in einem Lazarett in Norditalien seine schweren Verletzungen überlebt. Seit dieser Nachricht verbrachte Alexandra die meiste Zeit des Tages in einem Stuhl am Fenster und schaute von der Dachwohnung den Weg hinunter bis zur Einfahrt, in stiller Erwartung der Rückkehr von Franz.

Völlig zurückgezogen verbrachte sie Tage, Wochen, ja, Monate allein in der Dachwohnung, sie vermied es sogar, sie zu verlassen, aß kaum etwas, unternahm auch nichts, als ihre Vorräte dahingeschmolzen waren. Die Schmach über Huberts Verhaftung lähmte sie. Um Hilfe bei Freunden wollte sie nicht bitten und die Familie hatte ja nicht nur ihre Heirat abgelehnt, sondern vor allem auch Huberts politische Haltung.

Das ging so lange in dieser Weise hin, bis eines Tages aus dem Hof ein ungewöhnlicher Lärm durch die immer geschlossenen Fenster zu ihr hinaufdrang und sie hinunter in den Innenhof blicken ließ, was sie wegen der Militärfahrzeuge, die dort parkten, sonst strikt vermied. Sie sah zwei jünglingshafte Soldaten, GIs, die sich damit vergnügten, aus einer immer größeren Entfernung mit immer größerer Wucht Gegenstände an die Hauswand des Seitenflügels zu schleudern.

Sie wusste gleich, auch wenn sie es aus der Entfernung nicht richtig erkennen konnte, auch wenn sie nur das Lachen der GIs und kein Klirren hörte, dass dort unten an der Hauswand Porzellan zerschellte, nicht irgendein Porzellan, es war das vierundzwanzigteilige Service, das sie von ihren Eltern zur Hochzeit geschenkt bekommen hatte. Und ein Riss durchbrach die innere Mauer, die Alexandra mit der Nachricht vom Tod ihrer Söhne Sepp und Flori gegen die vernichtenden Schrecken und Anfeindungen der Wirklichkeit, der inneren und der äußeren, errichtet hatte. Sie riss das Fenster auf.

Jetzt hörte sie es, das Klirren, wenn die Teller und Tassen, die Kannen und Schüsseln gegen die Wand krachten und scheppernd zerbrachen. Es klang geradezu zart im Vergleich zu dem sich gegenseitig anfeuernden Lachen, zu den wetteifernden Rufen der GIs. Da schien sich der Riss zu vertiefen.

In panischem Entsetzen, die Welt hinter der sie schützenden Mauer, ihre Welt, die untergegangene, könnte schutzlos jedem Angriff ausgeliefert sein, schlug Alexandra das Fenster wieder zu, setzte sich zurück an ihren Aussichtsplatz am zur Straße hin gelegenen Fenster und starrte über den See und auf die Berge gegenüber: Seit Langem wünschte sie sich schon, so zu sein wie die Berge, unerschütterbar, unverrückbar, ein Fels in den Brandungswellen aller anflutenden Anfeindungen.

Lange starrte sie auf die Gipfel und hoffte, sich zu beruhigen, doch dann fühlte sie entsetzt eine weitere Brandungswelle auf sich zurollen, sie, die seit Wochen kaum noch etwas gegessen hatte, wurde von einer Welle von Hunger überflutet. Es fühlte sich nicht an wie Hunger, es war so, als tobe eine Kreatur in ihrem Gedärm, die Alexandra aus der Dachwohnung und die Treppe hinuntertrieb. Ohne einen Blick auf die Scherben des Hochzeitsgeschirrs zu werfen, lief sie am Seitenflügel vorbei und den Hügel hinauf zur Wiese, um etwas Essbares zu finden, mochten es Brombeeren, Löwenzahnblätter oder auch Brennnesseln sein. Tatsächlich fand sie Äpfel, sie hingen fast reif am Baum. Gierig verschlang sie den ersten, und dann noch einen zweiten.

Danach setzte sie sich unter den Baum, lehnte ihren Kopf an den Baumstamm und schloss erschöpft die Augen. Das Lachen der GIs hörte sie nicht mehr, das Grollen und Gurgeln in ihren Eingeweiden beruhigte sich, sie hörte jetzt ein Rascheln, das näher kam. Auch als es ganz nahe war, öffnete sie nicht die Augen, erst als etwas Feuchtes, Kaltes ihre Hand berührte und sie gleichzeitig warmen Atem spürte. Sie war zu erschöpft, um ihre Hand zurückzuziehen, sie beugte nur den Kopf. Zwei dunkle Hundeaugen, fast vollständig von schwarzen struppigen Zotteln verdeckt, sahen sie seltsam wach an.

Jetzt erst erschrak Alexandra, da sprang der Hund ihr auf den Schoß, rollte sich zu einem Knäuel zusammen und tat, als schliefe er. Weg mit dir, wollte sie ausrufen, ihn von ihrem Schoß scheuchen und aufstehen, doch sie dachte es nur, sah auf den Hund hinunter und spürte, wie es warm wurde auf ihrem Schoß, spürte aber auch das Zittern, das von Zeit zu Zeit durch den mageren Hundekörper flog. Sie fühlte deutlich seine Knochen durch das zottelige Fell, in dem sich Staub, Baumnadeln, vertrocknete Blätter und vieles andere miteinander verklumpt hatten.

Alexandra begann langsam, vorsichtig kleine Klumpen aus seinem Fell herauszuzupfen. Der Hund rührte sich kaum, ließ es mit sich geschehen, nur hin und wieder öffnete er seine Augen zu einem kurzen Blinzeln.

Hier, unter diesem Baum, durch *Plus,* wie sie das zottelige, langhaarige, schwarze herrenlose Tier nennen würde, denn es war das erste Plus in ihrem Leben seit undenkbar langer Zeit, begann in Alexandras Vorstellung die Rückverwandlung vom Amselhof in den Bauernhof, der er einmal gewesen war: Sie sah sie plötzlich vor sich, die Schafe und die Ziegen, die sie, mithilfe von Plus, hier auf dem Hügel halten würde. Und vielleicht auch noch ein paar Gänse, Enten und natürlich Hühner. Und sie sah sich, wie sie die Schafe und Ziegen melken und Frischkäse herstellen würde, wie sie und Plus, diese magere Kreatur, mager wie sie, nie wieder hungern würden.

Bereits am Tag darauf, Plus war von ihr notdürftig entlaust worden, besprach Alexandra mit dem ehemaligen Gärtner, den sie auch aufgesucht hatte, um Lebensmittel als Vorschuss gegen die Apfelernte zu tauschen, die notwendigen Schritte, um den Landsitz tatsächlich in den bäuerlichen Hof zurückzuverwandeln, der er als Teil des Nonnenklosters einmal gewesen war. Wenige Wochen später weideten dann zwei Mutterschafe mit ihren Lämmern auf den ansteigenden Wiesen. Und auf dem

Hügel kletterten zwei Ziegen mit ihren Zicklein herum. Mithilfe des ehemaligen Gärtners hatte Alexandra die Tiere gegen die Schmuckstücke getauscht, die sich noch in ihrem Besitz befanden.

Mehrmals am Tag pflockte sie, zusammen mit Plus, der ihr nicht mehr von der Seite wich und sich Mühe gab, ein guter Hütehund zu werden, die Tiere um. Mithilfe des Gärtners übte sie zu melken. Jetzt hatte sie keine Zeit mehr, um am Fenster zu sitzen. Trotzdem wartete sie auf Franz, manchmal hielt sie bei der Arbeit inne, als lausche sie auf seine Schritte. Und dann spitzte Plus die Ohren, hielt die Nase in den Wind und nahm Witterung auf.

Mit der bäuerlichen Bewirtschaftung des Amselhofs gewöhnte sich Alexandra daran, eine Bäuerin zu sein. Sie versorgte die Tiere, organisierte über den Gärtner den Tausch von Milch und Frischkäse gegen Brot und notwendiges Gerät, sie dachte an die Zukunft. Vor allem an die Rückkehr von Franz. Hubert war als schwer belastet eingestuft worden, er würde eine längere Haftstrafe verbüßen müssen.

Hatte sie früher einen Wecker gebraucht, so wachte sie nun jeden Morgen vor sechs Uhr auf. Als Erstes öffnete sie dann das Fenster und schaute nach dem Wetter. Sie konnte es jetzt riechen.

»Es riecht nach Schnee«, sagte sie heute zu Plus. Er schaute sie an, als hätte er sie verstanden, und schüttelte seinen zotteligen schwarzen Pelz.

Alexandra zog sich an, kämmte ihr langes Haar, flocht es zu einem Zopf, rollte ihn im Nacken ein und steckte ihn vor dem Spiegel fest und erforschte dabei ihr Gesicht: Es war ihr fremd geworden, und es erschien ihr, obwohl erst fünfundvierzig Jahre, viel älter zu sein.

Im Dunkeln stieg sie vorsichtig die Stufen der Treppe hinunter, unten wartete Plus bereits auf sie. Es war frisch und Alexandra roch noch deutlicher den Schnee, doch sie sollte sich irren, am Mittag schien die Sonne, es war Föhn und die Temperatur kletterte, obwohl Anfang November, auf über zehn Grad.

Am Nachmittag stand sie auf dem Hügel und besprach mit dem Gärtner das Winterquartier für die Tiere. Ihr Wunsch, das Gewölbe im Hügel dafür zu nutzen, war von den Amerikanern ohne Begründung abgelehnt worden. Sie hörte einen fiependen Ton, es war Plus. Er spitzte die Ohren und schnupperte in Richtung Hofeinfahrt.

Alexandra drehte sich um und blickte gegen die Sonne zur Einfahrt hinunter. Undeutlich erkannte sie im Gegenlicht einen Mann. Er schien zu hinken, nein, er hinkte tatsächlich zur Madonna, schien sich dort zu bekreuzigen, nein, er lehnte sich gegen die Stele, er musste sehr erschöpft sein. Vielleicht einer aus der Stadt, aus München, auf Hamsterfahrt ins Umland und jetzt müde, sicher auch durstig. Der Mann kam langsam den Kiesweg hinauf, der längst keiner mehr war, die schweren Militärfahrzeuge hatten tiefe Spurrillen im Weg hinterlassen und die ohnehin dünne Kiesdecke in den Boden gedrückt.

Plus fiepte und drückte sich mit gespitzten Ohren flach auf den Boden.

Alexandra legte die Hand über die Augen, sah im Gegenlicht den stark hinkenden Mann näher kommen und dass er einen Verband um den Kopf und einen Arm in einer Schlinge trug.

Erst langsam, dann immer schneller ging sie den Hügel hinunter und Franz entgegen.

Mithilfe des alten Hausarztes, den Alexandra erst mit Ziegenkäse, dann mit Hühnereiern bezahlte, ihm auch eine Weihnachtsgans in Aussicht stellte, heilten Franzens Wunden langsam aus. Nach Wochen nahm er endlich an Gewicht zu, das Fieber zehrte nicht länger an ihm.

Mit jedem Pfund, das sein völlig abgemagerter Körper zunahm, wuchs allerdings seine Wut. Er habe im Dreck gekämpft, in Ruinen, zwischen Toten, Verwundeten und Sterbenden, und es sei alles umsonst gewesen, rief er immer wieder unter den heftigen, ihn erschütternden Wutausbrüchen.

Hatte Plus Franzens Anwesenheit bisher gleichgültig geduldet, so gaben ihm die Wutausbrüche offenbar eine willkommene Gelegenheit, seinen Unmut über den neuen Mitbewohner, der Alexandras nimmermüde Fürsorge beanspruchte, durch lautes Gebell und gefährliches Knurren auszudrücken. Danach kroch er wieder unter das Bett. Bis zum nächsten Wutausbruch.

Alexandra sagte nichts zu Franzens Wut, erzählte auch nichts von Hubert, Sepp und Flori. Und Franz fragte nicht nach ihnen, nach keinem von ihnen. Er trank jeden Tag frische Ziegenmilch und aß das von

Alexandra gebackene Maisbrot. Sie überredete ihn, täglich zwei rohe Eier zu trinken, das würde ihn kräftigen. Tatsächlich konnte Alexandra beobachten, wie es Franz, je mehr er an Gewicht zunahm, immer leichter fiel, seine eruptive Wut, die ihn zu überfallen schien, unter Kontrolle zu halten.

Eines Tages war Franz dann kräftig genug, um einen ersten Spaziergang zu wagen.

»Nicht weit, nur über den Hof und bis zum Hügel«, sagte er.

»Vielleicht bis zu den Ställen«, schlug Alexandra vor und zeigte Franz den Schrank mit der Kleidung, die sie vom Dachboden geholt hatte, alte Hosen, Jacken und Hemden von früher, auch Mäntel waren darunter, die man vor Jahren in großen Holzkisten eingemottet hatte.

»Zieh dich warm an, es ist noch kühl«, sagte sie, nahm den Mantel vom Bügel und gab ihn Franz. Franz griff danach, hielt ihn mit beiden Händen hoch und starrte ihn an. Da erst sah Alexandra, dass es der Mantel von Flori war.

»Zieh ihn an«, sagte sie leise.

Franz zog den Mantel an und trat hinaus in den schmalen Flur. An dessen Ende hing ein Spiegel. Er ging darauf zu und betrachtete sich lange, und dann liefen ihm Tränen übers Gesicht, ihm, der während des ganzen Krieges kein einziges Mal geweint hatte.

»Sie sind tot«, sagte er nur.

Alexandra nickte.

»Hubert ist im Lager«, sagte sie, »Sepp und Flori sind tot.«

Gestützt auf ihren Arm, ging Franz hinunter an den See. Beide schauten lange über das Wasser und zu den Bergen und schwiegen.

»Ich bin gesund«, sagte Franz schließlich und löste seinen Arm. Er wolle ausprobieren, ob es ihm trotz der Narbe oberhalb des Ellenbogens gelingen würde, einen Kieselstein über die Wasseroberfläche hüpfen zu lassen, sagte er. Als es ihm gelang, sah Alexandra, wenn auch nur für einen kurzen Moment, den Ausdruck von Triumph über das Gesicht ihres Sohnes huschen, den sie so gut von früher kannte.

Jetzt brach Franz jeden Morgen zu einem Rundgang am See entlang und zurück durch den Wald auf, aus dem Rundgang wurde schon bald ein Dauerlauf. Plus zeigte keinerlei Interesse daran, ihn zu begleiten, er blieb bei Alexandra. Franzens Hilfestellungen beim Ausmisten der Ställe oder beim Füttern der Ziegen und Schafe, der Hühner und Gänse beobachtete er mit Skepsis.

»Er übertreibt«, kommentierte Franz schließlich seine Anhänglichkeit an Alexandra und nannte ihn nur noch Plusplus.

Eines Morgens, Franz wollte zu seinem täglichen Lauf aufbrechen, sah er ungewöhnlich viele Militärfahrzeuge im Hof stehen. Vor dem Hügel sperrten GIs eine größere Fläche ab. Hinter der Absperrung begannen andere GIs damit, die von Efeu und Knöterich zugewachsene und mit einer Holzverschalung vernagelte Metalltür zur früheren Goldmacherei freizulegen.

Inmitten des Geschehens stand Alexandra, neben ihr Plus. Die beiden Männer in Zivil, in deutlich erkennbarer amerikanischer Zivilkleidung, wie Franz bemerkte, hielten respektvoll Abstand. Er wollte auf die Mutter zugehen, wurde aber von einem amerikanischen Leutnant, der wie aus dem Nichts plötzlich vor ihm stand, aufgefordert, ihm zu folgen. Er konnte Alexandra noch ein Zeichen geben, dann setzte er sich auf Befehl des Leutnants auf den Rücksitz des Militärjeeps.

Das Verhör, eigentlich mehr eine Befragung, habe im Beisein eines Dolmetschers in der amerikanischen Kommandantur in Feldafing stattgefunden, erklärte er Alexandra nach seiner Rückkehr. Er sei über eine Zeit und zu Personen befragt worden, an die er sich nur vage und vor allem nur aus Erzählungen erinnern konnte. Durch diese Befragung habe er von den Amerikanern mehr erfahren als sie von ihm, zum Beispiel, dass die Anlage im Hügelgewölbe niemals Gold produziert haben soll, aber auch, dass der Goldmacher ein Jude gewesen und im Konzentrationslager Sachsenhausen bei Berlin umgebracht worden sei.

»Weißt du, was ein Konzentrationslager ist?«, fragte er Alexandra zum Schluss.

Sie glaube nichts von dem, was die Amerikaner erzählen, empörte sich Alexandra, schließlich habe sie das Gold mit eigenen Augen gesehen, und sie habe gesehen, wie der Goldmacher sich am Sonntag in der Kirche vor der Madonna bekreuzigte, was bei den Juden nicht üblich sei.

»Sie wollen uns nur noch mehr Schuld in die Schuhe schieben, um uns noch mehr wegnehmen zu können! Wozu demontieren sie denn die ganze Anlage, wenn nicht, um selber Gold herzustellen?«

Franz sah die Mutter zweifelnd an.

»Wusstest du, dass der Goldmacher nicht ein einziges Gramm Gold produziert hat und in einem Konzentrationslager umgebracht worden ist?« Das war dann auch eine der ersten Fragen, die Franz seinem Vater beim Wiedersehen nach knapp vier Jahren stellte. Hubert Münzer schaute seinen Sohn erstaunt an.

»Später«, wiegelte er mit einer flapsigen Handbewegung ab, »darüber reden wir später.«

Franz sprang auf, ging ungeduldig im kargen Besucherraum hin und her. Vieles, wenn nicht alles hing für ihn von der Antwort des Vaters ab. Deshalb hatte er keinen Weg gescheut und vor allem nicht die unendlich vielen Umwege, um von den amerikanischen Militärs eine Besuchserlaubnis zu erhalten.

Schließlich blieb Franz vor dem Vater, der auf seinem Stuhl sitzen geblieben war, stehen. Nicht einmal vier Jahre lagen zwischen dem Abschied vor seinem ersten Einsatz in Monte Cassino und dem Wiedersehen hier im Besucherraum des Internierungslagers. Für Franz lagen nicht Jahre, es lagen Welten dazwischen. Zerstörte, zerschlagene, nie aus dem damals geträumten Traum zum Leben erwachte, sondern sich in einen Albtraum verkehrte Welten.

Ganz offensichtlich nicht für seinen Vater, er hatte sich nicht verändert. Obwohl er eine Art Lagerkleidung trug, nicht wie gewöhnlich um diese Jahreszeit einen hellen Anzug aus einem etwas dickeren Tuch, hatte er ihn mit den offenen Armen und der freundlich überlegenen Miene begrüßt, als trüge er diesen hellen Anzug, als würde er ihn zu Hause in München wiedersehen und nicht hier im Lager. So, als wäre nichts passiert in diesen vergangenen Jahren.

»Setz dich«, sagte Hubert, »nun setz dich doch endlich, Franz«, forderte er seinen Sohn noch einmal in seinem wenn auch freundlichen, so doch unverkennbar ungeduldigen Befehlston auf, der hatte sich ebenfalls nicht verändert.

Franz hockte sich ihm gegenüber auf die Kante des Stuhls und erklärte ganz entschieden: »Ich will jetzt mit dir darüber reden.«

»Du hast dich verändert, Franz«, meinte daraufhin Hubert und schmunzelte, »der Krieg hat dich zum Mann gemacht.« Er musterte seinen Sohn eingehend. Franz schaute zu Boden, er wollte unter dem Blick des Vaters nicht wieder zu dem viel zu gutgläubigen Sohn schrumpfen, der er bei ihrem letzten Treffen in München noch gewesen war.

»Wir haben jetzt nichts mehr zu verlieren, Franz, wir können nur noch gewinnen!«, verkündete der Vater in verblüffender Siegerlaune. »Ich bin Mitte fünfzig, ein Mann in den besten Jahren, und der Beste für diese Zeit und in dieser Zeit.«

Franz kannte diese Grundüberzeugung seines Vaters, immer und in jedem Moment, so verschieden, ja, sogar völlig gegensätzlich die Umstände auch sein mochten, der richtige Mann am richtigen Ort und zur richtigen Zeit zu sein. Der Beste eben.

Er löste seine Augen vom Boden, er wollte dem Blick des Vaters mit provozierend skeptischer Miene begegnen, doch kaum traf ihn dessen siegessicheres Lächeln, da spürte er auch schon, wie ihn die Laune des Vaters ansteckte, so wie sie ihn auch früher immer angesteckt hatte. Ganz gegen seinen Willen rief diese altvertraute Miene die schöne Sorglosigkeit seiner Kindheit und Jugend in ihm wach, und er bemerkte, wie ihn allein das Gefühl von dieser schönen Sorglosigkeit zu erleichtern begann, ja, wie es ihm immer leichter ums Herz wurde, so als könnte es ja doch noch existieren, sein altes Zuhause!

»Wir können jetzt nur noch gewinnen«, wiederholte der Vater, »wir alle hier sind derselben Meinung.« Hubert machte eine das ganze Lager umfassende Geste, meinte aber nur die Industriellen und ehemaligen Wehrwirtschaftsführer, die an der Heimatfront für den Endsieg des Führers gekämpft hatten und nun, soweit sie in der amerikanischen Zone überlebt hatten, hier gemeinsam auf ihre Verurteilung warteten.

»Für die hier Internierten«, sagte Franz, »sollen Haftstrafen bis zu sechs Jahren verhängt werden, das ist eine lange Zeit.«

Hubert schüttelte energisch den Kopf. »Das können die sich doch gar nicht leisten, uns hier sechs oder auch nur vier Jahre einzusperren. Sie brauchen uns.«

Sie, damit meinte er die Besatzungsmächte insgesamt, hier in Bayern die Amerikaner.

Hubert beugte sich zu Franz vor, rieb die Kuppen von Daumen und Zeigefinger wie ein Kassierer, der Geld zählt, aneinander und sagte zu ihm leise wie im Vertrauen: »Money, money, money, verstehst du.« Er senkte dann seine Stimme: »Wir machen hier jeden Tag Geschäfte, ausgezeichnete Geschäfte übrigens!« Er lehnte sich wieder zurück und zwinkerte seinem Sohn vertraulich zu.

»Was für Geschäfte kann man denn als Inhaftierter in der Wäscherei machen?«, fragte Franz erstaunt, er wusste, der Vater arbeitete im Lager in der Wäscherei, »Geld waschen?«, witzelte er.

»Fantasiegeschäfte«, antwortete Hubert und schaute Franz mit triumphierender Miene an. Einer der ganz großen unter den ehemaligen Wehrwirtschaftsführern habe die Truppe der Ehemaligen und auch ihn zu diesen Fantasiegeschäften angeregt.

»Eigentlich ist das jüdische Tradition und Praxis«, erklärte Hubert, sie bestünde darin, sich gemeinsam täglich im Geschäftemachen zu üben, selbst wenn man oder gerade weil man zu echten Geschäften nicht in der Lage sei.

»Wir wickeln hier jeden Tag Käufe und Verkäufe im alten Stil ab, um in Übung zu bleiben, erfinden aber auch neue Handelsformen. Wenn wir hier rauskommen, sind wir vorbereitet und setzen unsere Fantasiegeschäfte gemeinsam in die Tat um.«

Sie entschlüpfte ihm einfach, die Frage, die er durch das vertraute Zuhausegefühl schon fast vergessen hatte: »Die Geschäfte mit dem Goldmacher waren dann wohl auch Fantasiegeschäfte?«

»Nein.« In Huberts bisher freundlich überlegene, triumphal selbstbewusste Miene geriet ein mürrisch gereizter Zug. Franz kannte ihn und richtete sich instinktiv auf. Er erwartete, der Vater würde nun lospoltern und ihn zurechtweisen, er solle keine dummen Fragen stellen, doch Hubert schwieg.

Franz blickte ihm voller Hoffnung in die Augen: »Wenn es keine Fantasiegeschäfte waren, dann hat der Goldmacher also tatsächlich Gold hergestellt?«

»Nein, natürlich nicht«, wiederholte Hubert gereizt, »die Goldproduktion war reiner Hokuspokus. Daran hat niemand wirklich geglaubt! Außer deiner Mutter. Frauen glauben gern mal an Wunder.« Hubert lächelte belustigt.

»Und du?« Franz hielt inne, es kostete ihn große Überwindung, diese Frage zu stellen, doch dann tat er es: »Du hast nie daran geglaubt?«

»Woran?«

»An die Wunderwaffe.«

»Nein, wie kommst du nur auf die Idee?« Das belustigte Lächeln verschwand aus seinem Gesicht.

»Nie daran geglaubt?«, wiederholte Franz.

»Nein, absolut nicht«, bestätigte Hubert, und jetzt verhärtete sich seine Miene und in seine Augen trat jene Starre, die Franz erst als Kind, aber auch später noch fürchtete, weil sie in der Regel einen jener Zornesausbrüche ankündigte, die zu körperlicher Bestrafung führen konnten, der er als Kind nicht entging, später als Junge flüchtete er dann. Doch jetzt würde er, jetzt durfte er nicht flüchten!

»Du hast also an nichts geglaubt! Hast an rein gar nichts geglaubt! Mich aber hast du an die Wunderwaffe glauben lassen und nach Monte Cassino geschickt«, brach es aus Franz heraus, »und den Sepp hättest du auch noch geschickt! Aber er ist dir zuvorgekommen und ist schon vorher umgekommen! Weil er wie Flori und auch Mutter an die Wunderwaffe glaubte, von der du uns erzählt hast, obwohl du selber nicht an die Wunderwaffe geglaubt hast ... du ...«

Franz konnte nicht weitersprechen, konnte dem Vater nicht länger ins versteinerte Gesicht sehen. Er sprang auf und vom Vater weg und durch die Tür aus dem schäbigen Besucherraum auf den Flur hinaus. Der Wachposten vor der Tür, an dem er vorbeistürmte, lief hinter ihm her und hielt ihn fest. Er riss sich los, wurde dann jedoch von weiteren Wachen überwältigt. Trotz allen Aufruhrs, den er verursachte, ließ man ihn schließlich die Kontrollen des Lagers passieren.

Nach einer mühsamen und langwierigen Rückfahrt auf einem geliehenen Motorrad, das er gleich wieder bei einem Freund abgeben musste, bog er in die Einfahrt zum Hof ein. Und blieb stehen. Er mochte nicht weitergehen, wollte nicht in die Enge der kleinen Dachwohnung zurückkehren, wo Alexandra auf die Neuigkeiten vom Vater wartete. Er schaute zum Fenster der Dachwohnung hinauf, unentschlossen, was er tun wollte.

Da half ihm der Wind, der plötzlich durch die Bäume fuhr und ihn auf die Idee brachte, mit dem Boot hinaus auf den See zu segeln. Das Segelboot lag unten im Bootshaus. Er wusste, die Tür war verschlossen, das Bootshaus war nur den amerikanischen Militärs zugänglich. Franz blickte die Auffahrt hinauf, ein einzelner Wachposten stand vor dem Haupteingang.

Wieder fuhr der Wind durch die Bäume und Franz zögerte nicht länger, er lief aus der Einfahrt hinaus und hinunter zum See. Am Bootshaus rüttelte er zuerst am Vorhängeschloss, dann nahm er einen kurzen Anlauf und ließ seine rechte Flanke mit voller Wucht gegen die Holztür krachen. Ein augenblickliches Splittern, und Franz stolperte ins Dunkel des Bootshauses hinein.

Er sog den altvertrauten Geruch von Holz und Seewasser tief ein, dann schaute er sich um. In dem fensterlosen Schuppen nahm er nur die Umrisse wahr, doch er erkannte es sofort wieder, sein geliebtes Segelboot, Gefährte seit seiner Bubenzeit. Es schaukelte kaum merklich im seichten Gewässer. Stille breitete sich in ihm aus. Und in dieser Stille hörte er, wie es von weit her herannahte, das Geheul und Gebrüll, mit dem sich seine ganze Empörung, seine maßlose Enttäuschung über den unvorstellbaren Verrat des Vaters, über die eigene unvorstellbare Dummheit, ihm geglaubt zu haben, entladen würde.

Er sprang in das Boot, stieß sich hastig an den Holzwänden ab und aus dem engen Gehäuse des Schuppens hinaus. In Windeseile hatte er die Segel gesetzt und ließ das Boot über den See hinwegfliegen. Weit draußen holte es ihn dann ein, das mörderische Geheul, packte ihn, brach aus ihm heraus. Franz hatte selbst nicht gewusst, welche Kräfte sich seiner bemächtigen konnten, jetzt spürte er, es waren dieselben, die ihn einst gläubig und überzeugt sein, die ihn hatten kämpfen lassen. Während es draußen auf dem See aus ihm heraus heulte, brüllte und schrie, konnte er das Boot nicht mehr steuern, es legte sich quer und dann schlugen die Wellen über ihm zusammen, er kenterte. Später erschien ihm dieses Kentern, durch das er beinahe ertrunken wäre, wie seine Rettung, denn nun musste er mit den vertrauten Elementen seiner Kindheit kämpfen, mit dem Wind und den Wellen, die ihn einst stark gemacht hatten.

Als sich nach vielen aussichtslos erscheinenden Manövern das Boot wieder aufrichten ließ, mit einem Satz in den Wind sprang und durch das Wasser schnellte, da erwachte der alte Kampfgeist in Franz, allein seine Ziele hatten sich verändert.

»Ich werde eine Familie gründen«, schrie er in den Wind, »und Kinder haben«, versprach er, »drei oder fünf oder auch zehn Kinder«, zählte er auf, »um die Lücken zu füllen, die die Toten hinterlassen haben.« Dann hob er die Faust wie zum Schwur: »Und ich werde das Zerstörte neu aufbauen!«

Das Boot schoss vom Wind getrieben über den See, Franz wurde nicht müde, es mit immer gewagteren Wendemanövern hin und her zu jagen, seine Ausdauer und seine Kunstfertigkeit zu prüfen. Erst in der späten Dämmerung kehrte er an den Steg zurück.

Dort wartete man bereits auf ihn. Er wurde in einem Jeep der amerikanischen Military Police auf die amerikanische Kommandantur nach Feldafing gebracht. Dort wurde er zu zwei Wochen Arrest verurteilt, eine Art Stubenarrest, während dessen er den Amselhof nicht verlassen durfte.

Franz nutzte die Zeit für seine Zukunftspläne und besprach sich darüber auch mit Alexandra. Er schlug ihr vor, auf dem von den Schafen und Ziegen nicht genutzten Teil der Wiese großflächig Kartoffeln anzubauen. Nicht nur für den eigenen Bedarf, sondern für den Tauschhandel. Ja, er hatte vor, einen Tauschhandel aufzubauen und die weitläufige Verwandtschaft, aber auch die nähere und fernere Nachbarschaft zu überzeugen, dass er, der Münzer Franz, der Richtige sei, den professionellen Tausch der Früchte, die an den Bäumen in ihren Gärten hingen, zu organisieren. Auch den Tausch von Holz und allem anderen, was einen Tauschwert besaß, wollte er organisieren. Geld hatte in dieser Zeit schließlich keinen Wert.

Wen er heiraten, mit wem er eine große Familie gründen wollte, darüber schmiedete Franz keine Zukunftspläne, er wusste es bereits. Während er draußen auf dem See das Boot wieder aufrichtete, hatte er sie auf dem Steg vom Strandbad gesehen. Sie hatte ihm sogar zugewinkt. Und es war kein Fiebertraum gewesen, nein, sie hatte tatsächlich mit Freundinnen dort gestanden und ihm zugewinkt. Die Rosemarie Schmiedinger, die oberhalb vom See im Dorf wohnte, das Mädchen mit dem dunklen krausen Haar, sie würde seine Frau werden, gleichgültig, ob die Eltern zustimmten oder nicht. Der Vater würde bestimmt nicht einverstanden sein. Rosi war keine gute Partie, Leute wie ihre Eltern kannte Hubert gar nicht.

Am Abend bevor sein Arrest wieder aufgehoben werden würde, weihte er Alexandra in seine Heiratsabsicht ein, und in seine Brautwahl. Er verriet jedoch nicht, wie er zu diesem und all den anderen Entschlüssen gekommen war: Den Verrat von Hubert gab er nicht preis, er wollte Alexandra schonen. Es war dunkel geworden und sie saßen bei Kerzenlicht in der kleinen Küche.

»Darauf müssen wir anstoßen«, sagte Alexandra, stand auf, holte eine Flasche Apfelmost aus dem Schrank, öffnete sie und schenkte das sprudelnde, sektfarbene Getränk in zwei Gläser. Franz merkte, wie ihre Hand dabei leicht zitterte.

»Auf die Zukunft«, sagte sie, hob ihr Glas und erklärte, dass sie eigentlich nicht mehr an die Zukunft geglaubt hätte.

Schon am nächsten Tag begann Franz, Verbindungen zu der weitläufigen Verwandtschaft und Nachbarschaft zu knüpfen. Innerhalb weniger Wochen hatte er die Basis für einen funktionierenden Handel aufgebaut. Getauscht wurden Äpfel gegen Brennholz, Würste gegen Schinken, Eier gegen Schmalz, Autoreifen gegen Hühner und vieles mehr. Er hatte alle Hände voll damit zu tun, die Tauschgeschäfte zu organisieren. Auch die mit Rosi. Zunächst tauschte er mit ihr Lebensmittel, dann Küsse und Umarmungen, und schließlich wurde sie seine Partnerin im Tauschhandel. Als die Amerikaner ein gutes Jahr darauf den Amselhof verließen und Flüchtlinge einzogen, heirateten Rosi und Franz. Nach noch nicht einmal neun Monaten brachte Rosi ihr erstes Kind, eine Tochter, zur Welt. Sie gaben ihr den Namen ihrer Großmutter, Alexandra, und nannten sie Lexa. Als Lexa von ihrer Großmutter über das Taufbecken gehalten wurde, sah Franz, wie die Spitzen am Taufkissen der Familie, in dem auch er und nach ihm Sepp und Flori getauft worden waren, vibrierten. Alexandras Gesicht jedoch verriet wenig von ihrer inneren Erregung, sie versuchte noch immer, ein Fels in der Brandung zu sein.

3.

Noch immer verbrachte Anton jede freie Minute mit dem *Untergang*, wie er seine Chronik jetzt abgekürzt nur noch nannte. Allerdings schrieb er wenig. Seine freie Zeit verbrachte er zudem nicht etwa damit, Dokumente zu sammeln oder sie zu sichten, oder sie zu ordnen, wie er es sich vorgestellt hatte. Er musste das Material erst einmal aufspüren. Abgesehen von dem, was er selbst erlebt, erfahren und gehört hatte, seinem Archiv im Kopf, gab es gar nichts oder noch nichts, wo er hätte recherchieren können. Und Augenzeugen fanden sich auch nur wenige, niemand wollte mit ihm über seinen Glauben an den Nationalsozialismus, an Adolf Hitler und an den Endsieg reden, ein allgemeiner Gedächtnisschwund schien ausgebrochen zu sein.

Der Prolog war ihm noch aus der Feder geflossen, doch nun galt es, aus dem Goldwunder zu Anfang die fortlaufende Verkettung von prophezeiten, versprochenen, angekündigten und beschworenen Wundern aufzuzeigen. Und wie ihr Eintreffen nicht nur von einigen wenigen Verblendeten, nein, von vielen in naher Zukunft, später sogar täglich erwartet worden war.

Selbst jene, die rechnen konnten, so Anton zu Hans-Ulrich, die Männer aus der Wirtschafts- und Finanzwelt, vor allem aber auch das Militär, hätten wie unter einem Wunderbann, wie von einem Wundertrank besoffen, wie im Wunderrausch gehandelt: »Sie alle haben von Beginn an von dem gigantischen Eroberungsplan gewusst, sie müssen für seine Umsetzung mit einem ebenso gigantischen Wunder gerechnet haben.«

»Klingt plausibel«, meinte Hans-Ulrich trocken. Er war nun öfter bei Anton zu Besuch, brachte Päckchen aus der Kantine vorbei und hörte ihm zu, wenn Anton über seine Schwierigkeiten bei der Suche nach Quellen klagte.

»Ich denk darüber nach«, sagte Hans-Ulrich jedes Mal.

Wie Anton arbeitete auch er noch bei den Engländern, aber nicht mehr in der Kantine als Tellerwäscher, er war jetzt Fahrer. Obwohl er nur in einem ziemlich klapprigen Lieferwagen gebrauchte Wäsche in die Wäscherei fuhr und gewaschene abholte, Kantinenbestände, Heizmaterial und Putzmittel transportierte, studierte er für diese neue Aufgabe, die ein erster Schritt auf der Karriereleiter sei, wie er ironisch anmerkte, die feineren Manieren. Er schaute sie sich bei den höheren englischen Militärs ab und ließ sich sogar eine Locke in der Art eines englischen Dandys in die Stirn wachsen. Doch das hinderte ihn nicht daran, weiter Lebensmittel zu *organisieren,* wie er seine Diebereien nannte. Jetzt im Winter hatte er einen Sack Kohlen organisiert und in den Keller von Onkel Alfred geschleppt.

»Kannst dich auf die Kumpels verlassen.« Hans-Ulrich war stolz gewesen.

Dann brachte er eines Tages die *Bibel* vorbei. Er legte sie mit einer feierlichen Miene auf den Tisch, gratulierte Anton zu seinem Glück, jetzt nicht nur irgendeine Quelle, sondern die Urquelle studieren zu können, setzte sich und zündete einen Zigarettenstummel an. Dann paffte er ein paar Züge, zog eine Miniflasche Brandy aus seiner Jackentasche, nahm einen Zug zur Feier des Tages, wie er sagte, und bot Anton auch einen Schluck aus der Flasche an, doch der lehnte ab.

»Pack sie aus«, forderte er Anton auf. Die Bibel, wie Hans-Ulrich sein Geschenk nannte, war in Sackleinen eingewickelt und mit einem Bindfaden doppelt verschnürt.

»Den Bindfaden brauch ich aber noch«, mahnte er, als er sah, wie ungeschickt Anton versuchte, die mehrfache Verknotung zu lösen, und nach einer Schere suchte.

»Ist ein wirkliches Geheimdokument, das siehst du schon an den vielen Knoten«, klärte Hans-Ulrich nun Anton auf, »du musst es gut verstecken, auch vor deiner Leni«, meinte er, während Anton noch immer die Schnüre entknotete.

»Kannst dich auf die Kumpel verlassen«, sagte er wieder, drückte den Zigarettenstummel aus und zündete sich nun eine neue Zigarette an, zur Feier des Tages, nahm noch einen Schluck Brandy, verschluckte sich, hustete heftig, zog an der Zigarette und blies den Rauch in die Luft. Er wirkte ungewöhnlich erregt, Anton hatte Hans-Ulrich bisher immer nur nahezu unterkühlt erlebt.

Endlich hielt er sie in Händen, die *Bibel,* die *Urquelle.* Als er die Inschrift auf dem Bucheinband las, legte Anton das Buch in einem Reflex zurück auf den Tisch: »Das war bei uns zu Hause verboten«, erklärte er Hans-Ulrich seine spontane Scheu.

»Jetzt ist es für uns alle verboten«, erwiderte Hans-Ulrich mit dem spöttisch amüsierten Zug um den Mund, »aber hier drinnen, zwischen diesen beiden Buchdeckeln, findest du, was du brauchst, die Gründungslegende!«, sagte er und sah Anton stolz an, nahm das umfangreiche Werk souverän in die Hand und blätterte betont lässig darin, in »Mein Kampf« von Adolf Hitler.

»Gründungslegende?«, wiederholte Anton und betrachtete die goldene Schriftprägung.

Hans-Ulrich nickte: »War schließlich die Bibel der Bewegung. Die musst du studieren, wenn du aufzeigen willst, dass die großdeutsche Volksgemeinde dem Adolf wie einem Wunderprediger gefolgt ist. Aber lass dich nicht dabei erwischen, sonst wirst du doch noch entlaust!« Hans-Ulrich lachte leise sein meckerndes Lachen und paffte den Zigarettenrauch mehrmals hintereinander in die Luft. »Ich hab das Werk des Führers von den Kumpels nur geliehen bekommen, muss es wieder zurückgeben«, sagte er und beobachtete Anton, wie er um das Buch, das er auf den Tisch zurückgelegt hatte, herumschlich.

»Ist ein heißer Tipp von mir, das musst du zugeben«, meinte Hans-Ulrich schließlich, »würde mich selber interessieren, mal wieder reinzuschauen, jetzt, wo wir wissen, wie *sein* Kampf ausgegangen ist und wir alle k. o. sind«, er lachte wieder leise meckernd vor sich hin, nahm einen weiteren Schluck aus dem Fläschchen, bevor er es zuschraubte und zurück in seine Jackentasche steckte, drückte dann den Zigarettenstummel aus: »Wenn du mich fragst, erklärt sich die Sache viel einfacher, als man denkt, sie war einfach ansteckend.«

»Ansteckend?«

»Ja, ansteckend. Hab's selber erlebt, ich bin ja auch angesteckt worden, ich wollte so sein wie alle anderen, hab vielleicht gar nicht unbedingt mitgemacht, sondern einfach nur nachgemacht.« Hans-Ulrich stand auf. »Ich muss jetzt gehen, Englischkurs, wünsch dir auch 'ne interessante Weiterbildung, aber lass dich nicht dabei erwischen.«

Anton hätte »Mein Kampf« am liebsten ins Sackleinen zurückver-
packt und Hans-Ulrich gebeten, das Päckchen wieder mitzunehmen, er
fühlte sich unwohl in Anwesenheit dieses Teufelswerks, aber der Chronist in ihm gewann die Oberhand, und er bedankte sich. Sann dann,
Hans-Ulrich war gegangen, über die Ansteckung nach, wie Hans-Ulrich
das allgemeine Mitmachen, das er nur nachgemacht habe, genannt hatte.
War die ganze Geschichte nur eine ansteckende Krankheit gewesen? Eine
Mode, die eben jeder mitgemacht hatte? Anton geriet ins Grübeln.

Eine ganze Weile ließ Anton sie unangetastet auf dem Tisch liegen, die
Bibel der Bewegung, die Urquelle, die Gründungslegende. Er hatte das
Buch wieder in das Sackleinen verpackt, es aber nicht verschnürt. Bis zu
dem Tag, an dem Judith ihn in der Mittagspause in der Kommandantur
aufsuchte und ihn überredete, sie ins Gemeindehaus zu begleiten, sie
müsse mit ihm sprechen.

»Du willst dich doch nicht etwa verloben?!«, fragte Anton. »Das
erlaube ich nicht!«, sagte er gleich wie im Scherz, war aber durchaus in
der Stimmung, jeden Kandidaten zu verprellen.

Judith lachte und schüttelte errötend den Kopf.

In dem kleinen Saal des Gemeindehauses setzten sie sich auf eine
Bank. Judith hatte belegte Brote mitgebracht und in der Thermoskanne
heißen Tee. Auf einem Küchentuch breitete sie die Schätze aus.

»Die Engländer sagen dazu *lunch*, stimmt's? Oder sagt man Picknick
dazu? Bedien dich«, forderte sie Anton auf. Er entschied sich für ein Le-
berwurstbrot.

»Du solltest nicht mehr länger für Officer Simon arbeiten, du ver-
schwendest dein Talent«, begann sie dann unvermittelt und weihte ihn
in ihren Plan ein, wie er von der Kirchengemeinde eine finanzielle Unterstützung für ein Studium bekommen könne, er müsse nur hier im Saal
hin und wieder aus seinem Werk vorlesen, das habe sie mit dem Pfarrer
so besprochen, ihn habe der Prolog über den Wunderglauben nämlich
sehr interessiert.

Gewiss wolle der Pfarrer vor allem sicherstellen, dass nur die katho-
lische Kirche die Verwalterin von Wundern sei, dazu sei er aber nicht bereit, sagte Anton, doch vor allem sei alles, was er bisher geschrieben habe,

mehr Dichtung als Wahrheit, ach was, reine Spekulation, ihm fehle der Zugang zu Quellen.

»Du hast keine Ausbildung, die brauchst du aber, wenn du den *Untergang* vollenden willst, und ich will, dass du ihn zu Ende bringst«, sagte Judith entschieden. Er aber blieb zweifelnd.

Nach dem *Lunch* setzte Anton seine Arbeit fort, dachte jedoch über Judiths Behauptung nach, er würde mit den Übertragungen für Officer Simon sein Talent vergeuden. Und nun erwachte sein Ehrgeiz. Der war durch die mühsame Suche nach Zeugnissen und Zeitzeugen, nach authentischen Aufzeichnungen und Dokumenten, nach Augenzeugenberichten und was immer er sonst alles brauchte, um eine detaillierte, möglichst alles umfassende Chronik über den Untergang nach der Methode des großen Thukydides zu schreiben, einigermaßen gedämpft worden.

Als er dann am Abend in seinem Zimmer das in Sackleinen verpackte Buch, die Bibel der Bewegung, Urquelle und Gründungslegende zugleich, auf dem Tisch liegen sah, griff er danach und entfernte die Verpackung.

Das Buch sah tatsächlich aus wie die Bibel, gleiches Format, gleicher Einband, gleiche Schrift in Gold, nur ein anderer Titel. Wie jedes Brautpaar hatte auch Ruth damals nach ihrer Trauung vom Standesbeamten »Mein Kampf« als Geschenk des Führers überreicht bekommen, erinnerte sich Anton. Wie die Bibel stand »Mein Kampf« tatsächlich in fast jedem, aber nicht im elterlichen Haushalt im Regal.

Anton blätterte darin und begann zu lesen, und als er irgendwann in der Nacht aufhörte, weil ihm die Augen zufielen, wusste er, »Mein Kampf«, die Bibel der Bewegung, würde sein Hauptzeuge für den Untergang sein, zumindest an jenem Abend, an dem er für ein Stipendium im Gemeindehaus einen Vortrag halten würde.

Mehrere Nächte rang Anton nun mit seinem Hauptzeugen. Der barbarische Grundton, der ihn aus dem Buch ansprang, machte ihn so wütend, dass er fast »Mein Kampf« gegen die Wand geschleudert hätte, was er im letzten Moment dann doch nicht tat, weil er seinen Hauptzeugen nicht kaputt machen wollte, so knallte er das Buch nur mit Wucht auf den Tisch.

Leni schrak im Bett hoch, sie schlief seit ein paar Nächten bei ihm, zu

Hause wache sie morgens mit winzigen Eiskristallen in den Haaren auf, hatte sie geklagt. Jetzt rieb sie sich die Augen: »Komm doch endlich, mir ist kalt«, murmelte sie schlaftrunken.

Es brauchte eine weitere Nacht, bis sich Anton zum Chronisten im thukydideischen Sinne durchringen, bis er, so schwer es ihm auch fiel, die Anklage fallen und leidenschaftslos nur das Dokument sprechen lassen konnte. Er würde seinen Zuhörern das vom Verfasser Adolf Hitler in »Mein Kampf« skizzierte Programm zur Vollbringung eines Wunders, des Wunders vom Tausendjährigen Reich, zitieren und dann aufzeigen, was tatsächlich daraus geworden war.

Ein paar Tage vor seinem Auftritt im Gemeindehaus klingelte Hans-Ulrich an der Haustür, und Anton weihte ihn in sein Vorhaben ein.

»Klingt plausibel«, meinte er nach kurzem Nachdenken und lachte leise, dann musste Anton ihm versprechen, ihn nicht als Lieferanten von »Mein Kampf« preiszugeben. Aber vor allem dürfe er sich das verbotene Buch nicht abnehmen lassen, das würden ihm die Kumpels sonst übel-nehmen.

»Was sind denn das für Kumpels?«, wollte Leni wissen.

»Kumpels wie Anton und ich«, antwortete Hans-Ulrich, und der amüsiert spöttische Zug um seinen Mund wurde noch etwas deutlicher. Sie ist 'ne Katze und ich bin ein Hund, erklärte er Anton später, und dass er sich in Zukunft lieber ohne Leni mit ihm treffen würde.

»Was macht der Hauptzeuge?«, wollte Hans-Ulrich am Abend vor seinem Auftritt wissen, »wirst du dich der Gemeinde mit Adolfs Hilfe als das förderungswürdige kleine Genie präsentieren, das du bist?«

Er meinte es nicht ironisch, sondern ernst. Das machte Anton zwar verlegen, doch dass Hans-Ulrich große Stücke auf ihn hielt, stärkte ihn auch.

»Hör es dir doch einfach an«, lud er ihn ein.

»Bin dabei. Um wie viel Uhr geht es los?«

Der Weg war kürzer, als er berechnet hatte, und so betrat er das Ge-meindehaus schon knapp eine halbe Stunde vor Veranstaltungsbeginn. Hans-Ulrich, der von sich behauptete, Atheist zu sein, war zum ersten

Mal dort, schaute sich um und sah im Aushang eine offensichtlich von Anton handschriftlich verfasste Ankündigung: »*Mein Kampf*« – *Eine Bibelbefragung.*

Er wusste gleich, der kleine Saal würde leer bleiben. Er setzte sich in die erste Reihe und behielt recht. Außer Johann und Katharina Bluhm, Judith und dem Gemeindepfarrer, Leni und drei oder vier älteren Paaren erschien niemand. Wetten, dass er trotzdem nicht aufgeben wird, versprach Hans-Ulrich sich selbst, und er sollte recht behalten.

Anton gab nicht auf.

»Ich bin froh, dass ihr da seid«, rief er den wenigen, die gekommen waren, zu.

Und er war es tatsächlich. Dass ihm kaum jemand zuhören wollte, zeigte ihm zwar, wie sinnlos sein Unterfangen war, es spornte ihn jedoch auch an.

Am Ende seines Vortrags, als er nach dem dünn klingenden Applaus der wenigen das schmale Podium verließ, stand Officer Simon plötzlich vor ihm und gratulierte, verabschiedete sich daraufhin aber gleich. Anton sah ihm überrascht hinterher, er hatte ihn nicht unter der Handvoll Zuhörer gesehen, als Judith auf ihn zukam.

»Es war deine Ankündigung, Anton, sie hat alle verprellt! Du musst deinen Vortrag über den Untergang vom Volk der Dichter und Denker wiederholen und auch so nennen, dann kommen mehr Leute, und vor allem werden sie dann verstehen, was passiert ist!«

»Die Verpackung war hundsmiserabel«, kritisierte ihn jetzt auch Hans-Ulrich, »die Ankündigung war abschreckend, sie hätte nun wirklich anziehender sein müssen. Wenn ich dir einen Rat geben darf, dann achte in Zukunft, wenn du Erfolg haben willst, viel mehr auf die Verpackung«, er lachte leise meckernd und zog an einem Zigarettenstummel.

»Aber sonst bin ich zufrieden mit dir.« Er fixierte Anton mit seiner spöttisch amüsierten Miene, »bist eben ein kleines Genie«.

»Die Verpackung sollte nichts anderes versprechen als das, was die Leute bekommen«, widersprach Leni, »alles andere ist Heuchelei.«

Der Pfarrer schloss sich Hans-Ulrich an, auch ihm habe die Ankündigung nicht gefallen. Das besagte Buch könne man doch nicht mit der Bibel in Verbindung bringen, das sei Gotteslästerung.

»Aber ›Mein Kampf‹ war nun einmal die Bibel der Bewegung«, entgegnete Anton. »Diese Kampfschrift enthält die Gründungslegende, sie ist der Urquell, aus dem das Gift gesprudelt ist und der große vergiftete Strom gespeist wurde«, führte er etwas pathetisch aus, er war noch im Fluss seiner Vortragsakrobatik. Aber der Pfarrer wollte nicht mit sich reden lassen.

Anton wechselte einen bedauernden Blick mit Judith, das Stipendium würde er nicht bekommen.

»Warum überträgst du nicht mir die Organisation? Du könntest dich auf das konzentrieren, was du zu sagen hast, und ich würde durch die richtige Verpackung dafür sorgen, dass dir auch mal ein paar Leute mehr zuhören als hier! Du packst die Leute, und ich mach die Verpackung, das wird erstklassig laufen! In zwei Wochen könnte ich das organisieren, abgemacht?«, schlug Hans-Ulrich vor.

»Ich denke drüber nach«, sagte Anton.

Es blieb ihm nicht viel Zeit zum Nachdenken, Officer Simon ließ ihn am nächsten Tag zu sich rufen. An höherer Stelle habe man sich geeinigt, die Verantwortung für die wöchentlich erscheinende deutschsprachige Zeitung an deutsche Redakteure zu übergeben, sagte er, und Anton könne sich bewerben. Eine Kommission würde den Chefredakteur auswählen, erklärte der Officer, »ich würde Ihre Bewerbung unterstützen«.

Anton bedankte sich, er war innerlich auf den *Untergang* eingeschworen.

»Ich weiß, Sie haben sich eine viel größere Aufgabe gestellt«, sagte Officer Simon, der Antons Gedanken erriet, »aber Sie brauchen einen Broterwerb, vergessen Sie das nicht über Ihrem gewiss ehrenwerten Ziel.« Daraufhin huschte das vertraute schalkhaft ironische Lächeln über das Gesicht des Officers.

Anton dachte einen Tag und eine Nacht lang über den Broterwerb nach, dann bewarb er sich. Die Kommission entschied zügig und übertrug ihm die alleinige Verantwortung, auch für die Einstellung von einem weiteren Redakteur und einer Hilfskraft. Anton überlegte nicht lange, er drängte jetzt Hans-Ulrich, sich zu bewerben, der das vehement ablehnte, bis er begriffen hatte, dass er sich bei Anton bewerben sollte. Nun sah er ihn verblüfft, ja, fast ungläubig an.

»Hätte ich nicht gedacht, dass ich so schnell meinen großen Knochen von dir krieg«, sagte er nun und mit einem breit lächelnden Mund, dass man glauben konnte, er würde gar nicht mehr auf Normalmaß zusammenschnurren.

»Und als was bewerbe ich mich?«, fragte er schließlich.

»Als Redakteur, Reporter, Journalist, was du willst.«

Da schnurrte Hans-Ulrichs Mund zusammen, und er schüttelte energisch den Kopf.

»Ich kann wirklich ’ne ganze Menge, aber schreiben, was auch noch ’ne Menge Leute lesen sollen, das kann ich nicht.«

»Dann bist du eben für die Organisation zuständig.«

»Klingt plausibel«, meinte Hans-Ulrich nach einer Weile, und sein Mund zog sich wieder in die Breite, »klingt sogar sehr plausibel«, er lachte vor sich hin.

»Und was alles soll ich organisieren?«, fragte er dann.

»Alles, was besorgt und erledigt werden muss. Leni würde dich dabei unterstützen«, antwortete Anton.

»Leni?«

»Sie wird unsere Sekretärin.«

»Wir sind wie Hund und Katze, das weißt du doch«, warnte Hans-Ulrich, strich seine Dandylocke aus der Stirn und grübelte vor sich hin.

»Wird schon schiefgehen«, murmelte er nach einer Weile. »Aber jetzt sag doch mal, was ich da organisieren müsste?«

»Wir brauchen Informationen, Geschichten, Nachrichten, Klatsch, damit ich unser Blättchen vollschreiben kann.«

»Und woher soll ich all das bekommen?«, fragte Hans-Ulrich.

»Das kriegst du schon hin«, sagte Anton, »wie und auf welche Weise du das machst, ist allein deine Sache, da halte ich mich raus, davon verstehe ich nämlich nichts.«

»Klingt tatsächlich sehr plausibel«, meinte Hans-Ulrich nun sichtlich zufrieden, »also volle Verantwortung?«, wollte er bestätigt wissen.

Anton nickte: »Volle Verantwortung.«

Hans-Ulrich zog einen Flachmann mit Brandy aus seiner Gesäßtasche, schraubte ihn umständlich auf und nahm einen Zug.

»Ich nehme an, du willst nicht«, sagte er, schraubte den Flachmann wieder zu und verstaute ihn in seiner Gesäßtasche.

»Keine Angst«, erklärte er dann, »Alkohol am Arbeitsplatz wird es nicht geben.« Für einen Moment vertiefte sich der spöttisch amüsierte Zug um seinen Mund. »Ehrenwort.« Daraufhin setzte er mit Antons Hilfe sein offizielles Bewerbungsschreiben auf.

Mit Leni besprach Anton sein Vorhaben nachts unter der Bettdecke, weil es kalt war im Zimmer, und flüsternd, weil es ihm so schwerfiel, auch nur auszusprechen, was es für sie beide bedeutete.

»Karriere oder Liebe«, sagte er leise, »du musst dich entscheiden. Wenn du unsere Sekretärin bist, kannst du nicht die Geliebte vom Chef sein.«

Nach einer Bedenkzeit von mehreren Tagen entschied sich Leni für die Karriere. Anton war froh darüber und doch auch nicht. Die Winternächte mit Leni waren nicht zu vergleichen mit den rauschhaft heißen Sommertagen, aber sie wärmten, auch sein Herz. Er würde sie vermissen.

Weit mehr jedoch würde er Leni als Vertraute brauchen. Sie war die Einzige, auf die er sich bei seiner neuen Aufgabe ganz und gar würde verlassen können, auch dabei, Hans-Ulrich in Schach zu halten. So begrüßte er letztlich Lenis Entscheidung für die Karriere, auch wenn ihn der Verlust schmerzte.

Leni schien der Abschied ungleich leichter zu fallen.

»Stell dir vor, wir werden den ganzen Tag zusammen sein!«, zwitscherte sie, und weinte dann doch ein bisschen.

4.

Er war zwei Jahre früher aus der Haft entlassen worden. Insgesamt hatte er vier Jahre im Internierungslager verbracht.

»Ich werde eben gebraucht«, erklärte Hubert beim ersten Rundgang mit Franz über den Amselhof. »Sie wollen, dass ich beim Aufbau unserer neuen Bundesrepublik Deutschland mithelfe«, fuhr er gut gelaunt fort, blieb stehen und beobachtete eine Weile die Ziegen und Schafe, die auf dem Hügel grasten.

»Bald wird alles wieder beim Alten sein«, sagte er dann.

»Nie wieder!«, rief Franz empört. »Wir leben jetzt in einer Demokratie!«

»Ich meinte den Amselhof«, klärte er seinen Sohn amüsiert auf, »wir sind doch keine Bauern!«

Er lächelte sein freundlich überlegenes Lächeln und Franz ärgerte sich über sich selbst. Seitdem der Vater zurückgekehrt war, und das waren noch keine achtundvierzig Stunden, meinte er, sich gegen ihn behaupten zu müssen, und war ständig darauf bedacht, sich von ihm abzugrenzen, als wäre er noch ein Halbwüchsiger. Dabei war er verheiratet und mittlerweile sogar schon Vater von zwei Töchtern. Er hatte den Amselhof mit Alexandra und Rosi erfolgreich bewirtschaftet, die Währungsreform, den mit ihr verbundenen Zusammenbruch des Tauschhandels überstanden und einen bescheidenen Warenhandel aufgebaut. Viel wichtiger aber war, dass er eine Vision hatte!

Nun war Hubert zurückgekehrt und mit ihm seine alte Autorität, die er ungebrochen einforderte. Franz fühlte sich vom ersten Augenblick an herausgefordert.

Hubert bemerkte es noch nicht einmal. Franz war ein fester Posten seines Betriebskapitals, mit dem er in seinen Fantasiegeschäften gerechnet hatte, so wie mit allem anderen auch, mit Alexandra, mit dem Amselhof, selbst mit Rosi, die er erst jetzt kennenlernte. Sie sollte der Familie Söhne gebären, die später Geschäftsführer der Tochtergesellschaften des in den Haftjahren geplanten Münzer'schen Großunternehmens sein würden. Für seine Gründung brauchte er aber zuerst einmal Franz. Schon am dritten Tag nach seiner Rückkehr begann Hubert mit der Umsetzung seines Plans.

»Sie haben wieder zu essen, jetzt brauchen sie ein Dach über dem Kopf«, erfuhr Franz von Hubert.

Sie, das waren die vielen ausgebombten Bewohner der Stadt München. Für sie würde er Wohnungen bauen, die mit Krediten von seiner Bank finanziert wären. Er selber durfte wegen seiner Haftstrafe nicht zurückkehren in seine Bank, aber Franz bekäme sofort einen guten Posten, nicht als sein Nachfolger, sondern als Außenposten des Unternehmens. Er würde das schon bald regeln, teilte Hubert seinem Sohn mit. Glänzende Verbindungen habe er schließlich immer noch. Hubert schaute Franz zufrieden an.

Franz schluckte. Stolz, Aufbegehren und noch viel mehr schluckte er hinunter und berechnete die Vor- und Nachteile, die ihm die väterliche Protektion für seine eigene Vision bringen würde.

»Wie sieht meine Beteiligung aus?«, fragte er dann.

Hubert schaute verständnislos: »Was für eine Beteiligung?«

»Wenn ich der Außenposten sein soll, dann muss ich doch auch eine Beteiligung haben«, sagte Franz. Dass auch er den Wunsch hatte, das Zerstörte wieder aufzubauen, jedoch in einem anderen, einem neuen Geist, verschwieg er, ebenso wie die Erlebnisse draußen auf dem See nach seinem ersten Besuch im Lager, die diesen Wunsch in ihm geweckt hatten. Stattdessen beobachtete er den Vater und wie er schwankte, wie auch er rechnete. Schließlich sagte Hubert etwas über problematische Verflechtungen, meinte, die Dinge müssten getrennt bleiben, man dürfe nichts vermischen und den Verdacht von Vetternwirtschaft aufkommen lassen.

»Das regeln wir später«, entschied er, »zuerst sehen wir, wie weit wir kommen, wie weit du kommst.« Damit klopfte er seinem Sohn aufmunternd auf die Schulter.

Die Verflechtungen dürften kein Problem werden, erklärte Franz, er werde mit Rosi darüber sprechen.

Hubert lief umgehend rot an vor Unwillen, ganz wie Franz gehofft hatte. Mit Rosi als Instanz und Geschäftspartnerin würde er auch in Zukunft versuchen, sich dem Zugriff des Vaters zu entziehen.

Im Gegensatz zu Franz, der sich, zukunftsorientiert, dann doch auf Huberts Pläne einließ und von ihm in die Bank eingeschleust wurde, gewöhnte sich Alexandra nach all den Jahren, in denen sie sich als erfindungsreiche Bäuerin bewährt und auch im Tauschhandel viel Geschick entwickelt hatte, nicht nur schwer an die Herrschaftsverhältnisse, die mit Hubert zurückgekehrt waren, sie gewöhnte sich gar nicht an sie. Hubert ließ schon bald alle Tiere von einem Bauern in der Umgebung abholen. Zur Pacht, wie er den Tausch gegen die wöchentliche Lieferung von Eiern, Milch und Frischkäse nannte. Sie hatte protestiert. Wir sind kein Bauernhof, überging er ihren Wunsch, die Tiere zu behalten. Sie fehlten ihr seitdem, ja, sie litt unter ihrem Verlust. Auch die Arbeit im Gemüsegarten fehlte ihr, die jetzt wieder der Gärtner übernommen hatte. Er habe genug Geld, verkündete Hubert, das beschlagnahmte Vermögen sei wieder freigegeben, sie müsse sich nicht mehr die Hände schmutzig machen. Dass nur die Tieren und der Garten ihr Überleben gesichert hatten, nicht nur materiell, nein, auch seelisch, verstand er nicht.

Plus, außer von Alexandra noch immer von niemandem zu bändigen, hielt zu seiner Herrin und knurrte Hubert erst einmal an, wo auch immer er ihm begegnete.

Hubert fürchtete sich insgeheim vor dem Hund, am liebsten hätte er ihn mit all den anderen Tieren weggegeben, hatte es dann aber doch nicht gewagt. Alexandras Nähe zu Plus war ihm nicht verborgen geblieben.

»Er behandelt mich noch immer wie einen Fremden«, beschwerte er sich bei Alexandra, als Plus ihn wieder einmal anknurrte.

Alexandra aber erschien ihr Mann seit seiner Rückkehr selbst wie ein Fremder. Auch wenn sie jede Geste von ihm, jeden Ausdruck, jede Reaktion wiedererkannte, ja, sie hätte alles, was er tun oder lassen würde, vorhersagen können. Aber gerade das erschreckte sie. War es nicht unfassbar, dass ihr Mann sich nach allem, was geschehen war, überhaupt nicht verändert hatte? Sie war nicht dieselbe geblieben. Sie hatte sich verändert.

Hubert hatte Alexandras Veränderung bemerkt.

»Sie sieht aus wie eine Magd«, hatte er gedacht und sich von ihr abgewandt.

Nach außen bemühte er sich um Komfort für sie, wollte ein wenig Luxus in ihr Leben zurückbringen, seine Frau sollte keine Bäuerin bleiben, das duldete seine Eitelkeit nicht. Von seinen schon bald regelmäßigen Verabredungen in München brachte er Schokolade, Tee und Kaffee mit nach Hause. Einmal sogar französisches Parfum. Ein anderes Mal französischen Cognac. Wie schon früher ermunterte er Alexandra wieder, ihn zu probieren. Sie lehnte es ab wie auch früher schon, im Gegensatz zu Hubert mochte sie keine harten alkoholischen Getränke. Der Cognac sei exzellent, eigentlich Medizin, ein Gläschen täglich würde ihrem Kreislauf guttun. Sie tat ihm den Gefallen und probierte ein Gläschen, was dazu führte, dass sofort ihr ganzer Mund, Zunge, Gaumen, Rachen, in Flammen zu stehen schien. Sie hustete, und das brachte ihren Mann wie auch schon früher zum Lachen. Alexandra dachte: Wir sind altvertraute Fremde. Und da nippte sie ein zweites Mal und wurde dieses Mal von einer lang auslaufenden Wärmewelle durchflutet. Sie strömte bis in die entlegensten Winkel ihres Körpers. Hatte sie sich nicht schon immer nach dieser Wärme gesehnt? Alexandra nippte ein drittes Mal. Und nun wurde ihr mit der Wärme leicht ums Herz. Sie belächelte diesen altvertrauten Fremden, der ihr Mann war, der nicht verstand, wie schwer ihr ums Herz und wie traurig Plus war, seitdem sie keine Tiere mehr halten durften.

»Wir ziehen zurück nach München«, hörte sie Hubert jetzt sagen, während er das goldbraune Lebenselixier, wie sie den Cognac gleich insgeheim nannte, mehrfach im großen bauchigen Glas schwenkte, um erst dann einen Schluck davon zu nehmen.

»Ich ziehe nicht in die Stadt«, erklärte sie gelassen. Sie sei seit der Nacht der Zerstörung nicht mehr dort gewesen und selbst wenn eines Tages alles wieder völlig aufgebaut wäre, würde sie München nicht wiedersehen wollen.

Einen Augenblick empfand Hubert so etwas wie Mitleid für seine Frau, und er griff nach ihrer Hand. Sie war nicht mehr schmal und langgliedrig wie früher, sie fühlte sich kräftig an, breit und knochig.

»Wegen Sepp und Flori?«, fragte er leise.

Alexandra nickte: »Und wegen Plus«, sagte sie.

»Ach ja, Plus«, sagte er und schaute zu ihm hin.

»Ich muss wegen der Geschäfte vor Ort sein, zumindest die Woche über«, erklärte Hubert, »das verstehst du doch, nicht wahr?«

Alexandra verstand und Hubert, der sein Lebensmotto *Morgenstund hat Gold im Mund* eifriger denn je in die Tat umsetzte, wie stellvertretend für die fehlende Dienerschaft, auf deren Livreeknöpfen der Spruch geprägt gewesen war, bezog eine Wohnung in München und war wieder, oft auch an den Wochenenden, von frühmorgens bis spätabends unterwegs.

Alexandra wohnte nun im ersten Stock, war wieder viel allein und hatte viel Zeit. Tiere gab es nicht mehr zu versorgen, der Garten musste nicht mehr bestellt werden, und auch der Handel wurde nicht länger betrieben. Sie verbrachte viele Stunden in der Bibliothek, Plus zu ihren Füßen, und las die großen Romane der Weltliteratur, für deren Lektüre sie zuvor nie die Muße gefunden hatte. Aber oft saß sie auch einfach nur so da, und es kamen ihr viele Gedanken, die, je öfter sie an dem Lebenselixier nippte, das in einem Schwenker auch auf dem Couchtisch stand, umso bunter und fantastischer wurden. Alexandra begann, Geschichten zu erfinden, wenn sie am Lebenselixier nippte, die sie zwar nie aufschrieb, am Abend aber zum Einschlafen ihren Enkelinnen erzählte.

Die Kinder liebten ihre Geschichten. Doch bald geschah es immer öfter, dass Alexandra während des Erzählens selber einschlief. Dann wurde sie von Rosi geweckt und hinauf in ihre Wohnung im ersten Stock begleitet. Dabei bemerkte Rosi immer öfter den Cognacgeruch. Sie wurde aufmerksamer und bemerkte ihn nun auch mittags, sogar am Morgen bei einem gemeinsamen Frühstück.

Mehrmals am Tag fielen ihr schließlich Alexandras Schritte oben in der Bibliothek auf, die einem schabenden Geräusch, begleitet von einem lauten Quietschen, vorausgingen. An Alexandras Friseurtag ging Rosi hinauf in die Bibliothek, nahm die ersten Bände von Meyers Lexikon heraus und schob, begleitet vom lauten Quietschen, die Schiebetür des Geheimfachs zurück.

Starker Cognacgeruch schlug ihr entgegen, das Fach, einst Versteck für geheime Briefe, vielleicht auch delikate Lektüre, beherbergte jetzt Gläser, mehrere leere und angebrochene Flaschen, ausnahmslos Cognac.

Rosi war nicht sehr überrascht, sie hatte erwartet, diese Zeugnisse von Alexandras geheimer Sucht zu finden, dennoch war sie erschüttert. Sie setzte sich in Alexandras großen Lesesessel, starrte ins Geheimfach und dachte darüber nach, durch wen oder was die Schwiegermutter zur Alkoholikerin geworden war. Nach kurzem Überlegen tippte sie auf den Alten. Der Alte, so nannte sie ihren Schwiegervater, seitdem er auf den Amselhof zurückgekehrt war.

Sie hatte sich gleich unwohl gefühlt unter seinem taxierenden Blick, sie wusste, auch wenn Franz ihr nie etwas gesagt hatte, als Schwiegertochter gefiel sie ihm nicht, er hatte sich für Franz eine Tochter der Großkopferten vom See gewünscht. Er übersah sie meistens. Nur wenn sie schwanger war, schien er sie wahrzunehmen, aber auf eine ihr unangenehme, lauernde Weise.

»Er hofft auf einen Sohn«, meinte Franz, als sie sich bei ihm darüber beschwerte. Franz gab ihr den Rat, sich deshalb nicht zu grämen, doch sie fühlte sich von dem Alten unter Druck gesetzt. So, wie er auch Franz unter Druck setzte. Sie sagte es ihm. »Er behandelt dich wie seinen Leibeigenen, du bist nicht bei der Bank angestellt, sondern bei ihm als sein Sklave. Und in mir sieht der Alte doch nur eine Zuchtstute, die bisher kläglich versagt hat, weil sie noch keine Söhne zur Welt gebracht hat.«

Rosi schrak aus ihren Gedanken auf, sie hatte unten die Stimme von Berta gehört, seit zwanzig Jahren die gute Seele im Haushalt der Münzers. Sie allerdings fühlte sich von Berta eher beaufsichtigt. Wie von dem Alten auch. Schnell schob sie vorsichtig die quietschende Schiebetür wieder vor das Geheimfach, wischte mit ihrem Taschentuch über das Holz, als könnte sie Spuren hinterlassen haben, stellte die Bände von »Meyers Lexikon« zurück an ihren Platz, ging in die Küche der Schwiegermutter und wusch dort das wenige Geschirr ab, Berta sollte glauben, sie sei deshalb nach oben gegangen.

Bevor sie die Wohnung wieder verließ, warf sie noch einen Blick in die Bibliothek, heftete ihn im Bewusstsein der geheimen Zeugenschaft dahinter auf »Meyers Lexikon« und ihr kräftiger junger Körper straffte sich: Sie würde Alexandra helfen und damit das eigene Problem lösen.

Rosi wartete, bis der Schwiegervater auf den Amselhof kam, um mit Franz über die Geschäfte zu sprechen. Am Abend, im Anschluss an das Geschäftsgespräch, als alle schliefen, sprach sie mit Franz über das ganze Ausmaß von Alexandras Sucht, das Geheimfach mit den vielen Flaschen, das heimliche Trinken bereits am Morgen zum Frühstück.

»Alexandra muss zu ihrem Mann in die Stadt ziehen, davon musst du deinen Vater überzeugen, hier wird sie in absehbarer Zeit ertrinken, entweder im Alkohol oder im See«, endete sie dramatisch.

»Das ist ausgeschlossen!«, sagte Franz, ohne zu zögern, »Hubert hat eine Geliebte!«

Dann müsse er die Geliebte eben aufgeben, brauste Rosi nun auf, diese Geliebte sei wahrscheinlich ohnehin der Grund, weshalb Alexandra trinken würde, empörte sie sich.

Franz verteidigte den Vater. Er könne Alexandra nicht helfen, im Gegenteil, seine Gegenwart würde sie an das große Unglück erinnern.

»Besser, er hat eine Geliebte«, sagte Franz und wiederholte es so oft, dass Rosi plötzlich die Eingebung hatte, Franz plädiere in eigener Sache, und ihm auf den Kopf zusagte, er habe ein Verhältnis. Und Franz, überrumpelt, gab es zu, um sein Geständnis gleich zu relativieren, wenn nicht rückgängig zu machen. Es sei ganz harmlos, schwor er, ein völlig bedeutungsloses Verhältnis mit einer der Sekretärinnen, das so gut wie beendet, nein, bereits vorbei sei. Nichts half. Die unerwartet aufgedeckte Untreue von Franz und die Enttäuschung über den misslungenen Plan, Alexandra zu retten und damit selber vom Schwiegervater befreit zu sein, ließen Rosi in einen unversöhnlichen Zorn ausbrechen, und sie sperrte Franz aus dem Schlafzimmer aus.

Verärgert, auch über die eigene Dummheit, lief Franz an den See hinunter und setzte sich vor die Badehütte. Auf Pfählen gebaut, ragte sie ein Stück weit ins Wasser hinein. Er schaute zu den wenigen schwach blinzelnden Lichtern der gegenüberliegenden Uferseite. Die Berge hoben sich dunkel vor dem helleren Nachthimmel ab. Es war windstill und sternenklar. Hin und wieder umschmeichelte ihn ein feiner warmer Luftzug. Die Vorstellung, in der Badehütte zu übernachten, gefiel ihm immer besser, ja, er fühlte sich plötzlich sorglos und frei wie früher, als er noch ein Junge war.

Rasch zog er sich aus und glitt in das Wasser, es war kalt und belebend, er legte sich auf den Rücken und sah hinauf zu den Sternen, bis ihn ein Schwindel ergriff. Eigentlich war er froh über Rosis doppelte Entdeckung, gestand er sich ein, als er sich abtrocknete und einen Bademantel anzog. Er würde mit Alexandra reden müssen, und Rosi würde er sagen, dass er diese Affäre gebraucht hatte wie eine Erfrischung oder ein kleines Helles. Er legte sich auf die Luftmatratze, atmete den Duft der Holzbohlen ein, lauschte auf das heimelige Gurgeln und seichte Schwappen des Wassers darunter und wünschte sich jetzt Rosi herbei. Seine Liebe zu ihr und sein Begehren hatten sich in den vielen Jahren, das verflixte siebte Jahr lag hinter ihnen, nicht verändert, was machte es da schon aus, wenn er hin und wieder ein Verhältnis hatte? Er deckte sich mit den Frotteetüchern zu und wachte erst wieder auf, als die Sonne durch die Holzritzen blitzte.

Nachdem er ins Wasser gesprungen und ein paar Hundert Meter gekrault war, betrat er erfrischt und in bester Laune die Küche. Er wollte Rosi umarmen und sie von seiner Leidenschaft und Liebe überzeugen, aber sie ließ es nicht zu.

»Wenn du die Unsitten deines Vaters übernehmen willst, dann kann ich dich nur warnen. Mit mir nicht!«, rief sie und versetzte ihm eine kräftige Ohrfeige.

Enttäuscht und wütend verließ Franz die Küche. Im Bad schob er den Riegel vor, was er gewöhnlich nicht tat, rasierte sich blitzschnell, putzte sich die Zähne, stürzte sich daraufhin umstandslos in seinen Anzug, griff nach einem Schlips, den würde er später im Auto an einer Ampel knoten, er stopfte ihn in seine Sakkotasche, griff im Vorübergehen nach seiner Aktentasche und verließ das Haus, ohne zu frühstücken.

Mit fliegendem Jackett eilte er über den Hof. Er wollte gerade die Tür seines Wagens aufreißen, als er die Stimme des Vaters hörte und sich umdrehte. Hubert stand oben am geöffneten Fenster und rief zu ihm hinunter, er habe noch etwas Dringendes mit ihm zu besprechen, sie würden gemeinsam in die Stadt fahren. Franz stieß einen Fluch aus, aber doch so leise, dass ihn der Vater nicht hören konnte.

»Worüber hast du dich mit Rosi gestritten?«, wollte der Vater dann allerdings zuerst wissen, er saß neben Franz im Borgward, sein Chauffeur fuhr mit dem Mercedes auf der Schnellstraße nach München hinter ihnen her.

»Über dich«, antwortete Franz und warf seinem Vater einen provozierenden Blick zu, »über dich und deine Geliebte.«

»Ich bin verheiratet, ich habe keine Geliebte!«, protestierte Hubert.

»Das ist der Unterschied zwischen uns, ich gebe es zu und du leugnest es.«

»Ist mir auch schon zu Ohren gekommen«, meinte der Vater nun.

»Was ist dir zu Ohren gekommen?«

»Dass du Verhältnisse hast. Ist nicht gut, so ein Gerede. Ich würde lieber Erfreulicheres über dich hören.«

»Wirst du nicht, solange du mich als deinen verlängerten Arm benutzt, um nicht zu sagen, missbrauchst!«, parierte Franz ganz im Sinne von Rosi.

»Meine Kredite waren für die Bank und damit auch für dich das bisher beste Geschäft.«

»Das risikoreichste war es auch.«

»Dafür hat die Verzinsung gestimmt. Übrigens brauche ich einen neuen Kredit.«

»Das wird schwierig«, sagte Franz so gelassen wie möglich, »sehr schwierig sogar.«

»Es ist nicht dein Geld, es ist das Geld der Bank, man kennt mich dort«, sagte Hubert ungehalten, »und man schätzt mich, wie du weißt, übrigens nicht nur in unserer Bank.«

Franz konnte ihm nicht widersprechen, Hubert galt als schlauer Fuchs, hatte seine Spezies bei Ämtern und Behörden und sicherte sich bestes Baugelände. Am Anfang schien es noch, als habe er sich verkalkuliert. Der Wiederaufbau, für den er, wie er gern immer mal wieder zum Besten gab, vorzeitig von den Amerikanern aus der Haft entlassen worden war, weil man ihn brauchte, hatte sich zu Beginn nur schleppend entwickelt. Doch jetzt, wenige Jahre darauf, galoppierte die Wirtschaft in der jungen Bundesrepublik, und nicht nur auf dem Bausektor. Dieses rasante Tempo hatte selbst der Alte nicht vorhergesehen.

Franz erwartete jetzt die bei Kreditwünschen üblichen Ausführungen von Hubert über seine intimen Beziehungen zu den Vorständen und Aufsichtsräten der Banken im Allgemeinen, jedoch vor allem zu den Vorständen und Aufsichtsräten jener Bank, für die Franz arbeitete und die Hubert nach wie vor gern als »unsere Bank« bezeichnete.

»Wir haben den Krieg verloren«, begann Hubert jedoch anders als sonst, »mehr als verloren, und was geschieht? Wir sind auf dem besten Wege, die Gewinner zu werden, in wirtschaftlicher Hinsicht und zumindest in Europa. Alle Welt spricht von einem Wirtschaftswunder, aber es ist keins, es war uns so bestimmt.«

Franz wurde unbehaglich zumute. Er wollte den Vater auf keinen Fall die Vorsehung oder Ähnliches aus der Vergangenheit beschwören lassen, denn insgeheim war Hubert noch immer von *der Sache* überzeugt, da war sich Franz ziemlich sicher.

»Unsinn!«, fuhr Franz auf, »das alles hat nichts mit irgendeiner Vorsehung zu tun, wir sind doch keine dubiosen Goldmacher, wir machen Geschäfte, wir sind ehrliche Geldmacher!«

Hubert sah seinen Sohn einen Augenblick überrascht an, dann verhärtete sich seine Miene: »Das musst du erst noch beweisen, dass du ein ehrlicher Geldmacher bist, mein lieber Franz, oder nicht doch nur der Sohn von Hubert Münzer«, stellte er dann ziemlich kühl fest.

»Ich bin leider nicht nur der Sohn von, ich bin der Handlanger für Hubert Münzer!«, brach es aus Franz heraus.

Hubert beugte sich leicht zu ihm hinüber und sah ihn nun scheinbar besorgt von der Seite an: »Du solltest dich nicht mit Rosi streiten, Franz, das bekommt dir nicht.«

»Ich glaube, du musst hier aussteigen, ich muss einen Parkplatz suchen«, sagte Franz, jetzt nur noch mühsam beherrscht, verlangsamte und hielt an. Der Chauffeur stoppte mit dem Mercedes kurz hinter ihm, sprang aus dem Auto und riss Hubert die Wagentür auf.

»Vergiss meinen Kredit nicht!«, mahnte er Franz noch, bevor er ausstieg. Franz fluchte, dieses Mal so laut, dass es der Vater hören konnte.

Er parkte am Viktualienmarkt, bestellte an einem der Stände eine Leberkässemmel, dazu ein kleines Helles und war umgehend in einer besseren Laune. Also bestellte er sich beides gleich noch einmal. Kurz darauf betrat er das Bankgebäude, es hatte den Krieg überstanden.

Er stieg die breiten Stufen hinauf. Als Kind und später als Jugendlicher kannte er nur diesen etwas pompösen Aufgang, denn die Räume des Vaters, das große Büro mit dem Vorzimmer, lagen im Obergeschoss. Sein Zimmer jedoch befand sich im zweiten Stock, er erreichte es über eine Seitentreppe. Es sei nicht größer als ein Schrank, hatte er es dem Vater beschrieben, ihm jedoch prophezeit, in zehn Jahren werde er hinter dem Schreibtisch im Direktorenbüro sitzen, dort, wo der Senior einmal residiert hatte. Er hieß ja von Anfang an »der Junior«.

Franz betrat sein Zimmer, öffnete den Büroschrank und schaute in den Spiegel an der Innentür, er strich sich durchs volle schwarze Haar, zog die Krawatte aus seiner Sakkotasche, stellte den Hemdkragen auf, legte die Krawatte wie einen Schal herum und probierte, die beiden unterschiedlichen Enden zu einem kunstvollen Knoten miteinander zu verschlingen, der seine gelungene Form in der Mitte zwischen den beiden Spitzen des Hemdkragens finden sollte. Er streckte unwillkürlich das Kinn vor, dann sah er sich in die Augen, hielt inne und schwor, nicht länger für den Vater unentgeltlich Außenposten in der Bank zu sein, schon morgen würde er seine Beteiligung einfordern.

Es klopfte, Franz rief: »Herein!«, rückte den Krawattenknoten zurecht und schloss die Schranktür.

Ein Bote trat ins Zimmer und überreichte ihm ein großes braunes Kuvert.

»Vom Senior«, sagte er respektvoll, grüßte und ging wieder.

Franz wog das Kuvert eine ganze Weile in der Hand, schlitzte es dann mit einem Brieföffner auf.

Er prüfte zuerst die Höhe des Kredits, pfiff danach leise durch die Zähne wie einer, der einen plötzlichen Zahnschmerz verspürt. Dann studierte er die Objektbeschreibung, eine Beteiligung an mehreren Brauereien, und pfiff wieder leise durch die Zähne, dieses Mal anerkennend, ein wenig voller Neid.

Vor ein paar Wochen hatte der Vater doziert, dass die Leut nach dem

Krieg zuerst was zu essen gebraucht hätten, dann ein Dach über dem Kopf und jetzt bräuchten sie was *G'scheit's* zu trinken. Sollte er den Alten für seinen Unternehmergeist bewundern oder hassen?

Franz griff zum Telefon, er rief seinen Vorgesetzten an und ließ sich von der Sekretärin zwei Termine geben, einen mit dem Chef, den anderen mit ihr, der Sekretärin.

Nach der Arbeit traf er sich mit ihr in einem Café in Schwabing, in das sich niemals Personal aus der Bank, Freunde oder Bekannte verirren würden.

Er bestellte für sie einen Mokka, für sich ein kleines Helles und sagte, seine Frau wisse von ihrer Affäre. Nicht von ihr als Person, sondern davon, dass er ein Verhältnis habe, fügte er schnell hinzu, als er ihr erschrockenes Gesicht sah. Daraufhin musste er gar nichts mehr erklären. Er streichelte ihre Hand, kaufte ihr eine Schachtel Pralinen und schenkte sie ihr zum Abschied.

Am Abend ließ ihn Rosi mit den Kindern allein zu Abend essen. Später verriegelte sie wieder die Tür zu ihrem gemeinsamen Schlafzimmer. Dieses Mal nächtigte er auf dem Sofa. Als sich am darauffolgenden Abend dasselbe wiederholte, stieg er nachts kurzerhand durchs Fenster ins Schlafzimmer ein. Rosi erwachte erst, als er sich über sie beugte, er begehrte sie leidenschaftlich. Er werde sie nie wieder betrügen, versprach er.

5.

Anton wischte mit dem Ärmel seines Popelinemantels die Nässe vom braunen Leder seiner alten Aktentasche, er hatte sie beim Spurt durch den Aprilschauer über den Kopf gehalten. Dann durchquerte er die hohe, düstere Eingangshalle des Pressehauses in der Hamburger Innenstadt und zögerte für einen Augenblick, bevor er mit leichtem Schwung in eine der unaufhaltsam an den Einstiegsöffnungen vorbeigleitenden Holzkabinen des Paternosters sprang, um sich in die Redaktionsräume im fünften Stock hinauftransportieren zu lassen.

Es galt, weder zu früh noch zu spät in die Kabine hinein- oder aus ihr herauszuspringen, ein verpatzter Ein- oder Ausstieg erschien Anton, ähnlich wie bei einem Text, geradezu schmerzhaft unelegant. Zudem ließ er die Kabine vibrieren oder brachte sie gar zum Schaukeln, was das etwas unangenehme Gefühl verstärkte, sich in einem instabilen Gefährt zu befinden. Besonders dann, wenn die Kabine zwei Fahrgäste gleichzeitig transportieren musste.

Seit dem gestrigen Morgen war ihm dieses eigentlich unangenehme Gefühl jedoch unversehens als angenehm in Erinnerung, was allein an der jungen Frau mit dem modischen Kurzhaarschnitt und dem leuchtend rot geschminkten Mund lag, die im ersten Stock vor dem Paternoster wartete.

Er hatte zuerst ihre Füße in den flachen, leuchtend roten Wildlederschuhen gesehen, dann die schwarze Hose, die sie trug, schließlich den blau und weiß geringelten Pulli darüber. Wie er hatte auch sie gezögert und war dann viel zu unentschlossen bei ihrem Sprung in die Kiste, wie sie gleich darauf die Paternosterkabine nennen sollte. Er hatte ihr schnell die Hand gereicht und sie mit einem Ruck hinaufgezogen. Durch den Schwung war die junge Frau dann aber gegen die Rückwand der Kabine geprallt, die in Bewegung geriet und vibrierte und ächzte.

Die junge Frau hatte geflucht und gemeint, der rechtzeitige Ausstieg fiele ihr noch schwerer als der rechtzeitige Einstieg, und gefragt, wer von ihnen beiden denn nun zuerst im fünften Stock die Kabine verlassen würde. Das hatte zu verwirrender Unentschlossenheit geführt, er und die junge Frau verpassten beide den Ausstieg und waren weiter hinauf in die Dunkelheit des Dachbodens transportiert worden.

Oben auf dem Dachboden würde die Kabine über ein riesiges Zahnrad auf die Abwärtsseite wechseln, hatte Anton gewusst, die junge Frau offenbar nicht. Als das Zahnrad-Ungetüm die Kabinenöffnung ausfüllte, hatte sie aufgeschrien, sich an ihn geklammert und ihr Gesicht in seinen Schal vergraben. Als müsste er sie tatsächlich schützen, hatte Anton seinen Arm um sie gelegt. Und mochte sich dann nicht mehr von ihr lösen, zumindest noch nicht im fünften Stock, wo er eigentlich die Kabine verlassen wollte. Im vierten Stock war es ihnen schließlich gemeinsam gelungen. Er hatte sie zum Mittagessen eingeladen und sich mit ihr in einem der Restaurants in der Nähe des Pressehauses verabredet.

Paula Riva, das sei ihr Künstlername, stellte sie sich dort dann vor, sie studiere an der Kunsthochschule Malerei und verdiene sich ihren Unterhalt bei der Frauenzeitschrift im dritten Stock mit Modezeichnungen. Bei Kartoffelsuppe mit Würstchen hatte sie weitererzählt, dass sie am nächsten Tag im Auftrag der Frauenzeitschrift in Berlin zur Modewoche die neueste Mode, den Dernier Cri des nächsten Jahres, wie sie belustigt sagte, zeichnerisch festhalten würde. Er hatte die Frische gespürt, die sie ausstrahlte, und ihre Lust auf Abenteuer. Sie sei verliebt in die Liebe, hatte sie ganz ernst behauptet, dann kurz nachgedacht und sich korrigiert, nein, nicht in die Liebe, ins Verliebtsein sei sie verliebt.

Vielleicht fahre ich morgen auch nach Berlin, sagte Anton später zu Leni. Im Zug mit Paula Riva durch die Zone, wie Paula die Deutsche Demokratische Republik genannt hatte. Leni hatte gefragt, wer denn bloß Paula Riva sei, und er hatte geantwortet, das wisse er auch noch nicht.

Anton sprang nun im fünften Stock mit einiger Eleganz aus der Kabine und durchquerte einen Vorraum, von dem ein langer Gang nach links und ein kürzerer nach rechts abzweigte. Er bog in den linken ein, an seinem Ende lag sein Zimmer. Er konnte es allerdings nur durch das Vorzimmer, in dem Leni residierte, betreten. Seinen Wachposten nannte er sie deshalb gelegentlich und fühlte sich durchaus in ihrem Schutz.

Leni hatte sich erst geweigert, den Umzug von Hannover nach Hamburg mitzumachen.

»Wenn du bleibst, bleibe ich auch«, hatte er daraufhin erklärt.

Obwohl Leni das nicht ganz ernst nahm, fühlte sie sich doch geschmeichelt, dabei hatte er tatsächlich selber lange mit dem Umzug gezögert. Eigentlich war es nämlich Hans-Ulrich, der auf einen Umzug in die größere, bedeutendere Stadt gedrängt hatte. Das würde die Auflage und Bedeutung unserer kleinen Zeitung vergrößern, wurde er nicht müde zu wiederholen.

»Wir waren die Ersten und wir müssen die Ersten bleiben, sonst fischen uns die anderen die Leser vor der Nase weg«, hatte er gemahnt, »das kannste mir glauben, da kannste dich auf Spürnase Hacker verlassen!«

Die Hacker'sche Spürnase hatte Hans-Ulrich auch schon beschworen, als Officer Simon nach kurzer Bewährungsprobe Anton im Auftrag der englischen Besatzung die Lizenz für die erste von Deutschen für Deutsche gemachte Zeitung angeboten hatte. Für eine Wochenausgabe. Auch da hatte Anton schon gezögert. Er habe sich durch seinen Chefredakteursposten durchaus seinen Broterwerb gesichert, aber die Arbeit am *Untergang* sei liegen geblieben, klagte er Hans-Ulrich. Der fühlte sich mittlerweile zum Zeitungsmacher berufen und war nun angesichts Antons zögerlicher Haltung verzweifelt. Schließlich bot er ihm an, ein Archiv mit authentischem Material eigens für den *Untergang* aufzubauen, nur um Anton zu bewegen, sich nicht die größte Chance seines Lebens entgehen zu lassen.

Es war dann aber doch wieder Officer Simon gewesen, der Anton überzeugt hatte. Der Officer hatte dieses Mal nicht wie bei der vorausgegangenen Bewährungsprobe unter englischer Aufsicht auf die Notwendigkeit eines Broterwerbs hingewiesen, er hatte Siegfried, den Drachentöter bemüht. Wie Siegfried müsse Anton, wo immer der vielköpfige, nationalsozialistische, antidemokratische Geist, dieses Monster, eins seiner Häupter erhebe, es abschlagen. Alle verdeckten Spuren, jedes Fortleben des erst kürzlich besiegten monströsen Geistes müsse er aufspüren, aufdecken und vernichten.

Das Heldenhafte, Heroische, das Officer Simon der journalistischen

Tätigkeit zuschrieb, hatte seine Wirkung nicht verfehlt, so war sie Anton nun sinnvoll genug erschienen, um ein weiteres Mal seine Arbeit am *Untergang* aufzuschieben, ging es doch, anders als in seiner Chronik, die Licht ins Dunkel der dunklen Vergangenheit bringen sollte, nun um die Gegenwart. Und die Gegenwart war ja tatsächlich unaufschiebbar.

Hans-Ulrich hatte aufgeatmet und ihm zum jüngsten Lizenzinhaber sämtlicher Besatzungszonen des ehemaligen Dritten Reichs gratuliert. Daraufhin gratulierte Anton ihm zum jüngsten Zeitungsmacher sämtlicher Besatzungszonen des ehemaligen Dritten Reichs. Was Hans-Ulrich sogleich zurückgewiesen hatte: »Ich bin der Hund, du der Herr.«

Anton hatte ihn damals zweifelnd angeschaut, ohne Hans-Ulrich und sein Talent, geheime Informationen und brisante Dokumente zu beschaffen, hätte er den Laden dichtmachen können, wie er Leni gegenüber schon mal sagte. Hans-Ulrich war schnell unersetzbar geworden.

»Unsere Leser kaufen unsere Zeitung als Klopapier, nicht, um sie zu lesen«, hatte Anton den Erfolg, der ihnen gleich mit den ersten Ausgaben beschieden gewesen war, erklärt. Auch, um die Euphorie zu dämpfen.

Aber die Auflage war dann trotz steigenden Papierangebots stabil geblieben, die Leser wollten sich offensichtlich mit dem Zeitungspapier nicht nur ihren Hintern abwischen, sie wollten lesen, was darauf berichtet wurde.

»Weil unser Chef mit spitzer Feder die bösen Buben aufspießt«, war Hans-Ulrich überzeugt, »und weil wir aktuell sind.«

Aktualität war von Anfang an das Leitmotiv. In Anton brach jedoch, trotz der von Officer Simon ausgemachten Notwendigkeit, gegenwärtig zu sein, von Zeit zu Zeit Unmut über dieses erfolgreiche Leitmotiv aus, dann stellte er sich vor, wie er eines Tages seinen Kopf in den Bauch der Geschichte rammen würde und wie die Geschichte dann im *Untergang* alles Unbekannte, Ungesagte, Ungenannte, was darin lagerte, auskotzen, ihm preisgeben würde.

Er hatte sein persönliches Leitmotiv an das journalistische Tagesgeschäft, das er betrieb, an das Drachentöten, wie Officer Simon es genannt hatte, angepasst: *Sagen, was ist.* Das gefiel ihm auch, ja, er entwickelte eine Leidenschaft dafür. Und er lernte es, gezielt zu formulieren, es fand sich auch reichlich Gelegenheit dazu, Drachenköpfe abzuschlagen, immer neue wuchsen nach. So manchen Politiker drängte es schon wieder, sich vor den einen oder anderen dreckigen Karren spannen zu lassen, wie es so manchen, der nicht sauber war, in die Politik drängte. Es wurde geschummelt, betrogen und vertuscht wie eh und je, alte Seilschaften waren wieder in Betrieb genommen worden, neue bildeten sich.

Anton entwickelte immer größeres Gespür dafür, Mauscheleien zu erkennen und Mogelpackungen für seine Leser aufzuschnüren. Die nahmen in stetig wachsender Zahl neugierig, applaudierend, erleichtert, enthusiastisch, aber auch schadenfroh oder naserümpfend daran teil. Es gab erste Prozesse und mächtige Feinde, für Anton waren sie Feinde der jungen Demokratie, die noch jünger war als er.

Am Ende des Gangs angekommen, öffnete er nun die Tür zu seinem Vorzimmer, und gleich leuchtete ihm Lenis rotes Haar entgegen. Sie unterbrach ihr Schreibmaschinenstakkato.

»Unser Verpackungsspezialist wartet auf dich«, sagte sie und wies auf die Tür zu Antons Zimmer. Sie erfand gern Beinamen für Hans-Ulrich. Wegen seiner modischen Versnobtheiten nannte sie ihn schon mal »unser Geck« oder »unser Image-Macher«, als er wochenlang einen amerikanischen Werbeguru zitierte, oder wie bereits seit Antons Vortrag im Gemeindehaus »unser Verpackungsspezialist«. Der Aufbau der Dokumentation, die Hans-Ulrich mit der Aura eines Geheimdienstarchivs umgab, brachte ihm bei ihr den Spitznamen »unser Agent« ein. Von Anfang an gingen Leni und Hans-Ulrich, wie von Hans-Ulrich vorausgesagt, miteinander um wie Hund und Katze.

»Er ist eitel und ehrgeizig, es würde mich nicht wundern, wenn er hier bald die Puppen nach seiner Pfeife tanzen lassen will, du musst aufpassen!«, hatte sie Anton gleich nach dem Einzug ins Hamburger Pressehaus gewarnt.

»Ich verlass mich auf dich«, hatte Anton mit ironischem Schalk gesagt, aber es durchaus gemeint.

»Und was will unser Verpackungsspezialist heute von mir?«, fragte Anton jetzt und hängte Mantel und Schal an den Garderobenhaken.

»Er hat dir aus London einen Schirm und eine neue schwarze Aktentasche mitgebracht«, antwortete Leni lachend, »damit du auf unsere Anzeigenkunden hanseatischer wirkst.«

Anton betrat sein Büro, wo Hans-Ulrich, die Beine auf dem Tisch, in einer englischen Zeitung las.

Hans-Ulrich hatte, seitdem er Geschäftsführer war, vieles an seinem äußeren Erscheinungsbild verändert, auch seinen Haarschnitt. Fiel ihm unter den Engländern in Anlehnung an den englischen Dandy noch eine einzelne Locke seines rötlich blonden Haars in die Stirn, so trug er jetzt, als Ausdruck seiner Bewunderung für die amerikanischen Werbestrategen, die er ausgiebig studierte und deren Strategien in seine Werbekonzepte Eingang fanden, einen amerikanischen Bürstenhaarschnitt. Auch sonst hatte er mit dem Umzug nach Hamburg von einem Tag zum anderen einen kompletten Stilwandel vollzogen: Er, der sich bisher aus einer Art Familienfundus von Vätern und Onkeln bedient zu haben schien, kleidete sich von nun an nur noch in Anzug mit Weste, sprach, außer mit Anton, ein leicht manieriertes Hochdeutsch, strebte gezielt die Mitgliedschaft im Anglo-German-Club und in anderen hanseatischen Einrichtungen an, ging zur Maniküre und rauchte Zigarren. Beibehalten hatte er den spöttisch amüsierten Zug um den Mund, mit dem er jetzt Anton begrüßte.

»Dein Feuerkätzchen hat mir mal wieder seine Krallen gezeigt, sie wollte mich nicht in Abwesenheit des Chefs ins Allerheiligste hineinlassen, als wäre ich ein Schnüffler«, er faltete die Zeitung zusammen, entnahm der Mappe, die er bei sich trug, ein Schriftstück und legte es vor Anton auf den Schreibtisch.

»Ich brauche deine Zustimmung.«

»Du wirst es nie verstehen, weil du es nicht verstehen willst«, seufzte Anton, nachdem er das Schreiben überflogen hatte, »ich kann doch nicht mit deinen Anzeigenkunden Hamburger Hummersuppe löffeln!« Er gab Hans-Ulrich das Schriftstück zurück.

»Es sind nicht meine Anzeigenkunden, sondern unsere, und wenn ich es ganz genau ausdrücken will, muss ich sagen, es sind deine Anzeigenkunden!«, klärte ihn Hans-Ulrich geduldig auf.

»Die Redaktion und das Anzeigengeschäft müssen getrennt bleiben, geht das nicht in deinen Schädel?« Anton tippte gegen seine Stirn.

»Nein«, sagte Hans-Ulrich entschieden und legte das Schreiben erneut vor Anton auf den Schreibtisch, er wollte nicht zulassen, dass Anton wieder einmal einen Strich durch seine Rechnung machte, durch seine Erfolgskalkulation. Denn so wie Anton hinter den Spitzbuben her war wie der Teufel hinter den Seelen, das war Hans-Ulrichs Lieblingsbild für Antons Tagesgeschäft, so richtete sich Hans-Ulrichs Blick starr auf den in Zahlen messbaren Erfolg. Der zeigte sich zuallererst in der Höhe der Auflage, davon hingen die Preise für die Anzeigen ab. Und die tragende Säule für die Höhe der Auflage und damit für die Anzeigenpreise und damit für die Expansion des Unternehmens war Anton.

»Je mehr Anzeigen wir haben, umso umfangreicher der redaktionelle Teil«, versuchte Hans-Ulrich nun, Anton zu locken und ihn doch noch für einen Abend mit einem ihrer größten Kunden, der den Wunsch geäußert hatte, den bemerkenswerten Herrn Bluhm einmal persönlich kennenzulernen, zu gewinnen.

»Scher dich raus!«, rief Anton und wies mit ausgestrecktem Arm und Zeigefinger despotisch zur Tür, hielt die Pose aber nur kurze Zeit durch, ließ sich dann in seinen Schreibtischstuhl fallen.

»Ich würde es ja machen, aber es geht nicht. Und frag mich jetzt nicht wieder, warum es nicht geht. Bitte!«

»Du bist der Herr«, sagte Hans-Ulrich resigniert.

»Und du der Hund«, antwortete Anton.

»Korrekt«, sagte Hans-Ulrich, packte seine Sachen zusammen und verließ Antons Zimmer.

Du bist der Herr und ich der Hund, auf diese Definition ihrer Arbeitsbeziehung hatte sich Hans-Ulrich festgelegt, als er von Anton den großen Knochen bekommen hatte und tatsächlich, wie ursprünglich vereinbart, alles organisierte, vor allem Informationen, Dokumente und Material, die außer ihm wohl niemand anderer hätte organisieren können, er hatte die Kontakte, Anton nicht. Treu wie ein Hund lieferte er sie ihm. Sie trugen viel zum Erfolg bei, das war Hans-Ulrich bewusst. Zum Erfolg wurden sie aber nur durch Antons spitze Feder, seinen Scharfblick, seine durch nichts und niemanden zu korrumpierende deutliche Sprache, das war ihm auch bewusst. Als man begann, innerhalb und auch außerhalb der Redaktion von ihm als von der grauen Eminenz zu sprechen, war es Hans-Ulrich, der Anton die Sache mit dem Schatten erklärte. Der Schatten, das wäre sein, Hans-Ulrich Hackers, Territorium. Es gebe Leute, die nicht im Schatten stehen wollten, hatte er gesagt, aber zu denen zähle er nicht, im Gegenteil, nur im Schatten fühle er sich wohl und an seinem Platz. Wie ein Hund.

»Und?«, fragte Leni, als Hans-Ulrich das Vorzimmer durchquerte, erhielt jedoch nur einen verärgerten Blick und keine Antwort.

»Habe ich Ihnen doch gleich gesagt«, rief sie ihm hinterher. Seit dem Umzug bestand Hans-Ulrich, weil er nun Geschäftsführer eines stetig wachsenden Unternehmens mit einer ebenso stetig wachsenden Redaktion sei, auf dem Sie.

Leni klopfte und trat in Antons Zimmer.

Es war ein Eckzimmer mit zwei Fensterfronten. Die eine gab die Sicht frei auf einen großen, nun schon seit Langem von den Trümmern befreiten leeren Platz, der jetzt als mäßig genutzter Parkplatz diente, noch konnten sich nur wenige ein Auto leisten. Dahinter sah man in der Ferne das Wahrzeichen der Hansestadt, den Turm der Michaeliskirche, kurz Michel genannt. Auf der anderen Seite blickte man auf einige wenige ältere Geschäftshäuser des sonst fast völlig von Bomben zerstörten Geschäftsviertels in der Nähe des Freihafens.

Leni legte die Post und einen Stapel aktueller Tageszeitungen auf Antons Schreibtisch, informierte ihn über Termine und Anrufe und über die Zugverbindungen nach Berlin.

»So ernst war das nun auch wieder nicht gemeint«, sagte er.

Als er allein war, dachte er dann aber doch darüber nach, und die Vorstellung, mit Paula im Zug nach Berlin zu fahren, gefiel ihm durchaus. Vielleicht würde er sich sogar in sie verlieben, richtig verlieben. Leni rümpfte neuerdings über seine eher kürzeren Liebeleien bereits die Nase. Nicht aus Eifersucht. Sie hatte tatsächlich, nach wenigen Rückfällen in ihre alte Gewohnheit, die Nächte mit ihm zu verbringen, nicht nur als Sekretärin bei ihm Karriere gemacht, sie war auch, wie er es vorausgeahnt hatte, nein, er hatte es gewusst, seine einzige wirkliche Vertraute geworden. Und sie kümmerte sich auch um seine Wohnung und veranlasste, dass er gut versorgt wurde. An seinem dreißigsten Geburtstag fragte sie ihn jedoch, ob er nicht endlich heiraten wolle. Keine Zeit, hatte er geantwortet. Und sie habe auch keine Zeit zum Heiraten, hatte er gleich hinzugefügt.

Seine Gedanken kehrten zu Paula zurück, die ihn lockte. Mit ihrem Schwung und wie sie ihm, abenteuerlustig blinzelnd, tief in die Augen sah. Er wäre gerne mit ihr in den Süden gereist, weiter als bis nach München war er ja noch nie gekommen und Italien war jetzt sehr in Mode. Warum sollte er nicht mit Paula nach Italien reisen? Das Telefon klingelte. Er nahm den Hörer auf, aber es war nicht Paula, sondern die Stimme von Judith, die ungewohnt atemlos und schnell erzählte, dass sie mit den Eltern heute Morgen nach Hamburg gefahren sei und die Eltern ihn jetzt gleich besuchen würden. Ja, jetzt, bestätigte sie. Der Vater habe die Mutter mitten in der Nacht geweckt und zum Aufbruch gedrängt. Er sei mit seinem Sohn Anton zum Mittagessen verabredet, habe er behauptet, mit seinem Sohn, der mit der Jagd auf den Teufel mehr Geld verdiene, als der Goldmacher jemals verdient hatte. Die Mutter sei furchtbar beunruhigt über die Verwirrung des Vaters. Sie rufe jetzt aus der Telefonkabine eines Hotels gegenüber vom Hauptbahnhof an, sagte Judith, um ihn vorzubereiten. Denn wenn die Eltern den Tee ausgetrunken hätten, würden sie aufbrechen, der Vater habe sich vom Kellner bereits den Weg zum Pressehaus beschreiben lassen.

»Also, bis gleich«, sagte Judith gehetzt und hängte ein.

Anton starrte auf den Hörer, er versuchte zu verstehen, fasste sich an die Stirn, wie immer, wenn es darum ging, das Richtige zu tun.

Aber dann konnte er gar nichts mehr tun. Der Vater war beim Verlassen des Hotels in der Hotelhalle zusammengebrochen und auf dem Transport ins Krankenhaus gestorben, wie Judith ihm wenig später weinend am Telefon erklärte. Anton fuhr sofort ins Krankenhaus.

Er lächelt, dachte er, als er dort im Kapellenraum Johann ins Gesicht blickte.

6.

Zu ihrem zehnten Hochzeitstag wünschte sich Rosi eine Reise an Ostern nach Rom. Auf dem Petersplatz wollte sie den päpstlichen Segen empfangen. Insgeheim hoffte sie auf eine günstige Wirkung für die Empfängnis eines Sohnes. Sie hatte bereits Bäder und Kräutersäfte, allerlei pflanzliche Medizin und gute Ratschläge ausprobiert. Sie hatte sogar eine alte Frau am Chiemsee aufgesucht, die Gürtelrose, Unfruchtbarkeit und an den Tagen der Empfängnis das Geschlecht des Kindes besprach. Alles war bisher vergebens gewesen. Jetzt legte sie ihre ganze Hoffnung in den Segen von Il Papa, Pius XII. Denn nicht nur sie, auch Franz war zunehmend dem Druck des Vaters ausgesetzt, endlich einen männlichen Nachkommen, den Namensträger, zu zeugen.

Am Abend vor der Abreise besprach Rosi mit Alexandra alles Nötige. Seit der Rettung durch Plus, wie Alexandra selber ihre Entwöhnung vom Lebenselixier nannte, war sie für Rosi und die Kinder zum ruhenden Pol auf dem Amselhof geworden. Plus hatte geduldig und über Wochen, ja, Monate zu Alexandras Füßen liegend in der Bibliothek ausgeharrt und fern seines gewohnten Hütehunddaseins Alexandras kurze Wege zwischen Lesesessel und Geheimfach beobachtet. Eines Tages jedoch hatte er in einem Ausbruch von Protest nachts alle Kissen auf den Sofas und den Sesseln in der Bibliothek zerrissen, danach war er für mehrere Tage verschwunden gewesen. Alexandra hatte geweint, als er endlich wieder auf dem Amselhof aufgetaucht war. Sie hatte beim Tod von Sepp und Flori nicht und auch nicht bei Franzens Rückkehr weinen können. Jetzt endlich konnte sie es. Von einem Tag auf den anderen hatte sie daraufhin aufgehört zu trinken. Die nun täglichen Spaziergänge mit Plus durch den Wald und am See entlang waren ihr eine Hilfe. Und den Kindern brachten sie warme Fellmützen und Fellmuffe für den Winter, denn Plus jagte nun Kaninchen, um sie Alexandra als Beute dankbar vor die Füße zu legen.

Am Morgen der Abreise verstaute Franz das Gepäck im Kofferraum des Borgward. Die Kinder liefen aufgeregt um den Wagen herum. Noch nie waren die Eltern allein verreist, sie hatten mit ihnen bisher Ausflüge an die Osterseen unternommen und auf die Alm, nicht in ein fernes Land wie Italien.

Franzi, die Zweitälteste, schaute düster. Lexa, die Älteste, Lisa und Emily, die Jüngeren, schlossen sich ihr bald an. Nur Liane, das Baby, lag, im Schlaf lächelnd, in den Armen von Alexandra.

Als Franz und Rosi, sie versuchten den Abschied kurz zu machen, dann im Schritttempo die Auffahrt hinunterfuhren, liefen die Kinder laut protestierend neben und hinter dem Wagen her. Tapfer fuhren sie weiter und die Einfahrt hinaus auf die Straße und winkten den Kindern, die neben der Madonnenstele stehen geblieben waren und ihnen nun stumm hinterhersahen, aus den heruntergekurbelten Fenstern zu.

»Wir rufen heute Abend an«, sagte Rosi und seufzte noch ein paar Mal tief, dann wechselte ihre Stimmung von der Trauer des Abschiednehmens zur Freude über den Aufbruch.

Die Alpen, die sie bei Garmisch erreichten, bescherten ihnen einen schneereichen Wintereinbruch, Franz legte an einer Tankstelle mithilfe des Tankwarts sogar Schneeketten an, während Rosi sich eine Tasse Pulverkaffee bestellte. Ihre erste Alpenüberquerung lag vor ihr, und das im Schneegestöber, sie brauchte eine Nervenstärkung.

Als Franz den schneekettenbewehrten Borgward den kurvenreichen Brennerpass hinauflenkte, während die Schneeflocken sich immer dichter auf die Windschutzscheibe legten und die Sicht, trotz der in Höchstgeschwindigkeit arbeitenden Scheibenwischer, immer schlechter wurde, erinnerte sich Franz plötzlich überdeutlich an seinen ersten Fallschirmabsprung bei Monte Cassino. Und auch die Begegnung mit dem Mädchen in Rom am Tag vor diesem ersten Einsatz tauchte vor seinem inneren Auge auf. Er gab unwillkürlich Gas und der Wagen rutschte aus der Spur, woraufhin Rosi aufschrie, sein innerer Film riss sofort ab und er steuerte den Wagen wieder konzentriert.

Auf der italienischen Seite der Alpen fuhren sie dann in den Frühlingsbeginn hinein, die Luft war lau, Bäume und Blumen blühten.

Sie übernachteten in einer Pension am Gardasee und nahmen am nächsten Morgen auf der sonnenbeschienenen Terrasse mit anderen deutschen Touristen das Frühstück ein, bevor sie über Verona weiter

Richtung Rom fuhren. Der Verkehr auf den Landstraßen wurde dichter, es waren vor allem Autos aus der Bundesrepublik, die sie sahen.

»Es sind die Frauen«, erklärte Franz Rosi diesen unübersehbaren Andrang aus Deutschland, das hätten ihm die Kollegen in der Bank erzählt, die Frauen würde es nach Italien ziehen.

»Wegen *amore?*«, fragte Rosi.

Franz schaute irritiert: »Amore?«

Rosi lachte.

Wenige Tage darauf saßen Franz und Rosi in Rom unterhalb der Spanischen Treppe in einem Café. Die Tische und Stühle standen bereits vor dem Café auf der Straße.

Franz lehnte sich vorsichtig gegen die zierliche Lehne des Stuhls und legte den Kopf in den Nacken, er hielt sein Gesicht in die angenehm wärmenden Sonnenstrahlen und wieder erschien ihm das römische Mädchen vor seinem inneren Auge, er sah es vor sich, sah, wie es sich umdrehte, ihn anlächelte, bevor er mit jähem Ruck hochsprang, nach dem Kellner rief, die Lirescheine für *due Espressi* unter den Rand der Untertasse schob, sich Rosis Hand griff und mit ihr, die ihm überrascht, aber auch neugierig folgte, zu einer der Pferdekutschen ging, die in der Nähe auf Fahrgäste warteten.

»Ich muss dir etwas zeigen«, erklärte er und begann schon, mit dem Kutscher zu verhandeln.

Bei dem Namen Trastevere schüttelte der Kutscher den Kopf, zählte wortreich und ausladend gestikulierend die Stationen der Fahrt auf, zu denen er bereit war, und schloss kategorisch mit *Trastevere no*, woraufhin Franz einen Tausendlireschein nach dem anderen aus seiner Brieftasche zog, bis der Mann schließlich wortlos das Bündel zusammenrollte und verstaute. Franz half Rosi, die ihn erwartungsvoll ansah, in die Kutsche.

Während der etwas holprigen Fahrt erzählte er ihr, wie er sich am Tag vor seinem ersten Einsatz im Anschluss an die Messe im Petersdom in das Viertel Trastevere verlaufen hatte und dort in einen Hinterhalt geraten war. An diesen Ort würde der Kutscher sie jetzt bringen, er wolle ihn in Friedenszeiten wiedersehen. Das Mädchen verschwieg er.

»In einen Hinterhalt?«, wiederholte Rosi, und ihre Miene verdüsterte sich. Sie wollte das alte Rom besichtigen, das Forum Romanum, das

Kolosseum der Gladiatorenkämpfe und die vielen Brunnen, die Fontana di Trevi, die Piazza Navona, alles, was sie bisher nur aus dem Reiseführer kannte. Von einem Stadtteil mit Namen Trastevere stand nichts darin. Den Ort eines Hinterhalts aufzusuchen, der im Krieg Franz gegolten hatte, das lag außerhalb ihres Rom-Besichtigungsprogramms. Sie protestierte.

Doch Franz war so sehr damit beschäftigt, Wege, die er vielleicht gegangen war, wiederzuerkennen, dass er weder auf Rosis Protest noch auf ihre Enttäuschung achtete.

Als er den Kutscher schließlich an einer der Brücken über den Tiber, die er als den Übergang zu dem Gewirr von schmalen Straßen und kleinen Gassen wiedererkannt zu haben glaubte, anhalten ließ, weigerte sich Rosi auszusteigen. Sie würde warten, bis er von der Besichtigung seines Hinterhalts zurückkehre, sagte sie, einigermaßen verärgert.

Franz versuchte nicht, Rosi umzustimmen, er nickte bloß hastig und machte sich dann auf den Weg.

Über größere und kleinere Umwege näherte sich Franz seinem Ziel, während Laura ihre Näharbeit beendete und nun den neuen Rock anprobierte. Sie drehte und wendete sich vor dem Spiegel, um seine Passform zu begutachten, sie wollte ihn zur Messe am Ostersonntag auf dem Petersplatz tragen. Auch dieses Jahr verbrachte sie Ostern mit ihrem Sohn Francesco wieder zu Hause in Trastevere, mit der Mutter und Nino, ihrem jüngeren, unverheirateten Bruder, der jetzt den Kurzwarenladen führte.

Nino hatte das Sortiment erweitert und bot seit einiger Zeit moderne elektrische Nähmaschinen an, die in der kleinsten Wohnung Platz fanden, im Gegensatz zu den alten, die groß waren wie ein Möbelstück und mittels eines Fußpedals angetrieben werden mussten. Die Mutter mochte sich nicht so recht an die Elektrische gewöhnen, Laura hingegen nutzte den Besuch, um damit hübsche Kleider für sich und für Francesco neue Hosen und Hemden zu nähen. Und eben auch einen Rock. Dieser war ihr besonders gelungen und sie beschloss, nicht bis Ostersonntag zu warten, sie würde ihn einfach gleich anbehalten, und rief nun Francesco zu, er solle sie begleiten, damit er die Einkäufe beim Bäcker und beim Schlachter nach Hause trage.

Sie drehte ihr volles Haar zu einem losen Knoten im Nacken, steckte ihn fest und schaute noch einmal prüfend in den Spiegel. Dreißig Jahre war sie jetzt alt, die Rundungen ihres Körpers hatten sich ausgeprägt, ohne dass sie rundlich geworden wäre. Sie lebte noch immer auf Sardinien und suchte noch immer jeden Tag die Madonna auf, um mit ihr alles zu besprechen, was ihr wichtig war, das meiste davon betraf ihren Sohn Francesco.

In ihrem Viertel in Olbia, wo sie in der Bäckerei hinter dem Verkaufstisch den Platz ihrer Schwiegermutter eingenommen hatte, nannte man sie die schöne Witwe und wunderte sich, dass sie unverheiratet blieb. Niemand wusste von ihrem Schwur, nur die Madonna kannte ihn: Sie war als Mutter und Witwe Jungfrau und sie würde jungfräulich bleiben wie die Madonna.

Von unten rief nun Francesco nach Laura. Sie griff ihre Handtasche, den Einkaufskorb und das Backblech und lief die schmale Treppe hinunter.

In den ersten Jahren, wenn sie zu den Feiertagen von der Insel angereist waren, hatte Laura jedes Mal, wenn sie durch den Hausflur lief, unwillkürlich an den deutschen Soldaten gedacht: Wie sie zuerst das erstaunte Gesicht dieses Soldaten gesehen, sich überhaupt nicht erschrocken, sein Erstaunen sie vielmehr amüsiert hatte und wie sie dann im Dunkel hinter der Tür gelauscht und ihn nicht wirklich gesehen, aber gewusst hatte, wer sie so fest umklammert hielt, dass ihr die Sinne geschwunden waren.

Im Laufe der Zeit hatte sie immer seltener an ihn gedacht, und die Bilder waren verblasst, irgendwann hatte sie die Ereignisse vergessen.

Auch an diesem Morgen hätte sie sich nicht an das Erlebnis im Hausflur erinnert, wäre da nicht dieser Mann gewesen, der sie anstarrte, als sie auf die Straße hinaustrat. Francesco hielt ihr die Haustür auf. Sie trug nicht nur den Einkaufskorb und ihre Handtasche, sie jonglierte auch noch das Backblech mit dem frischen Apfelkuchen, den sie dem Bruder und der Mutter in den Laden bringen wollte.

Einen Moment stand alles still, sogar ihr Herz. Er schien ihr eine Ewigkeit lang, dieser Blick über die kurze Distanz hinweg, dann schlug Laura mit großer Willensanstrengung die Augen nieder.

»Komm«, sagte sie zu Francesco, übergab ihm den Einkaufskorb und drängte zum Bäcker.

Sie würde ihn kein zweites Mal ansehen, diesen Fremden. Er war ein Fremder, und er sollte ein Fremder bleiben. Ein Tourist, wie es sie seit einiger Zeit häufig in Rom gab, im Zentrum, nicht in dieser Gegend. Sicherlich ein deutscher Tourist, die meisten Touristen waren deutsche Touristen. Selbst auf der Insel, wo es nur wenige gab, kamen die meisten von ihnen aus Deutschland. Es wurde viel über sie geredet, über diese deutschen Touristen, die Zimmer mieteten, Pizza und Spaghetti aßen und im Meer badeten. Niemand liebte sie besonders, viele erinnerten sich noch an sie als Soldaten. Aber jetzt kamen sie mit ihren Familien. Und gaben Geld aus. Zumindest in den Orten am Meer. Und in Rom. Nach Trastevere verirrten sie sich jedoch selten, hier gab es nichts zu besichtigen außer ein bisschen Armut. Vielleicht wollte dieser Tourist nur ein bisschen Armut besichtigen. Sie sollen reich geworden sein, diese Deutschen. Laura betrat mit Francesco die Bäckerei und stellte sich in die Schlange.

»Mama, die Signora hat dich gefragt, was du möchtest«, hörte Laura die Stimme von Francesco neben sich.

Sie hob zögernd ihren Kopf, sie hatte ihn die ganze Zeit gesenkt gehalten. Wegen des Fremden. Doch es fiel ihr plötzlich auch schwer, ihren Sohn anzusehen. Dabei drängte es sie, ihn nicht nur anzusehen, sondern sein Gesicht zu durchforschen.

Francesco schaute fragend auf seine Mutter hinunter, mit seinen dreizehn Jahren war er bereits einen Kopf größer als sie.

»Was ist? Ich bin mit Remo verabredet, er will mir ein Kunststück zeigen, ich muss mich beeilen. Was siehst du mich so an? Habe ich was ausgefressen?« Francesco lachte.

Normalerweise hätte Laura mit einem verspielten Klaps auf seinen Arm geantwortet, jetzt schaute sie, kaum begegneten sich ihre Blicke, schnell wieder zu Boden, so erschrocken, als hätte er gerade tatsächlich irgendetwas angestellt.

Francesco runzelte die Stirn und sah aus dem Fenster auf die Straße. Auf der gegenüberliegenden Seite stand der Fremde von vorhin wieder und sah zu ihm hinüber. Nun hörte Francesco endlich die Stimme seiner

Mutter, sie gab ihre Bestellung auf, erleichtert wandte er sich der Bäckersfrau zu und nahm die Brote entgegen.

Zurück auf der Straße war die Mutter dann plötzlich in Eile, sie hatte keine Zeit mehr für den Schlachter, schickte ihn mit den Broten nach Hause und eilte selber hastig weiter zum Onkel. Francesco war das nur recht, er spurtete los, Remo wartete bestimmt schon vor der Haustür.

Im Kurzwarenladen setzte sich Laura gleich an die alte Nähmaschine im hinteren Teil des Ladens und begann, die neuen Gardinen für die Mutter zu nähen. Sie trat dabei so heftig das Pedal, dass die Mutter, die mit Nino bei einer Tasse Kaffee und einem Stück von Lauras Apfelkuchen über die letzte Kundin ratschte, sie zur Vorsicht mahnte, der Antriebsriemen könnte solch einem Tempo nicht mehr standhalten.

Nino sah aus dem Ladenfenster auf die Straße.

»Wahrscheinlich ein Tourist, der sich verlaufen hat«, meinte er zur Mutter und nickte zu dem Mann, der draußen vorbeiging, »vermutlich ein Deutscher.«

Die Mutter sagte nichts, trank langsam den Kaffee und ließ sich den frischen Apfelkuchen schmecken.

»Ja, ja, die Deutschen«, seufzte sie nach einer Weile und dachte zum ersten Mal seit Jahren an jenes Ereignis, das zu Lauras Verheiratung mit dem Sohn des Cousins ihres Mannes geführt hatte.

»Ja, ja, die Deutschen«, seufzte die Mutter noch einmal, »Laura, setz dich doch zu uns«, rief sie dann in den hinteren Teil des Ladens.

Aber Laura hing wie ein Jockey über seinem Pferd über der alten Nähmaschine, trieb sie mit wippendem Fuß unaufhörlich an und führte den stetig gleitenden Stoff der in Höchstgeschwindigkeit stichelnden Nadel zu, nähte ihn Bahn um Bahn zu Gardinen zusammen und blickte nicht von der Arbeit auf, bis es dämmerte.

Die Mutter und Nino hatten schon längst das Geschäft verlassen und beim Schlachter den Lammbraten abgeholt, als Laura endlich die Ladentür abschloss, das Gitter davorschob und es verriegelte.

Zu Hause saßen alle bereits um den Tisch und aßen zu Abend. Sie setzte sich auf ihren Platz neben Francesco, vermied es aber wieder, ihn anzusehen, und löffelte stumm die Minestrone in sich hinein, während

Francesco weiter von Remo erzählte, der ihm am Nachmittag den Trick gezeigt hatte, mit dem sizilianische Taschendiebe den Touristen ihre Geldbörsen entwenden würden.

»Angeber«, meinte Nino.

Francesco schüttelte so energisch den Kopf, dass ihm seine kastanienbraunen Locken in die Stirn fielen: »Er ist kein Angeber. Er hat einen Onkel, der kommt aus Sizilien und der ist von Beruf Taschendieb. Er hat Remo gezeigt, wie es geht.«

»So? Trotzdem Angeber.«

Wieder schüttelte Francesco energisch den Kopf: »Kein Angeber. Er hat es mir gezeigt.«

»Was hat er dir gezeigt?«, wollte Nino nun wissen.

»Wie man einem Touristen die Brieftasche klaut, ohne dass der es bemerkt.«

Nino lachte: »Dio mio, Francesco, da hat dir Remo aber einen Bären aufgebunden!«

»Mir?!« Francesco fuhr empört auf: »Niemals!«

Er sprang hoch, war mit wenigen kurzen Sprüngen nebenan und wieder zurück und ließ mit Schwung eine schwarz glänzende Brieftasche über die blank gescheuerte Tischplatte in die Mitte des Tisches sausen.

Die Mutter, Nino und auch Laura beugten sich vor und starrten auf das rechteckige Ding aus schwarzem Krokodilleder.

»Eine Imitation«, stellte Nino fest, der als Erster die Sprache wiederfand.

»Nein, echt«, widersprach Francesco, ließ sich auf seinen Stuhl fallen, lehnte sich lässig zurück und klemmte einen Arm hinter die Lehne.

»Echtes Krokodilleder«, erklärte er mit Kennermiene und Triumph in der Stimme.

»Mach sie doch mal auf«, forderte er nun Nino heraus, »nimm sie.« Als sich Nino nicht rührte, griff er dann selber nach der Brieftasche und hielt sie ihm hin.

Nino zögerte.

»Das Geld hat Remo herausgenommen, aber der Pass ist noch drin, nimm schon!«

»Dieser kleine Gauner!« Nino gab sich einen Ruck, nahm sich die

Brieftasche, klappte sie auf und durchsuchte sie sorgfältig. Aus einem der Fächer zog er schließlich einen Pass, besah ihn von allen Seiten, klappte auch ihn auf, blätterte darin und fand die Seite mit dem Passfoto.

»Habe ich mir doch gedacht! Der Deutsche!«, rief er aus, »so ein Gauner, dieser Remo!«

»Remo will den Pass verkaufen«, erklärte Francesco stolz.

Nun brach Lauras Beherrschung zusammen, sie riss ihrem Bruder den Pass aus der Hand und starrte auf das Passfoto. Obwohl es ein Schwarz-Weiß-Foto war, schien der Mann aus blauen Augen zurückzustarren. Aus so blauen Augen wie jene von Francesco. Die Augenbrauen, die Nase und das Kinn glichen den Augenbrauen, der Nase und dem Kinn von Francesco, nur die Haare waren tiefschwarz und nicht rotbraun und gelockt wie die von Francesco.

»Was ist?«, fragte Nino und sah seine Schwester verwundert an, sie atmete heftig und schien ihm plötzlich sehr blass.

»Hast du ein Gespenst gesehen?«, versuchte er zu scherzen und wollte ihr den Pass aus der Hand nehmen, aber Laura ließ ihn sich nicht aus der Hand nehmen, sie hielt ihn fest.

»Ich behalte ihn«, entschied sie kurz entschlossen, schob ihn unter ihren Sitz und löffelte ihre Suppe weiter.

»Es ist meiner!«, protestierte Francesco.

»Deiner?! Er gehört dem Mann auf dem Foto!«, stellte Laura fest, ihre Stimme vibrierte dabei leicht.

»Der Pass gehört Remo, er hat ihn mir nur geliehen!«, rief Francesco aufgeregt, »ich habe versprechen müssen, ihm morgen die Brieftasche mit allen Papieren zurückzugeben.«

»Dem Einzigen, dem du die Brieftasche mit allen Papieren morgen zurückgibst, ist der Deutsche«, sagte Laura, nicht minder aufgeregt.

»Wie soll er sie ihm denn zurückgeben?«, mischte sich Nino ein.

»Mit Gottes Hilfe und mithilfe der Jungfrau wird Francesco ihm am Ostersonntag begegnen und ihm die Brieftasche mit seinem Pass, und was sonst noch alles drin ist, zurückgeben! Basta!«

Laura ließ den Löffel so plötzlich fallen und er klirrte so heftig gegen das Porzellan, dass alle zusammenschrecken, selbst Francesco.

Sie nutzte die kurze Irritation, griff schnell nach der Brieftasche, die noch immer auf dem Tisch lag, und schob nun auch sie unter ihren Sitz.

Alle redeten durcheinander, Francesco rief, er könne sein Versprechen nicht brechen, und Laura antwortete, Remo sei ein kleiner Gauner, für dessen Gaunereien Versprechen nicht gelten würden. Nino hielt es für aussichtslos, den Deutschen beim Segen von Il Papa auf dem Petersplatz zu finden, woraufhin Laura erklärte, die Jungfrau würde Francesco schon zu ihm führen. Francesco fluchte mehrmals und bekreuzigte sich anschließend. Bis die Mutter mit der Hand auf den Tisch klopfte und erklärte, Francesco habe gefälligst zu tun, was Laura ihm aufgetragen. Danach verstummten alle.

In der Nacht lag Laura wach neben der Mutter im Bett und starrte in die Dunkelheit. Sie würde diesen deutschen Touristen, den deutschen Soldaten, der damals im Hausflur ohne ihr Wissen in ihren Körper eingedrungen war, nicht hineinlassen in ihr Leben. Auch wenn es wie ein Blitz durch sie hindurchgezuckt war und sie beim Blick auf das Passfoto schlagartig gewusst hatte, was während ihrer Ohnmacht geschehen war, und Francesco von einem ganz und gar irdischen Vater gezeugt worden war, sie würde ohne dieses Wissen weiterleben.

Laura starrte so lange in die Dunkelheit, bis sie die Madonna sah, die ihr zunickte und bestätigte, dass Francesco die Brieftasche zurückgeben müsse. Wenn der Deutsche ihn nicht erkennen würde, könne alles so bleiben, wie es immer gewesen war. Laura seufzte jetzt leise, aber tief auf, schloss die Augen und fiel in einen tiefen Schlaf.

»Die Jungfrau wird dich zu ihm führen«, versicherte Laura am Morgen des Ostersonntags Francesco beim Abschied und strich ihm durchs Haar.

Er brach vor allen anderen zum Petersplatz auf, die Brieftasche unter dem Hemd und in der Hoffnung, den Deutschen nicht zu finden. Dann würde er Remo die Brieftasche wie verabredet zurückgeben können und sein Ansehen bei ihm nicht verlieren.

Auf dem Petersplatz bahnte sich Francesco einen Weg durch die Menschenmassen. Es schien ihm ausgeschlossen, dem Deutschen zu begegnen, er frohlockte schon, sah sich aber doch um und sein Blick blieb an einer Frau in einer seltsamen Tracht hängen, der er einfach folgte.

Erst nach einiger Zeit bemerkte er in ihrer Begleitung den Deutschen. Er erschrak darüber so heftig, dass er sich direkt wieder in die entgegengesetzte Richtung davondrängeln wollte, doch nun erinnerte er sich an die Worte seiner Mutter, die ihm versprachen, von der Jungfrau zu ihm geführt zu werden. Er musste dem Paar einfach folgen, das sich in die vorderen Reihen drängte.

Als er dann unversehens hinter den beiden stand, überfiel ihn eine plötzliche Scheu, und es ging ihm durch den Kopf, dem Deutschen die Brieftasche einfach zuzustecken, sie ihm zurück in die Gesäßtasche zu stecken. Da drehte sich der Deutsche um, und ihre Augen trafen sich.

Francesco konnte sich später nicht erinnern, wie es geschehen war, nur, dass die plötzliche Scheu schlagartig von ihm abfiel und Wut, Zorn, nein, Hass in ihm ausbrach. Er schleuderte dem Deutschen die Brieftasche ins Gesicht, wandte sich darauf sofort ab und drängelte sich ohne Hast durch die Menge davon. Hätte sich der Deutsche einfallen lassen, ihm zu folgen, das spürte er deutlich, es wäre nicht gut ausgegangen, er hätte sich mit ihm angelegt, ja, vielleicht sogar mit ihm gekämpft.

»Aber Franz, das ist ja deine Brieftasche«, rief Rosi, sie war ihr vor die Füße gefallen. Franz bückte sich.

»Gib ihm eine Belohnung«, forderte Rosi ihn auf, »wo ist er denn hin? Er wird doch eine Belohnung haben wollen!«

Franz merkte, wie ihn Rosi am Arm zupfte, hörte, wie ein Raunen durch die Menge ging und eine Bewegung, er blickte auf, der Papst war in der Loggia erschienen. Hastig verstaute er die Brieftasche in der Innenseite seines Jacketts.

Er wusste, dass er der Ansprache nicht folgen würde, sondern in Gedanken dem Jungen, den er gestern das erste Mal gesehen hatte, als er aus jenem Hausflur getreten war, dessen leicht modrig feuchter Geruch nach all den Jahren sofort wieder in ihm lebendig geworden war. Er hatte den Jungen nicht weiter beachtet, seine Aufmerksamkeit galt der Frau in seiner Begleitung, ihr war er gefolgt, im Zweifel darüber, ob sie es wirklich sein könnte, das Mädchen aus seiner Erinnerung. Erst im letzten Moment hatte er auf dem Weg zurück zur Droschke die beiden Jungen gesehen. Sie lachten und tollten herum. Im Vorübergehen waren sie mit ihm zusammengestoßen. Das war sicherlich der Augenblick gewesen, in dem sie ihm die Brieftasche entwendeten.

Franz schaute hinauf zum Papst, der nun von der Loggia aus den Gläubigen in aller Welt den Ostersegen erteilte. Und Rosi knüpfte an das letzte Amen des Papstes ihren sehnlichsten Wunsch und schickte ihn mit einem Gebet hinauf zu ihrem Herrgott.

Mit geschlossenen Augen lauschte sie auf eine Antwort, wartete auf ein Zeichen. Und da sah sie ihn vor sich, diesen Jungen. Er könnte sein Sohn sein, dachte sie, ja, dieser Junge sah Franz ähnlich. Plötzlich wusste sie, dass er, dieser Junge das Zeichen sein musste, sie würde einen Sohn empfangen! Im aufbrausenden Jubel der Menge blickte sie dankbar hinauf zu dem prächtig gekleideten alten Mann in der Loggia. Der Stellvertreter Gottes auf Erden breitete noch einmal beide Arme aus, und nun jubelte sie ihm gemeinsam mit den Tausenden anderen Gläubigen zu, dann trat er von der Loggia zurück, bald darauf schlossen zwei Priester die Flügeltüren, und die Menge begann, sich langsam aufzulösen.

Im Strom der vielen Menschen, die den Platz verließen, schlenderten auch Franz und Rosi Richtung Stadtzentrum. Sie waren beide auf sehr unterschiedliche Weise mit dem Mysterium um den Jungen beschäftigt.

»Das Geld ist natürlich weg«, sagte Franz unvermittelt, Rosi wusste gleich, wovon er sprach.

»Aber du hast deinen Pass zurück! Wir hätten sonst zur Botschaft …«, weiter kam sie nicht, ein hochgewachsener schlanker Mann Mitte dreißig, in Begleitung einer kleinen Frau in einem modischem Schneiderkostüm und auf Pumps, trat ihnen in den Weg.

»Entschuldigung«, sagte Hans-Ulrich und verbeugte sich leicht vor der Frau im Dirndl, dann fragte er Franz: »Sind Sie nicht der Franz – bist du nicht der Franz Münzer?«

7.

»Der Bluhm hält sich auch in der *Cita Eterna* auf, er ist im *Forum* abgestiegen, will den Atem der Geschichte atmen, würde wohl am liebsten in einer der Ruinen übernachten«, informierte Hans-Ulrich Franz in militärischem Stakkato und lachte dann sein meckerndes Lachen, daran hatte Franz seinen ehemaligen Adjutanten wiedererkannt.

Danach schlug er ein gemeinsames Abendessen mit Anton und seiner Freundin auf der Dachterrasse des Hassler vor, des renommiertesten Hotels in Rom. Er und seine Frau Veronika würden dort logieren und gleich nach der Rückkehr einen Tisch reservieren.

»Ich lade euch ein, wenn du erlaubst.«

»So ein Angeber«, meinte Rosi nur, als sie sich kurz darauf verabschiedet hatten, und Franz stimmte ihr zu, er meinte, dass er sich von diesem Angeber ganz gewiss nicht einladen lassen würde, aber auf den Bluhm, den Anton Bluhm, auf den sei er neugierig. Sie setzten den Weg zurück in ihre Pension fort, die Brieftasche und das gestohlene Geld waren durch die Begegnung mit dem ehemaligen Adjutanten für Franz in den Hintergrund gerückt, denn er war, auch wenn er es sich nur ungern eingestand, von der Wandlung des kleinen, dicklichen HJlers Hans Müller beeindruckt. Einst sein gehorsamer Diener, jetzt ein in englischem Tweed herausgeputzter Geschäftsführer mit einem neuen Namen, einem Geschäftsführernamen, der pompöser residierte als sein Chef. Und weitaus pompöser als er, der sich mit Rosi in eine Pension eingemietet hatte. Schon die Rom-Reise konnten sie sich eigentlich gar nicht leisten.

Am frühen Abend betraten Rosi und Franz, sie hatten zu Fuß die halbe Stadt durchquert, waren die Spanische Treppe hinaufgelaufen und noch ein bisschen außer Atem, zur verabredeten Zeit die Hotelhalle des Hassler. Gleich erkannte Franz in dem blonden, jünglingshaften Mann mit dem feingeschnittenen Gesicht Anton wieder.

Rosi spürte eine leichte Enttäuschung, sie hatte sich Anton nach

Franzens Schilderung vom Kampf auf dem Heuboden und dem Fackelzug durch den nächtlichen Wald beeindruckender vorgestellt. Er sieht aus wie ein Musterschüler, dachte sie. Paula hingegen erschien ihr in ihrem bunt geringelten Tellerrock und mit den vielen bunten aneinanderklirrenden Armreifen exaltiert. Sie vermutete, dass sie Schauspielerin sein müsse.

»Aber ihr redet nicht über alte Zeiten«, verlangte Paula, kaum hatten sich Franz und Anton begrüßt und sich die Paare auf das Du geeinigt, »das ist langweilig. Versprochen? Das langweilt dich doch auch, oder?«, wandte sie sich an Rosi.

»Mich würde es nicht langweilen«, bekannte Veronika, bevor Rosi antworten konnte, »Hans-Ulrich redet nie über alte Zeiten, ich würde gern mehr über seine Vergangenheit erfahren«, sie lachte etwas zu laut.

Es entstand eine verlegene Pause und Hans-Ulrich schlug einen Aperitif im Salon vor. Im gediegenen Ambiente von schweren Polstermöbeln, Seidentapeten und gerafften Gardinen stieß man mit Dry Martini, Cinzano und Sambucca auf das unerwartete Wiedersehen an. Doch die Verlegenheit blieb. Anton spielte nun den Unterhalter und beschrieb, wie er, ob in einer größeren oder kleineren Stadt im Norden oder im Süden, in jedem Hotel, ob kleiner oder größer, an der Rezeption beteuern würde, er und Paula wären *promessi sposi,* ein versprochenes Brautpaar, was regelmäßig zu bedenklichen Mienen und Kopfschütteln führen würde, jedoch nie zu dem von ihm verlangten Doppelzimmer. In Palermo hätte der Patron ihn und Paula unter mehrfacher höhnischer Wiederholung von *promessi sposi!* sogar seines Hotels verwiesen.

»Weshalb heiratet ihr denn nicht einfach?«, fragte Rosi.

»Ich bin noch zu jung, und Anton ist eindeutig noch nicht alt genug«, antwortete Paula kokett und nippte an ihrem Sambucca.

»Tatsächlich«, meinte Rosi etwas irritiert und schaute zu Franz. Er bestand gerade darauf, die Aperitifs zu bezahlen. Danach fuhren sie mit dem Fahrstuhl zur Dachterrasse in den sechsten Stock hinauf.

Ein Oberkellner erwartete sie. Er trug ein weißes Dinnerjacket, war von größerer Eleganz als jeder der anwesenden männlichen Gäste und geleitete sie an einen Tisch, der einen Ausblick auf die Kuppeln der umliegenden Kirchen bot. Das Häusermeer unterhalb der Spanischen Treppe lag bereits im blauvioletten Dämmerlicht, durch das die Beleuchtung der Geschäfte und Straßen wie durch feinen Nebel zu den Besuchern auf der Dachterrasse hinaufschimmerte.

Man setzte sich und Franz übernahm die Übersetzung der Speisekarte, später dann auch die Bestellung, er kannte die Sprache und beeindruckte damit nicht zuletzt auch Anton.

»Italienische Front?«, fragte Hans-Ulrich.

»Monte Cassino«, antwortete Franz, was Hans-Ulrich kurz durch die Zähne pfeifen ließ, wie es früher seine Art gewesen war, und für einen Augenblick tauchte wie früher Bewunderung in seinem Blick auf.

»Wir reden nicht von alten Zeiten«, mahnte Paula schnell und ließ ihre bunten Bakelit-Armreifen klirren und fragte Veronika nach ihren Erlebnissen auf dem Petersplatz. Veronika war sich sicher, dass die Gläubigen einem historischen Ereignis beigewohnt hätten, Pius der Zwölfte sei krank und hätte bestimmt zum letzten Mal das Urbi et Orbi gesprochen.

»Das wäre sogar sehr zu hoffen«, meinte Anton trocken, »ab ins Fegefeuer mit ihm!«

Rosi erschrak und sah Anton fassungslos an. Franz hingegen schaute überrascht und fragte dann neugierig: »Warum ins Fegefeuer?«

»Die himmlischen Reinigungskolonnen werden einiges zu tun bekommen, denn ihr Stellvertreter hat eine Menge Dreck am Stecken. Paula und ich wollten uns keinesfalls dem Segen dieses Teufelsbratens aussetzen«, Anton lächelte sein schalkhaft ironisches Lächeln.

»Du hast eine recht eigenwillige Art zu scherzen«, sagte Rosi und ihre Augen funkelten vor Empörung.

Dieser Papst habe Millionen von Ermordeten übersehen, erklärte Anton unbeirrt, »und geißelt jetzt die Abbildung eines nackten Busens. Das ist kein Scherz, sondern Tatsache«.

Auf Rosis Hals bildeten sich rote Flecken: »Dein Freund scheint mir recht zynisch zu sein«, wandte sie sich an Paula und schaute dann hilfesuchend zu Franz, der schien jedoch ernsthaft über das, was Anton gesagt hatte, nachzudenken.

»Oh, nein, das ist er nicht«, widersprach Paula, »das ist ein Missverständnis, Anton ist nie zynisch, er sagt nur, was wahr ist«, sie beugte sich zu Anton, flüsterte ihm ins Ohr, stand auf, entschuldigte sich und suchte die *Cabinetti* auf, bei jedem Schritt klirrten die bunten Armreifen leise aneinander. Mit einem Seufzer ließ sie sich in den Sessel vor dem Toilettenspiegel fallen, strich ihren bunt geringelten Tellerrock glatt, zupfte am V-Ausschnitt ihres schwarzen Pullis und prüfte dann aufmerksam ihre Frisur. Ein Figaro hatte ihr Haar nach neuester Mode geschnitten, es drehte sich nun nach römischem Vorbild in Kringeln um Schläfen und Nacken und in die Stirn.

Sie nahm den Handspiegel von der Konsole, zog den dunklen Lidstrich nach, drehte den Lippenstift aus seiner Hülle und malte mit Schwung ihren Mund rot. Sie wäre heute Abend lieber tanzen gegangen. In eine von diesen römischen Bars, in denen eine Band spielte. Sie liebte italienische Schlager, die schnellen ebenso wie die langsamen. Sie liebte es, nach ihnen zu tanzen, dann fühlte sie sich ganz leicht. Anton würde später noch mit ihr tanzen gehen müssen.

Sie seufzte wieder und stand auf. Tanzen ist Medizin für mich, es hat mich gerettet, hatte sie Anton verraten. Wenn ich tanze, bin ich nicht mehr auf der Flucht, ich tanze mir den Boden unter die Füße. Und den Himmel über den Kopf. Anton war der Erste gewesen, mit dem sie über die wochenlange dramatische Flucht ihrer Familie reden konnte. Und mit dem sie barfuß tanzte. Ihm gefiel es, wenn sie die Schuhe einfach von den Füßen schleuderte.

Als Paula an den Tisch zurückkehrte, begannen die Kellner gerade, die Vorspeisen zu servieren.

»Wir haben fünf Töchter«, hörte Paula Franz sagen, »und bald werden wir einen Sohn bekommen.«

»Einen Sohn? Woher weißt du, dass es ein Sohn sein wird?«, fragte Paula, nur um etwas zu sagen, und setzte sich wieder auf ihren Platz.

»Weil wir uns einen Sohn wünschen«, antwortete Franz und lachte.

Zum ersten Mal an diesem Abend war er nicht mehr befangen, er sah sich inmitten seiner großen Kinderschar, das gab ihm ein sicheres Gefühl, und er war Anton, der ihn mit seinem ironischen Schalk und den verwegenen Ausfällen gegen den Papst verunsichert hatte, nicht mehr unterlegen. Franz nahm Rosis Hand und küsste sie.

»Überschaubar«, ließ sich Hans-Ulrich hören und zeigte auf die Vorspeise, die der Kellner gerade vor ihn hingestellt hatte.

»Bei uns in Bayern würde man diesen Klecks auf dem Teller winzig nennen«, meinte Franz launig und wünschte *buon appetito.*

»Stimmt«, sagte Anton und erzählte, wie er an seinem zehnten Geburtstag in München im Weißen Bräuhaus gleichzeitig im Himmel und in der Hölle gewesen war.

»Wie ist das denn möglich?«, fragte Franz.

»Das hat das Fräulein Mizzi damals möglich gemacht«, sagte Anton, »und ein veritabler Goldmacher! Auch so ein bayerischer Beelzebub wie euer Teufelsbraten Franz Josef, der jetzt unser aller Verteidigungsminister ist. Übrigens, er hat sich mit seiner Zukünftigen heute bei Pius zur Audienz einladen lassen, höchstwahrscheinlich um mit dem Stellvertreter darüber zu spekulieren, wo es heißer ist, in der Hölle oder im Kern der Atombombe, die er gern in unserer neuen Bundeswehr austesten möchte, wie's scheint. Tut mir leid, Rosi, das ist wieder kein Scherz«, wandte sich Anton an Rosi.

»Ich verstehe sowieso kein Wort«, behauptete Rosi spitz. »Verstehst du, was dein Freund meint?«, fragte sie Franz.

Aber Franz hatte nicht mehr zugehört, in seinem Kopf kreiste längst eine Frage. Er zögerte noch, dann fragte er Anton nach dem Goldmacher.

»Woher ich ihn kenne? Durch den Goldmacher hat mein Vater sein ganzes Vermögen verloren«, erklärte Anton und erzählte vom Verkauf der Bluhm'schen Papierfabrik, von der Verarmung der Familie, vom Teufelswerk, das die Mutter durch diesen Goldmacher wirken sah, und wie er sich daraufhin als Junge geschworen habe, die Werke des Teufels zu vernichten.

»An meinem zehnten Geburtstag wünschte ich mir vom Vater einen Besuch bei ihm.« Anton hielt inne.

»Und?«, fragte Franz gespannt.

»Für mich war der Goldmacher die Inkarnation des Bösen«, fuhr Anton fort, »auf dem Weg zu ihm schützte ich mich mit mindestens hundert Ave-Maria. Und wer begegnete mir dann am Eingang zum Reich dieses Fürsten der Finsternis …«

»… die Jungfrau Maria!«, platzte es aus Franz heraus.

»Woher weißt du das denn?!«, fragte Anton überrascht, und nun gab es kein Halten mehr, Franzens Neugier, seine Verblüffung, sein Erstaunen, alles brach aus ihm heraus, während Hans-Ulrich, Veronika, Rosi und Paula die Rolle der Zuhörer übernahmen, neugierig oder mit wachsendem Missvergnügen oder auch gelangweilt, und das traditionelle Osterlamm mit Pasta und Artischocken verspeisten, zum Dessert Zabaione löffelten, dann zu bereits späterer Stunde die Dachterrasse verließen, um ihre Hotelzimmer aufzusuchen, außer Hans-Ulrich und Paula, die in einer Art Wachschlaf an Antons Schulter lehnte. Und noch immer redeten Franz und Anton über den Goldmacher, beschworen beide immer wieder neu die eigene und hörten noch immer ungläubig die ganz andere Geschichte des anderen. Schließlich wurden sie vom Oberkellner äußerst diskret informiert, dass die Bar im Erdgeschoss noch geöffnet habe. Überrascht schauten sie um sich, alle anderen Gäste hatten, von ihnen unbemerkt, tatsächlich die Dachterrasse verlassen.

In der Bar, sie war nur wenig besucht, legte sich Paula auf eins der roten Samtsofas, rollte sich zusammen und schlief ein. Es spielte leise Jazzmusik, ein Paar tanzte eng umschlungen zwischen den Sofas.

Franz, Anton und Hans-Ulrich stellten sich an den dunkel glänzenden Mahagonitresen. Während Franz und Anton sich für Ginfizz entschieden, bestellte Hans-Ulrich sich einen Whiskey. Auf der Dachterrasse war er den Erzählungen von Anton und Franz mit großem Interesse gefolgt, hatte hin und wieder nachgefragt wie ein aufmerksamer Zuhörer, der verstehen möchte, hatte Anton und Franz angespornt, sich noch detailreicher zu erinnern, schaute jetzt, noch immer neugierig, zwischen den beiden hin und her.

»Und wie ging es weiter, Franz?«, fragte er.

»Weiter mit was?«

»Na, mit den Wundern natürlich. Du hast uns auf dem Heuboden bei Bauer Buck von der Geheimschrift im Kloster von Monte Cassino erzählt. Hast du sie gefunden?«, fragte Hans-Ulrich spöttelnd.

»Hör auf!« Franz stürzte den Ginfizz hinunter.

»Was für eine Geheimschrift?«, wollte Anton wissen und gab dem Barmann einen Wink, sagte *ancora* und zeigte auf sein Glas, Hans-Ulrich schloss sich nicht an, er musterte Franz, zum ersten Mal an diesem Abend. Franz schwieg.

»Hast du wirklich daran geglaubt?«, fragte Anton.

Franz zuckte etwas hilflos mit den Schultern und blieb stumm, bestellte jedoch einen weiteren Ginfizz.

»Damit ist es jetzt vorbei!«, entschied Anton und zog mit einer entschiedenen Handbewegung flach über die beiden vor ihnen auf dem Bartresen stehenden neuen Ginfizz hinweg einen Strich durch die falsche Franz-Rechnung.

»Bist du dir so sicher?«, fragte Franz aus dem aufkommenden Ginfizz-Nebel in seinem Kopf heraus.

»Ganz sicher«, bestätigte Anton, »du rechnest nur noch mit deinem Verstand!« Er tippte an seine Stirn, hinter der es auch nicht mehr so ganz klar zuging.

»Wir müssen zusammenhalten, Anton«, sagte Franz und das Sprechen fiel ihm nun hörbar nicht mehr leicht, »wir müssen einfach nur zusammenhalten, dann werden wir das alles eines Tages auch verstehen können.«

»Was verstehen wir denn dann alles?«

»Ich zitiere mal die Bibel: ›Denn sie wussten nicht, was sie tun‹ …«

»›Denn sie wissen nicht, was sie tun‹, heißt es in der Bibel.«

»Nein, sie wussten es nicht, jetzt wissen sie es. Jetzt wissen wir es …«

»Franz, weißt du was?«, unterbrach ihn Anton.

»Ja, was? Was soll ich wissen?«

»Ich muss mit dir reden!«, sagte Anton.

»Reden?«, fragte Franz überrascht, »aber reden wir denn nicht schon den ganzen Abend?«

»Ancora due Ginfizz, per favore«, sagte Anton, und schon entfaltete der Barmann erneut sein artistisches Geschick. Anton legte nun einen Arm um Franzens Schulter und verfolgte, wie der Barmann den Cocktailshaker mit beiden Händen in rhythmischen Auf-und-Ab-Bewegungen eine Weile schüttelte, dann standen zwei neue Ginfizz auf dem Tresen der Bar. Franz und Anton griffen gleichzeitig danach.

»Wir trinken auf … auf … auf«, begann Franz mit schwerer Zunge und tippte mit seinem Glas vorsichtig gegen das von Anton.

»Auf …« Anton überlegte, »wir trinken darauf, dass wir wissen, was wir tun«, er schaute Hans-Ulrich an, er nippte noch immer an seinem ersten Whiskey, stieß nun aber mit Anton und Franz an.

»Wissen, was wir tun«, echote Franz, »und was hast du getan, Hans Müller, an welcher Front hast du gekämpft?«, wollte Franz jetzt, etwas zu laut, von Hans-Ulrich wissen.

Hans-Ulrich verbeugte sich spöttisch amüsiert vor Franz: »Hans-Ulrich Hacker, wenn ich bitten darf, der sich nun verabschiedet und darauf hinweist: Die Herren sind betrunken.« Er verbeugte sich noch einmal und warf im Gehen Anton einen bedeutungsvollen Blick zu.

8.

In der Bordküche bereiteten die Stewardessen den Service vor, nachdem die Anschnallzeichen erloschen waren.

Die Maschine, ein viermotoriges Propellerflugzeug, war nicht ausgebucht, und so konnte Hans-Ulrich jetzt seine langen Beine ausstrecken.

Anton legte den Stapel von Zeitungen, die er vor dem Abflug am Flughafen Rom-Fiumicino gekauft hatte, auf den freien Sitz neben sich, bat eine der Stewardessen um ein Glas Wasser und löste ein Aspirin darin auf. Es war bereits das zweite an diesem Morgen. Er hoffte, dass sich damit endlich die Nachwirkungen des Ginfizz-Rausches vom Vorabend auflösen würden.

Er leerte das Glas in einem Zug, faltete dann eine der Zeitungen auf und versteckte seinen Kopf dahinter. Er wollte nicht unbedingt lesen, er wollte vor allem ungestört über sein Vorgehen in Sachen Hubert Münzer nachdenken. Bisher war es ihm mit dem Verweis auf seinen Alkoholkater gelungen, Hans-Ulrichs Auslassungen über Franz Münzer, diesen dann doch enttäuschenden Otto Normalverbraucher, und seine reichlich provinzielle Frau einzudämmen. Jetzt sollte ihm die Zeitung dabei helfen.

Hans-Ulrich lehnte sich in seinen Sitz zurück und schaute aus dem Fenster, unten schwebten flockige Wolkenbausche über dem Apennin. Tatsächlich beschäftigte er sich gerade ebenso wie Anton auch mit Hubert Münzer. Er könnte Anton vorschlagen, Erkundigungen über den alten Münzer einzuholen, überlegte er. Natürlich keine Recherche über das hausinterne Archiv, vielmehr mittels seiner noch immer gut funktionierenden Kontakte zu den Kumpels. Hubert Münzer könnte, nach allem, was er am gestrigen Abend gehört hatte, ein idealer Zeuge für Antons großen Roman sein. Hans-Ulrich nannte Antons *Untergang* nur noch den großen Roman, weil er wie ein ausferndes episches Werk erst in vielen Jahren, vielleicht sogar nie, vollendet würde.

Über die Kumpels könnte er in Sachen Hubert Münzer vielleicht an interessantes authentisches Material gelangen, der alte Münzer war, wie es schien, in den Goldmacher-Betrug involviert gewesen. Vielleicht sogar einer der Initiatoren, mutmaßte Hans-Ulrich. Er beugte sich über den Gang zu Anton hinüber.

»Interessanter Zufall«, begann er, doch Anton reagierte nicht und versteckte seinen Kopf tiefer in die Zeitung. Ein deutliches Zeichen dafür, dass er nicht gestört werden wollte, Hans-Ulrich kannte es bereits.

Er schaute eine Weile wieder zum Fenster hinaus, in einiger Entfernung konnte er die Adriaküste ausmachen.

Er würde den Fall Hubert Münzer auf eigene Faust recherchieren, entschied er, und Anton erst einweihen, wenn etwas dabei herausgekommen wäre. Der Gedanke gefiel ihm, noch immer sah sich Hans-Ulrich in seiner Beziehung zu Anton gern als der Hund, der seinem Herrn die Beute brachte. Und Hubert Münzer könnte eine wirklich lohnende Beute sein, nicht nur für Anton, auch für ihn selbst, Hans-Ulrich Hacker, schließlich gab es noch eine Rechnung mit dem HJler Franz Münzer zu begleichen.

Er zog den kleinen Kalender, den er stets bei sich trug, aus seiner Westentasche und machte sich eine Notiz. Dabei fiel sein Blick auf den letzten Eintrag. Er steckte den Kalender zurück und beugte sich erneut über den Gang zu Anton.

»Unsere Jubiläumsfeier findet in der Redaktion statt, meinte Leni, ist das korrekt?«, wollte er von ihm wissen.

»Nein«, antwortete Anton wortkarg.

»Nein?«, wiederholte Hans-Ulrich fragend.

Anton blieb in seinem Versteck, die Jubiläumsfeier war, wie er nur zu gut wusste, ein Lieblingsthema von Hans-Ulrich, der daraufhin wieder zur Adriaküste hinüberschaute und nun über das zehnjährige Jubiläum nachdachte. Es sollte nach dem neudeutschen, amerikanisch geprägten Sprachgebrauch *Image*-Werbung sein. Er wollte Politiker, Künstler, Intellektuelle und Literaten einladen. Und die Kollegen anderer Blätter, damit sie darüber berichteten. Intern würde es dagegen nur eine Hausmitteilung zum Jubiläum geben, mit einem Foto von der Lizenzvergabe, auf dem Anton Bluhm neben Officer Simon zu sehen wäre. Jede weitere Selbstdarstellung sollte unterbleiben. Wir sind das Blatt, das Licht ins

Dunkel bringt, aber wir selber arbeiten im Geheimen, das war eine seiner Leitlinien zum Image-Aufbau des Blatts. Für das Licht war Anton zuständig, er für die Materialbeschaffung aus dem Dunkel.

Er hatte die Wendung gefunden, die Zeitung als Blatt zu bezeichnen, sie setzte sich schnell durch. In der gesamten Redaktion sprach bald jeder nur noch vom Blatt, wenn das eigene Produkt gemeint war.

Bei uns laufen nicht nur alle Informationen zusammen, wir verfügen auch über mehr Informationen als irgendwer sonst in der Branche, verstieg er sich auch schon mal intern, wenn er das von ihm entwickelte, aufgebaute und ihm unterstellte Archiv lobte. Auch wenn er Anton gegenüber darauf bestand, der Hund zu sein, der seinem Herrn die Beute lieferte, so hatte er sich mit dem Archiv doch selbst zum Herrn über diese Beute gemacht.

»Also nicht in den Redaktionsräumen«, wiederholte Hans-Ulrich noch einmal laut Richtung Anton, der darauf nur kurz nickte.

»Der Kaiser befindet sich im Zentrum, nicht das Volk«, interpretierte Hans-Ulrich nun kühn Antons Ablehnung.

»Richtig, wir müssen einen Titel über China machen«, stimmte Anton daraufhin vermeintlich Hans-Ulrich zu. Er hatte, wie öfter, nur mit halbem Ohr hingehört. Hans-Ulrich kannte das nur zu gut, ja, er drehte irgendwann den Spieß um und meinte, Anton dürfe nicht mit jedem Kleinkram oder auch Dreck, wie er das Tagesgeschäft schon mal nannte, belästigt werden.

»Einen Titel über China?«, wiederholte er, als das Flugzeug ohne Vorankündigung in Turbulenzen geriet und durchsackte. Die Kaffeetasse auf dem Tablett kippte um, und ihr Inhalt schwappte über Hans-Ulrichs Glencheck-Anzug, Antons Mineralwasser über seinen hellen Flanell.

Die Turbulenzen hielten an, sie befanden sich über den Alpen. Erst nach der Zwischenlandung in München-Riem, wo sie das Flugzeug wechseln mussten und danach mit einer zweimotorigen Propellermaschine weiter nach Hamburg-Fuhlsbüttel flogen, besserte sich das Wetter wieder. Auf halber Strecke riss sogar die Wolkendecke auf, und sie hatten Bodensicht, und Hans-Ulrich machte Anton auf die deutsch-deutsche Grenze aufmerksam, an der entlang sie ihren Flug nach Norden fortsetzten.

»Zwingt die Grenze den Piloten zu einem Umweg?«, fragte er, wartete nicht auf eine Antwort, sondern stellte fest: »Die Grenze ist ein Umweg, ein Umweg der Geschichte, da sind wir uns doch einig.«

Er sah zu Anton, der ihn wieder nicht gehört zu haben schien.

Nach der Landung in Hamburg-Fuhlsbüttel nahmen sie gemeinsam ein Taxi. Anton stieg als Erster aus, das Haus, das Paula gemietet hatte, lag an einem Kanal in Innenstadtnähe. Es war ein Häuschen mit Anbauten, eine Heidschnucken-Kate, wie Paula es nannte, obwohl es, wie im Norden sonst üblich, nicht mit Reet, sondern mit Ziegeln gedeckt war. Aber es hatte Fachwerk und war weiß verputzt.

Anton suchte in seiner Reisetasche nach dem Schlüssel für die Pforte in der Mauer, sie war mannshoch und schirmte den Vorgarten zur verkehrsreichen Straße hin ab. Mit dem Schlüssel konnte er auch die Haustür öffnen. Als er sie hinter sich abschloss, bemerkte er die Stille, die ihn plötzlich umgab. Er stellte die Reisetasche ab, hängte Mantel und Schal an den Garderobenhaken, wusch sich in der Gästetoilette die Hände, trocknete sie ab und hielt inne, er fühlte sich beobachtet. Unwillkürlich blickte er sich um.

Natürlich war er allein. Paula verbrachte die Nacht noch in Rom. Morgen früh würde sie mit Veronika als Beifahrerin aufbrechen, um die ganze Strecke von Rom bis nach Hamburg in drei Tagen mit dem Auto zurückzulegen.

Er ging in die Küche. Noch bevor er den Topf auf dem Herd sah, verriet ihm der feine Duft eine frische Hühnersuppe, die Renate, seine langjährige Haushälterin, für ihn gekocht hatte. Er drehte den Herdschalter auf die höchste Hitzestufe. Wieder wähnte er sich dabei beobachtet.

So ging es ihm auch, als er die heiße Brühe mit der Einlage aus Eierstich, Gemüsen und Grießklößchen in die von der Haushälterin bereitgestellte Suppentasse füllte und sich an den gedeckten Tisch setzte.

Anton hielt inne. Und nun bemerkte er den unsichtbaren Gast: Es war Franz. Er hatte ihn schon die ganze Zeit in Gedanken begleitet, jetzt begann er eine stumme Unterhaltung mit Franz, an deren Ende er sich selber auf den Amselhof einlud, zu einem Gespräch mit Hubert Münzer, dem Zeugen, Zeitzeugen, vielleicht sogar einem Kronzeugen.

Am nächsten Morgen sprang Anton ohne zu zögern in den Paternoster, die Aussicht, mithilfe eines Kronzeugen seinen *Untergang* nach über zehn Jahren noch einmal anzuschieben, um ihn dann zu Ende zu bringen, trieb ihn an.

»Sie warten schon auf dich«, begrüßte ihn Leni.

»Ich brauche die Adresse und Telefonnummer von Herrn Franz Münzer«, Anton gab Leni einen Zettel, Franz Münzer, München, stand darauf, und der Name der Bank, für die er arbeitete. Dann betrat Anton sein Büro, die Ressortleiter sahen ihn erwartungsvoll an.

»Wir werden ihm ganz genau auf die Finger schauen!«, eröffnete er das tägliche Drachentötergeschäft. Der Verteidigungsminister fordere nicht nur Atomwaffen für die Bundeswehr, sondern habe dafür an Ostern in Rom auch noch den Segen von Pius XII. eingeholt, meinte Anton zu seinen Redakteuren.

»Na, dann frohe Ostern!«, wünschten sie und brachen in grimmige Heiterkeit aus.

Hans-Ulrich steckte seinen Kopf durch die Tür und reichte Anton seinen Entwurf für das zehnjährige Jubiläum herein, er folgte nur kurz der hitzigen Diskussion über atomare Aufrüstung im Osten und im Westen und über den Ehrgeiz des bundesdeutschen Verteidigungsministers, das Land ebenfalls atomar mit aufzurüsten, dann verließ er die Sitzung wieder und ging noch einmal die Gründe für seine Nachforschungen über Hubert Münzer durch. Das hatte er sich angewöhnt, wenn er sich über seine geheimen, nicht ganz legalen Wege an Auskünfte herantastete, die, wie im Fall Hubert Münzer, auf legalem Wege wohl eher nicht zu bekommen sein würden.

Einer der Gründe für diese Nachforschungen, Hans-Ulrich leugnete es nicht, war Franz. Zu dieser Ehrlichkeit hatte er sich, als er ganz gegen seine Gewohnheit bereits um vier Uhr morgens aufgewacht war, gezwungen: Der Abend auf der Dachterrasse des Hassler sollte eigentlich sein Triumph werden und dem Franz Münzer zeigen, wie weit er es gebracht hatte, der uneheliche Kleine-Leute-Sohn Hans Müller, den er damals als seinen Adjutanten gern ein bisschen geschunden und gedemütigt, ja, unter dessen Verachtung er so sehr gelitten hatte, dass er alles für ihn getan hätte, um von ihm ein bisschen geachtet zu werden.

Aber anstatt dass der Franz Münzer nun Zeuge seiner Achtung und Wertschätzung durch Anton Bluhm wurde, hatte dieser Abend ihn zum Zeugen einer kaum zu ertragenden Verbrüderung von Anton und Franz werden lassen. Obwohl er im Hassler sein Gast war, hatte sich Franz nur für Anton interessiert, ja, sich ihm geradezu angedient, wie auf der Tenne von Bauer Buck. Damals hatte Franz ihn, seinen Adjutanten, verraten.

Die Wiederholung dieses Verrats, wenn auch in umgekehrter Richtung, würde er zu verhindern wissen! Durch Hubert Münzer, er würde das Hindernis sein, das für Franz unüberwindbare Hindernis, Anton näherzukommen, denn Hubert Münzer hatte Dreck am Stecken. Da war er sich sicher, das hatte ihm heute Nacht sein Spürsinn für eine heiße Spur eingegeben. Und deshalb war im Fall Hubert Münzer nicht Anton sein Auftraggeber, er selber wollte Beute machen.

Wie heiß die Spur werden würde, konnte Hans-Ulrich jedoch nicht vorausahnen.

Zunächst enttäuschten die Ergebnisse, Hubert Münzer war in keiner Weise in den Goldmacher-Betrug verwickelt gewesen, wie er gehofft hatte. Doch wenig später wurden ihm Dokumente aus der Nazizeit angeboten, die bisher noch nicht einmal dem BRD-Geheimdienst zugänglich gewesen waren.

Es handele sich um Aufzeichnungen eines gewissen August Lowicki, teilte ihm der Informant mit. Lowicki sei Parteimitglied der ersten Stunde gewesen und ein Mann aus dem nahen Umfeld von Hubert Münzer. Er würde heute unter anderem Namen in Argentinien leben. Diese Aufzeichnungen enthielten genug Sprengstoff, um den alten Münzer hochgehen zu lassen, ließ der Informant Hans-Ulrich auch noch wissen. Deshalb der Preis. Er war hoch, sogar sehr hoch, und darüber würde er Anton informieren müssen. Doch zuerst verabredete Hans-Ulrich ein Treffen, bei dem ihm die Echtheit der Aufzeichnungen belegt und der Inhalt dargestellt werden sollte.

Bevor es jedoch dazu kam, erfuhr er bei einer zufälligen gemeinsamen Paternosterfahrt von Anton, er sei mit Franz auf dem Amselhof verabredet, um Hubert Münzer kennenzulernen, einen wichtigen Zeit- und Kronzeugen, wie er hoffe.

Einen kurzen Augenblick wollte Hans-Ulrich erzählen, was man ihm angeboten und worüber er bald mehr und nach der Bezahlung von einer wenn auch tatsächlich sehr hohen Summe alles erfahren würde. Hubert Münzer war ein Mittäter gewesen. Aber dann hielt ihn etwas zurück. In diesem Moment im Paternoster wollte Hans-Ulrich die Macht, mehr zu wissen, mehr über Hubert Münzer zu wissen, nicht an Anton weitergeben, er wollte sie für sich behalten.

9.

»Bleibst du nicht übers Wochenende?«, fragte Franz überrascht und zeigte auf die Reisetasche in Antons Hand.

»Ich reise lieber mit kleinem Gepäck, am Sonntagabend fliege ich zurück, falls dein Vater mich nicht vorher rausschmeißt«, meinte er ironisch.

Sie durchquerten die Ankunftshalle des Flughafens.

»Hast du dir etwas Besonderes vorgenommen?«, fragte Franz verwundert.

»Denn sie wussten nicht, was sie tun, jetzt wissen sie es – dein Vater ist ein Zeitzeuge, ich würde ihn gern befragen, nicht nur über den Goldmacher.«

»Er wird dir von den Amis erzählen und von seiner großen Bedeutung für den Wiederaufbau, ihn interessiert nur die Gegenwart«, sagte Franz und überquerte mit Anton den Parkplatz. Über Huberts Internierung sagte er nichts, niemand in der Familie oder auch außerhalb sprach darüber.

Anton warf seine Reisetasche auf den Rücksitz des Borgwards und setzte sich vorn neben Franz auf den Beifahrersitz: »Ich werde ihn ein bisschen in die Zange nehmen.«

»Er ist eine harte Nuss«, warnte Franz und fuhr auf die Autobahn. Es war Samstagmittag, und es war ein goldener Herbsttag im Oktober. Später, während der Fahrt über die Landstraße, erzählte er von seinem persönlichen Wunder von Rom.

»Ja, ein Wunder, verzeih!«, sagte er und lachte. Bereits auf dem Weg nach Rom sei ihm der Touristenstrom aufgefallen, und als er sich dann in Rom auf die Spuren seiner Erinnerung an jenen Tag vor seinem ersten Einsatz gemacht habe, sei ihm blitzartig eine Idee eingefallen, von der er sofort wusste, sie sei richtig und gut. Er habe ihr auch gleich einen Namen gegeben: SOLOTEL. Er würde im Süden preisgünstige Hotels für die hart arbeitenden, sonnenhungrigen Urlauber aus dem Norden bauen und sich durch Solotel sowohl endgültig von seinem Vater als auch endgültig vom Krieg befreien, er würde etwas ganz Neues aufbauen.

»Und was meint dein Vater dazu?«, fragte Anton.

»Ich werde ihn morgen über alles informieren.«

»Hast du ihn über mich informiert? Ich meine, was hast du ihm von mir erzählt?«

»Er hat sich äußerst interessiert daran gezeigt, ein Opfer der Goldmacherei kennenzulernen, ein Opfer der zweiten Generation, wie er sich ausdrückte. Ich hab dich gewarnt, er ist eine harte Nuss!«

»Ich werde nicht als Opfer mit ihm sprechen, sondern als Chronist«, sagte Anton, »er ist ein Zeuge des Wunderglaubens, mit dem alles anfing.«

»Herrje, nein!«, protestierte Franz. »Mein Vater hat doch nie an Wunder geglaubt! Ich habe daran geglaubt und viele andere auch, aber er doch nicht!« Er schaute plötzlich düster.

In einiger Entfernung glitzerte das Blau des Starnberger Sees durch die Bäume und Franzens Stimmung hellte sich schlagartig wieder auf.

»Halt dich fest!«, rief er nun, dann gab er Gas und fuhr in halsbrecherischem Tempo die kurvenreiche Strecke von der oberen Seestraße hinunter zur Uferstraße. Anton hielt sich tatsächlich fest, musste sich festhalten, um nicht in den Kurven auf Franzens Seite zu kippen. Er atmete erleichtert auf, als Franz die Geschwindigkeit drosselte, schon bald in die Einfahrt zum Amselhof einbog, abrupt bremste und direkt neben der Madonnenstele hielt.

»Himmel und Hölle, wir sind da!«, rief er, »willst du nicht aussteigen und der Madonna deine Reverenz erweisen?« Er lachte.

Anton schüttelte den Kopf, nein, er sei hier, um Hubert Münzer zu begegnen. Aber dann überfiel ihn auf dem langen Kiesweg hinauf bis zum Landhaus doch die Erinnerung.

Er war froh, als schließlich Kinder auf den Borgward zustürmten und ihn aus seinen Gedanken rissen. Sie liefen links und rechts neben dem Auto her, mit ihnen ein mittelgroßer Hund mit langem schwarzem Zottelfell.

Franz fuhr im Schritttempo, die Kinder lachten und klopften gegen die Fensterscheiben und versuchten hineinzuschauen oder ihre Handflächen und Nasen gegen das Glas zu pressen. Kaum hielt der Wagen, öffneten sie auch schon Antons Tür.

»Sie wollen dir die Goldmacherei zeigen, ich habe ihnen deine Geschichte erzählt«, sagte Franz. Er stellte seine Töchter vor, woraufhin sie den Gast direkt zum Hügel drängten, der hinter dem Haus lag.

Anton ließ es geschehen, es gefiel ihm sogar, so konnte er die Beklemmung überspielen, die sich seiner bemächtigte.

Die Kinder drängten ihn nun über die Schwelle der schweren Eingangstür, die geöffnet war, und in das Dunkel hinein. Franz folgte ihnen. Lexa, die am Eingang stehen geblieben war, drückte einen Lichtschalter, ein Aufflackern, dann war das Gewölbe gleißend hell erleuchtet. Franzens Töchter sahen ihn neugierig an, was würde er jetzt wohl sagen. Anton schaute sich um und verbarg seine Enttäuschung. Er hatte sich den Ort nicht nur größer und eindrucksvoller vorgestellt, er hatte vor allem Zeugen erwartet, Teile der Anlage, Kessel, Geräte, Rohre und die mit Milchglas verglasten Kabinen. Doch in dem Gewölbe befand sich nichts. Die Kinder blickten noch immer neugierig, da rief er seinen Namen und hörte das Echo. Jetzt riefen auch sie ihre Namen und lauschten auf das Echo.

»Rosi ist abergläubisch«, sagte Franz, er hatte Antons Enttäuschung bemerkt, »sie hat das Gewölbe entrümpelt und mit Weihrauch ausgeräuchert, sie glaubt, auf dem Amselhof spuke noch der Geist des Goldmachers herum.«

»Und? Stimmt es?«, fragte Anton.

»Um ehrlich zu sein, Rosi befürchtet, er könnte mit dir wieder auftauchen«, meinte Franz launig und drehte sich um, er hatte Huberts Schritte gehört, gleich darauf hörte Anton seine Stimme.

»Ihr Vater soll sein ganzes Vermögen bei dieser Hokuspokus-Veranstaltung vor über dreißig Jahren verloren haben«, sagte Hubert. Seine Stimme hallte im Gewölbe.

»Herzlich willkommen auf dem Amselhof.« Er streckte Anton die Hand entgegen, Anton ergriff sie, es war ein zupackender Händedruck, den er zu erwidern versuchte, während er seinem Gastgeber sehr direkt in die Augen sah. Er hätte in dem mittelgroßen, etwas rundlichen Mittsechziger mit dem glatten, kurz geschnittenen braunen Haar und den runden braunen Augen, die ihn neugierig freundlich musterten, niemals Franzens Vater vermutet, äußerlich zumindest bestand kaum eine Ähnlichkeit. Er bedankte sich bei ihm für die Einladung.

»Ich würde Ihnen gern beschreiben, wie es hier einmal ausgesehen hat, aber ob Sie es glauben oder nicht, ich habe die Goldmacherei nie betreten«, sagte Hubert.

Das glaube ich nicht, dachte Anton und ahnte, wie das Gespräch verlaufen würde, und wappnete sich.

»Das wird gar nicht nötig sein«, erklärte er laut, »ich habe eine Zeichnung meines Vaters mitgebracht, und ich vermute, sie ist recht genau, wie alle seine Aufzeichnungen.«

Hubert schaute einen Moment irritiert.

»Die Goldmacherei war die Idee meiner damals sehr jungen und sehr schwärmerisch veranlagten Frau«, erklärte er dann, »sie hat tatsächlich an den Goldmacher geglaubt. Ihr werter Herr Vater offenbar auch. Und, glauben Sie mir, er war dabei in bester Gesellschaft, der General war ein glänzender Akquisiteur«, Hubert lachte kurz auf.

»Im Wintergarten wartet der Tee auf uns«, sagte er, nahm Antons Arm und führte ihn aus dem Gewölbe.

Die Kinder folgten ihnen, hielten jedoch Abstand. Als Hubert an Plus vorbeiging, der wartend vor dem Hügel stand und zum Hütehund der Kinder geworden war, knurrte der Hund leise drohend.

»Das macht er immer bei Fremden«, sagte Hubert.

»Meine Frau hatte den Wintergarten dem General zur Verfügung gestellt, und dort«, Hubert wies mit der Hand auf mehrere Rundbögen, die den Seitenflügel mit dem Hauptflügel verbanden, »dort hinter diesen Fenstern wurden die Verträge für den Erwerb von Anteilsscheinen unterschrieben.«

Die Eingangstür wurde geöffnet, und Rosi trat heraus, die Kinder liefen sogleich zu ihr.

»Auch Ihr Vater wird dort unterschrieben haben, für Sie also ein schicksalhafter Ort, den wollte ich Ihnen nicht vorenthalten. Ist der Tee fertig?«, fragte er Rosi, »meine Schwiegertochter kennen Sie ja bereits. Ich denke, Sie wollen mich allein sprechen, also folgen Sie mir bitte.«

Anton fand kaum Zeit, Rosi zu begrüßen, so schnell eilte Hubert ihm voraus. Doch Rosi hatte bei seiner Begrüßung auch kaum eine Miene verzogen. Sie hatte den Abend im Hassler in schlechter Erinnerung. Anfangs hatte sie versucht, Antons Besuch auf dem Amselhof zu verhindern. Erst als sie von Franz erfuhr, er gelte dem Schwiegervater, Anton wolle ihn zum Goldmacher befragen, als Zeugen, stimmte sie zu. Sie nannte das Treffen nun eine Begegnung zweier Beelzebuben. Sie sei sehr gespannt, wie es ausginge, hoffe aber auf eine Niederlage des Alten, gestand sie Franz.

»Viel Glück«, rief Franz nun Anton hinterher, er hörte es nicht mehr.

Hubert saß bereits am Tisch und wies auf den Stuhl ihm gegenüber, eine Art gepolsterter Korbsessel auf hohen Beinen, als Anton den Raum betrat.

»Setzen Sie sich, schenken Sie sich Tee ein, nehmen Sie sich vom Kuchen«, forderte er Anton auf, schenkte sich selber Tee ein und legte sich ein Stück Kuchen auf seinen Teller.

»Was wollen Sie denn von mir wissen?«, fragte er dann umstandslos und sah Anton freundlich an.

Anton schloss die Wintergartentür hinter sich, verweilte einen Augenblick, wieder musste er Johanns Schatten vertreiben, um diesem Hubert Münzer aufzulauern, der sich bereits in seinem Bau verschanzt hatte, der bereits am Tisch saß, um ihn abzuspeisen. Das sah Anton nun ganz deutlich.

»Schauen Sie sich ruhig um«, übernahm Hubert wieder das Kommando, »damals hatte der General hier einen langen Konferenztisch mit vielen Stühlen aufbauen lassen, es gab Platz für zwanzig Personen. Hat Ihr werter Herr Vater auch eine Zeichnung vom Wintergarten gemacht? Nein, nur von der Technik? Interessant!« Hubert beugte sich über die Zeichnung, die Anton ihm reichte, Johann hatte sie vor vielen Jahren eigens für die Chronik seines Sohnes angefertigt.

»Imposant!«, Hubert lehnte sich wieder zurück. »Aber wenn ich etwas Persönliches sagen darf: Im zweiten Anlauf hat es ja dann doch geklappt! Was Ihrem Vater nicht gelang, ist Ihnen gelungen, Sie haben sich mit Ihrem Blättchen in den Besitz einer veritablen Goldgrube gebracht, gratuliere!« Er amüsierte sich über seinen Einfall.

»Nun setzen Sie sich doch«, wiederholte er schließlich.

Anton legte Johanns Zeichnung auf den Tisch und setzte sich, schenkte sich auch Tee ein und nahm sich ein Stück Kuchen.

»Es soll zu Beginn mit dem Goldmachen fast geklappt haben, behauptet meine Frau, aber die Anlage sei zu klein gewesen«, Hubert wies auf die Zeichnung, »sieht hier größer aus, aber Sie haben ja eben das Gewölbe gesehen. War eigentlich nicht viel mehr als ein Labor. Wenn Sie mich fragen: Die Leute wollten es einfach glauben!«

»Sie nicht?«

»Ich? Nein, ich wusste immer, dass das Hokuspokus ist.« Hubert lachte. »Es war meine Frau, die sich dem General verbunden fühlte.«

»Wenn Sie nichts über die Goldmacherei und die genaueren Umstände wissen, vielleicht können Sie mir dann Ihre eigene Geschichte erzählen«, schlug Anton vor.

»Meine Geschichte?« Hubert blickte Anton entgeistert an.

»Franz hat angekündigt, Sie kämen aus familiären Gründen zu uns auf den Amselhof. Ihr Vater muss ein leichtgläubiger Mensch gewesen sein, mehr kann ich zu der ganzen Geschichte überhaupt nicht sagen.« Entschieden legte sich Hubert ein weiteres Stück Kuchen auf seinen Teller.

»Sie sprachen vom General, woher kannten Sie ihn?«

Hubert streckte das Kinn vor: »Kannte ich ihn? Habe ich das behauptet? Ich sagte doch bereits, die Sache mit der Goldmacherei ist ein Hobby meiner damals sehr jungen, sehr schwärmerisch veranlagten Frau gewesen.«

Er hielt inne und fuhr dann mit bedauerndem Blick fort: »Ich möchte nicht, dass Sie mit meiner Frau über dieses Thema sprechen, es würde sie zu sehr aufregen. Ich kann nur wiederholen, im Gegensatz zu meiner Frau habe ich nie an Wunder geglaubt.«

»Wirklich nicht?«, fragte Anton und begann, über den Glauben an das Wunder eines militärischen Sieges über ganz Europa zu sprechen. Er zitierte den Glauben an eine Weltherrschaft, zitierte die Eroberungspläne Hitlers, die den Militärs von Anfang an bekannt gewesen wären und puren Wunderglauben vorausgesetzt hätten, dagegen sei der Glaube seines Vaters an die industrielle Herstellung von Gold ja ein Pappenstiel gewesen! Anton wischte mit der Hand über Johanns Zeichnung. Ihm ging es nun darum, diesen Wunderglauben zu dokumentieren, durch Zeugen wie ihn, damit das ganze Ausmaß erkennbar und zur Mahnung werde, selbst in Zeiten von Umbrüchen, ja, von Zusammenbrüchen, bei Verstand zu bleiben.

»Das Gewesene klar erkennen und damit auch das Künftige«, zitierte Anton seinen Thukydides. Er hoffte, Hubert doch noch aus der Reserve zu locken.

Hubert dagegen hatte mit einem Zyniker, einem gefährlichen Intellektuellen gerechnet, nicht mit einem Kindskopf und naiven Romantiker, als den er Anton einschätzte.

»Das wäre ja das reinste Wunder, das allerreinste Wunder!«, rief Hubert nun und begann zu lachen, »Ihr Glaube an die Vernunft ist ja reinster, allerreinster Wunderglaube!« Er schlug sich auf die Knie und jetzt schüttelte er sich vor Lachen, nicht zuletzt auch, weil es ihm so leicht gelungen war, Anton abzuschütteln. Er zog ein Taschentuch aus seiner Jacke, um sich sein Gesicht abzutupfen und die Nase zu schnäuzen, so sehr hatte ihn sein Lachen erhitzt.

Anton fasste sich an die Stirn, erstaunt, ja, verwundert über den Haken, den Hubert geschlagen hatte.

»So hat eben jeder seinen Wunderglauben«, sagte Hubert, noch immer um Fassung ringend, »so hat wohl auch jede Generation ihren Wunderglauben. Die meisten Jüngeren glauben ja an ein Wirtschaftswunder, und Sie glauben eben an die Vernunft«, sagte Hubert.

Noch einmal begann es ihn zu schütteln, bevor er erklärte, seine Frau würde warten, er aufstand und die Tür öffnete und nach Franz rief.

Anton war auch aufgestanden.

»Franz will mit Ihnen auf den See, wir haben hier eine so wunderschöne Landschaft, die will Ihnen mein Sohn vorführen, morgen soll das Wetter schlecht werden.«

Anton war noch in Gedanken mit Huberts Haken beschäftigt, er hörte kaum, was er sagte.

»Dein neuer Freund hat amüsante Ideen«, meinte Hubert zu Franz, der, bereits fürs Segelboot gerüstet, den Wintergarten betrat. Damit verabschiedete er sich.

»Er hat mich ausgetrickst«, gab Anton zu, als er mit Franz am späten Abend allein vor dem Kamin saß.

Franz nickte: »Mein Vater ist eine harte Nuss, schwer zu knacken. Dir habe ich es eigentlich zugetraut.«

Dann schwiegen sie, beobachteten, wie die Flammen um die Holzscheite züngelten, und hingen ihren Gedanken nach. Franz malte sich die Reaktion aus, wenn er am nächsten Morgen dem Vater seine Pläne eröffnen würde. Und Anton fragte sich, ob der alte Münzer ein gewiefter Trickser und er ein Dummkopf sei oder einfach nur ein schülerhaft ehrgeiziger, doch unbegabter Epigone seines frühen Vorbildes, des großen Thukydides. Als das Feuer heruntergebrannt war, gingen sie schlafen.

Mitten in der Nacht wachte Anton von einem Brausen und Dröhnen auf, der Wind zischte durch Tür- und Fensterspalte, ein Fensterladen schlug irgendwo laut gegen die Hauswand.

Anton sprang aus dem Bett und schaute nach draußen in die Dunkelheit: Ein mächtiger Sturm zerzauste die Krone der hohen Buche, die in einiger Entfernung vor seinem Fenster stand, wirbelte Äste und Laub über den Hof und drückte die Büsche gegen den Boden, das ganze Haus vibrierte unter den wuchtigen Stößen der geballten Luftmassen. Er kroch zurück unter die Decke und konnte lange nicht einschlafen. Hubert Münzer und sein Lachen über die Vernunft als dem reinsten Wunderglauben ging ihm nicht aus dem Sinn. Er würde Hans-Ulrich beauftragen, vielleicht gab es Aktenkundiges über diesen Zeitzeugen, überlegte Anton, mehr aus einem Racheimpuls als aus Überzeugung.

Am Morgen wachte er spät auf, dieses Mal durch laute Stimmen. Sie kamen aus dem Zimmer über ihm. Er lauschte und erkannte die Stimme von Franz. Sie war die lautere, die erregtere. Die von Hubert klang gelassen, sie hob selten an. Die Worte des Gesprächs verstand er nicht.

Er stand auf und schaute wieder aus dem Fenster. Der Sturm hatte sich gelegt, es wehte aber noch immer ein starker böiger Wind. Die Buche vor seinem Fenster hatte durch den Sturm über Nacht ihre Blätter verloren, das goldgelb gefärbte Laub kreiselte nun in Wirbeln über den Hof.

Er ging in das angrenzende Gästebad, duschte, rasierte sich und zog sich an.

Zurück im Zimmer, wurden die Stimmen über seinem Kopf noch lauter, bis man hörte, wie eine Tür laut zuschlug. Kurz darauf sah er Franz, einen furiosen Ausdruck im Gesicht, draußen vor seinem Fenster vorbeirennen.

Anton lief aus seinem Zimmer, den Flur entlang und aus dem Haus, ihm hinterher, er rief seinen Namen, aber Franz schien ihn nicht zu hören.

»Halt ihn auf! Du musst ihn aufhalten! Der Sturm!« Anton drehte sich um, Rosi stand im Hof und forderte noch einmal, jetzt dringlicher, er müsse Franz aufhalten.

Anton rannte los und den Kiesweg hinunter zum See, er sah Franz im Bootshaus verschwinden. Anton sprang die Stufen zum Bootshaus hinunter, riss die Tür zum Schuppen auf und war im letzten Moment mit einem Satz auf dem Boot. Franz bemerkte ihn erst, als sie bereits draußen auf dem See waren. Einen Augenblick starrte er ihn ungläubig an, dann wurde der wilde Ausdruck auf seinem Gesicht von einem plötzlichen großen Lachen weggefegt. Er griff nach einer Schwimmweste und warf sie ihm zu: »Halt dich fest!«, rief er, »du musst dich sehr gut festhalten!«

Anton kauerte sich auf den Boden, während Franz das Segel setzte. Augenblicklich fuhr der Wind hinein, und das Boot glitt pfeilschnell über die von den Böen aufgeraute Wasseroberfläche dahin und in die Weite des Sees hinaus. Anton verlor bald jede Orientierung, er wusste, so schräg wie das Boot im Wind lag und so häufig, wie Franz immer wieder die Richtung gewechselt hatte, kaum mehr Himmel und Wasser voneinander zu unterscheiden. Obwohl er sich mit ganzer Kraft festhalten und mit seinem ganzen Geschick balancieren musste, fühlte er sich wie befreit, je wilder die Fahrt wurde, er dachte nicht mehr an das Lachen von Hubert Münzer, mit seinen Gedanken war er nur noch bei Franz, der ihn, sich selbst und das Boot so sicher den Elementen aussetzte, dem Wind, der sie zerzauste, und den Wellen, die ihnen das Wasser ins Gesicht schlugen.

Später auf der Fahrt zum Flughafen redeten sie wenig, sie waren beide noch auf großer Fahrt über den vom Sturm aufgepeitschten See. Irgendwann jedoch sprach Franz über seinen Streit mit dem Vater, der meinte, er könne das Unternehmen Solotel nur mit seiner Hilfe aufbauen.

»Das bedeutet, er wird Solotel mit meiner Hilfe aufbauen, und ich werde leer ausgehen, wie jetzt nach all den Jahren bei der Bank auch, an die versprochene Beteiligung erinnert er sich nicht mehr!«

Sie wechselten einen Blick und Anton sagte, es sei wohl ein grundsätzlicheres Problem, dass der Vater sich an nichts mehr erinnere.

Wochen später erhielt Anton von Franz einen Brief mit der Bitte um eine Bürgschaft für einen Kredit. Anton bat Hans-Ulrich, Franzens Bürgschaftswunsch zu prüfen. Doch sein Geschäftsführer erklärte sich für befangen. Es spielten komplizierte Verwicklungen, alte und neue Beziehungen und Verwebungen, kurz, zu viele persönliche Dinge mit, die ihm den Blick verstellen würden. Er warnte Anton, ja, er beschwor ihn geradezu, sich nicht in Geschäfte mit den Münzers zu verstricken.

»Verstricken?«, fragte Anton befremdet, es handele sich bei dem Geschäft mit Franz doch nur um eine befristete Bürgschaft, »oder habe ich das nicht richtig verstanden? Übrigens, ich wollte dich bitten, die Vergangenheit von Hubert Münzer zu recherchieren, er selber kann sich einfach nicht erinnern.«

Hans-Ulrich erschrak. Tatsächlich war er in den Fall Münzer längst schon selber verstrickt. Und es gelang ihm nicht, das Bündel von Motiven, die vielfältigen Gründe zu durchschauen, die ihn daran hinderten, Anton endlich darüber zu informieren: über die heimlichen Nachforschungen; über die nicht ganz üblichen Wege, die er gegangen war; über die hohe Summe, die er ohne Rücksprache für die Dokumente gezahlt hatte, vor allem aber auch über den Inhalt der Dokumente, die sich jetzt in seinem Besitz befanden. Seine Gier nach Beute, die Aussicht auf Einblick in die geheimen Aufzeichnungen dieses August Lowicki, eines Spitzels, der im Auftrag der Partei alles und jeden bespitzelt hatte, vor allem die eigenen Parteimitglieder, und somit auch die Geschäfte des Hubert Münzer, diese gierige Neugier hatte ihn das ganz und gar Unkorrekte seiner Handlungsweise beiseiteschieben lassen, er hatte Anton einfach ausgeblendet, hatte sogar einen Teil der hohen Summe für die Dokumente aus eigener Tasche bezahlt.

Jetzt wünschte sich Anton eine Recherche über die Vergangenheit von Hubert Münzer, an die sich der alte Münzer, wie man leicht verstehen konnte, wenn man den Aufzeichnungen des Spitzels Lowicki glaubte, nicht mehr erinnerte!

Hans-Ulrich stöhnte unwillkürlich auf, er beschwor Anton noch einmal, sich nicht auf Geschäfte mit den Münzers einzulassen, und entschuldigte sich.

Was tun?, fragte er sich auf dem Weg zurück in sein Büro und beschloss, nichts zu tun, weder würde er Anton informieren noch für ihn die Vergangenheit von Hubert Münzer recherchieren. Die Aufzeichnungen des August Lowicki, ein wahrer Schauerroman, würde er bei sich zu Hause im Safe verwahren, er würde auch den Rest der hohen Summe für die Dokumente aus seiner eigenen Tasche begleichen und auch sonst möglichst alle Spuren vertuschen.

Bei dem gemeinsamen Mittagessen in der Kantine wiederholte er dann noch einmal, Anton möge sich von Hubert, aber auch von Franz Münzer fernhalten, sich von der ganzen Sippe fernhalten, überhaupt von der Vergangenheit fernhalten und nicht mehr darin herumstöbern, und er, Hans-Ulrich, werde auch nicht mehr darin herumstochern und Dokumente von und über Zeitzeugen sammeln und sie im Sonderarchiv als Material für seinen *Untergang* archivieren, Anton müsse jemand anderen damit beauftragen, er lege diese Arbeit nieder, er sei überfordert, überlastet, das Unternehmen wachse von Tag zu Tag, wachse ihm, wenn er nicht aufpasse, über den Kopf.

10.

Franz deutete den Beginn seiner Freundschaft mit Anton als eine Verbrüderung von Gegensätzen, was seinen Wunsch nach Aufschwung ungemein stärkte. Aus dem zwar ganz unterschiedlich, so doch gemeinsam erlebten Absturz sich gemeinsam nach oben schwingen, das galt ihm als Ziel dieser Freundschaft. Obgleich sich Anton ja im Gegensatz zu ihm, dem erst durch die Bürgschaft des Freundes ein Anfang gelungen war, bereits aufgeschwungen hatte. Das bewunderte Franz an Anton, da war er ihm Vorbild.

Rosi behauptete später, Anton wäre in dieser Zeit für Franz so sehr Vorbild geworden, dass er angefangen hätte, ihn sogar in seiner äußeren Erscheinung nachzuahmen. Tatsächlich entschied sich Franz, als er beim Optiker sein erstes Brillengestell auswählte, für das dunkle, breitrandige Modell, das auch Anton trug. Als er in den ersten Jahren ihrer Freundschaft dann einmal wie üblich an den Geschäften in der Maximilianstraße vorbeihastete und in der Auslage eines Herrenausstatters einen unauffälligen, anthrazitgrauen Flanellanzug sah, wie Anton ihn trug, betrat er den Laden und erwarb kurzerhand den Anzug samt einem hellblauen Hemd aus merzerisierter Baumwolle und einer Clubstreifenkrawatte aus weicher bedruckter Seide. Beides hatte er bei Anton gesehen und im Vergleich dazu seine immer weißen Hemden und seine Krawatten aus steifer Seide mit gewebten heraldischen Mustern als bieder und provinziell empfunden.

Zunächst trug Franz die neuen Hemden und Krawatten nur auf Reisen ins Ausland. Er reiste jetzt viel in Sachen Solotel. Für diese Reisen tauschte er sogar seinen Lodenmantel, sein beständigstes Kleidungsstück und Ausweis seiner bayerischen Herkunft, gegen einen hellen Staubmantel für wärmere und einen Dufflecoat, beidseitig zu tragen, für die kälteren Jahreszeiten. Beides hatte er sich wiederum von Anton abgeschaut.

Rosi protestierte, sie liebte das Bayerische, vor allem auch in der Kleidung, und sie meinte, ihr Franz wolle Anton offensichtlich mehr gefallen als ihr.

Franz widersprach, aber er wollte Anton tatsächlich gefallen, und mehr noch, er wollte ihn beeindrucken. So versuchte er, jede Begegnung mit einem sportlichen Ereignis zu verbinden, segelte im Sommer mit dem neuen Freund auf dem See und traf sich im Winter mit ihm zum Skilaufen in den nahen Bergen, denn auf sportlichem Gebiet konnte er Anton am meisten beeindrucken. So schnell wie Anton wahre Slalomfahrten im Kopf vollführen konnte, vollbrachte er sie auf den Brettern im Schnee oder mit dem Boot vor dem Wind.

»Du hast mich mit deiner Bürgschaft von meinem Vater befreit«, sagte Franz oft in dieser Zeit, wenn er Anton wiedersah, »das werde ich dir nie vergessen.«

»Im Geschäftemachen bin ich zumindest nicht schlechter als der Alte«, sagte er, als er Anton nach der Einweihung des fünften Hotels der Solotel-Gruppe die Bürgschaft zurückgeben konnte.

»In uns spiegelt sich die neue Zeit, ich verfolge das Gute und du verfolgst das Böse, da kann nichts mehr schiefgehen!«, sagte er einmal launig und lachte, doch er meinte durchaus, was er gesagt hatte. Denn je mehr er begriff, was Anton unter *Drachentöten* verstand, umso mehr bewunderte er ihn, richtete sich für Franz doch Antons medialer Kontrollblick vor allem auf das, was sein Vater einst repräsentiert hatte und aus dem nicht nur er ausbrechen wollte, um ins internationale Geschäft aufbrechen zu können, sondern das junge Deutschland, die noch junge BRD insgesamt.

»Früher einmal habe ich ans Goldmachen geglaubt, heute glaube ich ans Geldmachen«, sagte Franz während einer Wanderung in der Gegend um Bayreuth, er hatte Anton und Paula zu den wieder eröffneten Bayreuther Festspielen eingeladen, er war förderndes Mitglied geworden, das würde auch seine Geschäfte befördern, erklärte er offen.

»In fünf bis zehn Jahren werden die meisten in unserem Land ein eigenes Auto fahren und ihre Wäsche in einer eigenen Waschmaschine waschen«, fuhr Franz fort, »sie werden an einem reich gedeckten Tisch sitzen, ein eigenes Fernsehgerät besitzen, in der eigenen Badewanne baden und im Süden Urlaub machen, wenn wir Glück haben, in einem unserer Solotels«, er lachte, dann suchte Franz Antons Blick. Es klang wie ein Bekenntnis, als er sagte: »Geld veredelt die Welt, die Wissenschaft und die Technik sind dabei hilfreiche Gesellen und keine Zauberlehrlinge!«

Anton beneidete Franz in diesem Moment, er wünschte sich, so klar und entschieden in der Welt zu Hause sein zu können wie er. Aber er war immer noch im Kampf mit dem einstigen Wunderglauben gefangen und es gelang ihm einfach nicht, war ihm bisher einfach nicht gelungen, die Schleier der Täuschungen durch die Aussagen und Dokumente sowohl der Täuscher wie der Getäuschten zu lüften und den Blick auf den großen Wahnsinn zu öffnen. Er würde ihn irgendwann aufgeben müssen, früher oder später würde er den *Untergang* im Tagesgeschäft, das ihm mit den Berichten über Krisen und Kriege, die an den Rand eines dritten und nun atomaren Weltkrieges führen konnten, keine Muße mehr erlaubte, endgültig untergehen lassen müssen. Zumal Hans-Ulrich tatsächlich die Leitung des Sonderarchivs wegen Arbeitsüberlastung niedergelegt hatte.

»Und?«, fragte Hans-Ulrich nach Antons Rückkehr aus Bayreuth, »wie hast du das größte Tongemetzel aller Zeiten überstanden?« Er versuchte sein amüsiert spöttelndes Lächeln, es gelang ihm nicht wie sonst.

»Durch Wandern«, antwortete er. »Ich bin an der nicht weit von Bayreuth gelegenen deutsch-deutschen Grenze entlang gewandert, wo ich, inspiriert vom Eisernen Vorhang, darüber nachgedacht habe, ob das Feuer des Kalten Krieges diesseits oder jenseits der Grenze ausgebrochen ist.«

»Tatsächlich«, sagte Hans-Ulrich nur, aber Anton sah, wie schwer es ihm fiel, ihn nicht wieder auf obskure Weise vor dem Umgang mit den Münzers zu warnen.

Dabei genoss Anton das Zusammensein mit Franz, dem Naturburschen, wie er und Paula den neuen Freund auch schon mal nannten. Ihm die Bürgschaft zu gewähren, dazu hatte sich Anton allerdings nicht allein wegen Franz entschieden, er hatte Hubert Münzer ein Schnippchen schlagen, ihm die Herrschaft über seinen Sohn streitig machen wollen. Doch dann hatte er sich schon bald in Franzens Gegenwart seltsam erfrischt, ja, gestärkt gefühlt und fühlte sich an den bayerischen Seen und in den Bergen immer mehr zu Hause.

Sieben Jahre waren vergangen, da lud Franz Anton und Paula nach München zu einem Ball in den Bayerischen Hof ein. Es sei ein gesellschaftliches Ereignis, das für ihn auch von geschäftlichem Interesse sei.

Anton mied Bälle dieser Art, sowieso gesellschaftliche Ereignisse überhaupt, aber Paula überredete ihn, sie liebte es noch immer, zu tanzen. Und so trafen sie an einem stürmischen Novembertag gegen Mittag auf dem Amselhof ein. Franz lockte Anton aufs Boot, und sie fuhren auf den See hinaus.

Paula saß mit Rosi, warm eingepackt, im Schutz der Badehütte auf einer Bank. Beide verfolgten, wie Franz mit Antons bescheidener Hilfe im Wind kreuzte, das Boot lag häufig recht schräg im Wasser.

Pia, die jüngste der Töchter von Rosi und Franz, sie hieß in Erinnerung an die Rom-Reise nach Pius XII., saß auf Paulas Schoß und spielte mit ihrer Puppe, die anderen Töchter waren mit Alexandra im Wald, um Holz für den Kamin zu sammeln.

»Warum heiratet ihr nicht und bekommt Kinder?«, fragte Rosi unvermittelt, sie hatte noch nie mit Paula darüber gesprochen, aber sich und Franz bereits öfter diese Frage gestellt, nicht zuletzt, weil Paula die Lieblingstante ihrer Töchter war.

Paula schaute Pia weiter zu, wie sie ihre Puppe anzog und wieder auszog, bevor sie Rosi antwortete. Sie war jetzt neunundzwanzig Jahre alt und Anton fast zehn Jahre älter als sie, trotzdem, Kinder wünschten sie sich bisher beide nicht. Sie war Künstlerin, zumindest fühlte sie sich so, auch wenn sie weiterhin Modezeichnungen anfertigte. Schon vor einigen Jahren hatte sie Freunde in ihr Atelier eingeladen, um sie zu porträtieren, tatsächlich gefielen die Porträts niemandem und kaufen wollte sie auch keiner. Doch mit der Zeit wurde sie besser und hatte nun sogar ein Porträt von Anton gezeichnet als Vorlage für ein Ölbild. Schon bei den ersten Skizzen hatte sie bemerkt, wie schwierig es für sie sein würde, ihn zu malen. Obwohl ihr alles in seinem Gesicht vertraut war, gelang ihr kein einziger richtiger Strich. Nein, Kinder würden sie nur stören, sie bedrängen, sie war erst am Anfang und eine Ehefrau wollte sie auch nicht sein, sie wollte ungebunden bleiben.

»Ohne Kinder macht es keinen Sinn zu heiraten«, antwortete Paula schließlich, »und ich will keine, vorläufig jedenfalls.«

»Und Anton?«

»Anton möchte, was ich mir wünsche«, Paula lächelte selbstbewusst.

»Übrigens, ich habe Franz versprochen, bevor wir aufbrechen, noch ein bisschen Rock 'n' Roll mit ihm zu üben. Ich freue mich wahnsinnig darauf, endlich mal wieder eine Nacht durchzutanzen.«

Am frühen Abend brachen sie vom Amselhof nach München zum Hotel Bayerischer Hof auf, in dem sie übernachten würden. Nachdem sie sich im Hotelzimmer umgezogen hatten, trafen sie sich im Foyer, Rosi in einem langen, Paula in einem kurzen Abendkleid. Franz und Anton im Smoking.

Festlich gekleidete Ballbesucher strömten an ihnen vorbei in Richtung Ballsaal. Sie schlossen sich ihnen an und blieben dann vor dem Eingang zu einem beeindruckend großen Saal stehen, vor dem sich eine Schlange gebildet hatte. Franz, der die Tischkarten in der Hand hielt, versuchte, sich über die Köpfe der Wartenden hinweg zu orientieren, sah überall üppigen Blumenschmuck, Kerzen brannten in Leuchtern und in Lüstern, deren flackerndes Licht sich in silbern glänzenden Champagnerkübeln spiegelte. Ein Gemisch aus Blumen-, Puder- und Parfumdüften wehte ihnen entgegen und gedämpftes Stimmengewirr.

Endlich bot ihnen ein befrackter Kellner seine Hilfe an und ließ sich von Franz die Karten zeigen, lotste die beiden Paare dann durch die Menge derer, die auch ihre Plätze suchten oder einander begrüßten oder bereits mit einem Champagnerglas in der Hand umherflanierten, an den Tisch, den Franz reserviert hatte.

»Sind wir denn auch gut genug platziert?«, fragte Franz, schaute sich um und nickte zufrieden, sie saßen an einem der vorderen Tische mit guter Sicht auf eine Bühne, um die sich alles zu gruppieren schien. Ihre gepolsterten Stühle, eher schon Sessel, wirkten im Vergleich zu denen in den hinteren Reihen groß und bequem und standen weniger eng beisammen. Um sich herum sah Franz in lauter bekannte Gesichter. Er nickte jedem zu.

»Wir sind nicht nur gut, wir sind bestens platziert«, ließ er die Runde wissen und winkte daraufhin einen Kellner herbei, um Champagner zu bestellen.

Anton hingegen fühlte sich bedrängt vom immer regeren Auftrieb, den vielen Zurufen, die Franz galten, vom ständigen Aufspringen, Hin- und Hereilen des Freundes, der Hände schüttelte, Worte wechselte und oft laut lachte.

Rosi, die sich, ganz wie Anton, durch die gesellige Hektik von Franz gestört fühlte, erklärte mit gleichermaßen bedauerndem wie stolzem Gesichtsausdruck: »Alte und neue Geschäftsverbindungen.«

Die allgemeine Umtriebigkeit, und dann auch die von Franz, legte sich, als die Beleuchtung im Festsaal teilweise erlosch, das Scheinwerferlicht aufflammte und auf der kleinen Bühne der Anlass des Balls, die Zeremonie einer Preisverleihung, begann, eine Auszeichnung an beliebte Unterhaltungskünstler in Form einer kleinen, goldschimmernden Statue, gestiftet von einer Boulevardzeitung. Es wurde stiller im Saal und danach redeten nur noch diejenigen, die durchs Mikrofon sprachen.

In ihrer unmittelbaren Nähe war ein Tisch mit drei Plätzen noch unbesetzt gewesen, jetzt führte ein Kellner einen Herrn im Smoking, begleitet von einem blonden Jungen in einem dunklen Anzug und einer blonden jungen Frau in einem schulterfreien weißen Seidenkleid, dorthin. Franz schien den verspäteten Ballbesucher trotz der reduzierten Beleuchtung erkannt zu haben und begrüßte ihn durch angedeutetes Aufstehen und Sichverneigen, was Anton aufblicken ließ. Und da streifte ihn der Blick der jungen Frau. Für einen Moment sah sie ihn unverwandt an, dann legte sie eine Hand auf die Schulter des Jungen und lenkte ihn an den Tisch, fuhr ihm mit der Hand kurz liebkosend durchs blonde Haar und setzte sich.

Anton konnte sich nicht mehr von ihr lösen. Er sah ihr Profil und gleichzeitig noch immer ihre Augen und wie sie ihn unverwandt anschauten. Aus einem blassen Gesicht, das von blondem Haar umspielt war. Jetzt beugte sie sich zu dem Jungen, der mit dem Rücken zu ihm saß, und Anton spürte, wie er auf sie wartete, auf ihre Hand. Wie damals die Hand von Fräulein Mizzi bei ihm, fuhr sie dem Jungen durch sein Haar, der gewiss bereits dreizehn oder vierzehn Jahre alt sein musste, nicht wie er damals zehn. Auch die junge Frau glich in nichts dem Fräulein Mizzi, sie war blond, ihre Augen schienen grün oder blau zu sein und alles an ihr schien so hell wie Perlmutt zu schimmern. Und doch fühlte Anton sich zurückversetzt, spürte er wie damals sein Herz schlagen.

Als könnte sie es hören, wandte sie ihren Kopf ihm zu und lächelte. Dann wandte sie sich an ihren männlichen Begleiter, während Anton seinen Blick nicht von ihr lösen konnte, er jeder ihrer Bewegungen folgte.

Vorn auf der Bühne hielten die Unterhaltungskünstler ihre goldschimmernden Trophäen in die Fernsehkameras, um sie den Zuschauern draußen im Land zu zeigen, dann hoben sie die Figuren für das Publikum drinnen im Saal über ihre Köpfe. Mit ihrem Abgang von der Bühne erloschen die Scheinwerfer, die Saalbeleuchtung wurde wieder angeschaltet und kurz darauf das Buffet im hinteren Teil des Saals eröffnet. Schnell bildete sich eine Schlange vor dem kunstvoll dekorierten und üppigen Angebot an kalten und warmen Speisen.

Paula und Franz stellten sich am Buffet an, Anton und Rosi blieben zurück. Anton war sehr schweigsam, und so nahm Rosi ihre Minox, sie hatte ihren Töchtern Aufnahmen der Stars auf der Bühne versprochen und schon während der Preisverleihung geknipst. Jetzt fotografierte sie Anton. Er schien es nicht zu bemerken, dann sprang er jedoch plötzlich auf, nahm ihr die Minox aus der Hand und fotografierte die junge Frau vom Nebentisch, die sich mit dem Jungen auf den Weg zum Buffet gemacht hatte, trat sogar vor sie hin, nahm ihre Hand und küsste sie. Die junge Frau lächelte, sie schien nicht verwundert, setzte ihren Weg fort und Anton kehrte an den Tisch zurück.

»Wer ist diese Frau?«, fragte er Rosi und gab ihr die Minox.

»Oh, ich dachte, du kennst sie«, meinte Rosi verwundert.

»Nein«, sagte Anton schlicht.

»Wieso kommst du dann bloß darauf, sie zu fotografieren und ihr die Hand zu küssen?«

»In gewisser Weise kenne ich sie natürlich schon«, sagte Anton.

»Hast du nicht eben gesagt, du würdest sie nicht kennen, die Sissi«, sagte Rosi verwirrt und schaute der jungen Frau hinterher.

Anton lehnte sich in seinen Stuhl zurück, es war unwichtig, ob er sie bereits kannte oder nicht, er hatte sie gesehen, und er hatte sie erkannt, die Frau seines Lebens. Sie sah genauso aus, wie er sie sich, ohne sich jemals eine Vorstellung von dieser Frau gemacht zu haben, schon immer vorgestellt haben musste, als hätte er bereits ein Bild von ihr gehabt, ohne es bisher gewusst, ohne jemals darüber nachgedacht, ohne jemals die Idee gehabt zu haben, es könnte sie überhaupt geben, die Frau seines Lebens. Jetzt saß sie leibhaftig noch nicht einmal fünf Meter von ihm entfernt.

»Ist es recht so?«, unterbrach Paula Antons Gedanken und ließ mit leicht theatralischer Geste den mit Delikatessen überhäuften Teller vor ihm niederschweben.

»Hey, aufwachen«, sagte Franz und stupste den Freund an, »was ist, bist du eingeschlafen?«

»Eingeschlafen? Im Gegenteil! Ich glaube, bei mir ist der Blitz eingeschlagen!«

Anton suchte nach einem weiteren Vergleich, fand keinen und nahm sich Messer und Gabel.

»Mein Gott, bin ich hungrig!«, rief er und machte sich über die Speisen her.

Paula und Franz sahen Rosi an.

»Was ist denn passiert?«, fragten beide wie aus einem Mund.

»Er hat der Sissi die Hand geküsst, das ist passiert«, sagte Rosi.

»Was hat er gemacht?«, fragte Paula laut.

»Nicht so laut!«, mahnte Rosi.

»Ich habe ihr die Hand geküsst«, sagte Anton, nahm sein Glas und einen kräftigen Schluck, der Wein schmeckte säuerlich. Er trank schon seit Jahren keine Spätlese mehr, in diesem Augenblick jedoch hätte er lieber den süßen Wein seiner frühen Jugend getrunken, der ihn, trank er ihn in Maßen, beschwingte, ganz im Gegensatz etwa zu dem säuerlichen Riesling in seinem Glas. Ein wenig Beschwingtheit könnte jetzt hilfreich sein, und Hilfe hätte er, das spürte er deutlich, gut gebrauchen können. Er wusste nicht, wie er diesen Abend, nein, wie er und Paula ihn überstehen sollten.

»Nun sag schon«, forderte Paula leiser, »wem hast du die Hand geküsst?« Sie starrte Anton an.

»Ich weiß nicht, wie sie heißt«, sagte Anton.

»Sie heißt Sissi«, assistierte Rosi.

»Sissi! Du lieber Gott!«, stöhnte Paula auf, »ausgerechnet!«

Sie nahm die Gabel wieder auf und stocherte aufgebracht in ihrem Essen herum, Anton mochte sie nicht länger ansehen, er sah verändert aus, und auch wenn sie es nicht erklären konnte, sie fürchtete, nein, sie wusste, dass etwas geschehen war, was alles verändern, ihr ganzes bisheriges Leben mit ihm verändern würde.

Sie schob sich einen Bissen in den Mund, besann sich, legte die Gabel wieder beiseite, nahm das Glas, trank den Rest und schaute sich sofort nach der Bedienung um, der Kellner sollte das leere Glas umgehend wieder füllen.

»Du hast also der Sissi die Hand geküsst? Wenn ich mir das erlaubt hätte, ich hätte bereits blutige Spuren von Rosis Fingernägeln im Gesicht.« Franz lachte, er hatte weder Antons Veränderung noch Paulas Reaktion darauf bemerkt, er hielt Rosis Behauptung eigentlich für einen Scherz.

»Wegen der Sissi doch nicht«, sagte Rosi und lachte nun auch, »sie ist doch noch ein halbes Kind!«

»Wer ist sie denn, diese Sissi, wo sitzt sie denn?«, fragte Paula möglichst unaufgeregt und schaute sich um.

»Ich sehe keine, die einen Handkuss verdient hätte«, behauptete sie nach einem ausgiebigen Rundblick, von dem sie sich auch durch Rosi nicht abhalten ließ, und schlug nun mit dem Löffel gegen ihr leeres Glas, um endlich die Aufmerksamkeit der Bedienung auf sich zu lenken. Die eilte auch sofort herbei und schenkte nach.

»Die Sissi ist die Tochter unseres stadtbekannten Herzspezialisten und sitzt mit ihrem Vater und dem kleinen Bruder zwei Tische entfernt neben uns«, gab Franz arglos preis.

Paula reckte sich, richtete sich noch höher auf, um noch ein wenig mehr von oben auf den entfernten Tisch herabblicken zu können. Wenn etwas sie beunruhigte, dann wünschte sie, sich erst denen in ihrer unmittelbaren Umgebung, dann der weiteren Umgebung und irgendwann schließlich einem beträchtlichen Teil der gesamten Menschheit überlegen zu fühlen. Was ihr allerdings nur mit etlichen Gläsern Wein oder mehreren Piccolos gelang.

Paula erhob ihr Glas: »Auf das Töchterchen des Herzspezialisten!«, rief sie.

»Nicht so laut«, mahnte Rosi wieder.

»Auf uns«, sagte Paula leise zu Anton und leerte das Glas in einem Zug.

»Ihr entschuldigt mich«, sagte sie schließlich, stand auf und machte sich, noch einigermaßen gefasst, auf den Weg zu den Toiletten. Im mit blumengemusterten Tapeten bespannten Vorraum setzte sie sich in einen der Plüschsessel und starrte sich im Spiegel an, dann bestellte sie zwei Piccolos, begann, ihr Make-up zu verändern, und unterhielt sich dabei mit der Toilettenfrau.

Währenddessen wurde im Festsaal das Dessert serviert, gleichzeitig betraten ein Herr im Frack und eine Dame in großer Robe die Bühne. Der Herr setzte sich an den Flügel, die Dame lehnte sich daran. Sie sang, von dem Herrn am Flügel begleitet: »Du, du, du sollst der Kaiser meiner Seele sein. Du, du, du sollst den Purpur tragen ganz allein.«

Sie breitete, während sie sang, die Arme aus, verdrehte die Augen, legte eine Hand leicht aufs Herz, beugte sich ebenso leicht zum Publikum vor und lächelte hin und wieder zum Pianisten.

»Original österreichisches Schmalzgebäck«, meinte Franz zu Anton, der nicht reagierte, er war in Gedanken ganz woanders. Bei der zweiten Wiederholung des Refrains fühlte sich Franz aufgefordert mitzusingen und entlockte Rosi ein Lächeln, als er sich ihr zuwandte und ähnlich wie die Sängerin eine Hand aufs Herz legte und in leichter Abwandlung sang: »Du, du, du sollst die Kaiserin meiner Seele sein.«

Anton ergriff die Gelegenheit, schnappte sich erneut die Minox, die auf dem Tisch lag, und fotografierte den nicht zuletzt auch für seine Geschäftsfreunde posierenden Franz.

Erst blieb Anton noch auf seinem Stuhl sitzen, doch dann gab ihm Franz, nun angespornt und noch ein wenig mehr posierend, Gelegenheit zur Vergrößerung des Bildausschnitts. Anton stand auf und entfernte sich einige Schritte vom Tisch, hatte jetzt nicht nur Franz und Rosi im Bildausschnitt, sondern im Hintergrund schon den entsprechenden Nachbartisch. Dann sprang er, leichtfüßig wie ein professioneller Fotograf, ein wenig zur Seite, drückte mehrmals den Auslöser und verbeugte sich leicht vor Sissi. Er hatte durch das Kameraauge gesehen, wie sie ihm zugelächelt hatte, und dieses Lächeln festgehalten. Wenn sie lächelte, zeigten sich Grübchen in ihren Wangen und ihre Augen hellten sich auf. Gleich knipste er weiter, hielt alles das fest, bis der Film aufgebraucht war.

Rosi und Franz applaudierten der Sängerin. Anton entnahm der Kamera den Film, steckte ihn in seine Smokingtasche und legte die Minox zurück auf den Tisch.

Nun räumten Kellner das Buffet ab, sammelten die Dessertschalen ein, und die Musiker einer Band, die sich, wie auf ihrem Schlagzeug zu lesen war, The Rolling Potatoes nannte, trugen ihr Equipment auf die Bühne. Mit einem Elvis-Presley-Song legten sie los, nachdem sie ihre Instrumente gestimmt hatten. Die ohrenbetäubend laute Rock-'n'-Roll-Musik drang bis zu Paula. Sie brach augenblicklich ihr Gespräch mit der Toilettenfrau ab, kippte den Rest vom dritten Piccolo hinunter, den zweiten hatte sie mit der Toilettenfrau geteilt, und machte sich auf den Weg zurück in den Ballsaal.

Niemand am Tisch, auch nicht Anton, sah Paula zurückkommen, alle schauten und hörten den Musikern zu, einem Gitarristen, einem Schlagzeuger, einem Bassisten und einem Sänger. Alle vier trugen Anzüge und eine Schmalztolle und schwarzes Kajal um die Augen. Unterstützt wurden sie von dem Pianisten im Frack, der jetzt tollkühn in die Tasten griff. Im Saal hielten die Ballbesucher den Atem an, allein schon wegen der Lautstärke, die von der Bühne wie ein Unwetter über sie hereingebrochen war, manch einer steckte sich demonstrativ einen Finger links und rechts ins Ohr, doch alle blieben, wie gebannt, auf ihren Plätzen sitzen.

Im ersten Moment erkannte Franz die Frau nicht, die nach seiner Hand griff, seinen Arm packte und ihn mit geradezu männlicher Kraft hochriss: Paula hatte ihr lang gewachsenes Haar in eine Pferdeschwanzfrisur mit Lockenkringeln rund ums ovale Gesicht verwandelt, sich kräftige schwarze Augenbrauen gezogen und einen pinkfarbenen Mund gemalt, den Lippenstift hatte sie sich von der Toilettenfrau ausgeliehen. Von den Piccolos stimuliert, schrie sie auf vor Vergnügen, als Franz ihr nun auf die Tanzfläche folgte. Sie gehörte ihnen allein, denn niemand außer ihnen schien sich auf die leere Fläche zu wagen.

»Sie glauben, wir sind Professionelle«, rief Paula, »zeigen wir's ihnen!«

Schon wirbelte, rutschte, flog Paula um Franzens Hüften, über seine Schulter, durch seine gespreizten Beine hindurch und immer wieder in seine Arme. Das hatte sie am Nachmittag noch mit ihm geübt.

Die Musiker steigerten sich in gleichem Maße wie das einzige Tanzpaar auf der Tanzfläche. Der Sänger und der Gitarrist traten nach vorn bis zur Rampe der Bühne und entlockten ihren Instrumenten ekstatische Töne, der eine seiner Gitarre, der andere seiner Kehle. Die ersten Pfiffe und Yeahs ließen sich aus dem Publikum hören, Ballbesucher an den hinteren Tischen standen auf, um Franz und Paulas furiosen Auftritt besser verfolgen zu können, und dann wagte sich ein erstes Tanzpaar an den Rand der Tanzfläche, ein zweites, ein drittes folgte, jedes Mal wurden sie, wie noch weitere Mutige, von den Rolling Potatoes mit einem dreifachen »Yeah« begrüßt. Dann jedoch, wie auf ein Zeichen, sprangen plötzlich überall im Saal die jüngeren Männer und Frauen von den Stühlen und stürmten ungeachtet ihrer Ballroben die Tanzfläche. Es war das erste Mal, dass in diesem Ballsaal amerikanischer Rock ’n’ Roll getanzt wurde.

Franz und Paula waren mittlerweile wie im Rausch, sie schienen, obwohl jetzt auf engem Raum tanzend, nie mehr aufhören zu wollen, so verschwitzt, so zerzaust, so außer Atem sie auch waren. Anton und Rosi verfolgten ihren Auftritt mit ganz unterschiedlichen Gefühlen. Rosi seufzte und lächelte abwechselnd über die kindliche Tobsucht, wie sie Franzens Akrobatik nannte, während Anton seinen Blick immer wieder von Paula abwandte und ihn zu Sissi schweifen ließ, die sich, wenn auch verhalten, zum Rhythmus der Musik bewegte. Als ein junger Mann sie aufforderte, schüttelte sie den Kopf, streifte jedoch Anton mit einem Blick, bevor sie sich wieder der Tanzfläche zuwandte.

Anton warf sich in seinen Stuhl zurück, er wusste, er würde den ganzen Abend nur darauf warten, noch einmal von ihrem Blick erfasst, nein, gebannt, nein, entflammt zu werden! Er schenkte sich und Rosi Champagner nach, hob das Glas, stieß mit Rosi an: Er war ihr wiederbegegnet, nein, zum ersten Mal wirklich begegnet, seiner großen Liebe. In seinem Überschwang küsste er Rosi die Hand.

Franz und Paula hielten bis zur ersten Pause der Band durch. Obwohl die Musiker ihre Instrumente beiseitelegten, mochten sie die Tanzfläche einfach nicht verlassen, wie in Trance ließ sie der plötzliche Stillstand taumeln, und auch ohne die Musik zuckte der Rock ’n’ Roll noch durch ihre Glieder. Doch dann zog es sie plötzlich diametral auseinander, Franz kehrte an den Tisch zurück und Paula suchte den blumengemusterten

Vorraum auf, um sich frisch zu machen und einen weiteren Piccolo mit der Toilettenfrau zu teilen.

In beschwipster Laune kehrte sie wenig später wieder an den Tisch zurück und entdeckte Anton mit Rosi auf der Tanzfläche. Jetzt spielte die Band nicht mehr Rock 'n' Roll, sondern den Modetanz Twist.

Und Anton tanzte Twist, als hätte er seit Jahren nichts anderes getan. Er tanzte auf eine recht originelle Weise, und obwohl Rosi mit ihm tanzte, hatte er dabei nur die nicht weit entfernt von ihnen mit ihrem Bruder tanzende Sissi im Sinn.

II.

Es war spät am Abend, und Rosi wollte eigentlich nicht ans Telefon gehen, dann nahm sie aber doch den Hörer auf, es war Paula. Sie rief zum vierten Mal an diesem Tag an, und jetzt sollte es zum wirklich allerletzten Mal in der Angelegenheit sein, wie sie gleich versprach. In den vergangenen Wochen hatte sie häufig und oft mehrmals am Tag auf dem Amselhof angerufen und mit Rosi über Anton gesprochen. Über die Angelegenheit, wie sie Antons Ausbruch von Leidenschaft für Sissi nannte.

Unmittelbar im Anschluss an den Ball im Bayerischen Hof in München hatte sie in der Innentasche von Antons Anzugjackett nicht gerade zufällig, nachdem sie in einem Anfall von Eifersucht alle Taschen in allen seinen Anzügen durchsucht hatte, ein Foto von der Studentin gefunden. Paula sprach nur noch von der Studentin, seitdem sie von Rosi wusste, dass Sissi studierte. Anton müsse wohl auch deshalb so beeindruckt sein, weil er ja selber nicht studiert habe, wie Paula spitz meinte.

Zuerst hatte Paula geglaubt, Rosi habe mit ihrer Minox das Foto auf dem Ball geschossen, erfuhr dann jedoch durch Rosi von Antons Einsatz als Fotograf, woraufhin sie fürchterlich geflucht und ihn als hinterhältig beschimpft hatte. Sissi sei sicher nur zufällig auf dem Foto, wollte Rosi sie daraufhin beruhigen, Anton habe natürlich Franz fotografiert, als er von der Kaiserin seines Herzens gesungen habe, doch Paula hatte energisch widersprochen, das Foto sei vom vielen Draufgucken bereits völlig zerknittert, und deshalb habe sie beschlossen, ihre Siebensachen zu packen, lieber ein Ende mit Schrecken als ein Schrecken ohne Ende. Es zog sich dann aber doch alles in die Länge, auch der Schrecken. Anton hatte die Heidschnucken-Kate verlassen, um ihr den Auszug zu erleichtern, wie er sagte, hielt sich jetzt jedoch ständig in München auf.

Paula hing nun täglich am Telefon und bestürmte Rosi, Anton keinesfalls mit der Studentin auf den Amselhof einzuladen, das würde sie nicht auch noch ertragen. Sie hatte Franz beschimpft, wie anbiedernd er sei, wie er sich von Anfang an Anton angedient habe und für Anton jetzt sogar Kupplerdienste leiste. Rosi hatte widersprochen und Paula an den Handkuss auf dem Ball erinnert. Trotzdem hätte Franz die Verbindung zu dieser Studentin hergestellt, Postillon d'Amour gespielt, das wisse sie von Anton.

»Ich gehe nach Berlin«, sagte Paula jetzt am Telefon.

»Nach Berlin?!«, rief Rosi erschrocken, »du kannst dich doch nicht einmauern lassen!«

»Ich bin froh, dass mich eine Mauer von diesem Pärchen trennt! Die Mauer kann gar nicht hoch genug sein!«

»Ich würde in Berlin keine Luft kriegen. Eingemauert! Das kannst du dir doch nicht antun.«

»Ich kriege keine Luft, solange ich auch nur in der Nähe dieses Pärchens bin. Hinter der Mauer bin ich sicher, da kann ich frei atmen, klingt paradox, ist aber wahr.«

»Jetzt übertreibst du.«

»Vielleicht. Das nächste Mal rufe ich dich aus Berlin an, und dann wirst du kein Sterbenswörtchen mehr von mir über diese Angelegenheit hören, dann hat sich die Angelegenheit erledigt!«

»Versprochen?«

»Versprochen! Drück meine Mädels, und vergiss mich nicht«, sagte Paula und legte auf.

Am nächsten Tag rief sie wieder an, noch einmal, ein letztes Mal aus Hamburg, sie sitze bereits auf den gepackten Kisten und warte auf den Umzugswagen.

»Ich habe endlich eine Erklärung, Anton ist Opfer seiner Hormone«, begann sie, Leni habe ihr gestern beim Abschied gestanden, damals in Hannover bei einem Engelmacher gewesen zu sein.

»Ich habe nie verhütet und bin nie schwanger geworden, ich dachte, es liegt an Anton«, Paula zögerte: »Es war wohl die Flucht«, es entstand eine kurze Pause, Paula hustete, dann fuhr sie fort: »Mit neununddreißig wollen Antons Hormone jetzt Kinder, und die Studentin hat ihn mit ihrem Brüderchen wohl auf die Idee gebracht.«

»Was ist denn auf der Flucht passiert?«, fragte Rosi.

Darüber spreche sie nicht, antwortete Paula, und jetzt sei auch der Umzugswagen vorgefahren. Sie hängte ein.

Rosi ging zurück in die Küche und half der alten Berta beim Abwasch. Sie würde Paulas Anrufe vermissen, und sie ärgerte sich darüber, wie schnell sich Franz, einmal mehr seinem Freund Anton nachfolgend, von Paula abgewandt und Sissi zugewandt hatte.

Anton sei sein Freund, hatte Franz erklärt, als Rosi ihm das vorwarf, und seinem Freund, würde er ihn um Hilfe bitten, helfe er. Anton habe ihn ja sonst um nichts gebeten, einzig um die Telefonnummer von Sissi.

Das habe sie nicht gemeint, hatte Rosi gesagt, ihr würde die Begeisterung missfallen, mit der Franz das Liebeswerben von Anton begleite, ja, anfeuere.

Endlich hätte Anton mal den Kopf verloren, begeisterte sich Franz daraufhin erneut, das hätte er ihm gar nicht zugetraut. Und wie sich das auswirken würde, ein ganz anderer Mensch sei der Bluhm geworden, er hätte das ganze Kopfige in der Ballnacht aus sich herausgetanzt. Wie befreit würde er jetzt aussehen neben der Sissi.

Dass Franz sich mit Anton und Sissi in München traf, wie Rosi wusste, gefiel ihr natürlich auch nicht. Sie würde um Paula trauern, obwohl sie ihr nie wirklich nahegekommen sei, hatte Rosi gesagt, diese Sissi wäre ihr aber noch ferner, schon wegen ihres Alters, sie sei ja noch jünger als Paula, die bereits etliche Jahre jünger wäre als sie. Sissi gehöre zu einer anderen Generation, und ob es denn sein könne, dass sein Freund Anton einfach nicht erwachsen werden wolle. Auch darüber geriet sie mit Franz in Streit. Denn Franz sah durch Anton bewiesen, wie belebend eine jüngere Frau wirke, wie sie nicht das Kind im Mann, im Gegenteil, wie sie das Männliche stärke.

Ob er vielleicht vorhabe, sich auch beleben zu lassen, geriet Rosi nun in Zorn, dann solle er das ruhig tun, sie würde ihm und Anton umgehend nacheifern, mindestens ein halbes Dutzend italienischer und spanischer Männer warteten seit Langem darauf!

Franz hatte nur gelacht und gesagt, deshalb ließe er sie ja auch nicht aus den Augen.

Anton und Sissi heirateten ein halbes Jahr darauf. Zur Enttäuschung von Franz fiel das Hochzeitsfest aber aus, das Paar flog nach Amerika, Sissi, die Experimentelle Psychologie studierte, hatte sich zur Hochzeit eine

Begegnung mit einem Professor gewünscht, der das Fach an der New Yorker Universität lehrte. Und die bisherigen gemeinsamen Urlaube fielen dann auch noch aus.

»Sissi ist neugierig«, sagte Anton und erzählte, wie viel er über die neuen Wissenschaften, zum Beispiel die Sozialwissenschaften, aber auch über Experimente mit Tieren erführe.

»Anton geht jetzt auf Studienreise«, frotzelte Franz gegenüber Rosi und versuchte, ihr seine Enttäuschung zu verbergen. Sich selbst jedoch musste er irgendwann eingestehen, wie sehr er die gemeinsamen Urlaube vermisste. Auch die Feste, die Gespräche auf Wanderungen, die langen Telefonate über Ereignisse wie den Bau der Berliner Mauer oder die Schüsse auf den amerikanischen Präsidenten.

Rosi hingegen war insgeheim erleichtert, sie fühlte sich in Gegenwart von Sissi einfach unwohl.

Franz, der sich von seinem Freund verlassen sah und das nicht hinnehmen wollte, suchte und fand geschäftliche Verbindungen im Norden. Er nahm Kontakte zu skandinavischen Architekten und Möbelherstellern auf und zu schwedischen und norwegischen Investoren, um sie für die Solotel-Gruppe zu interessieren. Er verabredete sich mit ihnen in Hamburg oder unterbrach dort seine Flüge nach Stockholm und war nun häufig zu Gast bei Anton. Und wurde Zeuge, wie sich Anton durch Sissi veränderte.

Anton schien sich durchaus zu freuen, wenn er ihn wiedersah, doch ohne Sissi ging nichts mehr, sie sollte entscheiden, was man gemeinsam unternahm. Gespräche mit Anton waren kaum möglich, an lange Spaziergänge mit ihm war ebenso wenig zu denken wie an einen gemeinsamen Segelturn auf der Außenalster. Sissi würde auf einem Segelboot seekrank werden, erklärte Anton, und es sei für ihn undenkbar, ohne sie aufs Boot zu gehen.

»Er überfordert seine junge Frau«, meinte Franz anfänglich zu Rosi. Später stellte er fest, dass Anton sich selbst mit seiner jungen Frau überfordere. Die vielen kleineren und größeren Geselligkeiten, die er für Sissi gab, schirmten Franz noch mehr von Anton ab.

»Man unterhält sich interessant«, erzählte er Rosi, doch er beteilige sich nur aus Freundschaft zu Anton. Wie sehr er die Intimität mit dem

Freund vermisste, verschwieg er. Sie fehlte ihm aber tatsächlich immer schmerzhafter, sodass er, nur um Anton näher zu sein, sich ihm, wie schon früher, durch Nachahmung näherte: Er achtete, während er zu Besuch war, auf Sissis Wünsche, vor allem auch auf die unausgesprochenen. Einmal ertappte er sich dabei, wie er Aschenbecher leerte und benutztes Geschirr beiseiteräumte, weil die Haushaltshilfe nicht schnell genug zur Stelle war. Ein anderes Mal war sie nicht umsichtig genug, er bemerkte Sissis Blick und stellte die mitgebrachten Blumen selbst in eine Vase.

»Ich bin der Diener deiner Frau«, spöttelte er einmal, als er Antons verwunderten Blick bemerkte. Später reagierte Anton dann unwillig, ja, er wehrte Franzens Beflissenheit ab. Anstatt dass er sich ihm annäherte, schien sich Anton noch mehr von ihm zu entfernen. Nun erkannte Franz in Sissi seine Gegenspielerin, die Spielverderberin, die alle seine Freundschafts-Spiele mit Anton durchkreuzte, und da warf er die Dienerrolle endlich wieder ab.

Er verlegte sich jetzt darauf, sie zu beobachten und ihre Fehler festzustellen, stellvertretend für Anton, der ihnen gegenüber blind zu sein und weder das Geltungsbedürfnis noch den Ehrgeiz seiner jungen Frau zu bemerken schien. Gab er jedoch Anton auch nur einen winzigen dezenten Hinweis, wie er sich Sissis Ansprüchen entziehen könne, schaute Anton ihn wieder verwundert an und fragte, ob er ihm sein Glück neide.

Obwohl sich Franz in Gegenwart von Anton und Sissi nur noch unwohl fühlte, gelang es ihm trotzdem nicht, seine Besuche einzustellen. Es war Hans-Ulrich, der ihn dann schließlich dazu brachte, die Gastfreundschaft von Anton und Sissi zu meiden.

Hans-Ulrich hatte sich mithilfe von Veronika immer öfter in den kleineren oder auch größeren geselligen Kreis eingeschlichen, bedeutungsvoll blickend bobachtete er dann Franz, der ihn gern übersehen hätte. Aber Franz konnte ihn nicht übersehen, so unübersehbar, wie Hans-Ulrich sich immer herausgeputzt hatte. Jedes Mal trug er einen noch gediegeneren Anzug, eine noch ausgefallenere Weste, aus der er zu vorgerückter Stunde eine Zigarre hervorzauberte und unter aufwendiger ritueller Vorbereitung dann auch anzündete. Durch den Qualm, den er ausstieß, begann er, Franz mit zusammengekniffenen Augen zu fixieren.

Franz versuchte, das zu ignorieren, doch Hans-Ulrich heftete sich an seine Fersen und fragte immer wieder, wie die Geschäfte liefen, und sah ihn dabei mit seinem spöttischen Zug um den Mund lauernd an. Franz antwortete wortkarg, sagte »bestens« oder auch »kann nicht klagen«. Einmal sagte er sogar »glänzend«, woraufhin Hans-Ulrich vielsagend meinte, es sei bekanntlich nicht alles Gold, was glänze.

»Ich bin kein Goldmacher«, erklärte Franz unwillig, die Sache mit dem Goldmacher sei nun wirklich eine alte Geschichte.

»Richtig«, stimmte ihm Hans-Ulrich zu, »es gibt aber auch eine neue Geschichte über echtes Nazigold.«

Franz sah sich unwillkürlich nach Anton um.

Hans-Ulrich beugte sich näher zu ihm: »Anton weiß nichts davon«, sagte er und ließ Franz dann einfach stehen.

Mehrmals hintereinander fand sich Franz in dieser oder in einer ähnlichen Weise von Hans-Ulrich angesprochen, woraufhin er seine Besuche einstellte. Er wollte es sich nicht wirklich eingestehen, aber es hatte ihn zutiefst erschreckt, wie Hans-Ulrich von echtem Nazigold gesprochen hatte, drohend und lauernd, sein altes Misstrauen gegen den Vater war geweckt.

Nun schickte er Anton nur noch hin und wieder eine Postkarte, telefonierte nur noch selten mit ihm und sann auf Revanche bei Hans-Ulrich, der hingegen frohlockte.

Er säße bei Anton fest im Sattel, sagte er zu Veronika, schenkte ihr für ihre Mithilfe einen Persianermantel und zündete erstmals am folgenden Montag während der kleinen Konferenz in Antons Büro eine Havanna-Zigarre an.

Sofort beschwerte sich Leni. Der Qualm würde sich als Gestank in Antons Bücher einnisten, sich wie Mehltau auf die Manuskripte legen, bis zu ihr ins Vorzimmer dringen und überhaupt die Luft verpesten. Hans-Ulrich lenkte gleich ein und sprach von einer Ausnahme zur Feier des Tages. Das reizte Leni noch mehr, denn gefeiert wurde ihrer Meinung nach bereits ohnehin viel zu viel. Im Anschluss an die kleine Konferenz würde sie mit Anton darüber reden müssen, beschloss Leni, über die Havanna-Zigarre, den Qualm und vor allem darüber, dass Anton die Chronik über Bord geworfen habe, sein Lebenswerk, wie sie den *Untergang* nannte, und das alles wegen Sissi!

12.

Anton saß an seinem neuen modernen Schreibtisch, der nicht einfach nur ein Schreibtisch war, sondern eine Schreibtischlandschaft. So bezeichnete Leni das von ihr ausgewählte geschwungene Möbelstück, an dem er sitzend eine große halbkreisförmige schwarze Fläche überblickte. Sein schwarzer Telefonapparat wirkte darauf fast winzig und erst recht jedes Schriftstück. Sogar die Stöße von Büchern und Zeitungen verloren sich. Es sei ein Designermöbel in kleiner Auflage, hatte Leni ihm erklärt, ein Chefdesignmöbel.

Er stand auf, umrundete seine Schreibtischlandschaft und setzte sich in einen der neuen, niedrigen und tiefen schwarzen Ledersessel. Vier von ihnen bildeten mit zwei neuen Sofas, ebenfalls niedrig und tief und mit schwarzem Leder bezogen, die neue Sitzecke.

Vor allem in den schwarzen Ledersesseln rutschte nicht nur er selber, nein, jeder, der sich hineinsetzte, nach kürzester Zeit in eine halb liegende Position, das hatte Anton bereits während der Konferenzen im kleinen Kreis beobachten können. Nur wenn man sich ganz nach vorn an die Kante setzte, in eine Art Hockstellung, entging man dem Abrutschen. Er und seine engeren Mitarbeiter hatten sich mittlerweile an diese Hockstellung gewöhnt, in der sie sich um den niedrigen Glastisch gruppierten wie um ein Lagerfeuer. Es schien so, als würde sich diese Sitzordnung auf die Stimmung auswirken, denn wie an einem richtigen Lagerfeuer gingen die Mitarbeiter, nach der Besprechung der wichtigsten tagespolitischen Ereignisse, dazu über, sich Geschichten zu erzählen. Sie habe das Betriebsklima verändert, es sei indianisch geworden, spottete Anton bei Leni, auf deren Initiative die Modernisierung durchgeführt worden war.

Anton griff nach einer Zeitung, er wartete auf Lenis Bescheid, er hatte wegen der Ereignisse in Berlin eine Sonderkonferenz einberufen lassen. Während er im schwarzen Sessel unaufhaltsam in eine fast liegende Position rutschte, schweiften seine Gedanken ab und er dachte daran, wie er lange vor dem Morgengrauen vom prasselnden Regen aufgewacht war.

Das Fenster stand offen, Sissi hatte vor dem Schlafengehen den Sommer gerochen und es geöffnet, und er war aufgestanden, um es zu schließen. Beunruhigt hatte er danach auf ihr Atmen geachtet, das leise und ruhig zu hören war, dennoch wuchs seine Beunruhigung. Sie hatte ihn in den letzten Wochen öfter überfallen, aber noch nie mit solcher Heftigkeit.

Im Schlaf hatte sich Sissi auf den Rücken gedreht und nun hatte sich deutlich die Wölbung unter der Decke abgezeichnet. Sie erschien ihm schon wieder bedeutend größer. Zwillinge. Sissi würde Zwillinge zur Welt bringen. Eindeutig zwei Herztöne, hatte der Arzt bei einer der letzten Untersuchungen behauptet. Er hatte einen ziemlichen Schrecken bekommen, Sissi nicht. Sie hätte den Arzt umarmt, hatte sie ihm erzählt.

Das Einzige, was ihn beruhigte, war ihre Freude. Der Gedanke an die Zwillinge und jede weitere Veränderung an ihrem Körper, die sie hervorriefen, freute sie wohl auch noch im Schlaf, denn er meinte, ein Lächeln auf ihrem Gesicht zu bemerken, das ihre Grübchen hervorzauberte.

Sie fürchtete sich nicht. Er schon. Er fürchtete um ihren Körper, ihren schönen, glatten, unversehrten Körper, der ein unstillbares Verlangen in ihn eingebrannt zu haben schien. Doch was würde geschehen, wie würde er mit diesen beiden anderen Besitzern ihres Körpers auskommen?

Er schreckte hoch, Leni stand vor ihm, sagte, sie hätte bereits mehrmals angeklopft und dass die Sonderkonferenz vorbereitet sei.

Er ging den Flur hinunter, der Konferenzraum befand sich im letzten, im siebten Stock, die Redaktionsräume hatten sich auf ein weiteres Stockwerk ausgedehnt, er stieg eine Treppe hinauf. Er hatte sich mit ihr am Chinesischen Turm im Englischen Garten verabredet, als er Sissi das erste Mal in München traf. Es lag tiefer Schnee und sie trug einen weiten hellen Fellmantel und Fellstiefel, er hingegen war für einen Spaziergang im Schnee nicht ausgerüstet, er hatte Hamburg bei moderaten Temperaturen verlassen. Vor allem die Schuhe, einfache Slipper, erwiesen sich als Katastrophe. Er war geschlittert, schließlich ausgerutscht und ihr direkt vor die Füße gefallen. Er drücke sich eben körperlich aus, hatte er erklärt und sich den Schnee abgeklopft, er liege ihr tatsächlich zu Füßen. Sie war nicht sehr beeindruckt gewesen, ab dem nächsten Semester würde sie in New York studieren, sagte sie, woraufhin er ihr ohne zu zögern mitteilte, dass er dann dasselbe studieren wolle. Sissi hatte ihn mit ihrem Blick gestreift, er hatte das Lachen in ihren Augen gesehen, aber er war ernst geblieben, es war ihm ernst, er war entschlossen, ihr zu folgen.

»Aber bevor wir nach New York umziehen, heiraten wir«, hatte er gesagt, nachdem sie einen Hügel hinaufgegangen waren und von einem luftigen, von Säulen getragenen Lustschlösschen auf den weißen Zauber hinunterschauten. »Ja«, hatte Sissi einfach nur gesagt.

Anton drückte den Griff hinunter, trat ein und setzte sich auf den einzigen noch leeren Platz im Konferenzraum. Er konnte sich nur mit Mühe konzentrieren, immer wieder kehrten seine Gedanken zu Sissi zurück. Hans-Ulrich hielt Fotos in der Hand, die gerade hereingereicht worden waren.

»Die Demonstranten in Westberlin«, sagte er.

Er betrachtete die Fotos, ohne etwas auf ihnen zu erkennen, er war noch immer in Gedanken. Er gab sie Hans-Ulrich zurück und stand auf.

»Ich muss mit Sissi telefonieren«, sagte er und verließ den Konferenzraum wieder. Kaum auf dem Flur, sah er Leni. Sie ging nicht, sie lief, sie rief schon von Weitem, er müsse sich beeilen, der Fahrer warte unten im Wagen und mit laufendem Motor.

Er begriff sofort, er hatte es schon vorher gewusst. Er lief die Treppe bis zum Fahrstuhl hinunter. Unten riss er die Wagentür auf und warf sich keuchend neben den Fahrer auf den Sitz.

»Blaulicht habe ich leider nicht«, sagte der Fahrer nur und raste los zum Krankenhaus.

Der Zutritt zum Kreißsaal war verboten, Anton lief auf dem Flur davor auf und ab, mit ihm der Fahrer. Über Funk hatte er von Hans-Ulrich den Auftrag bekommen, Anton über die Ereignisse in Berlin auf dem Laufenden zu halten. Weil Anton sich weigerte, jetzt, in dieser Stunde, ans Telefon zu gehen, musste der Fahrer die Berichte der Chefredaktion über die Studenten in Berlin in zusammengefasster Form an Anton weitergeben. Diese Studenten demonstrierten mit Plakaten vor der Berliner Oper gegen den Schah von Persien, der in Berlin zu Besuch war. In der Oper wurde für ihn und ein ausgewähltes Publikum »Die Zauberflöte« gegeben, während draußen *Jubelperser* auf die friedlichen Demonstranten einprügelten. Als Anton endlich zu Sissi durfte, blieb der Fahrer auf dem Flur vor dem Kreißsaal und weiter auf Empfang.

Von den dramatischen Umständen der frühen Geburt deutlich gezeichnet, lächelte Sissi ihm, der an der Tür stehen geblieben war, wenn auch erschöpft und schwach, so doch unverkennbar glücklich entgegen.

Vorsichtig und wie auf Zehenspitzen, Anton wagte einfach nicht aufzutreten, ließ er sich von ihrem Glück erst ins Zimmer und dann an ihr Bett ziehen. Doch er wagte es noch nicht, sie zu berühren.

»Es ist alles dran an deinen Jungs«, flüsterte Sissi, »sie müssen noch nicht einmal in den Brutkasten.«

»Zwei Jungen?«, fragte er leise.

Sissi nickte, ein Anflug von Stolz flog über ihr Gesicht, den Anton bisher nicht kannte.

»Ich bin schon jetzt eifersüchtig«, sagte er leise, »wo sind sie?«

»Sie werden noch untersucht, müssten aber gleich wieder gebracht werden«, Sissi schaute zur Tür. Anton folgte ihrem Blick, nahm vorsichtig ihre Hand in seine und küsste sie, er wartete mit immer noch scheuer Spannung, dass sich die Tür öffnete.

Zur selben Zeit, Mitternacht war längst vorüber, rollte Leni einen Serviertisch mit heißem Kaffee neben die Schreibtischlandschaft, auf der mindestens zwei Dutzend mittelgroße Fotos und etliche Fernschreiben lagen.

»Der Chef wird in circa einer Stunde eintreffen«, gab sie Antons letzte Meldung an die zwar übermüdeten, aber auch aufgekratzten Mitarbeiter weiter.

Die Mitarbeiter nahmen sich die Tassen vom Tablett, schlürften vorsichtig den heißen Kaffee, umkreisten dabei, die Untertassen unter die Tassen haltend, die Schreibtischlandschaft und betrachteten aufmerksam jedes Foto.

Die Fotos zeigten Polizisten im Einsatz. Sie waren mit Schlagstöcken bewehrt, trugen Uniformen und schwere Stiefel. Man sah sie zu vielen, schlagend und prügelnd in Gruppen von Demonstranten, mit einzelnen Demonstranten, die zu fliehen versuchten, auch hinterherjagend.

Der Bildredakteur legte jetzt am Rand der Schreibtischlandschaft eine neue Fotostrecke aus. Sie zeigte Bild für Bild aus unterschiedlichen Perspektiven einen jungen Mann. Er lag, den Körper ausgestreckt, am

Boden auf dem Straßenpflaster. Auf einem der Fotos kniete neben ihm eine junge Frau, die seinen Kopf hielt. Eine Blutlache hatte sich um den Kopf gebildet.

Noch war nichts Genaueres über den jungen Mann und über den Schuss bekannt. Nur dass der junge Mann ein Student war und dass ein Polizist den Schuss aus nächster Nähe in den Hinterkopf des jungen Mannes abgefeuert hatte.

Die Mitarbeiter studierten abwechselnd einzeln und dann wieder in kleinen Gruppen die Fotos von dem jungen Erschossenen. Keiner sagte ein Wort.

»Unser Land wird sich verändern«, sagte dann einer der Mitarbeiter in die schweigende Runde.

»Unser Land hat sich bereits verändert«, sagte Hans-Ulrich und beugte sich zu einem der Fotos hinunter, das in der Mitte lag. Es zeigte ein Getümmel von schlagenden Polizisten und eingekesselten Demonstranten und Passanten. Er nahm es in die Hand und hielt es in die Runde: »Das hat es bisher noch nicht gegeben in unserer BRD!« Er schaute selber wieder auf die knüppelnden Polizisten, lief plötzlich zu Leni ins Vorzimmer und ließ sich von ihr eine Lupe geben, mit deren Hilfe er eine der eingekesselten Frauen vergrößert betrachten konnte. Es war tatsächlich Paula.

Kapitel III

Lehrlinge
und alte Meister

1968–1989

I.

Sie antworteten mit einem Pfeifkonzert. Überrascht wich Anton vom Mikrofon zurück, noch nie war er an diesem Ort von seinen Zuhörern ausgepfiffen worden. Vor einem halben Jahr hatten ihm die Studenten hier im Audimax nach seinem Vortrag über die Rolle der Medien in der Demokratie noch lautstark Beifall gespendet. Wie stets in den vergangenen Jahren nach Vorträgen oder Diskussionen. Und jetzt dieser Stimmungsumschwung. Er richtete sich auf und versuchte, die Protestierenden im überfüllten Saal zu erkennen, doch das Scheinwerferlicht blendete ihn, der Norddeutsche Rundfunk dokumentierte diese Veranstaltung zur Eskalation des Krieges in Vietnam. Er hatte seine Teilnahme zugesagt, weil dieser Krieg ihn mehr als alle anderen Kriege und Konflikte der vergangenen Jahre erschüttert, ja, aufgewühlt hatte. Zum ersten Mal träumte er von eigenen Kriegserlebnissen, wachte nachts schweißgebadet auf, nie zuvor war ihm das passiert.

Er gab seinen Mitstreitern auf dem Podium, zwei Studenten vom Sozialistischen Deutschen Studentenbund, ein Professor der Soziologie und ein Professor der Politologie, ein Zeichen, beugte sich dann wieder vor zum Mikrofon und rief der lärmenden Menge mit großer Entschiedenheit zu: »Mein Verstand, mein ganz normaler Menschenverstand kann jedes weitere Vietnam nur abscheulich und grausam finden!«

Er wurde erneut ausgepfiffen.

Anton lehnte sich verwundert in den Stuhl zurück. Er war auf Agitation vorbereitet, jedoch entschlossen gewesen, mit Vernunft zu argumentieren, und die musste den Aufruf von Studenten, überall in der Dritten Welt ein weiteres Vietnam zu schaffen, damit sich der amerikanische Imperialismus ein für alle Mal demaskiere, schlicht als Unsinn ablehnen. Aber offensichtlich überzeugte er nicht mehr. Oder er missverstand dieses Publikum.

Die Fernsehkamera glitt zurück, schwenkte vom Podium in die Menge der Zuhörer und mit ihr der auf ihn gerichtete Scheinwerfer. Anton wollte die wohltuende Lichtpause nutzen und ein Glas Wasser trinken, da geriet Sissi in der ersten Reihe in den Lichtkegel. Neben ihr saßen Hans-Ulrich und Veronika.

Sissi legte eine Hand über die Augen und sah zu ihm hinauf, sie hob die andere Hand und machte das Peace-Zeichen. »Vergiss nicht, nur Liebe kann die Welt retten«, hatte sie ihm am Morgen zum Abschied mit auf den Weg gegeben. Er stellte sich das Pfeifkonzert vor, würde er Sissis Worte ins Publikum rufen, und unwillkürlich huschte das schalkhafte, leicht ironische Lächeln über Antons Gesicht.

Der Scheinwerfer kippte hoch und das Licht flutete jetzt über die ersten Reihen hinweg durch weitere Scheinwerfer verstärkt in den Saal hinein, es hob unzählige Gesichter, sehr junge, sehr ernste Gesichter aus dem Dunkel hervor, und überwältigt von der Jugend dieses Publikums, ergriff Anton spontan erneut das Wort. Er rief bewegt ins Mikrofon: »Ihr wisst nicht, was Krieg ist! Und ihr werdet es hoffentlich auch nie erfahren!«

Anton war bereit, den Pfiffen leidenschaftlich zu begegnen, doch die aufgebrachten jungen Männer und Frauen, überwiegend Studenten, unter ihnen auch Schüler und Lehrlinge, reagierten dieses Mal nicht. Sie waren damit beschäftigt zu verfolgen, wie einige von ihnen, aber auch ganze Gruppen die Gelegenheit nutzten, um vor dem Mann, der sich mit laufender Kamera auf der Schulter entlang den Sitzreihen bewegte, Spruchbänder zu entrollen, auch jenes mit der Aufforderung »Schaffen wir ein zwei drei Vietnam!«

Anton nahm einen langen Zug aus dem Wasserglas, und während auf dem Podium weiterdiskutiert wurde, beobachtete er, wie die Lichtschneise langsam von der einen zur anderen Seite des überfüllten Saals wanderte. Reihen von Jugendlichen sprangen auf, hielten Plakate mit Peace-Zeichen hoch oder streckten ihre Fäuste zum sozialistischen Gruß aus. Sie erschienen ihm nun nicht nur sehr jung und sehr ernst, ihre Gesichter wirkten auch irgendwie heil. »Kein Flügelschlag des großen schwarzen Vogels Unheil hat sie anscheinend auch nur gestreift«, kam ihm der Satz aus einem Bericht über amerikanische Blumenkinder in den Sinn.

Und doch machten sie sich daran, das unheilbringende Kraut, für den sie den Kapitalismus hielten, vor allem den US-amerikanischen, mit seinen Wurzeln ausreißen zu wollen. Diese hier im überfüllten Saal ebenso wie Zehntausende auf den Straßen der großen Städte, und nicht nur in der Bundesrepublik, weltweit protestierte eine junge Studentengeneration gegen Ausbeutung, Unterdrückung und vor allem gegen den Vietnamkrieg, gegen den unmenschlichen Einsatz von Napalm und Agent Orange.

Sissi waren Tränen in die Augen geschossen, als sie zum ersten Mal die Fotos aus dem Krieg in Vietnam gesehen hatte. Es waren Aufnahmen von Kindern, nackten Kindern mit verbrannter Haut, die eine Straße hinunter und auf die Kamera zuliefen, hinter ihnen die Napalmwand, das unlöschbare Feuer, das als brodelndes, sich himmelhoch auftürmendes, dunkles, undurchdringliches Wolkengebilde die Straße, die ganze Landschaft überrollen und alles, was noch nicht verbrannt war, verbrennen würde, die Kinder, die Eltern, die Großeltern, die Pflanzen, die Tiere. Auch Anton hatte sich noch nie so ohnmächtig gefühlt wie beim Anblick dieser Kriegsfotos.

Das Scheinwerferlicht verharrte nun am Rande des Saals und Anton bemerkte eine junge Frau mit einem Megafon in der Hand. Sie bahnte sich einen Weg in den Lichtkegel, dort hob sie das Megafon an den Mund und rief in Richtung Podium: »Unter den Talaren Muff von tausend Jahren.« Sie wiederholte den Spruch in einem rhythmischen Sprechgesang, was andere, die sich auch in der Lichtschneise befanden, spontan dazu brachte, auch aufzuspringen und mit in die rhythmische Wiederholung einzufallen.

Anton gab dem studentischen Diskussionsleiter ein Zeichen.

»Bitte, Herr Bluhm«, erteilte er ihm das Wort, und gleich richtete sich einer der Scheinwerfer auf Anton, der nun wissen wollte, ob mit dem Muff von tausend Jahren der des Tausendjährigen Reichs gemeint sei.

»Wenn dem so ist«, setzte er gleich nach, »dann muss es nicht Muff heißen, sondern Gestank!«

Ein kurzer Moment der Irritation, nicht nur im Saal, sondern auch am Rednertisch, dann kam langsam Beifall von Studenten im Publikum auf, die mit der Veröffentlichung der Kriegsverbrechen in Vietnam auch die Kriegsverbrechen der Nationalsozialisten aus den Kellerverliesen des Vergessens ans Licht holen wollten.

Auf dem Podium ließ sich einer der beiden Studentenvertreter das Wort geben: »Das antiautoritäre Lager hält sich mit seiner Forderung nach Beendigung des Krieges systemimmanent auf einer liberalen Stufe auf«, erklärte er den Zuhörern, »das antiautoritäre Lager muss endlich die liberalen Momente seiner Position als selber autoritär begreifen.« Mit sich steigerndem Nachdruck in der Stimme fuhr er fort: »Wir müssen unsere Hilfe vom Kauf von Medikamenten zum Kauf von Waffen verändern!«

An vielen Stellen im Saal brach aufbrausende Zustimmung los, von heftigem Fußgetrampel begleitet. Eine Gruppe junger Männer und Frauen drängte in den Mittelgang, warf die Arme in die Luft und skandierte mit »Ho-Ho-Ho-Chi-Minh« den Namen des nordvietnamesischen Präsidenten und Revolutionsführers. Parallel entrollte eine andere Gruppe ein Transparent mit Ho Chi Minhs Aufforderung: »Errichtet die Revolution in eurem eigenen Land.« Auf dem Podium brachte das den anderen der beiden Studentenvertreter dazu, spontan ins Mikrofon zu rufen: »Solidarität mit dem vietnamesischen Volk bedeutet für uns, dass wir an der Revolution im eigenen Land arbeiten!« Daraufhin wollte der Soziologie-Professor wissen, was denn Revolution im eigenen Land, in der BRD, bedeuten würde.

»Der permanente Kampf der sich spontan mobilisierenden Massen«, antwortete der Studentenvertreter, »ist ein permanenter Kampf nicht nur gegen den amerikanischen, sondern gegen jeden anderen Imperialismus auch, gegen …«

Weiter kam er nicht, eine Mädchengruppe stürmte plötzlich auf das Podium. Eines der Mädchen eroberte sich blitzschnell eins der Mikrofone, schritt dann den Rednertisch ab und stellte dabei in anklagendem Stakkato fest, dass ausschließlich Männer auf dem Podium säßen und Männer diskutierten.

»Das ist extrem antidemokratisch und extrem antiemanzipatorisch«, rief das Mädchen ins Mikrofon. Die anderen Mädchen wiederholten es im Chor. Um die Aufmerksamkeit für die Anklage, die das Mädchen und der Chor im Stil griechischer Tragödien permanent wiederholten, noch zu steigern, zogen sich nun zwei aus der Gruppe nackt aus und setzten sich vor dem studentischen Diskussionsleiter auf den Rednertisch. Damit hatten sie erreicht, dass sich tatsächlich sämtliche Kameraaugen und wohl auch die Blicke aller aus dem Saal auf sie richteten.

Schließlich eilten Polizisten in Zivil auf das Podium und forderten die Mädchen auf, es zu verlassen. Sie weigerten sich, worauf die Ordnungshüter versuchten, sie abzuführen, doch die Mädchen entwischten immer wieder. Daraufhin brach im Saal einerseits große Belustigung und andererseits vehementer Protest aus.

Ein Jüngling mit langem Haar und einem Plakat, auf dem in übergroßen Buchstaben stand »Make Love not War«, stürmte den Seitengang hinunter, um das Durcheinander dafür zu nutzen, selbst das Podium zu erklimmen. Er übergab das Plakat einem der Mädchen, das sich erfolgreich den Ordnungshütern widersetzt hatte. Das Mädchen schritt nun wie ein Nummerngirl mit dem Plakat den Rednertisch ab, während der Jüngling begann, sich ebenfalls auszuziehen.

Im Saal spalteten sich die Lager, es gab zustimmende Rufe zum Geschehen auf dem Podium, und es brach große Unruhe aus. Spruchbänder und Transparente mit durchaus gegensätzlichen Aufrufen, Forderungen, Ablehnungen oder Zustimmungen wurden entrollt, während das Podium trotz des andauernden Handgemenges mit den Ordnungshütern von immer mehr Studenten in Besitz genommen werden konnte. Unter fortwährender Beobachtung durch die Fernsehkameras schlossen sich die Eroberer des Podiums entweder demonstrativ den »Nackten« an und zogen sich aus, oder den »Roten« und entrollten Transparente.

»Ich glaube, wir werden hier nicht mehr gebraucht«, meinte Anton schließlich trocken zum studentischen Diskussionsleiter. Wie die beiden anderen Studentenvertreter schaute auch er einigermaßen ratlos, um schließlich bekannt zu geben, die Veranstaltung sei hiermit beendet. Das Handgemenge und die Demonstrationen auf dem Podium hielten jedoch an, und auch im Saal wurde weiter demonstriert.

Sissi bahnte sich einen Weg durch die Menge zu Anton, der wie seine Mitstreiter von der Mädchengruppe daran gehindert wurde, das Podium zu verlassen. Die jungen Frauen bestanden darauf, mit ihnen über ihre Forderungen zu diskutieren.

2.

»Enttäuscht?«, fragte Sissi später leise und drängte sich fröstelnd an Anton, sie waren mit Hans-Ulrich und Veronika auf dem Weg zu der kleinen Feier, die ein befreundeter Fernsehmoderator für Anton in seiner Wohnung unweit des Audimax vorbereitet hatte. Es war kalt und ein feiner Sprühregen wehte ihnen ins Gesicht.

»Sie haben dich nicht verstanden«, sagte Sissi.

Anton nickte, dachte dann laut über den Generationswechsel nach und darüber, dass sich die Redaktion deutlich verjüngen müsse, wollte sie die neue Generation erreichen, denn ihm gelänge das wohl eher nicht.

Hans-Ulrich, der mit Veronika neben ihm ging, schüttelte energisch den Kopf, er lege keinen Wert auf die da, er machte eine Kopfbewegung Richtung Audimax. »Die verderben nur unser Leserprofil«, meinte er spöttelnd. Außerdem würden die da, er nickte erneut in dieselbe Richtung, eine verschwindend kleine Minderheit repräsentieren.

»Aber eine mit großem Gewicht!«, warf Sissi ein. Sie bedauere es sehr, nichts über die Revolution erfahren zu haben.

»Du wirst heute Abend noch genug Gelegenheit bekommen, wir erwarten Gäste aus Berlin«, versprach der Gastgeber kurz darauf, als er von Sissis Bedauern hörte.

»Echte Revolutionäre?«, fragte Sissi, schüttelte die Nässe aus dem Haar und schaute belustigt.

»Könnte schon sein«, meinte der Gastgeber, »zumindest will einer von ihnen zu Che nach Bolivien aufbrechen, deshalb der Besuch beim potenziellen Klassenfeind.« Er schmunzelte, ein potenzieller Klassenfeind zu sein gefiel ihm sichtlich.

»Du machst uns neugierig!«, versicherte ihm Hans-Ulrich spöttelnd und witterte dann gleich eine an Anton gerichtete Geldforderung in nicht unbeträchtlicher Höhe zur Unterstützung des revolutionären Kampfes. »Wie wir gehört haben, soll ja kein Geld mehr für Medikamente, sondern für Waffen eingesammelt werden!«

»Den Besuch verdanken wir Irene«, verriet der Gastgeber mit bedeutungsvoller Miene.

»Da kann man ja tatsächlich gespannt sein«, meinte Anton und vollführte einen Sprung Richtung Küchentür, um der Hausfrau zu helfen, die in der einen Hand eine große Schüssel mit dampfenden Wiener Würstchen und in der anderen eine mit Kartoffelsalat jonglierte. Sie stellte die beiden Schüsseln zu den Tellern, dem Besteck, den Getränken und den Gläsern auf eine Anrichte und bat ihre Gäste, sich zu bedienen. Jeder fühlte sich wie ausgehungert nach der ungewohnt ereignisreichen Veranstaltung im Audimax und setzte sich umgehend mit Kartoffelsalat und Würstchen an einen der Tische.

»Ich bin gegen Waffen«, knüpfte Sissi an Hans-Ulrichs Bemerkung an. »›Make love not war‹ ist allerdings auch keine Lösung, um kriegerische Konflikte langfristig zu verhindern.«

»Und was könnte deiner Meinung nach eine langfristige Lösung sein?«, wollte Irene, sie saß ihr am Tisch gegenüber, etwas spitz wissen.

»Liebe«, sagte Sissi, »nicht Sex, nur Liebe kann die Welt retten.«

»Habt ihr gehört«, rief Irene laut und drehte sich dabei zu den anderen Gästen im Raum um, »was Sissi predigt: Nur Liebe kann die Welt retten! Ist das nicht süß?« Irene lachte laut auf.

»Ja, so ist es«, bestätigte Sissi und schickte ein strahlendes Lächeln in die Runde. Anton liebte dieses Strahlen, das Sissis Gesicht überzog, wenn sie von Liebe sprach. Von dieser besonderen Liebe, die sie erst mit der Geburt der Zwillinge entdeckt hatte, wie sie sagte. Eigentlich sei sie noch im Prozess des Entdeckens, hatte sie erklärt, als er nicht verstand, welche Art Liebe sie meinte. Und er hatte sie, diese Liebe, bisher auch immer noch nicht wirklich verstanden, war jedoch sofort bereit, Sissi zuzuhören, wenn sie von ihr sprach, allein wegen dieses Strahlens. Damit hellte sich augenblicklich jede Verstimmung in ihm auf, verschwanden Ärger, Unlust und Zweifel, zumindest für einen Moment. Danach sah er die Dinge dann anders, manchmal sogar neu. So hielt er jetzt kurz inne und schaute Sissi an, und der Ärger über sein Scheitern, ja, er war mit seinem Vernunftappell bei den Studenten im Audimax gescheitert wie seit Langem nicht, ließ etwas nach.

»Revolutionen haben die Welt verändert, nur Revolutionen, ganz gewiss nicht die Liebe«, verkündete Irene entschieden. »Die Liebe ist«, sie suchte nach einem Vergleich, »Opium fürs Volk, ist«, sie war unzufrieden mit dem Vergleich, suchte weiter, »ist Kirchenkitsch, ja, Kirchenkitsch!«

»Könnte deine Revolutionsbegeisterung vielleicht eine Art Schuldmanagement sein?« Sissi schaute Irene wie prüfend an, so als müsste sie es herausfinden.

»Schuldmanagement? Das ist aber ein interessanter Begriff! Hast du ihn dem süßen Kind beigebracht?«, wandte sich Irene an Anton und entzog sich damit Sissis fragendem Blick.

»Nach Sissis Definition bin auch ich ein Schuldmanager«, erklärte Anton.

»Ein Manager, der seine eigene Schuld managt oder die der anderen?«, fragte sein Tischnachbar.

»Mit ziemlicher Wahrscheinlichkeit beides, wir Deutschen haben doch eine Menge Schuld, oder?«, antwortete Anton.

Bevor der Tischnachbar etwas erwidern konnte, wandte sich Irene wieder an Sissi: »Und welche Schuld manage ich mit meiner Revolutionsbegeisterung, wenn ich die denn tatsächlich haben sollte?«, wollte sie nun von ihr wissen.

»Ich nehme an, die Schuld deines Vaters, unterstützt er nicht mit seinen Bananendampfern die berüchtigte United Fruit Company?« Sissi lächelte etwas verlegen, sie wollte Irene nicht verletzen.

Sofort flog Irenes Hand hoch, und mit einer schnappenden Bewegung fing sie eine imaginäre Fliege vor Sissis Gesicht, was so viel bedeuten sollte wie: Du bist verrückt, sie sprach es jedoch nicht aus, sprang aber abrupt auf.

»Liebe!«, rief sie dabei und verdrehte die Augen. »Eines Tages wird der große Anton seine kleine Sissi noch für eine Heilige halten.«

Ein lauter Klingelton unterbrach Irene.

»Das sind bestimmt die Berliner! Willst du sie begrüßen?«, fragte der Gastgeber Irene.

Sie machte eine ablehnende Geste, sie war durch Sissis Bemerkung verstimmt und zog sich ins Nebenzimmer zurück.

Der Klingelton schrillte erneut auf und der Gastgeber eilte nun selber zur Tür, gefolgt von vielen neugierigen Blicken. Die Gespräche verstummten, es wurde still.

»Kommen Sie rein!«, hörten die Neugierigen den Gastgeber dann die späten Gäste begrüßen. Einige, die ganz in der Nähe des Eingangs standen, sahen, wie er die Spätankömmlinge mit einer etwas übertriebenen Verbeugung bat einzutreten. Zwei Frauen folgten als Erste seiner Aufforderung, ihnen folgten zwei Männer, dann war ein kurzes Aufstöhnen der Hausfrau zu hören: Mochten die Stiefel der Berliner auch für schwieriges Gelände geeignet sein, für die helle Teppichauslegware in der Wohnung waren sie es nicht, sie hinterließen dunkle Abdrücke. Was die vier Neuankömmlinge ignorierten, sie zogen weder die Stiefel noch sonst eins ihrer Kleidungsstücke aus.

»Die sind im revolutionären Einsatz«, kommentierte Antons Tischnachbar leise.

Die vier Neuankömmlinge blieben im Eingangsbereich stehen und eine der beiden Frauen begann, auf den Gastgeber einzureden.

Sissi bemerkte den Ruck, der durch Antons Körper ging: »Kennst du jemanden von ihnen?«

»Ich glaube schon«, sagte Anton und stand auf.

Sissi sah, wie er langsam auf eine Frau zuging, die eine grau-beige karierte Ballonmütze trug und einen olivgrünen Military-Trenchcoat.

»Du bist ja kaum wiederzuerkennen!«, platzte es aus Anton heraus, als er ihr nahe genug war. Er sah sie voll Staunen an und war sichtlich von ihrer Erscheinung beeindruckt.

»Nett, dich mal wieder zu sehen«, sagte Paula ziemlich kühl, sie war nicht überrascht, sie hatte gewusst, dass sie Anton hier treffen würde, und stellte ihm den jungen Mann in der wuchtigen schwarzen Lederjacke mit dem langen schwarzgelockten Haar vor, der neben ihr stand. Er hieß Peter.

»Gratuliere«, sagte Anton.

»Wozu?«, fragte Paula.

»Zu Peter.«

Peter warf den Kopf zurück und lachte schallend.

Die zweite Frau aus Berlin, eingehüllt in einen Parka und mit einem Palästinensertuch um den Hals, stellte sich neben Peter.

»Erkennst du mich nicht?«, fragte sie Anton und zog ein paar kindliche Grimassen.

Anton rätselte herum und schüttelte schließlich den Kopf.

»Sag du es«, forderte die junge Frau Paula auf.

»Das ist Lexa«, stellte Paula vor.

Anton fasste sich an die Stirn, nein, niemals hätte er sie wiedererkannt, die älteste Tochter von Franz, von der ihm der Freund in letzter Zeit viel erzählt hatte. Franz nannte Lexa, seitdem sie in Berlin an der Freien Universität studierte, eine Stadtguerillera.

»Christoph«, stellte sich nun der vierte Gast aus Berlin vor, ein junger Mann, der einen hellgrauen Anzug trug, darunter einen blauen Pulli und ein weißes Hemd.

»Seid ihr für die Veranstaltung im Audimax extra aus Berlin angereist?«, fragte Sissi, die sich zu der Runde gesellt hatte.

»Du erinnerst dich doch noch an Paula, oder?«, half Anton.

»Paula?«, fragte Sissi, »du meinst deine Paula?« Überrascht schaute sie zwischen den beiden hin und her.

»Ich bin inzwischen seine Paula«, sagte Paula und legte demonstrativ einen Arm um Peter.

»Gratuliere«, sagte nun auch Sissi, woraufhin Peter wieder den Kopf zurückwarf und schallend lachte.

»Wir haben hier noch einiges zu erledigen, meine Liebe«, flüsterte Christoph deutlich hörbar Paula zu.

»Wo ist Irene denn?«, wollte Paula nun von dem Gastgeber wissen. Der wies in eine Richtung und ging voraus, Paula folgte ihm mit Christoph und Peter ins Nebenzimmer. Lexa blieb unentschlossen zurück, ihre Blicke schweiften suchend umher.

»Suchst du jemanden?«, fragte Sissi.

»Ich bin hier verabredet«, erwiderte Lexa, verriet aber nicht, mit wem.

Sie wandte sich an Anton und bedauerte, dass im Audimax erst die Chaoten und Abspalter gestört hätten und danach auch noch die Mädchengruppe. »Die ganze Veranstaltung ist total misslungen«, urteilte Lexa.

»Ich hätte wirklich gern mehr über die Revolution erfahren, vielleicht kannst du mich jetzt aufklären«, sagte Anton, doch da gesellte sich Hans-Ulrich zu ihnen und unterbrach das Gespräch.

»Paula macht jetzt offenbar in Revolution und nicht mehr in Mode«, mischte er sich spöttelnd ein. »Ist das jetzt auch in Mode?« Hans-Ulrich wies auf Lexas Palästinensertuch.

»Soll ich euch nicht zuerst einmal bekannt machen? Das ist Lexa, die Tochter von Franz«, stellte Sissi vor, »Hans-Ulrich kennt deinen Vater schon lange«, erklärte sie an Lexa gewandt.

Hans-Ulrich musterte Lexa von oben bis unten. »Sie sind eine der Töchter von Franz Münzer«, sagte er schließlich und kniff die Augen zusammen: »Und?«, fragte er dann, »werden Sie wie Ihre Freunde, um unsere deutsche Schuld zu sühnen, auch auf dem Bananendampfer von Irenes Papa nach Bolivien schippern und bei der Revolution anheuern?«

»›Errichtet die Revolution in eurem eigenen Land‹, sagt Ho Chi Minh«, erwiderte Lexa, »ich bleibe hier.«

»Dann waren Sie es, die im Audimax das Transparent hochgehalten hat«, schloss Hans-Ulrich.

»Wir«, korrigierte Lexa, »wir haben Ho Chi Minhs Worte hochgehalten.«

»Wir«, wiederholte Hans-Ulrich und nickte bedächtig. »Aber ja, natürlich wir«, wiederholte er noch einmal, dann legte er los: »Sie wissen es wahrscheinlich nicht, aber Ihr Vater, Anton und ich, wir drei waren als HJler zusammen beim Ernteeinsatz in der Holsteinischen Schweiz. Damals war ich Adjutant Ihres Vaters und wir waren, im Gegensatz zu meinem jetzigen Chef«, er schickte ein kurzes spöttelndes Lächeln zu Anton, »Opportunisten. Ihr Großvater, der alte Münzer dagegen, war ein überzeugter Nazi, der war kein Opportunist.« Hans-Ulrich lachte, als hätte er einen Witz zum Besten gegeben.

»Unsinn!« Noch bevor Anton etwas dazu sagen konnte, erklärte Lexa entschieden: »Mein Großvater war auch Opportunist, sogar ein lupenreiner Opportunist.« Und nicht weniger entschieden verließ sie damit den kleinen Kreis.

Anton wechselte einen schnellen Blick mit Sissi, er wollte ihr folgen, doch nun wandte sich ein Gast, der Lexas Bemerkung aufgeschnappt hatte, an ihn und meinte, die meisten Studenten wären doch auch nur

Opportunisten, sei es doch gerade Mode, sich als Retter der Armen und Ausgebeuteten dieser Welt zu verstehen.

»Es gibt bessere und es gibt schlechtere Moden, ich würde, im Vergleich zur letzten Mode in Deutschland, diese gegenwärtige eindeutig für die bessere halten«, meinte Anton.

»Unsere jungen Studenten sind wahre Theoriejongleure und enorm intelligent«, mischte sich ein Fernsehmitarbeiter ins Gespräch, dehnte dabei das Wort *enorm,* »und so gebildet! Wir müssen im Sender ständig im Fremdwörterlexikon nachschlagen.« Er lachte sehr laut, um zu zeigen, dass das ein Witz sein sollte.

»Wenn wir Deutsche etwas machen, dann gründlich«, erklärte nun eine Frau. »Ich wünsche mir von diesen jungen Leuten, dass sie diesen rechten Dreck endlich einmal gründlich ausmisten!«

»Sie wollen Nestbeschmutzer unterstützen!«, kommentierte ein Mann die Frau.

»Kann es sein, dass Sie vielleicht der Schmutzfink sind?«, parierte die Frau und hielt seinem erbosten Blick stand.

»Die Jungen wollen international sein«, glaubte der Fernsehmitarbeiter, »vor allem unsere jungen Dichter und Denker wollen endlich international sein, das Kulturgeschäft hat da im Vergleich zu unserer Wirtschaft doch Aufholbedarf ...«

Anton und Sissi verständigten sich, traten aus dem Kreis heraus und schlenderten auf der Suche nach Lexa durch die Wohnung.

»Vielleicht sollte ich bei den Alten Meistern in die Lehre gehen«, meinte Anton zu Sissi, »zu meiner Zeit war die Lektüre von Marx und Engels bei Todesstrafe verboten.«

»Vielleicht kannst du bei ihr Nachhilfeunterricht nehmen«, schlug Sissi vor, sie hatte Lexa entdeckt und machte eine Kopfbewegung in ihre Richtung. Anton folgte ihr und sah, wie Hans-Ulrich auf Lexa einredete.

»Ich glaube, diese Chance hat mir mein Geschäftsführer nun endgültig versaut«, sagte Anton und ging auf die beiden zu, doch da stoben Lexa und Hans-Ulrich auch schon in gegensätzliche Richtungen auseinander.

»Zu spät«, sagte Anton nur. Gemeinsam mit Sissi folgte er Franzens Tochter in den Kreis um ihren Berliner Freund Christoph, der gerade etwas zu demonstrieren schien. Er hielt den Kopf leicht gesenkt, seine Arme waren auf Schulterhöhe angewinkelt und seine Hände umkreisten mit ausgestreckten Zeigefingern die Ohrmuscheln. Sein Publikum, unter ihnen auch Veronika und Irene mit ihrem Mann, folgten gespannt dem Kreisen der auf die Ohrmuscheln gerichteten Zeigefinger.

»Und dann schlägt sie um«, sagte Christoph in theatralischem Tonfall. Bei dem Wörtchen »um« bog er seine Hände mit den ausgestreckten Zeigefingern in die den Ohrmuscheln entgegengesetzte Richtung nach außen, sie wirkten wie zum Abschuss bereite Geschosse. Jetzt verharrte er in dieser Haltung, seine Zuschauer warteten gespannt auf den Fortgang, doch dann ließ er einfach die Arme sinken, lächelte freundlich und blickte die Umstehenden prüfend an, ob es ihm wohl gelungen sei, ihnen mit seiner kleinen Demonstration zu verdeutlichen, wie die spätkapitalistische Gesellschaft durch die Verarmung der Mittelschicht in eine Diktatur des Proletariats umschlagen würde.

»Wie soll oder kann man sich diesen Umschlag, dieses Umschlagen vorstellen?«, fragte der Gastgeber interessiert.

»Wie bei der Milch«, rief Irenes Mann spontan, bevor Christoph antworten konnte, »wenn Milch umschlägt, wird sie erst einmal sauer, dann dick und mit etwas Geschick wird dann Quark oder Käse daraus!«

Alles lachte, auch Christoph, dann rief er jedoch ins allgemeine Gelächter, Irenes Mann habe sich wie ein typischer Bourgeois im kulinarischen Vergleich verirrt, und klärte den Verirrten noch einmal mit Karl Marx darüber auf, wie die Mittelschicht in absehbarer Zeit durch den Monopolkapitalismus verarmen würde: »Das bedeutet, die Masse verdichtet sich, wird angereichert wie Uran, wird zum gesellschaftlichen Explosionspotenzial und nicht etwa zu Dickmilch.« Er lächelte nachsichtig.

»Revolution statt Quark und Käse«, verdeutlichte Paulas Freund Peter und lachte wieder sein schallendes Lachen. Nur Irene lachte mit, wie alle bemerkten.

»Ihr wollt also in Lateinamerika für die Befreiung vom amerikanischen Imperialismus sterben?«, machte sich daraufhin Irenes Mann über Christoph und Peter lustig.

»Ich nicht«, rief Christoph sofort, »aber der da.« Er zeigte mit gespieltem Pathos auf Peter.

»Klappt denn die Passage auf eurem Bananendampfer?«, wollte Sissi nun von Irene wissen, und als sie ihr das schwärmerisch bestätigte, fragte Sissi, ob auch sie vorhabe, zur Revolution nach Südamerika aufzubrechen.

»Du bist hinterhältig und gemein!«, rief Irene, und ihr Gesicht färbte sich dunkelrot, »du mit deinem Liebesgesäusel!«

»Nur Revolutionen haben die Welt verändert«, zitierte Sissi Irene und fragte dann Christoph und Peter: »Und wie wird die Revolution unsere BRD verändern?«

»Ich glaube, wir müssen jetzt aufbrechen«, beendete Paula vorsorglich das Gespräch, ehe Sissi und Irene in weitere Auseinandersetzungen geraten konnten und dadurch vielleicht die Bananendampferpassage, die sie, Paula, eingefädelt hatte, sie kannte Irene aus ihrer Hamburger Zeit, in Gefahr brachte.

»Es war schön, dich mal wieder zu sehen«, verabschiedete sie sich von Anton, »besucht uns in Berlin, wenn ihr mehr über die Revolution wissen wollt.« Damit hob sie die Faust zum Genossengruß und stampfte mit ihren schweren Stiefeln über die helle Auslegware zur Tür, gefolgt von den besorgten Blicken der Hausfrau. Und von Peter, Christoph und Lexa. Der Gastgeber eilte hinterher.

»Paula hat sich aber sehr verändert«, sagte Irene, kaum hatte sich die Tür hinter den Berlinern geschlossen. Sie ließ sich aufs Sofa fallen, dabei schwappte der Rotwein aus ihrem Glas, das sie in der Hand hielt, und auf ihr Kleid. Sie ignorierte den dunklen Fleck, der sich auf dem hellen Wolljersey ausbreitete, sie war viel zu aufgeregt und vor allem auch nicht mehr ganz nüchtern.

»Ich hätte Paula fast nicht wiedererkannt«, sagte sie voll Staunen und fuhr dann betrübt fort: »Verglichen mit ihr habe ich mich heute Abend ziemlich alt gefühlt.«

»Aber Schätzchen, was hast du bloß vor? Willst du etwa deinen treuen Ehemann verlassen und zu Paula nach Berlin gehen, um dich sexuell zu befreien?«, fragte Irenes Mann mit gespielter Besorgnis.

»Mach du nur deine Witze! Ich glaube, das Lachen wird uns allen noch vergehen, diese jungen Leute meinen es ernst. Sogar sehr ernst«, orakelte Irene.

»Aber ja, todernst«, witzelte Irenes Mann weiter.

»Mir gefällt diese Ernsthaftigkeit«, behauptete Irene mit Trotz in der Stimme, »sie haben ein Anliegen, ihnen geht es um etwas. Worum geht es uns denn noch? Wir sind satt und zufrieden, und wenn wir überhaupt etwas wollen, dann wollen wir einfach nur mehr. Stimmt doch, oder?«

Irene sah jetzt mit triumphierender Miene in die Runde, verharrte bei Anton und heftete ihren Blick an ihn: »Du bist doch eigentlich ein Polizist«, begann sie, »du passt doch nur auf. Nein, unterbrich mich nicht, ich weiß, ich drücke mich falsch aus, aber was ich sagen will, Anton, diese jungen Leute, die sind keine Polizisten, die wollen die Gesellschaft verändern ...«

»Hört, hört«, unterbrach Irenes Mann.

»Ja, hör du nur gut zu!«, befahl sie ihm in schwankender Tonlage, »denn alle sollen sich emanzipieren, auch du, verstehst du? Alle sollen die Chance haben, versteht ihr?«

Irene sah alle an: »Nur wenn alle, wirklich alle eine Chance haben, hat unsere Gesellschaft eine Chance, das habe ich heute Abend von den Berlinern gelernt. Ach, wie ich Paula beneide, dass sie in Berlin dabei sein kann. Liebes, bitte setz dich zu uns«, rief Irene einem gerade erst eintreffenden Gast zu, einer bekannten Kolumnistin. »Du kommst zu spät, die Berliner haben dich hier erwartet, jetzt sind sie gegangen! Du hast Migräne? Du Arme! Möchtest du ein Aspirin? Du willst schon wieder gehen? Lexa? Ich kenne keine Lexa. Ihr wollt alle gehen? Schätzchen, ich glaube, es ist allgemeiner Aufbruch«, meinte Irene zu ihrem Mann, erhob sich mit Schwung aus der Tiefe des Sofas und stand dann leicht schwankend davor, fiel nun ganz plötzlich Anton um den Hals und verlangte, er solle schwören, dass er nicht böse auf sie sei, weil sie ihn einen Polizisten genannt habe, was Anton sofort schwor.

3.

Sissi gähnte, verstellte den Sitz und schlief dann bei dem Versuch, die Demonstration von Lexas Freund Christoph vom Umschlag der kapitalistischen Gesellschaft in die Diktatur des Proletariats zu rekonstruieren, ein. Anton schaltete das Radio an. Beim Halt an einer Ampel suchte er einen Sender mit Popmusik und entschied sich dann, leise von den Doors begleitet, nicht den Weg über die Reeperbahn zu nehmen, sondern an der Elbe entlangzufahren, vorbei an den Kränen im rötlich gelben Dunstschein der Hafenbeleuchtung und an den erleuchteten Docks, in denen auch nachts Schiffe repariert oder überholt wurden. Es war seine tägliche Strecke, und diese abwechslungsvolle Fahrt, stimmungsreich wie das Licht, die Jahreszeiten und das Wetter, versöhnte ihn jeden Tag mit dem längeren Weg in die Redaktion, sie wohnten jetzt in einem Vorort an der Elbe.

Er schaltete die Scheibenwischer ein, der Nieselregen hatte sich verstärkt und war in Schneeregen übergegangen, die Temperatur bewegte sich um den Gefrierpunkt, außerhalb des Stadtzentrums würden die Straßen überfroren sein, vermutete Anton. Er griff nach einer der Decken, die für die Zwillinge auf der Rückbank bereitlagen, und legte sie Sissi über die Knie, die von ihrem neuen Minimantel nicht bedeckt wurden. Er hätte gern seinen Arm um sie gelegt, sie an sich gezogen und ihren warmen Atem an seinem Hals gespürt. Die Ampel schaltete auf Grün und der Wagen rutschte beim Anfahren zum ersten Mal ein wenig aus der Spur, Anton umfasste nun das Lenkrad mit beiden Händen. Er war sehr froh gewesen, als er Sissi im Audimax in der ersten Reihe erkannte. Das hatte ihm geholfen, seinen aufsteigenden Unmut und Ärger im Zaum zu halten. Jetzt streifte er mehrmals kurz hintereinander ihr Gesicht und beobachtete, wie die Straßenbeleuchtung Licht und Schatten darüberfliegen ließ.

Die ersten Wochen und Monate nach der Geburt der Zwillinge waren für ihn eine schwierige Zeit gewesen, Sissi hatte nur noch Augen und Ohren für die Keimlinge, wie er seine Söhne in diesen ersten Wochen und Monaten nannte. Er wollte es sich nicht eingestehen, aber er war eifersüchtig und fühlte sich verlassen durch die bedingungslose Zuwendung, die Sissi ihnen schenkte. In dieser Keimlingszeit nun hatte er die Nähe zu Franz gesucht und wieder häufiger mit ihm telefoniert, ja, sich schon bald sogar mit ihm verabredet. Franz hatte wieder Zwischenstopps eingelegt, und sie waren gemeinsam zum Essen gegangen. Jetzt ohne Sissi. Trotzdem war sie anwesend, denn nun hatte er mit Franz vor allem über Sissi geredet. Über sich und Sissi, und wie sie ihn eines Morgens mit einem Strahlen im Gesicht überraschte, das ihn die schwierige Zeit vergessen ließ. An diesem Morgen hatte sie ihm eine Langzeitstudie mit Affenbabys beschrieben, in denen sie den lieblosen Umgang mit Menschenbabys gespiegelt sah, und zum ersten Mal von den Zwillingen als von ihrer eigenen Langzeitstudie gesprochen. Sie würde damit den Beweis führen, dass nur Liebe die Welt retten konnte. »Sie meint die Mutterliebe«, hatte Franz trocken behauptet.

Am nächsten Tag würde er wieder mit Franz verabredet sein, zum Mittagessen. Sie wollten sich wie schon oft zuvor im Austernkeller treffen, bei Cölln. Er war kein so großer Liebhaber von Austern wie Franz, ihm gefiel es aber, sich gänzlich ungestört in einem der Separees mit dem Freund unterhalten zu können, ihre Beziehung war vertrauter denn je. Bei ihrem letzten gemeinsamen Essen hatte Anton mit Franz darüber gesprochen, ob er mit seinen dreiundvierzig Jahren als junger Vater nicht doch vielleicht zu alt sei.

Franz hatte nur kurz aufgelacht, dann länger geschwiegen und schließlich gesagt, er würde sich mit seinen dreiundvierzig Jahren eigentlich noch jung fühlen. Doch wenn er sich mit Lexa, seiner ältesten, nun einundzwanzigjährigen Tochter, oder mit der neunzehnjährigen Franzi in Berlin treffen würde, ob mit einer Tochter allein oder mit beiden zusammen, ob mit oder ohne ihre Freunde, käme er sich jedes Mal nicht nur alt, er käme sich sogar uralt vor. »Sie gebärden sich, als erfänden sie die Welt neu. Die alte, inklusive meiner werten Person, gehört ihrer Meinung nach auf den Müll! Sei also froh, dass deine Söhne noch in den Windeln liegen und nicht wie meine Töchter die Gesellschaft verändern wollen!«

Ein Wagen kam ihm mit aufgeblendeten Scheinwerfern entgegen, er hatte längst den geschützten Hafenbereich verlassen und fuhr auf der Chaussee oberhalb des Flusses stadtauswärts viel zu schnell, wie Anton jetzt bemerkte. Er trat auf die Bremse und sein Wagen geriet leicht ins Schlingern, die Straße war bereits vereist. Er verringerte die Geschwindigkeit noch weiter, in der nächsten Kurve würde sich die Chaussee verengen und in eine Senke hinunterführen. Er sah bereits im Licht seiner Scheinwerfer das Schild mit dem Namen der Senke auf sich zukommen: Teufelsbrück.

Katharina war der Name bei ihrem ersten Besuch sofort ins Auge gefallen, und er hatte der Mutter daraufhin die Legende erzählt, nach der hier einst dem Teufel die Seele des Pfarrers bei einer Wette um die Brücke über diese frühere Furt durch die Lappen gegangen sein soll.

Er hatte bemerkt, wie Katharina ihn nun mehrfach von der Seite angesehen, sich dann einen Ruck gegeben und ihm, immer wieder innehaltend, unter schwerem Seufzen ihre Sorge anvertraut hatte, er, ihr Sohn, könnte seine Seele dem Teufel verkauft haben. Sie hatte sogar Indizien angeführt. Erst habe er sich von seiner Kirche abgewandt, dann sei er auch noch aus ihr ausgetreten. Und wie reich er geworden sei! Was für ein großes Haus er besitze! Das alles könne doch nicht mit rechten Dingen zugegangen sein! Ihr Beichtvater habe ihr mehrfach versichert, sie sei nicht allein mit ihrer Sorge, manch anderer im Lande hege genau wie sie die Vermutung, ihr Sohn sei mit dem Teufel im Bunde. Er hatte ihr bei allen Heiligen und der Muttergottes schließlich schwören müssen, in seinem bisherigen Leben keine Geschäfte mit dem Leibhaftigen gemacht zu haben.

Wenige Wochen nach dem Besuch von Katharina hatte Judith ihn morgens angerufen. Er war sofort aufgebrochen und doch zu spät gekommen. Es hatte ihn erschüttert, sie tot zu sehen. Er hatte sich neben sie gesetzt und ihr letztes Gespräch fortgeführt, sie daran erinnert, wie er einst den Schwur abgelegt hatte, die Werke des Teufels, von deren Existenz er das erste Mal durch sie erfuhr, zu vernichten. Und wie er dem Satan mit zehn Ave-Maria und drei Kirchenumrundungen eine Seele entrissen hatte. Nichts liege ihm ferner, als ihm die eigene zu verkaufen, hatte er der Toten noch einmal versichert.

Anton kniff die Augen zusammen, im Rückspiegel sah er das Scheinwerferlicht eines schnell herannahenden Autos.

»Idiot!«, sagte er leise, als ihn der Wagen auf der vereisten Straße überholte. Kurz darauf wurde er mit einer rot blinkenden Kelle von einem Polizisten aufgefordert, am Straßenrand zu halten. Er parkte und stieg aus, ein kalter Ostwind wehte ihm Schneeflocken ins Gesicht.

Die beiden Polizisten kamen ihm entgegen. Er sei zu schnell gefahren. Alkohol? Nein, er habe keinen Tropfen getrunken. Einer der beiden Polizisten kontrollierte seinen Ausweis und Führerschein, der andere mit der Taschenlampe das Nummernschild und die Reifen seines Wagens. Anton versuchte, sich vor dem Schnee in seinen Mantel zu vergraben, und beobachtete ihn. Als der Polizist mit der Lampe in den Wagen leuchtete, sah Anton Sissis Gesicht, sie war aufgewacht. Er konnte deutlich die Grübchen in ihren Wangen erkennen, sie schien sich zu amüsieren.

»Und?«, fragte Sissi, als sich die Polizisten verabschiedet hatten, die Grübchen in ihren Wangen vertieften sich noch etwas, »was wollten deine beiden Kollegen denn?« Sie spielte offensichtlich auf Irenes Bemerkung an, lehnte sich schmunzelnd an seine Schulter und schlief gleich wieder ein. Während er nun immer langsamer durchs Schneegestöber schlich, dachte er über Irenes Vergleich nach und ob er sich selber in der Funktion eines Polizisten sehen konnte, oder vielleicht sogar gesehen wurde, vielleicht als einer, der die Einhaltung der demokratischen Spielregeln überwachte?

Sollte das wirklich alles sein, fragte er sich, was übrig geblieben war von seiner Berufung, den Geist der Vernunft gegen den Ungeist der Unvernunft ins Gefecht zu schicken?

Bevor Anton sich seine Frage beantworten konnte, rutschte der Wagen trotz seines Gewichts in einer Kurve langsam, aber unaufhaltsam, er war auf dem nun spiegelglatten Asphalt nicht mehr zu lenken, aus der Bahn und auf einen Baum zu.

Er habe kaum geschlafen, berichtete Anton Franz am nächsten Tag mittags bei Cölln, niemand sei bei Eis und Schnee mehr mitten in der Nacht unterwegs gewesen. Anton hielt inne und sah Franz an, der ihm offensichtlich nicht zugehört hatte.

Er habe auch zu wenig geschlafen, erklärte Franz ungewohnt gereizt, weshalb er zu viel Kaffee getrunken habe, was bei ihm oft bewirke, dass er nicht wach, sondern nur noch schläfriger würde, er brauche dringend ein Glas Champagner, um wach zu werden. In diesem Moment servierte der Ober den Champagner, und sie stießen wie gewohnt an.

Kurz darauf meinte Franz mit düsterer Miene, er müsse etwas Wichtiges mit Anton besprechen. Lexa habe ihn ungewöhnlich früh am Morgen, lange bevor er zum Flughafen aufgebrochen sei, angerufen. Er würde sich, seitdem sie an Demonstrationen und politischen Aktionen teilnehme, ja doch immer wieder Sorgen um sie machen, sie habe ihn jedoch nicht in aller Herrgottsfrühe wegen einer politischen Demonstration von einer Polizeiwache aus angerufen, sondern wegen Hans-Ulrich Hacker.

»Hans-Ulrich hat meinen Vater, wie mir Lexa erzählte, gestern in deiner Anwesenheit als Nazi verleumdet!«, rief Franz, jetzt erregt und aufgebracht. »Ich werde Hans-Ulrich Hacker, deinen Geschäftsführer, zur Rede stellen müssen.« Franz saß plötzlich ein Kloß im Hals, er räusperte sich heftig und stürzte dann den Rest Champagner hinunter, um sich schließlich eine Zigarette anzuzünden.

Anton wollte abwiegeln und sagte, Hans-Ulrich beobachte die *Kinder des Wohlstands*, das sei der Hacker'sche Begriff für die rebellierenden Studenten und natürlich besonders für Lexa, mit dem ihm innewohnenden Neid auf die besseren Verhältnisse, in die diese Kinder des Wohlstands hineingeboren worden wären.

Franz schüttelte erregt den Kopf. Hans-Ulrich würde Lexa gegenüber nun fortsetzen, womit er ihn, Franz, bereits verfolgt habe, nämlich mit dem Gerede über eine Verwicklung von Hubert Münzer in einen ominösen Handel mit Nazigold.

»Aber das ist doch ein alter Hut!«, stellte Anton fest.

»Es geht nicht um das Gold des Goldmachers, es geht um Nazigold«, klärte Franz auf.

»Was soll das denn sein? Nazigold?«, wollte Anton nun wissen.

»Frag ihn doch!«, rief Franz, »vielleicht verrät er es dir. Mir verrät er es jedenfalls nicht. Doch er verfolgt mich mit diesem Nazigold. Er hat mir mit unübersehbaren Folgen gedroht, würde die Beteiligung meines Vaters an diesem ominösen Handel öffentlich werden. Er hat sogar durchblicken lassen, unsere Freundschaft, meine Freundschaft mit dir, wäre für dich und das Blatt schädlich. Und jetzt verfolgt er auch noch meine Tochter damit. Ich werde ihn zur Rede stellen, und wenn er seine Verleumdungen nicht unterlässt, verklage ich ihn!«

4.

Bevor Franz Gelegenheit dazu finden konnte, Hans-Ulrich zur Rede zu stellen und ihm eine Klage anzudrohen, hatte Lexa die Initiative ergriffen. Sie war noch am selben Abend mit dem Nachtzug nach München gereist und stand nun vor der Eingangspforte zu einer Villa in München-Bogenhausen und klingelte bei ihrem Großvater. Sie hatte ihm vor der Abreise aus Berlin ihren Besuch angekündigt, den Grund ihres Besuchs hatte sie trotz Huberts Nachfrage verschwiegen. Sie wolle nur eine Auskunft, das war alles, was Lexa ihrem Großvater angekündigt hatte.

Hubert erwartete seine älteste Enkeltochter wenn auch mit einiger Skepsis, so doch mit Neugier. Keine seiner Enkelinnen hatte ihn bisher in seiner Stadtwohnung, wie er das gemeinsame Domizil mit seiner Geliebten nannte, die er Lexa als seine Sekretärin vorstellte, besucht.

»Das war ein Verhör!«, tobte er dann, kurz nachdem Lexa die Stadtwohnung wieder verlassen hatte. »Ach was, das war kein Verhör, es war eine Anklage!« Er donnerte mit der Faust auf den Tisch.

Lexa hatte ihn unumwunden gefragt, welche Verbrechen er im Dritten Reich begangen habe. Keine, hatte er geantwortet und es so oft wiederholt, bis Lexa nicht mehr fragte. Auch noch, als sie sich mit »Rotfront« und geballter Faust verabschiedete, hatte er nur lächelnd den Kopf über ihren kindischen Eifer geschüttelt. Doch jetzt, die Gartenpforte fiel gerade hinter seiner Enkelin ins Schloss, brach er in wüstes Schimpfen über die Weiberwirtschaft seines Sohnes, dieses Weicheis mit einem Haufen ungeratener, unerzogener Töchter aus. Dann eilte er in sein Arbeitszimmer an seinen Schreibtisch, griff zum Telefon und rief, in heftigstem Aufruhr über die Unverfrorenheit seiner Enkelin, einen seiner drei Anwälte an, danach auch gleich noch die beiden anderen und bestellte sie umgehend zu sich. Empört und aufgebracht über Lexas Verhör und maßlos erbost über ihren Kommunistengruß beherrschte ihn nur noch ein einziger Gedanke: Enterben! Er würde sie enterben. Nein, nicht nur Lexa, er würde alle seine missratenen Enkelinnen enterben.

Jeden Tag brütete Hubert daraufhin über diesem seinem vollständig neu zu entwerfenden Testament, seinem endgültigen Letzten Willen. Jeden Tag enterbte er in immer wieder neuen Variationen zuerst seinen Sohn Franz und endlich, was sein eigentliches Ziel war, dessen Töchter. Nicht der geringste Teil seines Vermögens sollte eines wenn auch gewiss noch fernen Tages auf diese Kommunistinnen, diese Rotfrontlerinnen übergehen können. Doch mit jedem neuen Entwurf ließen ihn seine Anwälte wissen, dass er seine Familie nicht völlig enterben könne, es gebe nun einmal den gesetzlichen Pflichtteil. Den werde er zu umgehen wissen, versprach er.

Selbst nachts ließen ihn seine Enterbungsstrategien nicht zur Ruhe kommen, sie trieben ihn, trotz schlechten Wetters, sogar zu nächtlichen Wanderungen durch den Garten an. Es dauerte nicht lange, und er war erkältet. Die Erkältung nistete sich in seine Bronchien ein, und er bekam Fieber. Schließlich drohte die Infektion in eine Lungenentzündung überzugehen, und der Hausarzt, den Hubert widerwillig kommen ließ, verordnete ihm Antibiotika und strikte Bettruhe. Das hinderte Hubert nicht daran, seine Enterbungspläne voranzutreiben, trotzdem entwickelten sie sich nicht, wie er es sich wünschte. Nun beschimpfte er seine Anwälte als Nichtsnutze, Dilettanten und Banausen. Trotzdem hätte er sie in seiner Ungeduld zwecks Auslotung aller juristischen Tricks am liebsten an sein Krankenbett gefesselt. Er telefonierte unentwegt hinter ihnen her, wünschte, nein, befahl ihnen, ihm selbst in späten Abendstunden noch zur Verfügung zu stehen.

»Ja, dann fahren Sie doch nach Baden-Baden und verspielen Sie im Kasino ihr ganzes Hab und Gut, dann *können* Sie nichts mehr vererben!«, rief irgendwann gereizt einer der gepeinigten Anwälte aus, nicht ahnend, was er mit diesem gewiss nicht ernst gemeinten Vorschlag anrichtete.

Eine Weile lauschte Hubert auf das Echo, das dieser Vorschlag in ihm hinterließ. Dann klatschte er mit sich steigerndem Vergnügen mehrfach in die Hände, schlug mit Schwung die Bettdecke zurück und setzte sich auf. Mit einem Satz stand er auf den Beinen und lief nun, gefolgt von dem beunruhigten Anwalt, durch die geräumige Villenetage. Erst rief er nach seiner Sekretärin, dann nach der Haushälterin. Er gab den beiden verdutzten Frauen die Anweisung, alles nötige für einen Spielkasinobesuch in Baden-Baden vorzubereiten. Man möge nicht vergessen, seinen Smoking und das Smokinghemd einzupacken. Und auch nicht, ein Zimmer in Brenners Parkhotel zu reservieren.

»Bereiten auch Sie alles vor«, wies er danach den angesichts der spontanen Genesung, die er mit seinem Scherz ausgelöst zu haben schien, sprachlos staunenden Anwalt an. Oder war der Kranke nur ein eingebildeter Kranker gewesen, der sich nur krank gestellt hatte?

»Wir brechen morgen im Laufe des Vormittags auf«, informierte Hubert ihn weiter, »unterrichten Sie bitte meinen Sohn, die ganze Familie soll anwesend sein, das verlange ich!«, sagte er mit Nachdruck.

Der Anwalt versicherte hastig, er habe am nächsten Tag Termine bei Gericht, die nicht zu verschieben seien, die Idee mit dem Spielkasino sei nicht ernst gemeint gewesen, danach verabschiedete er sich eilig und verließ fluchtartig die Wohnung. Hubert stutzte einen kurzen Moment, entschied dann, Franz selber zu informieren, und fuhr am frühen Abend in Begleitung seines Chauffeurs unangemeldet auf den Amselhof.

Franz erschrak, als er den Vater dann völlig unerwartet in der Tür zum Wintergarten stehen sah, sichtbar außer sich. Er sprang sofort auf und ging auf ihn zu.

»Was machst du denn hier, ist etwas passiert? Du holst dir ja noch eine Lungenentzündung, den sicheren Tod«, stotterte er, als er die fiebrige Hitze in Huberts Gesicht erkannte, wollte seinen Arm nehmen und ihn zu einem Stuhl führen. Doch Hubert lehnte ab, er musterte seinen Sohn misstrauisch und erklärte dann: »Ich möchte, dass du mich morgen mit deiner Familie nach Baden-Baden ins Spielkasino begleitest.«

»Aber um Gottes willen, was willst du denn im Spielkasino?«, fragte Franz, jetzt noch fassungsloser.

»Ja, was denn wohl?! Spielen natürlich!«, antwortete Hubert. Am liebsten hätte er hinzugefügt: Mein ganzes Vermögen verspielen! Aber darüber durfte er nicht sprechen.

»Spielen und gewinnen«, sagte er schnell, »des Menschen Gier ist unersättlich, wie du weißt!« Er lachte sein joviales Lachen, das ihm seit Lexas Verhör nicht mehr gelungen war, und es bestätigte ihn noch mehr in seinem Vorhaben.

Niemand führe nach Baden-Baden, entschied Franz, der sich wieder gefasst hatte. Er bestand darauf, den Vater, der keinesfalls auf dem Amselhof bleiben, noch nicht einmal Alexandra begrüßen wollte, zurück nach München zu begleiten. Während der Fahrt redete er auf ihn ein wie auf ein Kind, ermahnte ihn, den Anweisungen seines Arztes zu folgen, im Bett zu bleiben, und kündigte an, ihn gleich am nächsten Tag zu besuchen.

Ich werde nicht zu Hause sein, wollte Hubert sagen, verkniff es sich aber, bei dieser seiner Unternehmung war es ratsam, nicht zu viele Worte zu machen. Er folgte Franz und dem Arzt, der bereits, von Franz alarmiert, auf ihn wartete, und legte sich wieder ins Bett. Zwei Tage darauf verließ er es und fuhr in Begleitung des Chauffeurs und seiner Sekretärin gegen Mittag nach Baden-Baden.

Nach seiner Ankunft in Brenners Parkhotel, er hatte sich frisch gemacht und umgezogen, nutzte er den Service des Hotels und ließ sich mit seiner Sekretärin vor dem Spielkasino vorfahren. Trotz der mehrstündigen Anreise stieg Hubert ohne einen Anflug von Müdigkeit aus, übersah den bereits routinemäßig dargebotenen Arm seiner Begleiterin und nahm mit Schwung die Stufen zum Kasino. Er fühlte sich in Hochform: Er würde nicht das erste Mal am Spieltisch sitzen und Roulette spielen, doch anders als die Male zuvor, wo er sich über seine Verluste, vergleichsweise minimale Einsätze wie Verluste, geärgert hatte, würde er sich an diesem Abend über seine sehr hohen Einsätze und Verluste freuen. Auf dem Höhepunkt seiner Freude, dem Totalverlust seines gesamten Vermögens, würde er seinen Revolver ziehen und sich erschießen. Wie in einem Roman. Nur dass er sich nicht aus Verzweiflung erschießen würde, sondern aus Vergnügen über die Verzweiflung seiner Erben.

Hubert war zufrieden, als er das Entree des Kasinos betrat und sich im Vorübergehen in einem der vielen Spiegel sah, eine imposante Erscheinung, zweifellos, er war elegant gekleidet, vielleicht sogar ein wenig zu elegant. Nun, er kam nicht zu irgendeinem Fest, sondern zum Abschlussball seines Lebens! Er führte seine Hand zur Brust, dorthin, wo sich in der Innentasche seiner Smokingjacke der Revolver verbarg, noch gesichert. Er lächelte dem Spiegelbild seiner Sekretärin zu. Im Vergleich zu ihm, dessen Wangen rot leuchteten, sah sie blass aus.

Bevor er jedoch den Spielsaal betrat, suchte Hubert den Spielbankdirektor auf, er war ein alter Bekannter, er wusste um seine Vermögensverhältnisse, das würde hilfreich sein. Hubert hatte sich von der Direktion des Parkhotels avisieren lassen.

Als er dann endlich am Spieltisch saß, vor sich eine große Anzahl von Chips, bestellte er erst einmal Champagner für alle. Er fühlte sich nicht nur in Hochform, er war jetzt auch in einer großartigen Stimmung für ein Fest mit einem an Großartigkeit nicht zu überbietenden Ausgang. Die ungewöhnliche Rötung seines Gesichts hatte zugenommen, so wie sich das Glänzen seiner Augen verstärkt hatte, das Fieber war noch gestiegen, er befand sich tatsächlich in einer Art Rausch.

»Commencez!«, rief er, klatschte vor Erregung in die Hände und wies seine Begleiterin an, sich ihm gegenüber an den Roulettetisch zu setzen. Sie folgte seiner Anweisung nicht gleich, wollte in seiner Nähe bleiben, doch er befahl es auf eine herrische Weise, die keine Widerrede duldete, dann ordnete er den Haufen Chips, der vor ihm lag, und klatschte wieder in die Hände, nachdem sie ihm gegenüber Platz genommen hatte.

»Faites votre jeu!«, rief er überschwänglich statt des Croupiers, »beginnen Sie Ihr Spiel, meine Damen und Herren!«

Hubert ließ nun seine Blicke umherschweifen, heftete sie dann an den Croupier und nickte ihm auffordernd zu, als sei er der Spielmacher. Er setzte eine so hohe Summe auf Schwarz, dass den Frauen am Tisch angesichts dieser Tollkühnheit hohe spitze Töne entwichen, unter den Männern entstand tiefes Gemurmel.

»Rien ne va plus!«, rief nun der Croupier. Die Kugel rollte, atemlose Stille, ein allgemeiner Aufschrei, Hubert hatte gewonnen, die hohe Summe verdoppelte sich.

Äußerst verärgert starrte Hubert auf die sich hoch auftürmende Menge von Chips, die der Croupier vor ihn hinschob, er hätte sie am liebsten mit beiden Händen in die Luft geworfen. Nach diesem Misserfolg wurde er vorsichtiger und verteilte kleinere Summen auf verschiedene Zahlen, und verlor. Aber dann, nach einer längeren Serie von Verlusten, setzte er die immer noch große Anzahl verbliebener Chips, in der Hoffnung, sie endlich alle auf einen Schlag loszuwerden, wieder auf Schwarz. Mitspieler und Neugierige hielten erneut den Atem an, auch seine Begleiterin. In Vorfreude auf den Schreck, den es gleich widerspiegeln würde, fixierte Hubert ihr Gesicht. Doch dann stieß sie einen kleinen spitzen Freudenschrei aus.

Jetzt hätte er am liebsten seinen Revolver aus der Brusttasche gezogen, ihn entsichert und sich sofort erschossen. Nur der Gedanke, sein Ziel bisher turmhoch verfehlt zu haben, hielt ihn davon zurück. Um seinem Ärger Luft zu machen, herrschte er seine Begleiterin an, augenblicklich ihren Platz zu räumen und im Hotel auf ihn zu warten. Er ertrug ihre Freude über seinen Gewinn keine Sekunde länger.

Sie verließ zwar ihren Platz, stellte sich jedoch neben ihn und beschwor ihn, das Spiel zu beenden, gewiss würde er sonst alles wieder verlieren. Ein schrecklicher Laut, fast ein Heulen entwand sich seiner Kehle: Genau das hatte er ja im Sinn!

Erschrocken legte sie ihre Hand auf seinen Arm, da stieß er sie grob von sich: »Nun geh schon!«, rief er ungeduldig, »geh, geh, geh!«

Da verließ sie den Spielsaal, erkundigte sich nach einer Telefonzelle und rief Franz an. Das Fieber sei wieder ausgebrochen und höher als zuvor, Hubert sei in einem furchtbaren Zustand, alarmierte sie ihn. Nach dem Telefongespräch setzte sie sich an die Bar und wartete auf Franz, die Handtasche fest unter ihren Arm geklemmt. Denn in ihrer Handtasche befand sich ein Schriftstück mit Huberts Unterschrift. Mit diesem Schriftstück hatte er sie zur Reise nach Baden-Baden überredet. Es dokumentierte, dass der Spielgewinn des Abends ihr gehören sollte.

In den folgenden Stunden kam Hubert trotz einiger kleiner und auch größerer Verluste seinem Ziel nicht wirklich näher, er sank immer mehr in sich zusammen, auch wenn jeder neue Einsatz ihn dazu brachte, sich für einen kurzen Moment kerzengerade aufzurichten: Er wollte sich unter keinen Umständen geschlagen geben, wollte um jeden Preis weiter auf Totalverlust setzen.

Die ungewöhnliche Rötung war jetzt aus seinem Gesicht gewichen, es war bleich und starr, nur seine im Fieber glänzenden Augen blickten unruhig umher. Als er zu späterer Stunde dann Franz erspähte, der mit dem Croupier sprach, erkannte sein mittlerweile vom Fieber gänzlich verwirrter Geist die Verschwörung und dass es Franz war, der offensichtlich mit dem Croupier unter einer Decke steckte, der seinen Enterbungs-plan vereitelt hatte. Dann schwanden ihm die Sinne.

Der Arzt stellte einen Kreislaufkollaps und hohes Fieber fest, er gab Hubert eine Spritze. Wieder bei Sinnen, weigerte er sich vehement, in ein Krankenhaus gebracht zu werden, er war jedoch zu schwach, um sich gegen den Transport zum Amselhof zu wehren.

In Wolldecken gewickelt und mit einem Kissen unter dem Kopf verbrachte er die Stunden der Heimreise in einer Art Dämmerzustand auf der Rückbank von Franzens geräumigem Mercedes. Er konnte, sosehr er es sich auch wünschte, denn er wollte nicht länger Zeuge seiner selbst sein, einfach nicht einschlafen, die Roulettekugel raste unaufhörlich weiter, jetzt mit metallischem Klirren an seiner Schädelinnenwand entlang. Und sein Herz raste mit. Der Mund trocknete ihm dabei immer mehr aus. Er öffnete ihn, um nach Wasser zu verlangen, doch bei all dem Lärm, verursacht durch die rasende Roulettekugel und durch sein synchron mitrasendes Herz, verstand er seine eigenen Worte nicht. Er schloss den Mund wieder. Und die Kugel raste und raste, und sein Herz raste mit.

Dann hörte das Rouletterad ganz plötzlich auf, sich zu drehen, die Kugel veränderte abrupt ihre Geschwindigkeit und wurde langsamer und langsamer, synchron sein Herz. Er erwartete nun, dass die Kugel in eins der Kästchen mit den Zahlen fiele, aber die Kugel fiel nicht, sie lief noch immer am Rand entlang, ohne dass sich das Rad drehte.

Ihm wurde plötzlich kalt, ihm wurde eiskalt. Da endlich fiel die Kugel in eins der Kästchen und lag endlich still. Er beugte sich vor, um die Zahl des Kästchens erkennen zu können, in dem die Kugel lag, aber er fand keine Zahl, sondern ein Wort: *Welteis*. Das Wort hallte in ihm wider: *Welteis, Welteis* … Sein Klang nahm ihn mit, trug ihn nach Wien, wo er zuerst von ihr gehört hatte, während des Vortrags, bei dem er zusammen mit dem General in sie eingeweiht worden war, in die Welteislehre, und mit ihr in den großen Heilsplan der *Bewegung*.

Es ist alles umsonst gewesen, dachte er noch, dann sah er den Mond auf die Erde zurasen. Der Zusammenprall würde die Erde in einen Eisklumpen verwandeln, in eine öde Eiswüste, von keiner Menschenseele bewohnt. Er atmete den ihn jetzt bereits umwehenden Kältehauch tief ein. Dann atmete er ein letztes Mal aus.

Franz bog in die Einfahrt zum Amselhof ein und bekreuzigte sich, als er an der Madonnenstele vorbeifuhr. Wenig später dachte er, der Vater sei in genau diesem Moment gestorben, seine Hände waren noch heiß vom Fieber.

Auf Alexandras Wunsch wurde Hubert im Wintergarten im offenen Sarg aufgebahrt. Drei Tage lang wollte sie Totenwache halten und von ihm Abschied nehmen, doch dann ertrug sie das Kommen und Gehen von Verwandten, alten Freunden, Geschäftspartnern und Nachbarn nicht und suchte Hubert nur nachts auf, wenn im Haus alles still war.

Auf einer elektrischen Heizdecke schlummerte sie beim schwachen Licht einer Lampe auf dem Kanapee unter einem Plumeau ein letztes Mal neben dem Mann, der einst ihren Arm genommen und sie auf den buchsbaumgesäumten Kieswegen durch den Park des Amselhofs geführt und ihr und Deutschland eine Welt voller Wunder prophezeit hatte. Eine Welt der Übermenschen, die sich dann in eine Welt von Unmenschen verkehrte.

In der dritten, in der letzten Nacht ihrer Totenwache träumte Alexandra, wie Hubert nun an ihrem Arm den Kiesweg bis zur Madonna hinunterging. Dort blieb sie stehen und er löste seinen Arm aus ihrem und ging seinen Weg allein weiter. Sie sah nicht, wohin er ihn führte, allein und erleichtert ging sie zum Amselhof zurück. Als sie aus dem Traum erwachte, schlug sie gleich, als habe sie ihre Aufgabe erfüllt, das Plumeau zurück, stand auf, verabschiedete sich mit einem letzten langen Blick von dem Toten und verließ dann den kühlen Wintergarten. Der Morgen dämmerte bereits. Sie stieg die Treppe zu ihrer Wohnung hinauf. Plus II. lag neben der Tür und sprang an ihr hoch. Er jaulte vor Freude. Sie beruhigte ihn, streichelte sein weiches, flauschiges Fell. Er war wieder ein Mischling und erst wenige Monate alt. Fünf Jahre hatte sie um Plus I., wie sie ihn inzwischen nannte, getrauert, bis sie sich für Plus II. entschied. Sie ging in die Küche und goss sich einen heißen Tee auf.

Franz wünschte sich, dass auch Anton an der Beerdigung Huberts teilnähme, und Anton flog, schon wegen ihrer gemeinsamen Geschichte, wie er sagte, nach München. Wie gegensätzlich jedoch das Gemeinsame dieser Geschichte auf ihre Familien eingewirkt hatte, wurde Anton schlagartig wieder bewusst, als er vor dem Friedhof eine Gruppe junger Männer und Frauen mit einem Transparent aus grobem Packpapier bemerkte. In schwarzer Farbe, schon von Weitem deutlich erkennbar, las er darauf den Namen des Verstorbenen. Das Z im Familiennamen Münzer war durchgestrichen und, auch das erkannte Anton deutlich, von zwei S-Buchstaben darüber, in der Schreibweise der Waffen-SS, ersetzt.

Antons Blick wanderte sofort zu Franz, und er sah, wie der, mit Alexandra, Rosi und seinen Töchtern in der ersten Reihe des langen Trauerzugs dem Sarg folgend, unmittelbar von dem Impuls gepackt wurde, das Transparent zu zerreißen. Und wie sich in ihm, nicht zuletzt durch Alexandra, die nach seinem Arm gegriffen hatte, die Einsicht durchgesetzt haben musste, dass es ihm nicht gelingen würde, etwas zu ändern. Er zwang sich, die Gruppe mit dem Transparent zu ignorieren. Was die Trauergesellschaft auch versuchte, ihr jedoch nicht gelang, die meisten schielten immer wieder zu der Gruppe. Doch nur vereinzelt drückte jemand, wie der Mann, der vor dem Plakat ausspuckte, Protest aus, die große Mehrzahl schwieg betreten, empört oder irritiert.

Umso ausführlicher beschäftigten sich auf der anschließenden Trauerfeier Franzens Töchter, vor allem Lexa und Franzi, mit der Gruppe und dem Transparent. Es kam zu einem Streit, nicht nur zwischen Franz und seinen Töchtern, die ihm vorwarfen, nie Licht ins Dunkel der Familiengeschichte gebracht zu haben, auch die ältere Generation, Weggefährten und Geschäftsfreunde von Hubert, mischte sich ein und erregte sich über *Kommunisten* und *linkes Gesindel*. Bis Rosi zornig darauf hinwies, man befinde sich auf einer Trauerfeier und nicht auf einer politischen Veranstaltung. Danach löste sich die Trauergesellschaft recht schnell auf.

Anton flog noch am selben Abend nach Hamburg zurück. Franz brachte ihn zum Flughafen.

»Hast du gehört, was meine Töchter von mir verlangt haben?«, fragte er Anton, der verneinte, er hatte sich mit Alexandra fernab von der Feier im Wintergarten über Friedrich Tausch, den Goldmacher, unterhalten.

»Ich hätte Licht ins Dunkel der Familiengeschichte bringen müssen, haben sie mir erklärt. Und wie hätte ich das tun können?! Hätte ich über

Detektive die Vergangenheit meines Vaters auskundschaften sollen?«, rief er aufgebracht.

»Daran wirst du dich gewöhnen müssen, Franz, jetzt sind wir die Schuldigen, nicht mehr unsere Väter«, sagte Anton mit einem ironischen Lächeln, das Franz so noch nie zuvor aufgefallen war, immer lauerte sonst der Schalk in Antons Augen.

»Wir die Schuldigen?«, wiederholte Franz fragend und sah Anton verwundert an, »aber du doch nicht?!«

5.

Der Artikel mit dem Foto, der in einer Lokalzeitung erschienen war, landete bei Hans-Ulrich auf dem Schreibtisch. Das Foto zeigte im Hintergrund die Gruppe mit dem Transparent, im Vordergrund einen der Trauergäste. Die Bildunterschrift wies die Gruppe als Studenten aus und den Trauergast als Anton Bluhm. Der Autor des Artikels hatte die Provokation des doppelten S beschrieben und prominente Trauergäste genannt, unter ihnen Anton.

Hans-Ulrich stürmte, die Lokalzeitung mit dem Artikel in der Hand, aus seinem Zimmer, den Flur hinunter und in Antons Büro, wo er die Zeitungsseite vor Anton ausbreitete. Er habe ihn doch bereits vor vielen Jahren gewarnt, sich von den Münzers fernzuhalten.

Anton schaute verdutzt auf den Artikel, beugte sich dann vor und betrachtete aufmerksam die Aufnahme. Er selbst war deutlich zu erkennen und ebenso deutlich die Gruppe mit dem Transparent.

Was der alte Münzer denn eigentlich getan habe, wollte Anton jetzt wissen. Hans-Ulrich wich aus, er verfüge über keine genaueren Informationen, der Alte sei als Bankdirektor Parteimitglied und von den Amis interniert gewesen.

»Was hat es mit dem Nazigold auf sich?«, fragte Anton und bemerkte, wie Hans-Ulrich zusammenzuckte.

»Davon habe ich auch gehört«, sagte er, und auch bei Franz nachgefragt, aber keine Auskunft bekommen.

»Franz weiß bestimmt mehr darüber«, log Hans-Ulrich weiter und versuchte herauszubekommen, ob Anton vielleicht etwas über das Nazigold wisse. Gleichzeitig überlegte er, ob er nicht Anton jetzt über die Aufzeichnungen des August Lowicki aufklären solle, er wäre diese ganze abscheuliche Sache dann mit einem Schlag endlich los. Er räusperte sich, brachte jedoch kein Wort heraus, die Befürchtung, Anton könnte ihm nicht mehr vertrauen, ihm seinen herausragenden Platz als graue Eminenz des Blattes streitig machen, lähmte ihn.

»Das ist ein gezielter Schuss«, unterbrach Anton Hans-Ulrich und wies auf das Foto.

»Sieht so aus«, stimmte er ihm zu, froh, seiner Panikattacke entkommen zu sein, »aber aus welcher Richtung?«

»Ich glaube, das herauszufinden ist endlich mal wieder eine echte Herausforderung für unsere Spürnase Hacker«, meinte Anton. Er faltete die Zeitung zusammen und gab sie ihm zurück.

Hans-Ulrich vermutete sogleich die Studenten hinter diesem gezielten Schuss.

»Diese Studenten haben mehr Sympathisanten, als man glaubt. Aber man benutzt sie auch für eigene Zwecke. Vielleicht will dich jemand politisch ins Zwielicht stellen«, unkte er noch, bevor er Antons Zimmer verließ.

Hans-Ulrich hatte die demonstrierenden Studenten lange nicht ernst genommen und Antons Auftritt mit den »Politclowns« im Audimax als »Karneval in Rot« beschrieben und die Akteure als zündelnde Strohdrescher: »Sie legen Strohfeuer, man muss nur puff machen«, er schlug die Hände kurz zusammen, »und schon sind sie ausgepustet!«

Jetzt, auf dem Weg zurück in sein Büro, erkannte er, wie er sich geirrt hatte, zumindest was die Strohfeuer betraf. Sie entwickelten sich mittlerweile zu größeren Flächenbränden, von den Studenten war ein »Marsch durch die Institutionen« ausgerufen worden. Widerwillig hatte Hans-Ulrich erkennen müssen, dass sich unter den vielen Strohdreschern kluge Köpfe befanden. Trotzdem, ihm gefielen sie nicht, diese Klugscheißer. Sie sorgten für Unordnung, und er, Hans-Ulrich Hacker, wollte Ordnung. Nach dem Zusammenbruch des diktatorischen, allumfassenden Ordnungssystems, in dem er selber eins dieser kleinen Rädchen gewesen war, hatte er über viele Jahre ein modernes, an neutralen Sachzwängen orientiertes Unternehmen aufgebaut, ein Bollwerk gegen Chaos und Willkür. Es regelte alles, selbst ganz alltägliche Dinge. Auch wenn sich Anton über die festgelegte Sitzplatzordnung während der großen Konferenz lustig gemacht hatte oder über die Zimmer- und Fenstergröße je nach *Dienstgrad* der Mitarbeiter, was ihm den Spott einbrachte, er sei ein alter Kommissstiefel, so stimmte er doch unausgesprochen mit ihm überein, dass zumindest einer im Blatt, und dieser eine war ja von

Anfang an er gewesen, in Vermeidung eines Saustalls für Ordnung sorgen müsse.

Zurück in seinem Büro, umrundete Hans-Ulrich unschlüssig seinen Schreibtisch: Diese Studenten wollten nicht nur Unordnung stiften, sie wollten die gewohnten Ordnungen abschaffen, sie schwächen, ins Zwielicht bringen, und offenbar sogar Ordnungen, die ihm, Hans-Ulrich Hacker, besonders lieb und teuer waren, wie etwa die ordnende Instanz Anton Bluhm.

Er beugte sich zur neu installierten Gegensprechanlage und bat den Leiter der Dokumentation, Fotos wie etwa das Foto von Anton Bluhm vor dem Transparent in der Lokalzeitung, die ihm anonym zugeschickt worden war, oder den Fernsehbeitrag mit dem Pfeifkonzert der Studenten im Audimax gesondert abzulegen und ihm umgehend ähnliche, das Blatt und ihre Galionsfigur schädigende Veröffentlichungen zu melden. Doch dann war es Anton selber, der kurz darauf einen für Hans-Ulrich unvorstellbaren Image-Schaden provozierte.

»Du hast was blockiert?«, fragte er entgeistert, als Anton ihm beim Mittagessen in der Kantine von demonstrierenden Studenten berichtete, die nicht nur die Auslieferung eines Boulevardblatts blockiert, sondern auch die Enteignung des Verlegers dieses Boulevardblatts gefordert hatten.

»Nein, nein«, wehrte Anton ab, er selber habe nichts blockiert, er habe sich zufällig in der Nähe des Verlagsgebäudes aufgehalten und gesehen, wie Polizisten Wasserwerfer und Schlagstöcke gegen die Blockierer einsetzten. Gegen das Zusammenknüppeln hätte er protestiert, und dabei wäre er in den Pulk der Blockierer geraten. Als Autos brannten und Panik ausbrach, konnte er sich aus dem Pulk befreien.

»Unvorstellbar!«, presste Hans-Ulrich so leise wie möglich durch die Zähne, und das Unvorstellbare lief als Bildfolge vor seinem inneren Auge ab, als Fotostrecke: wie einer von den vielen Pressebengels, so nannte er die Boulevardjournalisten insgeheim, Anton erkannte und fotografierte und diese Fotos von Anton Bluhm als Blockierer im Pulk der demonstrierenden Studenten, die nicht nur die Auslieferung der Zeitung blockierten, sondern auch noch die Enteignung des Verlegers dieser Zeitung forderten, am nächsten Tag nicht nur auf dieser einen, sondern auf den Titelseiten von Boulevardblättern und seriösen Zeitungen erschienen.

»Unvorstellbar!«, stöhnte Hans-Ulrich gequält auf.

»Nichts ist unvorstellbar«, sagte Anton, »wer weiß, vielleicht sind wir die Nächsten, die enteignet werden sollen.« Er lächelte und Hans-Ulrich starrte ihn nun noch fassungsloser an.

Tagelang sann er daraufhin über Antons Worte nach und wie ernst er sie wohl gemeint hatte, als er zufällig im Vorübergehen die Bemerkung von zwei erst unlängst eingestellten jungen Redakteuren aus dem Kulturteil aufschnappte. Anton Bluhm sei ein Spieler, hörte er den einen sagen. Im Schiller'schen Sinn?, fragte der andere. Hans-Ulrich mischte sich in das Gespräch ein, er wollte wissen, was einen Spieler im Schiller'schen Sinn auszeichne. Die beiden jungen Redakteure reagierten zunächst verlegen auf seine Frage, erklärten dann jedoch, Anton Bluhm verkörpere jenen Schiller'schen Homo ludens, der durch das Spiel dem Ernst der Triebe seine zwingende, freiheitsberaubende Gewalt nehme.

»Und mit welchem Spiel begegnet Anton Bluhm diesem Ernst der Triebe?«, wollte er wissen.

»Na ja, zum Beispiel mit dem Spiel des sich gegenseitigen Überbietens, das er unter uns als Konkurrenten entfacht«, antwortete einer der beiden. »Damit entgehen wir der zwingenden freiheitsberaubenden Gewalt unseres Aggressionstriebs, wir bringen uns nicht gegenseitig um und schaffen sogar einen Mehrwert.«

»Einen Mehrwert?«, wiederholte Hans-Ulrich, im höchsten Maße alarmiert. Vom Mehrwert hatte er bereits viel gehört. Die Studenten forderten, *alle* sollten am Mehrwert beteiligt werden.

Er blickte nun von einem zum anderen und unversehens verwandelten sich diese beiden unlängst eingestellten jungen Redakteure aus dem Kulturteil in Gesinnungsgenossen jener, die nach Enteignung riefen.

Er musste die Augen nicht nur für die Gefahren draußen, er musste sie auch für die Gefährdungen im eigenen Haus offen halten, wusste Hans-Ulrich plötzlich. Und schon wunderte er sich, wie diese beiden jungen Männer, die sich jetzt verabschiedeten, gekleidet waren: Sie trugen Jeans statt Cordhosen, Kammgarn oder Flanell. Ihr Haar trugen sie lang, es reichte bis über ihre Hemdkragen.

Doch das waren nur Äußerlichkeiten, in den folgenden Tagen erhöhter Wachsamkeit fiel ihm auch ein neuer Umgangston auf, vor allem bei den Jüngeren war er respektloser, ja, es schwang Überheblichkeit mit, wenn sie diskutierten, fast so, als hätten sie mit ihren längeren Haaren auch mehr Verstand gewonnen. Wieso war ihm all das Auffällige nicht schon vorher aufgefallen?, rätselte Hans-Ulrich.

Schleunigst holte er nun das Versäumte nach, er beobachtete selber und ließ beobachten, machte Notizen und ließ notieren, er verschaffte sich auf diese Weise innerhalb nur weniger Wochen ein Bild über die ganz offensichtlichen Veränderungen, aber auch über die geheimeren Aktivitäten im Haus. Er stellte ein Dossier zusammen. Er könne ihm erste Hinweise über die Heckenschützen geben, ließ er Anton in Anspielung auf den gezielten Fotoschuss wissen. Kurz darauf konnte er das Dossier auf der Schreibtischlandschaft ausbreiten. Er war überrascht, aber auch erfreut über Antons Neugier.

Er vermute eine ernst zu nehmende Verschwörung von Mitarbeitern, begann Hans-Ulrich seine Präsentation. Ein Komplott der erst unlängst zur Verjüngung der Redaktion eingestellten Redakteure. Diese brächten, wenn auch noch nicht offen, die Forderung in Umlauf, alle Mitarbeiter sollten das Recht haben, sowohl bei der Führung der Geschäfte als auch bei der Leitung der Redaktion, ja, auch im Bereich der Dokumentation mitzubestimmen. Vor allem aber sollten sie am Mehrwert beteiligt werden.

»Mitbestimmung! Mehrwert!«, wiederholte Hans-Ulrich mit großer Geste und tigerte erregt, aber auch stolz über Spürnase Hacker um die Schreibtischlandschaft herum, auf der er Beweise und Fotos von den *Verschwörern* ausgebreitet hatte.

»Diese Keimzelle muss umgehend aufgelöst werden«, sagte er und schlug sowohl Entlassungen als auch Versetzungen vor.

Anton hatte sich über die Hacker'sche Beweissammlung gebeugt, las darin und betrachtete das eine oder andere Foto der vermeintlichen Verschwörer. Hans-Ulrich konnte sein Gesicht nicht sehen und wurde ungeduldig, weil Anton überhaupt nicht reagierte. Sein Zögern hatte Hans-Ulrich schon in den Anfängen kennengelernt, Anton war kein Mann überstürzter Entschlüsse, das wusste er, und dennoch konnte er jetzt nicht länger geduldig auf Antons Entscheidung warten und rief nun warnend: »Mein Instinkt sagt mir, wir müssen handeln. Wir müssen sofort handeln!«

Aber Anton reagierte nicht.

»Du glaubst, ich übertreibe, ich sauge mir das alles aus den Fingern?«, polterte er ungewohnt heftig los. Anton blickte verwundert auf.

»Du glaubst mir nicht? Ich sage dir, dass es brenzlig werden kann für das Blatt. Und damit auch für dich, denn das Blatt, das bist immer noch du!«

Anton beugte sich erneut über die Beweisstrecke, er schien sich nicht wirklich dafür zu interessieren und in Gedanken mit Wichtigerem beschäftigt zu sein.

Plötzlich war sich Hans-Ulrich nicht mehr sicher: War er wirklich auf der richtigen Spur? Hatte er vielleicht aus einer Mücke einen Elefanten gemacht und sich damit lächerlich gemacht?

»Ich werde noch einmal darüber nachdenken«, murmelte er verunsichert und sammelte hastig sein Beweismaterial zusammen. Anton hinderte ihn nicht daran, er nickte nur.

Erst als er im Vorzimmer an Leni vorbeiging, stieg ein alle Verschwörungsbedrohungen übertrumpfender, übermächtiger Wunsch in Hans-Ulrich auf, wieder der Hund zu sein, der seinem Herrn die Beute bringt: die richtige Beute. Er verschloss das Beweisdossier in seinem Schreibtisch.

Am Abend fuhr er mit dem Taxi nach Hause. Veronika hatte ihn darum gebeten, weil dichter Nebel herrschte. Tatsächlich gab es vor seinem Fenster keine Sicht mehr. Er hatte es nicht bemerkt, obwohl aus dem Hafen seit Längerem das dumpfe Tuten der Nebelhörner zu hören war. Hans-Ulrich hatte es überhört, er war in Gedanken mit Anton beschäftigt.

Vor seiner Haustür angekommen, blickte er dem abfahrenden Taxi hinterher. Nur kurz waren die Umrisse des Wagens noch zu erkennen, dann glühten die Rücklichter durch den Nebel und schon war das Fahrzeug im undurchsichtigen Grau verschwunden, wie verschluckt. Hans-Ulrich ging durch den schmalen Vorgarten zum Haus und sann dabei über den Nebel als Sinnbild für die aktuelle undurchsichtige Situation im

Blatt nach. War es jetzt nicht seine vordringlichste Aufgabe, diese Nebelwand zu durchschreiten, um nicht nur für Klarheit zu sorgen, sondern den allgemeinen Wandel aufgreifen und das Blatt im Neuland verorten zu können?

6.

Einige Stunden später blinzelte Veronika durch die Dunkelheit zum Wecker auf ihrem Nachttischchen. Die phosphoreszierenden Uhrzeiger standen auf halb drei. Sie streckte den Arm aus und tastete mit der Hand über die Bettdecke nach Hans-Ulrich, der nicht im Bett lag.

Sie knipste die Nachttischlampe an und stand auf, zog ihren Morgenmantel über das Nachthemd, öffnete die Schlafzimmertür und hörte Musik, die ihr entgegendröhnte, als sie die Tür zu Hans-Ulrichs Arbeitszimmer öffnete.

Sie blieb an der Schwelle stehen und durch Rauchschwaden hindurch sah sie ihn an seinem Schreibtisch sitzen. Vor ihm stand eine Flasche Rotwein und ein halb leeres Glas, daneben lag die qualmende Havanna-Zigarre im Aschenbecher, Zeichen und Ausdruck Hacker'scher Hochstimmung. Aus den Lautsprechern vibrierte, für Veronika ganz ungewohnt, Popmusik. Seit dem Swing seiner frühen Jugend höre er, hatte Hans-Ulrich ihr gleich zu Beginn ihrer Beziehung erklärt, nur noch selten U-Musik und lieber E-Musik, wie er die beiden Musikarten, die ernste und die unterhaltende, unterschied.

Der Tabakqualm reizte ihre Stimmbänder und Veronika hustete, erst da bemerkte Hans-Ulrich sie. Sofort schoss er von seinem Sitz hoch, umtanzte seine Frau nach »Sympathie for the devil« von den Rolling Stones mit skurrilen Verrenkungen, begleitete dabei die Backstagesänger mit lauten Huh-huh-Rufen, unterstrich seinen Huh-huh-Gesang noch mit links und rechts vom Kopf zu Teufelshörnern aufgestellten Zeigefingern. Veronika ließ sich von seiner Laune anstecken, sie tanzte mit.

Erst als das Stück zu Ende war, stellte er die Musik etwas leiser, reichte ihr das halb volle Weinglas, griff nach der Rotweinflasche und stieß mit ihr, vom wilden Tanz ganz außer Atem, an: »Auf das neue Hacker'sche Zeitalter!«, sagte er und nahm einen ausgiebigen Schluck.

Am nächsten Morgen trieb ihn seine Idee von einem neuen Hacker'schen Zeitalter, obwohl er noch müde war von seinem ungewohnten nächtlichen Exzess, früh aus dem Bett und in die Redaktion. Am späten Nachmittag verließ er sie, um seinen Friseur aufzusuchen, denn Vorbote dieses neuen Zeitalters sollte, einer alten Marotte folgend, eine neue Frisur sein.

»Du siehst ja fast aus wie ein Beatle!«, rief Veronika, als er vom Friseur nach Hause kam.

Hans Ulrich schaute prüfend in den Spiegel, er trug keinen Scheitel mehr, sein rötlich blondes Haar fiel in die Stirn. Am nächsten Morgen suchte er, bevor er in die Redaktion fuhr, noch einmal seinen Friseur auf und ließ nachschneiden. Im Anschluss an die große Konferenz diskutierten die Ressortleiter seinen neuen Haarschnitt dann als Anlehnung entweder an die Frisur von Julius Cäsar oder an die von Napoleon. Sie lägen nicht falsch, meinte Hans-Ulrich zufrieden, denn er würde für einen Feldzug rüsten, für die Eroberung neuer Leserkreise.

Insgesamt rüstete er zwei Wochen lang auf, er musste jedoch weitere zwei Wochen lang warten, bis er Anton in einem der tiefen schwarzen Ledersessel endlich gegenübersitzen konnte. Anton sei in Klausur, hatte Leni ihn unterrichtet.

»Du siehst verändert aus«, stellte Anton fest.

»Ich hatte das Bedürfnis, mit meinem neuen Haarschnitt mein neues Konzept, die neue Strategie, die ich dir jetzt vorschlagen werde, schon mal optisch auszudrücken«, Hans-Ulrich zögerte kurz, dann strich er mit der Hand vorsichtig vom Hinterkopf nach vorn über sein Haar. Er musste sich erst noch daran gewöhnen.

»Eine alte Marotte von mir, wie du weißt.«

Er erinnere sich an eine wohl sehr deutsche, dann an eine englische und später an eine amerikanische Frisur, zählte Anton auf, »und wie nennst du deinen neuen Haarschnitt?«, fragte er.

»Modern«, sagte Hans-Ulrich, dann holte er weit aus, referierte die vielen Jahre ihrer Zusammenarbeit, bei der er Anton stets zugearbeitet habe, was auch jetzt wieder sein Bedürfnis sei, denn dies sei eine Zeit des Wandels, hinter der das Blatt nicht zurückbleiben dürfe, um sich mit den Irrungen und Wirrungen einer kleinen radikalen Minderheit zu beschäftigen. Das Blatt müsse die große Mehrheit im Blick haben, sich an die große Mehrheit wenden, um nicht zu sagen an die Masse, kurz, das Blatt müsse modern sein. Daraufhin präsentierte Hans-Ulrich Zahlen und grafische Darstellungen, die in unterschiedlichen Farben auf Millimeterpapier eine neue Dekade eskortieren sollten, in der mit mehr U-Musik als E-Musik, mit mehr U-Beiträgen als E-Beiträgen, kurz, mit mehr Unterhaltung im Blatt noch größere Erfolge erzielt werden konnten.

Keineswegs flache, oberflächliche Unterhaltung, das gewiss nicht, versicherte Hans-Ulrich sofort, als er sah, wie Anton die Stirn runzelte. Doch nur mit mehr Unterhaltung könne man das außerordentliche Konfliktpotenzial der modernen Massengesellschaft eindämmen, ihm seine zwingende, freiheitsberaubende Gewalt nehmen und zivilisatorisch wirken, behauptete Hans-Ulrich nun kühn.

Anton blickte kurz auf und betrachtete dann noch einmal Hans-Ulrichs Darstellungen. Es entstand eine Stille.

»Ich kann dir das hier alles noch einmal erklären, wenn du willst«, sagte Hans-Ulrich schließlich.

»Ich glaube, das ist nicht nötig«, meinte Anton nun und wuchtete sich aus dem schwarzen Ledersessel. Über die Gegensprechanlage bat er Leni, Hans-Ulrich das Manuskript auszuhändigen, das im Safe verwahrt sei.

Es handele sich um eine Gruppenarbeit mehrerer Autoren, wandte sich Anton wieder Hans-Ulrich zu, eher eine wissenschaftliche als eine journalistische Arbeit. Er denke, nach einer redaktionellen Bearbeitung, die er selber übernehmen werde, an eine Veröffentlichung in drei Folgen.

»Lies bitte das Manuskript, danach besprechen wir alles Weitere.«

Hans-Ulrich, emotional noch im neuen Hacker'schen Zeitalter unterwegs, fuhr sich in gewohnter Weise durchs Haar, fluchte leise, ordnete die Frisur wieder und stand unwillig auf.

»Manches im Manuskript wird nicht ganz neu für dich sein«, sagte Anton.

»Aber das hier ist alles ganz neu, du könntest doch wenigstens mal piep sagen! Heiß oder kalt! Wie beim Ratespiel! Was ist los mit dir, Anton?!«

Für einen Moment schwankte Anton. Nein, er würde Hans-Ulrich jetzt nicht erzählen, dass er, nachdem in der Lokalzeitung das Foto von ihm vor dem Transparent erschienen war, von den Transparentträgern einen Brief erhalten und sich daraus ein Briefwechsel entwickelt hatte, in dessen Folge ihm ein Teil jenes Manuskripts, das nun inzwischen vollständig im Safe lag, ausgehändigt worden war. Es handelte sich um jenen Teil, durch den er alles, was Hans-Ulrich ihm verschwiegen hatte, über Hubert Münzer und das Nazigold erfuhr.

»Lies das Manuskript, dann wirst du mich verstehen«, sagte er und begleitete den verdutzten Hans-Ulrich zur Tür. »Und ruf mich an, sobald du es gelesen hast.«

Als Anton zwei Stunden darauf, Hans-Ulrich hatte ihn nicht angerufen, die Tür zu seinem Büro öffnete, starrte sein Geschäftsführer, in die Tiefe seines schwarzen Ledersessels gerutscht, an die Zimmerdecke und rührte sich nicht. Sein moderner Haarschnitt war in völlige Unordnung geraten und an manchen Stellen stand das Haar in Büscheln vom Kopf ab. Vor ihm auf dem Glastisch lag das Manuskript, die Titelseite war aufgeschlagen: »Von Bankiers und anderen Sympathisanten«.

Anton setzte sich Hans-Ulrich gegenüber auf das Sofa. Es gehörte zu der von Leni ausgewählten Designer-Sitzgruppe. Hans-Ulrich hatte trotz der allgemein anerkannten Unbequemlichkeit aus Prestigegründen auf der gleichen Möblierung wie in Antons Büro bestanden.

Nein, er habe das Manuskript nicht gelesen, nur den Titel auf dem Deckblatt, grummelte Hans-Ulrich auf Antons Nachfrage undeutlich durch die Zähne und änderte weder die Blickrichtung noch seine Position. Er müsse es auch nicht lesen, denn er wisse sowieso schon, was darin stünde!

»Ich brauche deine Hilfe«, sagte Anton.

»Meine Hilfe?!« Hans-Ulrichs Blick wanderte von der Zimmerdecke zu Anton, dann rutschte er aus der Tiefe des Ledersessels, kniff die Augen zusammen und schaute Anton misstrauisch an: »Du willst mich also nicht rausschmeißen?«

»Eigentlich müsste ich das tun«, sagte Anton, »du hast mein Vertrauen missbraucht, mich belogen und wichtige Dokumente unterschlagen. Aber ich brauche deine Hilfe«, wiederholte er, griff in die Innentasche seines Jacketts und zog ein dickes Bündel Papier daraus hervor.

Es handelte sich um einen in der ihm bekannten Druckbuchstabenschrift seines Chefs handgeschriebenen Text von fünfundzwanzig Seiten, wie Hans-Ulrich feststellte.

»Das ist das neue Konzept für unser Blatt«, erklärte Anton. »Wie du gleich sehen wirst, ist es ein sehr modernes Konzept.« Er lächelte und zum ersten Mal seit Wochen sah Hans-Ulrich wieder den altvertrauten Schalk in Antons Augen. Unwillkürlich fühlte er sich erleichtert.

»Lies es bitte, ich bleibe hier, bestimmt hast du Fragen«, Anton bestellte bei der Sekretärin Wasser.

»Für mich einen Espresso«, rief Hans-Ulrich durch die Gegensprechanlage, »einen doppelten Espresso!«

Er brauchte dringend Nervennahrung, der gescheiterte Aufbruch ins neue Hacker'sche Zeitalter, der anschließende tiefe Fall ins Bodenlose durch das Manuskript, jetzt die bevorstehende Lektüre, all das zerrte an seinen Nerven.

Hans-Ulrich setzte sich an seinen Schreibtisch und vertiefte sich in den von Anton verfassten Text, Anton sich in die Lektüre internationaler Zeitungen, die Hans-Ulrich abonniert hatte. Doch seine Gedanken schweiften immer wieder ab. Mehrfach hatte seine Hand mitten in der Nacht, als er das erste Mal in dem Bericht »Über Bankiers und andere Sympathisanten« las, auf dem Telefonhörer gelegen, um entweder Franz oder Hans-Ulrich anzurufen, doch er hatte sie immer wieder zurückgenommen, sein Misstrauen gegen beide wuchs im Laufe der Lektüre.

Er hatte stattdessen Leni eingeweiht. Sie wurde der Kurier und organisierte die Treffen mit den jungen Autoren. Der aufwendig recherchierte Bericht über die Bankiers sei erst der Beginn einer Serie, die sich mit ähnlich aufwendig recherchierten Berichten über Richter, Ärzte und auch Journalisten fortsetzen würde. Unter der Vorgabe »vorher – nachher«, erklärten die Autoren, würden sie über Parteizugehörigkeiten und Karrieren berichten. »Vorher« aktiver Nationalsozialist, »nachher« demokratischer Politiker oder Träger des Bundesverdienstkreuzes oder hoher und höherer Beamter oder Angestellter im öffentlichen Dienst, oder erfolgreicher Unternehmer.

Anton hatte mit Leni auch über Hans-Ulrichs Intrige, seine Veruntreuung, den Vertrauensbruch gesprochen, durch den er und das Blatt nun in eine Schieflage gerieten, die Beerdigung des ehemaligen und im

Bericht schwer belasteten Bankiers Hubert Münzer und seine Teilnahme daran, dokumentiert mit einem Foto vor dem Namen mit dem doppelten S in der Schreibweise der Waffen-SS, lagen nicht lange zurück.

Was soll ich denn jetzt machen?, hatte er Leni immer wieder gefragt. Wenn Franz angerufen hatte, ließ er sich verleugnen oder sagte, er sei in einer Besprechung, er hatte nicht gewusst und wusste es immer noch nicht, wie er ihm erklären sollte, was Hans-Ulrich geschmeidig verharmlosend mit Nazigold umschrieben hatte und dass sein Vater Hubert in die Geschäfte mit diesem Nazigold verwickelt gewesen war. Davon würde auch Franz bald durch das Blatt erfahren. Oder hatte er es vielleicht doch gewusst? Mit Sissi hatte er darüber nicht gesprochen, er wollte sie nicht mit den Notizen dieses August Lowicki belasten. Und doch war Sissi es dann gewesen, die den entscheidenden Hinweis gegeben, den Schlüsselsatz gesagt hatte, der zu seinem großen Plan, dem neuen Unternehmenskonzept, führte.

»Wir ändern nichts, wenn wir immer nur alles wiederholen, wir müssen es anders machen!«, hatte sie ausgerufen und zornig eins ihrer Bücher über Langzeitstudien auf den Tisch geworfen.

Wie elektrisiert war er aufgesprungen, und die Hunde waren auch aufgesprungen. Obwohl bereits nach Mitternacht, war er zum großen Erstaunen von Sissi hinunter an die Elbe gegangen. Die Hunde waren nicht von seiner Seite gewichen, sie mussten seine innere Aufregung gespürt haben. Es seien Hütehunde, hatte Sissi erklärt, als sie die Hunde angeschafft hatte. Jetzt, wo er so stürmisch die Nacht durchschritt, hüteten sie ihn.

Danach hatte er sich in sein Arbeitszimmer gesetzt und die ersten Stichpunkte zu dem neuen Unternehmenskonzept notiert, das Hans-Ulrich jetzt in den Händen hielt.

Der doppelte Espresso, daneben der Zuckerstreuer standen unangerührt auf dem Tablett, das die Sekretärin vor ihn hingestellt hatte. Er hielt die Seiten des handschriftlich verfassten Konzepts gebündelt in einer Hand, blickte auf zu Anton und schüttelte den Kopf. Den Weg gehst du allein, wollte er eigentlich sagen, auf diesem Weg trotte ich nicht wie ein alter räudiger Köter hinter dir her, doch er brachte keinen Ton heraus. Er kippte jetzt den längst kalt gewordenen doppelten Espresso hinunter und verzog das Gesicht, er schmeckte bitter, er hatte den Zucker vergessen.

»Du willst ihnen also einfach so mir nichts, dir nichts und ohne jeden Grund die Hälfte unseres Unternehmens schenken?!«, presste er schließlich hervor.

»Wer sagt denn, dass es einfach wird? Du wirst die einfachste Lösung erst noch finden müssen«, sagte Anton und stürzte erneut ein Glas Wasser in sich hinein.

Hans-Ulrich schwieg. Er fühlte sich wie der Geschlagene am Ende einer Schlacht, die er nicht geführt, wie ein Verlierer in einem Spiel, das er nicht gespielt hatte.

»Bisher haben wir draußen im Land für Demokratie gefochten«, erklärte Anton nun, »jetzt werden wir Demokratie in unserem Unternehmen praktizieren. Dies sei eine Zeit des Wandels, hinter der das Blatt nicht zurückbleiben dürfe, hast du vorhin gesagt. Und vor Kurzem hast du erklärt, unsere Mitarbeiter wollen mitbestimmen und am Mehrwert beteiligt sein. Wir ändern nichts, wenn wir selber es nicht anders machen. Nur, wer mitbestimmen will, muss auch mit verantworten. Das ist meine Vorstellung von Demokratie, von mündigen Bürgern. Du musst sie nicht teilen. Wie viel Zeit wirst du für einen ersten Entwurf brauchen?«

Hans-Ulrich starrte, als sie hinter Anton zugefallen war, noch eine ganze Weile benommen auf die Tür. Dann schüttelte er sich, als müsste er etwas, das bleischwer auf seinen Schultern saß, abschütteln. Dann fiel die bleierne Schwere tatsächlich von ihm ab, und eine ungebändigte Wildheit erfasste ihn. Mit einer mehrfachen Drehung seines ganzen Körpers um sich selbst, die an die eines Diskuswerfers erinnerte, schleuderte er das Bündel Seiten mit großer Wucht quer durch den Raum in die gegenüberliegende Zimmerecke, wo es zu Boden flatterte. Atemlos wie nach einem sportlichen Einsatz sah er dann blicklos auf das nun weit verstreut umherliegende Papier, das Drama vom Aufstieg und vom Fall des Hans-Ulrich Hacker vor Augen, vor allem den Fall, die Enteignung, den Platzverlust, und sein Kopf sank hinunter auf seine Brust.

Lange stand er so da, bis sein Blick auf seine Schuhspitzen fiel und er sich jäh an ein anderes Drama aus seiner Schulzeit erinnerte, als er von seinem Klassenlehrer wegen Hausaufgaben, die er nicht gemacht hatte, nach vorn vor die Klasse befohlen und dann in die Ecke des Klassenzimmers geschickt worden war, um sich zu schämen. Dort stand er also mit dem Rücken zur Klasse, für den Rest der Schulstunde, die Hände hinter dem Rücken verschränkt. Mit gesenktem Kopf starrte er auf seine Schuhspitzen und versuchte, sich zu schämen. Doch schon bald musste er darüber, dass er in der Ecke stand und sich schämen sollte und eigentlich gar nicht wusste, wie man sich schämt, lachen. Was er auf gar keinen Fall zeigen durfte. Er erinnerte deutlich, wie es ihn anstrengte, das Lachen, das ihn, je mehr er versuchte, es zu unterdrücken, umso mehr kitzelte, sodass sein ganzer Körper zu vibrieren begann. Gegen Ende der Eckensteherzeit lief ihm vor lauter Anstrengung der Schweiß über das Gesicht. Seine Klassenkameraden und auch der Lehrer hatten geglaubt, er habe geweint.

Langsam hob Hans-Ulrich den Blick von seinen Schuhspitzen und sah auf die verstreut umherliegenden Seiten von Antons neuem, modernem Unternehmenskonzept, und bald schüttelte es ihn vor verhaltenem Lachen: Er hatte seine Hausaufgaben nicht gemacht! Dafür musste er jetzt in die Ecke und sich schämen. Anton hatte ihn in die Ecke gestellt, das war ihm seit seiner Schulzeit nicht mehr passiert!

7.

Ein kleiner Mann trat auf ihn zu und fragte, ob er der Herr Münzer sei, und Franz bejahte. Er hole ihn im Auftrag des Herrn Bluhm ab, der sei noch verhindert, aber Frau Bluhm würde ihn erwarten, erklärte er.

Enttäuscht folgte Franz dem kleinen Mann, der sich nun mit seinem Namen vorstellte, durch die Ankunftshalle des Flughafens. Er hatte damit gerechnet, endlich von Anton den Grund dafür zu erfahren, weshalb er nach Hamburg kommen sollte. Anton hatte ihn gedrängt und sogar auf einer Übernachtung bestanden. Er könne nicht am Telefon mit ihm darüber sprechen, hatte er stur entschieden. Und nun erfuhr er noch immer nicht, weshalb Anton mit ihm so dringend unter so außergewöhnlichen Umständen reden wollte!

Die Fahrt war lang und erst als er die Elbe sah, konnte sich Franz orientieren, zum ersten Mal traf er sich mit Anton nicht bei Cölln im Austernkeller, wie es ihnen in den letzten Jahren zur Gewohnheit geworden war, sondern bei ihm zu Hause. Es war Juni, der letzte Frühlingstag und der längste Tag im Jahr, die Sonne stand noch hoch am Himmel und das Wasser des Stroms glitzerte. Franz setzte seine Sonnenbrille auf.

Sissi hatte er zuletzt Monate vor der Geburt der Zwillinge, die sicherlich schon ihren dritten oder vielleicht sogar bereits ihren vierten Geburtstag gefeiert hatten, gesehen. Er verspürte, auch wegen seiner gespaltenen Gefühle für sie, eine leichte Befangenheit, als der kleine Mann die dicht mit Rhododendron bewachsene Auffahrt zu einem Wohnhaus hinunter fuhr, das ihn an die Heidschnucken-Kate erinnerte, in der Anton und Sissi zuvor gewohnt hatten, nur war dieses Gebäude um einiges größer.

Zwei Hunde, der eine mit rotem, der andere mit schwarzem Fell, sprangen aus dem Schatten der Büsche und liefen bellend neben dem Wagen her. Es waren im Vergleich zu dem zahmen Plus II. ziemlich wilde Gesellen.

Der Fahrer hielt vor der Haustür, doch Franz zögerte wegen der Hunde auszusteigen. Der kleine Mann ging auf sie zu und versuchte, diese

Bestien, wie Franz sie gleich nannte, zu beschwichtigen, was ihm nicht gelang, sie liefen aufgeregt bellend um den Wagen herum.

»Kastor! Pollux! Hierher!«, hörte Franz die Stimme von Sissi, dann sah er sie, in Jeans und T-Shirt, aus dem Garten hinter dem Haus in den Hof kommen, begleitet von den Zwillingen. Beide waren blond, der eine hatte Locken, der andere glatte Haare, auch sonst sahen sie recht verschieden aus.

»Platz«, rief Sissi und die Hunde gehorchten, dann kam sie auf Franz zu, der nun ausgestiegen war und ihr entgegenging. Er fand sich unerwartet warmherzig begrüßt und die Befangenheit fiel von ihm ab. Er folgte Sissi, den scheinbar gezähmten Hunden und den Kindern, denen sein Respekt vor den vermeintlichen Bestien viel Spaß machte, sie griffen den Hunden immer mal wieder tollkühn ins Maul oder zogen sie am Schwanz, um Franz zu zeigen, dass sie keine Angst vor ihnen hatten.

Hinter dem Haus, es lag auf einer Anhöhe, konnte Franz über den breiten Fluss hinweg und bis zum entfernt gegenüberliegenden, von Bäumen oder Büschen gesäumten Ufer blicken. Von hier oben verwandelte die Sonne das Wasser des Stroms in ein Silberband, das sich in der Ferne in einer sich im spätnachmittäglichen Dunst auflösenden Landschaft verlor.

Sissi führte Franz bis zum Rand der Anhöhe, dort sahen sie zu, wie zwei große Frachtschiffe langsam und scheinbar lautlos aufeinander zu- und aneinander vorbeiglitten, das eine stromauf-, das andere stromabwärts.

Auf Wunsch von Sissi setzte er sich später an den gedeckten Tisch im Schatten eines alten Kirschbaums und schaute ihr zu, wie sie mit Moritz und Simon verhandelte, die sich um den ersten Platz auf einem Dreirad mit zwei Sitzen stritten, hörte ihre geduldige Stimme, die er nicht in seiner Erinnerung gespeichert fand, die auch noch durch das Schreien und zänkische Toben der Jungen hindurchklang, als der Streit eskalierte. Doch dann fuhren die Zwillinge plötzlich lachend auf dem Dreirad an ihm vorbei, vorn Simon, dahinter Moritz.

Sissi setzte sich nun zu ihm, schenkte Tee ein und legte ihm ein Stück Erdbeertorte auf den Teller, »selbst gebacken«, sagte sie. Er nahm einen Bissen und lobte die Torte.

Er sei sehr neugierig, weshalb sich Anton seinen Besuch so dringlich gewünscht habe, begann Franz das Gespräch, durch ganz Spanien habe er ihm hinterhertelefoniert, erzählte er weiter, und wie verwundert er gewesen sei, dass der Freund ihn zu sich nach Hause eingeladen und auf einer Übernachtung bestanden habe.

Sissi hörte ihm zu und nickte nur. Franz suchte daraufhin in ihren Augen, in ihrem Gesicht, ja, in ihrer ganzen Haltung nach einem Hinweis, ob sie denn überhaupt eingeweiht sei in den Grund. Als sie sich dann erst nach Lexa und danach auch noch nach Franzi erkundigte, erschrak er. War er ihretwegen hier? Hatten sich seine Töchter politisch radikalisiert? Er hatte mit Anton darüber gesprochen und ihn beschworen, ihn zu jeder Tages- oder Nachtzeit anzurufen, sollte er über seine geheimen Kanäle, und da nahm er auch in Kauf, dass es wohl die von Hans-Ulrich Hacker waren, Hinweise über nicht ganz legale Aktivitäten seiner Töchter, über ihre Gefährdung erhalten.

Als Sissi jedoch im Plauderton fortfuhr, Lexa und Franzi, obwohl nur zehn Jahre jünger als sie, gehörten bereits einer ganz und gar anderen, einer bereits emanzipierteren Generation an, die sich viel mehr Freiheiten nehme, was sie bewundere, ließ Franz erleichtert seinen Verdacht fallen.

Diese Freiheiten, sagte er ein wenig scherzhaft, gingen ihm und Rosi mitunter allerdings entschieden zu weit, wie auch die Freiheit, die sie sich nähmen, völlig unangemessen über ihre Eltern zu richten und sie mit Vorwürfen zu bombardieren.

»Wir hätten uns, anstatt uns mit unseren Untaten und vor allem mit denen unserer Eltern zu konfrontieren, in eine manische Aufbauwut gestürzt, behaupten sie.«

»Oh«, entfuhr es Sissi unwillkürlich, und sie sah ihn erschrocken an. Von Anton hatte sie nur in wenigen Andeutungen erfahren, warum er Franz nach Hamburg gebeten hatte, die ganze Wahrheit hatte er ihr nicht offenbart.

Franz las plötzlich trotzdem deutlich in ihrem Gesicht, worum es ging.

»Es ist wegen des Nazigolds, deshalb will Anton mich sprechen«, sagte er.

»Du weißt es?« Sissi sah ihn überrascht an, Anton hatte gesagt, Franz wisse nichts darüber.

»Ja«, sagte er, dann, von ihrem nun zweifelnden Blick verunsichert, sagte er: »Nein, ich weiß natürlich nichts über dieses ominöse Nazigold, woher auch.«

Sissi nickte nur und vermied es, ihn anzusehen.

»Aber du weißt, was damit gemeint ist?«

»Ja und nein«, sagte Sissi, »ich glaube, es ist besser, wenn Anton es dir sagt, er weiß mehr darüber als ich«, antwortete sie.

Franz war sich plötzlich sehr sicher, dass er keinesfalls wissen wollte, was sich hinter diesem ominösen Nazigold verbarg.

»Zahngold?«, wiederholte Franz und sah Anton fragend an.

»Das Gold aus den Zähnen der Menschen, die in den Konzentrationslagern ermordet wurden«, antwortete Anton, er sprach es zum ersten Mal so direkt aus.

Franz verstand nicht. Zunächst meinte er, es akustisch nicht zu verstehen. Dann fand er es unverständlich. Nein, das war aber doch auch unmöglich zu verstehen, das konnte doch nur eine Erfindung sein.

Er hörte das schrille Kreischen der Möwen und blickte von den kleinen, flach auslaufenden Wellen, die auf den Elbsand schwappten, über den Fluss, wo ein Schwarm großer weißer Vögel ein stromaufwärts tuckerndes Fangschiff umkreiste.

Anton hatte Franz einen Spaziergang an der Elbe vorgeschlagen. Auf dem Weg den Hügel hinunter zum Fluss hatte er ihm von dem Bericht über »Bankiers und andere Sympathisanten« erzählt, in dem Hubert Münzer, sein Vater, als einer der Direktoren des Bankinstituts genannt wurde, das den Verkauf jenes Nazigolds abgewickelt hatte, über das Franz eigentlich nichts Genaueres mehr wissen wollte, aber nun doch nachfragte.

Franz grub die nackten Füße in den feuchten Sand am Elbstrand, wie Anton hatte auch er die Schuhe ausgezogen. Die beiden Hunde stoben am Ufer entlang und warteten bellend darauf, dass Anton einen Stock hoch durch die Luft den Strand hinunter oder auch ins Wasser schleuderte.

»Das ist nicht wahr«, murmelte Franz und grub die Füße tiefer in den Sand, »das kann doch nur eine elende Lügengeschichte sein, und ich weiß auch, wer sich das ausgedacht hat. Das war doch der Hacker!«

Wut stieg in Franz auf. Er kannte diese Wut. Es war die alte Wut gegen den Vater. Aber jetzt richtete sie sich gegen Hans-Ulrich Hacker, alias Hans Müller, seinen ehemaligen Adjutanten in der Hitlerjugend.

»Elender Lügner!«, brüllte er nun, wenn auch nicht ganz so laut, wie er es gerne getan hätte, griff sich aus dem Treibgut am Ufer eines von den ausgeblichenen knochenfarbenen Holzstücken und warf es in hohem Bogen so weit, dass die Hunde erst einmal für einen Augenblick verwirrt suchten, bis sie begriffen, wo es zu finden sein musste.

»Kannst du dich an einen Diplomingenieur mit Namen August Lowicki erinnern?«, fragte Anton in die Stille nach dem Wurf, aber Franz war nicht bereit zu antworten.

»Lowicki hat Buch geführt«, erklärte daraufhin Anton.

»Lowicki?!«, platzte nun der Name aus Franz heraus, »August Lowicki? Der hat doch über den Goldmacher Buch geführt!«

Franz sah Anton mit wirrem Blick an, dann lief er los. Anton lief hinter ihm her, und mit ihm die Hunde. Nach dem kurzen schnellen Spurt verfiel Franz in einen langsamen Dauerlauf, gemeinsam liefen sie immer weiter am Strand entlang und in die einsetzende Abenddämmerung hinein, schließlich gingen sie nebeneinander her, stumm. Beide hofften, der andere möge das Gespräch beginnen.

Wie damals am Tisch auf der Tenne in der Scheune von Bauer Buck, dachte Anton, wo Franz in der Wunde auf seiner Stirn das Zeichen für übernatürliche Kräfte gesehen hatte.

»Wirst du weiter mit mir befreundet sein?«, fragte Franz schließlich unvermittelt und schaute ihn prüfend und forschend zugleich an.

»Du meinst, wenn ich mit dir befreundet bin, lasse ich bei der Veröffentlichung in unserem Blatt den Namen deines Vaters aus der Geschichte verschwinden? Meinst du das?«

»Ja«, sagte Franz so einfach und klar, wie Anton es von ihm kannte und schätzte.

»Lass uns eine Rast machen«, schlug Anton vor, »du bist bestimmt auch durstig.«

Er zeigte auf ein Gasthaus. Es hatte einen Vorgarten mit einer Kastanie und sie setzten sich an einen der Tische darunter. Sie bestellten erst einmal Mineralwasser. Franz entschied sich zusätzlich für einen heißen Rumgrog, trotz des milden Abends fröstelte er, er wartete auf Antons Antwort.

»Traust du mir wirklich noch immer übernatürliche Kräfte zu?«, fragte Anton schließlich launig und klärte Franz darüber auf, wie schwierig, ja, ausgeschlossen es sei, eine Geschichte im Blatt zu manipulieren.

»Das ist gegen unsere heiligsten Prinzipien!«, sagte Anton.

»Dann vertraue ich auf deine übernatürlichen Kräfte«, sagte Franz und ließ sich einen zweiten Rumgrog bringen, er half gegen das Frösteln.

Anton telefonierte mit Sissi, die mit dem Auto zu ihnen stoßen wollte, und bestellte danach dreimal Spargel.

Franz rührte das Essen kaum an, er blieb bei dem Rumgrog und beteiligte sich auch nur noch wenig am Gespräch.

Er sei müde, verabschiedete er sich schnell, als sie zum Haus zurückgekehrt waren. Auf dem Weg in sein Zimmer schien der Boden unter seinen Füßen zu schwanken. Er wusste, auch wenn er es verdrängte, es war nicht der Alkohol.

Als er nachts aufwachte, fand er sich angekleidet auf dem Bett liegen. Im Halbschlaf streifte er die Kleidung ab und schlief sogleich weiter. Als er dann erneut aufwachte, war es wie mit einem Ruck und er fühlte sich auf eine glasklare Weise hellwach. Um ihn herum war es dunkel und heiß und vollkommen still. Vage zeichnete sich ein Fenster ab. Er stand auf und stellte fest, dass es eine Balkontür war. Eine wohltuende Frische umfing ihn, als er hinaustrat. Noch immer schien der Boden zu schwanken, er hielt sich an einem der Balkonpfeiler fest und schaute in die Nacht. Auf eine glasklare Weise war er sich jetzt sicher, dass dies alles Lüge sein musste. Mochte Anton auf diesen Lowicki hereinfallen, er fiel nicht auf ihn herein. Auf diesen Berufslügner. Alles Lüge und Verleumdung. Er würde es richtigstellen. Gleich morgen früh würde er Anton darüber informieren, dass er diesen Lowicki verklagen, einen Prozess gegen ihn führen würde, sollte er tatsächlich diese Schauergeschichte verbreitet haben.

Beim gemeinsamen Frühstück am Morgen vermied Franz es dann

aber doch, mit Anton über die Lüge zu sprechen, kündigte erst beim Abschied die Klage gegen Lowicki an.

»Gegen ihn klagen kannst du nur«, gab Anton zu bedenken, »wenn er überhaupt noch lebt.«

»Der ist doch wahrscheinlich gar nicht mehr am Leben!«, meinte auch Rosi. Sie sagte es sehr leise.

Franz hatte einen Zornesausbruch von ihr gegen dieses ungeheuerliche Lügenkomplott erwartet, gegen diesen ganz offensichtlich geistesgestörten sogenannten Zeugen August Lowicki und seine zweifellos geistesgestörten Notizen und Aufzeichnungen. Nur ein Geistesgestörter konnte sich eine so unaussprechliche Ungeheuerlichkeit ausdenken. Aber stattdessen saß Rosi verschreckt auf der Bank in der Küche und bekreuzigte sich, wenn er diesen Lowicki verfluchte.

»Dann verklage ich Anton!«, trumpfte er auf.

Rosi bekreuzigte sich wieder: »Man muss für sie beten«, murmelte sie, »man muss für alle diese armen Menschen beten.«

»Unsinn«, unterbrach Franz sie ungewohnt grob, »das ist doch alles erstunken und erlogen!« Damit floh er aus der Küche und zum See hinunter.

Täglich rief er nun bei Anton an, um ihn an den Freundschaftsdienst zu erinnern. Die elenden Behauptungen dieses elenden Lügners Lowicki würden sich bei der Klage, die er von seinem Anwalt vorbereiten ließe, ohnehin als Fälschung erweisen, versicherte er ihm immer wieder aufs Neue.

Anton erschien es sinnlos, Franz zu widersprechen, er wich ihm sogar noch aus, als Franz den Autoren der Serie eine Klage androhte und damit indirekt ihm als Blattmacher. Er spürte, dass der Freund mehr und mehr die Wirklichkeit aus dem Blick verloren hatte.

Über Wochen verhandelte Anton den Fall Hubert Münzer mit den Autoren, dann rief er Franz an. Für Franz aber schienen nicht Wochen, sondern ganze Zeitalter zwischen seinem Besuch in Hamburg und Antons Anruf zu liegen. Er habe seinen Mitarbeitern, nur um den Namen seines Vaters aus dem Bericht über die »Bankiers« streichen zu können, die Hälfte seines Unternehmens geschenkt, versuchte Anton zu scherzen.

Ihm sei nicht nach Späßen zumute, fuhr Franz aus der Haut, Rosi hätte Albträume und würde vor jeder Berührung zurückschrecken, als sei er aussätzig.

»Also, ohne Scherz, der Name des alten Münzers bleibt draußen, zumindest bei uns im Blatt.«

Auch wenn der Name seines Vaters im Blatt dann tatsächlich nicht auftauchte, brachte Franz der Bericht über das Nazigold auf die fatale Idee, die Verfasser der Artikelserie und alle, die daran glaubten, müssten an einer sich ausbreitenden Geisteskrankheit leiden. In welcher Besprechung, Verhandlung oder Planung er sich auch gerade befand, dieser Gedanke kreiste, zunächst nur als stiller Begleiter, dann immer lauter, in seinem Kopf. Bald drängte es ihn mit Macht, über diese Geisteskrankheit reden zu wollen, denn in seiner Vorstellung sprang sie in diesen Wochen, in denen der Bericht im Blatt erschien, wie ein Virus von den Gräuelerfindern auf jene über, die die Gräuelgeschichten bereitwillig glaubten. In Franzens Vorstellung breitete sich diese Krankheit wie eine Epidemie aus.

In höchster innerer Bedrängnis verabredete er sich schließlich mit zwei Vorstandsmitgliedern der Bank. Er musste herausfinden, weshalb die Bank, seine Bank, die Bank, in der er gelernt und lange gearbeitet hatte, die Bank seines Vaters, nicht gegen die geistesgestörten Verleumdungen vorging, ja klagte, Widerruf und Schadensersatz verlangte, denn im Gegensatz zum Namen seines Vaters wurde der Name der Bank genannt und die Abwicklung des Geschäfts mit dem Zahngold beschrieben.

Er wurde in der Vorstandsetage sehr freundlich empfangen und ebenso freundlich wieder verabschiedet. Man wolle nicht noch mehr Aufsehen provozieren und übe sich im bewährten Schweigen. Gewiss würde schnell Gras über die Sache wachsen, wurde ihm, wenn auch diskret, so doch deutlich, vermittelt. Außerdem sei die Zentrale in Berlin zuständig gewesen, nicht die Münchner Geschäftsstelle.

Franz war tief enttäuscht und wollte sich bei Rosi über die Feigheit der Bank beklagen. Aber Rosi weigerte sich, ihm überhaupt zuzuhören. Sie hatte die Artikelserie noch nicht einmal gelesen und wollte sich auch jetzt mit solchen Auswüchsen, wie sie sagte, nicht belasten.

»Ich muss aber über diese Auswüchse reden, sonst werde ich verrückt!«, explodierte Franz.

»Nicht mit mir. Und besser auch nicht mit Alexandra, sie könnte noch einen Rückfall in ihre Alkoholsucht erleiden«, mahnte Rosi.

Niemals würde er Alexandra gegenüber den Namen Lowicki erwähnen, rief Franz aus: »Er war und ist ihr Feind, er hat den Goldmacher nicht nur verleumdet, er hat ihn verraten! Wie meinen Vater jetzt auch!«

Das Telefon klingelte. Lexa war dran, die Franz an die Spende für den Druck von Flugblättern erinnern wollte.

»Völlig vergessen«, sagte Franz und erklärte seiner überraschten Tochter dann, dass er den Scheck am Wochenende persönlich in Berlin vorbeibringen wolle. Seltsam beruhigt legte er danach den Hörer auf, froh, mit Lexa reden zu können, sie über die Lüge aufklären zu können, über die grassierende Geisteskrankheit. Er musste wenigstens seine Kinder davor schützen.

8.

Es war das erste Mal, dass Franz dann mit dem Flugzeug nach Berlin reiste, die ehemalige Hauptstadt lag nicht auf seiner Reiseroute. Vor gut zehn Jahren hatte er aus purer Neugier eine Autofahrt durch die DDR nach Berlin unternommen, die ein ähnliches Unwohlsein in ihm ausgelöst hatte wie jetzt die turbulente Landung durch Gewitterwolken auf einem Flughafen mitten in einem Häusermeer. Seine Neugier auf Berlin war gering.

Von Tempelhof aus fuhr er in einem Taxi zum Hilton-Hotel. Von dort könne er das Amerika-Haus, vor dem er mit Lexa und Franzi verabredet war, zu Fuß in fünf Minuten erreichen, hatte seine Sekretärin herausgefunden.

Sein Zimmer lag im zehnten Stock des Hotels. Er hatte von dort nicht nur einen wunderbaren Panoramablick über Berlin, vor allem sah er auch in den Zoo, der wie der Flughafen mitten in der Stadt lag. Er schaute hinunter und glaubte, Affen zu erkennen, dann tauschte er sein Jackett gegen einen dünnen Pullover, schnappte sich seinen Regenmantel und ließ sich an der Rezeption den Weg beschreiben. Nach nur wenigen Hundert Metern wurde er von dem nun ausbrechenden Gewitter überrascht. Er hielt ein Taxi an und versprach dem Fahrer ein gutes Trinkgeld für die kurze Strecke.

Schon von Weitem erkannte er Lexa und Franzi, sie standen unter dem Vordach eines flachen, hellgrauen Gebäudes mit der Fahne der Vereinigten Staaten von Amerika. Eingehüllt in ihre Parkas, drückten sich beide unter einem Regenschirm eng aneinander. Franz ließ das Taxi halten und winkte seinen Töchtern, in den Wagen einzusteigen.

»Wir müssen auf unsere Ablösung warten«, riefen sie ihm zu und rührten sich nicht vom Fleck.

Franz zahlte, sprang aus dem Taxi und in ihre Mitte, das Wasser tropfte vom Schirm in den Kragen seines Regenmantels. Er stellte ihn hoch.

»Sie sollten uns schon vor einer halben Stunde ablösen«, erklärte Lexa, »diese Penner!«, fluchte sie.

Franzi sprang immer wieder vor, um Passanten ein Flugblatt hinzuhalten. Keiner griff danach, im Gewitterregen hasteten alle einfach schnell vorbei. Franzi wollte trotzdem ausharren, das Flugblatt informierte über die Kinder in Vietnam, sie würde sich als Verräterin an diesen Kindern fühlen, gäbe sie jetzt nur wegen eines Gewitters auf und weil Peter und Christoph sich nicht blicken ließen, sagte sie.

Franz blieb nichts anderes übrig, als mit seinen Töchtern unter dem viel zu kleinen Schirm auszuharren. Nach einer weiteren halben Stunde vergeblichen Wartens im Regen verstauten seine Töchter dann doch endlich den Reststapel mit Flugblättern in ihren Umhängetaschen, schimpften dabei wieder über Peter und Christoph, diese Penner, und fragten sich, welche Ausrede sie dieses Mal wohl vorbrächten. Eine Fahrt im Taxi, die Franz anbot, lehnten sie, obwohl sie ziemlich durchnässt waren, mit der Begründung ab, dass sie keine verwöhnten Bürgertöchter wären. Notgedrungen schloss Franz sich ihnen an und fuhr zum ersten Mal seit unendlich langer Zeit wieder in einem Bus.

Er saß seinen Töchtern gegenüber. Ihre Gesichter waren feucht vom Regen und vom Saum ihrer Parkas tropfte das Wasser auf den Boden. Sie fröstelten, die Luft war merklich abgekühlt.

»Ihr schaut's aus wie räudige Katzen, ihr werdet euch erkälten«, meinte er.

»Wir steigen gleich in die heiße Badewanne, Paula hat bestimmt schon das Wasser eingelassen«, sagte Lexa.

»Wir fahren zu Paula?!«, fragte Franz überrascht.

»Ja«, sagte Lexa nur.

»Darauf bin ich nicht vorbereitet«, sagte Franz und spürte Ärger und Verdrossenheit aufsteigen, während seine Töchter nun damit beschäftigt waren, sich gegenseitig die Haare mit ihren Palästinensertüchern zu trocknen. Er schaute missvergnügt aus dem Fenster, der Bus bog beim Café Kranzler in den Kurfürstendamm ein. Paula hatte er zuletzt auf dem Ball im Bayerischen Hof gesehen, und das lag zehn Jahre zurück. Er hatte durch Lexa von Paulas *Solidarisierung* im Anschluss an den 2. *Juni* gehört, an dem sie zufällig in den Polizeikessel geraten war. Ihren Wandel von der modebewussten jungen Frau, die das Dolce Vita genoss, zu einer Polit-Aktivistin konnte er sich einfach nicht vorstellen. Vor allem nicht bei einer doch mittlerweile fast Vierzigjährigen.

»Und weshalb, wenn ich fragen darf, besuchen wir Paula?«, wollte Franz, nun ungehalten, wissen. Er war schließlich nach Berlin gekommen, um mit Lexa über die Lüge des geistesgestörten Lowicki zu sprechen, um endlich einmal alles auszusprechen, was ihm durch den Kopf ging, um über diese ganze Geisteskrankheit zu reden, die vielleicht auch schon ihn befallen hatte. Denn auch er dachte bereits: Und wenn es nun doch wahr ist?

»Wegen der Badewanne«, sagte Lexa, »wir haben keine, deshalb baden wir samstags bei Paula.«

Franzi und Lexa holten nun die Flugblätter aus ihren Umhängetaschen und begannen, sie zu zählen. Nein, er wolle den Text nicht lesen, zumindest nicht jetzt im Bus, sagte Franz unwillig, als Franzi ihm ein Flugblatt über den Gang hinüberreichte. Er nahm es dann aber doch, als Lexa erklärte, diese Flugblätter würden immerhin mit seinem Geld bezahlt werden, faltete es ungelesen zusammen und steckte es in die Mantelinnentasche, wo er auch den Scheck aufbewahrt hatte. Er zögerte kurz, dann überreichte er ihn Lexa.

»Nett von dir«, sagte sie, »auch dass du gekommen bist.«

»Ich muss mit euch reden«, sagte er und sah seine Töchter eindringlich an, »es liegt mir etwas auf der Seele, das ich mit euch besprechen muss.«

Lexa nickte und schaute auf die Wasserlache am Boden, Franzi sah ihn erstaunt an.

Auf der Hälfte der Strecke stiegen sie in einen anderen Bus um und erreichten nach einer insgesamt halbstündigen Fahrt bis an den Halensee und nach einem kurzen Fußweg das Mehrfamilienhaus aus den Gründerjahren, in dem Paula wohnte.

Kaum hatten sich Paula und Franz begrüßt, der eine verlegener als die andere, zog Lexa den Vater von der Garderobe zur Seite. Er dürfe auf keinen Fall mit Franzi über diese schreckliche Sache mit der Bank reden, sagte sie leise in beschwörendem Ton. Franzi sei viel zu sensibel, erklärte sie und flüsterte nun fast. Überhaupt solle er hier bei Paula nicht die familiären Verflechtungen mit dieser Bank erwähnen. Nicht vor Paula, und ganz gewiss nicht vor Peter und Christoph.

»Auf gar keinen Fall vor meinen Freunden!«, wiederholte Lexa flüsternd, sie sah ihn fast flehend an. Und auch sie wolle nichts damit zu tun haben, sagte sie dann, »das ist deine Geschichte, oder die Geschichte deines Vaters, aber auf gar keinen Fall meine!«. Sie warf ihm jetzt einen entschiedenen Blick zu und ging ihm voraus in die Küche.

»Schade«, murmelte Franz und hängte seinen nassen Regenmantel auf einen Bügel, damit er abtropfen könne. Er fühlte sich seltsam matt und war mehr als nur enttäuscht. Ausgebremst, dachte er.

In der Küche setzte er sich zu seinen Töchtern und Paula an den Tisch und trank den heißen Tee, den Paula ihm einschenkte. Noch mit Lexas Redeverbot beschäftigt, folgte er eher abwesend den Gesprächen über die beiden *Penner,* die Lexa und Franzi im Regen hätten stehen lassen. Schon bald klingelte es, und dann saßen auch Peter und Christoph in der Küche am Tisch und erklärten, sie wären von einem Genossen Volkspolizist am Übergang von Ost- nach Westberlin aufgehalten worden.

»Wegen der Buletten«, sagte Peter. Der Genosse Volkspolizist habe wohl gedacht, sie würden ein paar Mikrofilme schmuggeln, weil die Dinger so hart wären. Christoph habe darauf bestanden, sie vom Ausflug nach Ostberlin mitzubringen, erklärte er nun Franz, denn Christoph halte sie für eine echte proletarische Delikatesse. Er, Peter, misstraue jedoch den Zutaten, die ihnen die Konsistenz von Wurfgeschossen verleihen würden.

»Probier mal«, forderte er Franz auf und bot ihm eine von den Buletten an. Franz war immer noch mehr abwesend als anwesend und schaute auf die Bulette, ohne zu reagieren.

»Probier doch mal«, wiederholte Peter fordernder und schob den Teller vor ihn hin. Nun griff Franz danach, biss hinein, kaute eine Weile auf dem Bissen herum und versuchte nun tatsächlich, die Zutaten herauszuschmecken. Er identifizierte schließlich Sägemehl.

»Es wirkt wie Beton, deshalb sind sie steinhart«, gab Franz, jetzt mit Kennermiene, zum Besten, diese Wirkung erinnere er noch aus der *schlechten Zeit* nach dem Krieg.

»Quatsch«, widersprach Christoph, »die sind genauso, wie Buletten sein müssen, vor allem nicht zu weich. Man nehme zum Beispiel die Mettwurst«, wandte er sich jetzt Franz zu, »aus der Mettwurst, ehemals eine proletarische Hartwurst, ist in den letzten Jahren unter dem Einfluss kleinbürgerlicher bis bürgerlicher Moden eine Weichwurst oder sogar eine Streichwurst geworden.«

»Ach, wirklich?«, fragte Franz. »Von der Hartwurst zur Weichwurst zur Streichwurst?«, wiederholte er.

Paula kehrte in die Küche zurück, sie hatte für Lexa und Franzi ein Schaumbad eingelassen.

»Du siehst aus, als könntest du einen heißen Grog vertragen«, sagte sie zu Franz, »oder willst du lieber Rock 'n' Roll tanzen? Das haben wir nämlich bei unserer letzten Begegnung gemacht«, erklärte sie Peter, bereitete einen heißen Grog zu, setzte sich Peter auf den Schoß, nahm die Zigarette, die er ihr gab, inhalierte den Rauch tief in die Lunge, hielt ihn lange dort, entließ ihn nur langsam und in kurzen Stößen, dann reichte sie die Zigarette weiter an Franz: »Mal probieren?«

»Riecht aber seltsam«, stellte Franz fest.

»Selbst gezogenes Cannabis aus Paulas Loggia«, erklärte Peter und lachte sein schallendes Lachen über Franzens erschrockenen Gesichtsausdruck, mit dem er nun vor der Zigarette zurückwich.

Wie Dracula vor der Knoblauchzwiebel, meinte Christoph.

Später, der heiße Grog hatte ihn gestärkt und Paula schlichtete im Badezimmer einen Streit zwischen Lexa und Franzi über den wenig erfolgreichen Einsatz vor dem Amerika-Haus, nahm er dann doch den Joint, der ihm dieses Mal von Peter angeboten wurde. Peter klärte ihn darüber auf, was ein Joint ist. Franz zog vorsichtig daran und stieß den Rauch gleich wieder aus. Das mache keinen Sinn, wurde er von Peter belehrt, er müsse den Rauch schon inhalieren und dann etwas länger in der Lunge halten. Er ermunterte Franz zu einem zweiten Versuch, der ihm nach Peters Ansicht dann auch schon viel besser gelang, Franz nahm nun einen dritten Zug. Und wurde gelobt.

»Paula sagte, Sie sind mit Anton Bluhm befreundet«, wandte sich Christoph dann an Franz.

»Sie müssen nicht Sie zu mir sagen«, forderte Franz ihn auf, »Sie sind doch der Freund von Lexa, oder?«

»Du«, verbesserte Christoph.

»Ich? Ich bin der Vater, Sie sind der Freund.«

»Nein, ich meinte, sag jetzt auch du zu mir«, bot Christoph an und stellte fest, der Joint würde bei Franz schon mächtig wirken, worauf Franz behauptete, er merke überhaupt nichts.

Anton Bluhm sei ein Schwachkopf, er habe seine Angestellten zu lauter Kleinkapitalisten gemacht, erklärte Christoph.

»Vergesellschaftung von Produktionsmitteln«, dozierte er, »das heißt doch immer noch, die Produktionsmittel gehören der Gesellschaft und nicht Einzelnen, auch wenn es viele Einzelne sind.«

»Nein, nein, Anton ist kein Schwachkopf, Sie, ich meine du, also du kennst nicht den wahren Grund.« Franz versuchte, sich an den wahren Grund zu erinnern, der ihm aber entglitt, überhaupt schienen ihm die Gedanken nun zu entgleiten.

»Er ist und bleibt ein Schwachkopf!«, hörte Franz nun Christoph sagen.

»Unsinn!« Franz wehrte mit einer entschiedenen Geste ab und traf dabei das Glas mit dem Grog, das prompt vom Tisch und auf die Fliesen fiel. Er bückte sich, um die Scherben aufzuheben, dann blutete er plötzlich, das Blut tropfte auf den Boden, und er sah einfach zu, wie es tropfte.

Lexa und Franzi schlurften in Bademänteln und mit Pantoffeln an den Füßen in die Küche.

»Die Flugblätter sind euch heute nicht aus der Hand gerissen worden, habe ich vernommen, und ich frage mich, wieso euch die Männer nicht die Flugblätter aus der Hand reißen? Also ich würde ...«

»Wenn du etwas tun willst«, unterbrach Lexa Christoph, »dann hol mal irgendeine Art von Verbandszeug, bevor mein Vater uns hier noch verblutet!«

»Verblutet?! Wieso ist denn hier überall Blut?! Ich kann kein Blut sehen! Peter, bitte hilf du ihm!«, rief Christoph melodramatisch. Er sprang auf und weg vom Tisch.

Peter griff nach einem Küchentuch, bückte sich zu Franz und wickelte es ihm fest um die Hand.

»Ist nicht so schlimm«, sagte er und half Franz zurück auf seinen Stuhl. Dann beseitigte er die Blutspuren und die restlichen Scherben.

»Tut mir leid«, sagte Franz.

»Ist nicht so schlimm«, wiederholte Peter und legte Franz eine Hand auf die Schulter: »Alles okay?« Er sah ihm in die Augen und Franz fand, dass er ihm sehr nett in die Augen sah.

»Ist nicht so schlimm«, wiederholte nun auch Franz.

Und dann fand er bald auch tatsächlich alles nicht mehr so schlimm, vor allem die Sache mit der Bank, und die mit Paula schon gar nicht mehr. Zunächst hatte es ihn nicht nur gestört, es hatte ihn fast empört, ja, wütend gemacht, wie Paula auf dem Schoß von Peter saß, sie, die viel Ältere. Nein, das wollte er nicht sehen. Doch jetzt, wo Paula ihm einen richtigen Verband anlegte und erzählte, dass sie an einem Erste-Hilfe-Kurs teilgenommen habe und bei Demonstrationen schon öfter im Einsatz als Ersthelferin gewesen sei, gefiel sie ihm immer besser. Es gefiel ihm ohnehin ausgesprochen, hier in der Küche um den Tisch herum zu sitzen, auf den Paula jetzt einen Teller mit aufgeschnittenem Butterkuchen stellte. Er streckte sofort seine Hand danach aus und verspürte einen richtigen Heißhunger, obwohl er normalerweise keinen Kuchen aß. Franz lehnte sich mit dem Stück Butterkuchen in der Hand zurück und sah in die Runde. Wie hübsch meine Töchter aussehen, dachte er und war jetzt richtig stolz auf sie.

Als der Joint wieder kreiste und auch Lexa und Franzi einen Zug nahmen, probierte Franz das verbotene Kraut erneut. Er war jetzt bereits geübter und behielt den inhalierten Rauch eine Weile in der Lunge, bevor er ihn wieder entließ, schaute ihm hinterher und hörte sich sagen: Nein, ich werde nicht über die Bank und die familiären Verwicklungen sprechen, nie mehr ein Wort. Doch ich möchte jetzt, hier im Kreis vor euch Jüngeren, vor allem möchte ich euch beiden jungen Männern jetzt sagen: Ich habe gekämpft! Ich hatte keine Zeit zu trauern, obwohl ich traurig war, ich hatte auch keine Zeit, lustig zu sein wie ihr, obwohl ich es vielleicht auch gern gewesen wäre, in eurem Alter habe ich dafür gekämpft, dass ihr es besser habt! Und darauf bin ich stolz! Er wollte jetzt sein Glas erheben und darauf anstoßen, doch er griff ins Leere. Er schaute verwundert, erinnerte nun die Scherben, sah in die Runde, niemand schien ihm zugehört zu haben, alle unterhielten sich über die neue Schallplatte einer Sängerin. Paula wollte sie auflegen, doch Christoph protestierte und behauptete, Janis Joplin würde ihm Angst machen, auch eine andere Schallplatte, eine von Jimi Hendrix, wurde von ihm abgelehnt, zu emotional, entschied er.

»Wie wär's denn mit den Beatles?«, schlug Franz nun vor.

Peter legte »Magical Mystery Tour« auf. Als die Stelle kam, sang Franz mit *I am the walrus* und Franzi und Lexa lachten, und beim nächsten Mal sang er wieder *I am the walrus*. Dieses Mal lachten auch Peter und Christoph und Paula.

Es wurde an diesem Nachmittag in Paulas Küche viel gelacht, bis es dunkel wurde. Dann sprang Franzi plötzlich auf, sagte etwas von einer Versammlung, zu der sie müsse, tauschte den Bademantel gegen ihre mittlerweile trockene Kleidung. Sie käme am nächsten Tag Punkt dreizehn Uhr ins Restaurant auf der Dachterrasse des Hilton-Hotels, verabschiedete sich Franzi vom Vater.

Es war wie ein Startschuss, alle anderen brachen nun auch auf.

»Wir nehmen dich mit«, entschieden Lexa und Christoph für Franz, der Paula zum Abschied umarmte und sagte, er sei sehr glücklich über dieses Wiedersehen. Er war es tatsächlich, seit Langem hatte er sich nicht mehr so aufgehoben und wohl gefühlt wie in Paulas Küche, war er so befreit von den quälenden Gedanken gewesen und so vergnügt mit seinen Töchtern, er hatte sich weder alt noch uralt gefühlt, ganz im Gegenteil.

9.

Sie nahmen wieder den Bus. Es war ein Doppeldeckerbus wie in London. Franz wollte auf das Oberdeck und setzte sich dort in die erste Reihe. Lexa meinte, Franz habe es ganz schön erwischt und sie hoffe nur, der Joint habe zusammen mit Rum keine üble Wirkung, sie musterte ihren Vater prüfend. Franz versicherte, es ginge ihm so gut wie schon seit Langem nicht mehr.

»Was meinst du?«, fragte Lexa Christoph zweifelnd. Christoph beugte sich vor zu Franz.

»Mir geht es ausgezeichnet«, erklärte Franz und lächelte beiden glücklich zu, »wirklich ganz ausgezeichnet.«

Christoph meinte, Franz sei nicht *experienced*, vielleicht wäre es doch besser, ihn ins Hotel zu bringen.

Das lehnte Franz ganz entschieden ab. Er wollte auf dem Oberdeck in der ersten Reihe sitzen und die bunten Lichter auf sich zu- und an sich vorbeiströmen sehen. Es erinnerte ihn ans Fallschirmspringen. Natürlich nicht wirklich, aber das Schwindelgefühl im Bauch und im Kopf, das war ähnlich. Zumindest machte es ihn glücklich, versetzte ihn in den Zustand gedankenloser Leichtigkeit.

Tatsächlich war Franz dann auch nicht zu bewegen, Lexa und Christoph aus Sicherheitsgründen, wie sie sagten, ins Kino zu begleiten. Er säße gerade im schönsten Kino der Welt, verabschiedete er sich von ihnen, als sie aussteigen mussten.

Mehrmals fuhr Franz nun den von bunten Reklameschriften und hellen Schaufenstern erleuchteten Kurfürstendamm entlang, immer auf dem Oberdeck in der ersten Reihe. War sie nach dem Wechsel im neuen Bus besetzt, bot er zehn Mark für einen freien Platz. Er hätte auch mehr für diesen schwebenden Zustand und das berauschende Schwindelgefühl geboten, das er hier oben erlebte. Er registrierte durchaus den von Cannabis und Rum verursachten Ausnahmezustand, in dem er sich befand. Im Vergleich zu seinem Befinden in den vergangenen Wochen erschien ihm der jedoch paradiesisch. Er war in der Hölle gewesen, und in die wollte er nicht wieder zurück. Also blieb er erst einmal auf dem Oberdeck.

Irgendwann leuchtete es ihm dann von einer Hausfassade her verlockend entgegen, eine bunte Lichtfontäne, aus der sich in immer neuen Farben die Konturen einer Frau bildeten.

An der nächsten Haltestelle stieg er aus, ging den Weg zurück und sah schon aus einiger Entfernung das bunte Pulsieren der Lichtfontäne. Die *Magical Mystery Tour* begann in ihm zu summen, sie begleitete seine Schritte, während er in rot glühender Schrift »Chez Nous« las. Er drückte die große Klinke einer schweren schwarzen Tür hinunter. Entgegen seiner Erwartung öffnete sie sich leicht in einen winzigen Vorraum mit einer Garderobe ohne Garderobiere, dann trat er durch eine schwere Samtportiere.

Seine Augen mussten sich erst an das intime Dämmerlicht gewöhnen, bevor er den überschaubaren Ort mit der Bar und den Barhockern davor, mit den dunkelroten, samtgepolsterten und verheißungsvoll illuminierten Nischen, mit den Clubsesseln und den niedrigen Tischen, mit der kleinen Tanzfläche, der winzigen Bühne und dem Glitzervorhang erkennen konnte. Er war der einzige Gast.

Ein elegant gekleideter junger Mann kam auf ihn zu, das Etablissement sei noch nicht geöffnet, sagte er, bemerkte die Enttäuschung in Franzens Gesicht und bat ihn, einen Moment zu warten. Er verschwand, Franz hörte ein Flüstern, dann kehrte der junge Mann zurück und bot ihm einen Platz an der Bar und einen Drink an. Die Lady wünsche es so, sagte er lächelnd und mischte für Franz auf Kosten des Hauses einen *Singapore Sling*. Daraufhin verschwand er wieder.

Die Farbe des Getränks, ein lichtes Erdbeerrot, versprach vieles, auch Süße, und Franz hatte ein großes Verlangen danach. Er trank begierig, leerte gleich die Hälfte des Glases in einem Zug, schloss die Augen und ließ die leicht herbe und, wie ihm tatsächlich schien, allumfassende Süße wirken. Da hörte er ein Knistern und dann das Knacken von einem Mikrofon.

Er öffnete die Augen, drehte sich um und sah nun auf der winzigen Bühne eine Frau stehen, das Mikrofon in der Hand. Sie trug ein atemberaubendes Kleid und begann, ohne irgendeine Begleitung zu singen. Franz glaubte, noch nie eine so schöne Stimme und so schönen Gesang gehört zu haben, er glaubte, noch nie eine so schöne Frau gesehen zu haben. Und diese schöne Frau sang, wie es schien, nur für ihn.

Er verließ seinen Platz an der Bar und setzte sich zu ihren Füßen in einen der Clubsessel. Dort blieb er, auch nachdem sich die Bar gefüllt hatte, irgendwann sogar überfüllt war, den ganzen Abend lang sitzen.

Die Sängerin trat in immer wieder wechselnden, fantastisch schönen Kleidern auf. Zum Schluss trug sie plötzlich nur einen strassbesetzten Slip mit einem Fragezeichen aus schwarzen Pailletten. Als er später, nach der Show, mit ihr tanzen durfte, war Franz bereit, für jede weitere Exklusivität jeden Preis zu zahlen.

Sie sei keine Lady, flüsterte die Schöne ihm bald bei einem Tanz ins Ohr und schaute ihm dann tief in die Augen. Franz sah es geheimnisvoll darin funkeln. Er beteuerte, für ihn sei sie eine, und drängte sich immer heftiger an sie, je mehr sie darauf bestand, keine Lady zu sein. Sie lachte dabei immer verführerischer, bis er ihr so nah gekommen war, dass er es plötzlich spürte, dass sie keine Lady sein konnte. Nun erinnerte er sich an das Fragezeichen aus schwarzen Pailletten und verstand auf einmal, was es bedeutete. Er wollte es nicht glauben, dass eine Frau, schöner als alle Frauen, die er kennengelernt hatte, ein Mann sein sollte!

»Ich glaube, ich bin berauscht«, sagte er zu der Lady. Er entschuldigte sich und wollte ihr die Hand küssen, aber das konnte er nun nicht mehr, also bestellte er noch eine Flasche Champagner für die Lady und für sich ein Taxi. Er bezahlte mit einem großen Schein.

Am Morgen wachte Franz mit heftigen Kopfschmerzen auf und versuchte, sich an den vergangenen Abend zu erinnern, schob dann die Bilder, bunt und unzusammenhängend, wie sie über ihn hereinbrachen, schnell beiseite. Später telefonierte er mit Rosi und übertrug seine Katerstimmung auf Lexa und Franzi. Er sagte, dass er besorgt sei, weil sie Haschisch rauchten und in einer Wohngemeinschaft oder Kommune ohne Badewanne lebten. Er versprach, sie wegen des Rauschgifts zu ermahnen, vielleicht sogar mit der Sperrung der monatlichen Überweisung zu drohen, er sei mit Franzi zum Mittagessen verabredet. Nach dem Gespräch mit Rosi hatte sich seine Katerstimmung keineswegs gebessert, der Kopfschmerz hämmerte weiter, er nahm ein Aspirin und stellte sich unter die Dusche.

Um dreizehn Uhr traf er Franzi im Restaurant auf der Dachterrasse des Hotels. Sie war in indische Gewänder und Tücher gehüllt, und indische Ketten und Armbänder mit Glöckchen klingelten leise bei jeder ihrer Bewegungen.

Ja, er habe fürchterliche Kopfschmerzen, gab Franz zu, das *Zeug,* das er geraucht hätte, sei ihm wohl nicht bekommen, nie wieder werde er es anrühren, er habe an vieles gar keine Erinnerung mehr, behauptete er. Franzi sagte, das läge an der Mischung, Alkohol und *Dope* würden sich nicht vertragen.

»Du scheinst dich ja auszukennen«, meinte Franz, schob die Erinnerung an die vielen *Singapore Slings,* die er getrunken hatte, beiseite und erklärte, er würde ihr, wenn er es noch könnte, das Rauschgift verbieten, sagte aber nichts von einer Gefährdung der monatlichen Überweisung, dann bestellte er zuerst einmal eine *Bloody Mary* und danach das Essen.

Er habe mit Rosi telefoniert, sie wolle wissen, was denn eine Wohngemeinschaft von einer Kommune unterscheide, begann er das Gespräch, er wisse es auch nicht, gab er zu und sah seine Tochter an: »Kannst du es mir erklären?«

»Willst du es wirklich wissen?« Franz bejahte, und Franzi hielt einen kleinen Vortrag über die unterschiedlichen Kommunen, die bereits im vergangenen Jahrhundert in Mode gewesen waren, in Amerika und anderswo, in denen es nur geringfügig Einzeleigentum und vorrangig Gemeinschaftseigentum gegeben hatte.

»Lexa ist in einer Wohngemeinschaft, und dort herrscht Einzeleigentum, bei uns in der Kommune herrscht Gemeinschaftseigentum«, erklärte Franzi nun den Unterschied.

»Und nicht nur an Sachen«, fügte sie noch hinzu und blickte Franz so bedeutungsvoll wie hintergründig an.

Franz fragte nicht nach, welches Eigentum damit gemeint sein konnte, er wusste, hinter Franzis Blick lauerte eine Provokation. Nach dem gestrigen Abend und der gestrigen Nacht war er noch nicht bereit, irgendeinen Kampf mit ihr aufzunehmen.

Franzi gab sich jedoch nicht so schnell geschlagen und setzte ihre

Wissenschaftsmiene auf, wie Franz es nannte, wenn seine Tochter ihm ihre Lebensweise als die einzig richtige vermitteln wollte.

»Heute wissen wir mehr«, setzte Franzi nach, schüttelte ihren dunklen Haarschopf und wischte sich eine Strähne aus der Stirn. Jede Geste wurde begleitet vom Glöckchengeklingel des indischen Armbands.

»Wir wissen, dass die sexuelle Repression der ursprüngliche Grund für die generelle Unterdrückung ist, deshalb arbeiten wir an ihrer Überwindung. Zwei Weltkriege in einem Jahrhundert sind wirklich genug, wir wollen keinen dritten!«

Darin stimmte Franz seiner Tochter sofort zu. Aber wer mit diesem »wir« denn eigentlich gemeint sei, wollte er wissen, und Franzi erklärte, das sei einerseits der erkennende Teil der Gesellschaft, andererseits der Teil der Gesellschaft, der das Erkannte umsetzen würde.

»Zum Beispiel wir in der Kommune«, erklärte sie.

»Und was setzt ihr in der Kommune um?«, fragte Franz.

»Wir heben die sexuelle Repression auf«, verkündete seine Tochter und wartete darauf, dass er nun wissen wollte, wie dadurch ein dritter Weltkrieg zu verhindern sei. Aber Franz wollte es gar nicht so genau wissen, er wandte sich lieber der Vorspeise zu, die der Kellner gerade serviert hatte. Franzi, die keine Vorspeise bestellt hatte, beobachtete den Vater eine Weile beim Verzehr von Melone mit Parmaschinken.

»Du willst bestimmt wissen, wie wir die sexuelle Repression aufheben«, erklärte Franzi schließlich bestimmt und ließ sich durch Franzens verneinendes Kopfschütteln, er hatte gerade ein Stück Melone im Mund, nicht abhalten.

»Wir müssen gar nichts tun, sie hebt sich von allein auf, wenn niemand mehr jemanden besitzt. Das heißt, jede und jeder schläft mit jedem und jeder, wir sind nicht Besitz von jemandem, und wir besitzen auch niemanden.«

Franzi sah den Vater nun so triumphierend wie kämpferisch an. Franz jedoch wollte ihrem Kampfgeist keinen Zucker geben.

»Das will ich mir lieber nicht vorstellen«, sagte er und versuchte, so gelassen wie möglich den Rest von Parmaschinken und Melone zu verspeisen. Schließlich konnte er dann doch nicht verhindern, dass er es sich vorstellte, wie jede und jeder mit jedem und jeder schlief, und er geriet darüber in einen unaufhaltsamen Zorn. Er warf Messer und Gabel wütend auf den Vorspeisenteller.

»Das ist die Rückkehr zum Affen!«, brach es aus ihm heraus, und wenn das der Preis für die Verhinderung des dritten Weltkriegs sei, so wolle er lieber den dritten Weltkrieg, verstieg er sich noch weiter.

Franzi lächelte vergebend und sagte, an seiner Reaktion könne man erkennen, wie sexuell repressiv er erzogen worden sei, er getraue sich noch nicht einmal, sich sexuelle Freiheit überhaupt vorzustellen, sondern müsse gleich zu den Waffen greifen und der Menschheit mit ihrer Ausrottung drohen.

»Genau darum geht es doch«, dozierte Franzi weiter, »es geht um Strafe und Bestrafen, du hast den Nagel auf den Kopf getroffen, gratuliere!« Enthusiastisch reichte sie Franz die Hand, um ihm zu gratulieren, der sie verblüfft auch annahm und schüttelte, während Franzi nun fragte, ob er schon einmal etwas von Wilhelm Reich und seiner Erforschung des Muskelpanzers gehört habe.

Franz fühlte sich überrumpelt und wurde furios. Er hätte genug gehört, rief er aus, er könne gar nicht glauben, was er von seiner eigenen Tochter hier gehört habe, und er müsse sich wirklich fragen, ob sie noch bei Trost sei, ob sie noch seine Tochter sei, ob er sie noch seine Tochter nennen wolle!

Aufgebracht stieß er den Vorspeisenteller zurück, stand auf und warf ein paar Münzen auf den Tisch.

»Aber geh, Franzerl!«, rief Franzi, die die Eltern, wie Lexa auch, nur noch beim Vornamen nannte, und stand auf, »du kannst mich nicht so einfach verstoßen, bevor du dir nicht wenigstens angehört hast, was ich dir erklären muss, damit du mich verstehst!«

Er verspüre nicht das geringste Bedürfnis, seine Töchter zu verstehen, sagte Franz und schob seinen Stuhl zum Zeichen seines Aufbruchs an den Tisch.

»Mir ist der Appetit vergangen! Ich mache lieber einen Spaziergang durch den Zoologischen Garten, am besten besuche ich gleich das Affengehege, um mir ein Bild vom Entwicklungszustand meiner Tochter zu machen!«

Franzi lief hinter ihm her und packte den Vater am Arm, sie ließ ihn nicht los, sosehr Franz auch versuchte, sie abzuschütteln. Die Kellner meinten, es sei ein Spiel, weil Franzi dabei lachte. Aber es war ein erbitterter Kampf, den sie schließlich gewann, weil Franz ihn aufgab, er ließ sich von ihr an den Tisch zurückführen, der Kellner servierte den Hauptgang, für Franzi ein halbes Hähnchen mit Salat, für Franz ein T-Bone-Steak.

»Also, was soll ich denn jetzt verstehen?«, nahm Franz, durch den Fleischgenuss ein wenig besänftigt, aber durchaus auf der Hut, das Gespräch wieder auf.

»Ich höre?«, ermunterte er seine Tochter, die mit großem Appetit damit beschäftigt war, das halbe Hähnchen zu zerlegen.

»Wir müssen den Muskelpanzer verstehen«, antwortete Franzi und tupfte sich, begleitet von Glöckchengeklingel, mit der Serviette graziös Salatsoße von den Lippen.

»Du weißt bestimmt nicht, was das ist«, mutmaßte sie gleich darauf, und in ihren Augen flackerte bereits wieder das ihm vertraute kämpferische Temperament auf.

»Ich nehme an, ich bin einer«, mutmaßte nun Franz und spürte, wie gern er mit ihr den Wettkampf aufnehmen würde, jetzt, wo er sich gestärkt fühlte.

»Du bist kein Muskelpanzer, du hast einen Muskelpanzer«, parierte Franzi wie bei einem Ratespiel.

»Ich nehme an, du hast keinen«, stieg Franz ein.

»Weiß nicht«, Franzi dachte nach, »die meisten Menschen haben einen, wahrscheinlich auch ich«, gab sie dann zu, »und deshalb rollen wir gepanzert über die Wege und Straßen unseres Lebens und rollen alles nieder, was uns in die Quere kommt. Wir müssen, um überhaupt menschlich sein zu können, diesen Muskelpanzer ablegen. Am besten wäre es natürlich, ihn gar nicht erst anlegen zu müssen.«

»Bisher bist du mit deinem Panzer ganz schön weit gerollt«, meinte Franz, »was machst du denn ohne ihn? Kriechst du dann als Wurm über die Straßen und Wege deines Lebens?«

»Das ist ja mal wieder typisch«, grollte Franzi, »du und deine Generation, ihr könnt euch einen Menschen im Fluss seiner Sinne einfach nicht vorstellen, entweder Panzer oder Wurm! Es hat überhaupt keinen Sinn, mit dir zu diskutieren!«

Franzi stand zornig auf, knallte ihre Serviette auf den Tisch, jetzt wollte sie die Dachterrasse verlassen. Franz lief hinter ihr her, hielt ihren Arm fest und ließ sich nicht abschütteln.

Bei einem Espresso kam es in der Lobby zu einem weiteren Gesprächsversuch, dann gaben sie auf.

»Make love not war!«, rief Franzi, sah den unverständigen Vater an und schüttelte den Kopf: »Du verstehst einfach nichts«, sagte sie resigniert, stand auf, verabschiedete sich mit einem flüchtigen Kuss auf seine Wange und verließ mit Glöckchengeklingel die Hotelhalle.

10.

Franz sah auf seine Armbanduhr, in Erwartung endloser Gespräche mit Lexa und Franzi hatte er den letzten Flug gebucht, was sollte er jetzt, wo die Gespräche mit seinen Töchtern ausfielen, mit seiner Zeit anfangen? Er könnte umbuchen, überlegte er für einen Moment. Doch er verstand sich nicht auf solche Dinge. An der Rezeption würde man ihm gewiss helfen können. Franz durchquerte schnell die Hotelhalle. Gewiss könne er das, versicherte ihm der Portier an der Rezeption, er benötige dafür nur das Flugticket. Er werde es ihm in wenigen Minuten aushändigen, versprach daraufhin Franz und ging zu den Fahrstühlen, sein Ticket befand sich in seiner Reisetasche, und die war im Zimmer im zehnten Stock. Er drückte den Fahrstuhlknopf und wartete. Eine Frau stellte sich neben ihn und wartete auch.

»Wie wär's, wenn ich Ihnen ein bisschen Gesellschaft leiste«, sprach sie ihn an, »die Flüge nach München sind ausgebucht.«

»Woher wissen Sie das?«

»Ich habe keinen bekommen«, sagte sie, »deshalb hätte ich Zeit, Ihnen Berlin zu zeigen«, schlug sie vor. Sie hielt ihren Kopf leicht schräg und sah ihn leicht von unten an, als würde sie ihn taxieren.

»Berlin zeigen?« Franz musterte die Frau unauffällig. Konnte sie eine Prostituierte sein? Er hatte sie schon gesehen, als er mit Franzi in der Lobby saß. Sie hatte dort Zeitung gelesen und geraucht. Und eben hatte sie auch an der Rezeption gestanden. Sie war mittelgroß, eher lässig gekleidet, abgesehen von den Pumps mit sehr schmalen, sehr hohen Absätzen. Ihr braunes Haar schien sich keiner Frisur anpassen zu wollen, es fiel immer wieder in ihr Gesicht. Sie war vielleicht Anfang dreißig, sogar ganz hübsch, doch das Auffälligste war ihr intensiver Blick.

»Ja, zum Beispiel die Mauer, das Brandenburger Tor, den Kurfürstendamm ...«

»Den habe ich gestern gesehen«, unterbrach Franz, »und so aufregend, wie er sich nachts zeigt, wird er am Tag gewiss nicht sein.«

»Ach, ja? Kommen Sie, ich zeige Ihnen, wie aufregend er tagsüber ist«, sagte sie dann in einem so herausfordernden wie verheißungsvollen Ton und forderte ihn mit einer so lässigen Handbewegung auf, ihr zu folgen, dass Franz ihr tatsächlich folgte.

Ihr Wagen, ein Sportcoupé mit Berliner Nummer, parkte gegenüber des Hotels. »Geliehen«, erklärte sie, und Franz setzte sich auf den Beifahrersitz. Die Reifen quietschten, als sie wendete.

Sie ist jedenfalls bestimmt keine gewöhnliche Prostituierte, überlegte er. Sie verhielt sich völlig anders, als sich die Prostituierten in den Hotels sonst verhielten, wo sie sich unauffällig anboten und nicht auffällig wie diese hier. Franz beobachtete sie während ihrer gewagten Überholmanöver.

»War das Ihre Geliebte, mit der Sie sich auf der Dachterrasse gestritten haben?«, wollte sie an einer Ampel wissen.

»Meine Tochter«, antwortete Franz.

»Sehr ähnlich sieht sie Ihnen aber nicht.« Die Frau taxierte ihn wieder kurz und Franz gestand sich nun ein, ihr nur wegen dieses taxierenden Blicks gefolgt und in ihr Sportcoupé eingestiegen zu sein. Diese Frau forderte ihn heraus, sie brachte ihn auf andere Gedanken. So war es auch gestern bei Paula gewesen und später mit der Lady.

Franz stellte sich vor. Sie heiße Luzie, sagte sie daraufhin. Mehr sagte sie nicht. Dann bog sie in eine Seitenstraße ein, fuhr dort in eine Einfahrt und auf eine große freie Fläche zwischen den Häusern. Sie parkte den Wagen und stieg aus.

»Kommen Sie«, sagte sie wieder mit ihrer seltsam fordernden und gleichzeitig verheißungsvoll klingenden Stimme.

Er stieg aus. Sie ging bereits voraus. Er folgte ihr durch eine schmale Passage und stand dann unversehens auf dem Kurfürstendamm.

»Hier wohne ich«, sagte sie, zeigte auf ein Hotel und ging voraus.

Sie durchquerten die Lobby des Hotels. Im überfüllten Fahrstuhl stand er im dichten Gedränge von ihr getrennt. Sie stieg im vierten Stock aus, und er folgte ihr den Hotelgang hinunter.

»Make love not war«, glaubte Franz im ersten Moment die Stimme seiner Tochter zu hören. Doch dann drehte sich die Frau, die Luzie hieß, zu ihm um.

»Make love not war«, wiederholte sie, und es klang wieder fordernd und verheißungsvoll zugleich. Ja, das habe sie von seiner Tochter gehört, sagte sie, und das habe bei ihr ins Schwarze getroffen, denn sie wolle Liebe, Liebe, Liebe, nichts als Liebe, sagte sie, warf ihre Arme um seinen Hals und küsste ihn. Ihre Lippen waren weich und schmelzend wie ihr Körper, doch er spürte gleich den harten Kern. Sie standen vor ihrer Zimmertür im Hotelflur und Franz erwiderte den Kuss der Frau, da schloss sie die Zimmertür auf.

Sie sei eine Amazone, meinte sie, zündete sich im Bett eine Zigarette an, inhalierte mehrmals und gab sie dann weiter an Franz. Morgen würde sie wieder in den Krieg ziehen, kündigte Luzie an, sie sei Geschäftsfrau, sie mache Werbung, was eine Kampftechnik ganz besonderer Art sei, denn es ginge um die Eroberung von etwas Unsichtbarem, dem Begehren. Darum, Begehren auszulösen und es gleichzeitig zu fesseln, an ein Produkt zu binden. Sie nahm Franz die Zigarette wieder aus der Hand und zog den Rauch so tief in ihre Lunge wie Franz gestern bei dem Joint, dann fiel sie wieder über ihn her. Auf Franz wirkte sie wie eine Droge, wie der Joint, die Lady und die *Singapore Slings* in der Nacht zusammen, mit ihr hörte das Kreisen in seinem Kopf um die Geisteskrankheit, die Artikelserie, das Nazigold schlagartig auf.

Als er am Abend nach München zurückflog, fühlte er sich wie befreit. Auch noch in den folgenden Tagen. Sein Körper schien die Regie über seinen Kopf zu übernehmen, zumindest konnte er mit der Erinnerung an die Fesselungskünste der Frau die ihn sonst bedrängenden Gedanken verdrängen. Ja, diese Erinnerung, seine Körpererinnerung an ihre Fesselungskünste, ließ ihn auch für Rosi wieder zum Liebhaber werden. Er überraschte sie und sich mit einem Begehren, das er seit Langem nicht mehr empfunden und auch nicht vermisst hatte. Er liebe sie, Sex könne er an jeder Straßenecke haben, hatte er einmal Anton erklärt. Jetzt hatte er auch mit Rosi plötzlich Sex.

So lange, wie seine Körpererinnerung an die Frau lebendig blieb. Als sie zu verblassen begann, rief er Luzie in ihrem Büro in Hamburg an. Er würde sich mit ihr in jeder Stadt der Welt treffen, nur nicht in Hamburg, hatte er zu ihr beim Abschied gesagt, an Hamburg habe er schlechte Erinnerungen. Tatsächlich war er seit dem Besuch bei Anton nicht wieder dort gewesen, und seit er aufgehört hatte, über das Nazigold nachzudenken, hatte er auch keinen Kontakt mehr zu Anton gehabt.

Sie arbeite mit einem Fotografen in Berlin zusammen, sagte sie, und sie verabredeten sich in Berlin. Er wolle Lexa und Franzi besuchen, er mache sich Sorgen, sagte er zu Rosi. Seine Sekretärin reservierte wieder ein Zimmer im Hilton-Hotel. Er verabredete sich auch tatsächlich mit Lexa zum Tee und saß auch wieder mit ihr bei Paula in der Küche, wollte aber das selbst gezogene Cannabis dieses Mal nicht probieren. Am nächsten Tag traf er Franzi. Wieder zum Mittagessen auf der Dachterrasse. Es waren entspannte Stunden ohne Drogen und Streit. Lexa und Franzi berichteten Rosi darüber und fragten, was denn los sei mit dem Franzerl, der sei ja so verständig geworden. Ach, ja?, sagte Rosi nur und sann nicht weiter darüber nach.

»Du hast es aber lange ohne mich ausgehalten«, sagte Luzie, als sie ihn im Anschluss an das Treffen mit Franzi im Hotel abholte. Sie sah ihn wieder mit diesem seltsam taxierenden Blick an, »zu lange«, stellte sie dann fest.

Dieses Mal forderte sie ihn auf, Dinge zu tun, die er noch nie getan hatte, und beobachtete ihn dabei mit ihrem taxierenden Blick, bis sie langsam in eine Art Raserei verfiel, die ihn mitzog. Danach inhalierte sie wieder tief den Rauch der Zigarette, die sie sich angezündet hatte, und gab sie an ihn weiter.

»Schon besser«, sagte sie und sah ihn an, wie sie vielleicht ein Produkt ansah, für das sie die Werbung gestalten sollte, zumindest stellte sich Franz das vor, und es gefiel ihm, ein Objekt ihres Begehrens zu werden.

»Und wie hast du es ohne mich ausgehalten?«, fragte Franz nun.

»Nicht so gut«, sagte sie, schließlich sei sie ein Suchtmensch, sie hätte sich deshalb gar nicht erst an ihn gewöhnen wollen.

»Ich will nicht wegen Entzugserscheinungen leiden. Es ist also besser, wir sehen uns nicht wieder«, sagte sie.

Franz zog sie an sich.

»Ich muss dich aber wiedersehen«, sagte er, »immer und immer wieder!« Und während er die Raserei in ihr entfachte, echote der Schreck in ihm nach, bis er sich in der Raserei auflöste.

Er flog nun öfter nach Berlin, auch ohne Lexa und Franzi zu treffen und auch ohne Rosis Wissen. Luzie wurde zu einer Art Krankheit für ihn, aber nicht zu einer Geisteskrankheit, er war liebestoll. Oder liebessüchtig. Oder beides zusammen. Er wollte alles das, was er noch nie gewollt hatte. Sie sollte ihn fesseln, sein Begehren steigern und es ihm nicht erfüllen, so wie sich für die Opfer ihrer Werbekampagnen mit dem Besitz des begehrten Objekts nie das erfüllte, was die Werbung versprach. Er wollte süchtig nach ihr bleiben. Der Grund für seine Sucht, der Wunsch, die quälenden Gedanken loszuwerden, war ihm längst entfallen, die Bank hatte recht behalten, es war Gras über die Sache mit dem Nazigold gewachsen.

Doch dann deckte ganz zufällig Rosi alles auf. Sie hatte, weil sie Franzi zu ihrem fünfundzwanzigsten Geburtstag überraschen wollte, ein Zimmer in dem Hotel am Kurfürstendamm gebucht. Dort sah sie in der Hotelhalle Franz, der eigentlich in Stockholm auf Geschäftsreise sein sollte, mit einer jüngeren Frau.

II.

Zwei Jahre darauf, Alexandra feierte mit ihren Enkelinnen ihren fünfundsiebzigsten Geburtstag, waren Rosi und Franz so zerstritten, dass sie
sich nicht mehr gemeinsam an die Geburtstagstafel setzen konnten. Lexa
sprach zum ersten Mal mit ihren Schwestern von einem Vernichtungs-
krieg, den die Eltern mit ihren Scheidungsstrategien führten, der auch
den Amselhof gefährden konnte. Daraufhin verabredeten die Schwestern, sich für ein gemeinsames Wochenende in Berlin bei Paula zu treffen. Bei ihr, die allen auch nach ihrer Trennung von Anton eine Vertraute
geblieben war, in ihrem Schutz wollten sie nun Gegenstrategien zu dem
Scheidungskrieg der Eltern entwickeln. Er hatte sich tatsächlich dramatisch verschärft, denn Rosi verlangte jetzt, Franz müsse den Amselhof,
wo sie bislang, wenn auch in getrennten Wohnungen, noch gemeinsam
gelebt hatten, verlassen.

Viereinhalb Stunden fuhr Lexa mit dem Zug durch die DDR nach
Westberlin, sie arbeitete nun als Journalistin bei einer Wochenzeitung in
Hamburg. Franzi musste nur die U-Bahn nehmen und den Bus, sie war
nach ihrem Psychologie-Studium in Westberlin geblieben und betreute
jetzt Kinder in einem antiautoritären Kinderladen. Lisa und Emily, die
beiden mittleren Schwestern, reisten mit ihrem VW-Käfer von München
an. Sie tauschten während der Fahrt ihre Erfahrungen aus, die sie unabhängig voneinander im indischen Poona gemacht hatten. Liane, sie war
vor einem Jahr von einem Fotografen auf der Leopoldstraße angesprochen und als Model entdeckt worden, landete nach einem Mode-Shoo-
ting in London auf dem Flughafen Tegel. Nur Pia, die Jüngste, brach direkt vom Amselhof auf, sie nutzte eine Mitfahrgelegenheit. Als Einzige
würde sie bereits am Sonntag wieder von Berlin nach München zurück-
fahren, am Montag würde ihre schriftliche Abiturprüfung beginnen.

Am Morgen hatte Paula mithilfe von Peter und Christoph die Loggia
mit Matratzen ausgelegt. Jetzt ging sie in die Küche, kochte eine große
Kanne Tee und schnitt den Blechkuchen auf. Peter, er war nicht mehr ihr

Geliebter, jedoch ein Freund geblieben, und Christoph, auch er mit Lexa nur noch lose verbunden, seitdem sie ihren *Gang durch die Institutionen* bei einer Zeitung des bürgerlichen Lagers angetreten hatte, lungerten noch immer in der Küche herum.

Peter bot seine Dienste an, er könne für Nachschub von Zigaretten, Currywürsten und Rotwein sorgen. Es war deutlich zu spüren, die Freunde waren neugierig auf die anderen Münzer-Schwestern, die sie noch nicht kannten.

»Wollt ihr etwa einen Weiberrat gründen?«, fragte Peter, als Paula ihn und Christoph schließlich aufforderte, die Wohnung vor dem Eintreffen der Schwestern zu verlassen.

»Wie wollt ihr die Zeit ohne uns denn überstehen? Über was wollt ihr reden, wenn wir nicht dabei sind?«, rief Christoph theatralisch aus, als Paula sie zum Aufbruch drängte.

»Ihr werdet euch ohne uns tödlich langweilen«, drohte Peter noch, bevor er und Christoph endlich Paulas Drängen nachgaben.

Kurz darauf trafen als Erste Lisa und Emily ein. Sie stürzten sich auf den Butterkuchen, nachdem sie den langen gasthausfreien Halteverbotsabschnitt durch die DDR nicht eingeplant und nun großen Hunger hatten.

»Dass es so etwas überhaupt gibt!«, ereiferte sich Lisa und erklärte, seit ihrer Reise nach Indien und durch Kalifornien käme ihr das eigene Land mit der Mauer durch die ehemalige Hauptstadt und der Grenze mit einem Todesstreifen vom Norden bis in den Süden vor, als läge es hinter dem Mond.

»Die Deutschen sind ein kleinkariertes Volk«, stellte sie fest, und auch Emily sagte etwas über diese Deutschen.

»Ihr tut so, als hättet ihr gar nichts damit zu tun«, sagte Paula. »Seid ihr denn nicht auch Deutsche?«

»Ich nicht mehr«, antwortete Emily und fuhr sich durch ihren dunklen krausen Haarbausch, er war der Haarpracht einer afroamerikanischen Bürgerrechtlerin nachempfunden.

Auch sie sei bestimmt keine Deutsche mehr, erklärte Lisa. »Ich bin Europäerin. Und Emily geht bald nach Neu-Delhi, lernt Sanskrit, damit sie die vedischen Texte des Goldenen Zeitalters im Original lesen kann und uns anschließend als indiengeläuterte, afroamerikanisch geschulte, deutschromantische Jeanne d'Arc in ein goldenes europäisches Zeitalter führen kann. Da ist ja die Franzi! Wie bist 'n du reingekommen?«, unterbrach sich Lisa überrascht.

Kurz darauf trafen Lexa, dann Liane und zuletzt Pia ein. Wenig später kreiste die erste Marihuanazigarette, und die Musik von Ravi Shankar öffnete das Tor zu gedankenlosem himmlischem Frieden. Nein, heute wollten die Töchter von Rosi und Franz erst einmal auf den Decken und Kissen in der Loggia beisammensitzen, sich voneinander erzählen, von ihren Plänen und ihren Visionen, die Welt zu verbessern, und dabei finden, was sie alle miteinander verband, den Klang ihrer Kindheit, deren Ort gefährdet schien und den sie retten wollten. Und gewiss nicht nur den Ort, der anhaltende Streit zwischen den Eltern, ihr Zerwürfnis beunruhigte, verunsicherte, ja, schmerzte insgeheim jede von ihnen.

Liane verriet als Einzige wenig von ihren Zielen, deutete jedoch unmissverständlich an, dass sie die Reformarbeit, wie sie das gesellschaftliche Engagement ihrer Schwestern nannte, für sinnlos hielt. Allein radikales Handeln könne die Verhältnisse ändern.

»Radix, die Wurzel, das Übel muss mit der Wurzel ausgerissen werden«, übersetzte sie.

»Und wie sieht das praktisch aus?«, wollte Emily wissen.

»Übeltäter müssen beseitigt werden, was sonst«, antwortete Liane, und die anderen schauten sie überrascht an.

»Was heißt denn da beseitigt?«, wollte Lexa wissen.

»Beseitigt, das heißt *liqui*.«

»Und was ist das, *liqui*?«, fragte Franzi.

»Liquidieren, was sonst«, antwortete Liane und löste damit bei allen Schwestern ungläubiges Staunen aus.

»Du redest, als wärst du mit Ulrike Meinhof bei der El Fatah im Ausbildungscamp gewesen«, meinte Pia und gab den Joint an sie weiter.

Liane lächelte ihr geheimnisvolles Lächeln, reckte und rekelte sich wohlig, nahm einen tiefen Zug, blies den Rauch in die Luft, beobachtete, wie er einen Augenblick über den Köpfen schwebte und nach oben an die Decke stieg, wo bereits eine feine Dunstwolke hing. Dann reichte sie den Joint weiter und schüttelte ihr blondes Haar, das ihr über Schultern und Rücken floss.

Alle warteten jetzt auf eine Erklärung von Liane und schauten sie an. Der Kontrast zwischen ihren Worten und ihrer Erscheinung war verwirrend. Kein Zweifel, sie war die schönste unter den Schwestern. Mit ihren langen schlanken Gliedern, die jetzt von hauchdünnen, mehrfach übereinander gestuften, vielfarbig gemusterten Stoffen mehr umweht als bedeckt waren, glich sie einem elfenhaften Wesen aus höheren oder zumindest von keiner Erdenschwere belasteten Sphären.

»Wie viel Übles wäre der Menschheit erspart geblieben, hätten wir die Verursacher dieses Übels rechtzeitig beseitigt«, setzte Liane ihre Rede jetzt fort, »das jüngste Beispiel ist der teuflische Freund unseres Großvaters. Ich weigere mich, seinen Namen auszusprechen. So viel Übel, das sich in einem Namen vereint, darf man nicht in den Mund nehmen und in die Welt entlassen.«

Es entstand eine Pause, jede der Schwestern wusste, von welchem Freund des Großvaters Liane sprach.

»Ich hätte ihn getötet«, sagte Liane dann im schwebenden Tonfall ihrer Stimme. Auch ihre Stimme hatte sich ihrer äußeren Erscheinung angepasst, und so schien das Gesagte nun durch den Raum zu schweben und schwebend darin zu verharren.

»Wie hättest du ihn denn getötet? In der Badewanne wie Charlotte Cordeille den Marat?«, fragte Lexa nach einer Weile ironisch, um das Schweben zu beenden.

»Meinetwegen auch auf dem Klo«, antwortete Liane und fixierte Lexa mit ihren wasserblauen Augen, »ich wäre auf jeden Fall nicht so feige gewesen wie diese ostpreußischen Junker mit ihrer unprofessionellen Zeitzünderbombe, die sich und ihre Güter in Ostpreußen retten wollten. Ich hätte die Pistole gezogen und ihm in die Augen gesehen, bevor ich ihn erschossen hätte, auch wenn ich selber dabei hopsgegangen wäre.«

Sie lehnte sich zurück, schob ein Kissen unter den Kopf, schaute hinauf an die Decke und schien in Gedanken ihren Taten zu folgen, beobachtet von ihren verwunderten Schwestern. Nur Pia hatte wenig Sinn für die Fantasien ihrer Schwester.

»Du spinnst«, sagte sie, die Realistische, die als Einzige nicht die Welt verbessern wollte. Pia verfolgte die Börsenkurse und hatte beschlossen, Betriebswirtschaft zu studieren. Doch wie überzeugt Liane von dem war, was sie sagte, ahnte auch sie nicht. Ein Jahr darauf, als Liane mit Verbrennungen in einem Krankenhaus lag, angeblich hatte beim Fotografieren ihr Kleid aus Polyester am brennenden Kamin Feuer gefangen, würde sich jede von den Schwestern an das Treffen bei Paula erinnern. Keine würde darüber sprechen, aber jede eine vorzeitige Explosion beim Basteln eines Sprengkörpers, der einem *Übeltäter* gelten sollte, oder Ähnliches vermuten.

An diesem Abend aber schien ihnen Liane ein überirdisches Wesen zu sein, ein sanfter Engel, der eine Radikalität beschwor, an die keine von ihnen wirklich glaubte.

Am nächsten Tag teilten sich die Schwestern dann in drei Zweiergruppen auf, jede Gruppe entwickelte einen oder mehrere Vorschläge, wie der Scheidungskrieg zwischen den Eltern zu beenden sei. Nachdem die Vorschläge über Stunden diskutiert worden waren, blieben zwei übrig. Am Ende einigten sie sich dann noch darauf, Anton als Vermittler zu gewinnen.

12.

Sissi sortierte den Brief mit Lexas Absender aus dem Stapel, die meiste Post galt Moritz und Simon, sie feierten heute ihren zehnten Geburtstag. Am Abend gab sie ihn Anton, doch der legte den Brief erst einmal beiseite, er hatte den Zwillingen versprochen, ihnen vor dem Einschlafen aus dem Buch vorzulesen, das sich am Morgen noch nicht auf ihrem Gabentisch befunden, das er ihnen erst jetzt geschenkt hatte.

Nun saß Anton zwischen den beiden Hochbetten im Kinderzimmer und schaute mit seinen Söhnen die Abbildung auf dem Einband an. Moritz und Simon ließen ihre Köpfe über die Bettkante baumeln, betrachteten das altertümliche Schiff, den seltsam gekleideten Mann mit dem Krückstock und dem Holzbein, den großen weißen Walfisch und das Meer mit dem Horizont und warteten dann darauf, dass der Vater zu lesen anfinge.

»Nennt mich Ismael«, begann Anton schließlich und hielt gleich inne, musste gleich wieder innehalten.

»Warum liest du nicht weiter, Papa«, hörte Anton die Stimme von Moritz und schüttelte die Erinnerungen an den eigenen zehnten Geburtstag, an das Fräulein Mizzi und die Geschehnisse im Weißen Bräuhaus ab und begann noch einmal, und konnte jetzt den Zeilen folgen. Doch schon bald liefen Gedanken wie eine Parallelspur zu den gelesenen Buchzeilen durch seinen Kopf: Nicht die Erinnerung an das eigene Geschenk hatte ihn dazu gebracht, das Buch zu kaufen, sondern die Nachricht über einen ganz anderen, über einen selbst ernannten Kapitän Ahab. Dieser selbst ernannte Ahab und seine Mannschaft lenkten jedoch nicht einen Walfänger, sondern ein ganz anderes Schiff mit Namen *Rote Armee Fraktion*. Kurz vor der Konferenz hatte er davon erfahren.

Wieder hielt Anton inne. Was nur bewog diesen selbst ernannten Kapitän, eine so gewagte Patenschaft zu wählen wie die des Ahab und seiner Besatzung von der *Pequod*, die bekanntermaßen mit Mann und Maus untergegangen war? Waren diese selbst ernannten Rächer der Enteigneten vielleicht von Anfang an untergangssüchtig? War sie vielleicht eine deutsche Sucht, die Untergangssucht?

»Lies weiter«, unterbrach ihn die Stimme von Simon.

»Nein, ich will schlafen«, protestierte Moritz.

»Ich aber nicht! Du hast es versprochen!« Simon streckte seine Hand aus und zog seinen Vater an den Haaren, sanft, aber bestimmt. Anton wusste, Simon würde, obwohl genauso müde wie Moritz, nicht aufgeben und das Versprechen einfordern. Also kletterte Anton zu ihm hinauf ins Hochbett, legte sich neben ihn und las ihm leise weiter vor.

»Ist sowieso langweilig«, murmelte Moritz noch, kurz darauf war er eingeschlafen, so wie Simon auch. Anton las trotzdem weiter, bis auch er einschlief. Sissi weckte ihn, und er erzählte ihr vom selbst ernannten untergangssüchtigen Kapitän Ahab.

Bevor sie am Morgen mit dem Auto die Zwillinge in die Schule fuhr, legte Sissi den Brief mit Lexas Absender neben Antons Frühstücksteller. Anton schob ihn wieder beiseite und köpfte erst einmal das Frühstücksei. Seit der Artikelserie über die Bankiers löste der Name Münzer Alarmstimmung in ihm aus. So arglos er dem alten Münzer einst begegnet war, so sehr war er jetzt auf der Hut. Die Verwicklungen des Bankiers, mochten sie nun von dem unauffindbaren August Lowicki erfunden worden sein, wie Franz behauptete, oder auch nicht, hatten zu einem Bruch geführt, sogar zu einem doppelten, ja, zu einem dreifachen Bruch. Zunächst mit Hans-Ulrich, dann mit Franz und viel später erst zu einem Bruch mit sich selbst.

Franz hatte er seit dem eingeforderten und von ihm erbrachten Freundschaftsdienst nicht mehr gesehen. Ich bin nicht der Erfinder der schlechten Nachricht, nur ihr Überbringer, hatte er ihm geschrieben, aber Franz hatte nicht geantwortet, der Bruch schien unauflösbar. Mochte Franz damals nach dem Kampf um »Moby Dick« in der Wunde auf seiner Stirn ein Zeichen seiner Auserwähltheit gesehen haben, so würde er heute in ihr wahrscheinlich das Kainszeichen erkennen, das Zeichen eines Brudermörders, dachte Anton.

Hans-Ulrich hingegen überwand, wie er beobachten konnte, den Bruch recht schnell. Anfangs, als er die Schenkung vorbereitet hatte, litt er wie ein Hund und wollte aus seinem Vertrag entlassen werden.

Doch dann passte er sich unvermutet geschmeidig an, er ließ sein Haar bis über den Hemdkragen wachsen. Für Anton als intimem Kenner der Hacker'schen Haarmarotte war das ein deutlicher Hinweis auf einen Richtungswechsel. Sein ausgeprägter Hundeinstinkt, wie Hans-Ulrich sein Talent, rechtzeitig zu erkennen, wohin der Hase läuft, selbst nannte, hatte schon bald die günstigen Voraussetzungen im Blatt für das einst von ihm angekündigte neue Hacker'sche Zeitalter ausgemacht, ein Zeitalter mit mehr U-Musik statt E-Musik im Blatt, mit mehr Unterhaltung. Den neuen Mitgesellschaftern, zu denen Hans-Ulrich ja nun selber auch zählte, schien diese Musik verlockend in den Ohren zu klingen, sie hörte sich nach Erfolg an, nach noch mehr Erfolg, und so folgten sie gern Hans-Ulrichs Ausführungen und studierten wissbegierig seine mehrfarbigen Linien auf Millimeterpapier und seine Statistiken, die vom steten Aufstieg erzählten.

Begann es damit? Anton goss heißen Tee nach, warf kleine Stücke dunklen Kandis in die Tasse, die sich knisternd auflösten. War mit dem Heraufdämmern des neuen Hacker'schen Zeitalters diese schleichende Müdigkeit in ihm ausgebrochen?

Zunächst hatte Anton noch gemeint, die Anstrengung des großen Umbruchs habe diese Müdigkeit hervorgerufen, die Schenkung, die von Kollegen auch als waghalsig angegriffen worden war. In der Redaktion hingegen waren alle von einer großen Aufbruchsstimmung erfasst worden, sie hatte sich im ganzen Haus ausgebreitet, denn alle im Unternehmen waren nun beteiligt am Unternehmen, von der Putzfrau über die Chefredaktion bis zu den Fahrern, sie alle übten sich darin, mitzubestimmen. Nur Anton wurde seine Müdigkeit nicht mehr los.

Ermüdete ihn das Drachentötergeschäft? Meinte er nicht immer öfter, nie wirklich etwas für die Vernunft bewirkt zu haben? Sah er nicht überall, wie sich alles von Neuem wiederholte, die kleinen und die größeren und vor allem die ganz großen Betrügereien und politischen Lügen? Und die Gewalt, die wachsende Bedrohung durch eine unvorstellbar große Vernichtung. Es war paradox, kaum hatte er im Blatt durch die Schenkung eine Weiche gestellt in eine andere, neue Richtung, damit sich das Künftige *nicht* gleich oder ähnlich wiederholte, erschien ihm draußen in der Welt die Wiederholung wie ein unauflösbares Gesetz.

»Willst du den Brief von Lexa nicht öffnen?«, hörte er jetzt Sissis Stimme neben seinem Ohr, spürte ihre Arme und wie sie sich um seine Schultern legten, und dann ihren Mund kurz auf seinem Nacken. Sie setzte sich neben ihn, schenkte sich eine Tasse Tee ein und schaute ihn erwartungsvoll an. Anton faltete die Zeitung zusammen und griff nach dem Umschlag. Er las noch einmal den Absender, zögerte einen Moment, dann hielt er Sissi den Brief hin.

»Ich bin noch zu müde«, sagte er.

Sissi nahm den Brief, schlitzte das Kuvert mit dem Frühstücksmesser auf, faltete den Briefbogen auseinander und begann zu lesen.

An seinem Leben mit Sissi zweifelte Anton nicht. Es war ihm gelungen, zuerst die Eifersucht auf die Zwillinge, dann auf Sissis Erfolg mit dem Buch zu überwinden. Sie hatte ihre Langzeitstudie ausgewertet und dem Buch den Titel »Liebe« gegeben. Obwohl sie die provozierende Behauptung aufstellte, es gebe nur deshalb Krieg, weil Eltern ihre Kinder nicht liebten, hatte ihr Buch großes Interesse gefunden. Anton befürchtete, er müsse wie bei den Zwillingen mit weniger Liebe von Sissi auskommen, sie war mit ihrem Erfolg beschäftigt und häufig auf Reisen. Doch dann befreite ihn kurz darauf wieder ihr Strahlen, wie schon einmal. Und wie schon einmal kündigte sie eine Langzeitstudie, jetzt eine neue, an, dieses Mal über Väter und Söhne.

»Was schreibt Lexa denn?«, wollte Anton wissen, als er den überraschten Ausdruck auf Sissis Gesicht bemerkte.

»Sie und ihre Schwestern bitten dich um deine Vermittlung im Scheidungskrieg ihrer Eltern«, fasste Sissi den Brief zusammen und gab ihn Anton zurück.

»Du wärst die bessere Vermittlerin«, sagte er.

»Sie erwartet aber deinen Anruf.«

Einige Tage später traf sich Anton mit Lexa zum Mittagessen im Austernkeller. Er hatte ein Separee reservieren lassen und bestellte, wie mit Franz, zuerst Champagner. Seitdem Lexa als Journalistin in Hamburg arbeitete, hatte er sie öfter zum Mittagessen eingeladen, jedoch noch nie in den Austernkeller.

»Rosi wird mich als Vermittler nicht akzeptieren«, sagte Anton und erinnerte Lexa daran, wie er bei seinem ersten Besuch auf dem Amselhof mit ihr und ihren Schwestern im völlig leeren Gewölbe der ehemaligen Goldmacherei gewesen war.

»Rosi hatte das Gewölbe ausgeräuchert, der rächende Geist des Goldmachers spuke ums Haus, war sie überzeugt, und befürchtete nun, er könnte mit mir zurückkehren.«

»Und jetzt glaubt sie, er wäre tatsächlich durch dich zurückgekehrt, durch diese Artikelserie. Meinst du das?«

»Davon bin ich überzeugt«, sagte Anton.

»Ich bin trotzdem überzeugt davon, dass du unsere Eltern zur Vernunft bringen wirst«, sagte Lexa, »du bist der Einzige, der das kann!« Sie hob das Champagnerglas und stieß mit ihm an.

Nach dem Gespräch mit Lexa schlenderte Anton, innerlich seltsam beschwingt, in weitem Bogen durch die belebten Einkaufsstraßen zurück in die Redaktion. Die Fußgänger, die ihm entgegenkamen, aber auch die Passanten, die ihn überholten oder auf der anderen Straßenseite gingen, erschienen ihm in ähnlich beschwingter Laune, selbst jene mit den verschlossen wirkenden Gesichtern. Er schaute hinauf in den blauen Himmel, und auch der schien sich höher zu wölben als sonst. Seitdem er auf Lexas Idee, nur er könne Rosi und Franz zur Vernunft bringen, eingegangen war und schließlich eingewilligt hatte, sich als *Zurvernunftbringer* einzumischen, wie er nun seinen Auftrag nannte, gefiel ihm, auch unabhängig vom Vermittlungsauftrag der Schwestern, diese neue Profession immer besser.

Er betrat das Redaktionsgebäude und wartete auf den Fahrstuhl und fühlte sich endlich einmal wieder überhaupt nicht müde. Zurück an seinem Schreibtisch bat er Leni, ihn mit Franz zu verbinden. Während er auf das Gespräch wartete, hörte er plötzlich aus weiter Ferne das Lachen des alten Münzer und sah ihn vor sich, wie er vor Lachen in Tränen ausgebrochen war, über ihn, Anton Bluhm, der an die Vernunft glaubte, an dieses reinste aller Wunder, an das Menschen je geglaubt hätten.

Über den Wunsch seiner Enkelinnen würde er sich jetzt wahrscheinlich totlachen, dachte Anton, und über ihn als den Zurvernunftbringer sowieso. Aber ihm gefiel sie, seine neue alte Profession, es gab keine bessere, sinnvollere, menschlichere Instanz als die Vernunft!

Mochte er nun mit seiner neuen Profession bei Rosi und Franz erfolgreich sein oder auch nicht, sich selber schien er mit ihrer Hilfe bereits kuriert zu haben. Dann klingelte das Telefon.

13.

Franz stand in der Schlange vor der Passkontrolle in der Münchner Abflughalle und beklagte stumm sein Missgeschick: Es sollte ein Versöhnungsgeschenk werden, er wollte Rosi symbolisch bei der Grundsteinlegung den Schlüssel überreichen. Aber sie hatte es einfach abgelehnt, ihn zur Grundsteinlegung auch nur zu begleiten. Dabei hatte er seine persönliche Teilnahme nur ihretwegen zugesagt. Sogar eine Ansprache würde er halten, obgleich die Solotel-Gruppe nur mit einem sehr geringen Anteil beteiligt war. Mit einem zeitaufwendigen Umweg über Rom flog er jetzt allein und unversöhnt nach Olbia!

Franz räusperte sich ungeduldig und betrachtete missmutig die mitreisenden Passagiere, die Maschine nach Rom war ausgebucht, die Schulferien hatten begonnen. Dann wurde endlich der Flug aufgerufen. Er brauchte sich dieses Mal jedoch nicht wieder in eine Schlange einzureihen, er hatte Sitzplätze in der ersten Klasse reserviert. Zur Feier der Versöhnung mit Rosi, die dann doch wieder unversöhnlich geworden war, weil er sein Verhältnis mit Luzie nicht so radikal beenden wollte, wie Rosi es gefordert hatte, er sollte schriftlich erklären, sie nicht wiederzusehen.

Er war mittlerweile dazu bereit, sich von Luzie zu trennen, der nervenaufreibende Streit um den Scheidungsvertrag, bei dem sich Rosi als Meisterstrategin zeigte, überschattete schon seit Langem jedes Beisammensein mit ihr. Es war sein Stolz, der ihn daran hinderte, Rosis Forderung nach einer schriftlichen Erklärung zu erfüllen, das war einfach zu lächerlich.

Die Gäste des Fluges nach Rom wurden erneut an den Abflugschalter gebeten, und auch Franz folgte der Aufforderung.

Rosi hatte darauf bestanden, dass er sich in München eine Wohnung mietete. Das war ihm schwergefallen, er wollte weder den Amselhof noch Rosi verlassen, doch sie hatte ihn dazu gezwungen. Nach einem schon über zwei Jahre andauernden zermürbenden Streit wünschte er sich nichts so sehr, wie endlich wieder nach Hause zurückzukehren. Luzie war als Werberin sehr erfolgreich und viel unterwegs, an ein gemeinsames Leben, selbst wenn er es gewollt hätte, war gar nicht zu denken.

Einige Monate zuvor hatte dann Anton angerufen und zwischen ihm und Rosi vermitteln wollen. Franz war nicht nur überrascht, er hatte sich über den Anruf gefreut. Nichts sei ihm lieber als eine Versöhnung, hatte er Anton sofort versichert, aber er wolle nicht als Verlierer zurückkehren, das ließe sein Stolz nicht zu. Mit seinem Angebot eines Versöhnungsgeschenks, einer wenn auch kleinen, so doch feinen Beteiligung an einer Ferienanlage auf Sardinien für Rosi, hatte er gehofft, seine Position zu verbessern. Doch Rosi verlangte, dass er schuldig zu Kreuze krieche. Dazu war Franz nicht bereit, und das wusste nicht nur Anton, das wusste auch Rosi.

Vom Flughafen Rom-Fiumicino fuhr er mit einem Taxi ins Hassler. Am Abend saß er im Restaurant auf der Dachterrasse. Nach Beendigung des Menüs ging Franz hinunter in die Bar. Ginfizz stand noch immer auf der Karte, und er hatte bei jedem Besuch in Erinnerung an die Nacht mit Anton Ginfizz getrunken, doch heute bestellte er einen doppelten Grappa. Er zündete sich eine Zigarette an, das Rauchen war durch Luzie zu einer Gewohnheit geworden. Nach weiteren doppelten Grappas stieg seine Bereitschaft, auf Rosis Forderung einzugehen und zu Kreuze zu kriechen, er fühlte sich einfach hundsmiserabel.

Am nächsten Morgen flog er in Katerstimmung weiter nach Olbia. Das kleine Flugzeug, eine Propellermaschine, schien mehr zu hüpfen als zu fliegen, es war stürmisch geworden. In einer Stunde etwa würde die Maschine in Olbia landen. Das Baugelände lag im Norden Sardiniens in einer Landschaft mit Felsen, Buchten und weißen Sandstränden, er würde am Flughafen einen Wagen mieten.

Francesco gab es nicht auf, Laura doch noch zu überreden, an der Grundsteinlegung teilzunehmen, die Leitung der Bauaufsicht war sein bisher größter Auftrag. Ob sie denn nicht stolz auf ihn sei, fragte er, als Laura noch immer zögerte und ihren Platz hinter dem Verkaufstisch im Laden nicht verlassen wollte. Man könne die Bäckerei doch nicht einfach schließen, wehrte sie Francescos Wunsch ab. An einem so besonderen Tag könne man das schon, entgegnete Francesco und hängte kurz entschlossen das Schild *Chiuso* ins Fenster. Laura warf einen längeren Blick auf das Schild, dann sortierte sie das Brot neu.

Sie sei sehr stolz auf ihn, versicherte sie ihm, aber wie sollte denn die ganze Familie, er, Sophia, die drei Kinder und sie gemeinsam im Wagen Platz finden? Sie schüttelte den Kopf, nein, das könne nicht gehen.

»Ich nehme das Motorrad«, entschied Francesco sofort und war dann auch schon mit einem Sprung hinter dem Ladentisch, er nahm seine zögerliche Mutter nun entschlossen an der Hand und zog sie dahinter hervor.

»Und jetzt gehst du nach oben und ziehst das neue Kostüm an. Bitte, Mamina«, sagte er noch.

Lauras Bedenken schmolzen dahin und sie verließ, zur Genugtuung von Francesco, den Laden. In ihrer Wohnung, die im ersten Stock über dem Laden lag, zog sie nun das Kleid, das sie über ihrem Unterrock trug, aus, wusch Hände und Gesicht, öffnete ihr von silbernen Fäden durchzogenes Haar, bürstete es, schlang es wieder zu einem Knoten und steckte es mit Kämmen fest. Dann nahm sie das neue Kostüm, das Francesco aus Mailand mitgebracht hatte, aus dem Schrank. Es war dunkelblau und aus einem gerippten leichten Wollstoff. Die Knopfleiste und die Ärmelränder der Jacke wurden von einer hellen Bordüre eingefasst, wie sie es an der Uniform der Stewardessen gesehen hatte, als sie einmal mit Francesco nach Mailand geflogen war.

Sie nahm zuerst den Rock vom Bügel, öffnete den Reißverschluss und zog ihn über ihren Unterrock. Die Seidenbluse im cremefarbenen Ton der Bordüre des Kostüms hatte Francesco ihr geschenkt, nachdem er von der Mailänder Immobiliengesellschaft mit der Bauleitung für die Ferienhäuser an der Küste im Norden der Insel betraut worden war. Sie steckte die Bluse in den Rockbund, schlüpfte nun in die Kostümjacke und schaute auf ihre Schuhe hinunter. Es waren solide Halbschuhe mit kleinem Absatz. Sie wechselte sie nicht, vielleicht würde der Weg zur Grundsteinlegung über felsiges Gelände führen.

Fertig angekleidet, warf Laura noch schnell einen prüfenden Blick in den Spiegel. Ja, sie war sehr stolz auf ihren Sohn, der ihr ein so schönes Kostüm geschenkt hatte. Sie nahm ihre Handtasche und verließ die Wohnung. Unten vor dem Haus wartete bereits ihre Schwiegertochter, sie setzte sich neben Sophia auf den Beifahrersitz. Ihre drei Enkelkinder saßen auf der Rückbank. Sophia startete den Wagen und folgte Francesco, der auf dem Motorrad langsam bis zur Kreuzung vorausfuhr. An der Kreuzung drehte er sich zu ihnen um, gab mit der Hand ein Zeichen, dann ließ er das Visier seines Helms herunter und brauste davon.

Die Kinder, die vom Rücksitz aus Francescos schnellen Start verfolgten, klopften ihrer Mutter nun aufgeregt auf die Schultern und feuerten sie an, ihn einzuholen, sie hofften auf ein Wettrennen. Und tatsächlich gab Sophia Gas. Laura protestierte, sie überstehe die Fahrt nur bei gemäßigtem Tempo. Sophia verringerte sofort die Geschwindigkeit und Laura lächelte dankbar, strich ihren Rock glatt und schaute aus dem Fenster.

So stolz Laura auch auf ihren begabten Sohn war, Francescos Erfolg bedrückte sie doch auch. Und sein Ehrgeiz, der ihn eines Tages dazu bringen würde, vielleicht schon bald, Olbia zu verlassen und nach Rom oder nach Mailand zu ziehen, wie sie befürchtete. Er hatte sie schon einmal verlassen, nachdem er ein Stipendium der Technischen Hochschule in Rom bekommen hatte. Laura konnte sich nicht an seine Abwesenheit gewöhnen, und als er zurückkehrte, musste er ihr versprechen, zu bleiben und sich auf der Insel Arbeit zu suchen. Er fand sie, nachdem vor allem im Norden immer mehr Ferienhäuser und Hotels gebaut wurden. Dann heiratete er ein Mädchen aus Olbia, Sophia, und ihre drei Kinder wurden geboren, und Laura war sich nun sicher, dass ihr Sohn Wurzeln geschlagen hatte. Doch durch diesen großen Auftrag war er mit Leuten aus Mailand zusammengekommen. Sie hatten seinen Ehrgeiz angestachelt und ihm noch größere Projekte, auch in anderen Ländern, in Aussicht gestellt, wenn sie mit seiner Leistung zufrieden wären. Vielleicht wollte sie deshalb nicht bei der Grundsteinlegung dabei sein, sie wollte diesen Leuten nicht begegnen, die ihr den Sohn nehmen könnten. Und sie würden ihr nicht nur ihren Sohn, sie würden ihr auch Sophia und ihre Enkelkinder nehmen.

Sie blickte unwillkürlich zu Sophia und drehte sich auch zu ihren Enkelkindern um, die einem Hörspiel für Kinder lauschten. Sophia hatte sie herausgeputzt und auch die wilden dunklen Locken der beiden Jungs gezähmt. Das Haar der kleinen Laura dagegen glich ihrem, es fiel blond und gewellt über ihre Schultern.

Laura drehte sich wieder nach vorn und schaute aus dem Seitenfenster, es wurde hügeliger, in einiger Entfernung zeichnete sich das Gebirge ab. Sie warf einen besorgten Blick zu Sophia, bestimmt würde sie den Wagen sicher über die kurvenreiche Straße lenken, die vor ihnen lag, doch wie würde sie selber diese Strecke meistern? Auf kurvenreichen Strecken wurde ihr schnell übel.

Laura strich wieder ihren Rock glatt, sie war es nicht gewohnt, dass ihre Hände nichts zu tun hatten.

Es wären auch Deutsche am Bau der Ferienhäuser beteiligt, hatte Francesco erzählt, allerdings nur mit einem Minianteil. Sie würden aber an der Grundsteinlegung teilnehmen, sogar eine Ansprache auf Italienisch halten. Früher einmal hätten diese Deutschen an der ligurischen Küste Ferienhotels gebaut, wusste er, dann wären sie weitergezogen nach Spanien, wahrscheinlich habe ihnen die Mafia Beine gemacht, hatte Francesco gemeint.

»Hunger«, riefen die Kinder von hinten, und auch »Durst«, und Laura sagte, sie würde gern einmal aussteigen, um frische Luft zu schnappen und ein paar Schritte zu gehen. Sophia schaute auf ihre Armbanduhr und nickte, sie hätten noch viel Zeit, meinte sie und fuhr an der nächsten Ausweichstelle an den Straßenrand.

Franz verfolgte auf der Straßenkarte der Insel, die am Flughafen in einer großflächigen Vitrine aushing, die Route, die er gleich nehmen würde. Zwei Motorradfahrer gesellten sich dazu, es waren Deutsche. Als sich herausstellte, dass sie in dieselbe Richtung fuhren wie er und sich auf der Insel gut auskannten, fragte er nach dem Zustand der Straßen, er war zum ersten Mal auf Sardinien. Später sah er sie dann auf der kurvenreicheren Strecke im Rückspiegel. Sie setzten mehrfach an, ihn zu überholen, was ihnen erst auf einem längeren geraden Abschnitt gelang. Als sie mit ihm auf gleicher Höhe waren, nahmen sie die Geschwindigkeit zurück und gaben ihm mit der Hand ein knappes kameradschaftliches Zeichen. Er konnte ihre Gesichter hinter dem Visier nicht erkennen, lächelte ihnen aber zu und hob auch die Hand, dann gaben sie Gas.

Die Strecke wurde immer unübersichtlicher, die Fahrt immer ermüdender, und sie erschien ihm ohne Rosi immer sinnloser, die Beteiligung würde unnötig Mittel binden. Schon gestern, während er auf der Dachterrasse zu Abend aß, hatte Franz erwogen, seine Teilnahme abzusagen und statt am nächsten Tag nach Olbia zurück nach München zu fliegen. Ein Auto tauchte plötzlich vor ihm auf, es fuhr deutlich langsamer. Als sich eine Gelegenheit zum Überholen ergeben hatte, konnte er die Köpfe der Kinder auf dem Rücksitz erkennen, dann auch den Fahrer des Wagens, eine dunkelhaarige junge Frau. Die Frau daneben sah er nur undeutlich als Silhouette, das Überholmanöver erforderte seine volle Aufmerksamkeit.

Wäre es nicht besser, seinen Anteil zu verkaufen?, überlegte Franz, als der anstrengende, ermüdende Teil der Fahrt hinter ihm und eine weniger kurvenreiche Strecke vor ihm lag, und beschloss auch gleich, im Anschluss an die Grundsteinlegung mit seinen Partnern zu verhandeln. Sofort fühlte er sich erleichtert. Er fuhr auf eine Kreuzung mit Wegweisern in verschiedene Richtungen zu. Er verringerte das Tempo, um sich zu orientieren.

Auf der gegenüberliegenden Straßenseite tauchte aus einer Senke ein Motorrad auf. Es raste mit unvermindert hoher Geschwindigkeit auf die Kreuzung zu, bremste schließlich heftig und stoppte im letzten Moment. Franz vermutete, dass es sich um einen der beiden deutschen Motorradfahrer handeln müsse, und kurbelte, während er auf ihn zufuhr, die Fensterscheibe hinunter, er wollte ihm wieder mit der Hand das kameradschaftliche Zeichen geben.

Der Motorradfahrer sah zwar in seine Richtung, reagierte aber nicht, als Franz die Hand hob, und beschleunigte stattdessen aus dem Stand so abrupt, dass sich die Maschine aufbäumte und mit einem Satz vorwärts und auf ihn zusprang. Franz erschrak und riss das Lenkrad herum. Der Wagen geriet augenblicklich ins Schleudern, was bei Franz zu einer eigentlich unerklärlichen Aneinanderreihung von falschen Reaktionen führte, durch die der Wagen ins Trudeln geriet und er die Gewalt über das Fahrzeug verlor, das die Böschung hinunterkippte und sich dabei überschlug.

Francesco, der nichts von den dramatischen Folgen seines wüsten Starts mitbekommen hatte, raste indessen seiner Familie entgegen, Sophia hatte sich wegen Laura verspätet. Als sie schließlich, von Francesco eskortiert, die Unfallstelle passierte, versperrte eine Ansammlung von Autos und Menschen die Sicht auf das, was dort geschehen war. Sie hielten nicht an, weil sie bereits verspätet waren.

Franz war bei Bewusstsein, auch wenn er nicht gleich gewusst hatte, dass der Wagen auf dem Dach lag und es die Wagensitze waren, auf die er blickte. Vielleicht war er auch kurze Zeit nicht bei Bewusstsein gewesen und hatte erst, als ihn jemand fragte, wie es ihm ginge, geantwortet: »Bene.« Es stimmte, es ging ihm gut, er hatte keine Schmerzen.

Jemand reichte ihm eine Wasserflasche durch das offene Fenster, er konnte seinen Arm bewegen und sie nehmen und daraus trinken. Der Arm funktionierte noch. Seine Erinnerung auch, er wusste, er lag unten an der Böschung einer Straße, die nach Porto Cervo führte. Wie es dazu gekommen war, was dazu geführt hatte, wusste er nicht. Daran konnte er sich auch vier Tage später, als ihn die Polizei im Krankenhaus von Olbia befragte, nicht wirklich erinnern. Nur dass er einen Motorradfahrer wiedergesehen hatte, einen Deutschen, daran erinnerte er sich.

Während der Befragung saß Rosi an seinem Bett und hielt seine Hand. Nein, er träumte nicht, sie war es wirklich. Nach der Operation, noch halb in Narkose, hatte er von ihr geträumt. Sein Wunsch, auf den Amselhof und zu Rosi zurückzukehren, hatte ihn wie eine große Woge aus der Narkose emporgehoben, er war aufgewacht und Rosi saß tatsächlich neben ihm. Sie lächelte ihn wie früher an, und ihre Zuversicht überstrahlte die deutlichen Spuren von Tränen, die er in ihrem Gesicht mit den geröteten Augen erkannt hatte. Stand es so schlecht um ihn?, hatte er sich gefragt, die Frage jedoch gleich wieder fallen gelassen.

Rosi setzte durch, dass Franz zwei Tage darauf nach München geflogen wurde. Neben Prellungen und einem Oberschenkelbruch waren zwei Wirbel angebrochen, was zu einer Lähmung der Beine führte. Zurück in der Heimat, konnte ein Spezialist jedoch Hoffnung machen. Erst jetzt wurde Franz das Ausmaß seiner Verletzungen bewusst, Wut packte ihn, dann Verzweiflung, und schließlich setzte sich sein alter Kampfgeist durch: Er würde es schaffen.

Er sei wieder mit Rosi versöhnt, schrieb er Anton einige Monate nach dem Unfall, und er müsse jetzt erst einmal wieder Gehen lernen.

14.

Auch die Ameisen würden die Windungen der Korkeiche nur noch im Schneckentempo hinauf- und wieder hinunterschleichen, behauptete Anton und zog sich in den Schatten zurück. Selbst der kurze Weg hinunter zum Wasser schien ihm in der feuchten Hitze zu beschwerlich. Er döste vor sich hin und beobachtete durch halb geschlossene Lider Sissi unter dem Sonnenschirm auf der Terrasse und wie sie hoffnungsvoll beide Hände in Schüsseln mit Eiswürfel steckte, als würde sie sich damit an ein Kühlsystem anschließen.

Moritz und Simon lungerten im *Cabanon* herum, wie die Franzosen ihre Unterkunft nannten, eine Mischung aus Hütte und Bungalow. Der Cabanon lag auf dem Plateau eines auslaufenden Hügels oberhalb seines felsigen Saums, der vom Mittelmeer umspült wurde. Heute jedoch war nicht das geringste Wellengeräusch zu hören, noch nicht einmal das leichte Glucksen und Schmatzen des Wassers, das man sonst auch bei Windstille hörte.

Das lebhafte Wetteifern von Moritz und Simon, mit dem sie sich sonst ihre Zeit vertrieben, unterblieb ebenfalls. Mit ihren inzwischen sechzehn Jahren langweilten sie sich im *Paradies,* wie Anton dieses abgelegene, noch wild anmutende Plätzchen an der französischen Küste nannte, an dem die Familie auch schon in den vergangenen Jahren ihren Sommerurlaub verbrachte.

»Gehen wir tauchen, unter Wasser ist es bestimmt kühler«, hörte Anton Simon zu Moritz sagen. Simon war leidenschaftlicher Taucher und hielt sich in diesen Ferien mehr unter als über dem Wasser auf. Moritz dagegen zeigte weniger Ausdauer und Begeisterung dafür, weshalb ihm Simon gleich auch noch vorschlug, mit dem Schlauchboot weit aufs Meer hinaus zu fahren.

»Erlaubst du es?«, rief Moritz daraufhin zu Anton hinüber.

Anton überlegte kurz, der Motor des Boots schien nicht ganz in Ordnung zu sein, in der letzten Zeit versagte er öfter beim Anlassen.

»Ihr müsst auf den Motor aufpassen«, rief er zurück.

Sie liefen los. Kurz darauf hörte er, wie der Motor nach mehrmaligen Startversuchen ansprang und gleichmäßig blubberte. Erleichtert hörte er dem sich schnell von der Bucht aufs Meer hinaus entfernenden Motorengeräusch hinterher und gestand sich ein, froh zu sein, dass die Zwillinge für die nächsten Stunden beschäftigt waren und sich nicht langweilen würden.

Sissi schlenderte von ihrem Platz hinüber zu Anton im Schatten der Korkeiche und brachte ihm ein Glas Wasser.

»Man trocknet schrecklich aus bei der Hitze«, sagte sie, setzte sich auf den Rand der Liege und fächelte sich und ihm Luft zu, ihre Oberarme waren von Hitzebläschen übersät. Sie hielt die Augen geschlossen und den Kopf leicht nach hinten gebogen. Ihre Haut glänzte in einem hellen Goldbraun. Wie schön sie ist, dachte Anton und berührte sie. Ein Lächeln flog über ihr Gesicht, und sie schüttelte leicht den Kopf: »Viel zu heiß …«

Er sah ihr hinterher, wie sie zurückschlenderte und ihre Hände wieder in die Schüsseln mit den schmelzenden Eiswürfeln tauchte. Danach fiel er in eine Art Halbschlaf, die schwüle Feuchtigkeit legte sich schwer auf seine Brust.

Sissis Stimme holte ihn aus dem Zwischenreich zurück. Ob er den Donner höre, drang ihre Frage zu ihm durch. Benommen drehte er den Kopf, sah, wie sie auf der Terrasse stand und lauschend ihr Ohr in Richtung Meer hielt. Er setzte sich auf und bemerkte die Rinnsale von Schweiß, die sich in seinen Bauchfalten stauten. Er stand auf, der Schweiß perlte jetzt an seinem Körper hinunter, dehnte seine Glieder, reckte sich und blickte dabei hinauf in den Himmel. Im Auge des Hurrikan, dachte er unwillkürlich, als er sich von rundum aufgetürmten Wolkenbergen umgeben sah, nur ein kreisrundes Stück leuchtend blauer Himmel zeigte sich direkt über seinem Kopf.

»Hörst du den Donner?«, rief Sissi noch einmal, und dieses Mal klang ihre Stimme beunruhigt.

Er lauschte, hörte ein leichtes Grollen und Rumoren. Es kam von weit her. Er ging zu ihr an den Rand der Terrasse und schaute über das Meer. Es war flach. Kein Windhauch kräuselte die Oberfläche. Er beobachtete jedoch, wie Motorboote, Yachten und Segelschiffe Richtung Hafen fuhren, der ein paar Buchten weiter die felsige Steilküste hinunter im geschützten Golf lag.

»Wo sind die Kinder?«, fragte Sissi und suchte mit zusammengekniffenen Augen und einer steilen Falte zwischen den Brauen das Meer nach dem Schlauchboot ab. Das Grollen kam langsam näher, das Auge des Hurrikans schrumpfte und mit ihm schwand das Licht. Nein, er konnte es nirgends entdecken. Er holte das Fernglas.

»Der Punkt dort draußen, das könnten sie sein«, sagte er, zeigte in die Richtung und überließ Sissi das Fernglas.

Weit weg, kaum erkennbar, zuckten erste Blitze durch die Wolkengebirge, sehr viel später erst folgte der Donner.

»Mein Gott, wie weit draußen sind sie denn«, sagte Sissi und ihre Stimme vibrierte leicht.

Eine fast unheimliche Ruhe lag über dem Meer, den Buchten und der Hügelkette. Nur Sissis Atem hörte Anton plötzlich ganz laut. Und dann hörte er sich selber atmen.

Ohne Vorankündigung fuhr eine Sturmböe vom Hügel hinunter und in die Kronen der hochgewachsenen Eukalyptusbäume, rüttelte an den starren Ästen der Korkeichen und zerzauste die Schirme der Parasolpinien, schüttelte die Mimosenbüsche, wirbelte Lorbeerblätter, Nadeln, Sand und Staub vor sich her, ergriff die Sonnenschirme auf der Terrasse und trug sie hinunter in die Felsspalten am Meer, wo sie hängen blieben. Der Sturmböe folgte ein Augenblick absoluter Windstille, danach brach das Unwetter über sie herein.

Eilig verriegelten Anton und Sissi die Fenster und Türen des Cabanon, stellten sich in den tobenden Sturm und tauschten hektisch das Fernglas.

Der böige Wind packte jetzt das Meer und peitschte das Wasser zu gegenläufigen Wellen auf, zu Haufen, die hier und dort bereits gegeneinander anrannten und in kleinen Schaumkronen gipfelten. Sie wuchsen zusehends, schäumten mehr und mehr auf. Und so wie der Wind aus allen Richtungen zu stürmen schien, so zuckten nun rundum Blitze durch die Wolkenmassen, deren nachfolgender Donner unaufhaltsam anschwoll.

Anton und Sissi konnten das Schlauchboot jetzt deutlich erkennen, Moritz hockte vorn am Bug und Simon am Heck neben dem Motor, er umklammerte das Ruder. Die Wellen und ihre Brecher warfen das Boot heftig hin und her, und die Gischt überflutete es bereits. Beide trugen nur ihre Badehosen. Ihre Tauchanzüge, die Masken und Schwimmflossen hatten sie wegen der Hitze im Cabanon gelassen. Sissi fröstelte unwillkürlich, obwohl die Hitze sich nicht verringert hatte.

Jetzt fielen die ersten Tropfen. Groß und schwer fielen sie auf die staubigen Terrakottafliesen der Terrasse und bildeten runde dunkelrote Kreise, Anton sah einen schrecklichen Augenblick lang Blutstropfen in ihnen. Der Regen verstärkte sich und stieg von den heiß durchglühten Felsen als Dampf auf, die Sicht wurde leicht neblig.

Sissi bemerkte trotzdem gleich die Veränderung und wie das Schlauchboot tiefer ins Wasser sank, sah, wie Simon an der Anlasserschnur des Motors riss, einmal, zweimal, mehrmals schnell hintereinander, wie er schließlich das Gleichgewicht verlor und fiel.

Sissi überließ Anton das Fernglas, sie lief zum Cabanon. Anton erriet ihre Absicht, er folgte ihr und versuchte, sie daran zu hindern, sich in den Tauchanzug zu zwängen. Es gelang ihr trotzdem. Sie ließ sich nicht von ihm aufhalten, rannte hinunter zur Bucht und befestigte die Schwimmflossen an ihren Füßen. Wie Simon war sie im Tauchen geübt und im Gegensatz zu Anton eine sehr gute Schwimmerin. Sie passte die Tauchermaske an und wog dabei die Gefahren ab, aus der Deckung der Bucht hinaus ins offene Meer zu schwimmen. Wie Wächter schützten die Felsen die Bucht, die anbrandenden Wellen brachen an ihnen und schäumten als weiße Gischt hoch auf, um dann, gezähmter, in die Bucht einzulaufen. Vor der Bucht jedoch ragte das felsige Riff mit seinen rauen Zacken aus dem Wasser. Bereits bei geringerem Seegang konnten sie nicht nur für ein Schlauchboot gefährlich werden. Jetzt, von diesen Wellen gepackt und gegen das Riff geworfen, würde sie sich unweigerlich lebensgefährlich verletzen.

Bevor Anton Sissi erreichte, war sie bereits unter einer Woge hindurchgetaucht, er sah ihren Kopf ein gutes Stück vom Strand entfernt zwischen den hereindrängenden Wassern auftauchen. Und wieder untertauchen.

Er kletterte hastig auf einen der Felsvorsprünge. Auch ohne Fernglas waren das Schlauchboot, Moritz und Simon deutlich zu erkennen. Der Motor war offensichtlich nicht wieder angesprungen, sie hatten sich unter das Seil gezwängt, das in den Schlaufen rund um das Boot herumlief, und versuchten, vom Seil gehalten, mit Händen und Armen rudernd, einen Gegenkurs zum Riff, wobei sie von jeder anstürmenden Woge unerbittlich den rauen Zacken entgegengetrieben wurden.

Anton legte eine Hand über die Augen, der Anblick des tobenden Meers und wie es Sissi und seine Söhne wie zu Spielbällen seiner Gewalt gemacht hatte, seine Ohnmacht, tatenlos dabei zusehen zu müssen, drohten ihn zu überwältigen, ihm wurde tatsächlich schwarz vor Augen. Mit großer Willensanstrengung zwang er sich, seine Hand wieder sinken zu lassen, und nun sah er, wie Sissi, die sich mit unglaublicher Kraft und großem Geschick durch das aufgewühlte Meer kämpfte, schließlich tatsächlich das Schlauchboot erreichte. Nach mehreren vergeblichen Versuchen, die Anton teils mit bloßem Auge, teils durch das Fernglas verfolgte, gelang es Simon und Moritz, Sissi ins Boot zu ziehen. Endlich im Boot, brach sie zusammen, Anton sah, wie sich Moritz und Simon über sie beugten.

Eine übermächtige Angst brachte Anton nun fast um den Verstand, und er tat etwas, was er nur noch aus seiner Kindheit erinnerte, er betete. Sie kamen von weit her zu ihm, die Gebete, die ihn einst Katharina gelehrt hatte.

Während er betete, hatte er das kleine weiße Schiff mit einem Kajütenaufbau nicht bemerkt, das wie aus dem Nichts vor dem von Blitzen und Wetterleuchten erhellten dunklen Unwetterhimmel zwischen den Wellen aufgetaucht war. Es brachte die Rettung. Für Simon und Moritz. Nicht für Sissi. Von einer schier unvorstellbaren Bedrohung zu einer übermenschlichen Anstrengung angetrieben, hatte ihr Herz am Ende versagt.

15.

Anton versank in einem Ozean von Schmerz, tauchte unter, sank tiefer und tiefer. Der Schmerz war umfassend, füllte ihn aus, keine Nische blieb frei, und er konnte noch nicht einmal weinen. Er kehrte mit Moritz und Simon zurück nach Hamburg und in ein für ihn nun leeres Haus. Nächtelang ging er durch die Räume und hörte Sissis Stimme. Und irgendwann hörte er, wie sie sagte: »Nur Liebe kann die Welt retten.«

Groll, ja, Hohn überwältigte ihn. Nicht gegen die Tote. Er glaubte ihren Worten und meinte, sie zum ersten Mal zu verstehen. Nein, gegen die, die diese Wahrheit verhinderten! Nur, wer waren diese Verhinderer, die ihm die geliebte Garantin dieser Wahrheit geraubt hatten?! Als hätten sie sich irgendwo im Haus versteckt, raste er jetzt durch die Räume, riss die Türen auf und schlug sie hinter sich zu. Erst Simon und Moritz, aufgeschreckt vom Lärm, konnten Anton schließlich zum Innehalten bewegen und ihn beruhigen.

Sie, die Kinder, nahmen ihn wie ein Kind in die Arme. Und nun brach er aus Anton heraus, der Schmerz, in den Armen seiner Söhne weinte er hemmungslos.

In dieser Nacht errichteten Moritz und Simon ein Lager um Antons Bett und schliefen in Schlafsäcken neben ihm. Die meiste Zeit waren sie wach und redeten miteinander. Aber keiner von ihnen, auch nicht Anton, sprach über das, was neben Trauer, Verlust und Leere bleischwer auf ihnen lastete, keiner sprach über die Schuld an Sissis Tod.

Wie häufig schon war Anton im ununterbrochen kreisenden Gedankenstrom zurückgekehrt an den Anfang, als er Simon und Moritz erlaubte, das Schlauchboot zu nehmen, obwohl er wusste, dass der Motor nicht in Ordnung war. Er hatte sie darauf hingewiesen, aber nur halbherzig, musste er immer wieder vor sich selber zugeben. Sie beschäftigt und nicht gelangweilt zu wissen, war ihm wichtiger gewesen.

Und wie oft schon hatte Moritz den Moment wiederholt, als er Simon nachgab, noch etwas weiter rauszufahren, und als sie dann die Veränderungen am Himmel zu spät bemerkten.

Und wie oft schon hatte sich Simon für sein besessenes Tauchen schuldig gefühlt.

Doch keiner sprach darüber zum anderen, jeder behielt seine Schuldgeschichte für sich. Vielleicht jedoch war es gerade das, was sie nicht aussprachen, das Unausgesprochene, was aber trotzdem, wenn auch unausgesprochen, zwischen ihnen hin und her schwang, das sie in dieser Nacht verband, sie zu einem Bund zusammenschweißte, zu einem Dreierbund mit einer unsichtbaren Vierten: Sie würden ohne Sissi weiterleben, so wie sie mit Sissi gelebt hätten, versprachen sie sich.

Anton war der Erste, der aus diesem Bündnis ausscherte, heimlich und ohne dass es Moritz und Simon zunächst bemerkten. Es gelang ihm nicht, ohne Sissi weiterzuleben, wie er mit Sissi gelebt hatte. Die Leere, die sie hinterließ, zog ihn in ein immer tieferes Loch. Jeden Tag fiel es ihm schwerer, aus diesem Loch wieder herauszukommen. Wenn er abends zu Bett ging, wagte er nicht, einzuschlafen, aus Angst, in ein noch tieferes Loch zu fallen.

Moritz und Simon brachten von Freunden zwei Welpen mit nach Hause, Sissi hatte sich Hunde gewünscht, nachdem Kastor und Pollux gestorben waren. Doch auch die Tiere, so schien es zumindest Anton, vermissten Sissi, sie schienen suchend durch das Haus zu laufen oder verkrochen sich. Ihre Anwesenheit bedrückte ihn. Auch wenn Moritz und Simon Freunde mitbrachten, Musik hörten und tanzten, zog er sich in die äußerste Ecke des Hauses zurück.

»Du siehst alles nur noch schwarz«, klagten die Zwillinge, »das würde Sissi nicht gefallen.«

Er gab sich Mühe, ging mit ihnen ins Kino, auch ins Theater, sie unternahmen kleinere Ausflüge und kurze Reisen, aber für ihn blieb das Licht ausgeknipst, so hatte er seinen Gemütszustand Leni einmal beschrieben, ohne Sissi wäre es dunkel um ihn herum.

Er suchte einen Ausweg, er wollte dieser Bodenlosigkeit, die sich vor ihm auftat, entkommen, ihr Einhalt gebieten. Aber wie? Seine Arbeit half ihm dabei nicht, es gelang ihm trotz einiger Anstrengung nicht, genügend Funken aus ihr zu schlagen, um Licht in die dunkle Höhle zu bringen.

Irgendwann konnte er sich überhaupt nicht mehr vorstellen, wodurch die Dunkelheit, die ihn umgab, sich jemals wieder aufhellen lassen würde. So begann er, der Dunkelheit mit kleinen Aufhellern zu begegnen, die ihm Hans-Ulrich empfohlen hatte.

Hans-Ulrich, der Antons vergebliche Versuche, aus seiner reaktiven Depression herauszufinden, wie er Antons Zustand nach Sissis Tod fachkundig nannte, längere Zeit beobachtete, behauptete, dass er sich mit diesem Zustand auskenne. Veronika nehme bereits seit einigen Jahren regelmäßig diese kleinen Aufheller ein. Mit großem Erfolg, betonte Hans-Ulrich und vertraute Anton an, Veronika habe mithilfe der kleinen Gemütsstabilisatoren einen bereits Jahre zurückliegenden schlimmen Verlust überwunden. Er gab keine Auskunft über diesen Verlust, überreichte Anton aber einen Umschlag mit einer Probepackung besagter Gemütsstabilisatoren.

Für Anton, der Tabletten nicht gewohnt war, hellte sich bereits nach der Einnahme einer einzigen Pille der dunkle Horizont auf. Kaum hatte er sie geschluckt, gewann er fast augenblicklich wie durch ein Wunder neuen Lebensmut. Nur, er verschwand auch wieder, wenn er keine Pille einnahm. Und bald auch schon dann, wenn er nur eine Pille eingenommen hatte, also nahm er zwei Pillen ein, aus denen schließlich drei Pillen wurden, denn er brauchte mehr Lebensmut. Parallel mit dem anwachsenden Lebensmut wuchs in ihm der Wunsch nach einer, wie er sich Leni gegenüber ausdrückte, weiblichen Möblierung seines Heims, schon wegen der Zwillinge. Er nenne die Aufnahme vielleicht auch mehrerer Mitbewohnerinnen in seinen Haushalt Möblierung, weil er auf gar keinen Fall eine Beziehung eingehen wolle, das sei nach Sissi völlig ausgeschlossen.

Leni, die längst nicht mehr nur Antons Sekretärin war, sondern seine Büroleiterin und mit Sissis Tod neben der Organisation des Büros auch fürs Private zuständig geworden war, erkannte Anton nicht wieder, wie sie Hans-Ulrich, trotz der mittlerweile institutionalisierten Eifersüchtelei zwischen ihnen, anvertraute.

Hans-Ulrich riet Anton nun zu einem Wechsel des Präparats, überhaupt zum Prinzip des Wechselns, weil man sich sonst gewöhne und eine immer höhere Dosis nötig sei.

»Das klingt vernünftig«, sagte Anton. In Wahrheit jedoch wollte er nicht vernünftig sein, und so wechselte er die Pillen nicht, er kombinierte sie, zu der einen Sorte nahm er nun noch die andere.

Moritz und Simon, anfangs erleichtert über Antons aufgehellte Stimmung und sein neues Verständnis für ihre Bedürfnisse, zu feiern und tanzen zu gehen, merkten recht bald, wie schwankend die Aufhellung war. Und wovon sie sich nährte: Im Badezimmer fanden sie die angebrochenen Pillenpackungen. Sie lasen die Beipackzettel und warfen die Packungen in den Mülleimer, was nur dazu führte, dass die Pillenpackungen ersetzt wurden. Sie wagten nicht, mit dem Vater darüber zu reden, sprachen aber unter dem Siegel der Verschwiegenheit mit den Mitbewohnerinnen, den Freundinnen des Vaters, und auch mit Lexa darüber. Alle zeigten sich besorgt, vor allem Lexa, aber es änderte sich nichts, niemand wies Anton auf seine gefährliche Gewohnheit hin, wagte, offen mit ihm zu reden.

Schließlich versuchte Franz, von Lexa dazu gedrängt, mit Anton zu telefonieren, doch Anton ließ sich von Leni verleugnen, zu Hause ging er nicht mehr ans Telefon. Er könne nach seinem Unfall noch nicht reisen, er würde sich sonst sofort auf den Weg machen und dem Vater die Pillen ausreden, versicherte Franz in einem Brief an Moritz und Simon.

Als die beiden nach ihrem Abitur das Haus verließen, um in Berlin zu studieren, verschlimmerte sich Antons Abhängigkeit noch mehr, er rüstete sich gegen den Angriff der noch größeren Leere im Haus mit einem noch größeren Einsatz von Pillen.

Veronika redete auf ihn ein, das Haus zu verkaufen und vom einsamen Vorort in die belebtere Innenstadt umzuziehen. Niemals!, sagte er jedes Mal, er würde Sissi niemals verlassen. Selbst Judith, die ihn öfter besuchte und auf seinen Wunsch über Nacht und manchmal auch für mehrere Tage blieb, drang nicht zu ihm hindurch. Entweder überdrehte er und sang ihr abends die Rheinlieder vor, auch die Zarah-Leander-Lieder, schmetterte sogar die früher nur geheim ins Lächerliche imitierten Führer-Sprüche, oder er schlief mitten in der Unterhaltung, die dann recht einseitig von Judith geführt wurde, ein. Sie meinte schließlich, Anton wolle nichts mit sich selber zu tun haben, wolle sich selbst vergessen. Sie sagte es ihm. Erst nickte er nur, dann huschte jenes altvertraute, ironisch schalkhafte Lächeln über sein Gesicht, und er stimmte Judith zu. Ja, so müsse es sein, er sei nach Sissis Tod ein anderer geworden.

Berührt vom einst so vertrauten Lächeln, das so schnell, wie es aufgetaucht war, wieder verschwand, wollte Judith ihm sagen, dass er unter dem Einfluss von Pillen stünde, aber sie brachte es nicht über die Lippen, wagte nicht, ihm seinen Rettungsanker, die Pillen, auszureden.

Eines Tages saß Lexa bei Leni im Vorzimmer, als Anton am späten Nachmittag ins Büro kam. Sie erschrak so heftig, als sie ihn sah, dass sie aufsprang, auf ihn zuging und ihn erschrocken fragte, ob er krank sei.

»Krank?!«, wiederholte Anton.

Selber erschrocken, verließ Anton gleich darauf wieder sein Büro und kehrte nach Hause zurück, er wünschte von seinen Mitbewohnerinnen nicht gestört zu werden, ging ins Bad, zog sich aus, stellte sich vor den Spiegel und zwang sich dazu, sich selber anzusehen. Er hatte es sich abgewöhnt, ja, ausdrücklich vermieden, seinem Spiegelbild zu begegnen. Und jetzt konnte er es nicht mehr, er konnte sein Spiegelbild nicht ansehen. Es war genauso unmöglich, wie die Pillen nicht mehr zu nehmen. Das hatte er bisher nicht gewusst. Er könne von einem Moment zum anderen mit allem aufhören, hatte er bisher immer behauptet. Vor sich selbst. Und dass er sich selber in die Augen sehen könne. Aber jetzt konnte er es nicht. Und jetzt wusste er, er konnte auch nicht mit den Pillen aufhören. Nicht nur nicht von einem Moment zum anderen, überhaupt nicht!

Als er das dachte, sah er sich plötzlich im Spiegel. Und sah, dass er aufgedunsen war und seine Haut grau. Seine Arme und Beine waren im Vergleich zu seinem Körper dünn geworden. Sah er nicht aus wie ein Frosch?

Er riss die Badezimmertür auf, danach auch all die anderen Türen im Haus und lief durch alle Räume, schreckte seine Mitbewohnerinnen auf und raste weiter, er wollte zu Sissi, er rief nach ihr, auch draußen im Garten und über den Fluss hinüber. Er suchte sie überall, auch auf dem Dachboden, wo die alten Spielsachen von Simon und Moritz lagerten und die ausgedienten Möbel, auch eins der Hochbetten war darunter. Er kletterte hinauf. Es war Simons Bett, sein Name stand eingekerbt auf der Kopfleiste. Anton kroch unter die viel zu kleine Bettdecke. Und da lag plötzlich Simon neben ihm, er las ihm aus »Moby Dick« vor, sie schauten sich den Einband an, und da sah er ihn wieder, den Horizont. Jenen verheißungsvollen Horizont hinter dem großen weißen Wal, den er an seinem zehnten Geburtstag das erste Mal gesehen hatte. Er machte sich noch ein bisschen kleiner unter der kleinen Decke und schlief ein. Ohne eine einzige Pille, wie er am nächsten Morgen feststellte. Seit unendlich langer Zeit war er das erste Mal ohne eine einzige Pille eingeschlafen und erst am nächsten Morgen wieder aufgewacht.

An einem der darauffolgenden Tage, es geschah während der kleinen Konferenz, sah Anton ihn plötzlich wieder vor sich, den Horizont dahinter. Kaum war die Konferenz beendet, verließ er eilig den Raum.

Hans-Ulrich schaute ihm hinterher. Kurz darauf noch einmal, als er zufällig aus dem Fenster sah und ihn, obwohl weit entfernt, unten auf der Straße erkannte, die er in Richtung Freihafen überquerte, dann verlor er ihn aus seinem Blick. Er wird bald nicht mehr an den Konferenzen teilnehmen, dachte Hans-Ulrich. Veronika hatte er unlängst anvertraut, er müsse sich mit Antons Abwesenheit abfinden und selbst bald die Verantwortung für das Blatt übernehmen, wozu ihn die Mitarbeiter bereits drängten.

Wäre Hans-Ulrich Anton gefolgt, hätte er ihn elbabwärts, vorbei an Hafenanlagen, entlang den Speichern, über schmale Gehwege, die von geduckt an den Hang gebauten ehemaligen Kapitänshäusern gesäumt waren, bis zum Elbstrand und weiter den Fluss hinunter bis zum Leuchtturm begleiten können. Den ersten Teil des Weges legte er in einem Taxi zurück, den zweiten Teil zu Fuß.

An seinem Ziel angekommen, hielt Anton inne und schaute den breiten Strom hinunter. Und nun spürte er es, das Ziehen in seiner Brust, wie er es damals gespürt hatte, wie er es wieder hatte spüren wollen, denn hinter der nächsten Biegung würde der Strom breiter werden, um dann am Ende ins Meer zu münden, in das große, offene Meer mit dem verheißungsvollen, Zukunft bergenden Horizont. Noch war sie ihm verborgen, seine Zukunft. Aber der Tag würde kommen, da war sich Anton jetzt sicher, und er würde wie Jonas, ja, wie Jonas vom Wal würde er am Ufer jenes noch unbekannten Lands ausgespuckt werden.

Jeden Tag machte sich Anton von der Redaktion aus auf den Weg bis zur Biegung des Flusses, so vergaß er immer öfter die Pillen, auch abends.

Dann geschah es, am Tag der Maueröffnung. Er stand zwischen den Mitarbeitern, die sich alle vor dem Fernsehschirm, der eilig in der Eingangshalle des Verlagsgebäudes installiert worden war, versammelt hatten. Wie die anderen auch sah er hinauf zum Bildschirm und folgte der Woge von Menschen, die gegen die Mauer anbrandete, sah die Männer und Frauen, die sich vor den Grenzübergängen stauten und dann wie eine Flut die Grenze durchbrachen, um in das ihnen unbekannte Land zu gelangen. Anton sah auf vielen Gesichtern die Tränen großen Ergriffenseins, sah das fassungslose Staunen, und da erfasste auch ihn die Woge, durchbrach auch er die Grenze und flutete mit den vielen in das unbekannte Land, in das Land der Zukunft. Bewegt griff Anton, nicht anders als die Menschen auf dem Bildschirm, nach dem Arm seines Nachbarn, es war zufällig Hans-Ulrich.

Kapitel IV

Entfesselte Geister

1990–2001

I.

Langsam und mit Bedacht schloss er die Tür hinter sich. Sein Blick fiel auf den Schlüssel, der im Schloss steckte. Hans-Ulrich zögerte, in den vergangenen vierzig Jahren hatte er sich kein einziges Mal in seinem Büro eingeschlossen. Es war ihm einfach nicht in den Sinn gekommen. Er runzelte die Stirn, als dächte er darüber nach, doch dann drehte er den Schlüssel kurzerhand um.

Und tatsächlich, er fühlte sich gleich wohler, als müsse er in einer letzten Handlung seines langjährigen Amtes unter dem nun gesicherten Ausschluss von Zeugen geheime Dokumente aus den Schubladen und Fächern seines Schreibtisches bergen. Obwohl er doch wusste, dass sich nichts dergleichen dort noch befand. Wichtige Schriftstücke, Dossiers und vertrauliche Korrespondenzen waren längst im Archiv. Wirklich Geheimes, wie etwa die Aufzeichnungen des August Lowicki, hatte er immer gleich mit nach Hause genommen und dort im Safe verwahrt. Weshalb also diese außergewöhnliche Vorsicht?

Unwillkürlich griff sich Hans-Ulrich einen der leeren Umzugskartons, die neben der Tür standen, stellte ihn auf die Arbeitsplatte und öffnete die unterste Schublade. Und da war es, als öffne er damit etwas viel Größeres, etwas in seinem Inneren, und sein bisher aufgestauter Zorn und noch ganz andere Gefühle brachen sich überwältigend Bahn.

Seine bedingungslose Loyalität in den vergangenen schwierigen Jahren habe ihn unersetzbar gemacht, war er sich sicher gewesen. Zumal es ja auch so aussah, als sei Anton am Ende, als würde er sich nicht mehr von seinem völligen Absturz nach Sissis Tod erholen. Ausgerechnet jetzt, als Hans-Ulrichs Vertrag auslief und er schon darauf gehofft hatte, Antons Platz einnehmen zu können und damit unkündbar zu sein, war Anton unvermutet zurück. Und er hatte Hans-Ulrichs Vertrag auslaufen lassen!

Der Schock saß tief. Er hatte ihn vor Anton verborgen. Die Schmach war zu groß, er konnte ihm unmöglich zeigen, was er empfand.

»Und womit«, hatte er ihn stattdessen scheinbar amüsiert gefragt, als würde er es ironisch meinen und nicht ganz ernst, »womit soll ich mir, wenn ich hier aufhöre, meine Zeit vertreiben? Mein Geld verdienen?« Er hatte sich in den Sessel geworfen, seine Beine auf den Couchtisch gelegt, sich umständlich eine Havanna angezündet und lässig gepafft.

In Wahrheit versetzte ihn diese Frage, die weder Anton noch er selber beantworten konnte, in Panik. Es war ganz unvorstellbar, einfach aufzuhören, nicht das tun zu können, was er seit Jahrzehnten getan, wofür er gelebt hatte, das andererseits aber auch nur durch ihn überleben konnte. Davon war er immer überzeugt gewesen, selbst in vernichtenden Augenblicken wie dem der hälftigen Schenkung an die Mitarbeiter. Davon war er auch jetzt noch überzeugt, dass das Blatt ohne ihn nicht auskam. Und er nicht ohne das Blatt.

Wütend riss Hans-Ulrich die unterste Schublade aus der Halterung des Schreibtisches und kippte ihren Inhalt in den Umzugskarton. Er machte sich nicht die Mühe, die Schublade wieder einzuhängen, er stellte sie achtlos daneben und begutachtete das bunte Durcheinander unzähliger farbig lackierter Blechbuttons und Stickers, emaillierter Durchsteckknöpfe und blinkender Anstecknadeln in dem Karton. Er hatte diesen bunt leuchtenden, metallisch glänzenden Schatz im Laufe der vergangenen Jahrzehnte zusammengetragen. Von Komitees, Benefizveranstaltungen, offiziellen Festen, Tagungen, Konferenzen, Pressebällen, Festivals, Polit-Partys und Empfängen hatte er Anstecknadeln, Sticker und Buttons mitgebracht und in die unterste Schublade seines Schreibtisches geworfen. Durch die Sammlung wollte er sich später an sein ereignisreiches Leben erinnern, hatte er beim letzten Umzug seiner Sekretärin erklärt und sie ermahnt, es dürfe kein Teil davon verloren gehen.

Hans-Ulrichs Miene wurde grimmig: War es das, womit er in Zukunft nun seine Zeit verbringen würde? Sollte er vielleicht mithilfe dieser Buttons und Stickers, dieser Anstecknadeln und Durchsteckknöpfe jedes dieser Ereignisse rekapitulieren, vielleicht als Gedächtnisschulung, vorbeugend gegen Alzheimer?

Grimmig stellte er den Karton vom Schreibtisch auf den Teppichboden und verpasste ihm einen Fußtritt, sodass er durch den Raum wirbelte, schließlich kippte, sich um sich selbst drehte und dabei seinen

Inhalt über die helle Auslegware verstreute. Wie auf einen verhassten Feind, der am Boden liegt, ging er jetzt auf ihn zu und versetzte dem Karton einen weiteren Fußtritt. Er flog herum und schleuderte nun seinen Restinhalt heraus. Einen Augenblick zögerte Hans-Ulrich noch, doch dann, erst zaghaft, bald immer entschiedener, begann er auf recht kindische Weise mit beiden Schuhen auf ihnen herumzutrampeln, auf den Buttons und den Stickers und den Ansteckadeln: auf seinen Erinnerungen. Und je länger er auf ihnen herumtrampelte und sie zertrampelte, umso besser fühlte er sich. Er wollte mit diesen Erinnerungen keinesfalls sein zukünftiges Leben ausstaffieren. Auf den Müll damit!

Nach getaner Arbeit schloss Hans-Ulrich die Tür wieder auf und verließ sein jetzt ehemaliges Büro. In seinem Vorzimmer, das in wenigen Minuten sein ehemaliges Vorzimmer sein würde, bat er seine Sekretärin, die Umzugskartons zu entsorgen.

»Alle?«, fragte sie.

»Ausnahmslos«, antwortete Hans-Ulrich und gab seiner nun ebenfalls ehemaligen Sekretärin zum Abschied die Hand.

»Man sieht sich«, sagte er und machte sich auf den Weg zu seiner Verabschiedung, die im großen Konferenzraum im obersten Stockwerk stattfand.

»Ich gehe und du kehrst zurück«, hatte er zu Anton gesagt und sich noch immer um eine spöttisch amüsierte Miene bemüht, »für dich gilt also keine Altersgrenze.«

Man würde im Blatt durchaus auch ohne ihn zurechtkommen, so wie man auch ohne ihn, Hans-Ulrich Hacker, zurechtkäme, doch er habe einen triftigen Grund, hatte Anton behauptet.

»Ach«, hatte er nur gesagt, weiter den Spöttelnden gespielt und gefragt, welchen triftigen Grund es für Anton denn gebe, an seinen Schreibtisch zurückzukehren.

»Unsere Zukunft«, hatte Anton geantwortet.

Aber für die bin doch ich zuständig!, hatte Hans-Ulrich ausrufen wollen, es war ihm im Halse stecken geblieben. Er, Hans-Ulrich Hacker, der im Vergleich zu Anton Bluhm viel Vitalere, sollte zu alt sein für die Zukunft des Blattes? Hatte er das richtig verstanden?

»Ich gratuliere dir zu deinem Mut«, hatte er bissig gesagt.

»Den braucht es tatsächlich«, hatte Anton ungerührt geantwortet.

»Wenn du mich schon zum alten Eisen zählst, warum gibst du mir dann kein Gnadenbrot?«, hatte er dann versucht zu scherzen. »Ich könnte deine Chronik über den Untergang des Volkes der Dichter und Denker als Folge deutschen Wunderglaubens vollenden«, schlug er vor und meinte ironisch, das Thema könne jetzt, wo in Deutschland mit der Wiedervereinigung ja ein echtes Wunder geschehen sei, großes Interesse finden.

Anton hatte seinen Scherz ernst genommen und geantwortet, er schaue nicht mehr zurück, er blicke nach vorn, das würde ihn jetzt mehr interessieren.

Bevor Hans-Ulrich die Treppe zum letzten Stock hinaufging, suchte er eine der Toiletten auf, wusch sich die Hände und säuberte die Fingernägel, sie zeigten von der Aufräumarbeit dunkle Ränder, und kämmte das Haar. Es war grau geworden.

Er griff nach seinem kleinen Notizheft mit integriertem Stift, blätterte darin und trug dann unter dem Datum seine Verabschiedung um sechzehn Uhr ein. Er hatte tatsächlich vergessen, es zu notieren.

Vielleicht wird er einmal anhand seiner gesammelten kleinen Notizhefte die Geschichte des Blattes schreiben, vom Jahr 1947 bis zu dem Tag im Jahr 1990, wo er, Hans-Ulrich Hacker, es heute mit fünfundsechzig Jahren verlässt, am Anfang eines neuen, eines globalen Zeitalters. Er warf einen letzten prüfenden Blick in den Spiegel. Seinen vor Jahren von ihm als modern bezeichneten Haarschnitt hatte er seitdem nicht geändert. Wie könnte ein globaler Haarschnitt aussehen? Eine Glatze, wie er sie immer öfter bei jungen Männern beobachtete?

Er ging die Stufen der Treppe hinauf und hörte schon von Weitem lautes Stimmengewirr, dann sah er vor dem offenbar hoffnungslos überfüllten großen Konferenzraum Mitarbeiter auf dem Gang stehen. Als sie ihn erkannten, begannen sie, ihm zu applaudieren. Hans-Ulrich schritt zügig voran, merkte jedoch, wie ihm die Knie weich wurden. Wie sollte er nur die nächsten Stunden überstehen? Wie vor allem Antons Abschiedsrede? Wohin auch immer sie die Scheidenden begleiteten, Antons Abschiedsreden waren selbst in seinen schlechten Zeiten nicht nur brilliant, sie gingen ans Herz. Sie lösten bei seinen Zuhörern sowohl Wehmut als auch Schmunzeln aus, ja, manchmal sogar ein erlösendes Lachen. Selbst bei Abschieden für immer. Und oft ließen sie sowohl aus dem einen als auch aus dem anderen Grund die Augen seiner Zuhörer feucht werden. Hans-Ulrich merkte, wie ihm der Schweiß ausbrach, das durfte ihm nicht passieren, dass er hier vor versammelter Mannschaft heulte!

Um das zu verhindern, betrat er nun mit finsterem Gesicht den großen Konferenzraum. Von allen Seiten applaudierten Mitarbeiter, mit ihnen viele prominente Gäste, auch die Vertreter großer Anzeigenkunden und die Chefs der Werbeagenturen. Unter ihnen war auch Luzie Mayer, die neue Chefin einer kleinen, aber sehr feinen Werbeagentur. Wie alle anderen begrüßte er auch sie mit leicht grimmiger Miene. Dann sah er in einiger Entfernung Anton in der Menge und wie er die Gäste, die ihn umringten, unterhielt. Er musste sich nicht mehr zwingen, jetzt überflutete ihn echter Ingrimm: Er, Hans-Ulrich Hacker, würde gleich von Anton Bluhm verabschiedet, wo es doch schon sicher gewesen war, dass er Anton Bluhm verabschieden und seinen Platz einnehmen würde!

Keinem der Anwesenden entging Hans-Ulrichs Grimmigkeit, doch jeder schrieb sie seinem Bemühen zu, sentimentale Gefühle verbergen zu wollen.

Eine Mitarbeiterin aus der Kantine kämpfte sich, ein Tablett balancierend, auf dem Gläser mit Weißwein, Wasser und Orangensaft standen, zu ihm hindurch. Hans-Ulrich griff nach einem Glas mit Wasser, er wollte seine Laune keinesfalls mit einem alkoholischen Getränk verbessern oder gar dadurch die Kontrolle über seine Gesichtszüge verlieren. Er stürzte das Wasser in einem Zug hinunter und stellte das leere Glas zurück aufs Tablett. Auch seine Hände wollte er frei haben, sollte Anton nach der Rede, er war bereits unterwegs Richtung Rednerpult, auf ihn zukommen und ihn umarmen wollen.

Als Anton dann das erhöhte Rednerpult bestieg, bildeten die Umstehenden eine schmale Gasse für Hans-Ulrich. Sie schloss sich wieder hinter ihm, nachdem er sie, wenn auch zögernd, er wäre lieber inmitten der Mitarbeiter stehen geblieben, durchschritten hatte und nun unterhalb des Pults vor Anton stand, der ihn begrüßte und den Gästen und Mitarbeitern gleich darauf versprach, eine lange Geschichte kurz zu erzählen, nämlich die gemeinsame Geschichte von Hans-Ulrich Hacker und

Anton Bluhm, die in der HJ ihren Anfang genommen, sich nach dem Krieg in der englischen Kommandantur in Hannover fortgesetzt hatte, um sich dann mit der Gründung des Blattes bis zum heutigen Tage fortzuschreiben.

»Sie begann mit ›Moby Dick‹ und der Feier des Tausendjährigen Reichs unter einer tausendjährigen Eiche«, sagte Anton, »sie setzte sich fort mit englischen Toffees und Thukydides. Und in unserem Blatt. Mit einem Zitat von Friedrich Engels, das Hans-Ulrich Hacker mit unserer langen gemeinsamen Geschichte widerlegt hat, wohlgemerkt: widerlegt hat, möchte ich nun diese lange Geschichte kurz erzählen.«

Anton sah in die Runde, dann blickte er Hans-Ulrich an, schließlich schaute er hinunter auf das Blatt Papier.

»Ich zitiere Friedrich Engels«, sagte er und las: »*Was jeder Einzelne will*«, seine Hand mit dem erhobenen Zeigefinger fuhr hoch hinaus, »*das wird von jedem anderen verhindert*«, fuhr er fort, »*und was herauskommt*«, er blickte kurz auf, »*ist etwas, das keiner gewollt hat.*« Anton ließ Hand und Kopf sinken.

Alle im großen Konferenzraum schienen den Atem anzuhalten, so still war es geworden, auch Hans-Ulrich. Dann blickte Anton auf und ihm in die Augen. Das alte vertraute Lächeln, schalkhaft und ironisch zugleich, breitete sich über sein zerfurchtes Gesicht aus, und er sagte in die Stille hinein zu ihm: »Du hast dieses Manifest vom alten Engels über die menschliche Natur, wenn ich es so nennen darf, widerlegt! Ja, du hast es widerlegt. Du hast, was ich gewollt habe, nicht verhindert, im Gegenteil, du hast es erst möglich gemacht. Und das, was dabei herausgekommen ist, ist etwas, was wir *alle* gewollt haben!«

Wie erlöst brach großer Beifall aus, und Hans-Ulrich schoss das Wasser in die Augen. Alles, was Anton sonst noch sagte, hörte er nicht mehr, wurde übertönt von dem Tumult, der in ihm ausgebrochen war: Noch nie hatte ihn jemand dazu gebracht zu heulen! Er biss die Zähne zusammen, bis es ihn schmerzte.

Irgendwann klatschten die Mitarbeiter und Gäste vehement Beifall, Anton stieg vom Rednerpult und kam auf ihn zu, schüttelte ihm die Hand, Blitzlichter blendeten ihn, ein Kreis bildete sich, man gratulierte, jemand fragte ihn, ob er Tagebuch geführt habe. Dann sah er, wie Anton aus dem Kreis trat. Er sah auch, wie ihm, als er kurz darauf den Konferenzraum verließ, eine Frau folgte. Er erkannte in ihr Luzie Mayer, die neue Chefin der kleinen, aber feinen Werbeagentur. Sie wird wissen wollen, wer mein Nachfolger ist, dachte Hans-Ulrich. Das hatte sie ihn bereits gefragt, und er hatte geantwortet, nur der allwissende Anton Bluhm könne ihr darauf eine Antwort geben.

Der Fahrstuhl war überfüllt, jemand verglich die Enge mit jener in japanischen U-Bahnen zur Rushhour. Trotzdem atmete Anton auf, die Verabschiedung von Hans-Ulrich hatte sein noch fragiles Gleichgewicht durchaus gefährdet. Wie befreit schlenderte er jetzt die Straße hinunter, es war früher Abend, der Verkehr staute sich, die Geschäfte waren überfüllt.

Mit dem Engels-Zitat konnte er den Schlussstrich ziehen unter Hans-Ulrich Hacker. Er musste nicht mehr aufrechnen oder abrechnen oder nachrechnen, die Rechnung war ausgeglichen.

»Ihr Zitat ist ein bisschen in die Jahre gekommen, ein bisschen unmodern formuliert, würde ich sagen«, sagte eine Frauenstimme neben ihm, »darf ich Sie ein Stück begleiten?«, fragte sie dann.

Anton blieb stehen, die Frau neben ihm auch. Sie hielt ihren Kopf leicht schräg und schaute ihn an, ihr Lächeln war nicht fragend, es wirkte fordernd.

»Wohin wollen Sie mich denn begleiten?«, fragte Anton.

Die Frau neben ihm schaute an sich hinunter und auf ihre hochhackigen Pumps. Sie sahen nicht besonders bequem aus.

»An der Kreuzung links, dann zwei Mal rechts«, schlug sie vor.

»Zum Austernkeller?«

Sie nickte und Anton folgte ihr unwillkürlich.

Sie wirkte sportlich, trainiert. Mitte vierzig, schätzte Anton. Sie trug ein modisches, rehbraunes Kostüm mit engem Rock und taillierter schultergepolsterter Jacke. Ihre Haarfarbe passte zum Kostüm, war einen Ton leuchtender mit helleren Strähnen, die in ihr Gesicht fielen. Im Gegensatz zu ihrer Erscheinung wirkte ihr Gesicht eher unauffällig, doch ihrem intensiven Blick konnte man sich nicht entziehen.

»Wir kennen uns nicht?«, fragte er, als er neben ihr herging.

»Nicht direkt«, sagte sie und stellte sich ihm vor: »Luzie Mayer«, daraufhin nannte sie den Namen der Agentur.

»Dann haben Sie mit Hans-Ulrich Hacker zu tun«, schloss Anton.

»Seit Kurzem. Ich würde mich gern mit Ihnen über die menschliche Natur unterhalten, über das Manifest, wie Sie das Zitat genannt haben.«

»Im Separee?«, fragte Anton, sie standen vor dem Austernkeller.

»Warum nicht«, sagte sie, schaute ihn mit leicht schräg gehaltenem Kopf auffordernd an und ging voraus. Anton folgte ihr. Neugierig.

Um diese Zeit war das Restaurant noch wenig besucht. Sie bekamen in einem der Separees mit mehreren Tischen einen Platz. Anton bestellte, wie in früheren Zeiten mit Franz, Champagner und Austern. Luzie schaute auf ihre Armbanduhr, sie habe später noch einen Termin, sagte sie und übersetzte dann das Zitat in die heutige Zeit, wie sie es nannte, in der das, was einer will, der andere auch wolle, und am Ende wollten es alle. Danach sagte sie unvermittelt: »Sie hatten übrigens Erfolg, er ist zu ihr zurückgekehrt.«

Anton war froh, dass der Kellner gerade den Champagner und die Austern servierte, er verstand nicht im Geringsten, wovon sie sprach. Es klang verwirrt und irritierte ihn, er musterte sie so unauffällig wie möglich. Als der Kellner sich zurückgezogen hatte, sagte er: »Ich verstehe Sie nicht.«

Luzie erklärte es ihm. Eigentlich sei sie froh gewesen, dass es Anton gelungen sei, Franz und Rosi wieder zusammenzubringen, sagte sie und hob das Champagnerglas: »Auf den braven Franz.«

Nein, darauf wolle er nicht anstoßen, sagte nun Anton, und er fühle sich von ihr getäuscht.

Das sei nun einmal ein wichtiger Aspekt ihres Berufs, die Täuschung, erwiderte sie und amüsierte sich offensichtlich über ihn.

»Und? Was denken Sie jetzt?«, wollte sie dann wissen, als Anton sie anstarrte, noch damit beschäftigt, in der Frau ihm gegenüber die frühere Geliebte von Franz zu erkennen.

»Soll ich es Ihnen verraten? Sie überlegen, ob Sie Sex mit mir haben werden. Wie Franz.«

Anton dachte nach.

»Stimmt«, sagte er schließlich, obwohl er nicht daran gedacht hatte, doch ihr Spiel gefiel ihm plötzlich. Er hatte schon lange nicht mehr im Sinne des Homo ludens, wie Hans-Ulrich es nennen würde, gespielt.

»Ich will keinen Sex mit Ihnen«, sagte sie nun und schaute ihn mit ihrem fordernden Blick an, »ich will mich mit Ihnen über die menschliche Natur unterhalten. Von Experte zu Experte.«

Er sei kein Experte, widersprach Anton.

Dann werde er eben von ihr lernen, denn sie sei eine Expertin, sagte sie.

Darauf stieß Anton jetzt mit ihr an. Sie sah auf ihre Armbanduhr, sie müsse sich gleich verabschieden, sagte sie. Er bat sie um eine erste Lektion. Sie dachte nach, schlug ihm dann vor, das zehnte Gebot zu studieren.

»Das zehnte Gebot?«, fragte er ungläubig.

Luzie lächelte und stand auf: »Aber ja.«

Anton stand auch auf und stand vor ihr. Sie sah ihn wieder mit leicht schräg gehaltenem Kopf an, so als würde sie ihn taxieren, ob er diese erste Lektion wohl lernen würde, und sie erschien ihm nun rätselhaft und geheimnisvoll. Wann sehen wir uns wieder?, wollte er sie fragen, tat es dann aber doch nicht.

2.

Bis zum Mauerfall hatte Leni die Stellung gehalten. Nach Sissis Tod, wenn es ganz schlimm um Anton stand und auch Moritz und Simon ausfielen, hatte sie versucht, seine Abstürze abzufedern und sie sowohl nach außen wie auch in der Redaktion zu vertuschen. Sie hatte seine Post beantwortet, Termine verschoben, sie abgesagt oder gar nicht erst zugesagt, hatte Intrigen im Haus aufgespürt und ein Netz von Verlässlichen geknüpft, das ihn auffangen sollte. Mit Antons fortschreitender Genesung nach dem Fall der Mauer und der Grenze zwischen Ost und West hatte es Leni dann jedoch ganz plötzlich in Richtung Osten gezogen. Eine Art Reisefieber hatte sie gepackt. Es zog sie unwiderstehlich in jene Länder, die hinter dem ehemaligen Eisernen Vorhang lagen.

Als sie eines Tages von einer ihrer Reisen zurückkehrte, sie war in Odessa gewesen, eröffnete sie Anton dann den Wunsch zu kündigen. Kein noch so verlockendes Vertragsangebot, das weit über die Altersgrenze hinausreichen und eigentlich als unbefristet gelten sollte, und auch nicht seine wenn auch scherzhaft ausgesprochene Drohung, durch ihren Verlust einen Rückfall zu erleiden, konnte Leni von ihrem Wunsch abbringen.

Bevor sie wieder nach Odessa aufbrach, ordnete sie ihr Leben, wie sie sagte. Tatsächlich waren es vor allem die Angelegenheiten von Anton, die sie ordnete. Sie brachte ihn dazu, das Haus an der Peripherie der Stadt zu verkaufen und ins Zentrum zu ziehen. Sie engagierte eine Mitbewohnerin, die seinen Haushalt führte. Auch ihre Nachfolge im Büro regelte sie. Eine Abschiedsfeier lehnte sie ab, ließ Anton aber am Tag ihrer Abreise durch einen Kurier ein Päckchen zustellen. Es enthielt einen flachen Fotokarton.

Lange wog Anton ihn in den Händen, bevor er es wagte, ihn zu öffnen. Fotos weckten Erinnerungen, und er scheute Erinnerungen noch immer. Er wollte nicht mehr zurück, er wollte nur noch nach vorn schauen.

Es waren Schwarz-Weiß-Fotos, genau genommen Vergrößerungen

von Schwarz-Weiß-Fotos. Deutlich sah Anton jetzt die Originale vor sich. Sie waren sehr viel kleiner gewesen. Leni hatte die Fotos 1946 mit der Leica von Onkel Alfred aufgenommen. Sie zeigten ihn oder Leni, auf manchen der Fotos sah man sie auch zusammen, meistens waren sie nackt. Es waren die Fotos aus jenem heißen Sommer ihrer ersten Liebe.

Wie jung wir damals waren, dachte Anton. Und wie schön. Und wie frei. Lange betrachtete er nun jedes einzelne der Fotos. Und einige der Gefühle, die ihn damals umtrieben, wurden wieder wach, er erinnerte sich an das Versprechen einer Zukunft, einer neuen Zeit, und plötzlich auch an die erste Lektion, die ihm Luzie Mayer, die frühere Geliebte von Franz, wie einem Schüler aufgetragen hatte.

Er trat an sein Bücherregal und suchte nach der Bibel. Wie lange schon hatte er nicht mehr in der Bibel gelesen? Dass er die Werke des Teufels vernichten wolle, hatte er der Mutter in kindlichem Allmachtsgefühl geschworen, Gott erschien ihm damals seinem Widersacher unterlegen. Jetzt nahm er die Bibel aus dem Regal, schlug sie auf und suchte das zehnte Gebot.

Als hätte sie gewusst, dass er dort auf sie warte, habe sie in Odessa einen Mann kennengelernt, den sie heiraten wolle, schrieb Leni in ihrem ersten Brief an Anton. Dieser Mann sei Witwer, Vater von fünf erwachsenen Kindern, von denen einige bereits selbst wieder Kinder hätten. Sie habe eine große Familie für sich gefunden, und es hätte sich gelohnt, mit dem Heiraten zu warten, erklärte sie in einem weiteren Brief.

Zur Hochzeit wünschte sie sich von Anton einen VW-Bus. Einer der Fahrer aus dem Blatt fuhr das Hochzeitsgeschenk nach Odessa und kehrte mit Fotos zurück. Eines zeigte das Brautpaar, Leni im weißen Kostüm, ihren Mann in einem schwarzen Anzug inmitten von Kindern und Enkelkindern. Man hätte die Brautleute auch für ein Paar halten können, das goldene Hochzeit feiert, wäre nicht das Strahlen auf ihren Gesichtern gewesen. Lenis Nachfolgerin im Büro ließ das Foto einrahmen, es stand nun zwischen vielen anderen auf Antons Schreibtisch.

An diesem Morgen fiel sein Blick auf das Foto und er empfand, wie schon beim ersten Mal, als er es gesehen hatte, so etwas wie Neid angesichts der Fruchtbarkeit dieses Mannes inmitten seiner vielen Kinder und Enkelkinder. Und nun hatte er auch noch Leni, seine Leni zur Frau bekommen.

Je länger sein Blick an dem Foto hängen blieb, umso neidischer wurde Anton, er dachte nun an seine eigenen, noch unverheirateten Söhne. Immerhin waren Moritz und Simon inzwischen vierundzwanzig Jahre alt. Und nun stellte er sich vor, eines gar nicht mehr allzu fernen Tages würde auch er, wie der Mann von Leni, von seinen Söhnen und Schwiegertöchtern und seinen Enkelkindern umringt sein. Vielleicht schon an seinem siebzigsten Geburtstag? Wohl eher an seinem fünfundsiebzigsten, rechnete sich Anton aus. Und wurde nun ganz plötzlich von einer drängenden, ihn bedrängenden Unruhe, ja, von einer ihn fast überwältigenden Ungeduld erfasst: Er musste so vieles nachholen, was er in den vergangenen Jahren versäumt hatte! Augenblicklich griff er zum Telefonhörer und wählte die Nummer von Moritz in Berlin. Doch er hörte nur den Anrufbeantworter und legte ungeduldig auf, ohne eine Nachricht zu hinterlassen. Als er am späten Nachmittag Moritz erreichte, war Anton dann bereits in Berlin.

Er warte in der Hotellobby auf ihn, sagte er am Telefon, er habe einen Tisch im Restaurant des Hotels reserviert, er müsse mit ihm über die Zukunft sprechen.

»Du hier! Das ist ja großartig!«, rief Moritz begeistert.

Er schlug vor, ihn abzuholen und nicht im Hotel am Kurfürstendamm zu Abend zu essen, sondern ein neu eröffnetes italienisches Restaurant im Ostteil der Stadt aufzusuchen.

»Das ist der richtige Ort, um über die Zukunft zu sprechen«, verkündete er. Anton war überrascht über das ungewohnte Pathos in Moritz' Stimme.

Wenig später, Moritz wohnte unweit des Hotels, saß Anton neben seinem Sohn im Auto und wurde von ihm aus dem hell erleuchteten Westen Berlins in den vergleichsweise dunklen Osten hinübergefahren. Dies sei der ehemalige Potsdamer Platz, erklärte Moritz die große, freie Fläche, die sie beim Übergang von dem einen in das andere Berlin überquerten. Es war eine Slalomfahrt um Schlaglöcher und Geröll. Auch auf der vom Potsdamer Platz abzweigenden Leipziger Straße wurde der Wagen mit seinen beiden Insassen immer wieder heftig durchgeschüttelt. Nach einer weiteren Abzweigung hielt Moritz vor einem mächtigen Gründerzeitbau und zeigte nach oben: »Dort im dritten Stock werde ich Büroräume anmieten«, erklärte er.

»Wofür?«, fragte Anton höchst erstaunt.

»Erzähl ich dir gleich beim Essen«, antwortete Moritz, gab Gas und fuhr tiefer hinein in den Anton wenig bekannten Ostteil der Stadt.

»Hier siehst du ein prächtiges Beispiel für die berühmte Platten-bauweise der DDR, mal mit, mal ohne Ornamente«, erklärte Moritz und wies im Vorbeifahren auf ein pompöses Gebäude mit kuriosen Andeu-tungen von Säulen und Bögen und der Leuchtschrift »Friedrichstadt-Palast«.

Sie kamen nun durch schwach beleuchtete Straßen ohne Autover-kehr, passierten Häuser, deren Fassaden Kugel- oder Splittereinschläge aus dem Zweiten Weltkrieg konserviert hatten. Sie schienen seitdem oder sogar seit der Zeit vor dem Zweiten Weltkrieg nicht renoviert worden zu sein. Überall gab es Baulücken, in manchen Straßen fehlten ganze Häu-serzeilen. Die Fahrt dauerte lang. Moritz gab zu, sich verfahren zu haben, fand irgendwann dann aber doch noch aus dem dunklen Straßengewirr hinaus und zum Platz der Republik. Und da war die dunkle Stadt plötz-lich von einer großen hellen Leere wie verschluckt. Moritz hielt mitten in dieser großen hellen Leere an, und sie stiegen aus dem Wagen.

»Ein Landeplatz für Ufos«, meinte er und malte aus, wie hier alle auf die Ufos gewartet hätten, die Funktionäre, die fahnenschwingenden FDJler, die amtierenden und ehemaligen Jungen Pioniere.

»Nicht leicht, sich das vorzustellen«, meinte Anton nur, und sie stie-gen wieder ein und fuhren weiter, aus der großen hellen Leere hinaus und wieder hinein in das Dunkel der engen Straßen, jetzt von Berlin-Mitte, wie Moritz wusste.

»Angekommen«, rief er schon bald aus und parkte, freie Parkplätze gab es mehr als genug in der Straße.

»Was siehst du?«, wollte er wissen, nachdem er ausgestiegen und mitten auf der Straße stehen geblieben war. Anton schaute verständnis-los. Da breitete Moritz die Arme aus und öffnete die Hände, als würden gleich Taler vom Himmel fallen: »Siehst du noch immer nichts?«

Anton schaute die schlecht beleuchtete Straße mit ihren alten grauen

Häusern, von denen der Putz abgefallen war, mit ihren größeren und kleineren Baulücken und ihren wenigen neueren Gebäuden hinauf und hinunter.

»Was soll es denn hier schon zu sehen geben?«, wollte er wissen.

»Die Zukunft natürlich!«, rief Moritz enthusiastisch und breitete wieder seine Arme aus, »du siehst lauter Zukunft um uns herum! Eine neue Stunde null! *Meine* Stunde null!«

Moritz legte einen Arm um die Schultern des verwunderten Vaters, er war einen Kopf größer als er, führte ihn ein Stück die Straße hinunter und begann, ihm seine Zukunft auszumalen, die er vor allem darin erblickte, durch den schnellen Aufbau eines Vertriebssystems die neuen Bundesländer mit Computern zu versorgen. Eine einmalige Chance würde sich ihm bieten. »Die neuen Medien werden die ganze Welt verändern! Wir sind erst am Anfang!«

Er öffnete mit Schwung die Tür zu einem Restaurant, »du erlaubst?«, fragte er und ging voraus. Anton folgte ihm und sie betraten eine Art Imbiss mit einem großen Pizzaofen, an den sich seitlich ein sehr großer Raum mit vielen Tischen anschloss.

Moritz blieb auf der Schwelle stehen und hielt Ausschau nach freien Plätzen. Durch die Größe und Einrichtung des Lokals fühlte sich Anton an eine Betriebskantine erinnert, es hatte nicht die geringste Ähnlichkeit mit den von ihm so geschätzten Italiener-Stuben in Westberlin. Zudem war der Lärmpegel sehr hoch, denn so menschenleer die Straße draußen zu sein schien, so überfüllt war es hier drinnen.

»Eigentlich wollte ich mich mit dir unterhalten!«, rief Anton seinem Sohn ins Ohr.

»Ich mich auch mit dir«, rief er zurück, »wir kriegen einen Platz im Kabinett, da ist es leiser, ich bin hier fast zu Hause.«

Moritz hatte tatsächlich bereits Blickkontakt mit einer Frau aufgenommen, die ihm ein Zeichen gab. Er stellte sie Anton kurz darauf als die Wirtin vor, und sie folgten ihr in einen abgeteilten kleineren Raum mit wenigen Tischen. Das Kabinett sei für die Leute vom Theater am Rosa-Luxemburg-Platz reserviert, erklärte Moritz, aber die kämen erst später. Sie bestellten Pizza, Pasta und Rotwein und Moritz setzte die Unterhaltung fort.

»Eine neue Zeit bricht an«, dozierte er, »nicht nur für die Deutschen, ich meine für uns Deutsche, wenn auch für uns in besonderer Weise, denn endlich können wir Europäer werden!«, behauptete er, »Berlin wird zur Hauptstadt von ganz Europa werden, die Drehscheibe zwischen Ost und West«, malte er die Zukunft aus, »Demokratie für alle, Vater, dein Traum wird wahr!«

Er schenkte den Rotwein aus einer Karaffe in die Gläser und fuhr dabei fort: »Alle werden reisen und in Länder rund um die Welt fliegen können! Eines Tages auch die Chinesen. Die Leute im Osten wünschen sich, was wir im Westen bereits haben. Früher oder später. Und das kann ihnen jetzt auch niemand mehr verbieten.«

»Die natürlichen Ressourcen dürften dafür kaum ausreichen«, warf Anton ein.

»Die Ressourcen? Der alte Goethe und sein Zauberlehrling haben ausgedient, Vater. Heute regieren echte Zauberer aus Wissenschaft und Technik. Heute reimt sich denken und lenken. Wir beherrschen die Geister, die wir gerufen haben, und sie werden völlig neue Dimensionen von Geschwindigkeit und Leichtigkeit erschließen. Früher hieß es *Zeit ist Geld*, morgen wird es heißen, *Zeit ist Gold*.« Moritz hob sein Glas.

Erst war Anton nur enttäuscht, weil Moritz nicht das geringste Interesse am Blatt zeigte und seine Zukunft im Vertrieb von Computern und neuer Technologie sah. Er hatte sein Studium der Kommunikationswissenschaften bisher nicht technologisch, sondern medial verstanden.

»Aber das ist doch alles Brimbamborium!«, platzte es schließlich aus ihm heraus.

»Brimbamborium? Hört sich lustig an«, Moritz lachte unbekümmert, »was ist Brimbamborium?«

»Ungedeckte Wechsel auf die Zukunft, moderne Goldmacherei!«, rief Anton. »Wahrscheinlich versprechen deine Zauberer aus Wissenschaft und Technik, diese modernen Goldmacher, den ganzen Müll und Dreck, den ihre Erfindungen hinterlassen, in neue Ressourcen zu verwandeln!«

Es wurde laut im Kabinett, die Leute vom Theater strömten herein, setzten sich an die Tische, und die Wirtin gab Moritz ein Zeichen, die Plätze bald zu räumen, er nickte. Seine Miene war sorgenvoll geworden.

Sie galt jedoch nicht dem von Anton beschworenen ungedeckten Wechsel auf die Zukunft. Noch in der Nacht rief er Simon an, der Bruder nahm an einem Tauchkursus in Florida teil. Er sei ernsthaft beunruhigt, sagte Moritz, denn kaum sei Anton aus der irrealen Pharmadrogenwelt in die reale Welt zurückgekehrt, befände er sich auf dem Weg in eine Depression.

»Er glaubt, die Welt geht unter«, beschrieb Moritz die Befindlichkeit Antons.

»Ältere Menschen entwickeln diese Projektion ja leicht«, meinte Simon, »ihre Welt geht doch auch tatsächlich unter. Das ist eine ganz normale Altersdepression, die kann man behandeln«, beruhigte er den Bruder und ließ sich von ihm die Telefonnummer des Hotels am Kurfürstendamm geben. Er rief den Vater am nächsten Morgen an und fragte ihn, ob er sich vorstellen könne, nach Florida zu kommen und an einem der Kurse teilzunehmen.

»Du wirst hier eine sehr gute Erfahrung machen und dein Selbstvertrauen zurückgewinnen«, sagte Simon.

»Ist das ein Vorschlag von Moritz?«, wollte Anton wissen, und Simon sagte, Moritz mache sich Sorgen, er könne einen Rückfall erleiden.

»Sie behandeln hier auch ältere Klienten. Mit großem Erfolg«, Simons Stimme war nah, als wäre er im Hotelzimmer nebenan.

»Du bist seit damals nicht mehr am Meer gewesen«, hörte Anton ihn sagen, »ich auch nicht«, fuhr Simon fort und hielt wieder inne, Anton schwieg.

»Bis ich hierherkam. Bist du noch da?«

»Ich höre dir zu«, sagte Anton.

»Mutters Tod war für uns alle ein Trauma. Ich bin hier davon geheilt worden«, sagte Simon.

»Und du meinst tatsächlich, ich sollte mit einem Delfin ins Meer hinausschwimmen?«

»Mit mir zusammen, ja. Und übrigens, ich traue es mir jetzt zu«, sagte Simon.

»Was traust du dir zu?«

»Mein Jura-Examen. Wenn ich es in der Tasche habe, steige ich bei Moritz ein. Hat er dir erzählt, dass er wegen der schlechten Straßen in der Ex-DDR einen Flugschein macht?«

»Ich habe das Gefühl, ihr seid beide in einer galoppierenden Aufbruchsstimmung«, meinte Anton.

»Kommst du?«, hörte er Simon fragen.

»Ich denke darüber nach«, antwortete er.

Als Anton den Hörer aufgelegt hatte, versuchte er, sich vorzustellen, mit einem Delfin zu schwimmen, erst im seichteren Wasser des Trainingscamps, wie Simon es ihm beschrieben hatte, dann aus der Bucht hinaus. Und nun jeden Tag immer ein bisschen weiter hinaus aufs offene Meer. Er schlief darüber noch einmal ein.

Paula wartete bereits in der Hotelhalle. Während er auf sie zuging, musterte sie ihn prüfend.

»Gratuliere, du scheinst es geschafft zu haben«, sagte sie dann, »und das ganz ohne meine Hilfe.«

Sie schüttelte scheinbar ungläubig den Kopf. Am Anfang seiner Absturzzeit nach Sissis Tod hatte Paula auf Drängen von Lexa mehrfach erfolglos versucht, als rettender Engel in Antons Leben zu treten.

Sie setzten sich in den Salon und bestellten ein Frühstück. Paula zündete sich eine Zigarette an und blies den Rauch nach oben, als müsse Anton geschont werden.

»Ich muss unbedingt damit aufhören«, sagte sie und drückte die Zigarette wieder im Aschenbecher aus, »sonst bekomme ich noch Lungenkrebs. Was gibt's? Brauchst du Hilfe? Ich habe mich mittlerweile daran gewöhnt, dass alle meine Freunde, und auch die, die nicht meine Freunde sind, irgendeine Art Hilfe von mir erwarten. Also, wie kann ich dir helfen?«

Sie schauten sich an. Wie viele Jahre war es her?, schienen beide zu überlegen.

»Reine Sentimentalität«, meinte Anton nun, er habe sie aus reiner Sentimentalität wiedersehen wollen, er brauche keine Hilfe, und dann erzählte er von Moritz und dem Flugschein und seinen Plänen, und von Simon, und wie er mit Delfinen tauchen und damit sein Trauma auflösen würde.

»Ältere Menschen wie ich dürfen dort auch mit den Delfinen schwimmen«, sagte Anton, und Paula sah den alten Schalk in seinen

Augen aufblitzen. »Und wie geht es dir, was machst du?«, fragte er dann.

»Ich gehe mit der Mode, und Feiern ist jetzt in Mode. Die Modetanten wollten mich loswerden, ich sei zu alt für die Mode, hieß es. Aber zum Feiern ist man nie zu alt!« Paula lachte. »Ich mache Eventmanagement«, sagte sie und erzählte gleich auch noch von der Philosophie des Feierns, von der Kultur des Feierns und davon, wie rasant sich das Feiern als Geschäft entwickeln würde.

»Es herrscht Aufbruchsstimmung, nein, Goldrauschstimmung in der Stadt«, sagte sie. »Es werden große Dinge erwartet, und noch weitaus größere, wenn der Kapitalismus erst einmal auf Hochtouren läuft, wenn er erst mal zeigt, was er kann. Dann erst werden wir sehen, wer dabei unter die Räder kommt, sagt mein alter Freund Peter.«

»Und dann?«

»Dann gibt es eine Revolution. Das wolltest du doch von mir hören, oder? Und wie sieht es bei dir aus?«

»Ich interessiere mich für die Zukunft«, sagte Anton.

Nach dem Frühstück mit Paula schritt Anton in der Hotellobby unschlüssig auf und ab. Moritz hatte ihm eine Besichtigungstour vorgeschlagen, dafür müsste er eine Verabredung mit dem neuen Geschäftsführer am Nachmittag in seinem Büro absagen. Er hörte eine Frauenstimme hinter sich.

»Wie lautet das zehnte Gebot? Können Sie es auswendig?«, fragte sie. Er drehte sich zu ihr um und Luzies Sensorblick erfasste ihn.

»Du sollst nicht begehren die Frau deines Nächsten, damit fängt es an«, antwortete Anton. »Wann bekomme ich meine erste Lektion?«

Luzie warf einen Blick auf ihre Armbanduhr. »Von fünf bis sechs«, sagte sie, »im Bistro.« Dann nahm sie den Fahrstuhl hinunter in die Parkgarage und rief ihm noch irgendetwas von einem Fototermin zu, bevor sich die Fahrstuhltür schloss.

Anton sagte die Verabredung mit seinem Geschäftsführer ab und traf sich mit seinem Sohn. Um kurz vor fünf setzte Moritz ihn nach einer Besichtigungstour von ganz Ostberlin wieder am Hotel ab. Er ging ins Bistro und sprach dabei in Gedanken vor sich hin: »Du sollst nicht begehren die Frau deines Nächsten und auch nicht seinen Knecht, seine Magd, sein Rind, seinen Esel und nichts von dem, was deinem Nächsten gehört!«

Anton schaute sich im Bistro um, Luzie war noch nicht da. Er setzte sich an einen der Tische an der oval gebogenen langen Fensterfront, die eine Art Aquariumblick in die Menge der vorbeiströmenden Passanten draußen auf dem breiten Boulevard eröffnete. Und dann tauchte sie tatsächlich geschmeidig und schnell wie ein Fisch im Wasser im Gegenstrom aus der Menge auf. Kurz darauf saß sie ihm gegenüber. Sie trug eine Art Sportkleidung mit seitlichen Streifen an der Jacke, die sich außen entlang den Hosenbeinen und auch über die Laufschuhe fortsetzten. Sie komme vom Fitnesstraining, erklärte sie und bestellte ein großes Glas frisch gepressten Orangensaft, zog eine Kassette aus ihrer Sporttasche und legte sie vor sich auf den Tisch.

»Ich wollte Ihnen die Kassette eigentlich schicken. Ich habe nichts mehr von Ihnen gehört. Lektion eins«, sie tippte mit dem Finger auf die Kassette, »können Sie ja mal reinhören«, schlug sie vor, »über das Begehren«, sie schob sie zu ihm hinüber: »Von mir für Sie besprochen. Gefällt Ihnen nicht?«, las sie an Antons Miene ab, »wird Ihnen gefallen«, versprach sie dann und trank das große Glas Orangensaft aus.

»Nichts sollst du begehren von dem, was deinem Nächsten gehört. Nichts! Damit hat das zehnte Gebot ausgesprochen, was wir begehren, nämlich das, was dem Nächsten gehört. Das ist unsere menschliche Natur. Ich habe an der Sorbonne studiert, und die Franzosen sind Spezialisten im Begehren, als Werberin sollte man es auch sein, denn«, Luzie beugte sich über den Tisch nahe zu ihm hinüber und sprach leise, fast flüsternd: »Es ist eine ungeheuerlich große, eine dämonische, eine teuflische Macht, die mich dazu bringt, das zu begehren, was meinem Nächsten gehört. Niemand kann diese Macht beherrschen, wir alle werden von ihr beherrscht. Doch es gibt einige wenige, die durch sie über viele herrschen.«

Sie lehnte sich in ihrem Stuhl zurück und blinzelte, als wäre plötzlich das Licht im Raum zu hell geworden: »Der da oben weiß Bescheid«, sagte sie in normaler Lautstärke und zeigte mit dem Finger nach oben. »Wir in der Werbung testen das auf unsere harmlose Weise aus, es klappt immer.«

»Hat es auch mit Franz geklappt?«

»Make love not war«, sagte sie leise, »damit fing es an. Ich habe seine Tochter damals für seine Geliebte gehalten.«

Daraufhin stand sie auf, sagte entschuldigend etwas von einem unvorhergesehenen Termin und dass er sich die Kassette anhören solle, sie enthielte auch die Hausaufgabe für die zweite Lektion. Und schon spurtete sie davon. Anton sah ihr hinterher, bezahlte und steckte die Kassette in seine Jackentasche. Als er sie sich später auf der Autobahn anhörte und Luzie zuhörte, wie sie von dem im zehnten Gebot radikal verbotenen Begehren sprach, das der Grund für alle Verfeindung unter den Menschen sei, fühlte er sich dann doch als der Schüler, der er ja auch hatte sein wollen.

Vielleicht würde er sie eines Tages begehren, dachte er, und ein ironisches Lächeln huschte über sein Gesicht.

3.

Er selber brachte den Namen ins Spiel. In einem Brief an Anton beschrieb sich Franz als hinkenden Ahab, bei dem es »tok tok tok« mache, wenn er mit der Krücke über Holzdielen oder Steinböden ginge. Anton antwortete, er solle doch erst einmal »Moby Dick« lesen, bevor er sich mit einem Mann vergliche, der im Übrigen ein Bein verloren und nicht, wie er, ein steifes Bein habe.

Als Franz kurze Zeit darauf in der Münchner Innenstadt an einer Buchhandlung vorbeikam, fiel ihm wieder Antons Aufforderung ein, und er kaufte den Roman von Herman Melville. Herman, las er auf dem Umschlag, mit einem N. Er erinnerte sich daran, wie er als Hitlerjunge das in der deutschen Schreibweise fehlende N angemahnt hatte, als läge es erst wenige Wochen und nicht einige Jahrzehnte zurück.

Obwohl von Anton und ihrer gemeinsamen Geschichte angespornt, gelang es ihm nicht, mehr als die ersten hundert Seiten zu lesen. Sowieso schon vom Umfang des Romans entmutigt, lösten die langatmigen Beschreibungen des Walfangs schließlich einen so heftigen Widerwillen in Franz aus, dass er das Buch beiseitelegte und nie wieder in die Hand nahm. »Moby Dick« sei unlesbar, ließ er Anton in aller Offenheit wissen, er werde aber bei Gelegenheit den Beweis führen und ihm »den Ahab machen«, wie er wörtlich schrieb.

Doch dazu kam es nicht, denn Franz verliebte sich immer mehr in die Vorstellung, er selbst sei ein alter Kapitän auf großer Fahrt und besessen von der Idee, einen großen, ja, *den* großen Fisch an die Fangleine zu bekommen. So zumindest hatte er die Geschichte vom Kapitän Ahab und dem weißen Wal verstanden. Auf jeden Fall verfolgte er ein großes Ziel, nämlich den Ausbau seines kleinen Hotelimperiums. Die Familienskandale mit dem Vater hätten diesen Ausbau verhindert, glaubte Franz, aber auch der Liebesrausch mit Luzie, in den er hineingeschlittert sei, weil er den Halt in der Familie verloren habe. Jetzt und wieder mit Rosi vereint, sollte das Familienunternehmen zu großer Fahrt auslaufen.

Völlig unerwartet half ihm dann dabei die Wiedervereinigung. Die veralteten Solotels in Spanien erfreuten sich bei den reisehungrigen Deutschen aus den neuen Bundesländern wegen günstiger Preise bald großer Beliebtheit, das Geschäft boomte. Richtig in Schwung kam das Unternehmen jedoch erst, als Pia in die Firma kam.

Pia, die Jüngste, hatte Betriebswirtschaft studiert, worüber ihre Schwestern die Nase rümpften. Praktisches Wissen eignete sie sich danach in verschiedenen Tourismusunternehmen und Hotels in Asien an, wo sie im Management arbeitete.

»Wir brauchen ein neues Konzept«, meinte sie nach nur einem Monat im Familienunternehmen zu Franz. Franz hatte in dieser kurzen Zeit in Pia bereits den Sohn erkannt, für den er und Rosi sich damals in Rom auf dem Petersplatz den Segen des Papstes gewünscht hatten.

»Was für ein neues Konzept?«, fragte Franz neugierig und durchaus dazu bereit, Pias Vorschlag anzunehmen.

»Wellness«, antwortete sie.

»Wellness? Was ist das denn?«

Pia erinnerte sich an die von Franz in ihrer Kindheit oft wiederholte Überzeugung: Geld veredelt die Welt.

Wellness, erklärte sie ihm jetzt, sei eine Art Übersetzung von dieser seiner Überzeugung und beinhalte eine mit einem gewissen Aufpreis verbundene Veredelung von Körper, Geist und Seele. Und sie hätte auch bereits zwei Expertinnen im Auge, die ein erstes Konzept ausarbeiten könnten, nämlich Lisa und Emily. Franz war entzückt. Auch wenn er sich unter Wellness als Veredelung von Körper, Geist und Seele wenig vorstellen konnte, die Verstärkung der Besatzung auf dem Familiendampfer beflügelte ihn bei seiner Jagd nach dem großen Fisch.

Ein paar Tage darauf führte Pia ihre beiden Schwestern in den Konferenzraum von Solotel. Auf dem Konferenztisch standen Getränke und eine Schale mit Chips.

»Ziemlich ungesund«, sagte Lisa und zeigte auf die Chips, sie und Emily leiteten seit einigen Jahren in Schwabing ein Zentrum für körperorientierte Therapien, wie sie die Anwendung von indischen Heil-, Entspannungs- und Fastenmethoden nannten.

Unverhohlen neugierig musterten Lisa und Emily die jüngere Schwester von unten bis oben. Pia hatte sich in ein Kostüm gezwängt, sie war etwas mollig und balancierte vor ihren älteren Schwestern auf hohen Absätzen.

»Ziemlich ungesund, deine Pumps«, sagte Lisa wieder, »besonders für deine Wirbelsäule.«

»Kommen wir zur Sache«. Ohne auf Lisas Bemerkungen einzugehen, zeigte Pia auf eine Landkarte Indiens und begann, ihren beiden Schwestern die neue Philosophie für das väterliche Unternehmen zu erklären. Lisa und Emily hörten mit wachsender Skepsis zu.

»Hier wollen wir unsere ersten zwei Wellnesshotels eröffnen«, sagte Pia und zeigte auf die beiden großen roten Stecknadelköpfe, die auf der Landkarte in Südindien steckten.

»Niemand hier im Unternehmen kennt sich mit ganzheitlichen Gesundheitskonzepten aus, wir brauchen für die Umsetzung der Wellnessangebote also dringend Partner. Ihr praktiziert das seit Jahren und kennt beide Indien, es liegt klar auf der Hand, dass es toll wäre, wenn wir in dieser Sache zusammenarbeiten könnten, oder?«

»Spielst du jetzt hier die Unternehmerin?«, platzte Emily heraus und sah dann Lisa an, als erwarte sie von ihr die Antwort.

»Ich glaube, Pia spielt nicht Unternehmerin, sie ist es«, sagte Lisa, »sogar eine ziemlich gute, denn sie sucht die richtigen Mitarbeiter für die Expansion des Unternehmens.«

»Heißt das, ich kann mit euch rechnen?«

»Noch nicht, wir müssen erst mal die emotionale und geistige Basis klären«, sagte Lisa und begann von früheren Überzeugungen zu sprechen, die für sie heute nicht mehr gelten würden.

»Früher haben wir gedacht, die Veränderung unserer Gesellschaft kann nur von unten, von einer breiten Basis aus gelingen. Heute erfahren Emily und ich täglich, dass es Einzelne sind, die einen geistigen Impuls zu einer emotionalen Entwicklung ...« Lisa brach ab und runzelte die Stirn, sie hatte den Faden verloren.

Emily nahm ihn auf: »Wir wollen nicht von Elite oder von Klasse oder von Führung oder so einem Quatsch reden. Nur vom Impuls. Vielleicht geht er von einer breiten Basis aus und setzt sich nach oben fort, um dann von dort nach unten zu wirken, oder auch umgekehrt.«

»Um es einfacher auszudrücken«, sagte Lisa, »wir wollen nicht Vaters alte Geschäftsmasche vom Geld, das die Welt veredelt, mit Wellnessangeboten verjüngen. Wir sind keine Geldmacher.«

»Korrekt!«, bestätigte Emily und sah Lisa begeistert an, »so wie du es ausdrückst, könnte ich es nimmer!«

Pia seufzte. »Schade, dass ihr nicht mitmacht«, sagte sie nur.

»Wieso machen wir nicht mit? Du hast doch noch gar nicht mit uns verhandelt!«

Die Verhandlungen zogen sich über Wochen hin, bis Pia den Versuch, Lisa und Emily ins Familienboot zu holen, schließlich für gescheitert hielt.

»Ich werde sie überzeugen«, sagte Franz und stand eines Abends vor ihrer Haustür.

Lisa und Emily wohnten im selben Haus, die eine im dritten, die andere im vierten Stock. Beide Schwestern waren alleinerziehende Mütter und unverheiratet geblieben. Beide hatten sie sich während der Affäre ihres Vaters mit Luzie enttäuscht von ihm zurückgezogen und zu Rosi gehalten. Auch nach seinem Unfall hatten sie im Gegensatz zu ihrer Mutter ihm nicht verziehen. Zu seinem fünfundsechzigsten Geburtstag hatten sie Rosis Drängen zwar nachgegeben und waren mit den Kindern zur Geburtstagsfeier auf den Amselhof gekommen. Als sie den Vater dann sein steifes Bein wie eine Trophäe herumschwenken sahen und er sich ihnen als Kapitän Ahab vorstellte, den sie aus »Moby Dick« in allerschlechtester Erinnerung hatten, hielten sie ihn und seine Aufführung doch wieder nur für einen einzigen »Schmarrn«. Bei dieser Meinung waren sie seitdem geblieben, und die wollten sie auch keineswegs ändern, auch nicht an diesem Abend.

Mit dem Summton des Öffners stieß Franz die Haustür auf und trat ins Treppenhaus. Emily schaute von oben die Treppenspirale hinunter, an deren Geländer sich Franz nun langsam hinaufzog. Lisa und ihre beiden Töchter sowie Emilys Sohn kamen ihm entgegen. Oben in der Wohnung boten sie ihm heißes Wasser und Kräutertee an und ließen ihn die ganze Zeit reden. Die Kinder waren längst im Bett, als Lisa abschließend sagte, dass sie, wenn überhaupt, nur Pia zuliebe ein sinnvolles Wellnessprogramm entwickeln würden.

»Wir wollen, dass sie Erfolg hat«, sagte Lisa und schaute Franz streng an, so als habe er insgeheim vor, Pias Erfolg zu verhindern.

Franz geriet daraufhin richtig in Fahrt, beschwor die Familie und das Familienunternehmen, das er mit seiner ihm noch verbliebenen Kraft, seinem Wissen und seiner Erfahrung erhalten und ausbauen wolle, damit es in einer Welt überleben könne, in der es die Familie nicht mehr gäbe und auch nicht die Familienunternehmen! Die Beteiligung der Bank und anderer Investoren am Familienunternehmen Solotel ließ er wie üblich einfach unter den Tisch fallen.

Emily und Lisa erbaten sich eine kurze Bedenkzeit für ihre Entscheidung.

Als Franz gegangen war, meinten sie, er rede nicht nur zu viel Schmarrn, er sei auch selbst einer. Aber dann breitete sich eine seltsame Stille zwischen ihnen aus, sie schwiegen ungewohnt lange, lauschten auf ihre Gefühle, weit entfernte kindliche Gefühle, die von der väterlichen Familienbeschwörung aufgestöbert worden waren.

»Wir machen es«, sagte Lisa schließlich.

»Aber nur wegen Pia«, betonte Emily.

Indessen eilte Franz, auf seine Krücke gestützt, hinkend zum Taxistand am Rosenheimer Platz, setzte sich zu dem Fahrer auf den Vordersitz, wegen seiner Körperfülle vermied er die Enge auf der Rückbank. Trotz des Fitnessprogramms, das er täglich absolvierte, hatte er seit dem Unfall recht schnell zugenommen. Und er nahm einfach nicht wieder ab. Ihm fehlte der Sport. Heftiger als unter allen anderen Missliebigkeiten litt er darunter, nicht mehr bei Wind und Wetter segeln und im Winter Skilaufen zu können, im Herbst und im Frühling im Berg zu wandern, ganz abgesehen davon, dass er ja auch nicht mehr Tennis spielen konnte.

Er brauchte dringend mehr Bewegung, dachte Franz und bat den Taxifahrer anzuhalten und ging den Rest des Weges zu Fuß. Etwas außer Atem betrat er die Osteria, ein Wirtshaus mit italienischer Küche. Er war dort mit dem Sohn eines alten Bekannten aus dem Vorstand der Bank verabredet, seiner Hausbank, wie Franz die Bank manchmal auch nannte. Er hätte sie auch seine Familienbank nennen können. Doch das vermied er, obwohl die Verwicklungen der Bank in das Geschäft mit dem Nazigold längst dem kollektiven Vergessen anheimgefallen waren. Bei ihm schwelte das Wissen davon noch unter der Oberfläche.

Der Sohn des alten Bekannten aus dem Vorstand war Geschäftsführer der Münchner Zentrale. Franz wollte ihn für die Expansion des Unternehmens gewinnen, für das neue Konzept. Später bestellte er Champagner, und sie stießen darauf an.

»Wellness«, sagten beide wie aus einem Mund und toasteten sich zu.

In den folgenden Wochen und Monaten wurde Franz von einer großen Rastlosigkeit erfasst. Er hatte mit der Bank einen hohen Kredit ausgehandelt, den höchsten, den er je aufgenommen hatte. Das Finale seiner Jagd auf den großen Fisch hatte begonnen, denn er hatte vor, Solotel nicht einfach nur mit zwei Wellnesshotel-Perlen zu schmücken, er wollte noch viele Perlen zu einer Kette auffädeln. Zuerst reiste er mit Rosi nach Indien, anschließend nach Thailand. Und seine Rastlosigkeit hielt an.

4.

Der Amselhof verwaiste. Alexandra verbrachte ihre Zeit dort jetzt ähnlich wie Jahrzehnte zuvor, als sie nach dem Krieg schon einmal ganz allein hier gelebt hatte. Wie damals saß sie oft am Fenster ihrer Wohnung, wenn auch nicht mehr im Dachgeschoss, sondern im ersten Stock, und schaute in den Hof hinunter. Sie war nun zweiundneunzig Jahre alt.

»Es scheint fast so, als hätte der Cognac eine konservierende Wirkung auf deine Mutter gehabt«, hatte Rosi zu Franz gesagt, als Alexandra die Feier zu ihrem neunzigsten Geburtstag mit einem einstündigen Morgenspaziergang am See in Begleitung von Plus III. eröffnete. Auch Franz fand jedes Mal, wenn er Alexandra nach Wochen wiedersah, sie sei unverändert. Alexandra selber jedoch fühlte sich nun doch kontinuierlich schwächer werden. Erst von Jahr zu Jahr, dann von einem Monat zum anderen, schließlich von Woche zu Woche und nun von einem Tag auf den nächsten.

Sie schob es auf den Mangel an Abwechslung. Früher kamen ihre Enkelinnen mit den Kindern, ihren Urenkeln, in regelmäßigen Abständen zu Besuch, aber jetzt lebte Lexa mit ihrem Mann und den Kindern in Australien und Franzi in Südafrika. Lisa, Emily und Pia, die in München wohnten, fanden sich immer seltener auf dem Amselhof ein. Sie hätten furchtbar viel zu tun, klagten sie, wenn sich Alexandra bei ihnen beschwerte. Und auch Rosi hatte seit dem Unfall von Franz keine Zeit mehr. Erst begleitete sie ihn in die Rehazentren, jetzt um die halbe Welt. Rastlos wie einst sein Vater, war er über Wochen unterwegs.

Weil der Franz gelähmt sei, müsse sich sein Ego in die Lüfte erheben und um den Globus fliegen, hatte Liane einmal zu Alexandra gemeint. Liane war die einzige ihrer Enkelinnen, die regelmäßig jede Woche auf den Amselhof kam.

Heute saß Alexandra am Fenster, und wie einst auf Franz wartete sie nun auf Liane. Sie erwartete sie zum Mittagessen und würde noch eine ganze Weile auf sie warten müssen, denn es war noch recht früh am Morgen.

Der Hausmeister und seine Frau, die in der Dachwohnung über ihr lebten, fegten im Hof das erste Herbstlaub mit einem Rechen zusammen. Rosi hatte die Dachwohnung nur für das Hausmeisterpaar renovieren lassen. Die Frau kümmerte sich um den Haushalt und der Mann um Hof und Garten, beide zusammen versorgten auch sie. Am Anfang noch Plus III., der vor einem Jahr gestorben war. Einen vierten würde es nicht mehr geben, hatte sie beschlossen.

Auch das Hausmeisterpaar hatte keine Zeit. Sie hätten zu viel zu tun, stöhnten der Mann und die Frau jeden Tag. Morgens bereiteten sie ihr eilig das Frühstück, dann das Mittagessen und später das Abendbrot zu. Sie stellten, obwohl Alexandra beides nicht wünschte, tagsüber das Radio an, damit es nicht so still und stumm sei um sie herum, wie sie sagten. Und aus dem gleichen Grund abends das Fernsehen.

Es fiel Alexandra zunehmend schwerer, beides wieder auszustellen, sie konnte sich immer schlechter bewegen, ihre Gelenke hatten sich versteift, und weil sie ohne Plus nicht mehr spazieren ging, versteiften sie sich noch mehr. Das wiederum schränkte ihren Radius ein, und so bewegte sie sich eigentlich nur zwischen ihren beiden Fensterplätzen hin und her, zwischen der Aussicht in den Hof und dem Blick in die Einfahrt hinunter und auf den See und die fernen Berge.

Von beiden Plätzen aus gab es jedoch nicht mehr viel zu beobachten, nur noch selten bog ein Fußgänger oder ein Fahrradfahrer oder ein Auto in die Einfahrt ein. Der Verkehr auf der Straße vor der Einfahrt hingegen hatte im Laufe der Jahre auf schier unvorstellbare Weise zugenommen, der Strom der Autos riss jetzt kaum noch ab. Sie hatte das stete Anwachsen des Verkehrs über die Jahre hinweg beobachtet, auch die Autos selbst waren immer größer geworden, man konnte daran ablesen, wie sehr der Wohlstand zugenommen hatte. München sei wieder so schön wie früher, hatte Franz oft versichert und sie zu einem Besuch überreden wollen. Sie hatte immer abgelehnt.

»Du bist die Einzige, auf die in der Familie Verlass ist, du bist immer zu Hause«, hatte Liane bei ihrem letzten Besuch zu ihr gesagt, »für mich bist du der berühmte Fels in der Brandung.«

Lianes Bemerkung hatte sie daran erinnert, wie sie tatsächlich einmal, es lag Jahrzehnte zurück, ein Fels in der Brandung sein wollte, und ihr war zu ihrer eigenen Überraschung das Wasser in die Augen gestiegen.

Sie werde sie öfter besuchen, mit ihr Beweglichkeitsübungen machen und kleine Spaziergänge unternehmen, hatte Liane bei ihrem letzten Besuch versprochen, sie lebte nun bereits seit etlichen Jahren in einem buddhistischen Nonnenkloster am Chiemsee.

Alexandra hatte damals im Fernsehen einen Bericht über dieses Kloster gesehen, Liane davon erzählt und ihr empfohlen, dort vielleicht eine Zeit lang unterzutauchen, bis Gras über alles gewachsen wäre, über dieses Räuber-und-Gendarm-Spiel der vergangenen Jahre, wie Alexandra Lianes geheimnisvolle politische Verwicklungen gern nannte, in die niemand aus der Familie jemals wirklich Einblick gewann, auch Alexandra nicht. Turbulenzen hatten sie allerdings schon ausgelöst, weil Lianes Name immer mal wieder auf irgendwelchen Sympathisantenlisten der radikalen Szene aufgetaucht und sie selber dann für längere Zeit untergetaucht war.

Im Anschluss an den Fernsehbericht über das buddhistische Nonnenkloster am Chiemsee hatte Alexandra in ihrer Bibliothek nach ihnen gesucht und sie auch gefunden, jene Bücher über Tibet und den tibetanischen Buddhismus, die sie sich als junge Frau, als sie dem Kreis der Freunde Tibets nahestand, gekauft hatte. Darunter auch das Tibetanische Totenbuch. Sie hatte nie zuvor darin gelesen und nun begonnen, es zu studieren, und festgestellt, es war für sie jetzt die richtige Lektüre, um sich auf das große Ereignis, das ihr irgendwann in absehbarer Zeit bevorstand, auf ihren eigenen Tod, vorzubereiten.

Es war elf Uhr, Zeit, das Mittagessen mit Liane vorzubereiten, als der Postbote in die Einfahrt einbog und Alexandra sich auf die Armlehnen des Sessels stützte, um sich hochzustemmen. Es waren die Hüftgelenke und die Knie, die ihr den Dienst aufkündigen wollten. Vielleicht sollte sie sich doch so eine Krücke zulegen, wie Franz sie hatte.

Endlich auf beiden Beinen, griff sie zu ihrem Stock und stützte sich damit ab. Ungelenk waren ihre Schritte trotzdem. Sie fand Halt an einer Stuhllehne. Nach einigen weiteren Schritten wurden ihre Bewegungen dann etwas geschmeidiger. Sie ging hinüber in ihr Schlafzimmer und drückte den Knopf. Ein lauter Klingelton war im Treppenhaus zu hören, aber auch außerhalb des Hauses. Franz hatte den Knopf vom Elektriker installieren lassen, damit sie sich bemerkbar machen könne, falls sie nachts Hilfe brauche. Sie nutzte den Alarmknopf bisher vor allem tagsüber.

Nicht lange nach dem lauten Klingelton, der auch in der unteren Etage und in der Dachwohnung ankam, stieg das Hausmeisterpaar die Stufen der Treppe herauf. Wenn sie klingelte, kamen sie immer gemeinsam.

»Aus Angst, dass Ihnen etwas passiert sein könnte«, hatten sie einmal unisono erklärt. »Damit sich meine Frau nicht erschreckt«, hatte der Mann noch hinzugefügt.

Sie wolle heute zu Mittag einen Fisch essen, sagte Alexandra, einen aus dem See, eine Renke sei ihr am liebsten.

»Es ist aber doch noch nicht Freitag«, sagte die Hausmeisterin, Fisch esse sie doch immer nur freitags.

»Dann ist für mich heute eben Freitag«, sagte Alexandra. Sie wolle einen leichten Riesling dazu trinken und sei zu Mittag nicht allein. Sie erwarte Liane.

»Aber Liane kommt doch immer am Freitag«, sagte der Hausmeister.

»Dann ist heute eben Freitag«, beharrte Alexandra und wünschte sich zum Fisch Spinat und Salzkartoffeln.

Das Hausmeisterpaar schaute sich an: »Gut, dann ist heute eben Freitag«, war die Frau nun einverstanden. »Wir gehen jetzt den Fisch holen.«

Alexandra nickte und ging langsam zurück zum Sessel am Fenster. Sie setzte sich behutsam und verfolgte, dass das Hausmeisterpaar in seinem Auto die Einfahrt hinunterfuhr, bei der Madonna anhielt, nach links blinkte und einige Minuten warten musste, bis es sich schließlich in den Autostrom einfädeln konnte. Sie sah dem kleinen gelben Wagen hinterher, bis er in einer Kurve verschwand. Jetzt war sie ganz allein auf dem Amselhof. Eine große Erleichterung überkam Alexandra, als wäre sie von ihren Aufpassern befreit. Tatsächlich hatte sie sich an diese fremden Leute nie gewöhnen können, obwohl sie bereits seit ein paar Jahren auf dem Amselhof wohnten.

Bei ihrem letzten Besuch hatte Liane sie nach dem Goldmacher gefragt. Sie erinnere noch die Betthupferlgeschichten, die sie, die Großmutter, ihr und den Geschwistern vor dem Einschlafen erzählt habe. Der Held dieser Geschichten sei ein Professor Tausendsassa gewesen, der Gold und immer wieder alles gut machen konnte, was Hexen und Zauberer schlecht gemacht hatten.

»Es hat doch hier auf dem Amselhof früher tatsächlich einmal einen echten Goldmacher gegeben«, hatte Liane gesagt und alles über ihn wissen wollen, und Alexandra hatte ihr alles erzählt, was sie noch erinnerte, auch das, was sie niemals in ihr Tagesbewusstsein hatte kommen lassen wollen. Was sie sich nie wirklich eingestehen wollte, war ja, dass ihr nämlich der Goldmacher, der Mann, der Friedrich Tausch hieß, mindestens so gut, wenn nicht sogar noch sehr viel besser gefallen hatte als das Gold, das er zu produzieren vorgab. Damals hatte sie sich seinetwegen so oft in das Hügelgewölbe mit dem manchmal beängstigend lauten Getöse und den austretenden Nebeldämpfen gewagt. Nur um ihm in die Augen sehen zu können, die in einem ähnlichen Blau leuchteten wie ihre Augen. Wenn ihm eine Locke seines dunklen Haars, das dunkel und gelockt war wie ihres auch, in die Stirn fiel, presste sie den kleinen Franz, den sie zu Anfang noch auf dem Arm tragen musste, ein wenig fester an sich, um dem unwillkürlichen Reflex zu entgehen, ihm mit der Hand die Haarlocke aus seiner Stirn zu streichen. Zuerst verfolgte sie sein Tun stumm, doch bald begann sie, ihm Fragen zu stellen, die sie sich vorher zurechtgelegt hatte. Es waren zuerst Fragen darüber, wie alles zusammenhing, die Rohre, die Kessel, die Schläuche. Sie hörte ihm sehr genau zu, lauschte seinen Antworten, aber nicht, um zu verstehen, was er ihr antwortete, sondern ob er ihr antwortete. Denn ihre Fragen enthielten Botschaften, geheime Andeutungen ihrer Liebe, die er verstehen konnte und auf die er antworten musste, wenn auch er sie liebte.

Oft lag sie nachts wach und sah sein Gesicht vor sich, wenn er ihr antwortete. Ihre Sehnsucht und ihre Leidenschaft, so geheim sie tagsüber blieben, so befreit waren sie in ihren Träumen, nachts erfuhr sie, was sie sich wünschte, und immer öfter kam er ihr im Hinübergleiten in den Schlaf nahe, fand sie sich an seinen Lippen, sank sie in seine Arme, beugte er sich über sie.

Ihre Fragen wurden bald drängender. Er nahm sich immer mehr Zeit, erklärte ihr ausgiebig und mit einer sich steigernden Erregung die Fortschritte, die er machte, ja, einmal schrieb er für sie die leicht veränderte Formel, die er gerade gefunden und die ihn jetzt in Meilenstiefeln voranbringen würde, auf ein Blatt Papier. Und als sie sich darüberbeugte, um zu lesen, stand er so nahe bei ihr, sie glaubte, er wolle sie umarmen, und wandte sich ihm zu und sank an seine Brust, er drückte sie heftig, ließ sie jedoch gleich wieder los, sodass sie in ihrer Hingabe leicht taumelte.

»Wir schaffen es! Bald haben wir es geschafft, und dann erfüllen sich unsere Träume«, rief er.

Sie war ein wenig erschrocken über die Heftigkeit seiner Gefühle gewesen. Doch dann beugte er sich über die Formel und schien völlig vergessen zu haben, dass sie neben ihm stand. Er schien noch nicht einmal zu bemerken, dass sie die Goldmacherei verließ, weil der Diplomingenieur August Lowicki, den sie nicht anwesend wusste, plötzlich aus einer der Milchglaskabinen herausgetreten war.

Nachts spürte sie seinen Körper, dessen Abdruck durch alle Kleidung hindurch auf ihrer Haut war. Sie berührte ihn und verschmolz mit ihm.

In ihr sei ein unvorstellbarer Tumult ausgebrochen, als Hubert den Aufenthalt mit dem kleinen Franz im Gewölbe verbot, hatte sie Liane erzählt und in seltsamer Klarheit ein noch nie gedachtes Bild für ihr Befinden damals gefunden: Sie habe sich gefühlt, wie sich ein Fisch fühlen musste, wenn er im Sturm von einer Welle an Land geworfen wurde.

»Und du weißt nicht, ob er dich auch geliebt und wie du gelitten hat?«, hatte Liane gefragt.

»Nur in meinen Träumen haben wir uns geliebt«, hatte sie geantwortet, bis sich alle Illusionen endgültig auflösten.

Bei ihrem letzten Besuch hatte ihr Liane am Ende all ihrer Erinnerungen an den Goldmacher von einem Goldkern erzählt, einem *Nugget of Gold*, wie ihn die buddhistischen Mönche auch nennen, den jeder Mensch besitzen würde.

»Vielleicht bist du auf der Suche nach diesem Goldkern gewesen und hast geglaubt, ihn durch den Goldmacher zu finden«, hatte sie gemeint. Sie war so erschöpft, dass sie noch während des Gesprächs eingeschlafen und erst wieder aufgewacht war, als es bereits dämmerte.

Alexandra hörte das Geräusch eines Autos, das in die Einfahrt fuhr, richtete sich in ihrem Stuhl auf und beugte sich vor. Es war der kleine kanariengelbe Wagen des Hausmeisterpaars, die vom Einkauf zurückkehrten, nicht der rote Flitzer von Liane. Dann hörte sie die Hausmeisterfrau in der Küche mit den Vorbereitungen für das Mittagessen beginnen und hatte plötzlich großen Hunger, sie sah sich bereits in der Essdiele am Tisch sitzen, Liane saß gegenüber und erzählte von dem Goldkern.

Als sie den Riesling geöffnet hatte, Liane jedoch noch immer nicht eingetroffen war, denn es war nicht Freitag, wie der Hausmeister bereits festgestellt hatte, trat die Hausmeisterfrau hinter Alexandra und bat sie zu Tisch. Doch Alexandra saß bereits an einem gedeckten Tisch, wenn auch in einer anderen Welt. Sie selbst hätte diese andere Welt in Anlehnung an das Tibetanische Totenbuch, das sie in den letzten Jahren genauer studiert hatte, das Zwischenreich genannt. Ein Reich zwischen Erde und Himmel.

Die Hausmeisterfrau erschrak. Obwohl sie auf diesen Augenblick vorbereitet gewesen war, wusste sie nicht, was sie jetzt tun sollte. Sie lief aus der Wohnung und rief nach ihrem Mann.

5.

Das Rauschen schmuggelte sich früh am Morgen als Versprechen in ihren Schlaf und für einen Augenblick wurde sie im Wachwerden vom vertrauten leisen Wellenschlag des Meeres begleitet. Bis Lexa erkannte, es war das Rauschen des frühmorgendlichen Verkehrs, und sie war auf dem Amselhof, nicht in ihrem Bett zu Hause in Sydney, oberhalb der lang gezogenen Bucht am Pazifik. Diesen kurzen Moment der Irritation durchlebte sie bereits seit einigen Wochen immer wieder. Nach Alexandras Beerdigung war sie nicht nach Sydney zurückgekehrt, sondern mit den Kindern auf dem Amselhof geblieben.

Sie lauschte noch eine Weile auf das Rauschen. Früher hatte es diesen Verkehr nicht gegeben. Er beunruhigte sie, ihre beiden Söhne fuhren jeden Morgen mit dem Fahrrad, flankiert von diesen vorbeirasenden Autos, in die Schule.

Sie stand auf, weckte sie und begann das Frühstück vorzubereiten. Draußen war es noch dunkel. Sie hörte Stimmen im Hof und blickte aus dem Fenster, im Schein der Hofbeleuchtung streute das Hausmeisterpaar Asche auf den Weg, es hatte über Nacht geschneit. Sie würde die Jungs in die Schule fahren, entschied sich Lexa, die beiden kannten die Gefahren von Eis und Schnee nicht, nachdem sie bisher im immerwährenden australischen Sommer aufgewachsen waren.

Er hat eine andere Frau und auch schon wieder ein Baby mit ihr, hatte sie Rosi und Franz ihre Rückkehr erklärt und war in Alexandras Wohnung gezogen. Vorläufig, hatte sie gesagt und Kontakt mit Anton aufgenommen. Sie hatte eine Mappe mit Material zusammengestellt und schließlich einen Termin mit ihm vereinbart, heute gegen Mittag würde sie nach Hamburg fliegen.

Er ist gealtert, aber doch wieder der Alte, dachte Lexa, als sie Anton am Nachmittag in seinem Büro gegenübersaß. Sie fühlte sich vertraut mit ihm, wie schon seit ihrer Kindheit. Früher sei sie eine politische Schwärmerin gewesen, begann sie, die knallhart an der Realität vorbeigedacht hätte. Inzwischen sei sie aber zur knallharten Realistin geworden, schon wegen ihrer Söhne. Sie habe ein Video mitgebracht und würde es gemeinsam mit ihm ansehen wollen, schlug sie vor. Es wären die Aufzeichnungen von Berichten, die sie und ihr Mann für einen regionalen australischen Sender gedreht hätten. Berichte über das Ozonloch, und wie sich das Leben für Menschen und Tiere dadurch bereits verändert hätte und was noch auf sie zukäme.

»Habe ich mich sehr verändert?«, fragte Lexa unvermittelt.

»Du siehst Alexandra immer ähnlicher«, meinte Anton, »sie war eine sehr besondere Frau.«

Lexa nickte. Nach kurzem Schweigen sagte sie: »Vielleicht werde ich so alt wie Alexandra und lebe noch vierzig Jahre, ob jedoch unsere Erde so lange noch mitmacht, ist allerdings nicht klar, darüber wird bereits in der Wissenschaft gestritten«, behauptete sie und legte die Videokassette in den Rekorder.

»Und was sagt Franz zu deinen Berichten?«, wollte Anton wissen, Lexa hatte im Anschluss an die Dokumentarfilme eine Sammlung von Daten und Statistiken über alarmierende Reaktionen, wahre Kettenreaktionen der belasteten Umwelt, vor ihm ausgebreitet.

»Das alles wären meine sehr persönlichen apokalyptischen Visionen, meine Hirngespinste, und es wundere ihn nicht, dass meine Ehe gescheitert sei«, antwortete sie und lachte, dann wurde sie ernst.

»Meine Ehe ist wirklich daran gescheitert«, sagte sie nach einer Weile, »John ist krank geworden, er leidet an Hautkrebs und ist depressiv. Er war ein typischer Sonnenanbeter. Inzwischen hat er eine junge Frau und hält sich mit seiner Eifersucht bei Laune.« Sie lachte wieder. »Glaubst du, sie nehmen mich, wenn ich mich bei euch bewerbe?«, fragte sie dann.

Vielleicht, antwortete Anton, doch sie müsse sich nicht mehr bewerben, ihre Bewerbung, er wies auf Lexas Materialsammlung und ihre Berichte, sei bereits angenommen. Von ihm.

Die Autorin würde wie ein Orakel mit dunkel umwölkter Stirn und düsterem Blick große Errungenschaften der Menschheit als Auslöser einer bedrohten Zukunft sehen, kommentierte Franz in einem seiner ersten Leserbriefe Lexas Artikel. Er verfasste im Laufe der Zeit noch eine ganze Reihe von Leserbriefen, in denen er sich über die inkompetenten Verteufelungen der Autorin beschwerte. Doch keinen dieser Briefe schickte er jemals ab, schließlich war die Autorin seine Tochter und er ein Mann mit Familiensinn. Irgendwann jedoch schrieb er Anton, es sei völlig unverantwortlich, Lexa zu erlauben, in seinem Blatt immer wieder Wirtschaft und Industrie als Verursacher von irreversiblen Umweltschäden zu geißeln.

Anton verwies auf die Hybris von Wissenschaftlern im Dienst der Industrie, was Franz heftig erboste. In einem langen handschriftlichen Brief erklärte er ihm daraufhin noch einmal seine Überzeugung von der unaufhaltsamen Veredelung durch Wissen, das zu mehr Reichtum führe und somit hinaus aus dem Elend.

»Du hältst den halb gefüllten Kelch für halb voll, ich halte ihn für halb leer«, schrieb Anton gerade auf eine Postkarte mit der Abbildung eines keltischen Kelchs, die er an Franz adressiert hatte, als das Telefon klingelte. Er nahm den Hörer ab und erkannte gleich ihre Stimme.

»Lange nichts gehört«, sagte sie.

»Eigentlich ist es doch erst eine Woche her«, erwiderte Anton.

»Kommt mir viel länger vor«, meinte sie und verstummte.

»Könnte es sein, dass Sie wegen Lexa anrufen?«

»Ja«, bestätigte Luzie, »ich bin gleich bei Ihnen, ich brauche Ihre Vermittlung.«

»Ich war gerade auf dem Weg aus dem Büro«, warf er ein.

»Oh, ich kann gleich da sein«, sagte sie, »bitte warten Sie einen Moment.« Sie legte auf.

Anton rief den Pförtner an und sagte, er erwarte Luzie Mayer. Seit dem Umzug in das größere Verlagshaus wachte jetzt im Erdgeschoss hinter einem Empfang ein Pförtner, und sein Büro war ein Reich mit einer breiten Glasfront, eigener Teeküche und Dusche.

Er ging in die Teeküche, nahm eine Flasche Mosel aus dem Eisschrank, entkorkte sie, nahm zwei Gläser, kehrte in sein Zimmer zurück, stellte Flasche und Gläser auf den Couchtisch, setzte sich in einen der Sessel und schenkte sich ein. Der Wein war keine Spätlese, im Vergleich zu französischen Weißweinen jedoch eher lieblich. Er war wieder zurückgekehrt zum Geschmack seiner Jugend.

Zunächst hatte er Luzie regelmäßig einmal im Monat im Austernkeller im Separee getroffen. Er wolle ihr gelehriger Schüler sein, hatte er ihr gesagt, nachdem er die Kassette mit Luzies zweiter Lektion über die Natur des Menschen gehört hatte. Sie hatte die Geschichte von Kain und Abel behandelt.

Die Bibel sei die ergiebigste Quelle, um die Mechanismen von Neid und Eifersucht zu studieren, hatte Luzie bei einem weiteren Treffen im Separee gesagt. Und deshalb sei die Bibel für sie als Werberin das Buch der Bücher geworden. Das mimetische Begehren, jener Impuls der menschlichen Natur, das, was der andere besitzt, auch besitzen zu wollen, worauf jede Werbestrategie aufbauen müsse, wäre nun einmal mit Neid und Eifersucht eng verbunden.

Fast hätte Anton den Finger gehoben, so wie er es als Schüler getan hatte, wenn er etwas fragen wollte. Luzie gefiel es nicht, in ihrem Redefluss unterbrochen zu werden.

»Ich hätte eine Frage«, unterbrach er sie dann aber doch, »was, bitte, ist das mimetische Begehren?«

»Habe ich Ihnen das nicht schon erklärt?«, hatte sie stirnrunzelnd gefragt. Sie bestand auf das Sie als Anrede. Es sei erotischer, solange man keinen Sex miteinander gehabt habe.

»Dann verstehen Sie ja gar nicht, worum es geht!«, hatte sie schließlich ausgerufen und ihn zweifelnd angesehen. Wie einen begriffsstutzigen Schüler.

»Dann hören Sie mal gut zu«, verlangte sie nun: »Ein Objekt wird von B begehrt, nur weil A es begehrt. Es ist das Begehren von A, das B begehrt, nicht das Objekt. Das nennt man mimetisches oder auch nachahmendes Begehren. Jetzt verstanden?« Sie lehnte sich wieder zurück.

Er hatte genickt, schließlich war er geübt im Beobachten dieser Art von Nachahmung, die als ewiger Kassenschlager auf allen politischen Bühnen der Welt gespielt wurde. Nur Luzies Begriff dafür, mimetisches Begehren, war ihm unbekannt gewesen.

»Zurück zu unserer Lektion«, hatte sie nun vorgeschlagen, und er war ihr gefolgt.

Es sei für sie bei jeder Werbung, bei jeder Werbekampagne immer wieder spannend, die Position von Gott, wie er sie in der Geschichte von Kain und Abel als Auslöser von Neid und Eifersucht einnehme, zu bestimmen. Wo ist Gott? Das würde sie sich bei jedem Werbekonzept zuerst fragen.

Ob sie denn mit ihren Kampagnen Brudermorde auslösen wolle, hatte er schülerhaft wissen wollen. Sie hatte gelächelt, so gütig wie der Gott der Werbung, den sie nun beschrieb. Denn anders als jener Gott, der Abel zum unerreichbaren Vorbild für Kain gemacht hatte, würde der Gott der Werbung Vorbilder schaffen, die jeder erreichen könne. Jeder könne das Produkt kaufen, auf das der wohlgefällige Blick des Gottes der Werbung gefallen sei. Im Prinzip.

»Ich würde sagen, wir initiieren nicht den Brudermord, im Gegenteil, wir verhindern ihn!«, hatte sie ausgerufen und heftig den Zigarettenrauch ausgestoßen, »wir machen aus potenziellen Brudermördern Konsumenten!«, hatte sie triumphiert.

»Wir Werber haben keinen besonders guten Ruf«, sagte sie daraufhin leise und wie im Vertrauen, »ich aber bin überzeugt, ohne uns würde es gemäß der menschlichen Natur nur Mord und Totschlag geben. Wir kanalisieren das riesige Konfliktpotenzial unserer Mitbürger in einen Konsum, der Spaß macht. Ich bin also ein Gutmensch!« Sie hatte aufgelacht.

»Ich bin gespannt auf die nächste Lektion«, hatte Anton nur gesagt, obwohl er spürte, dass sie jetzt etwas anderes von ihm erwartete. Aber er war sich nicht wirklich sicher gewesen. Sie sei ein verrücktes Huhn, hatte er Simon und Moritz über Luzie erzählt. Und deshalb magst du sie, hatten beide gesagt.

Dann zog Lexa nach Hamburg. Sie war noch keine zwei Wochen in der Stadt, als Luzie mit seltsam erregter Stimme angerufen hatte, um sich mit ihm zu verabreden. Aber nicht im Separee des Austernkellers, er sollte sie in die Kantine einladen. Dort waren dann ihre Blicke umhergeflogen. Wo ist sie, hatte sie ihm über den Tisch zugeflüstert und ihn angefunkelt, als würde sie ihn gerade einer heimlichen Geliebten überführen.

Je mehr Zeit verging, ohne dass sie auf Lexa traf, umso mehr steigerte sich ihre Erregung. Sie rief nun immer öfter bei ihm an, fragte ihn nach Lexa aus, wollte wissen, wann er sich wo mit Lexa treffe, was er mit Lexa bespreche, sie glaubte ihm nicht, dass Lexa keine Liebschaft sei, und suchte ihn ohne Verabredung, wie um ihn zu kontrollieren, in der Redaktion auf. Wie jetzt gerade auch wieder.

Das Telefon klingelte, und der Pförtner meldete Frau Luzie Mayer. Schon hörte er das Stakkato ihrer hochhackigen Pumps auf dem Gang näher kommen. Es verstummte beim Betreten des Teppichbodens im Vorzimmer. Er stand dann auf und ging ihr ein paar Schritte entgegen. Sie trug ein Kuschelwollkleid mit großem Rollkragen, das nichts von ihrer gelungenen Figur verbarg, nur den kleinen Verrat der ersten Falten am Hals. Sie stürzte gleich ein Glas Wein hinunter, rauchte zwei Zigaretten hintereinander, schritt dabei die Glasfront seines Büros ab, lobte ohne jede Begeisterung die Aussicht bei Nacht und setzte sich dann auf die Lehne seines Sessels.

»Jetzt«, sagte sie und wippte mit einem Bein, den Fußspann im Schuh aufgebogen, »jetzt rufen Sie Lexa an, ich muss mit ihr sprechen.«

Er habe ihr die Durchwahl bereits vor Wochen gegeben.

»Ich will Vermittlung«, sagte sie, »ich weiß, sie ist noch im Haus. In der Redaktion.«

Er sei der falsche Vermittler, sagte Anton. »Es hat Ihretwegen viel Ärger in der Familie gegeben«, erinnerte er Luzie.

Sie habe Lexa etwas Wichtiges mitzuteilen, sagte sie unbeeindruckt und schnellte von der Lehne hoch.

»Gehen Sie zu ihr, sie ist im dritten Stock«, schlug Anton vor.

»Ich brauche Vermittlung«, wiederholte sie, zog einen Sessel heran, setzte sich und beugte sich nahe zu ihm: »Sagen Sie ihr Folgendes«, begann sie leise, »all das wird geschehen, was du beschreibst, es ist nicht zu verhindern, wir haben Gott nicht umsonst getötet!« Sie lachte leise: »Traurig, aber wahr!« Sie sah ihm in die Augen: »Sie glauben, ich bin verrückt. Denken Sie nach. Es könnte auch für Sie eine Lektion sein.«

Sie lehnte sich zurück und zündete sich eine Zigarette an, um sie gleich darauf im Aschenbecher wieder auszudrücken. Sie stand auf.

»Dritter Stock?«, fragte sie.

»Ich begleite Sie zum Fahrstuhl«, sagte Anton und stand auch auf.

Luzie warf ihm einen wilden Blick zu: »Mein Gott! Was sind Sie

für ein schlechter Schüler!«, explodierte sie plötzlich, »ein hundsmiserabel schlechter Schüler sind Sie! Sie Trottel, Sie!« Ihre Stimme kippte, sie
schwankte leicht.

»Du«, sagte Anton, »du Trottel«, und nahm sie in die Arme. Ihr Woll-
kleid knisterte.

»Es ist elektrostatisch aufgeladen«, flüsterte sie.

6.

Als Franz die Einladung von Moritz und Simon zu Antons fünfundsiebzigstem Geburtstag in den Händen hielt, entschied er sich zu seiner eigenen Überraschung sehr schnell und leicht zu einem Besuch in Hamburg. Trotz oder vielleicht sogar wegen seines Zorns auf Lexa und trotz Luzies Anbandeln mit Anton. Er hatte eine sehr wichtige Frage, als Familienvater und als Unternehmer mit Familiensinn: Was denkst du wirklich? Das wollte er von Anton wissen.

Rosi dagegen mochte Anton nicht wiedersehen, er galt ihr noch immer als Unglücksbringer. Franz respektierte ihre Entscheidung, insgeheim war er sogar erleichtert. Ein Zusammentreffen von Rosi mit Luzie wäre nicht ausgeschlossen gewesen, und das galt es durchaus zu vermeiden. Er selber hatte, jetzt souveräner Kapitän auf seinem prächtig herausgeputzten Familiendampfer, keine Berührungsängste. Er verspürte keinerlei Eifersucht, eher schon eine Art Genugtuung. Vielleicht würde sogar eine Annäherung an den alten Freund möglich sein.

Nach der Landung in einem hochsommerlich warmen Hamburg wechselte Franz im Hotel seine Kleidung, zog einen leichten hellen Leinenanzug an und nahm ein Taxi. Er hatte Anton vorgeschlagen, schon etwas früher zu kommen. Wegen unserer alten Freundschaft, hatte er gesagt und war ganz sentimental geworden.

An der Haustür hing ein Schild mit einem Pfeil. Franz folgte ihm und gelangte durch eine schmale Passage zwischen den Häusern in den rückwärtig gelegenen Garten. Dort herrschte geschäftiges Treiben, unter einer alten Rotbuche wurden Tische und Bänke in Reihen nebeneinander aufgestellt, Lampions in Zweige gehängt und Elektrokabel verlegt, überall wurde ein bisschen gehämmert und geklopft.

Moritz und Simon versuchten, zwischen der Rotbuche und einem Ahornbaum ein Seil zu spannen. Sie schauten plötzlich gleichzeitig Franz entgegen.

»Bist du nicht der Ahab?«, rief Simon, und sie beide kamen zu ihm.

»Das kann nur Ahab sein«, sagte Moritz, »wenn es stimmt, was unser Vater erzählt. Herzlich willkommen.«

»Euer Vater und ich sind uns durch ›Moby Dick‹ sehr nahe gekommen, wenn man so will«, Franz merkte, wie er wieder sentimental wurde, und sagte schnell: »Du bist sicherlich Moritz, und du Simon, darf ich euch überhaupt noch duzen?«

Moritz und Simon gaben Franz die Hand: »Vater beneidet dich sehr um deine Enkelkinder. Er hatte nur einen Geburtstagswunsch an uns: Enkelkinder«, sagte Moritz.

»Wie viele Enkelkinder hast du denn bereits?«, wollte Simon wissen.

»Inzwischen sind es sieben«, sagte Franz.

»Oh, das werden wir wohl niemals einholen, es sei denn, wir haben gleich mit mehreren Frauen parallel Kinder«, rief Moritz aus.

»Ich soll Sie in den ersten Stock begleiten«, unterbrach Antons Haushälterin das Gespräch.

»Wir wollen später unbedingt Fotos sehen«, verlangte Simon noch, »hast du welche dabei?«

»Natürlich, immer griffbereit«, Franz tippte auf seine Brusttasche und sah Antons Söhnen, die sich wieder den Vorbereitungen für das Fest zuwandten, hinterher. Anton hatte ihm von Moritz und Simon erzählt und wie ihre Begeisterung für Geschäfte im Osten sie in einen Hase-und-Igel-Wettlauf mit einerseits mächtigen Konzernen und andererseits kleinen Betrügern getrieben hatte. Besonders Moritz wollte nicht einsehen, dass es für einen wie ihn, für einen jungen, fixen, innovativen Kerl, keine Stunde null gab. Und er wollte auch nicht sehen, wie die Alteingesessenen aus der Bundesrepublik die wirklich großen Geschäfte nicht in der ehemaligen DDR machten. Sie alle hatten längst die Siebenmeilenstiefel an und zogen mit großen Schritten weiter in den Osten, dorthin, wo Arbeit immer billiger zu kaufen war. Hier machten sie die wirklich großen Geschäfte. Irgendwann hatte Moritz und mit ihm dann auch Simon kapituliert. Beide behaupteten jedoch, sie hätten viel gelernt für die Zukunft. Auch wenn sie dafür zu viel Lehrgeld bezahlt hätten, wie sie bedauerten. Was Anton korrigiert hatte, ein Teil des Lehrgeldes habe auch er berappt.

Franz folgte der Haushälterin. Während er die Stufen der Treppe bewältigte, wusste er plötzlich, dass er durch Moritz und Simon seine Frage an Anton selbst würde beantworten können, einfacher und überzeugender, als Anton es je könnte. Zunächst jedoch, kaum waren sie unter sich, kommentierte er erst einmal die Zeichen des Alters, das ergraute Haar, die größere Leibesfülle, die allgemeine Befindlichkeit.

»Soll ich dir jetzt mal den Ahab machen?«, fragte Franz und stolzierte, ohne die Antwort abzuwarten, mit seiner Krücke und seinem steifen Bein vor Anton auf und ab. Dann setzten sie sich auf den Balkon, schauten auf das geschäftige Treiben im Garten hinunter, tranken Champagner und Franz rauchte eine Zigarette. Schließlich griff Franz in seine Anzugjacke und zog seine Brieftasche heraus, klappte sie auf und entnahm ihr mehrere Fotos, eins davon zeigte ihn im Kreise seiner sieben Enkelkinder.

»Eine große Ausbeute ist das ja noch nicht einmal, bei sechs Töchtern«, meinte er und gab das Foto an Anton weiter.

Anton betrachtete es lange.

»Ich platze vor Neid«, sagte er endlich, »Moritz und Simon hätten mir zu meinem Fünfundsiebzigsten wenigstens die Freude eines Enkelkindes machen können.«

Franz schenkte Champagner nach: »Deshalb bin ich gekommen«, sagte er.

Anton schaute auf: »Weshalb?«, fragte er überrascht.

»Das wollte ich von dir wissen.«

»Was?« Anton sah den Freund neugierig an.

Franz räusperte sich. Wie immer, wenn er über etwas sprechen wollte, das ihn bewegte, saß ihm ein Kloß im Hals.

»Du wünschst dir Enkelkinder«, begann er schließlich, »Enkelkinder sind Zukunft«, fuhr er fort, »und deshalb glaubst du«, Franz klopfte jetzt heftig gegen seine Brust, »tief in deinem Inneren glaubst du an die Zukunft! An unser aller Zukunft. Und nicht an die Katastrophe, nicht an diese apokalyptischen Szenarien, die du in deinem Blatt von meiner Tochter Lexa verbreiten lässt!«

Glücklich und erregt hob er sein Glas: »Ich stoße mit dir auf deine Enkelkinder an! Auf ihre Zukunft!«

7.

Laura hatte wegen Francescos Karriere die Insel verlassen und war mit ihm und seiner Familie nach Mailand umgezogen. Sie hatte sich nur langsam an die vielen grauen und kalten Tage im Winter und an die schwüle Hitze im Sommer gewöhnt.

Francesco arbeitete jetzt für ein Unternehmen, das Immobilien kaufte und verkaufte. Sogar für Laura war es in den vergangenen Jahren deshalb geläufig geworden, nicht mehr über Häuser zu reden, sondern über Immobilien. Francesco hatte ihr und den Kindern auch den prächtigen Palazzo Mezzanotte gezeigt, in dem die Mailänder Börse untergebracht war. Erst nur von außen, aber die beiden Jungen wollten ihn unbedingt von innen sehen. Francesco hatte sie vorgewarnt, doch der Lärm, der in der Börse herrschte, übertraf jede Vorstellung, die sich Laura davon hätte machen können. Nie zuvor hatte sie sich inmitten einer Horde ähnlich leidenschaftlicher, aufgeregt mit Händen und Armen fuchtelnder, schreiender, ja, wie verrückt schreiender Männer aufgehalten. Angetrieben von einem für Laura uneinsehbaren Ereignis, schienen sie, stets brüllend und begleitet von heftigem Gestikulieren, mit Gespenstern zu kämpfen. Was dort im Zentrum der Stadt, in diesem hohen Saal mit seinen mächtigen Marmorsäulen, verhandelt wurde, blieb ihr zwar völlig unverständlich, nur dass es um Geld ging, das wusste sie. Und meinte nun zu erleben, wie Geld die Männer verrückt, ja, wie es sie wahnsinnig machte.

Francesco hatte gelacht, als sie ihm ihre Eindrücke schilderte. Ihrem Wesen nach sei die Börse manisch depressiv, und das würde sich unmittelbar auf die Händler übertragen, erklärte Francesco ihr mit fachmännischer Miene und zeichnete mit der Hand eine steil aufsteigende und wieder steil absteigende und wieder steil aufsteigende Kurve in die Luft. Heute sei es besonders »maniaco« zugegangen, sagte er.

»Maniaco?«, hatte sie gefragt, und Francesco wiederholte die Handbewegung, meinte, das müsse sie nicht verstehen, es reiche, wenn er es verstünde, und lachte wieder.

Seitdem Francesco die Börse verstand, verdiente er in einem Jahr mehr, als sie in ihrem ganzen Leben bisher verdient hätte, rechnete Laura einmal aus. Drei Jahre nach dem Umzug kaufte er für die Familie ein Haus in Bergamo, einem kleineren Ort in unmittelbarer Nähe von Mailand. Die Kinder sollten bessere Luft atmen, in Mailand würden sie wegen der schlechten Luft halb ersticken, hatte Francesco gemeint, nachdem die beiden Jüngeren ständig unter Erkältungen gelitten und nachts gehustet hatten.

Laura verbrachte jetzt die meiste Zeit damit, ihrer Schwiegertochter im Haushalt und mit den Kindern zu helfen. Francesco fiel als Familienvater seit dem Umzug nach Bergamo fast vollständig aus. Er arbeitete oft bis in den späten Abend hinein, und dann fuhr kein Zug mehr nach Bergamo, deshalb hatte er in Mailand ein Apartment gemietet. Sophia fuhr immer öfter nach Mailand und übernachtete auch dort. Laura hatte ihr dazu geraten, sie dürfe ihren Mann nicht zu viel allein lassen.

Wenn Sophia in Mailand blieb, und das tat sie immer öfter und immer länger, versorgte Laura die Kinder. Sie achtete auch darauf, dass die Kinder ihre Schularbeiten machten. Helfen konnte sie dabei nicht. Alle drei gingen auf höhere Schulen, und sie verstand nichts von dem, was die Kinder, sie waren nun bereits Jugendliche, dort lernten. Sie selber hatte Lesen, Rechnen und Schreiben gelernt. Damals war sie stolz darauf gewesen, in ihrem Viertel konnten einige der Mädchen noch nicht einmal das.

Laura kümmerte sich auch um die Kleidung der Kinder, selbst dann noch, als sie studierten. Sie nähte fehlende Knöpfe an Jacken, Hosen und Hemden, wusch die Wäsche und bügelte sie, auch die von Francesco. Er hatte zunächst protestiert und seine Garderobe in Mailand in die Wäscherei oder in die Reinigung gegeben. Aber Laura fand, sie käme von dort schmutziger zurück, als er sie hingebracht hätte, und überzeugte ihn, sie an den Wochenenden doch lieber mit nach Hause zu bringen, was er seitdem beibehalten hatte.

An diesem Wochenende, es war ein Spätherbsttag, kam Francesco bereits am Freitag nach Hause. Er würde, wie so oft in letzter Zeit, am Montag sehr früh ins Ausland fliegen, um in Barcelona oder in Athen oder auch in London oder Dublin Verhandlungen zu führen. Als Immobilienexperte verhandelte er Käufe oder auch Verkäufe seiner Gesellschaft. Nach dem *Dotcom-Crash,* wie Francesco den Absturz an den Börsen gleich im neuen Jahrtausend nannte, er lag erst wenige Monate zurück, waren jetzt auch Immobilienfonds in Schwierigkeiten geraten und mussten Anteile veräußern, kleinere Unternehmen sogar Insolvenz anmelden. Francescos Gesellschaft war glimpflich davongekommen und kaufte nun billig ein.

Für das gemeinsame Abendessen bereitete Laura Francescos Lieblingsgericht vor, Saltimbocca alla romana. Sie verließ die Küche, um im Gärtchen hinter dem Haus frische Salbeiblätter zu pflücken. Es wehte ein leichter kühler Wind. Laura schaute in die Richtung, aus der er kam, und meinte, in der Ferne die dunklen Umrisse der Berge, die Ausläufer der Alpen, zu erkennen. Gab es bereits Schnee auf den höheren Gipfeln?

»Ciao, Mama«, hörte sie Francesco rufen und drehte sich um. Er kam aus dem Haus und auf sie zu, trug noch seine Bürokleidung und Laura fand ihn wie immer sehr elegant und wirklich gut aussehend. Er hatte volles, noch immer kastanienbraunes Haar und niemand hätte ihm seine sechsundfünfzig Jahre angesehen. Auch sie glaubte sie nicht. Wo war bloß die Zeit geblieben? fragte sie sich immer öfter.

Francesco nahm Lauras Hand mit den Salbeiblättern, beugte sich darüber und atmete den Duft des Salbeis tief ein.

»Saltimbocca?«, fragte er, legte den Arm um ihre Schultern und schaute mit ihr in Richtung Alpen. Am Montag fliege er hinüber auf die andere Seite, nur bis nach München, das sei ein Katzensprung. Für zwei Tage.

»Hast du Lust, mich zu begleiten?«, fragte er Laura, er hatte sie schon öfter zu Stippvisiten mitgenommen, nach Madrid oder nach Barcelona.

Der leichte Wind, der von den Alpen herüberwehte, wurde kühler. Sie fröstelte.

»Nein«, sagte Laura und schüttelte den Kopf, nach Deutschland wolle sie nicht, dort sei ja bereits Winter, sie zog ihre Strickjacke enger um sich, »möchtest du Spirelli oder lieber Farfallone?«

»Auf jeden Fall Farfallone, vielleicht überlegst du es dir noch und fliegst doch mit«, sagte er und kehrte mit ihr ins Haus zurück.

8.

Am Montagvormittag rief Rosi um acht Uhr bei Pia an. Franz sei nach einem Nervenzusammenbruch ruhiggestellt worden, er würde im Augenblick nicht viel mitbekommen. Den Ausverkauf seines Lebenswerks am Montag, habe Rosi dem Arzt erklärt, würde er nicht überstehen, es sei ohnehin ein Wunder, dass er erst jetzt zusammengebrochen sei.

»Schaffst du es allein?«, fragte Rosi mit dünner Stimme.

»Ja«, sagte Pia und dass sie nicht allein sei, beruhigte sie die Mutter, sie hätten großartige Mitarbeiter.

Nach dem Gespräch mit Rosi stellte sich Pia unter die Dusche und ließ den warmen Strahl auf ihren Kopf prasseln. Sie blieb sehr lange unter der Dusche, mit dem warmen Wasser lösten sich die Verspannungen an Nacken und Schultern. Sie spürte, wie erleichtert sie war, dass Franz nicht mit am Verhandlungstisch sitzen würde. Sie hätte es nicht ertragen, nicht seinen Kummer und sein Elend, und ihre Wut über sein leichtfertiges Spiel an der Börse auch nicht. Niemand hatte etwas gewusst, nur seine Hausbank, die Familienbank, wie es immer so schön hieß.

Verdammt soll sie sein, von wegen Familienbank, dachte Pia zornig, sie hat ihn einfach fallen gelassen, und das Unternehmen mit ihm. Jetzt, wo die Blase geplatzt war. Franz hatte Kredite aufgenommen, um den großen Kredit für die Expansion des Unternehmens mit Spekulationsgewinnen schneller zurückzahlen zu können. Die Bank hatte mitgemacht und mit verdient, bis zur existenziellen Gefährdung von allen und von allem, selbst der Amselhof war gefährdet! Pia stöhnte unwillkürlich leise auf.

Nach dem Duschen frottierte sie ihr Haar und ging im Bademantel in die Küche, Lisa und Emily waren über Nacht geblieben, sie hatten das Frühstück vorbereitet, bei dem nur wenig gesprochen wurde. Die Schwestern sahen sich immer wieder tief in die Augen, als könnten sie sich damit gegenseitig stärken.

Eine halbe Stunde vor Verhandlungsbeginn brach Pia dann auf. Kurz nach zehn Uhr betrat sie mit ihren Mitarbeitern und Beratern den Konferenzraum der Solotel-Gruppe und begrüßte die Verhandlungspartner. Am großen Tisch saßen sich dann Käufer und Verkäufer, die Anwälte beider Seiten, die Gutachter und die Vertreter der Bank gegenüber.

Pia wirkte sehr blass, ihr lippenstiftroter Mund leuchtete aus ihrem bleichen Gesicht. Sie hatte sich Belladonna-Tropfen in die Tränensäcke geträufelt und versucht, die dunklen Ringe um die Augen mit einem Abdeckstift zu mildern. In den letzten Wochen hatte sie wenig geschlafen und viel gerechnet. Von morgens bis spät in die Nacht. Sie strich jetzt eine Locke ihres kastanienbraunen Haars aus der Stirn und wollte dem Verhandlungsleiter der italienischen Gruppe, der ihr gegenübersaß, sehr offen und entschieden in die Augen schauen. Wollte ihm signalisieren, dass sie entschlossen und bereit war, um das Überleben von Solotel zu kämpfen. Mochte die Bedrängnis durch die Bank auch noch so groß sein, sie würde die Anteile nicht unter Wert verschleudern.

Doch kaum hatte sie ihn gesehen, musste sie ihren Blick senken. Etwas im Gesicht von diesem Signore Leone, nicht nur in seinen Augen, irritierte sie. Sie runzelte verwundert die Stirn, zwang sich dann, sich zu konzentrieren, und begrüßte, wie sie sich vorgenommen hatte, die italienischen Kaufinteressenten auf Italienisch, stellte einige allgemeine Fragen nach dem Befinden, dem Flug und dem bisherigen Aufenthalt in München. Dann versuchte sie erneut, den Verhandlungsführer ihr gegenüber zu fixieren, und wappnete sich mit Entschiedenheit.

»Signore Leone«, begann sie und ließ sich dieses Mal nicht irritieren, »sollten wir uns einigen, dann übergeben wir Ihnen einen kleinen Schatz. Aber seien Sie sicher, Sie bekommen ihn nicht geschenkt«, versprach sie lächelnd mit nun fester Stimme und festem Blick, dann eröffnete sie mit einigen erklärenden Worten zum Ablauf die Verhandlung, die jetzt auf Englisch geführt wurde.

Francesco konnte ihr zunächst nur mit Mühe folgen. Pias roter Mund und ihr blasses Gesicht leuchteten aus der Mitte ihrer Mitarbeiter und Berater heraus. Das lenkte ihn ab. Er ertappte sich dabei, wie er sie beobachtete. Wie er mehr den Bewegungen ihrer Augen, ihres Munds, ihrer Hände, wenn sie etwas erklärte, folgte als dem Inhalt ihrer Worte. Er musste sich sogar zwingen, sich auf die PowerPoint-Präsentation der einzelnen Hotels der Wellness-Kette zu konzentrieren. Konnte jedoch nicht verhindern, dass er immer wieder überlegte, ob er ihr irgendwo schon einmal begegnet war. Suchte immer wieder in seiner Erinnerung, fand aber nichts.

»Signore Leone, was halten Sie von unserem Vorschlag?«, hörte er sie auf Italienisch fragen.

»Er gefällt mir«, hörte er sich antworten.

»Er gefällt dir?! Das meinst du nicht ernst! Der Vorschlag ist stupido! Veramente stupido!«, zischten ihm augenblicklich seine Begleiter hinter vorgehaltener Hand zu.

Francesco unterbrach die Verhandlung, er brauche einen Espresso, sagte er, einen Doppio, er habe einen Jetlag, auch wenn er nicht länger als eine Stunde von Mailand nach München geflogen sei. Er lachte etwas zu laut.

Es sei Föhn, da könne das schon mal passieren, erklärte ihm Pia und stand auf, man vereinbarte eine Viertelstunde Pause und jede Partei zog sich mit ihren Beratern zurück.

Als Francesco und seine Begleiter die Plätze am Tisch wieder einnahmen, veränderten sie die Sitzordnung, nun saß er nicht mehr der Signora Münzer, die ihn ganz offensichtlich zu verwirren verstand, wie ihn die Kollegen in der Pause gefoppt hatten, er saß jetzt dem Vertreter der Bank gegenüber. Trotzdem zogen sich die Verhandlungen hin. Francescos Leute wurden immer unzufriedener mit seiner Verhandlungsführung.

»Du bist heute nicht in Form«, flüsterte ihm der Kollege zur Rechten zu. »Sollen wir abbrechen?«, fragte er leise.

Francesco schüttelte den Kopf.

»Ich warte auf den richtigen Moment«, antwortete er ebenso leise.

Er hatte lange dafür trainiert, warten zu können, um schließlich genau den richtigen Moment zu erwischen. Im Laufe der Jahre hatte er es zu seiner Methode gemacht, zu seinem Handwerkszeug wie einst ein Maurer seine Kelle oder ein Tischler seinen Hobel, den richtigen Moment abzupassen. Seine ersten Lektionen darin bekam er vor vielen Jahren in Trastevere von seinem Freund Remo. Zum ersten Mal gelungen, genau im richtigen Moment zuzuschlagen, war es ihm damals bei dem Deutschen. Weil er es wollte. Er wollte diesem Deutschen die Brieftasche aus der Hosentasche ziehen. Er hatte Remo überreden müssen. Remo wollte stets nur in der Gegend um die Spanische Treppe herum mit ihm üben. Wegen der vielen Touristen würde es dort weniger auffallen. Aber an jenem Tag wollte er, Francesco Leone, in Trastevere trainieren, und er hatte darauf bestanden, dass der Deutsche sein Opfer sein würde. Dieser Mann hatte schließlich seine Mutter beleidigt. Er hatte sie nicht nur angestarrt, er war ihr, als sei sie eine *Putana*, eine Hure, sogar gefolgt. Für diese Beleidigung, die der Mutter erst die Röte bis hinunter zum Hals ins Gesicht trieb, sie dann leichenblass werden ließ, hatte der Deutsche büßen müssen. Er hatte Remo nicht den Grund für seinen Zorn auf den Deutschen verraten, das wollte er mit sich selbst ausmachen.

Große Anerkennung hatte er dann von Remo dafür geerntet, wie er mit seinen aufs Äußerste geschärften Sinnen instinktiv den richtigen Moment erkannt und zugegriffen hatte. Dieser erste *richtige Moment* hatte ihn geprägt. Von da an wusste er, wie er sich anfühlte.

Er hatte dem Deutschen die Brieftasche dann wieder zurückgegeben. Ihn aber dafür, weil es die Mutter trotz der Beleidigung gefordert hatte, noch mehr gehasst.

»Signore Leone, ich habe Sie etwas gefragt«, drang die Stimme von Pia durch Francescos Erinnerungen.

Er sprang auf, als sei noch immer der alte Hass in ihm lebendig.

»Wir brechen ab«, sagte er nun tatsächlich mit zorniger Stimme, nahm seine Aktentasche, nickte Pia und ihren Beratern zu, ohne sie anzusehen, und verließ, gefolgt von seinen überraschten Begleitern, den Konferenzraum.

Es sei mal wieder der genau richtige Moment gewesen, versicherten die Kollegen Francesco während des Rückflugs nach Mailand am nächsten Abend. Die Gegenseite hatte sich am Tag darauf dann verhandlungsbereiter gezeigt und nachgegeben. Die Kollegen ließen die Korken knallen, die Stewardess öffnete einen Piccolo nach dem anderen.

Francesco feierte nicht mit. Das blasse Gesicht der Frau ging ihm nicht mehr aus dem Sinn. Sie schien vor ihm zu stehen und ihn anzublicken, und ihre Augen sagten: Du hast mich betrogen.

Noch nie war er bei seinen Geschäften jemals auf die Idee gekommen, ein Betrüger zu sein. Es gehörte zum Geschäft, das Beste herauszuschlagen. Doch nun empfand er seinen Erfolg nicht als Sieg, er fühlte sich wie nach einer Niederlage.

Vielleicht weil sie eine Frau ist, dachte Francesco, er hatte noch nie mit einer Frau als Vertreterin eines Familienunternehmens Geschäfte gemacht, die auch noch für ihren Vater eingesprungen war. Bei diesem Gedanken fühlte sich Francesco noch elender und überlegte nun, ob die Verträge zugunsten des Verkäufers zu modifizieren wären.

Doch am nächsten Tag gingen diese Gedanken und Gefühle in den üblichen Turbulenzen im Büro unter. Sie brachen mit Macht wieder hervor, als er kurze Zeit darauf vom Tod des *Patrone* von Solotel erfuhr, dem Vater der Signora Münzer. Am Wochenende sprach er gegen seine Gewohnheit zu Hause bei Tisch darüber. Er hatte es immer vermieden, mit Sophia vor den Kindern oder vor Laura über seine Geschäfte zu reden. Aber an diesem Wochenende erzählte er Sophia vor Laura und den Kindern, die sonntags zum Mittagessen aus Mailand anreisten, die traurige Geschichte von der Signora Münzer, von dem Zusammenbruch ihres Familienunternehmens und von dem Tod ihres Vaters, des Signore Münzer.

Plötzlich legte Laura Messer und Gabel beiseite. Sie hatte das Essen kaum angerührt. Sie stand vom Tisch auf und ging wortlos hinaus.

»Sie fühlt sich schon seit Tagen nicht gut«, meinte Sophia, stand auch auf und folgte der Schwiegermutter.

Mitten in der Nacht, als alle bereits schliefen, Francesco aber vor dem Fernsehapparat saß, er war aufgewacht und konnte nicht wieder einschlafen, stand Laura plötzlich neben ihm. Über ihrem Nachthemd trug sie einen Morgenmantel. Sie hielt ein gefaltetes Stück Papier in der Hand.

»Ist das der Name?«, fragte sie mit seltsam leiser Stimme.

Francesco hatte sie nicht bemerkt und sah verwundert zu ihr auf. Sie schien in höchster Erregung zu sein, ihre Augen glänzten und ihr Gesicht zeigte eine völlig ungewohnte Blässe, das Papier in ihrer Hand vibrierte stark. Francesco sprang auf.

»Was ist? Geht es dir nicht gut? Setz dich, ich hole dir ein Glas Wasser ...«

»Ist das der Name?«, unterbrach ihn Laura mit leiser Stimme, fast flüsternd, und hielt ihm das Stück Papier entgegen, noch immer zitterte ihre Hand.

»Was für ein Name?«, fragte Francesco und nahm das Stück Papier. Es war alt und bereits vergilbt an den Rändern. Er faltete es auseinander, auch die Schrift war schon ein wenig verblichen. Trotzdem konnte er die handgeschriebenen Buchstaben noch gut lesen. Sie setzten sich zu dem Namen zusammen, der ihm in den vergangenen Wochen als der Name des Eigentümers von Solotel geläufig geworden war. Unter dem Namen stand das Geburtsdatum, der Geburtsort und eine Reihe von Zahlen. Francesco drehte das Papier erstaunt mehrfach hin und her, wendete es von einer Seite auf die andere. »Was ist das? Wieso zeigst du mir das? Woher hast du das?« Er sah seine Mutter verwundert an.

Sie antwortete ihm und er erfuhr, dass es der Name seines Vaters war, der da auf dem Papier stand. Sie erzählte auch, was passiert war und wie sie es nicht gewusst und dann doch gewusst hatte, dass dieser Deutsche, damals ein Junge, ein junger Soldat, sein Vater war.

Es nahm ihm den Atem. Lange konnte er kein Wort sagen, er starrte nur auf den Zettel in seiner Hand.

Die Zahlen, das sei die Passnummer gewesen, erklärte Laura, sie hatte sie aus dem Pass abgeschrieben. Damals am Morgen dieses Ostersonntags, an dem er ihm seine Brieftasche hatte zurückgeben müssen.

Es war ein Reflex, er sah, wie seine Hand den Zettel zerknüllte. »Ich hasse ihn«, sagte er leise.

Laura nahm Francesco den zerknüllten Zettel aus der Hand und wollte ihn zerreißen.

»Nein!«, schrie Francesco so laut, dass Laura zusammenzuckte und den Zettel fallen ließ. Er nahm sie in den Arm. So lange, bis sie aufhörte zu zittern. Und auch in ihm das Beben abebbte.

»Morgen«, sagte er schließlich zu Laura, »morgen reden wir über alles, morgen werden wir es wissen.«

Er sah das Gesicht von Pia vor sich, dann ihre ganze Erscheinung. Morgen, dachte er, morgen.

Am nächsten Morgen buchte er einen Flug nach München.

9.

Die Türen der Aussegnungshalle wurden geschlossen, und eine große Stille trat ein. Anton schaute zu Boden, das Unfassbare, Franzens Tod, ausgelöst von etwas so alltäglichem wie einer Grippe, wurde ihm in dieser Stille noch unfassbarer. Er fühlte eine große Beklemmung in sich aufsteigen, atmete unwillkürlich tief ein, hob dabei seinen gesenkten Kopf und sein Blick fiel auf das leuchtende Orange von Lianes buddhistischem Nonnengewand. Die Beklemmung löste sich ein wenig. Liane saß nur wenige Plätze von ihm entfernt vor ihm in der ersten Reihe. Das leuchtende Orange kontrastierte zu dem Schwarz der Garderobe von Rosi und ihren anderen fünf Töchtern, und ihr geschorener Kopf zu der Haarfülle, die die Gesichter von Mutter und Schwestern umrahmte.

Wie von seinem Blick berührt, drehte sich Liane um und lächelte ihm zu. Dann stand sie auf und trat an den blumengeschmückten Sarg. Er war von einem Wall aus Kränzen umgeben. Von dort schaute sie zu den Trauernden, dann zum Sarg. Und schaute noch einmal zu den Trauernden, als wollte sie eine Verbindung zwischen ihnen und dem Toten im Sarg herstellen.

»Sie ist noch immer schön«, flüsterte Paula neben ihm und bat Anton leise um ein Taschentuch und tupfte sich die Tränen vom Gesicht. Es hatte Anton überrascht, wie innig Franzens Töchter Paula begrüßt hatten. Sie waren ihr um den Hals gefallen, eine nach der anderen, und hatten sich lange an ihr festgehalten.

»Gold«, hörte er jetzt Liane mit einer klaren, klingenden Stimme in die Stille hinein sagen, und ihr Blick glitt über die Reihen der Trauergäste, streifte ihn und hielt kurz inne.

»Gold gab es von Beginn an in deinem Leben«, fuhr sie fort und wandte sich nun mit einer Drehung ihres ganzen Körpers zum Sarg, und ihre Stimme, ihre ganze Haltung ließen keinen Zweifel daran, dass sie Franz jetzt etwas Wichtiges, sehr Wichtiges über sein Leben erzählen würde. Und das ließ alle Anwesenden aufhorchen, auch jene, die das vorangegangene Ritual der Totenmesse in der Kirche erschöpft hatte.

»Du musstest nur über den Hof gehen«, setzte Liane ihr intimes Gespräch mit Franz fort und trat näher an den Sarg, »zuerst hast du ihn auf dem Arm deiner Mutter überquert, später an ihrer Hand. Und nach nur wenigen Schritten seid ihr schon bei ihm gewesen, beim Goldmacher, du und Alexandra. Aber da war noch ein anderer Goldmacher am Werk, den du nicht gesehen hast. Einer, der dich, der deine Seele von Beginn an, vom Urbeginn, mit einem *Nugget of Gold* versehen hat, mit einem Goldkern, mit der Lichtnatur des Geistes.«

Liane trat noch näher an den Sarg, schob behutsam mit dem Fuß Kränze, die im Weg waren, beiseite. Sie sprach nun leiser, als würde sie nur noch zu Franz sprechen, ihm allein das Geheimnis preisgeben wollen von Alexandra und ihrer heimlichen Liebe, ihrer Sehnsucht nach dem Licht, wie Liane interpretierte. Um danach Franzens ganzes Leben, seinen Tatendrang, seine Lust auf Materialisierung, wie sie es nannte, sei es im Zeugen von Kindern oder von Tochtergesellschaften der Solotel-Gruppe, unter denselben Stern zu stellen, unter den der Sehnsucht nach dem Licht. Auch in Franzens Lebensmotto »Geld veredelt die Welt« sah sie diese Sehnsucht wirken. Es sei ein Parforceritt gewesen, mal in die falsche, mal in die richtige Richtung. Zum Schluss dann in das Land der modernen Goldmacherei, in die der Spekulation an den Finanzmärkten einer globalisierten Welt.

Liane schob weitere Kränze beiseite, bahnte sich vorsichtig einen Weg noch näher an den Sarg heran, stand endlich direkt neben ihm und legte eine Hand darauf, beugte sich vor, als müsste sie ihm, der im Sarg lag, nun das, was jetzt, in diesem Moment, das einzig Wichtige war, ja, das Wichtigste überhaupt, mitteilen.

»Du bist gestürzt«, sagte sie. »Dein Parforceritt ist zu Ende. Jetzt bist du frei. Und das *Nugget of Gold*, der reine Kern, das unvergängliche Licht hat deinen vergänglichen Körper verlassen. Es ist noch hier. Hier im Raum. Um uns. Über uns. Und es leuchtet.«

Liane richtete sich auf, schaute um sich und dann nach oben. Unwillkürlich sahen nun auch die Trauergäste in der Aussegnungshalle nach oben. Auch Anton.

Im Jahr darauf, im ersten Jahr des zweiten Jahrtausends, drei Tage nach jenem Tag, der bald vielen als Datum einer Zeitenwende gelten sollte, dem 11. September 2001, saß Anton im abgedunkelten Konferenzraum. Simon und Moritz führten ihm und einigen Mitarbeitern den Zusammenschnitt von Filmaufnahmen vom Vormittag des 11. September vor: Die Entführung von vier Passagierflugzeugen durch radikale Islamisten, von denen zwei in die beiden Türme des World Trade Centers in Manhattan gelenkt wurden, eins in das Pentagon in Washington stürzte und eins auf ein freies Feld bei Shanksville.

Moritz und Simon hatten die Berichte aus dem Fernsehen und sämtliches Material, das sie im Internet aufspüren konnten, zu einem Dokument montiert, das den Zeitraum vom Beginn des Angriffs auf die Twin Towers bis zu ihrer völligen Zerstörung umfasste.

Allen Zuschauern im Raum waren die meisten der Filmaufnahmen bekannt, aber nicht in ihrer Vielfalt und in dieser Form ihrer Montage. Immer wieder flog erst das eine Flugzeug in den einen Turm des World Trade Centers, dann das andere Flugzeug in den anderen Turm.

»Ihr wollt mich quälen!«, rief Anton nach nur wenigen Minuten.

»Wir wollen verstehen, was passiert ist«, entgegnete Simon.

»Und dass es wirklich passiert ist«, ergänzte Moritz, und einer der Mitarbeiter vom Kulturteil stimmte ihm zu und sagte, es käme ihm noch immer vor, als säße er im Kino und würde einen Film sehen.

»Stopp! Mal anhalten«, befahl daraufhin ein Mitarbeiter aus dem Auslandsressort und gab Simon ein Zeichen. Simon hielt das Filmbild von den brennenden Türmen an, und der Kollege zeigte auf die noch unversehrten Stockwerke oberhalb der Explosion.

»Stell dir einfach nur mal vor, du bist jetzt gerade hier, hier ganz oben im Restaurant, im Windows of the World im 107. Stockwerk. Nehmen wir an, du bist Kellner im Windows of the World«, schlug er vor, »und du deckst gerade die Tische, und dann nimmst du diese Explosion wahr, weißt, dass etwas passiert sein muss, eine Rauchwolke steigt auf, draußen vor den Fenstern, du kannst aber kein Fenster öffnen, kannst nicht runtersehen aus dem 107. Stock, um mal eben in Erfahrung zu bringen, was unter dir los ist, du hast aber ein Handy …«

»Okay, wenn man sich das vorstellt, dann sitzt man nicht mehr im

Kino«, unterbrach ein anderer, der sich nicht länger vorstellen wollte, dort oben im Windows of the World im 107. Stock von 110 Stockwerken, wo kein Entkommen war, das Flugzeug steckte zwanzig Stockwerke tiefer im Turm, Kellner zu sein.

Simon ließ den Film weiterlaufen. Jetzt brannte es in den Türmen. Waren das Menschen oder Trümmer, die in die Tiefe stürzten? Feuerwehrmänner wurden von Rauchschwaden verschluckt, hineingesogen in qualmende Schlünde. Ein Inferno von kleineren und immer größeren Zusammenbrüchen. Wabernder Staub, ein Skelett wurde sichtbar. Knickte ein. Krümmte sich. Schmolz im Staub. Eine staubige, qualmende Grube. Ground Zero.

»Es ist nicht zu verstehen, auch wenn ihr das Ganze von Anfang bis zum Ende noch zehn Mal wiederholt!«, protestierte der Mitarbeiter aus dem Kulturressort und verließ den Raum.

»Das World Trade Center! Das Welthandelszentrum! Zerstört! Versteht ihr!«, rief ein Mitarbeiter.

»Das ist eine Kriegserklärung an Amerika«, sagte ein Mitarbeiter aus dem Auslandsressort.

»Das ist der Totalangriff auf unsere Märkte!«, rief ein Wirtschaftsredakteur.

»Das ist ein Totalangriff auf unsere gesamte westliche Welt«, versicherte ein anderer vom Deutschlandressort, dann redeten alle durcheinander. »Eine Zeitenwende!« »Der Anfang vom Ende!« »Der Untergang des Abendlands!« »Es wird einen neuen Kreuzzug geben!«, sagte jemand.

»Wollt ihr den Zusammenschnitt noch einmal sehen?«, unterbrach Simon.

Alle stöhnten auf und lehnten ab, Anton jedoch wollte. Einige Mitarbeiter schlossen sich ihm daraufhin an, verließen aber dann doch bald den abgedunkelten Raum. Auch Moritz und Simon verabschiedeten sich, legten die Fernbedienung neben Antons Notizblock, warfen neugierig einen Blick darauf, kein einziges Wort stand bisher auf dem weißen Papier. Sie legten kurz ihre Hand auf seine Schulter und Anton blieb allein zurück.

Als er den Zusammenschnitt zum zweiten Mal gesehen hatte, nahm

Anton die Fernbedienung und ließ den Film zurücklaufen bis zu den ersten Bildern von Ground Zero, dann hielt er das Bild an. Er dachte: Sie wird sie wahrscheinlich aus diesem qualmenden Loch, aus dieser Grube, aus Ground Zero leuchten sehen, aufsteigen sehen, die *Nuggets of Gold*, die Goldkerne all der Menschen, die hier verglüht, die hier zu Staub, zu Atomen zerfallen sind.

Er sah Liane vor sich und hörte ihre Stimme.

Dann sah er die Türme, die nicht mehr da waren, zwei stolze und mächtige Türme, Zwillingstürme. Und jetzt wieder die Grube und den nebligen Dunst, der sie umgab. Was sollte er nur dazu sagen? Hatte er überhaupt etwas dazu zu sagen? War er nicht eigentlich völlig sprachlos? Was sollte er nur in den Kommentar schreiben, zu dem ihn seine Mitarbeiter überredet hatten?

Antons Blick fiel auf das leere Blatt seines Notizblocks. Er griff nach seinem Füllfederhalter, seiner alten Waffe im Geschäft des Drachentötens. Nur noch selten hatte er sie in den letzten Jahren eingesetzt. Obwohl sie sich mächtig ausgebreitet hatte, die verwunschene Drachenbrut, jene selbstsüchtige Gier der Gewinner nach noch mehr Geld und noch mehr Macht. Er legte den Federhalter auf das unbeschriebene Blatt Papier und lehnte sich in seinem Stuhl zurück.

Er war bereits im Bett gewesen, als gestern Nacht das Telefon nebenan in seinem Arbeitszimmer klingelte. Er wollte es überhören, doch es hatte nicht aufgehört, bis er schließlich doch aufgestanden war und den Hörer abgenommen hatte. Luzie sprach sehr leise, er hatte sie zunächst kaum verstehen können. Sie sei krank, flüsterte sie wie heiser, fühle sich elend. In fieberhafter Eile hatte sie dann etwas über eine erfolgreiche Globalisierung der Eifersucht gesagt, von einer entfesselten massenhaften Eifersucht gesprochen, die an eine entgrenzte Konsumgüterproduktion gekoppelt sei, und von der Rache der Verlierer. Danach wurde ihre Stimme etwas lauter: Das wichtigste Projekt der Zukunft sei, das stehe seit Dienstag 9 Uhr 03 morgens nach New Yorker Zeit fest, diese ganze Entfesselung wieder unter Kontrolle zu bringen!

»Bist du noch da?«, hatte er gefragt, nachdem es unvermittelt still geworden war.

Wie heiser hatte sie darauf geantwortet: »Satan treibt den Satan aus!

Lies es nach, Markus 3,23–26. Das ist heute meine Lektion für dich.« Es klickte, sie hatte aufgelegt.

Er hatte das Licht ausgemacht, in die Dunkelheit gestarrt und gewusst, sie würde kommen, die Erinnerung, und dann kam sie auch. Er hatte erst nur die Stimme der Mutter gehört, danach hatte er Katharina vor sich gesehen, wie sie sich damals vor dem Volksempfänger, aus dem die Siegesnachrichten im ersten Kriegsjahr ins Wohnzimmer dröhnten, bekreuzigt und dabei gemurmelt hatte »Satan treibt den Satan aus«.

Jetzt hatte er das Licht wieder angemacht, war wieder aufgestanden und nach nebenan in sein Arbeitszimmer gegangen. Er wollte die Bibel aus dem Bücherregal nehmen und Markus 3,23–26 nachlesen, doch sein Blick blieb an dem hellen Einband mit der Goldschrift hängen, und er hatte danach gegriffen statt nach der Bibel. Er hatte sich in den Sessel gesetzt und ihn seit Jahren zum ersten Mal wieder aufgeschlagen, den Bericht des großen Thukydides, wie er den griechischen Geschichtsschreiber, den Gott aus seiner Schulzeit, noch immer insgeheim nannte. Lange hatte er nicht mehr in dem monumentalen Werk über nicht endende Grausamkeiten, Schrecken, Rivalitäten und über die nicht endende, das alte Griechenland zerstörende Rache gelesen. Jetzt tat er es, und obwohl ihn irgendwann die Müdigkeit zu überwältigen begann, suchte er jetzt doch noch in der Einleitung nach jener Begründung des Autors für den Nutzen seines außerordentlichen Unterfangens, die in ihm einst den Funken entzündet, ja, ihm selber den Grund gegeben hatte, an seiner Chronik über den *Untergang* zu schreiben, die unvollendet geblieben war.

Diese Begründung des Thukydides, die er im Laufe seines Lebens immer wieder anders, immer wieder neu gelesen und verstanden hatte, überraschte ihn auch jetzt: »Wer das Gewesene klar erkennen will und damit das Künftige, das wieder einmal, nach der menschlichen Natur, gleich oder ähnlich sein wird«, an dieser Stelle hatte er innegehalten und etwas in ihm hatte rebelliert. Immer heftiger rebelliert, ja, ein Aufruhr war losgebrochen: Was wissen wir denn schon wirklich von ihr, von der menschlichen Natur?, hatte er sich plötzlich gegen den griechischen Gott seiner frühen Jahre aufgelehnt. Lange hatte er, wie auf eine Antwort von Luzie wartend, in sich hineingehorcht.

Man habe erst seit Kurzem damit begonnen, die menschliche Natur zu erforschen, hörte er jedoch schließlich Sissi aus weiter Ferne sagen, ein langer Weg liegt noch vor uns. Gehen wir ihn weiter!, hatte er sie daraufhin aufgefordert.

Und dann war er, nun überhaupt nicht mehr müde, in Gedanken immer weiter zurückgegangen, bis er bei dem siebenjährigen Jungen angekommen war, der einst das Licht in seine verfinsterte Welt bringen wollte. Er hatte ihn wie eine Puppe in einer Puppe in einer Puppe gesehen, und die äußere Puppe, das war er, der grauhaarige, jetzt siebenundsiebzigjährige Anton Bluhm gewesen, ein ausgedienter Zurvernunftbringer, jetzt ein Zukunftsbekümmerer.

Anton richtete sich in seinem Stuhl auf, beugte sich vor und griff nach seinem Füllfederhalter. Er schaute wieder auf die spitze Feder. Was, wenn sich die Tinte zu einem Lichtstrahl wandeln würde, in eine Lichtwaffe, mit der die wieder zunehmende oder immer noch anhaltende Dunkelheit aus den Köpfen vertrieben werden könnte? Sagen, was wahr ist, hörte er eine Stimme in sich. Er drückte die spitze Feder leicht gegen das leere Blatt und schrieb den ersten Satz.

Ende

Originalausgabe
1. Auflage
© by Arche Literatur Verlag AG, Zürich–Hamburg, 2012
Alle Rechte vorbehalten

Lektorat: Jürgen Abel, Hamburg
Umschlaggestaltung und Illustration: Felix Reidenbach, www.2d3d4d.de
Umschlagmotiv: Felix Reidenbach [M] © maraphoto/Fotolia
Satz: Greiner & Reichel, Köln
Druck und Bindung: GGP Media GmbH, Pößneck
Printed in Germany 2012
ISBN 978-3-7160-2677-9

www.arche-verlag.com

MÜNZER
Alexandra und Hubert

Geburt Franz
1924

Josef
1927-1944†

Florian
1928-1944†

1943
Begegnung Laura/Franz
in Rom

1947
Heirat Franz/Rosi

1944
Geburt von Francesco
in Olbia

Geburt der Töchter

Lexa   Franzi   Lena   Emily   Linne   Pia
1948   1950   1952   1954   1956   1958

1957
Begegnung Franz/Laura
in Rom
Erste Begegnung
Francesco/Franz

1980
zweite Begegnung
Francesco/Franz

1972
Franz begegnet Luzie

1987
Umzug von Laura
mit Francesco nach
Mailand

1975
Rosi begegnet Franz/Luzie

1980
Unfall von Franz

2000
Dritte Begegnung
Francesco/Franz
in München

1985
Pia zu SOLOTEL

2000
Begegnung Pia/Francesco